Richard Wright • Sohn dieses Landes

Richard Wright
Sohn dieses Landes

Roman

Aus dem Amerikanischen
von Klaus Lambrecht

Ergänzt und überarbeitet
von Yamin von Rauch

KEIN & ABER
POCKET

Für meine Mutter,
die, als ich noch ein Kind war zu ihren Füßen,
mich lehrte, das Wundersame und Märchenhafte
zu verehren

Ebenfalls von Richard Wright:
Der Mann im Untergrund

Die Originalausgabe erschien 1940
unter dem Titel *Native Son* bei
Harper and Brothers Publishers, New York
Copyright © 1940 by Richard Wright
Restored edition copyright © 1993 by Ellen Wright
Translation arranged with the permission of
Ellen Wright and Julia Wright

Alle Rechte vorbehalten
Copyright © 2020/2022 by Kein & Aber AG Zürich – Berlin
Cover: Maurice Ettlin
Satz: Dörlemann Satz, Lemförde
Druck und Bindung: CPI books GmbH, Leck
ISBN: 978-3-0369-6141-5
Auch als eBook erhältlich

www.keinundaber.ch

Meine Rede bleibt noch betrübt;
meine Macht ist schwach
über meinem Seufzen.
Hiob

ERSTES BUCH

ANGST

Brrrrrrrr!

In dem stillen, dunklen Zimmer klingelte der Wecker. Ein Bett knarrte. Eine Frauenstimme rief ungeduldig: »Bigger, stell das Ding ab!«

Durch das blecherne Rasseln drang mürrisches Grunzen. Nackte Füße schlurften über die Dielen, und das Rasseln brach ab.

»Mach mal Licht, Bigger.«

Ein verschlafenes Murmeln antwortete.

Im Zimmer wurde es hell. In einem schmalen Gang zwischen zwei Eisenbetten stand ein schwarzer Junge und rieb sich mit den Handrücken die Augen. Aus dem Bett rechts neben ihm erklang wieder die Stimme der Frau: »Buddy, steh auf! Ich hab heut große Wäsche. Da kann ich euch hier nicht brauchen.«

Ein zweiter schwarzer Junge schälte sich aus den Decken. Auch die Frau erhob sich und stand im Nachthemd da.

»Dreht euch um, damit ich mich anziehen kann.«

Die beiden Jungen gehorchten und starrten in eine Ecke. Die Frau zog das Nachthemd aus und schlüpfte in ihre Pantoffeln. Sie blickte zu dem Bett, in dem sie geschlafen hatte, und rief: »Vera! Steh auf!«

»Wie spät ist es denn, Mam?«, drang gedämpft eine Mädchenstimme unter der Decke hervor.

»Steh auf, sage ich!«

»Jaja, Mam.«

Ein braunhäutiges Mädchen in einem baumwollenen Nachthemd stieg aus dem Bett, reckte sich und gähnte. Verschlafen setzte sie sich auf einen Stuhl und streifte sich die Strümpfe über. Die beiden Jungen hielten das Gesicht abgewandt, bis sich Mutter und Schwester etwas übergezogen hatten. Auch die Frauen drehten sich um, als die Jungen sich anzogen. Ganz plötzlich standen alle wie erstarrt da, die Kleider in den Händen, denn ein leises Scharren in der dünnen Wand hatte ihre Aufmerksamkeit erregt. Sie vergaßen ihre Scham voreinander und ließen die Augen ängstlich über den Fußboden wandern.

»Da ist sie wieder, Bigger!«, schrie die Frau, und in der kleinen Einzimmerwohnung brach ein wilder Tumult los. Ein Stuhl fiel um, als die halb angekleidete Frau atemlos auf das Bett kletterte. Ihre beiden barfüßigen Söhne standen reglos da und suchten mit den Augen unter Bett und Stühlen. Das Mädchen rannte in eine Ecke, bückte sich, griff nach dem Saum ihres Unterrockes und raffte ihn fest um ihre Knie.

»Oh! Oh!«, heulte sie.

»Da ist sie!« Die Frau streckte zitternd den Finger aus. Ihre Augen weiteten sich vor Entsetzen.

»Wo?«

»Ich seh sie nicht!«

»Da, Bigger. Hinter der Truhe!«, wimmerte das Mädchen.

»Vera!«, schrie die Frau. »Komm aufs Bett! Lass dich von dem Biest nicht beißen!«

Außer sich vor Angst, kletterte Vera auf das Bett, und die

Frau riss sie an sich. Die schwarze Mutter und die braune Tochter umschlangen einander und starrten mit offenem Mund auf die Truhe in der Ecke.

Bigger blickte sich wild im Zimmer um, schoss dann auf einen Vorhang zu, zerrte ihn zur Seite und riss zwei schwere eiserne Bratpfannen von der Wand. Er fuhr herum und rief leise zu seinem Bruder hinüber, die Augen auf die Truhe geheftet: »Buddy!«

»Was?«

»Hier, nimm die Pfanne.«

»Ja.«

»Jetzt geh rüber zur Tür!«

Buddy schlich sich zur Tür und hielt die eiserne Pfanne schlagbereit. Es war still im Zimmer, nur das erregte Keuchen der vier Menschen war zu hören. Den Griff der Bratpfanne fest umklammernd, näherte Bigger sich auf Zehenspitzen der Truhe; seine Augen suchten jeden Zentimeter des Fußbodens ab. Er blieb stehen. Ohne einen Muskel zu bewegen, rief er:

»Buddy!«

»Hä?«

»Stell die Kiste vor das Loch, damit sie nicht abhauen kann!«

Buddy lief zu einer Holzkiste und schob sie rasch vor ein Loch in der Scheuerleiste, ging dann rückwärts wieder zur Tür, die Bratpfanne noch immer schlagbereit. Bigger schlich sich zur Truhe und spähte vorsichtig dahinter. Er sah nichts. Behutsam streckte er seinen nackten Fuß aus und schob die Truhe ein paar Zentimeter zur Seite.

»Da ist sie!«, schrie die Mutter wieder.

Eine große schwarze Ratte sprang quietschend an Biggers Hosenbein hoch und biss sich dort fest.

»Verdammt!«, zischte Bigger und stieß mit ganzer Kraft sein Bein nach vorn. Durch diesen Stoß schüttelte er die Ratte ab; sie flog durch die Luft und prallte gegen die Wand. Sofort rollte sie sich herum und sprang wieder auf Bigger zu. Bigger wich aus, und die Ratte landete an einem Tischbein. Mit zusammengebissenen Zähnen hielt Bigger die Bratpfanne in der Hand; er wollte sie nicht werfen, aus Angst, er könnte sein Ziel verfehlen. Die Ratte quietschte, machte kehrt und rannte auf der Suche nach einem Versteck im Kreis herum, sie eilte auf kratzenden Füßen erst zur einen Seite der Kiste, dann zur anderen und suchte nach dem Loch. Plötzlich drehte sie sich um und stellte sich auf die Hinterbeine.

»Drauf, Bigger!«, rief Buddy.

»Erschlag sie!«, schrie die Frau.

Der Bauch der Ratte bebte vor Angst. Bigger trat einen Schritt vor, und die Ratte ließ ein dünnes, herausforderndes Pfeifen hören. Ihre schwarzen Perlenaugen glitzerten, und ihre kleinen Vorderbeine peitschten die Luft. Bigger schleuderte die Pfanne; sie schlitterte über den Boden, verfehlte die Ratte und schlug gegen die Wand.

»Verdammt!«

Die Ratte sprang. Bigger schnellte zur Seite. Die Ratte kam unter einem Stuhl zum Stehen und stieß einen wütenden Schrei aus. Bigger schob sich langsam rückwärts zur Tür.

»Gib mir deine Pfanne, Buddy«, sagte er leise, ohne den Blick von der Ratte zu wenden.

Buddy streckte die Hand aus. Bigger ergriff die Pfanne und hob sie über den Kopf. Die Ratte huschte über den Fußboden, blieb erneut bei der Kiste stehen und suchte nach dem Loch; dann stellte sie sich wieder auf die Hinterbeine, fletschte ihre langen gelben Zähne, pfiff schrill, und ihr Bauch bebte.

Bigger zielte und ließ knurrend die Pfanne niedersausen. Die Holzkiste splitterte. Die Frau schrie auf und verbarg ihr Gesicht in den Händen. Bigger schlich sich auf Zehenspitzen vor.

»Ich hab sie«, murmelte er, entblößte die zusammengebissenen Zähne und lächelte. »Weiß Gott, ich habe sie!«

Er stieß die zersplitterte Kiste zur Seite. Da lag platt gedrückt die schwarze Ratte, die langen gelben Vorderzähne waren deutlich zu sehen. Bigger nahm einen Schuh und schlug damit auf den Kopf des Tieres ein, zermalmte ihn und fluchte lautstark: »Du Mistvieh!«

Die Frau auf dem Bett sank auf die Knie, vergrub das Gesicht in den Decken und schluchzte: »Herr, mein Gott, sei uns gnädig ...«

»Ach, Mama, wein doch nicht«, wimmerte Vera und beugte sich zu ihr nieder. »Sie ist ja nun tot.«

Die beiden Brüder blickten ehrfürchtig auf die Ratte hinab.

»Mann, ist das ein Biest!«

»So ein Vieh kann einem glatt die Kehle durchbeißen.«

»Die ist ja über einen Fuß lang.«

»Wie können die bloß so groß werden?«

»Die fressen Abfälle und alles Mögliche.«

»Schau mal, Bigger, dein Hosenbein ist ganz zerrissen.«

»Ja, die hatte's auf mich abgesehen.«

»Bigger, bitte bring sie raus«, bat Vera.

»Ach, stell dich nicht so an«, sagte Buddy.

Die Frau auf dem Bett schluchzte noch immer. Bigger nahm ein Stück Zeitung, hob behutsam die Ratte am Schwanz an und hielt sie in Armeslänge von sich.

»Bigger, bring sie raus«, bat Vera nochmals.

Bigger lachte und näherte sich mit der Ratte dem Bett. Er ließ sie wie ein Pendel hin- und herschwingen und weidete sich an der Angst der Schwester.

»Bigger!« Vera schnappte nach Luft, kreischte auf, und plötzlich schwankte sie und schloss die Augen. Sie fiel der Länge nach über ihre Mutter und plumpste vom Bett.

»Bigger, um Himmels willen!«, schluchzte die Mutter. Sie stand auf und beugte sich über Vera. »Lass das sein! Bring die Ratte raus!«

Er legte die Ratte hin und begann, sich anzuziehen.

»Bigger, hilf mir mal, Vera aufs Bett zu heben«, sagte die Mutter.

Er hielt mit dem Ankleiden inne und fuhr herum. »Was ist denn los?«, fragte er scheinheilig.

»Tu, was ich dir gesagt habe, verstanden?«

Er ging zum Bett und half der Mutter. Vera hatte die Augen geschlossen. Bigger wandte sich ab und zog sich fertig an. Er wickelte die Ratte in eine Zeitung, ging zur Tür hinaus, stieg die Treppe hinab und warf das Tier draußen auf der Gasse in einen Abfalleimer.

Als er ins Zimmer zurückkam, stand die Mutter noch immer über Vera gebeugt da; sie legte ihr gerade ein nasses Handtuch auf den Kopf. Dann richtete sie sich auf und sah ihn an. Ihre Augen und Wangen waren nass von Tränen, die Lippen hatte sie zornig zusammengepresst.

»Junge, manchmal frage ich mich, weshalb du dich so aufführen musst.«

»Was habe ich denn nun wieder gemacht?«, gab er kampfeslustig zurück.

»Manchmal benimmst du dich wie der größte Dummkopf, den ich kenne.«

»Wovon redest du eigentlich?«

»Du hast deiner Schwester mit der Ratte einen solchen Schreck eingejagt, dass sie ohnmächtig geworden ist. Hast du denn gar keinen Verstand?«

»Ich kann doch nicht wissen, dass sie so zimperlich ist.«

»Buddy!«, rief die Mutter.

»Ja, Mam.«

»Leg eine Zeitung über den Fleck.«

»Ja, Mam.«

Buddy nahm eine Zeitung und breitete sie über den Blutfleck am Fußboden, wo die Ratte getroffen worden war. Bigger ging zum Fenster und blickte zerstreut auf die Straße. Die Mutter starrte seinen Rücken an.

»Bigger, manchmal frage ich mich, weshalb ich dich geboren habe«, sagte sie bitter.

Bigger sah sie an und wandte sich wieder ab.

»Vielleicht hättst du mich gar nicht zur Welt bringen sollen. Hättest mich lieber dort gelassen, wo ich war.«

»Halt dein Lästermaul.«

»Herrgott noch mal!«, sagte Bigger und zündete sich eine Zigarette an.

»Buddy, leg die Pfannen in die Spüle«, befahl die Mutter.

»Ja, Mam.«

Bigger ging durch das Zimmer und setzte sich auf das Bett. Der Blick der Mutter folgte ihm.

»Wir brauchten nicht in diesem Loch zu wohnen, wenn du ein richtiger Mann wärst«, sagte sie.

»Ach, fang doch nicht wieder davon an.«

»Wie fühlst du dich denn, Vera?«, fragte die Mutter.

Vera hob den Kopf und sah sich im Zimmer um, als erwarte sie, gleich noch eine Ratte zu sehen.

»Ach, Mama!«

»Armes Ding!«

»Ich kann nichts dafür. Bigger hat mich so erschreckt!«

»Hast du dir wehgetan?«

»Ich habe mir den Kopf angeschlagen.«

»Na komm, ist alles halb so schlimm.«

»Warum macht Bigger immer solche Sachen?«, fragte Vera und weinte wieder.

»Er ist verrückt«, antwortete die Mutter. »Einfach ein dummer, verrückter Schwarzer.«

»Ich komme zu spät zur Nähstunde«, sagte Vera.

»Nun bleib doch erst mal ein Weilchen liegen. Dann wird dir auch besser werden«, ermahnte die Mutter.

Sie drehte sich um und sandte einen kühlen Blick zu Bigger hinüber.

»Wenn du nun eines Morgens aufwachst und deine Schwester liegt tot im Bett, was dann?«, fragte sie. »Und wenn uns die Ratten nachts im Schlaf die Adern durchbeißen? Ach was, das ist dir ja alles gleichgültig! Du kümmerst dich nur um dein eigenes Vergnügen! Und wenn die Wohlfahrt dir eine Stellung anbietet, müssen sie dir erst drohen, dass sie uns nichts mehr geben und du verhungern kannst, bevor du sie annimmst. Wirklich, Bigger, du bist der größte Taugenichts, den ich in meinem ganzen Leben gesehen habe!«

»Das hast du mir schon tausendmal gesagt«, antwortete er, ohne sich umzusehen.

»Und ich sag es dir noch einmal! Pass auf, eines Tages wird es dir leidtun. Eines Tages wirst du dir wünschen, du hättest was aus dir gemacht und wärst nicht nur ein Tagedieb. Aber dann wirds zu spät sein.«

»Hör schon auf mit dem Geunke.«

»Ich höre auf, wann es mir passt! Und wenn's dir nicht

gefällt, kannst du ja gehen. Brauchst dich auch gar nicht wieder hier blicken zu lassen. Wir kommen ganz gut ohne dich aus. Wir können auch ohne dich in einem Zimmer leben«, sagte sie.

»Mein Gott!«, rief er gereizt.

»Eines Tages wirst du dein Leben, wie du es jetzt führst, bedauern«, fuhr sie fort. »Wenn du nicht aufhörst, mit dieser Bande herumzustrolchen, und wenn du nicht endlich was Rechtes tust, wirst du mal enden, wie du dir's nie hast träumen lassen. Du meinst, ich weiß nicht, was ihr macht? Ich weiß es wohl. Und am Ende der Straße, die du gehst, Junge, da steht der Galgen. Vergiss das nicht.«

Sie drehte sich um und sah Buddy an. »Bring die Kiste raus, Buddy.«

»Ja, Mam.«

Dann herrschte Schweigen. Buddy trug die Kiste hinaus. Die Mutter ging hinter den Vorhang zum Gasherd. Vera richtete sich im Bett auf und stellte die Füße auf den Boden.

»Leg dich wieder hin, Vera«, sagte die Mutter.

»Es geht mir schon besser, Mam. Ich muss zum Nähkurs.«

»Schön, dann deck den Tisch, wenn du willst.« Die Mutter machte sich hinter dem Vorhang zu schaffen. »Mein Gott, ich habe es satt. Ich weiß nicht mehr, was ich machen soll«, klagte sie. »Ich versuche, es euch hier gemütlich zu machen, und ihr beachtet das gar nicht.«

»Aber Mam, sag doch so was nicht«, widersprach Vera.

»Vera, manchmal möchte ich mich hinlegen und Schluss machen.«

»Mam, bitte sag das nicht.«

»Lange halt ich es nicht mehr aus, so zu leben.«

»Ich kann ja bald arbeiten gehen, Mam.«

»Dann bin ich wahrscheinlich schon tot. Gott wird mich zu sich rufen.«

Vera ging hinter den Vorhang und tröstete die Mutter. Bigger zwang sich, nicht zuzuhören. Er hasste seine Familie, weil er wusste, dass sie litt und dass er machtlos dagegen war. Er wusste, wenn er sich vom Mitgefühl für ihr elendes Leben ergreifen ließ, würden ihn Angst und Verzweiflung überwältigen. Deshalb hielt er sich eisern von ihnen fern, er lebte mit ihnen, aber hinter einer Mauer, einem Vorhang. Und mit sich selbst verfuhr er noch strenger. Er wusste, wenn er Sinn und Bedeutung seines Lebens in sein Bewusstsein dringen ließe, würde er sich oder jemand anderes umbringen. Deshalb verleugnete er sich selbst und gab sich unnahbar.

Er stand auf und drückte seine Zigarette auf dem Fensterbrett aus. Vera kam ins Zimmer und legte Messer und Gabeln hin.

»Essen kommen«, rief die Mutter.

Er setzte sich an den Tisch. Der Geruch von gebratenem Speck und frisch gebrühtem Kaffee drang hinter dem Vorhang hervor. Er hörte die Mutter singen.

> *Life is like a mountain railroad*
> *With an engineer that's brave*
> *We must make the run successful*
> *From the cradle to the grave …*

Das Lied ärgerte ihn, und er war froh, als die Mutter aufhörte und mit einer Kanne Kaffee und einer Schüssel voll knusprigen Specks ins Zimmer kam. Vera brachte das Brot, und sie setzten sich. Seine Mutter schloss die Augen, senkte den Kopf und murmelte: »Herr, wir danken Dir für Deine Gaben, die wir von Dir empfangen haben. Amen.« Sie hob die Augen und sagte, ohne den Tonfall ihrer Stimme zu ändern: »Du wirst dich dran gewöhnen müssen, früher aufzustehen, Bigger, wenn du eine Stelle hast.«

Er antwortete nicht und blickte auch nicht auf.

»Soll ich dir Kaffee eingießen?«, fragte Vera.

»Ja.«

»Du nimmst doch die Stellung an, nicht wahr, Bigger?«, vergewisserte sich die Mutter.

Er legte die Gabel hin und sah sie an.

»Ich habe dir gestern Abend gesagt, dass ich sie nehme. Wie oft willst du mich noch fragen?«

»Nun reiß ihr doch nicht gleich den Kopf ab«, besänftigte Vera. »Sie hat dich doch nur was gefragt.«

»Gib mir das Brot und misch dich nicht ein.«

»Du weißt, dass du um halb sechs zu Mr Dalton gehen musst«, erinnerte ihn die Mutter.

»Das hast du mir schon zehnmal gesagt.«

»Ich will nur, dass du's nicht vergisst.«

»Und du weißt, wie leicht du was vergessen kannst«, mahnte Vera.

»Ach, nun lasst doch Bigger in Ruhe«, warf Buddy ein. »Er hat euch doch gesagt, er nimmt die Arbeit an.«

»Red doch nicht mit denen«, sagte Bigger.

»Du hältst die Klappe, Buddy, oder du setzt dich woandershin«, wies ihn die Mutter zurecht. »Ich will mir deine Frechheiten nicht auch noch anhören. Ein Verrückter in der Familie reicht.«

»Hör schon auf, Mam«, sagte Buddy.

»Bigger sitzt da, als freue er sich gar nicht, Arbeit zu kriegen.«

»Was soll ich denn machen? Schreien?«

»Ach, Bigger!«, seufzte die Schwester.

»Wenn du mit deiner großen Schnauze dich doch nicht überall einmischen würdest!«, rief Bigger zu ihr hinüber.

»Wenn du die Arbeit kriegst«, sagte die Mutter in leisem, gütigem Ton, während sie Brot schnitt, »dann kann ich es euch hier gemütlich machen. Dann braucht ihr nicht mehr wie die Schweine zu leben.«

»Bigger ist ja viel zu egoistisch, um an so was zu denken«, warf Vera ein.

»Herrgott, wenn ihr mich doch nur essen lassen würdet!«, empörte sich Bigger.

Seine Mutter sprach weiter, als hätte sie ihn nicht gehört, und er achtete nicht mehr auf ihre Worte.

»Mam spricht mit dir, Bigger«, sagte Vera.

»Na und?«

»Sei doch nicht so, Bigger!«

Er legte die Gabel hin, und seine kräftigen schwarzen Finger umklammerten die Tischkante. Alles war still, nur sein Bruder klapperte mit der Gabel gegen den Teller. Bigger starrte die Schwester an, bis sie die Augen senkte.

»Wenn ihr mich doch nur essen lassen würdet!«, wiederholte er.

Während er aß, fühlte er, dass sie an die Arbeit dachten, die er am Abend bekommen sollte, und das machte ihn wütend. Ihm war, als hätten sie ihn mit billigen Tricks in eine Falle gelockt.

»Ich brauche Fahrgeld.«

»Hier ist alles, was ich habe.« Die Mutter schob ihm einen Vierteldollar neben den Teller.

Er steckte das Geld ein und trank in einem Zug den Kaffee aus. Er nahm sich Jacke und Mütze und ging zur Tür.

»Du weißt doch, Bigger«, sagte die Mutter, »wenn du die Stellung nicht annimmst, kriegen wir keine Unterstützung mehr von der Wohlfahrt. Und dann haben wir nichts zu essen.«

»Ich habe dir doch gesagt, ich nehm sie!«, schrie er und knallte die Tür hinter sich zu.

Er ging die Treppe hinunter, blieb im Flur stehen und blickte durch die Glasscheibe in der Haustür auf die Straße. Ab und zu ratterte draußen eine Straßenbahn über die Schienen. Er war seines Lebens daheim überdrüssig. Tagaus, tagein immer nur Schreien und Schimpfen! Aber was sollte er tun? Sooft er sich diese Frage stellte, gingen seine Gedanken ins Leere, und er wusste nicht weiter. Drüben auf der anderen Straßenseite sah er einen Lastwagen anhalten und zwei Weiße in Overalls mit Eimern und Pinseln aussteigen. Ja, er konnte die Arbeit bei den Daltons annehmen und sich das Leben vermiesen oder sie ablehnen und verhungern. Es machte ihn verrückt, keine andere Wahl zu haben. Dennoch konnte er nicht den ganzen Tag hier stehen bleiben. Was würde er mit sich anfangen? Sollte er sich nun ein Zehn-Cent-Magazin kaufen, einen Film ansehen oder zu den anderen in Docs Billardsaal gehen? Oder sollte er lieber allein herumstromern? Die Hände tief in den Taschen vergraben, die Zigarette schief im Mund, brütete er vor sich hin und beobachtete die beiden Männer auf der anderen Straßenseite bei ihrer Arbeit. Sie klebten ein großes buntes Plakat an eine Anschlagtafel. Das Plakat zeigte das Gesicht eines Weißen.

»Das ist Buckley!«, sagte er leise zu sich selbst. »Der kandidiert wieder als Staatsanwalt.« Die Männer strichen mit nassen Pinseln über das Plakat. Er betrachtete das runde, rosige Gesicht und nickte. »Ich wette, das Schwein streicht glatt 'ne Million Dollar im Jahr an Bestechungsgeldern ein. Mensch, wenn ich nur einen Tag lang seine Stellung hätte, wär ich fein raus.«

Als die Männer fertig waren, nahmen sie Eimer und Pinsel, stiegen wieder in den Wagen und fuhren davon. Er betrachtete das Plakat: Das massige Gesicht blickte streng, eine Hand war erhoben und deutete mit dem Zeigefinger geradewegs auf die Straße, auf jeden, der vorüberkam. Es war ein Gesicht, das einen ansieht, wenn man davorsteht, und einem nachschaut, wenn man weitergeht, bis es schließlich verschwindet oder überblendet wird wie ein Bild im Kino. Oben auf dem Plakat stand in großen roten Lettern: WENN DU GESETZE BRICHST, GEWINNST DU NICHTS!

Er zog an seiner Zigarette und lachte leise. »Du Verbrecher«, murmelte er und schüttelte den Kopf. »Du lässt den gewinnen, der dich dafür bezahlt!« Er öffnete die Tür und trat hinaus in die Morgenluft. Dann ging er mit gesenktem Kopf die Straße entlang und spielte dabei in der Hosentasche an seinem Geldstück herum. Er blieb stehen und durchsuchte all seine Taschen; in der Westentasche fand er einen einzelnen Kupfercent. Nun hatte er sechsundzwanzig Cent, von denen vierzehn für die Fahrt zu Mr Dalton bleiben mussten, das heißt, wenn er sich dazu entschloss, die Arbeit anzunehmen. Um ein Magazin kaufen oder ins Kino gehen zu können, brauchte er mindestens noch zwanzig Cent. »Verdammt noch mal, immer bin ich pleite!«, murmelte er.

Er stand an der Ecke in der Sonne und sah Autos und Menschen an sich vorübereilen. Er brauchte Geld. Wenn er keins bekam, würde er den ganzen Tag nicht wissen, was er mit sich anfangen sollte. Er wollte ins Kino gehen, ihn hungerte danach. Im Kino konnte er mühelos träumen, er brauchte sich nur zurückzulehnen und auf die Leinwand zu starren.

Er dachte an Gus und G. H. und Jack. Sollte er zu Doc gehen und mit ihnen sprechen? Aber das hatte nur Sinn, wenn sie bereit waren, das zu tun, was sie schon lange geplant hatten. Wenn sie mitmachten, so bedeutete das sicheres und schnelles Geld. Von drei bis vier Uhr nachmittags verließ der Polizist gewöhnlich seinen Posten in der Nähe von Blums Delikatessengeschäft, also konnte kaum etwas schiefgehen. Einer von ihnen musste Blum mit einem Revolver in Schach halten und verhindern, dass er schrie, einer hatte die Tür zu bewachen und einer den Hintereingang, und ein anderer konnte das Geld unter dem Ladentisch aus der Kasse holen. Dann würden sie Blum im Laden einschließen und durch die Hintertür hinausrennen, durch die Gasse entwischen und sich eine Stunde später wieder treffen – entweder in Docs Billardsaal oder im South Side Boys' Club – und sich das Geld teilen.

In höchstens zwei Minuten mussten sie den alten Blum ausgenommen haben. Und es würde ihr letztes krummes Ding sein, aber auch das größte, das sie je gedreht hatten. Bisher hatten sie nur an Zeitungsständen, Obstwagen und in Wohnungen gestohlen. Und außerdem hatten sie es noch nie bei einem Weißen versucht. Sie hatten stets nur Neger ausgeraubt. Sie wussten, dass es viel einfacher und sicherer war, die eigenen Leute zu bestehlen, da sich die Polizei niemals viel Mühe machte, nach schwarzen Verbrechern zu suchen, wenn sie nur die Weißen unbehelligt ließen. Seit Monaten hatten sie davon gesprochen, bei Blum einzubrechen; sie hatten es aber noch nicht fertiggebracht. Sie spürten, dass sie mit diesem Raub ein Tabu verletzen und sich auf ein Gebiet wagen würden, wo sie der ganze Zorn einer fremden, weißen Welt treffen konnte – kurz, es würde eine symbolische Herausforderung an die weißen Herren sein, eine Herausforderung, die sie gleichzeitig herbeisehnten und fürchteten. Deshalb war alles andere im Vergleich dazu nur ein Kinderspiel gewesen.

»Mach's gut, Bigger.«

Er blickte auf und sah Vera mit einem baumelnden Nähkörbchen am Arm vorüberkommen. Sie blieb an der Ecke stehen und lief zu ihm zurück.

»Was willst du nun schon wieder?«

»Bigger, bitte ... Du kriegst jetzt eine gute Stellung. Willst du dich nicht von Jack und Gus und G. H. trennen und dir eine Menge Ärger ersparen?«

»Du mit deiner großen Schnauze sollst dich nicht immer in meine Angelegenheiten mischen!«

»Aber Bigger!«

»Geh in die Schule – los!«

Sie wandte sich abrupt um und ging weiter. Er wusste, Mutter hatte mit Vera und Buddy über ihn gesprochen und ihnen gesagt, dass er nach einer neuen Geschichte ins Gefängnis wandern würde und nicht bloß in eine Besserungsanstalt wie das letzte Mal. Was Mutter Buddy erzählte, störte ihn nicht. Buddy war in Ordnung. Ein gerissener Bursche. Aber Vera war ein einfältiges Ding, sie war so dumm, alles zu glauben, was man ihr auf die Nase band.

Er näherte sich Docs Billardsaal. Als er die Tür erreicht hatte, sah er Gus, der noch einen halben Block von ihm entfernt war und auf ihn zulief. Bigger blieb stehen und wartete. Den Einbruch bei Blum hatte Gus sich ausgedacht.

»He, Bigger!«

»Was is'n, Gus?«

»Nichts. Schon G. H. oder Jack gesehen?«

»Nee. Du?«

»Nee. Haste 'ne Zigarette?«

»Ja.«

Bigger zog ein Päckchen heraus und reichte es Gus; dann zündete er sich eine Zigarette an und hielt Gus das Streichholz hin. Sie lehnten sich mit dem Rücken gegen die rote Backsteinmauer eines Hauses und rauchten; die Zigaretten hingen ihnen leuchtend weiß über das schwarze Kinn. Im Osten stand die Sonne in flammendem Gelb. Am Himmel trieben große weiße Wolken. Bigger paffte schweigend. Er war völlig entspannt und dachte an gar nichts. Die geringste Bewegung auf der Straße erregte seine Aufmerksamkeit. Automatisch folgten seine Augen jedem Wagen, der auf dem glatten, schwarzen Asphalt vorüberfegte. Eine Frau kam vorbei, und er beobachtete ihren wiegenden Gang, bis sie in einem Hauseingang verschwand. Er seufzte, kratzte sich das Kinn und murmelte: »Schon ziemlich warm heute.«

»Ja«, sagte Gus.

»Die Sonne ist wärmer als unsere alte Dampfheizung daheim.«

»Ja, diese elenden Weißen, die gönnen einem nicht mal 'n bisschen Wärme.«

»Aber wegen der Miete rennen sie einem die Bude ein.«

»Ich bin froh, wenn endlich wieder Sommer ist.«

»Ich auch«, sagte Bigger.

Er reckte sich und gähnte, und seine Augen wurden feucht. Die scharfen Konturen der Welt aus Stahl und Stein lösten sich auf und verschwammen. Er blinzelte, und die Welt gewann ihre harte, metallische Klarheit zurück. Eine

Bewegung am Himmel lenkte seinen Blick hinauf; ein zarter Streifen von flockigem Weiß hob sich ab von der tiefblauen Weite. Ein Flugzeug schrieb hoch oben etwas in die Luft.

»Schau!«

»Was?«

»Der Flieger da«, sagte Bigger und deutete nach oben.

»Ach so!«

Sie blinzelten hinauf zu dem schmalen, weißen Band, das schließlich in das Wort »Kauft« auslief. Das Flugzeug war nur ein winziger Punkt am Himmel; ab und zu verschwand es im gleißenden Sonnenlicht.

»Man kann es kaum erkennen«, sagte Gus.

»Es sieht aus wie ein kleiner Vogel«, flüsterte Bigger in kindlichem Staunen.

»Diese Weißen, die können schon fliegen«, sagte Gus.

»Ja«, erwiderte Bigger nachdenklich. »Die können aber auch lernen, was sie wollen.«

Geräuschlos beschrieb das kleine Flugzeug Bögen und Schleifen, verschwand und tauchte wieder auf. Es hinterließ eine lange Spur aus weißem Flaum, gleich Kringeln einer Paste, die man aus der Tube drückt, eine flaumige Schlange, die wuchs und schwoll und dann langsam an den Rändern zerfloss. Das Flugzeug schrieb ein zweites Wort: »Speed« ...

»Was meinst du, wie hoch der ist?«, fragte Bigger.

»Ich weiß nicht. Vielleicht hundert Meilen, vielleicht tausend.«

»Ich könnte auch so ein Ding fliegen, wenn ich dürfte«, murmelte Bigger nachdenklich vor sich hin.

Gus zog die Mundwinkel herab, trat einen Schritt vor, straffte die Schultern, nahm die Mütze vom Kopf, verbeugte sich und sagte mit gespielter Hochachtung: »Jawohl, Sir.«

Bigger lachte. »Ach, geh zum Teufel!«

»Jawohl, Sir«, wiederholte Gus.

»Ich könnte ein Flugzeug fliegen, wenn ich dürfte«, beharrte Bigger.

»Wenn du nicht schwarz wärst und wenn du Geld hättest und wenn sie dich auf die Fliegerschule schicken würden, dann könntest du ein Flugzeug fliegen«, spottete Gus.

Einen Moment erwog Bigger alle »Wenns«, die Gus aufgezählt hatte. Dann brachen sie beide in lautes Gelächter aus und sahen einander mit zusammengekniffenen Augen an. Als das Gelächter verebbt war, stellte Bigger halb fragend fest: »Komisch, wie die Weißen uns behandeln, was?«

»Schon mehr als komisch«, erwiderte Gus.

»Vielleicht haben sie recht, dass sie uns nicht fliegen lassen wollen«, sagte Bigger. »Wenn ich im Flugzeug sitzen würde, dann ließe ich todsicher ein paar Bomben fallen ...«

Wieder lachten sie, noch immer nach oben blickend. Das Flugzeug kreiste und tauchte und schrieb ein weiteres Wort an den Himmel: Benzin ...

»Kauft Speed-Benzin«, las Bigger und ließ die Worte langsam über die Zunge rollen. »Gott, möcht ich gern da oben fliegen.«

»Wenn Gott dir im Himmel Flügel gibt, dann darfst du fliegen«, sagte Gus.

Sie lachten wieder, lehnten sich rauchend gegen die Mauer und blinzelten in die Sonne. Die Räder der Autos surrten vorüber. Biggers Gesicht war in dem grellen Licht metallisch schwarz. Seine Augen hatten einen grübelnden Ausdruck, wie die eines Mannes, der seit Langem von einem Rätsel gequält wird, dessen Lösung ihm immer wieder entweicht. Das Schweigen machte Bigger nervös, er musste etwas tun, um sich abzulenken.

»Spielen wir doch Weiße«, schlug er vor.

»Ich hab keine Lust«, erwiderte Gus.

»General!«, sagte Bigger mit sonorer Stimme und blickte Gus erwartungsvoll an.

»Ach, Unsinn, ich will nicht spielen«, maulte Gus.

»Dann kommt Ihr vor ein Kriegsgericht«, bellte Bigger im Offizierston.

»Nigger, du bist verrückt!«, lachte Gus.

»General!« Entschlossen versuchte Bigger es noch einmal.

Gus sah ihn gelangweilt an, reckte sich dann, salutierte und antwortete: »Zu Befehl!«

»Schickt beim Morgengrauen Eure Leute über den Fluss und greift die linke Flanke des Feindes an!«, kommandierte Bigger.

»Zu Befehl!«

»Schickt das fünfte, sechste und siebente Regiment.« Bigger runzelte die Stirn. »Und greift mit Panzern, Gas, Flugzeugen und Infanterie an.«

»Zu Befehl!« Gus salutierte und knallte die Hacken zusammen.

Einen Augenblick lang war es still; sie standen einander gegenüber, die Schultern zurückgeworfen, die Lippen zusammengepresst, um nicht loszuprusten. Dann lachten sie laut – über sich und über die unermesslich große Welt der Weißen, die sich in der Sonne vor ihnen ausbreitete.

»Sag mal, was ist eigentlich eine linke Flanke?«, fragte Gus.

»Ich weiß nicht«, antwortete Bigger. »Habs im Kino gehört.«

Sie lachten wieder. Nach einer Weile lehnten sie sich erneut erschöpft gegen die Mauer und rauchten. Bigger sah, dass Gus sich die linke Hand wie einen Telefonhörer ans Ohr hielt und die rechte wie eine Sprechmuschel zum Mund führte.

»Hallo«, rief Gus.

»Hallo«, antwortete Bigger. »Wer ist da?«

»Hier ist Mr J. P. Morgan.«

»Oh, Mr Morgan«, sagte Bigger mit gespieltem Respekt.

»Verkaufen Sie sogleich zwanzigtausend Stahlaktien für mich an der Börse«, befahl Gus.

»Zu welchem Preis, Sir?«, fragte Bigger.

»Ach, Sie können sie zu jedem Preis abstoßen«, gab Gus gereizt zurück. »Wir haben zu viel davon.«

»Ja, Sir.«

»Und rufen Sie mich um zwei Uhr nachmittags im Klub an und sagen Sie mir, ob der Präsident mit mir telefonieren wollte.«

»Jawohl, Mr Morgan.«

Sie taten so, als hängten sie die Hörer auf. Dann krümmten sie sich vor Lachen.

»Wetten, dass die so reden?«, fragte Gus.

»Sollte mich nicht wundern«, antwortete Bigger.

Sie schwiegen wieder. Dann wölbte Bigger die Hand über den Mund, als spräche er wieder in die Muschel.

»Hallo.«

»Hallo«, rief Gus. »Wer ist da?«

»Hier ist der Präsident der Vereinigten Staaten.«

»Oh – der Herr Präsident.«

»Ich berufe eine Kabinettssitzung für heute Nachmittag um vier Uhr ein, und Sie, als Außenminister, müssen dabei sein.«

»Tja, Herr Präsident«, sagte Gus, »ich bin aber sehr beschäftigt. Drüben in Deutschland wird wieder viel Staub aufgewirbelt, und ich muss den Leuten eine Depesche schicken …«

»Es ist aber sehr wichtig.«

»Was soll denn in dieser Kabinettssitzung besprochen werden?«

»Nun, die Sache ist die, dass die Nigger überall im Land Ärger machen.« Bigger hatte Mühe, nicht loszuplatzen. »Wir müssen etwas gegen diese Schwarzen unternehmen …«

»Ach, wenn's um die Nigger geht, dann komme ich natürlich, Herr Präsident«, sagte Gus.

Sie legten die Telefonhörer auf und lehnten sich lachend zurück. Eine Straßenbahn ratterte vorbei. Bigger seufzte, dann fluchte er.

»Verdammt!«

»Was hast du denn?«

»Die erlauben einem auch gar nichts.«

»Wer?«

»Die Weißen.«

»Du redest, als wenn du das erst jetzt gemerkt hättest«, sagte Gus.

»Nee. Aber ich kann mich nicht dran gewöhnen! Weiß Gott, ich kanns nicht«, begehrte Bigger auf. »Ich kanns nicht ändern. Jedes Mal, wenn ich dran denke, ist mir, als ob mir jemand ein glühendes Eisen in die Kehle stößt. Verdammt noch mal, sieh dir's doch an! Wir leben hier, und die leben dort. Wir sind schwarz, und die sind weiß. Die haben alles, und wir haben nichts. Die können tun und lassen, was sie wollen, und wir nicht. Es ist wie im Gefängnis. Meistens komme ich mir vor, als wenn ich außer-

halb der Welt lebte und durch ein Astloch im Zaun rein-
schaute ...«

»Ach, denk nicht dran. Das hat ja doch keinen Zweck«,
besänftigte ihn Gus.

»Weißt du was?«, fragte Bigger.

»Was?«

»Manchmal habe ich das Gefühl, dass mir was Schreckliches passieren wird.« Bigger hatte einen Anflug von bitte-
rem Stolz in der Stimme.

»Wie meinst du das?« Gus warf ihm einen raschen Blick
zu. In seinen Augen lag Angst.

»Ich weiß nicht. Ich habe einfach so ein Gefühl. Jedes
Mal, wenn ich denke, ich bin schwarz, und die sind weiß,
ich bin hier, und die sind dort, da hab ich das Gefühl, dass
mir was Schreckliches passieren wird ...«

»Mein Gott! Du kannst ja doch nichts ändern. Warum
machst du dir denn solche Gedanken? Du bist schwarz, und
die machen die Gesetze ...«

»Weshalb sind wir denn alle in einem Viertel zusammen-
gepfercht? Weshalb lassen sie uns nicht Flugzeuge fliegen
und Schiffe fahren ...?«

Gus stieß Bigger mit dem Ellbogen an und murmelte
gutmütig: »Ach, Nigger, denk doch nicht darüber nach.
Du wirst nur verrückt.«

Das Flugzeug war vom Himmel verschwunden; der
weiße Flaum wurde dünner und verflog. Bigger gähnte und
reckte die Arme über dem Kopf.

»Nie geschieht was«, beklagte er sich.

»Was soll denn geschehen?«

»Irgendwas«, sagte Bigger und machte eine ausholende
Geste, die alle möglichen Ereignisse der Welt in sich ein-
schloss.

Ihre Blicke wurden von einer schiefergrauen Taube angezogen. Sie ließ sich zwischen den Straßenbahnschienen nieder, plusterte sich auf und stolzierte, majestätisch nickend, auf und ab. Eine Straßenbahn rumpelte heran, und die Taube schwang sich eilends in die Luft. Sie flog mit weit gespannten Flügeln, durch deren zarte Spitzen das Gold der Sonne schimmerte. Bigger hatte den Kopf zurückgelegt und sah ihr nach, bis sie über einem hohen Dach verschwand.

»Wenn ich das doch auch könnte!«, sagte Bigger.

Gus lachte.

»Nigger, du bist verrückt.«

»Ich glaube, wir sind die Einzigen in dieser Stadt, die nicht dorthin dürfen, wohin sie wollen, und nicht tun können, was sie wollen.«

»Denk nicht dran«, sagte Gus.

»Ich kanns nicht ändern.«

»Deshalb hast du auch das Gefühl, dass dir was Schreckliches zustoßen wird«, sagte Gus. »Du denkst zu viel.«

»Aber was soll ich denn machen?«, fragte Bigger.

»Dich betrinken und den Rausch ausschlafen.«

»Kann ich nicht. Ich bin pleite.«

Bigger drückte seine Zigarette aus, nahm sich eine neue und hielt Gus das Päckchen hin. Sie rauchten weiter. Ein großer Lastwagen sauste vorüber. Fetzen von weißem Papier wirbelten im Sonnenschein hoch und flatterten langsam wieder zu Boden.

»Gus?«

»Was?«

»Weißt du, wo die Weißen leben?«

»Natürlich.« Gus deutete nach Osten. »Da drüben, jenseits der ›Linie‹, in der Cottage Grove Avenue.«

»Nee.« Bigger schüttelte den Kopf.

»Wieso nicht?«, fragte Gus verblüfft. »Wo denn sonst?«

Bigger ballte die Hand zur Faust und schlug sich gegen den Magen.

»Hier drin«, sagte er.

Gus sah Bigger forschend an und wandte sich dann ab, als schäme er sich.

»Ja, ich weiß, was du meinst«, flüsterte er.

»Jedes Mal, wenn ich an sie denke, fühle ich sie hier.«

»Ja, und in der Brust und in der Kehle auch«, fügte Gus hinzu.

»Es brennt wie Feuer.«

»Und manchmal kann man kaum atmen ...«

Bigger starrte mit weit aufgerissenen Augen nachdenklich in die Ferne.

»Und dann habe ich das Gefühl, dass mir was Schreckliches passieren wird ...« Bigger brach ab und kniff die Augen zusammen. »Nee, passieren ist vielleicht nicht das richtige Wort. Es ist ... es ist, als ob ich etwas tun würde, wozu mein Inneres mich zwingt ...«

»Ja!«, sagte Gus mit unsicherer Stimme. In seinen Augen spiegelten sich Furcht und Bewunderung für Bigger. »Jaja, ich weiß, was du meinst. Es ist, als ob man fällt und nicht weiß, wohin ...«

Seine Stimme verhallte. Die Sonne glitt hinter eine große weiße Wolke, und die Straße war in kühlen Schatten getaucht. Dann kam sie wieder hervor, und es war hell und warm. Ein schnittiger schwarzer Wagen, dessen Kotflügel in der Sonne blitzten wie Glas, schoss mit hoher Geschwindigkeit an ihnen vorbei und bog ein paar Häuserblocks weiter um die Ecke. Bigger spitzte die Lippen und summte: »Sssssss!«

»Die haben alles.«

»Die ganze Welt.«

»Ach, zum Teufel!«, sagte Gus. »Gehen wir lieber zu Doc.«

»Ja, von mir aus.«

Sie kamen zum Eingang des Billardsaals.

»Na, nimmst du nun den Job, von dem du uns erzählt hast?«, fragte Gus.

»Weiß nicht.«

»Du scheinst dich nicht danach zu sehnen.«

»Und wie ich mich danach sehne!«, sagte Bigger.

Sie sahen einander an und lachten. Dann gingen sie hinein. Der Raum war leer, nur ein dicker, schwarzer Mann, mit einem kalten Zigarrenstummel im Mund, lehnte vorn an der Theke. Im Hintergrund brannte eine elektrische Lampe unter einem grünen Schirm.

»Morgen, Doc«, grüßte Bigger.

»Ihr kommt ja ziemlich früh heute.«

»Sind Jack oder G. H. schon da gewesen?«, fragte Bigger.

»Nee.«

»Komm, Bigger, machen wir ein Spiel«, rief Gus aus.

»Ich bin pleite.«

»Ich hab noch ein paar Cent.«

»Macht euch Licht. Die Kugeln liegen schon da«, sagte Doc.

Bigger knipste das Licht an. Sie losten um den ersten Stoß. Bigger gewann. Er spielte schlecht. Er dachte an Blum, und der Gedanke an den Raub fesselte und schreckte ihn zugleich.

»Weißt du noch, worüber wir so viel gesprochen haben?«, fragte er in unbeteiligtem Ton.

»Nee.«

»Über den alten Blum.«

»Ach so«, sagte Gus. »Wir haben aber mindestens einen Monat nicht davon geredet. Wie kommst du denn so plötzlich darauf?«

»Räumen wir ihm doch die Bude aus!«

»Ich weiß nicht.«

»Du hast doch die Idee gehabt«, warf Bigger ihm vor.

Gus richtete sich auf, sah Bigger an und blickte dann zu Doc hinüber, der aus dem Fenster schaute.

»Das soll Doc wohl hören? Kannst du nicht leiser sprechen?«

»Ich habe dich doch nur gefragt, ob wir's nun machen wollen.«

»Nee.«

»Warum nicht? Hast du Angst, weil er ein Weißer ist?«

»Nee. Aber Blum hat 'nen Revolver. Und vielleicht ist er schneller als wir.«

»Ach, du hast Angst – das ist alles. Er ist ein Weißer, und du hast Angst.«

»Ich hab keine Angst«, verteidigte sich Gus beleidigt.

Bigger trat an Gus heran und legte ihm den Arm um die Schultern.

»Hör zu, du brauchst ja gar nicht reinzugehen. Du brauchst bloß an der Tür zu stehen und aufzupassen. Ich und Jack und G. H. gehen rein. Wenn einer kommt, pfeifst du, und wir hauen durch den Hintereingang ab. Das ist alles.«

Die Tür wurde geöffnet, sie verstummten und drehten sich um. »Da sind ja Jack und G. H.«, sagte Bigger.

Jack und G. H. kamen nach hinten.

»Was macht ihr denn?«, fragte Jack.

»Ein Spiel. Wollt ihr auch?«, fragte Bigger.

»Du forderst sie zum Spielen auf, und ich zahle«, spottete Gus.

Sie lachten. Auch Bigger lachte, bis er merkte, dass der Spaß auf seine Kosten ging. Er hörte auf zu lachen und setzte sich auf eine Bank an der Wand, stellte die Füße auf die Querleiste eines Stuhles und blickte gleichgültig geradeaus. Gus und G. H. lachten weiter.

»Ihr Nigger seid verrückt«, sagte Bigger. »Ihr lacht wie die Affen und bringt nichts weiter fertig als reden.«

»Wie meinst du das?«, fragte G. H.

»Ich habe mir die Sache zurechtgelegt«, sagte Bigger.

»Was für 'ne Sache?«

»Blum.«

Sie schwiegen. Jack zündete sich eine Zigarette an. Gus wandte sich ab.

»Wenn der alte Blum ein Schwarzer wäre, würdet ihr drauf brennen, mitzumachen. Aber weil er ein Weißer ist, habt ihr Angst.«

»Ich habe keine Angst«, sagte Jack. »Ich mache mit.«

»Du sagst, du hast dir alles zurechtgelegt?«, fragte G. H.

Bigger holte tief Luft und blickte sie der Reihe nach an. Eigentlich gab es da nicht viel zu erklären.

»Passt auf, es ist ganz einfach. Und gar nicht gefährlich. Zwischen drei und vier ist nur der Alte im Laden. Der Polizist ist am anderen Ende des Blocks. Einer von uns bleibt draußen und passt auf. Die drei anderen gehen rein, versteht ihr? Einer hält dem alten Blum 'nen Revolver vor die Nase, der Zweite stürzt sich auf die Kasse unterm Ladentisch, und der Dritte geht zur Hintertür und macht sie auf, damit wir schnell abhauen können … Das ist alles. Dauert keine drei Minuten.«

»Wir hatten aber doch ausgemacht, nie 'ne Waffe zu gebrauchen«, wandte G. H. ein. »Und außerdem haben wir bis jetzt die Weißen in Ruhe gelassen.«

»Aber begreif doch – das ist diesmal 'ne große Sache!«, beschwor ihn Bigger.

Er wartete auf weitere Einwände. Als keiner etwas sagte, fügte er hinzu: »Wir können es bloß machen, wenn ihr Nigger keine Angst habt.«

Es wurde still; nur Doc stand vorn am Fenster und pfiff vor sich hin. Bigger beobachtete Jack, er wusste, sein Wort würde entscheidend sein. Auch Gus würde nachgeben, wenn Jack Ja sagte. Gus stand am Billardtisch und fingerte an einem Queue herum. Seine Augen glitten träge über die blanken Kugeln, die verstreut auf dem Filz lagen und an das begonnene Spiel erinnerten. Bigger stand auf und wirbelte sie mit der Hand durcheinander. Sie sprangen gegen die Bande, prallten ab und kollerten im Zickzack über die grüne Fläche. Bigger sah zu Gus hinüber. Obwohl er ihn gedrängt hatte, mitzumachen, fürchtete er, Gus könne wirklich nachgeben. Die Angst krampfte ihm den Magen zusammen. Hitzewellen überfluteten ihn. Ihm war, als müsse er niesen und könne nicht, nur war dieses Gefühl viel stärker als der Niesreiz. Ihm wurde immer heißer, seine Nerven waren bis aufs Äußerste gespannt. Er biss die Zähne zusammen. Gleich würde etwas in ihm zerspringen.

»Verdammt noch mal! So sagt doch was!«

»Ich mache mit«, wiederholte Jack.

»Und ich gehe mit, wenn alle gehen«, sagte G. H.

Gus stand da, ohne zu sprechen, und Bigger verspürte eine seltsame Erregung – halb körperlicher, halb seelischer Natur. Er lag mit sich im Streit. Bis jetzt hatte er die Fäden in der Hand gehabt; alle außer einen hatte er für seinen Plan gewinnen können. Nun standen sie zu dritt gegen

Gus, und gerade das hatte er gewollt. Bigger hatte Angst, einen Weißen zu bestehlen, und wusste, dass auch Gus Angst hatte. Blums Laden war klein, und Blum war allein, doch Bigger wollte ihn nur mithilfe seiner drei Kumpel ausrauben. Alle außer Gus hatte er so weit gebracht, dass sie mitgingen, und diesen einen, der standhaft blieb, hasste und fürchtete er. Er hatte seine Furcht vor den Weißen auf Gus übertragen. Er hasste Gus, weil er wusste, dass dieser die gleiche Angst hatte, und er fürchtete ihn, weil er spürte, dass Gus einwilligen würde und dass er dann gezwungen war, seinen Plan auszuführen. Er glich einem Mann, der sich erschießen will und sich vor dem Schießen fürchtet und doch weiß, dass er schießen muss und all das mit übermächtiger Gewalt empfindet. So stand er Gus gegenüber und wartete auf sein Ja. Aber Gus sagte nichts. Bigger biss die Zähne so fest zusammen, dass ihm die Kinnbacken schmerzten. Er ging auf Gus zu. Er sah ihn nicht an, aber er spürte seine Gegenwart im ganzen Körper, er spürte sie drinnen und draußen und hasste sich selbst und Gus, weil er sie spürte. Dann konnte er es nicht länger ertragen. Die hysterische Spannung seiner Nerven zwang ihn zum Sprechen, zwang ihn, sich zu befreien. Er stand Gus gegenüber, seine Augen waren rot vor Wut und Angst und seine Hände zu Fäusten geballt.

»Du schwarze Memme«, sagte er, ohne die Stimme zu heben. »Du hast Angst, weil's ein Weißer ist.«

»Beschimpf mich nicht, Bigger«, gab Gus ruhig zurück.

»Und doch beschimpfe ich dich!«

»Du brauchst mich aber nicht zu beschimpfen.«

»Weshalb machst du dann dein schwarzes Maul nicht auf?«, fragte Bigger. »Weshalb sagst du dann nicht, was du machen willst?«

»Ich brauche ja nichts zu sagen, wenn ich nicht will!«

»Du Dreckskerl! Du verdammter Dreckskerl!«

»Du bist hier nicht mein Boss«, sagte Gus.

»Feigling! Du hast Angst, 'nen Weißen zu bestehlen.«

»Komm, Bigger, hör auf«, sagte G. H. »Lass ihn in Frieden.«

»Er ist ein Feigling«, beharrte Bigger. »Er will nicht mitmachen.«

»Das habe ich nicht gesagt.«

»Herrgott, weshalb sagst du nicht, was du machen willst?«

Gus stützte sich auf das Queue und starrte Bigger an. Biggers Magen zog sich zusammen, als erwarte er einen Schlag und bereite sich darauf vor. Seine Fäuste ballten sich noch fester. Für den Bruchteil einer Sekunde spürte er in Faust und Arm, im ganzen Körper, wie es wäre, wenn er Gus das Gesicht blutig schlüge. Gus fiele zu Boden, er ginge hinaus, alles wäre vorbei, und sie brauchten Blum nicht auszurauben. Bei diesem Gedanken ließ das Würgen, das ihm vom Magen in die Kehle stieg, ein wenig nach.

»Hör mal, Bigger«, begann Gus, seinen Stolz bezwingend. »Ich will dir was sagen, Bigger, du bist schuld an allem Streit. Du bist ein Hitzkopf. Wie kommst du dazu, mich zu beschimpfen? Habe ich etwa nicht das Recht, zu überlegen? Aber das gestattest du uns nicht, so was bringt dich in Wut. Du sagst, ich habe Angst. Dabei hast du selber Angst. Du hast Angst, dass ich Ja sage und du's dann machen musst … «

»Sag das noch einmal! Sag das noch einmal, und ich nehme eine dieser Kugeln und schlage dir deine gottverdammte Schnauze ein«, schrie Bigger, im Innersten getroffen.

»Herrgott!«, rief Jack.

»Da siehst du mal, wie er ist«, sagte Gus.

»Weshalb sagst du nicht, was du machen willst?«, beharrte Bigger.

»Ich geh schon mit«, sagte Gus mit einer Stimme, die abzugleiten drohte und sich rasch wieder fing. »Ich gehe mit, aber Bigger soll sich nicht so aufführen. Er braucht mich nicht zu beschimpfen.«

»Weshalb hast du das nicht gleich gesagt?«, schnaubte Bigger, beinahe rasend vor Wut. »Du bringst einen so weit, dass man dir die Schnauze einschlagen möchte!«

»... Ich mache mit«, fuhr Gus fort, als hätte er Bigger nicht gehört. »Ich steh euch bei, wie ich euch immer beigestanden habe. Aber ich lasse mir von dir keine Befehle geben, Bigger! Du bist ein elender Feigling! Du sagst mir, ich hätte Angst, damit niemand merkt, was für Angst du hast!«

Bigger sprang auf ihn zu, aber Jack fuhr dazwischen. G. H. packte Gus am Arm und zog ihn zur Seite.

»Wer sagt dir denn, dass ich dir befehlen will?«, schrie Bigger. »'nem Scheißkerl wie dir gebe ich keine Befehle!«

»Macht dahinten nicht so'n Krach!«, rief Doc.

Sie standen schweigend um den Billardtisch herum. Bigger folgte Gus mit den Augen, als dieser das Queue in den Ständer stellte, sich den Kreidestaub von den Hosen klopfte und ein paar Schritte von den anderen entfernt stehen blieb. Bigger spürte im Magen ein brennendes Gefühl, und sekundenlang verdunkelte eine schwarze Wolke ihm den Blick. Verworrene Bilder der Gewalt huschten ihm blitzschnell durch den Kopf und verschwanden. Er konnte Gus erstechen, konnte ihn schlagen, ihn treten, er konnte ihm ein Bein stellen, dass er aufs Gesicht schlug. Er hätte Gus alles Mögliche antun können, weil der ihn leiden ließ.

»Komm, G. H.«, sagte Gus.

»Wo gehen wir hin?«

»'n bisschen bummeln.«

»Wie du willst.«

»Und was machen wir?«, fragte Jack. »Treffen wir uns hier um drei?«

»Natürlich«, erwiderte Bigger. »Wir habens doch gerade beschlossen.«

»Ich bin um drei hier«, sagte Gus. Er hatte ihm bereits den Rücken zugedreht.

Als Gus und G. H. gegangen waren, setzte sich Bigger. Kalter Schweiß brach ihm aus. Nun war es beschlossen, und er musste es durchstehen. Er knirschte mit den Zähnen, und das Bild, wie Gus zur Tür hinausging, schwebte ihm vor Augen. Er hätte ihm eines der Queues auf den Schädel schmettern können. Er vermeinte zu spüren, wie das Holz durch den Aufprall zersplitterte. Die Anspannung beherrschte ihn noch immer, und er wusste, sie würde erst vergehen, wenn sie in Blums Laden waren und das Geld raubten.

»Ihr beide seid aber wirklich wie Hund und Katze.« Jack schüttelte den Kopf.

Bigger drehte sich um. Jacks Anwesenheit hatte er völlig vergessen.

»Ach, diese schwarze Memme.«

»Lass nur, der ist ganz in Ordnung«, sagte Jack.

»Er fürchtet sich«, sagte Bigger. »Und damit er wirklich mitgeht, muss man ihm auf zweierlei Art Angst machen. Er muss mehr Angst davor haben, was ihm passieren wird, wenn er nicht mitmacht, als davor, was ihm passiert, wenn er das Ding mit uns dreht.«

»Wo wir doch heute zu Blum gehen, sollten wir uns nicht so streiten«, sagte Jack. »Wir haben diesmal 'ne große Sache vor.«

»Jaja, ich weiß«, sagte Bigger.

Er musste mit der in ihm aufsteigenden Hysterie fertigwerden; er musste sich von ihr befreien, oder er würde unterliegen. Es verlangte ihn nach etwas, was stark genug war, seine Aufmerksamkeit zu fesseln und seinen Tatendrang in andere Bahnen zu lenken. Er wollte rennen. Oder Jazzmusik hören. Oder lachen oder Witze reißen oder ein Magazin mit Kriminalgeschichten lesen. Oder ins Kino gehen. Oder Bessie besuchen. Den ganzen Morgen hatte er sich hinter dem Schleier der Gleichgültigkeit verborgen und die Augen geschlossen. Er hatte auf alles losgeschlagen, was ihn hervorlocken wollte. Aber jetzt war der Schleier zerrissen, der Gedanke an Blum und der Streit mit Gus hatten ihn in die Wirklichkeit zurückgerufen, und sein Selbstvertrauen war verschwunden. Er konnte es nur wiedergewinnen durch eine Tat der Gewalt, die ihn vergessen lassen würde. Das war der Rhythmus seines Lebens: Gleichgültigkeit und Gewalt, sinnloses Brüten und heißes Begehren, Schweigen und Ausbrüche der Wut – gleich Ebbe und Flut des Wassers, von einer fernen, verborgenen Kraft gelenkt. All das war ihm ein ebenso tiefes Bedürfnis wie zu essen. Er war wie eine seltsame Blume, die am Tage blüht und in der Nacht welkt, aber die Sonne, die sie blühen, und die frostige Dunkelheit, die sie welken ließ, waren nicht sichtbar. Es waren seine Sonne und seine Dunkelheit, die ihm allein gehörten. Er empfand einen bitteren Stolz über diese rasch wechselnden Launen und prahlte sogar damit. So sei er eben, er könne es nicht ändern, sagte er dann und nickte. Und sein finsterer Blick, seine heftigen Ausbrüche brachten Gus und Jack und G. H. dazu, ihn ebenso zu fürchten und zu hassen, wie er sich selbst fürchtete und hasste.

»Was willst du jetzt machen?«, fragte Jack. »Ich hab keine Lust, zu spielen.«

»Dann laufen wir doch ein Stück«, sagte Bigger.

Sie wandten sich zur Tür. Bigger blieb stehen und sah sich mit wilden, erbitterten Blicken um. Entschlossen kniff er die Lippen zusammen.

»Geht ihr?«, fragte Doc, ohne den Kopf zu bewegen.

»Ja«, antwortete Bigger.

»Bis später«, sagte Jack.

Sie schlenderten in der Morgensonne die Straße entlang. An den Kreuzungen ließen sie gemächlich jeden Wagen vorbeifahren, nicht weil sie vor ihnen Angst hatten, sondern weil sie über eine Fülle von Zeit verfügten. Die frisch angezündeten Zigaretten im Mund, kamen sie an den South Parkway.

»Ich würde ganz gern ins Kino gehen«, sagte Bigger.

»Im Regal wird wieder *Trader Horn* gespielt. Sie bringen jetzt 'ne Menge alter Filme.«

»Was kostets denn?«

»Zwanzig Cent.«

»Gut. Gehen wir.«

Schweigend legten sie die sechs Blocks zum Kino zurück. Als sie die Ecke 47. Straße und South Parkway erreichten, war es halb zwölf, und das Regal wurde gerade geöffnet. Sie kauften die Eintrittskarten, betraten den abgedunkelten Kinosaal und setzten sich auf ihre Plätze. Der Film hatte noch nicht begonnen, und sie saßen da und lauschten der Orgel, die leise und gedämpft spielte. Bigger war unruhig, und sein Atem ging schneller; er sah sich im

Dunkeln um, um herauszufinden, ob sich einer der Platz-
anweiser in der Nähe befand, dann ließ er sich tief in seinen
Sitz rutschen. Er warf Jack einen Blick zu und bemerkte,
dass dieser ihn aus den Augenwinkeln beobachtete. Beide
fingen an zu lachen.

»Machst du's schon wieder?«, fragte Jack.

»Ich poliere meinen Schlagstock«, antwortete Bigger.
Sie kicherten.

»Ich bin schneller als du«, sagte Jack.

»Zum Teufel mit dir.«

Die Orgel verweilte lange auf einem einzelnen Ton,
dann verstummte sie.

»Wetten, dass du noch nicht mal einen Steifen hast?«,
flüsterte Jack.

»Habe ich wohl!«

»Meiner ist wie eine Eisenstange«, sagte Jack stolz.

»Ich wünschte, Bessie wäre jetzt hier«, entgegnete Bigger.

»Ich würde die gute Clara schon zum Stöhnen bringen.«
Sie seufzten.

»Ich glaube, die Frau, die gerade vorbeigegangen ist, hat
uns gesehen.«

»Na und?«

»Wenn sie zurückkommt, kriegt sie ihn mitten ins Gesicht.«

»Du bist ein Mordskerl.«

»Wenn sie ihn zu sehen kriegt, fällt sie glatt in Ohn-
macht.«

»Oder sie greift ihn sich.«

»Genau.«

Bigger beobachtete, wie Jack sich nach vorne lehnte und
seine Beine ausstreckte.

»Bist du fertig?«

»Ja-ha.«

»Du kommst ziemlich schnell …«

Sie schwiegen wieder. Dann beugte Bigger sich vor und atmete heftig.

»Ich komme … Gott … Verdammt …«

Fünf Minuten lang saßen sie ruhig da, zusammengesackt in ihren Sitzen. Schließlich richteten sie sich auf.

»Ich weiß gar nicht, wo ich jetzt mit meinen Füßen hin soll«, sagte Bigger lachend. »Komm, wir setzen uns wo-andershin.‹

»Ist gut.‹

Sie setzten sich um. Die Orgel spielte noch immer. Gelegentlich warfen sie einen Blick auf den Projektorraum, der sich ganz oben im hinteren Teil des Kinos befand. Sie warteten ungeduldig auf den Beginn des Films. Als sie wieder anfingen zu sprechen, klangen ihre Stimmen heiser, schleppend und hatten einen beklommenen Unterton.

»Glaubst du, es wird gutgehen?«, fragte Bigger.

»Vielleicht.«

»Ich gehe eher in den Knast, als diesen Wohlfahrtsjob anzunehmen.«

»Sag doch so was nicht.«

»Ist mir völlig egal.«

»Lass uns lieber darüber nachdenken, wie wir es machen wollen, nicht darüber, wie wir geschnappt werden.«

»Hast du Angst?«

»Verdammt, nein.«

Sie lauschten wieder der Orgel. Sie brummte so leise, dass sie kaum noch zu hören war. Manchmal schien es, als hätte sie ganz aufgehört; dann setzte sie wieder ein, sanft, nostalgisch, lieblich.

»Diesmal nehmen wir besser unsere Revolver mit«, sagte Bigger.

»Ist gut. Aber wir müssen vorsichtig sein. Wir wollen ja schließlich niemanden umbringen.«

»Ja, aber ich würde mich mit einer Waffe sicherer fühlen.«

»Mann, wäre es doch schon drei. Ich wünschte, es wäre vorbei.«

»Ich auch.«

Die Orgel verstummte, und die Leinwand leuchtete im Rhythmus schneller Schatten auf. Bigger sah sich den ersten Film an, es war die Wochenschau. Nach ein paar Szenen erregte etwas seine Aufmerksamkeit, und er lehnte sich vor. Er erblickte lächelnde, dunkelhaarige weiße Mädchen, die auf einem gleißenden Sandstrand herumtollten. Im Hintergrund sah man einen Streifen funkelnden Wassers. Überall standen Palmen. Die Stimme des Kommentators begleitete die Bewegungen auf der Leinwand: *Hier sehen wir, wie die Töchter der Wohlhabenden am Strand von Florida ein Sonnenbad nehmen! Diese kleine Gruppe von Debütantinnen repräsentiert über vier Milliarden Dollar amerikanisches Vermögen und über fünfzig Prozent der führenden Familien Amerikas ...*

»Nicht übel, die Puppen«, sagte Jack.

»Ja, Mann!«

»Da wäre ich jetzt gerne.«

»Könntest du«, bemerkte Bigger. »Doch dann würdest du an einem Baum baumeln wie eine Bananenstaude ...«

Sie lachten, leise und ungezwungen, und hörten weiter dem Kommentator zu. Die Kamera schwenke über den glitzernden Strand. Dann sah Bigger eine Nahaufnahme eines schlanken, lächelnden weißen Mädchens, um dessen Taille die Arme eines Mannes geschlungen waren. Er hörte die Stimme des Kommentators: *Mary Dalton, die Tochter von Henry Dalton aus Chicago, Drexel Boulevard Nr. 4605, schockierte die gute Gesellschaft, weil sie während ihres diesjährigen Winterurlaubs in Florida die jungen Männer aus der La Salle Street und von der Goldküste verschmähte und stattdessen auf die Avancen eines bekannten Radikalen einging …* Die Großaufnahme zeige, wie das lächelnde Mädchen den Mann küsste, der sie hochhob und vor der Kamera im Kreis herumschwenkte.

»Sag mal, Jack?«

»Hmm?«

»Dieses Mädchen … die der Kerl da umarmt … Das ist die Tochter von dem Mann, für den ich arbeiten soll. Sie wohnen am Drexel Boulevard … Dorthin gehe ich heute Abend wegen dieses Jobs …«

»Im Ernst?«

»Ja, sicher!«

Die Großaufnahme verschwand, und in der nächsten Szene sah man nur die Beine des Mädchens, das über den glitzernden Strand lief; dahinter die Beine des Mannes, der sie verfolgte. Die Stimme dröhnte weiter: *Ha! Er ist hinter ihr her! Er hat sie erwischt! Meine Güte, wären Sie jetzt nicht auch gern hier unten in Florida?* Eine weitere Großaufnahme folgte, in der zwei Paar Beine gezeigt wurden, die nahe beieinanderstanden. *Junge, Junge*, sagte die Stimme. Das Mädchen streckte sich langsam, bis nur noch ihre Zehen den Sand berührten. *Ach, wie ungezogen!* Es folgte eine langsame Abblende, während der Kommentator weitersprach: *Kurz nach einer Szene wie dieser befahlen die schockierten Eltern Mary per Telegramm, ihren Winterurlaub abzubrechen, ihren Kommunistenfreund in die Wüste zu schicken und nach Hause zu kommen.*

»Sag mal, Jack?«

»Ja?«

»Was ist denn ein Kommunist?«

»Ich habe keinen Schimmer. Ist das nicht irgend so ein Volk, das in Russland lebt?«

»Dieser Kerl, der die Tochter des alten Dalton geküsst hat, war also ein Kommunist, und ihren Leuten gefiel das nicht?«

»Reiche Leute mögen keine Kommunisten.«

»Sie ist ein ganz schön flottes Ding, oder?«

»Klar«, sagte Jack. »Wenn du anfängst, dort zu arbeiten, dann musst du dich bemühen, mit ihr auszukommen. Dann kannst du alles haben, was du willst. Die reichen Leute waschen ihre schmutzige Wäsche nicht in der Öffentlichkeit. Ich wette, der Alte war deswegen so wütend über diesen Kommunisten, weil seine Tochter sich in aller Öffentlichkeit mit ihm gezeigt hat ...«

»Ja, das kann schon sein«, sagte Bigger.

»Meine Ma hat früher mal für reiche weiße Leute gearbeitet, und du hättest mal hören sollen, was sie für Geschichten erzählt hat ...«

»Was denn für Geschichten?«, fragte Bigger neugierig.

»Ach, diese reichen weißen Frauen gehen doch mit jedem ins Bett, angefangen mit einem Pudel. Und sogar mit ihren Chauffeuren. Hör mal«, sagte Jack und stieß Bigger einen Finger in die Rippen, »falls du in der Hinsicht mal überfordert sein solltest, lass es mich wissen.«

Sie lachten. Bigger blickte wieder zur Leinwand, aber er nahm nichts mehr in sich auf. Die Aussicht auf die neue Arbeit erregte ihn. Stimmte es wirklich, was man sich von den reichen Weißen erzählte? Ob er für solche Leute arbeiten musste, wie man sie im Film sah? Dann würde er vieles erleben und vielleicht sogar in irgendwelche geheimen Dinge eingeweiht werden. Der Film *Trader Horn* begann. Nackte schwarze Männer und Frauen wirbelten zum Klang der Trommeln in feurigen Tänzen herum. Nach und nach verblasste die afrikanische Welt vor Biggers Augen. Er sah wieder die Weißen vor sich, wie sie, in großer Abendtoilette, lachten, redeten, tranken und tanzten. Es waren tüchtige Leute, die wussten, wie sie zu Geld kommen konnten, zu Millionen. Wenn er für sie arbeitete, könnte vielleicht irgendetwas geschehen, und er würde teilhaben an ihrem Reichtum. Er würde lernen, wie sie es machten. Gewiss war das Ganze nur ein Glücksspiel, das die Weißen eben zu spielen verstanden. Und außerdem waren die reichen Weißen ja gar nicht so schlecht zu den Negern, nur die armen Weißen hassten die Neger, weil sie ihnen ihr bisschen Geld nicht gönnten. Seine Mutter hatte ihm immer gesagt, dass die Reichen die Neger lieber mochten als die armen Weißen. Und wenn er ein Weißer wäre und es zu nichts bringen würde, dann verdiente er wirklich nichts weiter, als herumgestoßen zu werden. Die armen Weißen waren einfach dumm. Die reichen, die waren gescheit, die wussten, wie man mit Leuten umzugehen hatte. Er erinnerte sich, dass er irgendwo die Geschichte von einem Negerchauffeur gehört hatte, der ein reiches weißes Mädchen heiratete. Die Familie des Mädchens hatte dann das Paar ins Ausland geschickt und es mit Geld versorgt.

Ja, die Stellung bei den Daltons würde eine Bombensache sein. Vielleicht war Mr Dalton Millionär. Vielleicht war Mary Dalton eine tolle Puppe, vielleicht schmiss sie mit dem Geld nur so um sich. Vielleicht würde sie gern einmal auf die Südseite kommen und sich alles ansehen. Oder vielleicht hatte sie einen heimlichen Geliebten, von dem nur er wissen würde, weil er sie herumfahren musste. Vielleicht würde sie ihm Geld geben, damit er nichts sagte.

Es war eine Riesendummheit von ihm, gerade jetzt, wo er den Job bekommen sollte, das Ding mit Blum drehen zu wollen. Warum hatte er nicht früher darüber nachgedacht? Weshalb sollte er so etwas riskieren, wenn sich ihm so viel bessere Möglichkeiten boten? Wenn heute Nachmittag etwas schiefging, würde er die Stellung nicht kriegen und vielleicht sogar ins Gefängnis wandern. Und er war ohnehin nicht so scharf darauf, den alten Blum auszurauben. Stirnrunzelnd lauschte er auf das Schlagen der Trommeln und das Schreien der schwarzen Männer und Frauen, die frei und ungezügelt tanzten, Männer und Frauen, die in ihrem Land verwurzelt waren, die sich in ihrer Welt geborgen fühlten und keine Angst kannten.

»Komm, Bigger«, sagte Jack. »Wir müssen gehen.«

»Was?«

»Es ist zwanzig vor drei.«

Er stand auf und ging über den weichen Teppich durch den dunklen Gang. Er hatte von dem Film fast nichts gesehen, aber das kümmerte ihn nicht. Als er hinaustrat in die Halle und an Gus und Blum dachte, verkrampfte sich sein Inneres wieder.

»War 'ne Bombe, was?«

»Ja, ganz prima«, sagte Bigger.

Er lief mit schnellem Schritt neben Jack her, bis sie die 39. Straße erreichten.

»Ich glaube, wir holen erst mal die Revolver«, schlug Bigger vor.

»Ja.«

»Wir haben noch fünfzehn Minuten.«

»Okay.«

»Also, bis gleich.«

Mit wachsender Angst ging er nach Hause. Als er vor der Haustür stand, zögerte er einzutreten. Er wollte Blum nicht ausrauben, er fürchtete sich davor. Aber jetzt musste er die Sache wohl durchstehen.

Lautlos stieg er die Treppe hinauf und steckte den Schlüssel ins Schlüsselloch. Die Tür öffnete sich leise, und er hörte die Mutter hinter dem Vorhang singen.

> Lord, I want to be a Christian,
> In my heart, in my heart,
> Lord, I want to be a Christian,
> In my heart, in my heart …

Er schlich sich auf Zehenspitzen durch das Zimmer und hob das Keilkissen seines Bettes hoch, zog den Revolver hervor und steckte ihn unter das Hemd. Als er die Tür wieder öffnen wollte, hörte die Mutter auf zu singen.

»Bist du's, Bigger?«

Er rannte hinaus, schlug die Tür zu und sprang die Treppe hinab. Er ging durch den Hausflur und trat auf die Straße. Der heiße Klumpen in Magen und Brust wurde größer und schwerer. Er öffnete den Mund, um atmen zu können. Er eilte zu Doc und schaute zur Tür hinein. Jack und G. H. spielten hinten an einem der Tische Billard. Gus war nicht da. Die nervöse Anspannung ließ ein wenig nach. Bigger schluckte und suchte mit den Augen die Straße ab. Sie war fast leer, und auch der Polizist stand nicht auf seinem Posten. Eine Uhr auf der anderen Straßenseite zeigte zwölf Minuten vor drei. Nun musste er wohl hineingehen. Mit der linken Hand wischte er sich langsam den Schweiß von der Stirn. Er zögerte noch einen Augenblick, dann trat er ein und begab sich mit festem Schritt zu dem hinteren Billardtisch. Er sprach weder mit Jack noch mit G. H., und auch sie sagten nichts zu ihm. Mit zitternden Fingern zündete er sich eine Zigarette an und sah zu, wie die glänzenden Billardkugeln über den grünen Filz rollten, da und dort an die Bande prallten, klickend zusammenstießen und in die Löcher fielen. Er verspürte den Zwang, etwas zu sagen, damit der Druck in seiner Brust nachließ. Hastig warf er die Zigarette in den Spucknapf. Blaue Rauchwirbel quollen ihm aus der Nase, als er heiser rief: »Jack, ich wette um zwei Zehner, dass du's nicht schaffst!«

Jack antwortete nicht, die Kugel schoss quer über den Tisch und verschwand in einem der Seitenlöcher.

»Da hättest du aber verloren.«

»Zu spät«, sagte Bigger. »Du hast ja nicht gewettet – also hast du verloren.«

Er sprach, ohne die beiden anzusehen. Sein ganzer Körper hungerte nach etwas Aufregendem und Grausamem, das seine Anspannung mildern würde. Es war jetzt zehn Minuten vor drei, und Gus war noch immer nicht da. Wenn er nicht bald kam, würde es zu spät sein. Und Gus wusste das. Wenn sie zu Blum wollten, so mussten sie gehen, ehe die Leute ihr Abendbrot einkauften und solange der Polizist noch am anderen Ende des Blockes war.

»Der Feigling!«, rief Bigger. »Ich wusste es doch!«

»Er wird schon kommen«, sagte Jack.

»Manchmal möchte ich ihm sein feiges Herz aus dem Leibe reißen.« Bigger fingerte an dem Messer in der Hosentasche herum.

»Vielleicht ist er bei 'nem Mädchen«, warf G. H. ein.

»Ach, er hat einfach Angst«, sagte Bigger. »Angst vor 'nem Weißen.«

Die Billardkugeln prallten gegeneinander. Jack bestrich die Queuespitze mit Kreide, und als Bigger das Geräusch des Reibens hörte, knirschte er mit den Zähnen, bis sie schmerzten. Dieses Geräusch brachte ihn auf, es weckte in ihm das Verlangen, sein Messer zu gebrauchen.

»Wenn er uns die Sache vermasselt, dann passiert was. Darauf könnt ihr euch verlassen!«, drohte Bigger. »Er soll sich unterstehen, zu spät zu kommen. Immer wenn jemand zu spät kommt, geht was schief. Guckt euch doch die schweren Jungs an. Habt ihr je gehört, dass die zu spät kommen? Nee! Die arbeiten pünktlich wie ein Uhrwerk!«

»Keiner von uns hat mehr Mumm als Gus«, sagte G. H. »Er hat noch jedes Mal mitgemacht.«

»Ach, halt die Schnauze!«, knurrte Bigger.

»Nun fängst du schon wieder an, Bigger«, sagte G. H. »Gus hat vorhin gerade davon gesprochen, wie du dich heute früh benommen hast. Du bist zu nervös, wenn wir was vorhaben …«

»Erzähl mir nicht, dass ich nervös bin«, brüllte Bigger.

»Wenn wir's heute nicht machen, ist morgen immer noch Zeit«, sagte Jack.

»Morgen ist Sonntag, du Esel!«

»Herrgott, Bigger, schrei doch nicht so!«, presste Jack zwischen den Zähnen hervor.

Bigger sah ihn scharf an und wandte sich mit einer Grimasse ab.

»Erzähl doch nicht der ganzen Welt, was wir vorhaben«, flüsterte Jack in besänftigendem Ton.

Bigger ging nach vorn, trat ans Fenster und schaute hinaus. Ihm wurde plötzlich übel. Er sah Gus die Straße entlangkommen, und seine Muskeln verkrampften sich. Er würde Gus bestimmt etwas antun, er wusste nur noch nicht, was. Als Gus näher kam, hörte Bigger ihn ein Lied pfeifen. Die Tür wurde aufgestoßen.

»Hallo, Bigger«, sagte Gus.

Bigger antwortete nicht. Gus ging an ihm vorbei und steuerte auf die Tische im Hintergrund des Raumes zu. Bigger fuhr herum und versetzte ihm einen heftigen Tritt. Gus stürzte und fiel auf das Gesicht. Mit einem Blick auf den am Boden liegenden Gus, auf Jack und G. H. am Billardtisch und auf Doc – mit einem lächelnden Blick, der langsam wanderte und doch alle zur gleichen Zeit umfasste – lachte Bigger, leise zuerst, dann laut und hysterisch. Ihm war, als sprudele kochendes Wasser in ihm und suche einen Ausgang. Gus stand auf und sah ihn an. Der Mund stand ihm offen, und seine Augen waren tiefschwarz vor Hass.

»Nun mal sachte«, sagte Doc, hob den Kopf und blickte dann wieder nach unten.

»Weshalb hast du das getan?«, fragte Gus.

»Weil ich es wollte«, sagte Bigger.

Gus sah Bigger aus schmalen Augen an. G. H. und Jack stützten sich auf die Queues und beobachteten die beiden schweigend.

»Mit dir rechne ich noch ab«, drohte Gus.

»Sag das noch mal!«, sagte Bigger.

Doc lachte, richtete sich auf und schaute Bigger an.

»Lass ihn doch in Frieden, Bigger.«

Gus drehte sich um und ging auf die Billardtische zu. Mit einem Satz war Bigger bei ihm und packte ihn am Kragen.

»Sag das noch mal!«

»Lass los, Bigger!«, würgte Gus hervor und sank in die Knie.

»Ich denk nicht dran!«

Die Muskeln seines Körpers strafften sich, und er sah seine Faust auf Gus' Kopf landen. Er hatte zugeschlagen, ehe es ihm zu Bewusstsein gekommen war.

»Tu ihm nichts«, bat Jack.

»Ich bring ihn um«, zischte Bigger mit zusammengebissenen Zähnen und zog den Kragen enger zusammen.

»L-Lass m-m-m-mich l-l-l-los«, gurgelte Gus, sich wehrend.

»Mach dich doch selber los!«, rief Bigger und packte ihn noch fester.

Ohne sich zu rühren, blieb Gus auf den Knien. Dann schnellte er hoch wie ein gespannter Bogen und schüttelte Bigger ab. Der taumelte gegen die Wand und rang einen Moment lang nach Luft. Seine Hand fuhr blitzschnell in die Tasche. Ehe die anderen wussten, was geschah, glänzte eine Messerklinge auf. Geschmeidig wie eine Raubkatze glitt Bigger vor, streckte den linken Fuß aus und brachte Gus zu Fall. Gus drehte sich herum und wollte aufstehen, aber schon kniete Bigger mit dem Messer auf ihm.

»Steh auf! Dann schneid ich dir die Kehle durch!«

Gus bewegte sich nicht.

»Komm. Bigger.« Gus ergab sich. »Lass mich hoch.«

»Du willst dich wohl über mich lustig machen, was?«

»Nein«, murmelte Gus, ohne die Lippen zu bewegen.

»Da hast du auch verdammt recht«, sagte Bigger.

Sein Gesicht entspannte sich ein wenig, und das Funkeln in seinen blutunterlaufenen Augen erlosch. Aber er kniete noch immer mit dem offenen Messer auf Gus. Dann ließ er ihn los.

»Steh auf!«, sagte er.

»Bitte, Bigger!«

»Du willst wohl das Messer zu spüren bekommen?«

Er bückte sich wieder und setzte Gus das Messer an die Kehle. Gus rührte sich nicht; seine großen schwarzen Augen sahen ihn flehend an. Bigger war noch nicht befriedigt, er fühlte, dass seine Muskeln sich von Neuem verkrampften.

»Steh auf! Ich sags nicht noch einmal!«

Langsam erhob sich Gus. Bigger hielt ihm die offene Klinge vor die Lippen.

»Leck ab«, befahl Bigger. Das Blut prickelte ihm vor Erregung.

Gus' Augen füllten sich mit Tränen.

»Leck ab, habe ich gesagt! Du denkst wohl, ich mache Spaß?« Gus ließ den Blick durch den Raum wandern, ohne den Kopf zu bewegen. Seine Augen flehten um Hilfe. Doch keiner rührte sich. Biggers linke Faust hob sich langsam zum Schlag. Gus näherte sich dem Messer, er streckte die Zunge aus und berührte die Klinge. Seine Lippen zitterten, und Tränen strömten ihm über die Wangen.

»Hahahaha!«, lachte Doc.

»Nun lass ihn aber in Frieden«, rief Jack.

Bigger beobachtete Gus mit schiefem Lächeln.

»He, Bigger, hast du ihm noch nicht genug Angst gemacht?«, fragte Doc.

Bigger antwortete nicht. Seine Augen glänzten. Ihm war soeben ein neuer Einfall gekommen.

»Hände hoch! Los! Hände hoch!«, kommandierte er.

Gus schluckte und hob die Hände über den Kopf.

»Lass ihn in Frieden, Bigger«, bat G. H. schwach.

»Erst verpass ich ihm noch einen Denkzettel«, rief Bigger.

Er setzte Gus die Messerspitze auf das Hemd und beschrieb mit der Hand einen Bogen, so als schnitte er einen Kreis.

»Wie wärs, wenn ich dir den Nabel rausschneiden würde?«

Gus antwortete nicht. Schweiß tropfte ihm von den Schläfen, seine Unterlippe hing schlaff herab.

»Mach dein schwabbliges Maul zu!«

Gus rührte sich nicht. Bigger drückte ihm das Messer stärker gegen den Bauch.

»Bigger!«, presste Gus flüsternd hervor.

»Mach das Maul zu!«

Gus schloss den Mund. Doc lachte. Jack und G. H. lachten. Bigger trat zurück und sah Gus mit einem Lächeln an.

»Du Affe«, sagte er. »Nimm die Hände runter und setz dich auf den Stuhl dort.« Er sah zu, wie Gus sich hinsetzte. »Das nächste Mal wirst du hoffentlich nicht wieder zu spät kommen!«

»Es ist nicht zu spät, Bigger. Wir haben noch genug Zeit ...«

»Halt die Klappe! Es ist zu spät!«, erklärte Bigger im Befehlston.

Bigger wandte sich ab. Da hörte er auf dem Boden ein scharrendes Geräusch. Er fuhr herum. Gus war vom Stuhl aufgesprungen. Er ergriff eine Billardkugel und warf sie unter Schluchzen und Fluchen nach seinem Peiniger. Bigger schloss die Augen. Er riss die Hände hoch, um das Gesicht zu schützen, und die Kugel traf sein Handgelenk. Als er die Augen wieder öffnete, floh Gus gerade durch die Hintertür, und er hörte die Kugel auf den Boden schlagen und davonrollen. Seine Hand schmerzte heftig.

»Du Mistkerl!«

Er stürzte ihm nach, stolperte über ein Queue am Boden und fiel hin.

»Nun ists aber genug, Bigger«, sagte Doc lachend.

Auch Jack und G. H. lachten. Bigger stand auf, drehte sich zu ihnen um und hielt sich die schmerzende Hand. Seine Augen waren blutunterlaufen, und er starrte sie mit unverhohlenem Hass an.

»Lacht ihr nur«, drohte er.

»Benimm dich, Junge«, sagte Doc.

»Lacht ihr nur«, wiederholte Bigger und zog das Messer.

»Sieh dich vor«, warnte ihn Doc.

»Ach, Bigger«, seufzte Jack und wich zur Hintertür zurück.

»Jetzt hast du alles verdorben«, klagte G. H. »Das hast du wahrscheinlich gewollt ...«

»Scher dich zum Teufel!«, überschrie ihn Bigger.

Doc bückte sich hinter der Theke, und als er wieder hochkam, hielt er etwas in der Hand verborgen. Er stand da und lachte. Bigger trat an den Billardtisch heran, den Blick auf Doc gerichtet. Weißer Schaum quoll ihm aus den Mundwinkeln. Mit langen, ausholenden Bewegungen begann er, den grünen Filz der Tischplatte zu zerschneiden. Dabei ließ er Doc nicht aus den Augen.

»Du elender Hund!«, brüllte Doc. »Ich sollte dich erschießen, so wahr mir Gott helfe! Scher dich raus, ehe ich die Bullen rufe!«

Bigger ging betont langsam an Doc vorbei. Er sah ihn an. Das offene Messer hatte er noch immer in der Hand. In der Tür blieb er stehen und blickte sich um. Jack und G. H. waren verschwunden.

»Raus hier!«, befahl Doc und richtete einen Revolver auf ihn.

»Gefällt dir wohl nicht, was?«, fragte Bigger.

»Raus hier, sonst knallts«, warnte Doc. »Und wehe, du setzt deine dreckigen Füße noch einmal über meine Schwelle!«

Doc war wütend. Bigger bekam Angst und klappte das Messer zu. Er ließ es in die Hosentasche gleiten und schlenderte hinaus auf die Straße. Das grelle Sonnenlicht blendete ihn, und er kniff die Augen zusammen. Er war so erregt, dass ihm das Atmen schwer wurde. Als er in der Mitte des Häuserblocks an Blums Laden vorbeikam, warf er aus den Augenwinkeln einen Blick durch das Schaufenster. Blum war allein, der Laden war leer. Wirklich, sie hätten noch Zeit gehabt – sie hatten sogar jetzt noch Zeit. Er hatte Gus und G. H. und Jack angelogen. Er ging weiter. Auch der Polizist war nicht zu sehen. Ja, sie hätten Blums Kasse ausräumen und sich aus dem Staube machen können. Er hoffte, dass sein Kampf mit Gus das verborgen hatte, was er zu verbergen suchte. Jedenfalls fühlte er sich ihnen wieder gewachsen. Und er fühlte sich auch Doc gewachsen. Hatte er ihm nicht den Filz zerschlitzt und ihn gezwungen, den Revolver hervorzuholen?

Das Verlangen, allein zu sein, überkam ihn. Er ging bis zur Mitte des nächsten Blocks und bog in eine Gasse ein. Er wurde von einem lautlosen Lachen geschüttelt. Dann blieb er stehen, denn er fühlte, dass ihm etwas Warmes die Wange hinunterrann, und er wischte es weg. »Guter Gott«, flüsterte er, »jetzt habe ich Tränen gelacht.« Sorgfältig trocknete er sich das Gesicht mit dem Jackenärmel ab. Zwei volle Minuten rührte er sich nicht von der Stelle. Er starrte den Schatten an, den ein Telegrafenmast auf das Pflaster warf. Plötzlich richtete er sich auf, stieß geräuschvoll den Atem aus und ging weiter. »Ach, zum

Teufel damit!« Da stolperte er über eine Unebenheit im Pflaster. »Verdammt!«, fluchte er. Als er an das Ende der Gasse kam, bog er wieder in die Straße ein und schlenderte niedergeschlagen durch den Sonnenschein. Er hatte die Hände tief in den Taschen vergraben und hielt den Kopf gesenkt.

Er ging nach Hause, setzte sich auf einen Stuhl ans Fenster und blickte gedankenverloren hinaus.

»Bist du's, Bigger?«, rief seine Mutter hinter dem Vorhang hervor.

»Ja«, sagte er.

»Warum bist du denn vorhin so schnell wieder rausgerannt?«

»Nur so.«

»Mach jetzt keine Geschichten, Junge.«

»Ach, lass mich in Ruhe, Mam!«

Er hörte eine Weile zu, wie die Mutter die Wäsche auf dem metallenen Waschbrett bearbeitete. Dann starrte er wieder hinaus auf die Straße und dachte daran, wie er vorhin mit Gus gekämpft hatte. Er war froh, dass er sich in einer Stunde bei den Daltons vorstellen sollte. Die Kumpels widerten ihn an, doch von nun an würden sie wohl kaum mehr zusammenarbeiten. Gleich einem Mann, der bedauernd, aber ohne Hoffnung den Stumpf eines amputierten Armes oder Beines betrachtet, blickte er zurück auf ihre gemeinsamen Unternehmungen. Er wusste, dass ihn die Angst zum Kampf mit Gus getrieben hatte, aber er wusste es nur auf eine undeutliche, verschwommene Art. Seine verworrenen Gefühle hatten ihm instinktiv gesagt, dass es besser wäre, sich mit Gus zu prügeln und so ihr Vorhaben ins Wasser fallen zu lassen, als einem Weißen den Revolver vorzuhalten. Aber er unterdrückte das Wissen um seine Furcht. Sein Lebensmut hing davon ab, dass diese Angst seinem Bewusstsein verborgen blieb. Er hatte sich auf Gus gestürzt, weil Gus zu spät gekommen war: Daran klammerte er sich, und er versuchte nicht, sich vor sich selbst oder vor seinen Kameraden zu rechtfertigen. Er hielt nicht genug von ihnen, um als Büßer vor sie hinzutreten. Er fühlte sich ihnen gegenüber für sein Tun nicht verantwortlich, obwohl sie ebenso tief in den geplanten Raub verwickelt waren wie er. So war es immer gewesen. Wenn etwas von ihm verlangt wurde, sträubte er sich. Das war seine Art zu leben, und er verbrachte seine Tage damit, die mächtigen Impulse einer Welt, die er fürchtete, zu bezwingen oder zu befriedigen.

Vom Fenster aus sah Bigger die Sonne über den Dächern im Westen untergehen. Die ersten Schatten der Dämmerung senkten sich hernieder. Ab und zu ratterte eine Straßenbahn vorbei. Am anderen Ende des Zimmers gluckste die rostige Heizung. Den ganzen Tag lang war Frühlingswetter gewesen, aber jetzt verschlangen dunkle Wolken langsam die Sonne. Die Straßenlaternen leuchteten auf, und der Himmel war schwarz und den Dächern nahe.

Unter dem Hemd spürte Bigger das kalte Metall des Revolvers. Er sollte ihn wieder unter das Keilkissen schieben. Nein! Er würde ihn bei sich behalten. Er würde ihn zu den Daltons mitnehmen. Er hatte nicht die Absicht, ihn zu benutzen, und er sah auch keinen Grund, sich fürchten zu müssen, aber Unbehagen und Misstrauen bewogen ihn, den Revolver einzustecken. Er ging zu Weißen, deshalb würde er das Messer und den Revolver mitnehmen. So würde er sich sicherer fühlen und ihnen gewachsen sein.

Dann fiel ihm ein, weshalb er den Revolver unbedingt mitnehmen musste: Der Weg zu dem daltonschen Haus führte durch eine weiße Gegend. In letzter Zeit waren zwar keine Neger belästigt worden, aber immerhin, möglich war alles.

Irgendwo in der Ferne schlug eine Uhr. Er seufzte und stand auf, gähnte und reckte sich, um die Muskeln zu lockern. Er nahm den Mantel, denn draußen wurde es kalt, und griff nach seiner Mütze. Er schlich sich auf Zehenspitzen zur Tür, damit die Mutter ihn nicht hörte. Gerade als er hinausschlüpfen wollte, rief sie: »Bigger!«

Er blieb stirnrunzelnd stehen.

»Ja, Mam?«

»Gehst du dich jetzt vorstellen?«

»Ja.«

»Willst du nichts essen?«

»Ich hab keine Zeit mehr.«

Sie kam zur Tür und wischte sich die seifigen Hände an der Schürze ab.

»Hier ist ein Vierteldollar. Kauf dir was.«

»Ist gut.«

»Und sei vorsichtig, Junge.«

Er ging hinaus und lief in südlicher Richtung bis zur 46. Straße, dann wandte er sich nach Osten. Ja, nun würde er bald sehen, ob die Daltons den Weißen im Film glichen. Aber als er durch das ruhige und weiträumig angelegte weiße Stadtviertel lief, erschien ihm diese Welt schon nicht mehr so reizvoll wie im Kino. Die Häuser, an denen er vorüberging, ragten in den Himmel, und in den Fenstern glommen sanfte Lichter. Die Straßen waren leer. Ab und zu fuhr auf surrenden Gummireifen ein Auto vorbei. Es war eine kalte, fremde Welt, eine sorgsam behütete Welt weißer Geheimnisse. Er merkte diesen Häusern und Straßen den

Stolz, die Sicherheit und das Selbstvertrauen ihrer Bewohner an. Er erreichte den Drexel Boulevard und hielt Ausschau nach Nummer 4605. Vor einem hohen schwarzen Eisenzaun blieb er stehen. Plötzlich fühlte er sich bedrückt. Alles, was er im Kino empfunden hatte, war gewichen, in ihm waren nur noch Furcht und Leere.

Ob er zum Vordereingang oder zur Hintertür hineingehen sollte? Komisch, dass er nicht früher daran gedacht hatte. Verdammt! Er ging am Zaun entlang und suchte nach einem Weg, der zur Rückseite des Hauses führte. Aber es gab keinen. Das Tor zur Auffahrt war verschlossen. Also blieb ihm nichts weiter übrig, als durch die Gittertür zu treten. Wenn nun ein Polizist ihn beobachtete? Er würde denken, dass er jemanden ausrauben oder vergewaltigen wollte. Er wurde wütend. Weshalb war er überhaupt hierhergekommen? Er hätte doch unter seinen eigenen Leuten bleiben und diesem Gefühl aus Angst und Hass entgehen können. Es war nicht seine Welt, und er war dumm gewesen, zu glauben, sie könne ihm gefallen. Er stand mitten auf der Straße und biss die Zähne zusammen. Am liebsten hätte er mit der Faust auf etwas losgeschlagen. Nun gut! Dann würde er eben durch den Vordereingang gehen. Wenn das falsch war, konnten sie ihn ja nicht gleich umbringen. Sie konnten ihm höchstens sagen, dass er die Arbeit nicht bekam.

Zaghaft hob er den Riegel am Gittertor hoch und ging zur Treppe. Er blieb stehen und wartete, aber nichts rührte sich. Vielleicht war niemand zu Hause? Er ging zur Tür. In einer kleinen Nische über der Klingel brannte ein schwaches Licht. Er drückte auf den Knopf und fuhr zurück, als drinnen ein Gong ertönte. Vielleicht hatte er zu stark gedrückt? Ach was, zum Teufel! Er durfte nicht alles so tragisch nehmen. Er lockerte seine Muskeln und wartete. Der Türknauf drehte sich. Die Tür wurde geöffnet. Er sah ein weißes Gesicht. Es war eine Frau.

»Hallo!«

»Ja, Ma'am«, sagte er.

»Zu wem willst du denn?«

»Ich … äh … ich möchte zu Mr Dalton.«

»Bist du der junge Thomas?«

»Jawohl.«

»Komm herein.«

Er schob sich langsam durch die Tür. Die Frau war ihm so nahe, dass er an ihrem Mundwinkel einen kleinen Leberfleck erkennen konnte. Er blieb stehen und hielt den Atem an. Er schien nicht an ihr vorbeizukommen, ohne sie zu berühren.

»Tritt nur ein«, sagte die Frau.

»Ja, Ma'am«, flüsterte er.

Er zwängte sich an ihr vorbei und stand unsicher in einer dämmerigen Halle.

»Komm mit«, sagte sie.

Die Mütze in der Hand, folgte er ihr mit hängenden Schultern über einen Teppich, der so weich und dick war, dass er bei jedem Schritt darin einzusinken schien. Sie standen in einem schwach erleuchteten Raum.

»Setz dich«, sagte sie. »Ich werde Mr Dalton sagen, dass du da bist. Er wird gleich kommen.«

»Ja, Ma'am.«

Er ließ sich nieder und blickte zu der Frau empor. Sie starrte ihn an, und er wandte sich verwirrt ab. Er war froh, dass sie ging. So ein blödes Stück! Was ist denn so komisch an mir? Ich bin doch auch nicht anders als sie … Er merkte, dass er allzu unbequem dasaß – er rutschte bald von der Sesselkante herunter. Er erhob sich, um sich weiter zurückzusetzen, aber als er sich niederließ, sank er plötzlich so tief ein, dass er glaubte, der Sessel sei unter ihm zusammengebrochen. Er fuhr erschrocken hoch, und als er sah, dass nichts geschehen war, ließ er sich misstrauisch wieder zurücksinken. Er blickte sich um. Der Raum war von gedämpftem Licht erhellt, das von einer unsichtbaren Quelle gespeist wurde. Er bemühte sich, die Lampen zu entdecken, aber es gelang ihm nicht. So etwas hatte er nicht erwartet, er hatte nicht geglaubt, dass diese Welt sich so gänzlich von der seinen unterschied, dass sie ihn einschüchtern würde. An den glatten Wänden hingen Gemälde, die er vergebens zu erkennen versuchte. Er hätte sie gern näher betrachtet, wagte es aber nicht. Dann lauschte er: Klaviermusik drang schwach zu ihm herüber. Er saß in einem weißen Haus, umgeben von gedämpftem Licht, unbekannte Dinge schüchterten ihn ein, und er fühlte sich unsicher und gereizt.

»Würdest du bitte hierher kommen?«

Der Klang einer Männerstimme ließ ihn auffahren.

»Was?«

»Komm hierher.«

Da er nicht abschätzen konnte, wie tief er im Sessel saß, misslang ihm sein erster Versuch, sich zu erheben, und er rutschte zurück. Dann stützte er sich auf die Armlehnen und zog sich hoch. Er stand vor einem großen, schlanken Mann mit weißem Haar, der einen Zettel in der Hand hielt. Der Mann betrachtete ihn mit einem belustigten Lächeln, das ihm jeden Quadratzentimeter der Haut seines schwarzen Körpers bewusst machte.

»Thomas?«, fragte der Mann. »Bigger Thomas?«

»Ja, Sir«, flüsterte er. Ihm war, als spräche er nicht selbst, als kämen ihm die Worte ohne sein Zutun und wie aus eigener Kraft über die Lippen.

»Komm mit.«

»Ja, Sir.«

Er folgte dem Mann durch einen Korridor. Der Mann blieb plötzlich stehen, und auch Bigger hielt verwirrt inne. Dann sah er eine große, dünne Frau lautlos auf sich zukommen. Sie hatte die Hände erhoben und tastete sich langsam an den Wänden entlang. Bigger trat zurück, um sie vorbeizulassen. Ihr Gesicht und ihr Haar waren völlig weiß, sie kam ihm vor wie ein Gespenst. Der Mann ergriff sanft ihren Arm und hielt sie einen Augenblick lang fest. Bigger sah, dass sie alt war und dass ihre grauen Augen einen starren Ausdruck hatten.

»Soll ich dir helfen?«, fragte der Mann.

»Danke, nein. Es geht sehr gut so«, antwortete sie.

»Wo ist Peggy?«

»Sie bereitet das Abendessen zu. Es geht wirklich, Henry.«

Er ließ die Frau los. Sie ging langsam weiter, und ihre langen, weißen Finger berührten kaum die Wände. Dem Saum ihres Kleides folgte lautlos eine große weiße Katze. Sie ist blind, dachte Bigger verwundert.

»Komm mit«, sagte der Mann.

»Ja, Sir.«

Er fragte sich, ob der Mann gesehen hatte, wie er die Frau angestarrt hatte. Er würde vorsichtig sein müssen. Es gab hier so viele seltsame Dinge. Er folgte dem Mann in ein Zimmer.

»Setz dich.«

»Ja, Sir«, sagte er und setzte sich.

»Das war Mrs Dalton«, erklärte ihm der Mann. »Sie ist blind.«

»Ja, Sir.«

»Sie nimmt großen Anteil an den Farbigen.«

»Ja, Sir«, flüsterte Bigger. Das Atmen bereitete ihm Mühe, er leckte sich die Lippen und drehte nervös die Mütze in den Händen.

»Und ich bin Mr Dalton.«

»Ja, Sir «

»Würdest du gern einen Wagen fahren?«

»O ja, Sir.«

»Hast du den Zettel mitgebracht?«

»Wie bitte?«

»Hat dir die Wohlfahrt nicht einen Zettel für mich gegeben?«

»O ja, Sir!«

Er hatte diesen Zettel völlig vergessen. Er erhob sich, griff in die Westentasche und ließ die Mütze fallen. Einen Augenblick lang stand er unentschlossen da. Sollte er erst die Mütze aufheben und dann den Zettel suchen oder erst den Zettel suchen und dann die Mütze aufheben? Er beschloss, zuerst die Mütze aufzuheben.

»Leg deine Mütze hierher«, sagte Mr Dalton und deutete auf den Schreibtisch.

»Ja, Sir.«

Er erstarrte. Die weiße Katze sprang an ihm vorbei und landete auf dem Schreibtisch. Dort blieb sie sitzen, sah ihn mit großen, sanften Augen an und miaute klagend.

»Was hast du denn, Kate?«, fragte Mr Dalton und streichelte der Katze lächelnd das Fell. Dann wandte er sich wieder an Bigger. »Hast du ihn gefunden?«

»Nein, Sir. Aber ich muss ihn hier irgendwo haben.«

Er hasste sich in diesem Augenblick. Weshalb musste er sich bloß so benehmen? Und weshalb verspürte er solch ein

Unbehagen? Am liebsten hätte er die Hand erhoben und das Bild des weißen Mannes ausgelöscht. Oder sein eigenes, wenn es nicht anders ging. Seitdem er sich in diesem Haus befand, hatte er Mr Dalton nicht einmal ins Gesicht geblickt. Er stand mit hängenden Schultern da, seine Knie waren eingeknickt, die Lippen halb geöffnet. Seine Augen wagten nicht, einen Gegenstand genauer zu betrachten. Tief im Innern spürte er, dass er sich in der Gegenwart von Weißen so verhalten müsse. Sie hatten es ihm nicht gesagt, doch ihr ganzes Benehmen hatte ihn zu dieser Überzeugung gebracht. Er legte die Mütze hin und bemerkte, dass Mr Dalton ihn genau beobachtete. Vielleicht machte er etwas falsch? Verdammt! Ungeschickt suchte er nach dem Zettel. Als er ihn nicht gleich finden konnte, fühlte er sich verpflichtet, etwas zu sagen, weil er so lange suchte.

»Ich habe ihn hier in meiner Westentasche gehabt«, murmelte er.

»Lass dir nur Zeit.«

»Ach, hier ist er.«

Er zog den Zettel heraus. Der war zerknüllt und schmutzig. Verlegen glättete er ihn, fasste ihn an einer Ecke und reichte ihn Mr Dalton.

»Schön«, sagte Mr Dalton. »Nun wollen wir mal sehen. Du wohnst also in der Indiana Avenue Nummer 3721?«

»Ja, Sir.«

Mr Dalton schwieg, runzelte die Stirn und blickte zur Decke.

»Was für ein Gebäude ist das denn?«

»Sie meinen, wo ich wohne, Sir?«

»Ja.«

»Och, das ist nur ein altes Haus.«

»Wo bezahlt ihr denn die Miete?«

»Unten in der 31. Straße.«

»Bei der South Side Real Estate Company?«

»Ja, Sir.«

Bigger überlegte, was all diese Fragen zu bedeuten hatten. Irgendwann hatte er einmal gehört, dass diese Firma Mr Dalton gehörte, aber er war sich dessen nicht sicher.

»Wie viel Miete zahlt ihr denn?«

»Acht Dollar die Woche.«

»Für wie viel Zimmer?«

»Wir haben nur eins, Sir.«

»Aha . . Und nun, Bigger, sag mir mal, wie alt bist du eigentlich?«

»Zwanzig, Sir.«

»Verheiratet?«

»Nein, Sir.«

»Setz dich. Du brauchst nicht zu stehen. Es dauert auch nicht lange.«

»Ja, Sir.«

Er setzte sich. Die weiße Katze betrachtete ihn noch immer aus großen, feuchten Augen.

»Also, du hast eine Mutter, einen Bruder und eine Schwester?«

»Ja, Sir.«

»Ihr seid vier?«

»Ja, Sir, wir sind vier«, stammelte er und bemühte sich, zu zeigen, dass er nicht ganz so dumm war, wie es scheinen mochte. Er hatte das Bedürfnis, zu sprechen, denn vielleicht erwartete Mr Dalton das von ihm. Und plötzlich erinnerte er sich, dass ihm die Mutter immer und immer wieder gesagt hatte, er solle nicht zu Boden schauen, wenn er mit Weißen spreche oder um Arbeit nachfrage. Er hob die Augen und sah, dass Mr Dalton ihn musterte. Da senkte er schnell wieder den Blick.

»Und du heißt Bigger?«

»Ja, Sir.«

»Und nun, Bigger, möchte ich mich noch ein wenig mit dir unterhalten …«

Verdammt! Er wusste, was jetzt kam. Mr Dalton würde ihn fragen, warum er eigentlich damals die Autoreifen gestohlen habe und in die Besserungsanstalt geschickt worden sei. Er fühlte sich vor den Richterstuhl gezerrt. Er hätte nicht herkommen sollen.

»Die Leute von der Wohlfahrt erzählen komische Sachen. Ich möchte gern mit dir darüber sprechen. Nein, du brauchst dich nicht zu schämen«, sagte Mr Dalton lächelnd. »Ich war selbst mal jung und weiß, wie solche Dinge passieren. Du kannst also ganz offen sein …« Mr Dalton zog ein Päckchen Zigaretten hervor. »Hier, nimm eine.«

»Nein, Sir. Danke, Sir.«

»Rauchst du nicht?«

»Doch, Sir. Aber jetzt möchte ich nicht.«

»Also, Bigger, die Leute von der Wohlfahrt sagen, du wärst ein sehr guter Arbeiter, wenn du dich für das interessierst, was du tust. Stimmt das?«

»Ja, ich tue meine Arbeit, Sir.«

»Aber sie sagen, du wärst immer in Schwierigkeiten. Wie erklärst du dir das?«

»Ich weiß nicht, Sir.«

»Weshalb hat man dich denn in die Besserungsanstalt geschickt?«

Er schaute zu Boden.

»Sie haben gesagt, ich hätte gestohlen!«, platzte es aus ihm heraus. »Aber das stimmt nicht!«

»Bist du sicher?«

»Ja, Sir.«

»Nun, und wie bist du dann in die Sache verwickelt worden?«

»Ich war mit ein paar anderen Jungen zusammen, und die Polizei hat uns mitgenommen.«

Mr Dalton sagte nichts. Bigger hörte irgendwo hinter sich eine Uhr ticken und verspürte das törichte Verlangen, sich nach dieser Uhr umzusehen. Aber er bezwang sich.

»Und wie denkst du jetzt darüber, Bigger?«

»Über was, Sir?«

»Wenn du eine Stellung hättest, würdest du da auch stehlen?«

»O nein, Sir. Ich stehle nicht.«

»Gut«, sagte Mr Dalton. »Die Leute schreiben hier, du kannst Auto fahren, und ich werde dich anstellen.«

Er sagte nichts.

»Glaubst du, dass du mit dieser Arbeit fertigwirst?«

»O ja, Sir.«

»Die vorgeschriebene Bezahlung ist zwanzig Dollar die Woche, aber ich werde dir fünfundzwanzig geben. Die zusätzlichen fünf Dollar sind für dich, und du kannst sie nach Belieben ausgeben. Du bekommst die Kleidung, die du brauchst, und das Essen. Du schläfst in dem Hinterzimmer über der Küche. Die zwanzig Dollar kannst du deiner Mutter geben, damit dein Bruder und deine Schwester weiter zur Schule gehen können. Was hältst du davon?«

»Das klingt gut. Ja, Sir.«

»Ich glaube, wir werden uns vertragen.«

»Jawohl, Sir.«

»Und wir werden wohl keine Schwierigkeiten miteinander haben.«

»Nein, Sir.«

»Und nun, Bigger«, sagte Mr Dalton, »da wir uns einig sind, will ich dir erklären, was du zu tun hast. Ich fahre jeden Morgen um neun ins Büro. Die Fahrt dauert zwanzig Minuten. Du musst um zehn Uhr zurück sein und Miss Dalton zum Unterricht bringen. Um zwölf musst du Miss Dalton von der Universität wieder abholen. Vom Mittag bis zum Abend hast du mehr oder weniger frei. Wenn entweder Miss Dalton oder ich abends etwas vorhaben, musst du uns natürlich fahren. Du arbeitest jeden Tag, aber sonntags stehen wir erst mittags auf. Da hast du also den Sonntagmorgen für dich, wenn nicht etwas Unvorhergesehenes eintritt. Alle zwei Wochen hast du einen ganzen Tag frei.«

»Jawohl, Sir.«

»Glaubst du, dass du das schaffst?«

»O ja, Sir.«

»Und immer, wenn du etwas auf dem Herzen hast, komm zu mir. Wir können dann darüber sprechen.«

»Jawohl, Sir.«

»Ach, Vater!«, rief eine Mädchenstimme.

»Ja, Mary«, sagte Mr Dalton.

Bigger drehte sich um und sah ein weißes Mädchen ins Zimmer kommen. Sie war sehr schlank.

»Ich wusste nicht, dass du Besuch hast.«

»Schon gut, Mary. Was hast du denn auf dem Herzen?«

Bigger sah, dass das Mädchen ihn anschaute. Ja, es war dasselbe Mädchen, das er in der Wochenschau gesehen hatte.

»Ist das der neue Chauffeur, Vater?«

»Was willst du, Mary?«

»Bekommst du nun die Karten für das Konzert am Donnerstag?«

»In der Philharmonie?«

»Ja.«

»Ich bekomm sie.«

»Ist das der neue Chauffeur?«

»Ja«, sagte Mr Dalton. »Das ist Bigger Thomas.«

»Hallo, Bigger«, rief das Mädchen aus.

Bigger schluckte. Er blickte Mr Dalton an und spürte, dass er ihn nicht hätte anblicken dürfen.

»Guten Abend, Ma'am.«

Das Mädchen trat zu ihm heran und blieb dicht vor seinem Sessel stehen.

»Bigger, gehörst du einer Gewerkschaft an?«, fragte sie.

»Aber Mary!«, tadelte Mr Dalton stirnrunzelnd.

»Ja, Vater, er müsste aber«, sagte das Mädchen und wandte sich dann wieder Bigger zu. »Nun, wie ist es damit?«

»Mary ... «

»Ich frage ihn ja nur, Vater!«

Bigger zögerte. Er hasste das Mädchen. Weshalb musste sie ihn so etwas fragen, wo ihm die Stelle noch nicht sicher war?

»Nein, Ma'am.« Er blickte finster zu Boden.

»Und warum nicht?«, fragte das Mädchen.

Bigger hörte Mr Dalton etwas murmeln. Wenn doch nur Mr Dalton ihrer Fragerei ein Ende bereiten würde. Bigger blickte auf und sah, dass Mr Dalton das Mädchen anstarrte. Sie ist schuld daran, wenn ich die Stellung nicht kriege, dachte er. Von den Gewerkschaften wusste er nur, dass sie nicht gern gesehen wurden. Und was hatte es zu bedeuten, dass sie vor Mr Dalton, der doch sicher gegen die Gewerkschaften war, so zu ihm sprach?

»Wir können die Frage der Gewerkschaft später noch regeln, Mary«, sagte Mr Dalton.

»Aber du hättest doch nichts dagegen, in eine Gewerkschaft einzutreten, nicht wahr?«, fragte das Mädchen.

»Ich weiß nicht, Ma'am«, antwortete Bigger.

»Aber Mary, siehst du denn nicht, dass sich der Junge hier erst eingewöhnen muss«, sagte Mr Dalton. »Lass ihn doch in Frieden.«

Das Mädchen drehte sich zu ihrem Vater und streckte ihm die rote Zunge heraus.

»Schon gut, Herr Kapitalist.«

Sie wandte sich wieder an Bigger.

»Ist er etwa kein Kapitalist, Bigger?«

Ohne zu antworten, blickte Bigger zu Boden. Er hatte keine Ahnung, was ein Kapitalist war.

Das Mädchen wandte sich zum Gehen und hielt plötzlich inne.

»Ach, Vater, wenn er nichts anderes zu tun hat, kann er mich doch heute Abend zur Vorlesung in die Universität fahren.«

»Darüber spreche ich ja gerade mit ihm, Mary. Wir sind gleich fertig.«

Das Mädchen nahm die Katze auf den Arm und ging aus dem Zimmer. Sekundenlang herrschte Schweigen. Bigger verwünschte das Mädchen. Hätte sie doch bloß nichts von den Gewerkschaften gesagt! Vielleicht würde man ihn jetzt nicht nehmen? Oder er würde vielleicht bald wieder hinausgeworfen werden, wenn sie sich weiter so aufführte. Er hatte noch nie jemanden wie sie gesehen. Sie entsprach nicht im Geringsten seinen Vorstellungen von einer weißen Frau.

»Ach, Mary!«, rief Mr Dalton.

»Ja, Vater«, hörte Bigger sie vom Korridor her antworten.

Mr Dalton erhob sich und verließ das Zimmer. Bigger saß ganz still und lauschte. Ein paar Mal glaubte er das Mädchen lachen zu hören, aber er war sich dessen nicht sicher. Am besten, er kümmerte sich überhaupt nicht um dieses verrückte Ding. Kein Wunder, dass sie sie in der Wochenschau als Kommunistin bezeichnet hatten. Sie war ganz bestimmt verrückt. Von den Gewerkschaften hatte er schon gehört; in seiner Vorstellung gehörten Gewerkschaften und Kommunisten zusammen. Seine Anspannung ließ ein wenig nach, jedoch nur, bis er hörte, dass Mr Dalton wieder ins Zimmer trat. Wortlos setzte sich der weiße Mann hinter den Schreibtisch. Er nahm den Zettel und starrte ihn schweigend an. Bigger beobachtete ihn aus den Augenwinkeln. Er wusste, dass Mr Dalton mit seinen Gedanken woanders war. In seinem Herzen verfluchte er das verrückte Mädchen. Vielleicht wollte Mr Dalton ihn gar nicht mehr nehmen. Verdammt! Vielleicht würde er nun nicht den Extralohn von fünf Dollar bekommen. Zum Teufel mit diesem Mädchen! Sie verdarb alles! Vielleicht glaubte Mr Dalton, ihm nicht trauen zu können.

»Bigger«, sagte Mr Dalton.

»Ja, Sir.«

»Du sollst wissen, weshalb ich dich anstelle.«

»Ja, Sir.«

»Die Sache ist so, Bigger – ich unterstütze die Nationale Vereinigung zur Förderung der Farbigen. Hast du schon von dieser Organisation gehört?«

»Nein, Sir.«

»Nun, das ist nicht weiter schlimm«, sagte Mr Dalton. »Hast du schon gegessen?«

»Nein, Sir.«

»Dann wirst du das erst einmal nachholen.«

Mr Dalton drückte auf einen Knopf. Sie schwiegen. Die Frau, die ihm die Tür geöffnet hatte, kam herein.

»Mr Dalton?«

»Peggy, das ist Bigger, unser neuer Chauffeur. Geben Sie ihm etwas zu essen, und zeigen Sie ihm, wo er schlafen soll und wo der Wagen steht.«

»Jawohl, Mr Dalton.«

»Und vergiss nicht, Bigger, um halb neun musst du Miss Dalton zur Universität fahren und auf sie warten.«

»Ja, Sir.«

»Das ist so weit alles.«

»Ja, Sir.«

»Dann komm mit«, sagte Peggy.

Bigger stand auf, nahm seine Mütze und folgte der Frau in die Küche. Essensgeruch erfüllte die Luft, und Töpfe dampften auf dem Herd.

»Setz dich«, sagte Peggy und machte ihm an einem Tisch mit einer weißen Platte einen Stuhl frei. Er setzte sich und legte die Mütze auf die Knie. Nun, da er sich nicht mehr im herrschaftlichen Teil des Hauses befand, war ihm etwas wohler, aber ganz behaglich fühlte er sich noch immer nicht.

»Das Abendessen ist noch nicht fertig«, sagte Peggy. »Magst du Eier mit Speck?«

»Ja, Ma'am.«

»Kaffee?«

»Ja, Ma'am.«

Bigger betrachtete die weißen Wände der Küche und hörte hinter sich die Frau herumhantieren.

»Hat Mr Dalton dir etwas von der Heizung gesagt?«

»Nein, Ma'am.«

»Na, dann muss er es vergessen haben. Du bist nämlich

auch für die Heizung verantwortlich. Eh du gehst, werd ich dir zeigen, wo sie ist.«

»Sie meinen, dass ich feuern muss, Ma'am?«

»Ja. Aber das ist ganz einfach. Hast du es schon mal gemacht?«

»Nein, Ma'am.«

»Du kannst es lernen. Es ist wirklich nichts dabei.«

»Ja, Ma'am.«

Peggy schien recht nett zu sein, aber vielleicht wollte sie ihm nur einen Teil ihrer Arbeit zuschieben. Nun, man musste abwarten. Wenn sie unverschämt wurde, konnte er sich ja bei Mr Dalton beschweren. Er roch den Duft von gebratenem Speck, und plötzlich merkte er, wie hungrig er war. Er hatte vergessen, sich von dem Vierteldollar, den seine Mutter ihm zugesteckt hatte, ein Sandwich zu kaufen. Seit dem Morgen lief er mit leerem Magen herum. Peggy brachte ihm Teller, Messer, Gabel, Löffel, Zucker, Sahne und Brot und trug Eier mit Schinken auf.

»Du kannst noch mehr kriegen.«

Das Essen war gut. Die Arbeit würde sicher gar nicht so übel sein. Das einzig Unangenehme war bisher das verrückte Mädchen. Während er aß, wunderte er sich darüber, wie anders sie in der Wochenschau gewirkt hatte. Die Frau auf der Leinwand war ihm nicht weiter gefährlich erschienen, und er wäre schon mit ihr fertiggeworden, aber hier, in ihrem eigenen Haus, machte sie es einem wirklich schwer. Sie setzte sich über alles hinweg und stellte sich in den Weg. Er hatte ganz vergessen, dass Peggy in der Küche war. Als sein Teller leer war, wischte er ihn mit einem weichen Stück Brot sauber und steckte es in den Mund.

»Willst du noch was?«

Er hörte zu kauen auf und legte das Brot hin. Sie sollte

nicht sehen, wie er den Teller abwischte. Das machte er sonst nur zu Hause.

»Nein, Ma'am. Ich bin satt.«

»Glaubst du, es wird dir hier gefallen?«, fragte Peggy.

»Ja, Ma'am. Ich hoffe es.«

»Das ist ein feines Haus«, sagte Peggy. »Besser kann man's gar nicht treffen. Der letzte Farbige, der für uns gearbeitet hat, ist zehn Jahre geblieben.«

Bigger wunderte sich, dass sie »für uns« sagte. Sie musste recht gut mit den Daltons stehen.

»Zehn Jahre?«, sagte er.

»Ja, zehn Jahre. Green hat er geheißen. Ein sehr tüchtiger Mann.«

»Und warum ist er gegangen?«

»Ach, der Green war gescheit. Der hat bei der Regierung angefangen. Mrs Dalton hatte ihn auf eine Abendschule geschickt. Mrs Dalton hilft, wo sie nur kann.«

Ja, das wusste Bigger. Dennoch würde er auf keine Abendschule gehen. Er blickte zu Peggy hinüber. Sie stand über die Spüle gebeugt und wusch Teller ab. Er fühlte sich durch ihre Worte angesprochen, und er glaubte, etwas sagen zu müssen.

»Ja, Ma'am, der war gescheit«, sagte er. »Und zehn Jahre ist eine lange Zeit.«

»Och, das ist gar nicht so lange«, sagte Peggy. »Ich bin hier schon zwanzig Jahre. Ich wechsle nicht gern die Stellen. Ich sage immer, wenn man 'ne gute Arbeit hat, soll man auch bleiben. Nur Treue zahlt sich aus – das ist schon so.«

Bigger sagte nichts.

»Alles ist so einfach und hübsch hier«, sagte Peggy. »Die Daltons haben Millionen, aber sie leben ganz bescheiden.

Sie tun sich nicht groß. Mrs Dalton meint, dass alle Leute so sein sollten.«

»Ja, Ma'am.«

»Sie sind sehr christlich eingestellt und glauben an jeden, der arbeitet und ein anständiges Leben führt. Manche meinen, wir müssten mehr Dienstboten haben, aber wir kommen sehr gut aus. Wir sind wie eine große Familie.«

»Ja, Ma'am.«

»Mr Dalton ist ein feiner Mann«, sagte Peggy.

»O ja, Ma'am. Das ist er.«

»Er tut sehr viel für deine Leute, weißt du.«

»Meine Leute?«, fragte Bigger erstaunt.

»Ja, für die Farbigen. Er hat über fünf Millionen Dollar für Negerschulen ausgegeben.«

»So?«

»Aber eigentlich ist Mrs Dalton die treibende Kraft. Wenn sie nicht wäre, hätte er das niemals getan. Sie hat ihn reich gemacht. Sie hat Millionen gehabt, als er sie heiratete. Natürlich hat er später mit den Grundstücken auch sehr viel Geld verdient. Aber das meiste Geld gehört ihr. Sie ist blind, die Arme. Vor zehn Jahren hat sie das Augenlicht verloren. Hast du sie schon gesehen?«

»Ja, Ma'am.«

»War sie allein?«

»Ja.«

»Die Ärmste! Mrs Patterson, die sonst für sie sorgt, ist übers Wochenende weggefahren. Nun muss sie sehen, wie sie fertigwird. Ist es nicht furchtbar, blind zu sein?«

»O ja, Ma'am«, sagte er und bemühte sich, Mitleid für Mrs Dalton in seine Stimme zu legen, was Peggy sicherlich von ihm erwartete.

»Es ist eigentlich mehr als 'ne Stellung, was man hier

hat«, fuhr Peggy fort. »Es ist wie ein Zuhause. Ich sage Mrs Dalton immer, hier ist das einzige Zuhause, das ich habe. Ich war erst zwei Jahre in Amerika, als ich hier angefangen habe ...«

»Ach«, sagte Bigger und sah sie an.

»Ich bin nämlich Irin«, sagte sie. »Meinen Leuten drüben sind die Engländer genauso wenig grün wie den Farbigen die Weißen. Wirklich, ich kann euch vieles nachfühlen ... Aber die Daltons, das sind feine Leute. Sogar das Mädchen. Hast du sie schon gesehen?«

»Ja, Ma'am.«

»Heute Abend?«

»Ja, Ma'am.«

Peggy drehte sich zu ihm um und sah ihn scharf an.

»Sie ist ein reizendes Ding, die Mary«, sagte sie. »Ich kenne sie schon seit ihrem zweiten Lebensjahr. Aber sie ist ein bisschen wild. Ständig gerät sie in Schwierigkeiten. Ängstigt ihre Eltern zu Tode. Gott allein weiß, woher sie das nur hat. Aber so ist es nun mal. Wenn du länger hierbleibst, wirst du sie schon noch besser kennenlernen.«

Bigger hätte sie gern gebeten, ihm mehr von dem Mädchen zu erzählen, aber er hielt es für besser, vorerst zu schweigen.

»Wenn du fertig bist, zeige ich dir die Heizung und das Auto und wo dein Zimmer ist«, sagte sie und drehte unter den Töpfen auf dem Herd die Flammen klein.

»Ja, Ma'am.«

Er stand auf und folgte ihr aus der Küche. Sie stiegen eine schmale Treppe hinunter und gelangten in den Keller. Es war dunkel, Bigger hörte ein Klicken, und das Licht ging an.

»Hier gehts lang ... Wie heißt du doch gleich?«

»Bigger, Ma'am.«

»Wie?«

»Bigger.«

Im Keller roch es nach Asche und Kohle. Er hörte das Prasseln des Feuers und sah ein rot glühendes Schlackenbett im Ofen.

»Das ist der Heizraum«, sagte sie.

»Ja.«

»Jeden Morgen findest du hier Abfälle – die musst du verbrennen und den Eimer dann wieder in den Aufzug stellen.«

»Ja, Ma'am.«

»Für die Kohlen brauchst du überhaupt keine Schaufel. Das geht alles automatisch. Hier, pass mal auf.«

Peggy zog an einem Hebel, und aus einer Metallschütte glitt rasselnd die Kohle hinab. Bigger bückte sich und sah durch einen Spalt im Ofen, wie die Kohle sich fächerförmig über das rote Feuerbett ausbreitete.

»Das ist schön«, murmelte er bewundernd.

»Und auch um das Wasser brauchst du dich nicht zu kümmern. Es füllt sich von selber nach.«

Die Arbeit gefiel Bigger, sie war einfach und würde sicher Spaß machen.

»Das Einzige, was du zu tun hast, ist, die Asche herauszuholen und alles sauber zu fegen. Und aufzupassen, dass genug Kohle da ist. Wenn sie alle wird, musst du's mir oder Mr Dalton sagen, damit wir wieder welche bestellen.«

»Ja, Ma'am. Damit werde ich schon fertig.«

»Und wenn du in dein Zimmer willst, musst du diese Treppe hinaufgehen. Komm mal mit.«

Er folgte ihr die Stufen hinauf. Sie öffnete eine Tür und knipste das Licht an, und Bigger sah einen großen Raum, dessen Wände mit Fotos von Mädchen und Boxern beklebt waren.

»Hier hat Green gewohnt. Er war immer ganz scharf auf diese Bilder. Aber er hat alles schön sauber gehalten. Und warm ist es hier. Ach ja, eh ich's vergesse: Hier sind die Schlüssel zum Zimmer, zur Garage und zum Wagen. Nun will ich dir mal die Garage zeigen. Komm, gehen wir auf den Hof.«

Sie gingen die Treppe hinab und gelangten zur Auffahrt. Draußen war es nicht mehr so kalt.

»Sieht nach Schnee aus.«

»Ja, Ma'am.«

»Das ist die Garage«, sagte Peggy und öffnete eine Tür, die automatisch das Licht einschaltete, als sie aufschwang. »Du musst den Wagen herausholen und immer hier am Nebeneingang warten. Nun hör zu. Du sagst, du sollst heute Abend Miss Dalton fahren?«

»Ja.«

»Sie fährt um halb neun. Bis dahin hast du frei. Du kannst dir's inzwischen gemütlich machen, wenn du willst.«

»Ja, Ma'am.«

Bigger folgte Peggy wieder in den Keller. Sie ging in die Küche zurück, und er stieg in sein Zimmer hinauf. Inmitten des Raumes blieb er stehen und betrachtete die Wände. Da hingen Bilder von Jack Johnson, Joe Louis, Jack Dempsey und Henry Armstrong; da waren Ginger Rogers, Jean Harlow und Janet Gaynor zu sehen. Das Zimmer war groß und hatte zwei Heizkörper. Er befühlte das Bett. Wie weich es war! Fein! Er würde Bessie abends einmal mitbringen. Nicht gleich, er würde warten, bis er sich besser im Hause auskannte. Ein Zimmer ganz für sich allein! Er würde sich Schnaps holen und ihn hier in Ruhe trinken.

Nun brauchte er sich nicht mehr draußen herumzudrücken. Er würde nicht mehr mit Buddy schlafen und sich die ganze Nacht lang von ihm herumschubsen lassen. Er zündete sich eine Zigarette an und streckte sich auf dem Bett aus. Oooh … Das war nicht übel! Er blickte auf seine Ein-Dollar-Uhr. Es war sieben. Nach einer Weile würde er hinuntergehen und sich den Wagen anschauen. Und er würde sich auch eine neue Uhr kaufen. Die hier war doch nicht das Richtige für solch eine Stellung. Er würde sich eine goldene kaufen. Und noch vieles andere! Mann, würde er ein Leben führen! Alles war gut − bis auf das Mädchen. Sie beunruhigte ihn. Sie konnte ihn vielleicht um seine Stellung bringen, wenn sie noch weiter von den Gewerkschaften faselte. Ein seltsames Mädchen. Noch nie im Leben war ihm so ein Mädchen begegnet! Sie verwirrte ihn. Sie war reich, aber sie benahm sich nicht wie eine Reiche. Sie benahm sich wie … Hm, er wusste es nicht. Alle weißen Frauen, denen er begegnet war, meistens bei der Arbeit und auf der Wohlfahrt, waren kühl und reserviert gewesen. Zwischen ihnen und ihm herrschte eine Kluft, und sie sprachen zu ihm wie aus weiter Ferne. Aber dieses Mädchen kam dicht zu ihm heran und schlug ihn mit ihren Worten und ihrem Benehmen vor den Kopf. Ach was! Weshalb sollte er sich Sorgen machen? Vielleicht war alles gar nicht so schlimm. Vielleicht musste er sich einfach erst an sie gewöhnen. Ich wette, die schmeißt mit dem Geld nur so um sich, dachte er. Und der alte Herr hat fünf Millionen Dollar für die Farbigen ausgegeben. Wenn ein Mann fünf Millionen Dollar verschenken konnte, dann mussten Millionen so etwas für ihn sein wie Fünfcentstücke. Er setzte sich auf die Bettkante.

Was für einen Wagen würde er fahren? Er hatte ihn

sich nicht angesehen, als Peggy die Garagentür geöffnet hatte. Hoffentlich war es ein Packard oder Lincoln oder ein Rolls-Royce. Junge, Junge, würde er fahren! Sie sollten mal sehen. Natürlich musste er vorsichtig sein, wenn er Miss oder Mr Dalton fuhr. Aber wenn er allein war, würde er losbrausen, dass die Reifen nur so qualmten.

Er fuhr sich mit der Zunge über die Lippen, er hatte Durst. Er blickte auf die Uhr, es war zehn Minuten nach acht. Er würde in die Küche gehen, einen Schluck Wasser trinken und dann den Wagen aus der Garage holen. Er lief die Treppe hinab und durchquerte den Keller. Als er die Stufen zur Küche hinaufstieg, ging er unwillkürlich auf Zehenspitzen. Er öffnete leise die Tür. Ihm verschlug es den Atem. Inmitten der Küche stand Mrs Dalton in einem fließenden weißen Kleid. Alles war still. Nur das einschläfernde Ticken der großen Wanduhr war zu hören. Einen Augenblick überlegte Bigger, ob er nicht lieber unbemerkt verschwinden sollte. Der Durst war ihm vergangen. Mrs Daltons Gesicht hatte einen angespannten Ausdruck, und ihre Hände hingen schlaff herab. Bigger kam es vor, als könne dieses Gesicht mit jeder Pore hören, und als lausche es auf eine leise Stimme, die zu ihr sprach. Neben ihr am Boden saß die weiße Katze und blickte ihn mit großen schwarzen Augen an. Unbehaglich schaute Bigger sich um. Er wollte gerade die Tür wieder schließen und die Treppe hinunterschleichen, als Mrs Dalton ihn ansprach.

»Bist du der neue Junge?«

»Ja, Ma'am.«

»Wolltest du etwas?«

»Ich wollte Sie nicht stören, Ma'am. Ich … ich wollte nur 'nen Schluck Wasser trinken.«

»Dann komm doch herein. Du wirst schon irgendwo ein Glas finden.«

Als er zur Spüle ging, ließ er sie nicht aus den Augen. Er hatte das Gefühl, dass sie ihn sehen könne, obwohl sie blind war. Ein Schauer überlief ihn. Er nahm ein Glas aus dem Regal und füllte es mit Wasser. Während er trank, warf er ihr über den Rand des Glases einen verstohlenen Blick zu. Sie stand abwartend da, das Gesicht reglos zur Seite geneigt. Es erinnerte ihn an das Gesicht eines Toten, den er einmal gesehen hatte. Sie hat genau aufgepasst, wohin ich gegangen bin, und sich umgedreht, dachte er. Sie weiß, wo ich stehe.

»Nun, gefällt dir dein Zimmer?«, fragte sie, nachdem er das Glas in die Spüle gestellt hatte.

»O ja, Ma'am.«

»Ich hoffe, du wirst vorsichtig fahren.«

»O ja, Ma'am.«

»Bist du früher schon gefahren?«

»Ja. Aber nur mit einem Lieferwagen.«

Die Blinde machte ihn unsicher. Ihm war, als spräche er zu einem Menschen, den er selbst kaum sehen konnte.

»Wie weit, sagst du, bist du in der Schule gekommen, Bigger?«

»Bis zur achten Klasse, Ma'am.«

»Hättest du nicht Lust, wieder zur Schule zu gehen?«

»Ich muss ja jetzt arbeiten, Ma'am.«

»Aber wenn du die Möglichkeit hättest?«

»Ich weiß nicht, Ma'am.«

»Der Mann, der zuletzt hier gearbeitet hat, ist in die Abendschule gegangen und hat etwas gelernt.«

»Ja, Ma'am.«

»Was würdest du denn gern lernen?«

»Ich weiß nicht, Ma'am.«

»Hast du denn noch nie darüber nachgedacht?«

»Nein, Ma'am.«

»Du möchtest also lieber arbeiten?«

»Ich glaube, ja.«

»Na, wir werden ein andermal darüber sprechen. Jetzt hol lieber den Wagen heraus und warte auf Miss Dalton.«

»Ja, Ma'am.«

Als er ging, stand sie noch immer mitten in der Küche. Er wusste nicht, was er von ihr halten sollte, aber instinktiv spürte er, dass sie alles, was er tat, streng, aber gütig beurteilen würde. Sie ähnelte seiner Mutter. Nur dass seine Mutter stets etwas von ihm wollte, was *sie* für richtig hielt, während Mrs Dalton Dinge von ihm verlangte, die *er* ihrer Ansicht nach für richtig halten müsste. Dennoch hatte er keine Lust, in die Abendschule zu gehen. Der Gedanke an sich war nicht schlecht, aber er hatte andere Pläne. Er wusste noch nicht genau, was er tun würde, aber er dachte sich schon etwas aus.

Er trat ins Freie. Ein warmer Wind hatte sich erhoben. Bigger zündete sich eine Zigarette an und schloss die Garage auf. Die Tür öffnete sich, und wieder bewunderte er das Licht, das automatisch aufleuchtete. Diese Weißen haben doch alles, dachte er. Er untersuchte den Wagen. Es war ein dunkelblauer Buick mit Speichenrädern, noch ziemlich neu. Bigger trat ein paar Schritte zurück und betrachtete ihn, dann öffnete er die Tür und sah sich das Armaturenbrett an. Er war ein wenig enttäuscht, dass der Wagen nicht so teuer war, wie er gehofft hatte, aber was ihm am Preis fehlte, wurde durch Farbe und Schnitt wieder wettgemacht.

»Nicht schlecht«, sagte er halblaut. Er stieg ein und fuhr

rückwärts hinaus auf die Auffahrt, drehte um und hielt vor dem Nebeneingang.

»Bist du's, Bigger?«

Das Mädchen stand auf der Treppe.

»Ja, Ma'am.«

Er stieg aus und öffnete ihr die hintere Tür.

»Danke.«

Er führte die Finger zur Mütze, nicht sicher, ob das richtig war.

»Ist es die Universität am Midway, Ma'am?«

Im Rückspiegel über sich sah er, dass sie zögerte, ehe sie antwortete.

»Ja, das ist sie.«

Er lenkte den Wagen hinaus auf die Straße und fuhr dann in südlicher Richtung. Er ging fachmännisch mit dem Wagen um, beschleunigte am Anfang eines jeden Häuserblocks das Tempo und verlangsamte es an jeder Kreuzung.

»Du fährst gut.«

»Ja, Ma'am«, sagte er stolz.

Er beobachtete sie durch den Rückspiegel. Sie war recht hübsch, aber sehr klein. Sie sah aus wie eine Puppe im Schaufenster: schwarze Augen, weißes Gesicht, rote Lippen. Aber sie benahm sich jetzt ganz anders als vorhin. Ihre Augen hatten einen abwesenden Ausdruck. Als er die 47. Straße erreichte, zeigte die Ampel gerade Rot, und er musste halten, dann fuhr er bis zur 51. Straße durch. Dort stoppte er wieder und reihte sich in eine lange Autoschlange ein. Das Lenkrad leicht umfassend, wartete er darauf, dass die Straße freigegeben wurde. Der Wagen vermittelte Bigger ein Gefühl von Kraft. Er verlieh ihm Sicherheit, die er sonst nicht besaß. Es machte ihm Spaß, mit dem Fuß gegen das Pedal zu drücken und loszubrausen, wäh-

rend Häuser und Bäume zurückblieben und die Asphalt-
straße sich vor ihm aufrollte. Die Ampel zeigte nun Grün,
und er fuhr weiter.

»Bigger!«

»Ja, Ma'am?«

»Fahr hier um die Ecke und halt an.«

»Hier, Ma'am?«

»Ja, hier.«

Was um alles in der Welt hatte das nun wieder zu bedeuten? Er bog ab und bremste. Dann drehte er sich um.
Erschrocken wich er zurück. Sie hatte sich zu ihm herü-
bergelehnt, und ihr Gesicht berührte fast das seine.

»Habe ich dich erschreckt?«, fragte sie leise und lächelte.

»O nein, Ma'am«, murmelte er verwirrt.

Er beobachtete sie im Spiegel. Ihre kleinen weißen
Hände lagen auf der Lehne des Vordersitzes, und ihre Augen blickten zerstreut auf die Straße.

»Ich weiß nicht recht, wie ich es dir sagen soll.«

Er antwortete nicht. Sie sagte eine ganze Weile lang
nichts. Was zum Teufel wollte sie eigentlich? Eine Straßenbahn ratterte vorbei. Im Rückspiegel sah er, wie das Licht
der Ampel von Grün zu Rot wechselte und wieder von
Rot zu Grün. Wenn sie etwas wollte, dann sollte sie es
sagen. Sie war seltsam. Immer tat sie etwas Unerwartetes.
Schließlich nahm sie die Hände von der Lehne und suchte
in ihrer Tasche.

»Hast du Streichhölzer?«

»Ja, Ma'am.«

Er zog eine Schachtel aus der Westentasche.

»Zünde es an«, sagte sie.

Er nickte. Er riss das Streichholz an und hielt es ihr hin.
Schweigend rauchte sie.

»Du bist doch kein Klatschmaul, oder?«, fragte sie schließlich mit einem Lächeln auf den Lippen.

Er öffnete den Mund, um zu antworten, doch er schwieg. Ihre Frage und der Ton, in dem sie gestellt war, ließen ihn vermuten, dass er hätte etwas sagen müssen – aber was?

»Ich möchte nicht zur Universität«, begann sie wieder. »Aber sprich nicht drüber. Ich möchte dich bitten, mich zur Innenstadt zu fahren. Und wenn dich jemand fragen sollte, dann hast du mich natürlich zur Universität gebracht, ja, Bigger?«

»Mir ist es recht«, murmelte er.

»Ich glaube, ich kann mich auf dich verlassen.«

»Ja, Ma'am.«

»Schließlich bin ich doch auf deiner Seite.«

Was sollte das nun wieder heißen? Auf seiner Seite! Wollte sie damit sagen, dass sie sich für die Farbigen einsetzte? Wie ihre Familie? Oder war sie doch verrückt? Wussten ihre Eltern, wie sie sich aufführte? Aber wenn sie wirklich verrückt war, weshalb durfte sie dann ausfahren?

»Ich treffe mich mit einem Freund, der auch ein Freund von dir ist.«

»Ein Freund von mir!«, rief er.

»Nein, du kennst ihn noch nicht«, sagte sie und lachte.

»Ach so.«

»Fahr über den Outer Drive zur Lake Street, Nummer 16.«

»Ja, Ma'am.«

Vielleicht sprach sie von den Roten. Ja, so war es wohl! Aber keiner seiner Freunde war ein Roter. Was hatte das alles zu bedeuten? Wenn Mr Dalton ihn fragte, ob er sie zur Universität gebracht habe, dann würde er Ja sagen. Hof-

fentlich verriet sie nichts! Aber wenn Mr Dalton sie beobachten ließ und erfuhr, wo sie wirklich gewesen waren?
Viele Reiche hielten sich ja Detektive. Wenn er nur wüsste,
was sie vorhatte! Dann wäre ihm wohler. Sie hatte gesagt,
sie würde sich mit jemandem treffen, der auch ein Freund
von ihm sei. Aber er wollte nichts mit Kommunisten zu tun
haben. Sie hatten kein Geld. Und er war nicht so dumm,
sich einlochen zu lassen, nur weil er sich mit Roten abgab.
Wenn er wegen Diebstahls ins Gefängnis käme, wäre es etwas anderes. Schön, er würde sie fahren, dafür wurde er ja
bezahlt. Aber er würde auf der Hut sein. Ihretwegen wollte
er nicht die neue Stelle verlieren. Er bog an der Adams
Street vom Outer Drive ab, fuhr auf dem Michigan Boulevard in nördlicher Richtung zur Lake Street und suchte
die Nummer 16.

»Hier ist es, Bigger.«

»Ja, Ma'am.«

Er hielt vor einem düsteren Haus.

»Warte hier!« Sie stieg aus.

Er sah, dass sie ihn anlächelte, ja fast anlachte. Sie schien
genau zu wissen, was er in diesem Augenblick fühlte und
dachte, und er wandte sich verwirrt ab. Zum Teufel mit
dieser Frau!

»Ich bin gleich wieder da«, sagte sie.

Sie ging. Dann drehte sie sich noch einmal um.

»Mach dir keine Gedanken, Bigger. Bald wirst du alles
verstehen.«

»Ja.« Vergebens bemühte er sich zu lächeln.

»Gibt es bei euch nicht so ein Lied?«

»Was für ein Lied, Ma'am?«

»Bald wirst du alles verstehen?«

»Ach so. Ja, Ma'am.«

90

Sie war wirklich komisch! Doch neben der Furcht, die sie ihm einflößte, spürte er noch etwas anderes. Sie sprach zu ihm, als lebte er in derselben Welt wie sie. So hatte ihn noch nie ein Weißer behandelt. Aber was bezweckte sie damit? Wollte sie mit ihm spielen? Das Gefühl des Freiseins, das er in ihrer Nähe empfand, wurde getrübt, wenn er daran dachte, dass sie weiß war und reich, dass sie zu jenen gehörte, die ihm sagen konnten, was er tun durfte und was nicht.

Er betrachtete das Haus, in das sie gegangen war. Es war alt und ungestrichen. Fenster und Treppenflur waren dunkel. Vielleicht traf sie sich hier mit ihrem Geliebten? Das wäre ja nicht weiter schlimm. Wenn sie nun aber zu diesen Kommunisten ging? Doch was waren Kommunisten überhaupt? War sie eine Kommunistin? Weshalb wurden Menschen Kommunisten? In den Zeitungen hatten sie stets brennende Fackeln in den Händen, trugen Bärte, mordeten oder legten Feuer. Wer so etwas tat, war wirklich verrückt. Und beim Anblick dieses alten Gebäudes musste er an geheimnisvoll flüsternde Menschen, an dunkle Gemäuer und streikende Gewerkschaften denken.

Er fuhr auf. Die Tür des Hauses öffnete sich, und Mary trat heraus. Ihr folgte ein weißer junger Mann. Sie kamen an den Wagen, liefen zu seiner Seite herum und blieben vor ihm stehen. Er erkannte den Mann sofort, es war der, den er in der Wochenschau gesehen hatte.

»Bigger, das ist Jan. Und Jan, das ist Bigger Thomas.«

Jan lächelte breit und streckte ihm die Hand entgegen. Biggers ganzer Körper versteifte sich vor Furcht und Erregung.

»Freut mich, Bigger.«

Bigger umklammerte das Lenkrad. Ob er dem Weißen

die Hand geben musste? Jan sah ihn erwartungsvoll an. Zögernd ließ Bigger das Lenkrad los.

»Nun komm schon«, sagte Jan.

Bigger reichte ihm langsam die Hand, der Mund stand ihm vor Erstaunen offen. Er fühlte, wie Jans Finger die seinen umklammerten. Vorsichtig wollte er die Hand zurückziehen, aber Jan hielt sie lächelnd fest.

»Ich freue mich wirklich, dich kennenzulernen«, sagte Jan. »Ich bin ein Freund von Mary.«

»Ja, Sir«, murmelte er.

»Und vor allem«, fuhr Jan fort und setzte den Fuß auf das Trittbrett, »sag nicht ›Sir‹ zu mir. Ich werde dich Bigger nennen und du mich Jan. So werden wir's miteinander halten. Einverstanden?«

Bigger antwortete nicht. Mary lächelte. Jan hatte noch immer seine Hand umklammert. Bigger hielt den Kopf ein wenig schief, sodass er mühelos auf die Straße blicken konnte, wenn er Jans Augen ausweichen wollte. Er hörte Mary leise lachen.

»Sei ganz beruhigt, Bigger«, sagte sie. »Jan meint es ehrlich.«

Zornesröte stieg ihm ins Gesicht. Lachte sie über ihn? Wollten sich die beiden einen Scherz mit ihm erlauben? Was dachten sie sich eigentlich? Weshalb ließen sie ihn nicht in Frieden? Er hatte ihnen doch nichts getan. Aber die Weißen waren eben unberechenbar. Mit jeder Faser seines Körpers versuchte er, sich zu konzentrieren. Verzweifelt bemühte er sich zu verstehen. Er kam sich so dumm vor, hinter dem Lenkrad zu sitzen und sich von einem Weißen die Hand halten zu lassen. Was würden die Leute denken? Schmerzhaft war er sich seiner schwarzen Haut bewusst. Ja, Weiße wie Jan hatten ihn dazu gebracht, diese schwarze Haut als Makel anzusehen. Hatten sie ihm nicht von jeher ihre Verachtung gezeigt? Und dennoch, Jan war so freundlich zu ihm. Und Mary blickte begeistert und mit leuchtenden Augen zu ihnen herüber. Vielleicht meinten sie es ehrlich? Doch ihr seltsames Verhalten ließ ihm bewusst werden, dass er schwarz war. Ihm war, als habe er keinen Körper, als sei er nur ein Schemen, den er selbst hasste, ein Schandmal, mit dem seine Rasse gebrandmarkt war. Er befand sich in einem Reich der Schatten, im Niemandsland, auf einem Grund, der die weiße Welt von der schwarzen trennte. Er kam sich nackt vor und durchsichtig. Nun glaubte er zu verstehen: Nachdem dieser Weiße geholfen hatte, ihn niederzuzwingen, zog er ihn zu sich hoch, um ihn zu betrachten und sich über ihn lustig zu machen. Und in diesem Augenblick wurde er von einem dumpfen, kalten und sprachlosen Hass überwältigt.

»Jetzt möcht ich mal ein Weilchen fahren«, sagte Jan. Er ließ Biggers Hand los und öffnete die Tür.

Bigger sah Mary an. Sie trat näher und berührte seinen Arm.

»Lass ihn, Bigger«, sagte sie.

Er machte Anstalten, auszusteigen, aber Jan hielt ihn zurück. »Nein, bleib drin und rutsch rüber.«

Er rückte zur Seite, und Jan nahm seinen Platz am Steuer ein. Bigger spürte ein merkwürdiges Gefühl in der Hand, als hätten Jans Finger einen untilgbaren Eindruck hinterlassen. Mary stieg gleichfalls vorn ein.

»Du musst noch ein Stück rutschen, Bigger«, sagte sie.

Er rückte dichter an Jan heran. Mary zwängte sich zwischen ihn und die Tür. So saßen nun zu beiden Seiten von ihm Weiße und umgaben ihn wie zwei gewaltige Mauern. Noch nie in seinem Leben war er einer weißen Frau so nahe gewesen. Er spürte den Duft ihres Haars und den sanften Druck ihres Schenkels gegen den seinen. Jan fuhr zum Outer Drive zurück. Geschickt schlängelte er sich durch den Verkehr. Dann brausten sie am Seeufer entlang, vorüber an einer riesigen glatten Fläche von matt glänzendem Wasser. Am Himmel zogen schwere Schneewolken, und es wehte ein starker Wind.

»Ist es nicht herrlich heute Abend?«, fragte sie.

»Mein Gott, ja!«, rief Jan.

Bigger lauschte dem Klang ihrer Stimmen, ihrer seltsamen Sprechweise, den überschwänglichen Worten, die ungezwungen von ihren Lippen kamen.

»Dieser Himmel!«

»Und das Wasser!«

»Es ist so schön, dass einem der bloße Anblick fast wehtut«, seufzte Mary.

»Die Welt ist herrlich, Bigger«, schwärmte Jan. »Sieh dir doch nur mal diese Silhouette an!«

Ohne den Kopf zu wenden, blickte Bigger aus dem Fenster. In der Ferne erhob sich ein mächtiger Häuserwall, der mit gelben Lichtflecken gesprenkelt war.

»Das alles wird eines Tages uns gehören, Bigger«, sagte Jan und beschrieb mit der Hand einen Bogen. »Nach der Revolution. Doch wir werden kämpfen müssen. Und was für eine Welt wir zu erobern haben, Bigger! Wenn dieser Tag kommt, wird alles anders werden. Dann gibt es keine Armen und Reichen mehr, und Schwarze und Weiße haben dieselben Rechte.«

Bigger schwieg. Der Wagen jagte dahin.

»Du findest uns merkwürdig, nicht wahr, Bigger?«, fragte Mary.

»O nein, Ma'am«, murmelte er. Obwohl er wusste, dass

sie ihm nicht glaubte, brachte er es nicht über sich, etwas anderes zu sagen.

Die Arme und Beine schmerzten ihm, weil er so eingezwängt dasaß, doch er wagte nicht, sich zu rühren. Jede Bewegung hätte ihre Aufmerksamkeit auf seinen schwarzen Körper gelenkt, und das wollte er vermeiden. Er fühlte sich unbehaglich in ihrer Nähe. Wäre er wie sie ein Weißer gewesen, dann hätte er sich schon Platz verschafft. Aber er war schwarz. So saß er reglos, trotz seiner schmerzenden Arme und Beine.

»Sag mal, Bigger«, fragte Jan, »wo kriegt man denn auf der Südseite was Anständiges zu essen?«

»Tja.« Bigger überlegte.

»Wir wollen in ein richtiges Lokal gehen.« Mary wandte ihm fröhlich das Gesicht zu.

»In einen Nachtklub?«, erkundigte sich Bigger höflich.

»Nein, wir wollen etwas essen.«

»Schau, Bigger, wir möchten am liebsten in ein Lokal, in dem Farbige verkehren. Nicht in 'nen vornehmen Nachtklub.«

Was dachten sie sich eigentlich? Mit unbeteiligter Miene antwortete er: »Ja, da ist zum Beispiel Ernies Kitchen Shack ...«

»Ah, das klingt nicht übel!«

»Lass uns doch dorthin fahren, Jan«, bat Mary.

»Schön, wo ist es?«

»Indiana Avenue, Ecke 47. Straße«, sagte Bigger.

Jan bog an der 31. Straße vom Outer Drive ab und fuhr dann westlich zur Indiana Avenue. Wenn Jan doch nur schneller führe, damit sie Ernies Kitchen Shack möglichst bald erreichten! Dann könnte er wenigstens seine verkrampften Beine ausstrecken. Da war schon die Indiana

Avenue. Wenn Jack und Gus und G.H. ihn so sehen könnten! Die würden ihn bis in alle Ewigkeit damit aufziehen. Er spürte, wie Mary sich zu ihm wandte. Sie legte die Hand auf seinen Arm.

»Weißt du, Bigger, ich wollte schon lange einmal in eines dieser Häuser gehen«, sagte sie und deutete auf die hohen, düsteren Gebäude, die zu beiden Seiten die Straße säumten. »Ich frage mich immer, wie ihr lebt. Verstehst du, was ich meine? Ich bin in England, Frankreich und Mexiko gewesen, aber ich habe keine Ahnung, wie zehn Häuserblocks von mir entfernt die Menschen wohnen. Wir wissen so wenig voneinander. Ich möchte zu gern einmal deine Leute kennenlernen. Noch nie bin ich bei Negern gewesen. Sie müssen doch so leben wie wir. Es sind doch Menschen … zwölf Millionen … in unserem Land … in derselben Stadt wie wir …« Sie brach nachdenklich ab.

Es herrschte Schweigen. Der Wagen fuhr durch den Schwarzen Gürtel, vorbei an den hohen Häusern voller schwarzen Lebens. Bigger wusste, dass sie über ihn und seine Leute nachdachten. Plötzlich spürte er das Verlangen, einen schweren Eisenklotz zu packen und ihn mit ganzer Kraft hochzustemmen. Er wollte sich über den fahrenden Wagen erheben und ihn mit einem einzigen Schlag zertrümmern. Sein Herz klopfte wild, und er bemühte sich, seinen erregten Atem zu zügeln. Er durfte sich nichts anmerken lassen. Zum Teufel noch mal! Weshalb ließen sie ihn nicht in Frieden? Was hatten sie davon, neben ihm im Wagen zu sitzen und sich so aufzuführen?

»Sag mir, wenn wir da sind, Bigger.«

»Ja, Sir.«

Bigger blickte hinaus. Nun hatten sie die 46. Straße erreicht.

»Dort am Ende des nächsten Blocks, Sir.«

»Kann ich irgendwo parken?«

»O ja, Sir.«

»Bitte, Bigger! Sag doch nicht immer ›Sir‹ zu mir … Ich mag das nicht. Du bist genauso ein Mensch wie ich, und ich bin nicht besser als du. Andere Weiße bestehen vielleicht darauf. Aber ich nicht. Schau, Bigger …«

»Ja …« Bigger unterbrach sich, schluckte und blickte auf seine schwarzen Hände. »Okay«, murmelte er. Hoffentlich hörten sie nicht, wie erstickt seine Stimme klang.

»Siehst du, Bigger …«, begann Jan.

Mary fuhr mit ihrer Hand an Biggers Rücken vorbei und berührte Jans Schulter.

»Komm, steigen wir aus«, sagte sie schnell.

Jan fuhr an den Straßenrand, öffnete die Tür und stieg aus. Bigger rutschte wieder hinter das Lenkrad, froh, endlich Platz für Arme und Beine zu haben. Mary kletterte auf der anderen Seite hinaus. Nun konnte er sich ausruhen. Er war so mit sich beschäftigt, dass er die beiden Weißen völlig vergaß. Die Stille um ihn ließ ihn hochschauen. Im Bruchteil einer Sekunde sah er, wie Mary die Augen von seinem Gesicht abwandte. Sie tauschte einen Blick mit Jan. Was ist denn mit dem los?, schien er zu fragen. Bigger biss die Zähne zusammen und starrte vor sich hin.

»Kommst du nicht mit, Bigger?«, fragte Mary in einem so süßen Ton, dass er ihr am liebsten an die Kehle gesprungen wäre.

Die Leute in Ernies Kitchen Shack kannten ihn. Wenn die ihn mit den beiden sahen, dann hätten sie wieder was zu tuscheln: Mit wem treibt sich denn Bigger da rum?

»Ich … ich möchte lieber hierbleiben …«, flüsterte er.

»Hast du denn keinen Hunger?«, fragte Jan.

»Nein, hab ich nicht.«

Jan und Mary traten dicht an den Wagen heran.

»Dann komm trotzdem mit und setz dich zu uns«, bat Jan.

»Ich ... ich ...«, stammelte Bigger.

»Es wird sicher nett werden«, redete Mary ihm zu.

»Ich bleib lieber hier. Jemand muss doch schließlich auf den Wagen aufpassen.«

»Ach, zum Teufel mit dem Wagen«, sagte Mary. »Komm doch mit.«

»Ich will aber nichts essen«, beharrte Bigger.

»Nun gut«, seufzte Jan, »wenn du nicht willst, gehen wir auch nicht.«

Nun saß er in der Falle! Verdammt! Hätte er doch von Anfang an so getan, als sähe er in ihrem Verhalten nichts Ungewöhnliches. Dann wäre alles viel einfacher gewesen. Doch er verstand sie nicht, er misstraute ihnen, ja, er hasste sie. Er konnte sich nicht vorstellen, weshalb sie sich so aufführten. Aber schließlich gehörten solche Dinge wohl zu seiner Arbeit, und anstatt hier herumzusitzen und sich von ihnen anstarren zu lassen, konnte er ebenso gut mitgehen.

»Also schön«, murmelte er ärgerlich.

Er stieg aus und schlug die Tür zu. Mary kam dicht an ihn heran und ergriff seinen Arm. Er sah sie lange schweigend an. Zum ersten Mal wich er ihrem Blick nicht aus, er hielt ihm stand, weil er wütend war.

»Bigger«, sagte sie, »du brauchst wirklich nicht mitzukommen, wenn du nicht möchtest. Bitte, glaub nicht ... Ach, Bigger ... wir wollen ja nicht, dass es dir unangenehm ist ...«

Ihre Stimme brach ab. Im düsteren Schein der Straßenlaterne sah er, wie ihre Augen sich verschleierten und ihre Lippen bebten. Sie wankte und lehnte sich gegen den Wagen. Er wich zurück, als sei sie von einer ansteckenden Krankheit befallen. Jan legte seinen Arm um sie und stützte sie. Bigger hörte sie leise schluchzen. Guter Gott! Am liebsten wäre er davongelaufen. Er fühlte sich in einem Gewirr von Schatten gefangen, Schatten, die schwarz waren wie die Nacht und sich über ihm auftürmten. Sein Benehmen hatte sie zum Weinen gebracht, und doch war sie es gewesen, die ihn zu diesem Benehmen herausgefordert hatte. Wenn er in Marys Nähe war, hatte er das Gefühl, mit ihr auf einer Wippe zu sitzen; sie befanden sich nie in gleicher Höhe, entweder schwebte er in der Luft oder sie. Mary trocknete sich die Augen, und Jan flüsterte ihr etwas zu. Bigger überlegte, was er wohl seiner Mutter, der Wohlfahrt oder Mr Dalton sagen könnte, wenn er seine Arbeit im Stich ließ. Sie würden ihn natürlich nach den Gründen fragen, und wie sollte er sie ihnen erklären?

»Es ist schon wieder gut, Jan«, hörte er Mary sagen. »Entschuldige, es war sehr albern von mir ...« Sie hob die Augen zu Bigger. »Kümmere dich nicht um mich, Bigger. Ich bin manchmal wirklich eine dumme Gans ...«

Er schwieg.

»Komm, Bigger«, sagte Jan mit einer Stimme, die aufmunternd klingen sollte. »Gehen wir essen.«

Jan ergriff Biggers Arm und versuchte, ihn mit sich zu ziehen, aber Bigger blieb stehen. Dann folgte er ihnen ärgerlich und verwirrt. Jan steuerte auf einen kleinen Wandtisch zu.

»Setz dich, Bigger.«

Bigger nahm Platz. Jan und Mary ließen sich ihm gegenüber nieder.

»Isst du gern Brathuhn?«, fragte Jan.

»Ja, Sir«, flüsterte er.

Er kratzte sich am Kopf. Wie konnte er auch an einem Abend lernen, nicht »Ja, Sir« und »Ja, Ma'am« zu sagen, wo er doch sein ganzes Leben lang die Weißen so angeredet hatte? Er setzte sich so, dass seine Augen den ihren nicht begegneten. Die Kellnerin trat an den Tisch, und Jan bestellte drei Glas Bier und drei Portionen Brathuhn.

»Hallo, Bigger!«

Er wandte sich um und sah, wie Jack ihm zuwinkte und neugierig auf Jan und Mary blickte. Steif winkte er zurück. Verdammt! Jack entfernte sich eilig. Verstohlen lugte Bigger durch den Raum: Die Kellnerinnen und einige Gäste an den Tischen starrten ihn an. Sie kannten ihn alle, gewiss waren sie sehr erstaunt. Wie er es an ihrer Stelle auch gewesen wäre! Mary berührte ihn am Arm.

»Warst du schon mal hier, Bigger?«

Er suchte nach unverbindlichen Worten, die ihnen Auskunft gaben, die aber nicht das geringste seiner Gefühle verrieten.

»Ein paar Mal.«

»Es ist sehr hübsch hier«, sagte Mary.

Jemand steckte einen Nickel in das automatische Grammophon, und Musik ertönte. Plötzlich spürte Bigger eine Hand auf seiner Schulter.

»Hallo, Bigger! Wo hast du denn die ganze Zeit gesteckt?«

Er blickte auf und sah Bessie, die ihm ins Gesicht lachte.

»Hallo«, erwiderte er unfreundlich.

»Oh, entschuldige. Ich wusste nicht, dass du in Gesellschaft bist.«

Sie ging davon, die Augen auf Jan und Mary gerichtet.

»Sag ihr doch, sie soll rüberkommen, Bigger«, sagte Mary.

Bessie war zu einem Tisch am anderen Ende des Raumes gegangen und setzte sich dort zu einem Mädchen.

»Ach, nun sitzt sie schon da drüben.«

Die Kellnerin brachte Bier und Brathuhn.

»Das ist ja köstlich!«, rief Mary aus.

Jan und Mary aßen. Auch Bigger biss in sein Huhn. Aber er konnte nicht schlucken, sein Mund war wie ausgedörrt. Selbst die Organe seines Körpers schienen zu versagen, und als er den Grund dafür erkannte, brachte er erst recht nichts hinunter. Nach zwei oder drei Bissen hörte er auf zu essen und trank sein Bier.

»Iss doch«, sagte Mary. »Das Huhn ist gut!«

»Ich hab keinen Hunger«, murmelte er.

»Willst du noch ein Bier?«, fragte Jan nach einer langen Pause.

Vielleicht würde er sich wohler fühlen, wenn er ein bisschen trank.

»Ich habe nichts dagegen«, sagte er.

Jan bestellte eine zweite Runde.

»Gibt es hier nichts Stärkeres als Bier?«, fragte Jan.

»Hier gibt es alles, was Sie wollen«, antwortete Bigger.

Jan bestellte eine Flasche Rum und goss jedem ein. Bigger spürte, wie der Alkohol ihn erwärmte. Nach dem zweiten Glas begann Jan zu sprechen.

»Wo bist du denn geboren, Bigger?«

»Im Süden.«

»Wo denn da?«

»Mississippi.«

»Wie weit bist du in der Schule gekommen?«

»Bis zur achten Klasse.«

»Und weshalb bist du abgegangen?«

»Kein Geld.«

»Bist du im Norden oder im Süden zur Schule gegangen?«

»Hauptsächlich im Süden. Und dann zwei Jahre hier.«

»Wie lange bist du schon in Chicago?«

»Ach, ungefähr fünf Jahre.«

»Gefällt's dir hier?«

»Es geht.«

»Lebst du bei deiner Familie?«

»Bei meiner Mutter, meinem Bruder und meiner Schwester.«

»Und wo ist dein Vater?«

»Tot.«

»Wie lange schon?«

»Der ist gelyncht worden, als ich noch ein Kind war. Im Süden.«

Eine Weile herrschte Schweigen. Der Rum half Bigger, zu entspannen.

»Und was ist in der Sache getan worden?«, fragte Jan schließlich.

»Nichts, soviel ich weiß.«

»Und wie denkst du darüber?«

»Ich weiß nicht.«

»Siehst du, Bigger, mit solchen Dingen wollen wir für immer Schluss machen. Der Mensch soll endlich als Mensch behandelt werden. Dafür kämpfen wir. Ich bin Mitglied der Kommunistischen Partei. Mary teilt unsere Überzeugungen. Glaubst du nicht, dass wir unser Ziel erreichen, wenn wir zusammenhalten?«

»Ich weiß nicht«, sagte Bigger. Er spürte, dass der Rum ihm zu Kopf stieg. »Es gibt 'nen Haufen Weiße auf der Welt.«

»Hast du mal was von den Jungen aus Scottsboro gehört?«

»Ja.«

»Haben wir nicht verhindert, dass sie hingerichtet wurden?«

»Das war schon in Ordnung.«

»Weißt du, Bigger«, sagte Mary, »wir möchten gern deine Freunde sein.«

Er erwiderte nichts. Er leerte sein Glas, und Jan schenkte noch eine Runde ein. Bigger hatte nun genug getrunken, um sie offen anblicken zu können. Mary lächelte ihm zu.

»Du wirst dich schon an uns gewöhnen«, sagte sie.

Jan korkte die Rumflasche zu.

»Ich glaube, wir gehen jetzt besser«, sagte er.

»Ja«, sagte Mary. »Übrigens, Bigger, ich fahre morgen früh um neun nach Detroit. Bring doch bitte meinen Koffer zur Bahn. Sag es Vater, und er wird dir die Zeit bezahlen. Du müsstest den Koffer um halb neun abholen.«

»Ja, mach ich.«

Jan beglich die Rechnung, und sie gingen hinaus zum Wagen. Bigger setzte sich ans Steuer. Er fühlte sich wohl. Jan und Mary stiegen hinten ein. Als Bigger anfuhr, sah er Mary in Jans Armen liegen.

»Fahr doch ein Weilchen durch den Park, ja, Bigger?«

»Gut.«

Er bog in den Washington Park ein und fuhr langsam über die verschlungenen Wege. Dann und wann sah er im Rückspiegel, wie Jan und Mary sich küssten.

»Hast du ein Mädchen, Bigger?«, fragte Mary.

»Ja, hab ich«, sagte er.

»Ich möchte sie gern mal kennenlernen.«

Er antwortete nicht.

Mary blickte versonnen vor sich hin, als träume sie von

der Zukunft. Dann wandte sie sich an Jan und legte zärtlich die Hand auf seinen Arm.

»Wie war denn die Demonstration?«

»Es ging alles recht gut. Aber die Polizei hat drei Genossen verhaftet.«

»Wen denn?«

»Einen von der Jugendgruppe und zwei Negerinnen. Übrigens brauchen wir dringend Geld für Kautionen, Mary.«

»Wie viel?«

»Dreitausend.«

»Ich schick dir 'nen Scheck.«

»Großartig.«

»Hast du heute viel gearbeitet?«

»Ziemlich. Ich war bis drei Uhr morgens auf einer Versammlung. Dann haben Max und ich den ganzen Tag versucht, die Kaution aufzutreiben.«

»Max ist reizend, nicht wahr?«

»Er ist einer der besten Anwälte, die wir haben.«

Bigger hörte aufmerksam zu, doch es gelang ihm nicht, den Sinn ihrer Worte zu erfassen.

»Jan.«

»Ja, Liebes?«

»Im Frühjahr bin ich mit dem Studium fertig. Dann trete ich in die Partei ein.«

»Das finde ich ganz prima von dir!«

»Aber ich muss vorsichtig sein.«

»Sag mal, wie wärs, wenn du dann bei mir im Büro arbeiten würdest?«

»Nein, ich möchte unter Negern arbeiten. Dort braucht man uns am dringendsten. Sie scheinen aus allem herausgedrängt zu werden.«

»Das stimmt.«

»Wenn ich sehe, was ihnen angetan worden ist … das regt mich so auf!«

»Ja, es ist furchtbar.«

»Und ich komme mir so hilflos und unnütz vor. Ich möchte etwas tun.«

»Ich wusste, dass es eines Tages so weit sein würde.«

»Hör mal, Jan, kennst du viele Neger? Kannst du mir nicht ein paar vorstellen?«

»Ich bin eigentlich mit keinem näher bekannt. Aber wenn du in der Partei bist, wirst du schon mit welchen zusammentreffen.«

»Sie haben so viel Gefühl! Was für ein Volk! Wenn wir sie jemals in Bewegung bringen könnten …«

»Wir können ohne sie keine Revolution machen«, sagte Jan. »Sie müssen organisiert werden. Sie haben den richtigen Geist. Sie werden der Partei etwas geben, was ihr fehlt.«

»Und ihre Lieder! Die Spirituals! Sind die nicht wunderbar?« Sie wandte sich an Bigger. »Sag mal, Bigger, kannst du singen?«

»Nein, kann ich nicht.«

»Ach, Bigger.« Sie verzog den Mund. Dann legte sie den Kopf zur Seite, schloss die Augen und sang:

Swing low, sweet chariot,
coming fer to carry me home …

Jan stimmte ein, und Bigger lächelte verächtlich. Verdammt, die treffen ja keinen einzigen Ton, dachte er.

»Komm, Bigger, sing mit«, sagte Jan.

»Ich kann nicht singen«, beharrte er.

Sie schwiegen. Der Wagen surrte dahin.

»Wo ist die Flasche, Mary?«, flüsterte Jan.

»Hier.«

»Ich möchte noch 'nen Schluck.«

»Ich auch.«

»Du hast ja heute Abend allerhand vor, was?«

»Auch nicht mehr als du.«

Sie lachten. Bigger saß schweigend hinter dem Steuer. Er hörte das leise Glucksen des Rums in der Flasche.

»Jan!«

»Hm?«

»Das war aber 'n großer Schluck!«

»Hier, bedien dich.«

Durch den Rückspiegel sah Bigger, wie sie die Flasche hob und trank.

»Vielleicht hat Bigger auch Durst, Jan. Frag ihn doch mal.«

»Ja, Bigger! Hier, nimm!«

Bigger verlangsamte das Tempo und griff nach der Flasche. Er trank zwei große Schlucke.

»Huuu!«, lachte Mary.

»Das nenn ich 'nen Zug!«, rief Jan.

Bigger wischte sich mit dem Handrücken über den Mund und fuhr langsam weiter durch den dunklen Park. Dann und wann hörte er das glucksende Geräusch der halb leeren Flasche. Na, nüchtern kommen die heute bestimmt nicht nach Hause, dachte er, und auch er spürte den Rum bereits in den Fingern und Lippen. Er hörte Mary kichern. Mensch, die hat schon einen sitzen! Der Wagen rollte langsam über die kurvigen und sanft abfallenden Wege. Die milde Wärme des Rums flutete ihm vom Magen her fächerförmig durch den ganzen Körper. Ihm war, als segele er schwerelos durch die Dunkelheit. Er hatte sich träge im

Sitz zurückgelehnt, und seine Hände ruhten leicht auf dem Lenkrad. Er blickte in den Spiegel. Mary lag mittlerweile auf der Hinterbank, und Jan beugte sich über sie. Er sah das Aufblitzen eines weißen Schenkels. Die müssen ganz schön besoffen sein, dachte er. Er steuerte den Wagen vorsichtig um die Kurven, blickte sekundenlang auf die Straße und sah dann wieder in den Spiegel. Jan flüsterte Mary etwas zu, dann seufzten sie beide. Bei ihrem Anblick spannten sich seine Muskeln, er seufzte und setzte sich auf, um das wärmer werdende Gefühl in seinen Lenden zu unterdrücken. Doch schon bald sackte er wieder zusammen. Seine Lippen waren taub. Ich hab 'nen Schwips, dachte er. Er verlor das Gefühl für die Stadt und den Park, er schwamm im Wagen dahin, und Jan und Mary saßen hinten, und küssten sich eng aneinandergeschmiegt. Die Zeit verging. Jan setzte sich auf und zog Mary mit sich.

»Es ist ein Uhr, Liebling«, sagte Mary. »Ich muss jetzt nach Hause.«

»Ach, lass uns doch noch ein Weilchen fahren. Es ist so schön hier.«

»Vater sagt, ich bin ein schlechtes Mädchen.«

»Das tut mir leid.«

»Ich werde dich morgen früh noch einmal anrufen.«

»Fein. Und wann?«

»So gegen halb neun.«

»Ich lass dich nicht gern nach Detroit.«

»Ich fahre ja auch nicht gern. Aber ich muss. Verstehst du, Liebling, Vater und Mutter haben sich so geärgert, dass ich mit dir in Florida war. Jetzt muss ich mal ein Weilchen tun, was sie sagen.«

»Ich lasse dich trotzdem nicht gern weg.«

»Ich bin ja in zwei Tagen schon wieder zurück.«

»Zwei Tage sind aber eine lange Zeit.«

»Du bist ein Dummerchen, aber du bist süß.« Sie lachte und küsste ihn.

»Fahr uns jetzt zurück, Bigger«, rief Jan.

Bigger verließ den Park, und fuhr Richtung 46. Straße.

»Halt hier an, Bigger, und lass mich aussteigen!«, rief Jan.

Bigger bremste. Er hörte sie im Flüsterton miteinander sprechen.

»Tschüss, Jan.«

»Tschüss, Liebes.«

»Ich ruf dich morgen an.«

»Ja.«

Jan stand an der Wagentür und streckte die Hand aus. Bigger ergriff sie zaghaft.

»Es war schön, mit dir zusammen zu sein, Bigger«, sagte Jan.

»Ja«, murmelte Bigger.

»Ich bin sehr froh, dass ich dich kennengelernt habe. Hier, trink noch was.«

Bigger nahm einen großen Schluck.

»Gib mir auch noch was, Jan. Da kann ich wenigstens schlafen.«

»Glaubst du nicht, dass du genug hast?«

»Ach, nun komm schon!«

Sie stieg aus, und Jan reichte ihr die Flasche. Sie trank.

»Halt!«, rief Jan.

»Warum denn?«

»Du kippst mir sonst noch um.«

»Ach was, ich kanns vertragen.«

Jan leerte die Flasche und legte sie in den Rinnstein. Unbeholfen kramte er in seinen Taschen. Er schwankte betrunken.

»Was verloren, Liebling?«, flüsterte Mary. Auch sie stand nicht mehr fest auf den Beinen.

»Nein. Ich hab nur ein paar Sachen, die Bigger lesen soll. Bigger, hier sind ein paar Broschüren. Ich möchte, dass du sie liest, ja?«

Bigger streckte die Hand aus und nahm ein kleines Bündel von Heften entgegen.

»Gut.«

»Du musst sie aber auch wirklich lesen«, sagte er mit schwerer Zunge. »Wir werden uns in ein paar Tagen drüber unterhalten ...«

»Ja, ja, ich lese sie.« Bigger unterdrückte ein Gähnen und stopfte die Broschüren in die Tasche.

»Ich werde dafür sorgen, dass er sie liest«, versprach Mary.

Jan küsste sie noch einmal. Die Straßenbahn, die zur Innenstadt fuhr, rumpelte heran.

»Also, machs gut, Mary.«

»Machs gut, Liebling. Ich setz mich vor zu Bigger.«

Sie stieg ein. Die Straßenbahn bremste kreischend und hielt an. Jan kletterte hinein, und die Bahn fuhr weiter. Mary ließ sich in den Sitz fallen und seufzte. Ihre Beine waren weit gespreizt. Bigger brauste in Richtung Drexel Boulevard davon. In seinem Kopf drehte sich alles.

»Du bist sehr nett, Bigger.«

Er sah sie an. Ihr Gesicht war kreideweiß. Ihre Augen blickten glasig.

»Ich weiß nicht.«

Sie kicherte. »Guter Gott! Du sagst die komischsten Sachen.«

»Vielleicht.«

Sie lehnte den Kopf an seine Schulter.

»Stört dich das?«

»Nein, gar nicht.«

»Weißt du, jetzt hast du drei Stunden lang immer nur Ja und Nein gesagt.«

Sie schüttelte sich vor Lachen. Wieder erwachte in ihm der Hass. Wieder hatte sie in sein Inneres geblickt, und das wollte er nicht. Sie richtete sich auf und betupfte die Augen mit einem Taschentuch. Er starrte finster auf die Straße, bog in die Einfahrt und hielt an. Dann stieg er aus und öffnete die Tür. Sie rührte sich nicht. Ihre Augen waren geschlossen.

»Wir sind da«, sagte er.

Sie versuchte aufzustehen und fiel zurück in den Sitz.

»Ach herrje!«

Sie ist betrunken, wirklich betrunken, dachte Bigger. Sie streckte die Hand aus.

»Komm, hilf mir mal. Mir ist ganz schwindlig ...«

Sie lag auf dem Sitz, und ihr Kleid war so weit hochgerutscht, dass er die Ränder ihrer Strümpfe sehen konnte. Er schaute auf sie herunter. Sie öffnete die Augen und lachte.

»So hilf mir doch, Bigger. Ich bin erledigt.«

Er zog sie hoch, und seine Hände spürten ihren weichen Körper, als sie aus dem Auto stieg. Ihre dunklen Augen lagen tief in den Höhlen und blickten ihn fiebernd an. Der Duft ihres Haares, das sein Gesicht streifte, stieg ihm in die Nase. Er knirschte mit den Zähnen. Ihn schwindelte ein wenig.

»Wo ist mein Hut? Er ist mir irgendwo hingefallen ...«

Sie schwankte, und sein Arm umschloss sie fester. Er sah sich um, der Hut lag auf dem Trittbrett. Er hob ihn auf.

»Hier ist er«, sagte er.

Wenn jetzt ein Weißer käme! Oder wenn der alte Dalton

ihn so sehen würde! Ängstlich blickte er an dem großen Haus hoch. Es war still und dunkel.

»Tja«, seufzte Mary, »ich glaube, nun muss ich wohl ins Bett ...«

Er ließ sie los. Sie kippte zur Seite, und er fing sie auf. Er führte sie zur Treppe.

»Gehts allein?«

Sie sah ihn an, als habe er sie beleidigt.

»Natürlich. Lass mich ...«

Er zog den Arm zurück. Entschlossen stieg sie die Treppe hinauf, die zur Holzveranda führte. Plötzlich stolperte sie. Bigger ging einen Schritt auf sie zu, dann blieb er, vor Angst erstarrt, stehen. Abwehrend streckte er die Hände aus. Guter Gott, von dem Krach würde das ganze Haus aufwachen! Sie war nach vorn gefallen, stützte sich auf einem Knie und einer Hand ab, und blickte belustigt und erstaunt zu ihm zurück. Die war ja total verrückt! Sie richtete sich auf, griff nach dem Geländer und ging langsam die Treppe wieder hinunter. Dann stand sie schwankend vor ihm und lächelte.

»Ich bin ganz schön betrunken ...«

Er betrachtete sie mit einem Blick, in dem sich Hilflosigkeit, Bewunderung und Hass spiegelten. Wenn ihr Vater sie jetzt sähe, würde er seine Stelle los sein. Aber sie war schön, sie war schlank, und er spürte, dass sie ihn nicht wie die anderen Weißen verachtete. Dennoch, sie war weiß, und er hasste sie. Sie schloss die Augen und öffnete sie wieder. Verzweifelt bemühte sie sich, gerade zu stehen. Sollte er Mr Dalton oder Peggy rufen, da sie offenbar nicht fähig war, allein in ihr Zimmer zu gehen? Nein ... Damit würde er sie nur verraten, und das wollte er nicht. Denn obwohl er sie hasste, war es erregend für ihn, sie zu betrachten. Ihre

Augen schlossen sich wieder, und sie taumelte auf ihn zu. Er fing sie auf.

»Ich werde Ihnen helfen«, sagte er.

»Gehen wir lieber hintenrum, Bigger. Sonst wecke ich noch alle auf ...«

Ihre Füße schlurften über den Betonboden, als er sie zum Keller führte. Er knipste das Licht an. Mit seiner freien Hand stützte er sie.

»Ich hab gar nicht gewusst, dass ich so einen sitzen hab«, murmelte sie.

Langsam zog er sie die schmalen Stufen zur Küchentür hinauf. Er hatte seine Hand um sie gelegt und fühlte mit den Fingerspitzen die weiche Wölbung ihrer Brüste. Von Minute zu Minute lehnte sie sich schwerer gegen ihn.

»Nun nehmen Sie sich mal ein bisschen zusammen«, zischte er, als sie die Küchentür erreichten.

Er hatte Angst. Vielleicht stand Mrs Dalton noch immer in fließendem Weiß und mit starrem Blick mitten im Raum. Leise klinkte er die Tür auf und blickte in die Küche. Sie war leer. Ein schwaches, neblig blaues Licht drang vom winterlichen Himmel her durch das Fenster.

»Kommen Sie.«

Sie hatte den Arm um seinen Nacken geschlungen und zog ihn mit ihrem Gewicht nach unten. Er stieß die Tür auf und trat einen Schritt vor. Dann blieb er stehen und lauschte. Er fühlte, wie ihr Haar seine Lippen streifte. Seine Haut brannte, und seine Muskeln waren angespannt. Im Dämmerlicht versuchte er, ihr Gesicht zu erkennen. Seine Sinne waren trunken von dem Duft ihres Haars und ihrer Haut. Voller Angst und Erregung flüsterte er: »Kommen Sie, Sie müssen in Ihr Zimmer.«

Er führte sie Schritt für Schritt aus der Küche. Der Korridor war leer und dunkel. Langsam ging er mit ihr zur Treppe. Von Neuem erwachte in ihm ein Hassgefühl. Er schüttelte sie.

»Los! Aufwachen!«

Sie bewegte sich nicht und hielt die Augen geschlossen. Doch schließlich murmelte sie etwas und taumelte nach vorn. Seine Finger spürten die sanften Rundungen ihres Körpers, und er wurde von Erregung überwältigt. Dieses kleine Biest!, dachte er. Ihr Gesicht berührte das seine. Er drehte sich um und begann, die Stufen hinaufzusteigen, eine nach der anderen. Da hörte er ein leises Knarren. Er verharrte und suchte mit den Augen die Dunkelheit ab. Nichts. Als er die oberste Stufe erreichte, hing Mary völlig schlaff an seinem Hals. Sie murmelte noch immer etwas vor sich hin. Zum Teufel! So ging das nicht weiter. Er musste sie tragen. Er nahm sie hoch und schleppte sie durch den Korridor. Plötzlich blieb er stehen. Wo war ihre Tür? Verdammt!

»Wo ist Ihr Zimmer?«, flüsterte er.

Sie antwortete nicht. Hatte sie die Besinnung verloren? Er konnte sie doch nicht ewig so halten. Wenn er sie herabließ, würde sie zu Boden sinken und die ganze Nacht hier liegen bleiben. Er schüttelte sie heftig und fragte etwas lauter: »Wo ist Ihr Zimmer?«

Einen Augenblick lang sah sie ihn mit leeren Augen an.

»Wo ist Ihr Zimmer?«, wiederholte er.

Sie deutete mit den Augen auf eine Tür. Er schleppte sie zu dieser Tür. War das wirklich ihr Zimmer? Oder war sie zu betrunken, um es zu wissen? Wenn die Tür nun zu Mr und Mrs Dalton führte? Schön, dann würden sie ihn eben entlassen. Es war nicht seine Schuld, dass sie betrunken war. Ihm war seltsam zumute, so als stehe er auf einer Bühne vor einer großen Menschenmenge. Vorsichtig machte er eine Hand frei und drehte den Türknauf. Er wartete, nichts geschah. Er stieß die Tür leise auf. Im Zimmer rührte sich nichts. Er tastete mit der Hand nach dem Lichtschalter, er konnte ihn aber nicht finden. Voller Angst und Zweifel verharrte er auf der Schwelle. Allmählich gewöhnten sich seine Augen an die Dunkelheit. Ein schwaches Licht drang vom Winterhimmel her in den Raum. Am anderen Ende erkannte er die schattenhaften Umrisse eines weißen Bettes. Er trug Mary ins Zimmer und schloss leise die Tür.

»Wir sind da. Wachen Sie auf!«

Er versuchte, sie auf die Füße zu stellen, aber sie sank in die Knie. Er nahm sie wieder in die Arme und lauschte in die Dunkelheit hinein. Der Duft ihres Haares und ihrer Haut betäubte ihn. Sie war viel kleiner als Bessie, sein Mädchen, aber viel weicher. Ihr Gesicht war an seiner Schulter vergraben. Seine Arme umspannten sie fester. Langsam wandte sie ihm das Gesicht zu. Bigger blieb unbeweglich stehen. Sie legte den Kopf sacht zurück, als wolle sie der Welt für immer entsagen. Ihre Lippen, die in dem dunstig blauen Licht feucht schimmerten, waren leicht geöffnet und ließen den verborgenen Glanz ihrer weißen Zähne sehen. Die Augen hatte sie geschlossen. Er betrachtete ihr nur schwach erkennbares Gesicht, über dessen Stirn die schwarzen Locken fielen. Vorsichtig lockerte er den Griff, spreizte die Finger und strich ihr sanft über den Rücken. Ihr Gesicht kam ihm entgegen, und ihre Lippen berührten die seinen. Es war wie in einem Traum. Er stellte sie auf die Füße, und sie lehnte sich schwankend gegen ihn.

Er spannte seine Arme an, während seine Lippen sich fest auf ihre pressten, und konnte spüren, wie ihr Körper erbebte. Plötzlich wurde ihm bewusst, dass Jan sie schon oft gehabt haben musste. Er küsste sie erneut und spürte, wie ihre kantigen Beckenknochen sich heftig an ihm rieben. Ihr Mund war offen, und sie atmete langsam und tief.

Er hob sie hoch und legte sie aufs Bett. Etwas drängte ihn, sogleich das Zimmer zu verlassen, aber er beugte sich über sie und blickte sie an. Erregt umfasste er ihre Brüste. Sie warf sich hin und her und murmelte schläfrig. Er verstärkte den Druck seiner Finger, küsste sie wieder und spürte, wie sich ihr Körper ihm entgegenbog. Seine Lippen bebten. Plötzlich richtete er sich auf. Hinter ihm hatte die Tür geknarrt.

Er fuhr herum. Eiskaltes Entsetzen packte ihn. Ihm war, als falle er von einer großen Höhe herab, wie in einem Traum. Ein weißer Schleier schwebte geräuschlos und geisterhaft ins Zimmer und zog ihn in seinen Bann. Es war Mrs Dalton. Am liebsten hätte er sie beiseitegestoßen und wäre aus dem Zimmer gerannt.

»Mary?«, rief sie leise fragend.

Bigger hielt den Atem an. Mary murmelte wieder, und er beugte sich über sie, die Hände vor Angst zu Fäusten geballt. Er wusste, Mrs Dalton konnte ihn nicht sehen, aber wenn Mary sprach, würde sie ans Bett kommen und ihn entdecken, ihn berühren. Reglos blieb er stehen.

»Mary!«

Er fühlte, wie Mary versuchte, sich aufzurichten, und er stieß ihren Kopf zurück ins Kissen.

»Sie scheint zu schlafen«, flüsterte Mrs Dalton.

Er wollte sich wegschleichen, aber er fürchtete, in der Dunkelheit über etwas zu stolpern und sich zu verraten. Panische Angst befiel ihn. Er legte Mary die Hand auf den Mund. Den Kopf hielt er schräg, sodass er ohne die geringste Bewegung von Mary zu Mrs Dalton blicken konnte. Mary gab abermals unverständliche Laute von sich. Voller Angst drückte er ihr den Zipfel des Kopfkissens auf den Mund. Er musste sie zum Schweigen bringen, sonst würde man ihn hier entdecken. Langsam kam Mrs Dalton auf ihn zu, und sein Inneres dehnte sich, als wolle es explodieren. Marys Fingernägel gruben sich in seine Handgelenke, und er nahm das Kissen und presste es ihr aufs Gesicht. Sie bäumte sich auf, und er drückte sie mit seinem ganzen Gewicht nach unten. Sie durfte ihn einfach nicht verraten. Seine Augen hingen gebannt an dem weißen Schleier, der in der Dunkelheit des Zimmers auf ihn zuschwebte. Wieder hob sich Marys Leib, und er brauchte seine ganze Kraft, um sie niederzuhalten. Der Schmerz in seinen Handgelenken verstärkte sich. Der weiße Schleier bewegte sich nicht mehr.

»Mary? Bist du das?«

Er biss die Zähne zusammen und hielt den Atem an, bis ins Innerste verängstigt. Seine Muskeln waren hart wie Stahl. Er presste das Kissen herab und fühlte, wie es langsam nachgab. Dann plötzlich spürte er Marys Fingernägel nicht mehr. Ihr Griff hatte sich gelockert, und sie lag unbeweglich da.

»Mary! Was ist mit dir?«

Jetzt konnte er Mrs Dalton deutlich sehen. Als er das Kissen losließ, drang ein tiefer Seufzer aus dem Bett hervor und verlor sich in dem dunklen Raum, ein Seufzer, der ihm später, als er sich seiner erinnerte, endgültig und unwiderruflich schien.

»Mary! Bist du krank?«

Er richtete sich auf. Mrs Dalton näherte sich dem Bett, und mit jedem Schritt, den sie auf ihn zuging, trat er einen Schritt zurück. Seine Füße hoben sich nicht vom Boden, sondern glitten lautlos über den weichen Teppich. Seine Muskeln waren so verkrampft, dass sie schmerzten.

Mrs Dalton stand nun vor dem Bett. Sie streckte die Hände aus und berührte Mary.

»Mary! Schläfst du? Ich hab dich doch eben noch gehört ...« Plötzlich wich sie zurück.

»Du bist ja vollkommen betrunken! Du stinkst nach Whisky!«

Schweigend verharrte sie in dem blauen Lichtschein, dann kniete sie nieder. Bigger hörte sie flüstern. Sie betet, dachte er erstaunt, und diese Worte hallten in ihm wider, als hätte sie jemand laut ausgesprochen. Schließlich stand Mrs Dalton auf. Sie hielt den Kopf wie immer hoch erhoben und ging langsam zur Tür. Mit zusammengebissenen Zähnen, die Hände zu Fäusten geballt, sah Bigger ihr nach, bis sie seinem Blick entschwunden war. Die Tür knarrte. Dann herrschte Stille.

Er sank ermattet zu Boden und stieß keuchend die Luft aus. Er war nass vor Schweiß. Zusammengekrümmt lag er da und hörte, wie sein Atem die Dunkelheit durchdrang. Allmählich ließ die Anspannung in seinem Inneren nach, und er wurde sich wieder des Zimmers bewusst. Ihm schien, dass er soeben einem unheimlichen Zauber entronnen sei. Die Finger seiner rechten Hand hatten sich in den weichen Teppich gekrallt, und sein ganzer Körper vibrierte vom wilden Klopfen seines Herzens. Er musste aus dem Zimmer, und zwar schnell. Wenn nun Mr Dalton hier hereingekommen wäre. Er war gerade noch einmal davongekommen!

Er stand auf und lauschte. Vielleicht stand Mrs Dalton noch draußen auf dem Korridor? Wie kam er nur hier heraus? Der Widerwillen gegen dieses Haus ließ ihn förmlich schaudern. Er griff hinter sich und berührte die Wand; er war froh, etwas Festes im Rücken zu haben. Sein Blick fiel auf das Bett, und er erinnerte sich an Mary wie an einen Menschen, den er lange nicht gesehen hatte. Ach Gott, sie gab es ja auch noch. Hatte er ihr wehgetan? Er trat zu ihr heran und beugte sich über sie. Ihr Kopf lag auf der Seite. Er näherte sich ihm mit der Hand, hielt aber mitten in der Bewegung inne. Er blinzelte und starrte dann Mary ins Gesicht; es sah so dunkel aus. Ihr Mund stand offen, und ihre Augen traten glasig hervor. Ihre Brust, ihre Brust, … ihre Brust hob sich nicht! Sie atmete nicht mehr wie vorhin, als er sie ins Zimmer getragen hatte! Er beugte sich tiefer über sie und bewegte ihren Kopf mit der Hand. Er lag schlaff und kraftlos in seinen Fingern. Bigger zog rasch seine Hand zurück. Er konnte keinen klaren Gedanken fassen. Verzweifelt wollte er sich etwas sagen und konnte es nicht. Er sog krampfhaft die Luft ein. Gewaltige Worte formten sich in seinem Inneren und dröhnten ihm in den Ohren: Sie ist tot …

Das Zimmer schwand vor seinen Augen, und drohend stieg die Stadt der Weißen vor ihm auf. Mary war tot, und er war der Mörder. Ein Neger, der gemordet hatte, ein schwarzer Mörder. Er hatte eine weiße Frau umgebracht. Er musste schleunigst weg von hier. Mrs Dalton war mit ihm im Zimmer gewesen, aber sie hatte ihn nicht bemerkt. Oder doch? Nein! Ja! Vielleicht wollte sie Hilfe holen? Nein. Wenn ihr etwas aufgefallen wäre, hätte sie geschrien. Sie konnte nichts wissen. Er brauchte sich nur davonzuschleichen. Ja. Er würde nach Hause gehen und sich hinlegen, und morgen wollte er ihnen erzählen, er habe Mary zurückgefahren und sich am Nebeneingang von ihr verabschiedet.

In der Dunkelheit gebar die Angst in ihm etwas, was er mit »sie« bezeichnete. Er musste für »sie« einen Fall konstruieren. Aber Jan! … Jan würde ihn verraten. Wenn man Mary tot auffand, würde Jan erklären, er habe sie beide zusammen in der 46. Straße, Ecke Cottage Grove Avenue verlassen. Aber er, Bigger, konnte ihnen sagen, dass das nicht stimmte. Immerhin, war Jan nicht ein Roter? Und wessen Wort hatte wohl mehr Gewicht? Ja, er würde ganz einfach behaupten, Jan sei mit ihnen zum daltonschen Haus gefahren. Und er würde es schön für sich behalten, wer Mary zuletzt gesehen hatte.

Aber die Fingerabdrücke! Davon hatte er in den Zeitschriften gelesen. Die Fingerabdrücke würden ihn verraten, natürlich! Sie würden beweisen, dass er in ihrem Zimmer gewesen war! Doch wenn er ihnen nun erzählte, er habe nur den Koffer geholt? Den Koffer! Seine Fingerabdrücke waren zu Recht da. Er blickte sich um. Der Koffer stand auf der anderen Seite des Bettes. Der Deckel war hochgeklappt. Er würde den Koffer in den Keller tragen, den Wagen in die Garage fahren und dann nach Hause gehen. Doch halt! Es gab noch eine andere Möglichkeit. Er würde den Wagen nicht in die Garage fahren! Er würde sagen, Jan sei mitgekommen und draußen im Wagen sitzen geblieben. Aber da fiel ihm noch etwas Besseres ein! Sie mussten glauben, Jan habe es getan. Die Roten sind zu allem fähig. Stand das nicht in den Zeitungen? Er würde ihnen erzählen, er habe Jan und Mary nach Hause gefahren. Mary habe ihn gebeten, mitzukommen in ihr Zimmer und den Koffer zu holen. Jan habe sich ihnen angeschlossen, und er, Bigger, habe den Koffer in den Keller getragen. Als er nach Hause gegangen sei, hätten Mary und Jan schon wieder im Wagen gesessen und sich geküsst. Ja, das wollte er sagen!

Er hörte eine Uhr ticken. Suchend blickte er sich um. Sie stand am Kopfende von Marys Bett, das weiße Zifferblatt leuchtete in der blauen Dunkelheit. Es war fünf Minuten nach drei. Jan hat uns nicht in der 46. Straße, Ecke Cottage Grove Avenue, verlassen. Nein, Jan ist mitgefahren …

Er trat an den Koffer, schloss ihn und zog ihn über den Teppich in die Mitte des Zimmers. Dann klappte er den Deckel wieder nach oben. Der Koffer war halb leer.

Plötzlich blieb Bigger wie erstarrt stehen. Er hielt den Atem an. Soeben war ihm ein neuer Gedanke gekommen. Hatte Mr Dalton nicht gesagt, dass sie sonntags lange schliefen? Und wollte Mary nicht nach Detroit fahren? Wenn die Daltons Mary früh nicht vorfanden, würden sie dann nicht glauben, dass sie schon im Zug nach Detroit säße? Er … ja! Er könnte, er könnte sie in den Koffer legen! Sie war klein. Ja, sie hatte doch gesagt, sie würde drei Tage wegbleiben. Drei Tage lang würde niemand etwas ahnen. Drei Tage lang würde er Zeit haben. Und außerdem, war sie nicht verrückt? Lief sie nicht immer mit den Roten herum? Da konnte ihr doch alles Mögliche zustoßen. Wenn man sie vermisste, würde man glauben, dass sie wieder in so eine verrückte Sache verwickelt sei. Ja, die Roten waren zu allem fähig. Das stand schon in den Zeitungen.

Er näherte sich dem Bett. Er würde sie zu dem Koffer tragen müssen. Er mochte sie nicht berühren, aber es blieb ihm nichts anderes übrig. Er beugte sich über sie. Seine Finger zitterten. Er musste sie hochheben und in den Koffer legen. Doch seine Hände gehorchten ihm nicht. Wenn sie nun zu schreien anfing! Verdammt! Das war doch albern. Er hätte gern gelacht. Alles schien so gespenstisch. Wie ein Albtraum. Vor ihm lag eine tote Frau, und er hatte Angst, sie anzufassen. Ihm war, als habe er all dies vor langer Zeit geträumt, und plötzlich war der Traum Wirklichkeit geworden. Er hörte die Uhr ticken. Die Zeit verging. Bald würde es hell werden. Er musste etwas unternehmen. Wenn er die ganze Nacht hier stehen blieb, konnte er auch gleich auf den elektrischen Stuhl gehen. Ein kalter Schauer überlief ihn. Verdammt!

Er schob seine Hand sacht unter ihren Körper und hob sie hoch. Sie hing schlaff in seinen Armen. Er trug sie zum Koffer. Da plötzlich fuhr sein Kopf herum. Er sah einen weißen Schleier in der Tür. Lähmendes Entsetzen durchflutete seinen Körper, ein scharfer Schmerz fuhr ihm durch den Kopf. Dann war der weiße Schleier verschwunden. *Ich dachte, das war sie* ... Sein Herz hämmerte.

Er stand mit der Toten im Arm in dem stillen Zimmer, und harte Tatsachen brachen wie Meereswellen über ihn herein: Sie war tot, sie war eine Weiße, eine Frau, er hatte sie umgebracht, er, ein Schwarzer, und wenn man ihn fasste, würde man ihn töten.

Er bückte sich, um sie in den Koffer zu legen. Würde sie hineinpassen? Er blickte wieder zur Tür, als erwarte er, den weißen Schleier noch einmal zu sehen. Dann drehte er Mary zur Seite. Sein Atem ging schwer. Er zitterte am ganzen Körper. Langsam ließ er sie herab. Ihre Kleider raschelten. Er stieß ihren Kopf in eine Ecke, aber ihre Beine waren zu lang.

Er glaubte, ein Geräusch zu hören, und fuhr auf. Sein Atem schien ihm so laut wie das Brausen des Sturmes. Er lauschte. Nichts. Er musste ihre Beine irgendwie unterbringen. An den Knien umknicken, dachte er. Ja, so gehts ... Noch ein wenig mehr ... Schweiß tropfte ihm von der Stirn auf die Hände. Endlich gelang es ihm, sie in den Koffer zu packen. Das wäre erledigt. Er ließ den Deckel herab und suchte in der Dunkelheit nach dem Schloss. Er hörte es laut zuschnappen.

Dann packte er den Griff des Koffers und zog. Der Koffer rührte sich nicht von der Stelle. Bigger fühlte sich schwach, seine Hände waren schlüpfrig von Schweiß. Er biss die Zähne zusammen, fasste mit beiden Händen zu und schleifte den Koffer zur Tür. Er öffnete sie und blickte hinaus auf den Korridor. Der war still und leer. Bigger stellte den Koffer hochkant. Er langte mit der rechten Hand über die linke Schulter, ging in die Knie, umklammerte den Griff und lud sich den Koffer auf den Rücken. Und nun musste er aufstehen. Er nahm seine ganze Kraft zusammen, und die Muskeln seiner Schultern und Beine zitterten. Schwankend erhob er sich und biss sich vor Anstrengung auf die Lippen.

Behutsam einen Fuß vor den anderen setzend, ging er den Korridor entlang, stieg die Treppe hinab, gelangte dann durch einen zweiten Flur in die Küche und blieb stehen. Sein Rücken schmerzte, der Griff schnitt ihm wie Feuer in die Handfläche. Der Koffer schien eine Tonne zu wiegen. Und jeden Augenblick erwartete er, den weißen Schleier vor sich zu sehen. Er stellte sich vor, wie Mrs Dalton die Hand ausstreckte, den Koffer berührte und fragte, was drinnen sei. Er hätte den Koffer gern abgesetzt und sich ausgeruht, aber er fürchtete, ihn dann nicht wieder hochzubekommen. Er durchquerte die Küche und ging die Stufen hinunter. Die Tür hatte er hinter sich offen gelassen. Nun stand er im dunklen Keller. Er hörte, wie die Luft im Ofen fauchte, und sah durch die Ritzen die rote Kohlenglut. Langsam ging er in die Knie, um den Koffer abzusetzen. Da! Verdammt! Der Griff war ihm aus der schmerzenden Hand gerutscht, und der Koffer schlug krachend auf den Boden. Bigger beugte sich vor und rieb sich die rechte Hand mit der linken, um den schneidenden Schmerz zu stillen.

Er starrte auf den Ofen. Plötzlich fuhr er auf. Eine neue Idee schoss ihm durch den Kopf. Er zitterte. Er … er konnte sie verbrennen. Ja, das war am sichersten. Er trat an den Ofen und zog die Tür auf. Ein großes, breites Glutbett flammte und loderte ihm zornig entgegen.

Er klappte den Kofferdeckel hoch. Sie lag ebenso da wie zuvor, der Kopf in einer Ecke, die Knie vor dem Bauch angewinkelt. Er würde sie noch einmal hochheben müssen. Er beugte sich vor, griff nach ihren Schultern und nahm sie auf die Arme. Dann ging er zum Ofen zurück und hielt inne. Das Feuer prasselte. Sollte er sie mit dem Kopf oder mit den Füßen zuerst hineinstecken? Er war müde und verängstigt, also schob er sie mit den Füßen zuerst hinein. Es schien einfacher zu sein. Die Hitze versengte ihm die Hände.

Sie lag nun bis zu den Schultern im Ofen. Er warf einen Blick hinein. Ihre Kleider standen bereits in Flammen, und der ganze Keller war von Rauch erfüllt, sodass er kaum noch etwas sehen konnte. Die Flammen loderten in die Höhe und dröhnten in seinen Ohren. Der Luftzug fauchte im Kamin. Er ergriff ihre Schultern und stieß sie weiter hinein. Doch ihr Körper bewegte sich keinen Millimeter. Er versuchte es wieder, doch ihr Kopf war noch immer außerhalb des Ofens. Jetzt aber … Verdammt! Er wollte um sich schlagen. Was sollte er nur tun? Er trat einen Schritt zurück und überlegte.

Plötzlich hörte er ein Geräusch und schnellte herum. Zwei grüne Lichter funkelten ihm entgegen, starrten ihn aus einem weißen Etwas vorwurfsvoll an. Sein Mund öffnete sich zu einem stummen Schrei, und er spürte, wie heiße, lähmende Wellen seinen Körper durchfluteten. Auf den Steinstufen hockte die weiße Katze. Sie wandte ihre grünen Augen von ihm ab und blickte auf das regungslose weiße Gesicht, das aus der glühend heißen Ofentür ragte. Mein Gott! Er presste die Lippen zusammen und schluckte. Sollte er die Katze fangen und sie auch in den Ofen stecken? Er trat einen Schritt vor. Die Katze richtete sich auf und machte einen Buckel, ihr weißes Fell sträubte sich. Er stürzte auf sie zu, doch sie sprang mit lautem Miauen die Stufen hinauf und verschwand durch die Tür. Ach, die Tür zur Küche stand ja noch offen. Er schloss sie und trat wieder vor den Ofen und überlegte. Katzen können ja nicht reden, dachte er.

Er zog sein Messer aus der Tasche, klappte es auf und trat wieder an den Ofen. Er betrachtete Marys weiße Kehle. Brachte er es über sich? Er musste es tun. Ob Blut fließen würde? Herr im Himmel! Er blickte um sich, mit einem gehetzten und flehenden Ausdruck in den Augen. In einer Ecke entdeckte er säuberlich zu einem Stapel aufgeschichtete Zeitungen. Er nahm sich einige davon und legte sie unter den Kopf. Dann berührte er die Kehle mit der scharfen Messerklinge, nur ganz sachte, als erwartete er, dass das Messer das weiße Fleisch ganz von allein durchschneiden würde, ohne sein Zutun. Gedankenverloren betrachtete er die Messerklinge, die sich von der weißen Haut abhob, das glänzende Metall reflektierte die wütend flackernde Glut der Kohlen. Ja, er musste es tun. Sanft senkte er die Messerklinge in das Fleisch und stieß auf einen Knochen. Er biss die Zähne zusammen und drückte fester. Bislang war kein Blut hervorgetreten. Doch der Knochen stellte eine Schwierigkeit dar. Schweiß kroch ihm über den Rücken.

Dann begann das Blut, sich zunehmend schneller auf den Zeitungen auszubreiten, in immer größer werdenden hellroten Kreisen. Er hackte mit dem Messer auf den Knochen ein. Der Kopf hing schlaff auf die Zeitungen hinunter, das lockige schwarze Haar hing in die Blutlache hinab. Er hackte weiter, doch der Kopf ließ sich nicht abtrennen.

Er hielt inne. Panik überkam ihn, er wollte aus dem Keller fortlaufen, nur fort von dem Anblick dieser blutigen Kehle, soweit ihn seine Füße trugen. Doch das war unmöglich. Er musste das Mädchen verbrennen. Mit glasigen Augen und zitternd vor Aufregung sah er sich im Keller um. Ein Beil. Ja! Das würde gehen. Er breitete eine dicke Schicht Zeitungen unterhalb des Kopfes aus, damit das Blut nicht auf den Boden gelangte. Er nahm das Beil, hob den Kopf mit der rechten Hand an, und nachdem er einen Moment lang wie im Gebet verharrt hatte, nahm er all seine Kraft zusammen und schlug mit dem Beil auf den Knochen ein. Der Kopf rollte auf den Boden.

Er weinte nicht, doch seine Lippen zitterten, und er atmete schwer. Er wollte sich auf den Boden legen, einschlafen und dieses grauenhafte Ding vergessen. Doch er musste von hier verschwinden. Rasch wickelte er den Kopf in Zeitungspapier ein und stieß den blutigen Torso tiefer in den Ofen. Dann warf er den Kopf hinterher. Als Nächstes folgte das Beil.

Ob die Kohlen wohl ausreichten, um die Leiche zu verbrennen? Vor zehn Uhr morgens würde vermutlich niemand hier herunterkommen. Er sah auf die Uhr. Es war vier Uhr früh. Er nahm ein Stück Zeitung und wischte sein Messer damit ab. Er warf die Zeitung in den Ofen und steckte das Messer in die Tasche. Er zog den Hebel, und die Kohlen fielen rasselnd durch die Schütte, und er sah, wie der Ofen aufloderte und der Luftzug noch lauter fauchte. Als die Leiche ganz mit Kohle bedeckt war, schob er den Hebel wieder in seine Ausgangsposition zurück. So!

Er klappte den Koffer zu und stellte ihn in eine Ecke. Am Morgen würde er ihn zum Bahnhof bringen. Er sah sich um, ob er etwas vergessen hatte, was ihn verraten konnte, aber er entdeckte nichts.

Bigger verließ das Haus durch den Hintereingang. Es war kälter geworden, und vereinzelt fielen ein paar Schneeflocken. Der Wagen stand noch auf der Auffahrt! Ja, er würde ihn dort stehen lassen.

Jan und Mary sitzen im Auto und küssen sich. Sie sagen: »Gute Nacht, Bigger« ... Und er antwortet: »Gute Nacht« ... Er führt die Hand zur Mütze ...

Als er am Wagen vorüberging, sah er, dass die Tür noch offen stand. Marys Handtasche lag auf dem Boden. Er nahm sie und schloss die Tür. Nein! Er musste sie offen lassen! Er zog sie wieder auf und ging die Auffahrt hinunter.

Die Straße war menschenleer. Der Wind kühlte seinen feuchten Körper. Bigger klemmte sich die Handtasche unter den Arm. Was würde nun geschehen? Sollte er davonlaufen? An einer Straßenecke blieb er stehen und blickte in die Handtasche. Ein dickes Bündel von Geldscheinen steckte darin. Zehner und Zwanziger. Gut! Er würde bis zum Morgen warten und dann beschließen, was er tun musste. Er war müde.

Er eilte nach Hause, rannte die Treppe hinauf und trat auf Zehenspitzen ins Zimmer. Mutter, Bruder und Schwester schliefen. Er hörte ihre regelmäßigen Atemzüge. Er begann, sich auszuziehen, und dachte: *Ich werde ihnen sagen, dass ich den Koffer in den Keller getragen habe und dass sie mit Jan im Wagen gesessen hat, als ich vorbeigegangen bin. Wenn es hell ist, werde ich den Koffer zum Bahnhof bringen, wie sie's mir gesagt hat …*

Er fühlte etwas Schweres in seinem Hemd. Es war der Revolver. Er war warm und feucht. Bigger nahm ihn heraus und schob ihn unter das Kissen. *Sie können nicht sagen, dass ich es war. Sie können nichts beweisen.*

Vorsichtig schlug er die Bettdecke zurück und streckte sich neben Buddy aus. Fünf Minuten später war er eingeschlafen.

ZWEITES BUCH

FLUCHT

Bigger erwachte so plötzlich, dass ihm war, als habe er kaum erst die Augen geschlossen, und jemand habe ihn an den Schultern gepackt und kräftig geschüttelt. Er lag auf dem Rücken und sah und hörte nichts. Dann, als sei eine elektrische Lampe angeknipst worden, nahm er das bleiche Tageslicht im Zimmer wahr. Irgendwo tief in ihm formte sich der Gedanke: Es ist Sonntagmorgen. Er stützte sich auf die Ellbogen und drehte den Kopf lauschend zur Seite. Nun hörte er die Mutter, Buddy und Vera leise atmen. Er sah das Zimmer und den Schnee, der draußen vor dem Fenster fiel. Doch all das sagte ihm nichts. Diese Dinge waren einfach da, ohne miteinander in Zusammenhang zu stehen. Der Schnee, das Tageslicht und die leisen Atemzüge übten einen seltsamen Zauber auf ihn aus, einen Zauber, den schon die leichteste Berührung durch die Angst brechen konnte. Er lag im Bett, dem Abgrund des Schlafes nahe, ohne jegliche Empfindung, nicht fähig, ins Land der Lebenden zurückzukehren.

Plötzlich, als habe ihn eine geheimnisvolle Stimme in seinem Inneren gewarnt, sprang er aus dem Bett und landete auf nackten Füßen in der Mitte des Zimmers. Sein Herz raste, sein Mund stand offen, seine Beine zitterten. Er bemühte sich, völlig wach zu werden, und entspannte seine verkrampften Muskeln. Da erinnerte er sich, dass Mary tot war, dass er sie erstickt, ihr den Kopf abgehackt und die Leiche in dem glühenden Ofen verbrannt hatte. Er verspürte Angst.

Es war Sonntagmorgen, und er musste den Koffer zur Bahn bringen. Er blickte sich um. Guter Gott! Dort auf dem Stuhl lag ja Marys glänzende schwarze Handtasche! Obwohl es kalt war im Zimmer, trat ihm der Schweiß auf die Stirn. Der Atem versagte ihm. Hastig versicherte er sich, dass alle schliefen. Die Handtasche musste er unbedingt loswerden! Vielleicht hatte er auch noch andere Dinge bei sich. Nervös suchte er in den Hosentaschen und berührte das Messer. Er ließ es aufschnappen und schlich auf Zehenspitzen zum Fenster. Die Klinge war ganz schwarz von getrocknetem Blut. Er musste es sofort loswerden. Er steckte das Messer in die Handtasche und zog sich eilends an. Er würde das Messer und die Tasche in einen Mülleimer werfen. Ja, genau! Dann zog er die Jacke an und fand darin die Broschüren, die Jan ihm gegeben hatte. Weg damit! Ja, aber … Nein! Unschlüssig hielt er sie mit seinen schwarzen Fingern umklammert. Da schoss ihm eine glänzende Idee durch den Kopf. Er hatte die Broschüren von Jan bekommen, und er würde sie auch behalten und sie der Polizei zeigen, falls er verhört werden sollte. Jawohl! Er würde sie in sein Zimmer im daltonschen Haus mitnehmen und sie dort in eine Schublade legen. Er würde sagen, er habe überhaupt nicht hineingesehen und sie nur genommen, weil Jan es so wollte. Vorsichtig, damit das Papier nicht raschelte, schlug Bigger sie auf und las die Titel. »Schluss mit den Rassenvorurteilen!«, »Die Negerfrage in den Vereinigten Staaten«, »Schwarze und Weiße – Vereinigt euch zum Kampf!« Das schien nicht weiter gefährlich. Er blickte auf den unteren Rand und sah ein schwarz-weißes Bild mit einem Hammer und einem gebogenen Messer. Darunter stand: »Herausgegeben von der Kommunistischen Partei der Vereinigten Staaten.« Aber das war gefährlich! Er blätterte weiter und fand noch eine Zeichnung, auf der eine weiße Hand solidarisch eine schwarze umspannte. Bigger dachte an den Augenblick, als Jan auf dem Trittbrett des Wagens gestanden und ihm die Hand geschüttelt hatte. Deutlich erinnerte er sich des Gefühls von Hass und Scham, das dabei in ihm aufgestiegen war. Ja, er würde sagen, dass er sich vor den Roten fürchtete, dass er nicht neben Jan und Mary im Auto habe sitzen wollen und dass er zum ersten Mal mit Weißen an einem Tisch gegessen hätte. Er würde betonen, er habe all dies nur getan, weil es zu seiner Arbeit gehörte.

Er stopfte sich die Broschüren in die Jackentasche und blickte auf die Uhr. Es war zehn Minuten vor sieben. Er wollte schnell noch seine Sachen packen. Um halb neun musste er Marys Koffer zum Bahnhof bringen.

Plötzlich zitterten ihm vor Angst die Knie, und er blieb mitten im Zimmer stehen. Wenn nun Mary nicht verbrannt war? Wenn nun von ihr noch etwas übrig geblieben war? Am liebsten hätte er alles liegen gelassen und wäre zurückgelaufen, um sich zu überzeugen. Vielleicht war noch Schlimmeres geschehen, vielleicht hatten sie entdeckt, dass sie tot war, und die Polizei suchte bereits nach ihm. Sollte er nicht lieber sofort die Stadt verlassen? Er verspürte dieselbe Erregung wie in jenem Augenblick, als er Mary die Treppe hinaufgetragen hatte. Nein, er würde bleiben. Alles sprach für ihn, und niemand vermutete, dass sie tot war. Er würde durchhalten und Jan die Schuld zuschieben. Er holte den Revolver unter dem Kissen hervor und steckte ihn unter das Hemd.

Auf Zehenspitzen schlich er aus dem Zimmer, wobei er sich über die Schulter hinweg überzeugte, dass seine Mutter, Vera und Buddy noch schliefen. Er lief die Treppe hinunter, durchquerte den Hausflur und trat hinaus. Die Straße war weiß. Es schneite, und ein eisiger Wind wehte. Kein Mensch war zu sehen. Die Handtasche unter den Arm geklemmt, ging er bis zu einer Gasse, wo eine mit Schnee bedeckte Mülltonne stand. War es sicher, die Tasche hier zu verstecken? Die Tonne würde bald geleert werden, und bei diesem Schneewetter, noch dazu an einem Sonntag, würde sie niemand durchwühlen. Er hob den Deckel und stopfte die Tasche tief in einen Haufen getrockneter Orangen-schalen und verschimmelten Brotes. Er klappte den Deckel wieder zu und blickte sich um – die Straße war leer.

Er ging zurück ins Zimmer und holte seinen Koffer unter dem Bett hervor. Seine Leute schliefen noch. Nun musste er zur Kommode auf der anderen Seite des Zim-mers und seine Sachen holen. Aber wie sollte er dorthin gelangen, wenn das Bett, in dem seine Mutter und Vera schliefen, davorstand? Verdammt! Immer waren sie ihm im Weg. Immer hinderten sie ihn daran, das zu tun, was er wollte. Die Mutter bewegte sich im Schlaf. Er zog eine Schublade auf und suchte seine Sachen heraus. Während er damit beschäftigt war, seinen Koffer zu packen, sah er Mary vor sich, wie ihr Kopf mit den schwarzen, blutgetränkten Locken auf die Zeitungen herabhing.

»Bigger!«

Er schnappte nach Luft und wirbelte herum, seine Au-gen blitzten.

Die Mutter lag, auf den Ellbogen gestützt, im Bett. Sofort wurde ihm bewusst, dass er seine Angst nicht so hätte zeigen dürfen.

»Was ist denn, Junge?«, fragte sie im Flüsterton.

»Nichts«, antwortete er, gleichfalls flüsternd.

»Du bist aufgefahren, als wenn dich was gebissen hätte.«

»Ach, lass mich in Frieden. Ich muss packen.«

Er wusste, seine Mutter wartete darauf, dass er ihr von seiner neuen Arbeit berichtete, und er hasste sie deshalb. Warum konnte sie sich nicht gedulden, bis er von selbst damit anfing? Doch dann würde er ihr wohl nie etwas erzählen.

»Hast du die Arbeit?«

»Ja.«

»Was zahlen sie denn?«

»Zwanzig.«

»Hast du schon angefangen?«

»Ja.«

»Wann?«

»Gestern Abend.«

»Warum bist du denn so spät gekommen?«

»Ich habe gearbeitet«, sagte er ungeduldig.

»Aber du bist doch erst nach vier gekommen.«

Er drehte sich um und sah sie an.

»Ich bin um zwei gekommen.«

»Es war nach vier, Bigger.« Sie wandte sich um und blickte angestrengt auf den Wecker über ihrem Kopf. »Ich wollte eigentlich auf dich warten, bin aber dann eingeschlafen. Als ich dich kommen hörte, habe ich nach der Uhr gesehen, und es war vier durch.«

»Ich weiß doch, wann ich hier war, Mam.«

»Aber Bigger, es war wirklich nach vier.«

»Es war kurz nach zwei.«

»Mein Gott! Na schön, wenn du willst, wars eben zwei. Mir ists gleich. Aber du benimmst dich, als wenn du vor etwas Angst hättest.«

»Weshalb fängst du nun schon wieder an, auf mir rum-zuhacken?«

»Ich? Aber Junge!«

»Noch ehe ich aus dem Bett bin, geht es los.«

»Ich hack doch nicht auf dir rum, mein Junge. Ich freue mich, dass du die Arbeit hast.«

»So redest du aber nicht.«

Er spürte, dass es ein Fehler war, sich so zu benehmen. Wenn er sich noch weiter mit ihr herumstritt, um welche Zeit er nach Hause gekommen war, würde sie sich später vielleicht daran erinnern, und sie konnte etwas sagen, was ihm schadete. Er musste sich zusammenreißen. Er wandte sich ab und packte weiter.

»Willst du was essen?«

»Ja.«

»Warte, ich mach dir was.«

»Schön.«

»Wirst du auch dort wohnen?«

»Ja.«

Er hörte, dass sie aufstand, und wagte nicht, sich umzu-drehen.

Er wusste, dass sie sich anzog.

»Wie gefallen dir denn die Leute, Bigger?«

»Ganz gut.«

»Du siehst aber gar nicht so aus, als würdest du dich freuen.«

»Mein Gott noch mal, Mam, soll ich denn vor Freude schreien?«

»Junge, musst du denn immer so gereizt sein?«

Er hatte im falschen Tonfall gesprochen, er musste vorsichtig sein. Er kämpfte die aufsteigende Wut nieder. Er hatte genug Sorgen. Da brauchte er sich nicht noch mit seiner Mutter zu zanken.

»Jetzt hast du 'ne gute Stellung«, fing die Mutter wieder an. »Jetzt solltest du dein Bestes geben und zusehen, dass etwas aus dir wird. Eines Tages wirst du heiraten und dir ein eigenes Heim schaffen wollen. Du hast immer gesagt, du hättest nie eine Chance. Jetzt hast du sie.«

Er hörte, dass sie im Zimmer herumlief. Nun war sie so weit angezogen, dass er sich umdrehen konnte. Dann trat er ans Fenster und blickte nachdenklich hinaus in die flaumigen Schneeflocken.

»Bigger, was ist mit dir?«

Er fuhr herum.

»Nichts.« Ob sie wohl etwas ahnte? »Nichts. Du machst mich einfach verrückt, das ist alles«, sagte er. Er musste sich ihrer erwehren, selbst wenn er etwas Falsches sagte. Wie sich wohl seine Worte anhören mochten? Sprach er heute anders als sonst? Klang seine Stimme ungewöhnlich, seitdem er Mary umgebracht hatte? Oder merkte man seinem Benehmen etwas an? Die Mutter schüttelte den Kopf und verschwand hinter dem Vorhang, um das Frühstück zu bereiten. Bigger hörte ein Gähnen und blickte sich um. Vera hatte sich auf einen Ellbogen gestützt und lächelte ihn an.

»Hast du die Stelle?«

»Ja.«

»Wie viel kriegst du denn?«

»Ach, Vera, frag doch Mam. Ich habe ihr schon alles erzählt.«

»Au fein! Bigger hat Arbeit!«, sang Vera.

»Halt die Klappe!«

»Lass ihn in Ruhe, Vera«, rief die Mutter.

»Was ist denn los mit ihm?«

»Was immer mit ihm los ist!«

»Aber Bigger«, tadelte Vera sanft.

»Der Junge hat einfach kein Gefühl, das ist alles«, sagte die Mutter. »Er bringt kein einziges freundliches Wort mehr über die Lippen.«

»Dreh dich um, damit ich mich anziehen kann«, befahl Vera. Bigger sah aus dem Fenster. Wieder gähnte jemand laut, und Bigger wusste, dass Buddy erwacht war.

»Dreh dich um, Buddy«, rief Vera.

»Jaja.«

Bigger hörte, dass seine Schwester in die Kleider schlüpfte.

»So, jetzt könnt ihr wieder.«

Er blickte sich um. Buddy hatte sich im Bett aufgerichtet und rieb sich die Augen. Vera saß auf der Kante eines Stuhles. Sie hatte den rechten Fuß auf einen anderen Stuhl gestellt und knöpfte sich die Schuhe zu. Bigger starrte abwesend zu ihr hinüber. Ach, wenn er nur aus diesem Zimmer verschwinden könnte! Am besten gleich durch die Decke!

»Guck nicht immer so zu mir rüber«, rief Vera.

»Was?« Bigger sah überrascht auf ihren schmollenden Mund. Als ihm bewusst wurde, was sie meinte, schnitt er ihr eine Grimasse. Schnell sprang sie auf und warf einen Schuh nach ihm. Er flog an Biggers Kopf vorbei und prallte gegen das Fenster.

»Du sollst mich nicht so ansehen!«, schrie Vera.

Bigger stand auf, seine Augen waren rot vor Wut.

»Du hättest mich mal treffen sollen!«

»Vera!«, rief die Mutter.

»Mam, er soll mich nicht immer so ansehen«, heulte Vera.

»Kein Mensch hat sie angesehen«, widersprach Bigger.

»Doch, du hast mir unter den Rock geguckt, als ich mir die Schuhe zugeknöpft habe!«

»Du hättest mich mal treffen sollen«, wiederholte Bigger drohend.

»Ich bin doch kein Hund!«, schluchzte Vera.

»Komm, zieh dich in der Küche an«, sagte die Mutter.

»Der behandelt mich wie 'nen Hund.« Vera verschwand hinter dem Vorhang, das Gesicht in den Händen vergraben.

»Junge, Junge«, sagte Buddy, »ich wollte gestern Abend noch aufbleiben, bis du kamst, aber es war zu spät. Um drei war ich so müde, dass ich die Augen nicht mehr offen halten konnte.«

»Ich bin aber eher gekommen.«

»Mensch, ich war doch auf bis … «

»Ich werd wohl wissen, wann ich nach Hause gekommen bin!«

Sie sahen einander schweigend an.

»Na schön«, sagte Buddy.

Bigger fühlte sich unbehaglich. Er wusste, dass er sich wieder falsch benahm.

»Hast du die Arbeit?«, fragte Buddy.

»Ja.«

»Musst du fahren?«

»Ja.«

»Was für'n Wagen?«

»'nen Buick.«

»Darf ich mal mitfahren?«

»Natürlich, sobald ich 'ne Weile da bin.«

Buddys Fragen taten ihm wohl. Es freute ihn, dass sein Bruder ihn bewunderte.

»Mensch! So 'ne Arbeit würde mir auch gefallen«, sagte Buddy.

»Ja, ist nicht übel.«

»Kannst du mir nicht auch 'nen Job verschaffen?«

»Natürlich. Lass mir nur Zeit.«

»Hast du 'ne Zigarette?«

»Ja.«

Sie rauchten schweigend. Bigger dachte an den Ofen. Ob Mary verbrannt war? Er blickte auf die Uhr. Es war sieben. Sollte er losgehen, ohne auf das Frühstück zu warten? Vielleicht hatte er was herumliegen lassen, was darauf hindeuten konnte, dass Mary tot war. Aber wenn sie, wie Mr Dalton gesagt hatte, sonntags lange schliefen, würden sie bestimmt nicht im Keller herumsuchen.

»Bessie war gestern Abend da«, sagte Buddy.

»So?«

»Sie hat gesagt, sie hätte dich mit zwei Weißen in Ernies Kitchen Shack gesehen.«

»Ja. Die habe ich gestern Abend gefahren.«

»Sie hat davon gesprochen, dass ihr heiraten wollt, du und sie.«

»Ach je!«

»Warum sind denn die Mädchen so, Bigger? Sobald einer 'ne gute Stellung hat, wollen sie heiraten.«

»Frag mich nicht.«

»Du hast jetzt 'nen guten Job. Da kannst du 'n besseres Mädchen kriegen als Bessie«, behauptete Buddy.

Obwohl Bigger derselben Meinung war, erwiderte er nichts.

»Das werde ich Bessie sagen!«, rief Vera.

»Wenn du das tust, dreh ich dir den Hals um«, drohte Bigger.

»Hört bloß mit diesem Gerede auf«, sagte die Mutter.

»Ach ja«, fuhr Buddy fort, »und dann habe ich Jack getroffen. Er hat gesagt, du hättest Gus beinahe umgebracht.«

»Ich habe mit der Bande nichts mehr zu tun«, betonte Bigger.

»Aber Jack ist doch in Ordnung.«

»Jack schon, aber die andern nicht.«

Gus und G.H. und Jack waren Bigger jetzt so fern, als lebten sie in einer anderen Welt, und das nur, weil er ein paar Stunden lang im daltonschen Haus gewesen war und ein weißes Mädchen umgebracht hatte. Er blickte sich im Zimmer um, als sähe er es zum ersten Mal. Auf dem Fußboden lag kein Teppich, und von den Wänden und der Decke bröckelte der Putz. Die Einrichtung bestand aus zwei alten eisernen Betten, vier Stühlen, einer schäbigen Kommode und einem Klapptisch, an dem sie aßen. Hier war alles so ganz anders als bei den Daltons. Hier schliefen sie alle in einem Raum, dort würde er ein Zimmer für sich allein haben. Hier durchzog der Dunst kochenden Essens die Wohnung, während bei den Daltons nicht einmal das Klappern der Töpfe zu hören war. Jeder hatte dort sein eigenes Reich, eine kleine Welt für sich. Er hasste dieses Zimmer hier und alle, die darin wohnten, einschließlich sich selbst. Weshalb mussten er und seine Leute denn so leben? Vielleicht, weil sie nie etwas getan hatten, weder Gutes noch Böses.

»Deck den Tisch, Vera. Das Frühstück ist fertig«, rief die Mutter.

»Ja, Mam.«

Bigger setzte sich an den Tisch und wartete darauf, dass

man ihm etwas vorsetzte. Vielleicht würde er zum letzten Mal mit ihnen zusammen essen. Dieser Gedanke besänftige ihn und half ihm, Geduld zu haben. Vielleicht würde er eines Tages im Gefängnis essen. Hier saß er nun, und sie ahnten nicht, dass er ein weißes Mädchen ermordet, ihr den Kopf abgeschnitten und sie verbrannt hatte. Diese Tat, der Mut der Verzweiflung, der dazu gehörte, und das furchtbare Entsetzen, das er dabei empfunden hatte, das alles bildete zum ersten Mal in seinem von Angst beherrschten Leben eine schützende Barriere zwischen ihm und der Welt, die er fürchtete. Er hatte gemordet, und damit hatte er sich selbst ein neues Leben geschaffen. Zum ersten Mal besaß er etwas, was ihm allein gehörte und was andere ihm nicht nehmen konnten. Ja, er durfte in Ruhe hier frühstücken und brauchte sich nicht um Mutter, Vera oder Buddy zu kümmern. Er saß hinter einer Mauer, über die hinweg er sie betrachten konnte. Sein Verbrechen war ein Anker, der ihn sicherte im Strom der Zeit, es gab ihm ein Gefühl der Zuversicht, das weder sein Revolver noch sein Messer ihm geben konnten. Er befand sich jetzt außerhalb seiner Familie. Keiner vermochte sich auch nur vorzustellen, dass er eine solche Tat begangen hatte. Denn er hatte es selbst nicht für möglich gehalten.

Obwohl er nicht vorsätzlich getötet hatte, sagte er sich nicht ein einziges Mal, dass es ein Zufall gewesen war. Er war schwarz, und nur er war in dem Zimmer gewesen, in dem ein weißes Mädchen ermordet worden war; folglich konnte nur er sie umgebracht haben. Das jedenfalls würden alle behaupten, was immer er auch vorbringen mochte. Und er wusste, dass in gewissem Sinn das Mädchen nicht zufällig hatte sterben müssen. In Gedanken hatte er schon oft getötet. Nur war nie ein Opfer greifbar gewesen, oder die Umstände hatten seinen Willen zum Töten nicht an die Oberfläche treten lassen. Sein Verbrechen erschien ihm natürlich, er fühlte, dass sein ganzes bisheriges Leben darauf hingesteuert war. Er brauchte sich nicht mehr verwundert zu fragen, wohin ihn sein Schicksal wohl führen würde. Er wusste es nun. Die Bedeutung seines Lebens – eine Bedeutung, die andere nicht sahen und die zu verbergen er sich stets bemüht hatte – war offenbar geworden. Nein, er hatte nicht zufällig getötet, und er würde das auch nie behaupten. Er spürte Entsetzen und Stolz bei dem Gedanken, dass er vielleicht eines Tages öffentlich erklären würde, er sei der Mörder. Ihm war, als sei er es sich selber schuldig, sich zu dem Verbrechen zu bekennen.

Stand ihm nun, da das Eis gebrochen war, nicht die Welt offen? Was konnte ihn zurückhalten? Während er hier am Tisch auf das Frühstück wartete, glaubte er, das gefunden zu haben, wonach er so lange gesucht hatte. Der Nebel vor seinen Augen war gewichen, von nun an würde er wissen, wie er sich zu verhalten hatte. Er brauchte sich nur nach den anderen zu richten, er brauchte sie nur nachzuahmen, dann konnte er hinter ihrem Rücken tun, was ihm gefiel. Sie würden es nie erfahren. Er spürte in der stillen Gegenwart von Mutter, Bruder und Schwester das geheime Wirken einer Kraft, die nach einem Leben ohne Denken strebte, nach Frieden, Gewohnheit und einer Hoffnung, die blendete. Er fühlte, dass sie das Leben auf eine bestimmte Weise sehen wollten, dass sie ein bestimmtes Bild von der Welt brauchten. Sie waren blind gegen alles, was nicht dazu passte. Sie wollten nicht sehen, was andere taten, wenn es nicht mit ihren eigenen Wünschen übereinstimmte. Man musste nur den Mut haben, etwas zu tun, woran niemand dachte. Diese Erkenntnis durchflutete ihn wie ein mächtiges, starkes Gefühl. In jedem Menschen war ein großer Glaubenshunger, der ihn blind machte, und wenn er, Bigger, sehen konnte, während andere blind waren, dann konnte er sich holen, was er wollte, ohne dass es jemand erfuhr. Wer würde schon vermuten, dass er, der schüchterne Negerjunge, ein reiches weißes Mädchen ermordet hatte, da er doch so ruhig auf sein Frühstück wartete? Stolz erfüllte ihn.

Er saß am Tisch, und draußen fiel der Schnee, und vieles war ihm klargeworden. Nein, er brauchte sich nicht mehr hinter einer Wand oder einem Vorhang zu verstecken, es war viel einfacher. Die vergangene Nacht hatte es bewiesen. Jan war blind. Mary war blind gewesen. Mr Dalton war blind. Und Mrs Dalton war blind, ja mehr als nur auf eine Weise blind. Bigger lächelte. Mrs Dalton hatte nicht gewusst, dass Mary tot war, als sie gestern Nacht an deren Bett stand. Sie hatte geglaubt, Mary sei betrunken, weil Mary oft betrunken nach Hause zurückkehrte. Und Mrs Dalton hatte auch nicht gewusst, dass er sich im Zimmer befand. Der Gedanke wäre ihr niemals gekommen. Er war schwarz und existierte nicht für sie. Bigger fand, dass viele Menschen wie Mrs Dalton waren, blind …

»Hier, Bigger.« Die Mutter stellte ihm einen Teller Grütze auf den Tisch.

Er begann zu essen. Nun fühlte er sich viel wohler. Er ließ die Ereignisse der letzten Nacht noch einmal an sich vorüberziehen. Ja, jetzt würde er sich in der Gewalt haben.

»Esst ihr nicht mit?« Er blickte sich um.

»Fang nur an. Du musst ja gehen. Wir essen später«, sagte die Mutter.

»Hast du Geld, Mam?«, fragte er nach einer Weile.

Er hatte zwar die Scheine aus Marys Tasche, aber er wollte jede Spur sorgsam verwischen.

»Nicht viel, Bigger.«

»Ich brauch was.«

»Hier hast du 'nen halben Dollar. Dann hab ich genau noch einen Dollar bis zum Mittwoch.«

Er steckte das Geld ein. Buddy hatte sich fertig angezogen und saß auf dem Bettrand. Plötzlich sah Bigger ihn in einem neuen Licht. Buddys Züge waren weich und verschwommen, seine Augen hilflos, und ihr Blick berührte nur die Oberfläche der Dinge. Seltsam, dass er das nicht schon früher bemerkt hatte. Auch Buddy war blind. Auch er trottete im ausgetretenen Gleis. Da saß er nun und sehnte sich nach einer Arbeit, wie er, Bigger, sie jetzt hatte. Im Vergleich zu Jan schlotterten Buddy die Kleider am Körper herum. Er wirkte ziellos, verirrt, er hatte keine scharfen Konturen und sah aus wie ein pummeliges Hündchen. Wenn Bigger ihn betrachtete und an Jan und Mr Dalton dachte, fiel ihm auf, wie still, einsam und belanglos Buddy wirkte.

»Was starrst du mich denn so an, Bigger?«

»Was?«

»Du guckst so komisch.«

»Das hab ich gar nicht gemerkt. Ich dachte gerade an was.«

»An was denn?«

»Ach, nichts.«

Die Mutter brachte weitere Teller ins Zimmer. Auch ihre Formen schienen zu zerfließen. Ihre Augen blickten müde, sie lagen tief in den Höhlen, und die zu kurzen Nächte hatten schwarze Ringe darunter gezeichnet. Ihre Füße schlurften langsam über den Holzfußboden, und sie berührte das Bett, den Stuhl, den Tisch, um sich an ihnen abzustützen. Ihr Gesicht hatte einen angespannten

Ausdruck. Sobald sie sich einen Gegenstand näher ansehen wollte, drehte sie sich zu ihm hin, auch wenn er in ihrem Blickfeld stand; sie bewegte kaum die Augen. In ihrem Herzen schien sie eine schwere, sorgsam ausbalancierte Last zu tragen, deren Gewicht sie sich nicht bewusst machen wollte. Sie sah, dass er sie anblickte.

»Iss doch, Bigger.«

»Ich esse ja.«

Vera kam mit ihrem Teller und setzte sich ihm gegenüber. Obwohl ihr Gesicht kleiner war und glatter als das seiner Mutter, zeichnete sich bereits der gleiche müde Zug darin ab. Wie Vera sich doch von Mary unterschied! Schon allein dadurch, wie sie die Gabel handhabte. Sie schien mit jeder Bewegung vor dem Leben zurückzuschrecken. Selbst die Art, wie sie dasaß, bewies eine Angst, die so tief in ihr verwurzelt war, dass sie einen organischen Teil ihres Körpers bildete. Sie führte das Essen in winzigen Bissen zum Munde, als fürchte sie, daran zu ersticken, oder als habe sie Angst, sie könne nicht satt werden.

»Bigger!«, rief Vera.

»Was denn?«

»Jetzt langt mir's aber!« Vera legte die Gabel hin und schlug nach ihm.

»Was ist denn los?«

»Du sollst mich nicht immer so anstarren!«

»Ach, halt die Klappe und iss!«

»Mam, sag du ihm doch, dass er das lassen soll!«

»Ich guck sie ja gar nicht an, Mam!«

»Doch!«, beharrte Vera.

»Komm, Vera, sei still und iss!«, beschwichtigte sie die Mutter.

»Er beobachtet mich aber, Mam!«

146

»Du bist ja verrückt!«

»Auch nicht verrückter als du!«

»Jetzt hört aber auf, ihr beiden!«, mahnte die Mutter.

»Ich kann nicht essen, wenn er mich immerzu beobachtet.« Vera stand auf und setzte sich auf die Bettkante.

»Los, iss schon!« Bigger sprang auf und holte sich seine Mütze. »Ich geh jetzt.«

»Seit wann bist du denn so empfindlich, Vera?«, fragte Buddy.

»Kümmere du dich um deinen eigenen Kram«, sagte Vera, der die Tränen in die Augen traten.

»Wollt ihr jetzt wohl ruhig sein!«, rief die Mutter aus.

»Mam, du darfst ihm nicht erlauben, dass er mich so behandelt«, sagte Vera.

Bigger nahm sein Köfferchen. Vera kam zurück an den Tisch und trocknete ihre Tränen.

»Wann kommst du denn wieder mal vorbei, Bigger?«, fragte die Mutter.

»Ich weiß nicht«, antwortete er und schlug die Tür zu.

Auf halber Treppe hörte er, dass jemand seinen Namen rief.

»He, Bigger!«

Er blieb stehen und blickte sich um. Buddy kam die Treppe heruntergerannt. Was er wohl wollte?

»Was hast du denn?«

Buddy blieb schüchtern vor ihm stehen und lächelte ihn an.

»Ich … ich …«

»Was ist denn los?«

»Ach, ich dachte nur …«

Bigger erstarrte vor Angst.

»Warum bist du denn so aufgeregt?«

»Ach, nichts. Ich dachte nur, du wärst vielleicht in Schwierigkeiten ...«

Bigger stieg ein paar Stufen hinauf und stand nun dicht vor Buddy.

»Schwierigkeiten? Wie meinst du das?«, flüsterte er ängstlich.

»Ich ... ich dachte nur ... Du warst irgendwie nervös. Und ich wollte dir helfen, weiter nichts. Ich ... ich dachte nur ...«

»Wie kommst du denn darauf?«

Buddy hielt ein Bündel Geldscheine in der Hand.

»Das scheint dir runtergefallen zu sein«, sagte er.

Bigger trat zurück, wie vom Schlag gerührt. Er fühlte in seiner Hosentasche nach dem Geld: Es war nicht da. Er nahm Buddy die Scheine aus der Hand und verstaute sie eilig.

»Hat Mam es gesehen?«

»Nein.«

Er starrte Buddy schweigend an. Er wusste, Buddy hielt zu ihm, er sehnte sich danach, sein Vertrauter zu werden, aber das war jetzt nicht möglich. Er packte Buddy am Arm.

»Du sagst keinem Menschen was davon, verstanden? Hier.« Er holte das Bündel aus der Tasche und zog einen Geldschein heraus. »Hier, nimm und kauf dir was. Aber erzähls keinem Menschen!«

»Mann! Danke! Ich ... ich sag nichts. Aber kann ich dir irgendwie helfen?«

»Nein, nein ...«

Buddy machte Anstalten, wieder hinaufzugehen.

»Warte«, rief Bigger.

Buddy kam zurück; seine Augen leuchteten vor Eifer. Wie ein Raubtier, das zum Sprung ansetzt, stand Bigger vor ihm. Doch Buddy würde ihn wohl nicht verraten. Er konnte sich auf ihn verlassen. Er ergriff noch einmal Buddys Arm und drückte ihn, bis dieser vor Schmerz das Gesicht verzog.

»Sag keinem Menschen was davon, verstanden?«

»Nein, nein … ich sag nichts …«

»Nun geh!«

Buddy rannte die Treppe hinauf und verschwand. Bigger blieb noch eine Weile nachdenklich im dunklen Treppenhaus stehen. Einen Augenblick lang empfand er für Buddy das Gleiche wie für Mary, als sie auf ihrem Bett lag und der weiße Schleier im neblig blauen Licht des Zimmers langsam auf ihn zuschritt. Ungeduldig schüttelte er diese Empfindung ab. Buddy sagt nichts, dachte er.

Er stieg die Treppe hinab und ging auf die Straße. Draußen war es kalt, es schneite nicht mehr, und der Himmel war ein wenig aufgeklart. Er schlenderte zum Drugstore an der Ecke, der stets bis zum Morgen geöffnet war. Ob wohl Jack oder G. H. hier herumlungerten? Vielleicht hatten sie, wie schon so oft, die Nacht hier verbracht? Wenn auch Bigger nichts mehr mit ihnen verband, sehnte er sich doch nach ihnen. Er wollte wissen, wie ihm zumute wäre, wenn er sie wiedersah. Er fühlte sich wie neugeboren. Wie ein Mensch, der nach langer Krankheit genesen ist, hatte er den Drang, all seinen Launen nachzugeben und seine Freiheit auszukosten.

Er blickte durch das vereiste Fenster. Ja, G. H. war da. Er öffnete die Tür und trat ein. G. H. saß an der Theke und unterhielt sich mit dem Barkeeper. Bigger setzte sich neben ihn. Sie sprachen nicht miteinander. Bigger kaufte zwei Päckchen Zigaretten und schob eines davon G. H. zu. Der blickte erstaunt auf.

»Für mich?«, fragte er.

Bigger winkte ab und verzog den Mund.

»Jaja.«

G. H. öffnete das Päckchen.

»Mensch, das hatt ich bitter nötig. Sag mal, arbeitest du jetzt?«

»Ja.«

»Wie gefällts dir denn?«

»Großartig.«

»Jack hat mir erzählt, ihr habt das Mädchen, das du herumfahren sollst, in der Wochenschau gesehen. Stimmt das?«

»Ja.«

»Wie ist sie denn so?«

»Wir sind schon so dicke Freunde«, sagte Bigger und verschränkte die Finger ineinander. Er zitterte vor Erregung. Der Schweiß stand ihm auf der Stirn. Er fühlte die Anspannung in seinem Inneren wachsen. Es war wie ein Durst, der aus seinem Blut kam. Die Tür wurde geöffnet, und Jack kam herein.

»Na, wie gehts, Bigger?«

Bigger wiegte den Kopf.

»So lala«, sagte er. »Noch ein Päckchen Zigaretten«, rief er dem Barkeeper zu. »Das ist für dich, Jack.«

»Mensch, du schwimmst ja im Geld.« Jack warf einen Blick auf das Bündel Geldscheine.

»Wo ist Gus?«, fragte Bigger.

»Wird gleich kommen. War die ganze Nacht bei Clara.«

Wieder wurde die Tür geöffnet; Bigger drehte sich um. Gus trat ein und blieb überrascht stehen.

»Jetzt fangt aber nicht gleich wieder an«, ermahnte sie Jack.

Bigger kaufte noch ein Päckchen Zigaretten und warf es Gus zu. Der fing es verwirrt auf.

»Komm schon, Gus«, sagte Bigger. »Vergiss die ganze Geschichte.«

Gus näherte sich langsam der Theke, öffnete das Päckchen und zündete sich eine Zigarette an. Dann lächelte er schüchtern. »Bigger, du bist schon ein verrückter Kerl.«

Er schien froh zu sein, dass der Streit vorüber war. Auch Bigger fühlte sich wohl. Er empfand keine Furcht mehr vor ihnen. Gelöst saß er da. Er hatte die Füße auf den Koffer gestellt und blickte mit ruhigem Lächeln von einem zum anderen.

»Hast du nicht 'nen Dollar für mich?«, fragte Jack.

Bigger zog für jeden eine Dollarnote aus dem Bündel.

»Nun könnt ihr nicht mehr sagen, dass ich alles für mich allein behalte.« Er lachte.

»Bigger, du bist der verrückteste Nigger, den ich kenne«, wiederholte Gus und grinste vor Freude.

Bigger sah nach der Uhr. Nun musste er aber gehen. Nachdem er noch drei Flaschen Bier für sie bestellt hatte, bückte er sich nach seinem Koffer.

»Und du trinkst nichts?«, fragte G. H.

»Nee, ich muss fort.«

»Na, wir sehen dich ja bald.«

»Wiedersehn!«

Er winkte ihnen zu und ging hinaus. In gehobener Stimmung stapfte er durch den Schnee. Sein Mund stand offen, und seine Augen leuchteten. Zum ersten Mal war er ihnen ohne Furcht begegnet. Er folgte einem seltsamen Pfad in ein seltsames Land, und es drängte ihn danach, zu sehen, wo dieser Pfad hinführte. Er schleppte seinen Koffer bis zur Ecke des Häuserblocks und wartete auf die Straßenbahn.

Dann steckte er die Finger in die Westentasche und fühlte das dicke Geldbündel. Und wenn er nun statt zu den Daltons zum Bahnhof fuhr und die Stadt für immer verließ? Was würde geschehen? Er würde sich verdächtig machen. Nein, er wollte abwarten. Es konnte lange dauern, bis jemand vermutete, dass Mary ermordet worden war, und noch länger, bis jemand auf den Gedanken kam, dass er sie ermordet hatte. Und wenn man Mary vermisste, würde man da nicht zuerst die Schuld bei den Roten suchen?

Die Straßenbahn rumpelte heran, er setzte sich hinein und fuhr bis zur 47. Straße. Dort stieg er in eine Bahn um, die in den östlichen Teil der Stadt fuhr. Er blickte angestrengt auf sein verschwommenes Spiegelbild in der beschlagenen Fensterscheibe. Würde einer der Weißen ringsum glauben, dass er ein reiches weißes Mädchen umgebracht hatte? Nein! Sie würden ihm zutrauen, dass er zehn Cent stehlen, eine Frau vergewaltigen, sich betrinken oder jemanden erstechen konnte – aber eine Millionärstochter ermorden und ihre Leiche verbrennen? Er lächelte und spürte sein Blut im ganzen Körper prickeln. Man brauchte sich wirklich bloß so zu verhalten, wie es die anderen von einem erwarteten, dann konnte man tun, was man wollte. In gewissem Sinn hatte er auf eine raue und lärmende Art schon immer seinen Willen durchgesetzt, aber erst in der vergangenen Nacht, als er Mary in ihrem Zimmer erstickt und ihre blinde Mutter mit ausgestreckten Armen dabeigestanden hatte, erst in der vergangenen Nacht hatte er gesehen, wie einfach das war. Obwohl er ein wenig zitterte, hatte er keine Angst. Er war aufgewühlt, unsagbar erregt. Ich werde schon mit ihnen fertig, dachte er, als ihm Mr und Mrs Dalton einfielen.

Nur etwas bereitete ihm Sorgen: Er musste das blutige

Bild von Marys Kopf loswerden, das ihm noch immer vor Augen stand. Dann war alles gut. Gott, wie albern sie doch war, dachte er, als er sich daran erinnerte, wie Mary sich benommen hatte. Und es so weit zu treiben! Sie hat mich ja direkt herausgefordert! Ich hatte keine andere Wahl. Sie hätte mich in Frieden lassen sollen, verdammt noch mal! Er spürte kein Mitleid mit Mary. Sie war für ihn kein Mensch aus Fleisch und Blut. Dazu hatte er sie viel zu wenig gekannt. Der Mord an ihr schien ihm mehr als ausreichend gerechtfertigt durch die Angst und Scham, die er in ihrer Gegenwart empfunden hatte. Er wusste indessen nicht, woher diese Angst und Scham kamen; sie waren einfach da gewesen, das war alles. Sobald sie mit ihm gesprochen hatte, waren sie heiß und stark in ihm aufgestiegen.

Und doch war Mary nicht die Ursache für diese Angst und Scham gewesen. Sie hatte lediglich diese Gefühle freigesetzt, Gefühle, die all die Marys in ihm angestaut hatten. Und nun, da er die eine umgebracht hatte, ließ die Anspannung in seinen Muskeln nach; er hatte eine unsichtbare Last abgeschüttelt, die er lange mit sich herumgeschleppt hatte.

Die Straßenbahn ratterte durch den Schnee. Er blickte aus dem Fenster. Die schneebedeckten Straßen waren mit Schwarzen bevölkert. Diese Menschen verspürten die gleiche Angst und Scham wie er. Wie oft hatte er mit ihnen an den Straßenecken gestanden und sich über die Weißen unterhalten, die in ihren schnittigen Wagen vorüberbrausten. Für Bigger und die Seinen waren die Weißen keine Menschen; sie waren eine drohende Naturgewalt, wie der Sturm, der den Himmel über ihnen aufriss, oder wie ein tiefer, reißender Strom in der Dunkelheit, der sich plötzlich zu ihren Füßen auftat. Solange er und die anderen

Schwarzen gewisse Grenzen nicht überschritten, brauchten sie diese weiße Macht nicht zu fürchten. Und doch – sie trafen tagtäglich mit ihr zusammen. Auch wenn sie darüber nicht sprachen, konnten sie sich ihr doch nicht entziehen. Solange sie geduldig hier in ihrem Viertel ausharrten, zollten sie ihr stumm Tribut.

Es gab seltene Augenblicke, in denen ihm nach Solidarität mit anderen Schwarzen verlangte. Er träumte davon, dass sie sich gegen die weiße Macht erhoben, doch dieser Traum schwand dahin, wenn er sich andere Schwarze aus der Nähe ansah. Obwohl er schwarz war wie sie, schien ihm die Kluft zwischen ihm und ihnen zu groß für eine engere Bindung und ein gemeinsames Leben. Nur wenn der Tod ihnen drohte, konnten sie zusammenfinden; nur in Angst und Scham, wenn sie an die Wand gedrängt wurden. Doch niemals würden sie die Kluft allein mit Hoffnung überbrücken.

Während er dahinfuhr und die Schwarzen auf der Straße betrachtete, glaubte er eine Möglichkeit zu sehen, wie man der Furcht und Scham für immer entrinnen konnte. Man musste die Schwarzen vereinen, sie führen, ihnen sagen, was sie zu tun hatten, und dafür sorgen, dass sie gehorchten. Undeutlich spürte er, dass es ein Ziel geben musste, dem er und alle Schwarzen mit ganzem Herzen zustreben konnten; einen Weg, auf dem der nagende Hunger und das rastlose Verlangen verschmolzen, eine Tat, die Geist und Körper mit Gewissheit und Glauben erfüllte. Aber er spürte auch, dass er und seine schwarzen Brüder niemals dahin gelangen würden, und er hasste sie deshalb und hätte am liebsten die Hand erhoben und sie alle zerschmettert. Und doch – auf unbestimmte Weise hoffte er. In letzter Zeit hatte er sich gern von Männern erzählen lassen, die andere beherrschten, denn er glaubte, dass sie den Ausweg zeigten aus diesem zähen Morast der Angst und Scham, in dem die Wurzeln seines Lebens faulten. Er hörte gern davon, wie Japan das große China eroberte, wie Hitler die Juden zu Boden zwang, wie Mussolini in Spanien einfiel. Es kümmerte ihn nicht, ob dieses Vorgehen recht oder unrecht war; es interessierte ihn lediglich als eine Möglichkeit des Entkommens. Er wünschte sich, dass es eines Tages einen schwarzen Mann gäbe, der alle Schwarzen mit der Peitsche zusammentriebe, und dass sie dann handelten und der Angst und Scham ein Ende bereiteten. Er dachte all dies nicht in scharfen Bildern; er fühlte es nur und vergaß es dann wieder. Aber tief in ihm schwelte stets die Hoffnung.

Es war Angst gewesen, die ihn in Docs Billardsaal gezwungen hatte, auf Gus loszugehen. Wenn er sich Gus' und seiner selbst sicher gewesen wäre, hätte er es nicht getan. Aber er kannte Gus, und er kannte sich, und er wusste, dass einer von ihnen im entscheidenden Moment aus Angst versagen konnte. Wie hätten sie unter dieser Bedingung das Ding beim alten Blum drehen sollen? Er misstraute Gus und fürchtete ihn, und er wusste, dass auch sein Kumpel ihm misstraute und ihn fürchtete, und in dem Augenblick, da sich beide zusammengetan und gemeinsame Sache gemacht hätten, würde er Gus und sich selbst gehasst haben. Schließlich jedoch wurden sein Hass und seine Hoffnung in neue Bahnen gelenkt: Seine Hoffnung richtete sich auf ein ihm wohlwollendes Etwas, das ihm helfen und ihn leiten würde, und sein Hass richtete sich gegen die Weißen; denn er fühlte, dass sie ihn beherrschten, auch wenn sie ihm fern waren und nicht an ihn dachten. Sie beeinflussten seine Beziehungen zu dem eigenen Volk.

Die Straßenbahn kroch durch den Schnee. Die nächste Haltestelle war Drexel Boulevard. Er nahm den Koffer in die Hand und stellte sich an die Tür. In wenigen Minuten würde er wissen, ob Mary verbrannt war. Die Bahn hielt, er sprang ab und stapfte durch den knöcheltiefen Schnee dem daltonschen Haus zu.

Schon von Weitem sah er, dass der Wagen noch genauso dastand, wie er ihn verlassen hatte. Doch jetzt war er mit einem weichen Schneemantel bedeckt. Das Haus lag weiß und schweigend da. Er klinkte das Tor auf. Als er die Auffahrt entlangschritt, sah er wieder Marys Bild vor sich. Zögernd blieb er stehen. Noch konnte er umkehren. Er konnte in den Wagen steigen und auf und davon sein, ehe man etwas bemerkte. Aber weshalb davonlaufen, wo doch gar kein Grund vorhanden war? Er hatte genügend Geld, um fliehen zu können, wenn es nötig wurde. Und er hatte einen Revolver. Seine Finger zitterten so, dass er kaum die Tür aufschließen konnte, aber sie zitterten nicht aus Angst. Er empfand vielmehr eine ungeduldige Zuversicht, ein Gefühl der Erfüllung und der Freiheit. Sein ganzes Leben hatte sich zu einer einzigen bedeutsamen Tat verdichtet. Er stieß die Tür auf. Wie versteinert blieb er stehen. Im roten Feuerschein des Ofens stand eine dunkle Gestalt. War es Mrs Dalton? Nein, die war kleiner und zarter. Ach, es war Peggy! Sie kehrte ihm den Rücken zu und hatte sich ein wenig nach vorn gebeugt. Sie schien sich den Ofen sehr genau anzusehen. Sie hat mich nicht kommen hören, dachte er. Vielleicht sollte ich lieber verschwinden! Doch ehe er sich zurückziehen konnte, hatte Peggy sich schon umgedreht.

»Ach, guten Morgen, Bigger!«

Er antwortete nicht.

»Ich bin froh, dass du kommst. Ich wollte gerade neue Kohle nachlegen.«

»Das mach ich schon, Ma'am.«

Er trat näher. Angestrengt suchte er nach irgendwelchen Spuren von Mary. Peggy starrte noch immer durch die Ritzen der Tür auf das rote Bett mit den bläulichen Kohleresten. »Das Feuer hat heute Nacht ganz schön gewütet«, sagte Peggy. »Aber am Morgen ist es runtergebrannt.«

»Ich mach das schon«, wiederholte Bigger. Doch er rührte sich nicht. Er wagte nicht, die Tür zu öffnen, weil Peggy noch neben ihm in der rötlichen Dunkelheit stand.

Er hörte das Fauchen des Luftzuges und überlegte. Ob sie wohl etwas vermutete? Er hätte Licht machen sollen. Aber wenn man dann Teile von Mary im Ofen sah?

»Ich mach es schon, Ma'am«, sagte er zum dritten Mal.

Wenn Peggy nun das Licht anknipste und etwas Verdächtiges bemerkte? Sollte er sie dann auch umbringen? Aus den Augenwinkeln sah er in der Ecke eine eiserne Kohlenschaufel stehen. Seine Hände ballten sich zu Fäusten. Peggy ging zum anderen Ende des Kellers, wo in der Nähe der Treppe eine Lampe hing.

»Ich werd dir Licht machen.«

Lautlos lief er auf die Schaufel zu und wartete, was weiter geschehen würde. Das Licht ging an; es blendete ihn, und er blinzelte. Peggy stand an der Treppe und hielt sich die rechte Hand über die Brust. Sie war nur mit einem Kimono bekleidet und versuchte, ihn vorn zusammenzuhalten. Auf einmal verstand Bigger. Sie dachte gar nicht mehr an den Ofen, sie schämte sich, weil er sie im Kimono sah.

»Ist Miss Dalton schon runtergekommen?«, fragte sie über die Schulter hinweg, als sie die Stufen hinaufstieg.

»Nein, Ma'am. Ich hab sie nicht gesehen.«

»Bist du denn eben erst gekommen?«

»Ja, Ma'am.«

Sie wandte den Kopf nach ihm um.

»Aber der Wagen steht doch auf der Auffahrt?«

»Ja, Ma'am«, sagte er, ohne sich zu einer Erklärung herabzulassen.

»Dann hat er wohl die ganze Nacht draußen gestanden?«

»Ich weiß nicht, Ma'am.«

»Hast du ihn denn nicht in die Garage gefahren?«

»Nein, Ma'am. Miss Dalton hat mir gesagt, ich soll ihn draußen lassen.«

»Ach so! Dann hat er also doch die ganze Nacht draußen gestanden. Deshalb ist er auch so mit Schnee bedeckt.«

»Wahrscheinlich, Ma'am.«

Peggy schüttelte den Kopf und seufzte.

»Nun, sie wird sicher in ein paar Minuten so weit sein, dass du sie zum Bahnhof fahren kannst.«

»Ja, Ma'am.«

»Ich seh, du hast den Koffer schon runtergebracht.«

»Ja, Ma'am. Sie hat mir gestern Abend gesagt, ich soll ihn runterholen.«

»Vergiss ihn nicht«, sagte sie und verschwand in die Küche.

Noch lange, nachdem sie gegangen war, blieb er regungslos stehen. Dann blickte er sich langsam um. Wie ein witterndes Tier hob er den Kopf, spähte durch den Raum und spitzte die Ohren. Alles schien in Ordnung. Nichts hatte sich seit jener Nacht verändert. Gründlich durchsuchte er den Keller. Plötzlich blieb er stehen, und seine Augen weiteten sich. Unmittelbar vor ihm im blassen Schein des Feuers, der durch die Tür des Ofens drang, sah er einen Fetzen blutbefleckten Zeitungspapiers. Hatte Peggy ihn gesehen? Er rannte zur Treppe, knipste das Licht aus und rannte zurück. Der Fetzen Papier war kaum sichtbar. Peggy hatte ihn wohl nicht bemerkt. Und wie war es mit Mary? War sie verbrannt? Er knipste das Licht wieder an und hob das Stück Papier auf. Verstohlen blickte er nach rechts und nach links. Dann öffnete er die Ofentür. Vor seinen Augen schwebte noch immer Marys Bild. Im Innern des Ofens atmete und zitterte die Kohlenglut. Von der Leiche selbst war nichts zu sehen. Nur eine kleine Erhebung, die dem rechteckigen Hügel eines frisch aufgeworfenen Grabes glich, deutete die Umrisse von Marys Körper an. Bigger hatte das Gefühl, dass dieser rote Hügel, wenn er ihn mit dem Finger berührte, einstürzen und Marys Leiche unversehrt zum Vorschein kommen würde. Die Kohlen schienen von unten her gebrannt zu haben, und die glühenden Schlacken glichen einem heißen Panzer, der die gekrümmte Leiche fest umschloss. Er blinzelte. Da hatte er ja noch immer das Zeitungspapier in der Hand! Er hielt es an die Tür, und der Luftzug sog es ihm aus den Fingern. Bigger sah, wie es in die zitternde rote Hitze flog, aufflammte, schwarz wurde und verschwand.

Er schloss die Tür, zog den Hebel und füllte frische Kohle nach. Die Stücke prasselten gegen die Wand der Schütte, und der Hügel aus rotem Feuer wurde allmählich schwarz von der Kohle, die sich fächerförmig über ihn breitete. Bigger schob den Hebel zurück und richtete sich auf. So weit war alles in Ordnung. Wenn nicht noch jemand im Feuer herumstocherte! Er selbst wollte nicht daran rühren, aus Angst, irgendetwas von Mary zu finden. Wenn bis zum Nachmittag alles gutging, würde sie vollständig verbrannt sein, und er war sicher. Er drehte sich um und blickte wieder auf den Koffer. Ach, er musste noch die kommunistischen Broschüren in sein Zimmer bringen. Er lief die Stufen hinauf und legte die Broschüren fein säuberlich in die Ecke einer Kommodenschublade. Ja, sie mussten sehr ordentlich daliegen. Niemand durfte glauben, er hätte sie gelesen.

Er ging zurück in den Keller und zog den Koffer zur Tür. Dann hob er ihn sich auf den Rücken, trug ihn zum Wagen und schnürte ihn auf dem Trittbrett fest. Er blickte auf die Uhr; es war zwanzig Minuten nach acht. Nun musste er so tun, als warte er auf Mary. Er setzte sich hinter das Steuerrad. Als fünf Minuten vergangen waren, beschloss er, nach ihr zu klingeln. Er blickte auf die Treppe, die zum Nebeneingang führte, und dachte daran, wie Mary in der letzten Nacht gestolpert war und wie er sie hatte stützen müssen. Plötzlich fuhr er erschrocken hoch. Ein greller Sonnenstrahl hatte die Wolken zerteilt und ließ in einer schweigenden Welt von zauberhaftem Weiß die Schneeflocken glitzern, sprühen und tanzen. Es wurde spät! Er musste nach Miss Dalton fragen, sonst würde es so aussehen, als glaubte er gar nicht daran, dass sie herunterkommen könnte. Er stieg aus dem Auto und ging die Stufen hinauf. Er blickte durch das Fenster; keiner war zu sehen. Er versuchte, die Tür zu öffnen, aber sie war verschlossen. Er drückte auf den Klingelknopf und hörte drinnen leise den Gong ertönen. Nach einer Weile kam Peggy eilig den Korridor entlang. Sie öffnete die Tür.

»Ist sie noch nicht runtergekommen?«

»Nein, Ma'am. Und es wird spät.«

»Warte. Ich werd sie rufen.«

Peggy, noch immer im Kimono, lief die Treppe hinauf, dieselbe Treppe, die er Mary hinaufgeschleppt hatte und die er mit dem Koffer hinuntergestolpert war. Dann sah er Peggy langsam wieder herunterkommen.

»Sie ist nicht da. Vielleicht ist sie schon gegangen. Was hat sie dir denn gesagt?«

»Sie hat gesagt, ich soll sie zum Bahnhof fahren und den Koffer mitnehmen, Ma'am.«

»Aber sie ist nicht in ihrem Zimmer und auch nicht bei Mrs Dalton. Und Mr Dalton schläft noch. Hat sie dir gesagt, dass sie heute früh wegfahren will?«

»Ja, Ma'am, das hat sie mir gestern Abend gesagt.«

»Und du solltest den Koffer am Abend runterholen?«

»Ja, Ma'am.«

Peggy überlegte einen Augenblick und blickte an ihm vorbei auf den schneebedeckten Wagen.

»Am besten, du bringst den Koffer jetzt zum Bahnhof. Vielleicht hat sie gar nicht hier geschlafen.«

»Ja, Ma'am.«

Er drehte sich um und ging die Treppe hinunter.

»Bigger!«

»Ja, Ma'am.«

»Sie hat dir wirklich gesagt, du sollst den Wagen die ganze Nacht draußen stehen lassen?«

»Ja, Ma'am.«

»Und sie hat nicht gesagt, dass sie ihn noch einmal braucht?«

»Nein, Ma'am. Er war ja drin«, sagte er, sich langsam vortastend.

»Wer?«

»Der Herr.«

»Ach so. Nun bring den Koffer weg. Es ist wahrscheinlich wieder einer von Marys Streichen.«

Er stieg in den Wagen und fuhr langsam die Auffahrt

hinunter auf die Straße und bog dann nach Norden. Er hätte sich gern umgedreht, um zu sehen, ob Peggy ihm nachschaute, aber er wagte es nicht. Dann würde sie nur denken, er habe etwas auf dem Gewissen, und diesen Eindruck wollte er gar nicht erst entstehen lassen. Nun gab es wenigstens schon eine Person, die so dachte, wie er es wünschte.

Er erreichte den Bahnhof in der La Salle Street, fuhr rückwärts auf einen schmalen Parkplatz zwischen andere Wagen, lud sich den Koffer auf. Er überlegte, was wohl geschehen mochte, wenn niemand ihn abholte. Vielleicht würde dann Mr Dalton benachrichtigt werden. Nun, man musste abwarten. Er hatte seine Pflicht getan. Miss Dalton hatte ihn ja schließlich gebeten, den Koffer zum Bahnhof zu bringen.

Als er den Gepäckschein erhalten hatte, fuhr er so schnell wie möglich über die verschneiten Straßen zurück. Er wollte rasch wieder an Ort und Stelle sein, um zu sehen, wie es weiterging, um den Finger am Puls der Zeit zu haben. Er bog auf die Auffahrt, lenkte den Wagen in die Garage und schloss sie ab. Sollte er nun in sein Zimmer gehen? Wahrscheinlich wäre es besser, sich gleich in der Küche sehen zu lassen. Peggy würde glauben, er habe noch nicht gefrühstückt, und es nur für natürlich halten, wenn er zu ihr herunterkam. Er durchquerte den Keller. Einen Augenblick hörte er auf das Prasseln des Feuers. Dann trat er leise in die Küche. Peggy stand am Gasherd, sie hatte ihm den Rücken zugekehrt. Sie drehte sich um und warf ihm einen kurzen Blick zu.

»Bist du rechtzeitig da gewesen?«

»Ja, Ma'am.«

»Hast du sie am Bahnhof getroffen?«

»Nein, Ma'am.«

»Hungrig?«

»Ein bisschen, Ma'am.«

»Ein bisschen?« Peggy lachte. »Du wirst schon sehen, wie es sonntags hier zugeht. Alle schlafen bis in die Puppen, und bis sie schließlich aufstehen, fällt man fast um vor Hunger. Aber daran musst du dich gewöhnen.«

»Ist nicht so schlimm, Ma'am.«

»Das war auch das Einzige, was der alte Green hier auszusetzen hatte«, sagte Peggy. »Er meinte, sonntags ließen wir ihn verhungern.«

Bigger zwang sich zu einem Lächeln und blickte auf das schwarz-weiße Linoleum des Fußbodens. Wenn sie wüsste! Was würde sie wohl denken? In diesem Augenblick war Peggy ihm direkt sympathisch. Er spürte, dass er etwas Wertvolles besaß, was sie ihm, auch wenn sie ihn einmal verabscheuen würde, nicht nehmen konnte. Draußen im Korridor klingelte das Telefon. Peggy richtete sich auf, wischte sich die Hände an der Schürze ab und sah ihn an.

»Wer in aller Welt ruft denn so früh am Sonntagmorgen an?«

Sie ging hinaus. Er blieb sitzen. Vielleicht war es Jan, der Mary sprechen wollte. Er erinnerte sich, dass sie versprochen hatte, ihn anzurufen. Wie lange fuhr man nach Detroit? Fünf bis sechs Stunden? Sehr weit war es nicht. Marys Zug war bereits abgefahren. Gegen vier würde er in Detroit sein. Vielleicht wollte jemand sie abholen? Und wenn sie nicht eintraf, würde man vielleicht anrufen oder telegrafieren. Peggy kam zurück, ging zum Herd und kochte weiter. »Das Frühstück ist gleich fertig«, sagte sie.

»Ja, Ma'am.«

Dann drehte sie sich zu ihm um.

»Wer war denn der Herr, der Mary gestern Abend begleitet hat?«

»Ich weiß nicht, Ma'am. Sie hat ihn Jan genannt oder so ähnlich.«

»Jan? Der war doch eben am Apparat.« Peggy warf den Kopf zurück und presste die Lippen zusammen. »Ein Taugenichts, wie er im Buche steht. Einer von diesen Anarchisten, die gegen die Regierung sind.«

Bigger erwiderte nichts.

»Was ein so gutes Mädchen wie Mary mit diesem Pack zu schaffen hat, das weiß nur Gott allein. Pass nur auf, da kommt nichts Gutes bei raus. Wenn Mary mit ihren Verrücktheiten nicht wäre, würde dieser Haushalt wie am Schnürchen laufen. Es ist eine Schande. Ihre Mutter ist die Güte selbst. Und es gibt keinen feineren Menschen als Mr Dalton … Aber mit der Zeit wird Mary schon vernünftig werden. Wie alle anderen. Wenn sie jung sind und dumm, glauben sie immer, sie versäumen was, wenn sie sich nicht wie die Verrückten aufführen …«

Sie brachte ihm eine Schüssel Haferbrei mit Milch, und er begann zu löffeln. Er hatte keinen Appetit, und das Essen blieb ihm beinahe im Halse stecken, aber er zwang es hinunter. Peggy redete unaufhörlich weiter, und er wusste nicht, was er dazu sagen sollte. Ihm fiel nichts ein. Aber vielleicht erwartete sie gar keine Antwort von ihm? Und sprach nur mit ihm, weil sie sonst keinen Menschen hatte, zu dem sie sprechen konnte, so wie es seiner Mutter manchmal ging? Er würde dann noch einmal nach dem Feuer sehen. Er würde den Ofen bis zum Rand füllen, damit Mary recht schnell verbrannte. Der heiße Haferbrei machte ihn schläfrig, und er unterdrückte ein Gähnen.

»Was hab ich denn heute alles zu tun, Ma'am?«

»Einfach warten, bis du gerufen wirst. Sonntag ist ein langweiliger Tag. Vielleicht gehen Mr und Mrs Dalton aus.«

»Ja, Ma'am.«

Er hatte die Schüssel leer gegessen.

»Haben Sie jetzt 'ne Arbeit für mich?«

»Nein. Aber du bist doch noch nicht satt! Willst du nicht Eier mit Schinken?«

»Nein, Ma'am. Ich hab genug.«

»Du kannst aber ruhig essen. Du brauchst dich nicht zu genieren.«

»Ich glaube, ich werde lieber mal nach dem Feuer sehen.«

»Gut, Bigger. Und so gegen zwei musst du auf die Klingel achten. Bis dahin wird wahrscheinlich nichts sein.«

Er stieg in den Keller hinunter. Das Feuer loderte. Die Schlacke glühte rot, und der Luftzug fauchte. Er brauchte keine Kohle mehr nachzufüllen. Noch einmal blickte er sich um, in jede Ecke und in jede Nische. Vielleicht hatte er noch irgendwelche Spuren übersehen? Doch nein.

Er ging in sein Zimmer und legte sich auf das Bett. Ja, hier war er nun. Was würde geschehen? Alles war still. Aber da! Sprach da nicht jemand? Er legte den Kopf zur Seite und lauschte. Von der Küche drang das gedämpfte Klappern der Töpfe und Pfannen zu ihm herauf. Er erhob sich und ging zum anderen Ende des Zimmers. Das Klappern wurde lauter. Dann hörte er den leichten, aber festen Schritt Peggys. Sie ist direkt unter mir, dachte er. Er blieb stehen. Das war doch Mrs Daltons Stimme. Und jetzt sprach Peggy. Er kniete nieder und legte sein Ohr an den Boden. Unterhielten sie sich über Mary? Er konnte nicht verstehen, was sie sagten. Er stand auf und blickte sich um. Etwa einen Meter von ihm befand sich ein eingebauter Kleiderschrank. Er öffnete die Tür; die Stimmen wurden deutlicher. Er stellte ein Bein in den Wandschrank. Die Bodenbretter knarrten. Er erstarrte. Hatten sie ihn gehört? Würden sie annehmen, dass er lauschte? Er hatte eine Idee. Er holte seinen Koffer, schnürte ihn auf und nahm einen Arm voll Kleider heraus. Wenn jemand ins Zimmer kam, würde es so aussehen, als ob er seine Sachen einräumte. Er kletterte in den Schrank.

»… Sie meinen, der Wagen habe die ganze Nacht auf der Auffahrt gestanden?«

»Ja. Und er sagt, sie hätte ihm befohlen, ihn dort stehenzulassen.«

»Um welche Zeit war das?«

»Ich weiß es nicht, Mrs Dalton. Ich hab ihn nicht gefragt.«

»Ich versteh das Ganze nicht.«

»Ach, es wird schon nichts passiert sein. Ich glaube, Sie brauchen sich keine Sorgen zu machen.«

»Aber sie hat nicht mal eine Nachricht hinterlassen. Das sieht doch Mary überhaupt nicht ähnlich. Sogar als sie damals nach New York ausgerückt war, hat sie einen Zettel hingelegt.«

»Vielleicht ist sie auch gar nicht gefahren. Vielleicht ist etwas dazwischengekommen, und sie hat gar nicht hier geschlafen, Mrs. Dalton.«

»Aber weshalb hat sie dann den Wagen draußen stehenlassen?«

»Ich weiß nicht.«

»Und er sagt, der Mann wäre bei ihr gewesen?«

»Ja, ich glaube, es war dieser Jan, Mrs Dalton.«

»Jan?«

»Ja, der mit ihr in Florida war.«

»Weshalb muss sie bloß immer mit diesen furchtbaren Leuten verkehren!«

»Er hat heute früh angerufen und nach ihr gefragt.«

»Hier angerufen?«

»Ja.«

»Und was hat er gesagt?«

»Er schien irgendwie ärgerlich zu sein, dass sie nicht da war.«

»Was hat das unglückselige Kind bloß vor? Sie hat mir doch versprochen, sich nicht mehr mit ihm zu treffen.«

»Vielleicht hat sie ihn anrufen lassen, Mrs Dalton.«

»Wie meinen Sie das?«

»Ja, sehen Sie, Madam, ich dachte, vielleicht ist sie wieder mit ihm zusammen wie damals in Florida. Und vielleicht hat sie ihn anrufen lassen, um zu sehen, ob wir schon wissen, dass sie fort ist.«

»Aber Peggy!«

»Verzeihen Sie, Madam … Und wenn sie nun zu Freunden gegangen ist?«

»Aber nachts um zwei war sie doch in ihrem Zimmer, Peggy. Zu wem sollte sie wohl zu dieser Zeit gehen!«

»Mrs Dalton, als ich heute früh in ihrem Zimmer war, ist mir was aufgefallen.«

»Was denn, Peggy?«

»Ja, Madam … es sieht so aus, als hätte sie überhaupt nicht in ihrem Bett geschlafen. Nicht mal die Überdecke war zurückgeschlagen. Es sieht so aus, als wenn sich jemand nur ein Weilchen darauf ausgestreckt hätte und dann aufgestanden wäre.«

»So?«

Bigger lauschte angestrengt, aber Mrs Dalton und Peggy

schwiegen. Nun wussten sie, dass etwas nicht in Ordnung war. Dann hörte er Mrs Daltons Stimme wieder, die vor Unruhe und Angst zitterte.

»Dann hat sie also gar nicht hier geschlafen?«

»Es sieht so aus.«

»Und der Junge hat gesagt, dass dieser Jan im Wagen war?«

»Ja. Ich fand es merkwürdig, dass der Wagen die ganze Nacht draußen stand, und da hab ich ihn gefragt. Sie scheint ihn gebeten zu haben, ihn draußen stehenzulassen, und er sagt, dieser Jan hätte drin gesessen.«

»Hören Sie, Peggy …«

»Ja, Mrs Dalton …«

»Mary war in der letzten Nacht betrunken. Ich hoffe, es ist ihr nichts passiert.«

»Oh, wie schrecklich!«

»Kurz nachdem sie gekommen ist, bin ich in ihr Zimmer gegangen. Sie war zu betrunken, um sprechen zu können. Betrunken, sage ich Ihnen, Peggy! Ich hätte nie gedacht, dass sie einmal in einem solchen Zustand nach Hause kommen könnte.«

»Es wird ihr schon nichts passiert sein, Mrs Dalton. Ich weiß es, ich fühle es.«

Wieder herrschte Schweigen. Bigger fragte sich, ob Mrs Dalton vielleicht schon auf dem Weg zu seinem Zimmer sei. Er ging zurück zum Bett, legte sich hin und lauschte. Kein Laut drang zu ihm herauf. Lange lag er so da. Dann vernahm er abermals Schritte in der Küche. Er eilte zum Schrank.

»Peggy!«

»Ja, Mrs Dalton?«

»Ich hab mich soeben ein wenig in Marys Zimmer herumgetastet. Da stimmt was nicht. Sie hat ihren Koffer nicht fertig gepackt. Mindestens die Hälfte ihrer Sachen ist noch da. Sie hat mir gesagt, sie wolle in Detroit tanzen gehen, aber sie hat die neuen Kleider, die sie gekauft hat, nicht mitgenommen.«

»Vielleicht ist sie nicht nach Detroit gefahren?«

»Aber wo ist sie dann?«

Bigger hörte nicht mehr zu. Zum ersten Mal verspürte er Angst. Der Koffer war erst halb gepackt! Dass er daran nicht gedacht hatte! Wie sollte er das erklären? Ach was! Das Mädchen war betrunken gewesen! So betrunken, dass sie nicht mehr wusste, was sie tat. Er würde ganz einfach darauf bestehen, dass sie ihm befohlen hatte, den Koffer zur Bahn zu fahren. Wenn jemand ihn fragte, weshalb er denn so einen verrückten Befehl ausgeführt habe, würde er antworten, Mary habe sich gestern Abend so seltsam benommen, dass er sich über nichts mehr gewundert hätte. Schließlich waren sie ja auch gesehen worden, als sie gemeinsam in Ernies Kitchen Shack gegessen hatten. Er würde sagen, die beiden wären betrunken gewesen, und er hätte nur das getan, was man ihm befohlen hatte. Das war schließlich seine Arbeit. Er lauschte wieder.

»… und nachher schicken Sie mir mal den Jungen. Ich möchte mit ihm sprechen.«

»Jawohl, Mrs Dalton.«

Abermals legte er sich auf das Bett. Er musste sich seine Geschichte noch einmal durch den Kopf gehen lassen, damit sie auch wirklich keine Lücke aufwies. Vielleicht hätte er nicht den Koffer nehmen sollen. Vielleicht wäre es besser gewesen, Mary auf den Armen hinunterzutragen und sie zu verbrennen. Aber er hatte sie in den Koffer gelegt, weil er fürchtete, jemandem zu begegnen. Nur im Koffer hatte er sie ungesehen aus dem Zimmer bringen können. Ach, was geschehen war, war geschehen, und er würde an seiner Geschichte festhalten. Er überdachte alles noch einmal und prägte sich jede Einzelheit fest ein. Ja, er würde sagen, sie sei betrunken gewesen, sinnlos betrunken. Da lag er nun im warmen Zimmer auf dem weichen Bett, hörte den Dampf in der Heizung glucksen und dachte schläfrig und faul daran, wie betrunken Mary gewesen war, wie er sie die Treppe hinaufgeschleppt, wie er ihr das Kissen aufs Gesicht gepresst und sich auf der dunklen Treppe mit dem Koffer abgeplagt hatte und wie er mit schmerzenden Fingern die Treppe wieder hinuntergestolpert war, den schweren Koffer in der Hand, der so laut – bum, bum, bum – aufgeschlagen war, dass alle Welt es gehört haben musste ...

Er fuhr auf, als er ein Klopfen hörte. Das Herz schlug ihm bis zum Hals. Er blickte sich benommen im Zimmer um. Hatte jemand an seine Tür geklopft? Er sah auf die Uhr; es war drei. Da hatte er es doch wirklich verschlafen! Um zwei Uhr wollte Peggy klingeln. Wieder wurde geklopft.

»Ja!«, murmelte er.

»Hier ist Mrs Dalton!«

»Jawohl, Ma'am. Einen Moment.«

In zwei Sätzen war er an der Tür. Einen Augenblick lang versuchte er, sich zu sammeln. Er blinzelte und befeuchtete sich die Lippen. Dann öffnete er die Tür. Im Halbdunkel des Korridors sah er Mrs Dalton lächelnd vor sich stehen, weiß gekleidet, das bleiche Gesicht ein wenig nach oben gewandt, wie in der Nacht, als sie in der Dunkelheit gelauscht und er Mary im Bett erstickt hatte.

»J-J-Ja, Ma'am«, stotterte er. »Ich ... ich hab geschlafen.«

»Du hast in der Nacht nicht viel Schlaf gehabt, nicht wahr?«

»Nein, Ma'am«, sagte er gedehnt. Ängstlich überlegte er, was sie wohl damit meinen konnte.

»Peggy hat dreimal nach dir geklingelt, aber du hast es nicht gehört.«

»Verzeihen Sie, Ma'am.«

»Schon gut. Ich wollte dich nach gestern Abend fragen ... Übrigens – den Koffer hast du doch zum Bahnhof gebracht, nicht wahr?«, fragte sie.

»Ja, Ma'am«, antwortete er. In ihrem Tonfall entdeckte er Zögern und Verwirrung. »Heute früh.«

»Gut«, sagte Mrs Dalton mit aufwärtsgerichtetem Blick. Bigger hatte die Hand auf dem Türknauf und wartete. Seine Muskeln hatten sich verkrampft. Jetzt musste er mit den Antworten vorsichtig sein. Aber er wusste, dass er einen gewissen Schutz hatte. Die Scham würde Mrs Dalton davon abhalten, zu viel zu fragen und sich anmerken zu lassen, dass sie besorgt war. Schließlich war er ein junger Mann und sie eine alte Frau. Er war der Angestellte und sie die Arbeitgeberin. Eine gewisse Distanz musste zwischen ihnen gewahrt werden.

»Du hast doch gestern Abend den Wagen auf der Auffahrt stehenlassen, nicht wahr?«

»Ja, Ma'am. Ich wollte ihn ja reinbringen«, sagte er. Sie sollte denken, dass es ihm nur darum ging, seine Stellung zu behalten und seine Pflicht zu tun. »Aber sie hat mir gesagt, ich soll ihn stehenlassen.«

»Und war jemand bei ihr?«

»Ja, Ma'am. Ein Herr.«

»Das muss doch ziemlich spät gewesen sein, nicht wahr?«

»Ja, Ma'am. Kurz vor zwei, Ma'am.«

»Und du hast den Koffer auch kurz vor zwei heruntergeholt?«

»Ja, Ma'am. Sie hat es mir so gesagt.«

»Sie ist mit dir hinaufgegangen in ihr Zimmer?«

Er wollte sie gar nicht erst auf den Gedanken bringen, dass er mit Mary allein im Zimmer gewesen war. Schnell änderte er seine Geschichte ein wenig ab.

»Ja, Ma'am. Die Herrschaften sind hinaufgegangen …«

»Ach so, er war bei ihr?«

»Ja, Ma'am.«

»Ich verstehe …«

»Ist etwas nicht in Ordnung, Ma'am?«

»O nein! Ich … ich … Nein, es ist alles in Ordnung.«

Er stand in der Tür und blickte in ihre blinden grauen Augen – Augen, die fast so hell waren wie ihr Haar und ihr Kleid. Er spürte, dass sie sich Sorgen machte und gern noch weitere Fragen gestellt hätte. Aber er wusste, dass sie nicht von ihm hören wollte, wie betrunken ihre Tochter gewesen war. Immerhin war er ein Schwarzer und sie eine Weiße. Er war arm, und sie war reich. Sie würde sich schämen, in ihm den Eindruck zu erwecken, etwas stimme in ihrer Familie nicht, sodass sie ihn, einen schwarzen Bedienten, ausfragen musste. Er fühlte sich sicher.

»Sonst noch etwas, Ma'am?«

»Nein. Du kannst den Rest des Tages freihaben, wenn du willst. Mr Dalton fühlt sich nicht wohl, und wir gehen nicht aus.«

»Danke, Ma'am.«

Sie drehte sich um, und er schloss die Tür. Bewegungslos blieb er stehen, bis das leise Schlurren ihrer Schuhe im Flur verklungen war. Er stellte sich vor, wie sie sich vorwärtstastete und mit den Händen die Wände berührte. Sie muss das Haus kennen wie ein Buch, dachte er. Er zitterte vor Erregung. Sie war weiß, und er war schwarz; sie war reich, und er war arm; sie war alt, und er war jung; sie war der Chef und er der Angestellte. Ja, er war sicher. Als er hörte, dass die Küchentür geöffnet und wieder geschlossen wurde, ging er zum Schrank und lauschte. Aber kein Laut drang zu ihm herauf.

Ja, er würde ausgehen. Dann würde die Anspannung nachlassen, die ihn beherrschte, seitdem er mit Mrs Dalton gesprochen hatte. Er würde Bessie besuchen. Das war eine gute Idee! Er holte Jacke und Mütze und stieg hinunter in den Keller. Im Ofen heulte der Luftzug, und das Feuer war weißglühend. Die Kohle würde reichen, bis er zurückkam.

Er ging zur 47. Straße und wartete an der Ecke auf die Straßenbahn. Ja, er würde Bessie besuchen; das würde ihm guttun. Komisch, in den letzten vierundzwanzig Stunden hatte er nicht viel an sie gedacht. Zu viel Aufregendes war geschehen. Er hatte es gar nicht nötig gehabt, an sie zu denken. Aber nun, da er vergessen und sich entspannen wollte, hatte er das Bedürfnis, sie zu sehen. Sie war am Sonntagnachmittag stets daheim. Ja, er musste sie sehen. Dann würde er für den morgigen Tag gewappnet sein.

Die Bahn kam, und er stieg ein. Noch einmal ließ er die Ereignisse an sich vorüberziehen. Nein, er glaubte nicht, dass sie ihn verdächtigten. Er war ein Schwarzer. Wieder fühlte er das dicke Geldbündel in der Tasche. Wenn es schiefging, konnte er sich noch immer aus dem Staub machen. Wie viel Geld mochte es wohl sein? Er hatte es noch gar nicht gezählt. Das würde er bei Bessie tun. Nein, er brauchte keine Angst zu haben. Er spürte den Revolver auf seiner Haut. Mit diesem Revolver konnte er sich die Leute vom Leib halten, und sie würden es sich zweimal überlegen, ehe sie es mit ihm aufnahmen.

Aber dennoch, die Geschichte hatte einen Haken: Er

hätte mehr Geld herausschlagen, er hätte sich besser vor-
bereiten müssen. Er hatte zu überstürzt, rein zufällig gehandelt. Das nächste Mal würde er anders vorgehen. Er
würde einen genauen Plan ausarbeiten und darauf achten,
dass er genügend Geld bekam, um eine Weile in Ruhe und
Frieden leben zu können. Er blickte aus dem Fenster. Dann
schaute er sich die Weißen um sich herum an. Plötzlich
überkam ihn das Verlangen, aufzustehen und zu schreien,
ihnen zu erzählen, dass er ein reiches weißes Mädchen ermordet hatte, ein Mädchen, dessen Familie sie alle kannten.
Ja, dann würde Entsetzen ihre Gesichter verzerren. Doch
nein. Er würde ruhig bleiben, auch wenn es ihm schwer-
fiel. Diese Weißen waren in der Überzahl, und er würde
verhaftet, verurteilt und hingerichtet werden. Ihr Entsetzen hätte er gern gesehen, aber der Preis dafür war ihm
zu hoch. Er wünschte sich, ihnen ohne Angst vor einer
Verhaftung entgegenschleudern zu können, dass er gemordet hatte; er wollte in ihren Köpfen herumspuken, ihnen
die Szene heraufbeschwören, wie er Mary erstickt, ihr den
Kopf abgehackt und sie verbrannt hatte; er wollte vor ihren
Augen erstehen als ein Schreckensbild der Wirklichkeit, das
sie sehen und fühlen und dem sie nicht entrinnen konnten.
Er war nicht zufrieden mit dem, was er erreicht hatte. Als
er an sein Ziel gelangt war, hatte sich sein Blick sogleich zu
einem anderen, höheren Ziel erhoben. Er hatte schreien
gelernt und hatte geschrien, doch kein Ohr hatte ihn gehört. Er hatte laufen gelernt und lief, doch er spürte keinen
Boden unter den Füßen. Er hatte sich seit Langem nach
einer Waffe gesehnt, doch die Waffe, die seine Hände nun
umfassten, war unsichtbar.

Die Bahn hielt einen Block von Bessies Haus entfernt,
und er stieg aus. Als er an das Gebäude kam, in dem sie

wohnte, blickte er zum zweiten Stockwerk hinauf und sah in ihrem Fenster Licht. Es war frühzeitig dunkel geworden. Die Straßenlaternen flammten auf und warfen ihren gelben Schein auf die schneebedeckten Straßen. Sie glichen dunstigen Lichtkugeln, die, zur Bewegungslosigkeit erstarrt, im Raum verankert schienen und die an schwarzen Eisenpfosten befestigt waren, damit sie der eisige Wind nicht davonblies. Er klingelte, und als es summte, drückte er die Tür auf und stieg die Treppe hinauf. Bessie erwartete ihn lächelnd.

»Hallo, Fremder!«

»Hallo, Bessie!«

Er stand ihr gegenüber und griff nach ihren Händen. Sie wich zurück.

»Was hast du denn?«

»Das weißt du ganz genau.«

»Nein.«

»Was willst du noch von mir?«

»Ich will dich küssen, Liebling.«

»Du brauchst mich aber nicht zu küssen.«

»Und warum nicht?«

»Das kannst du dich selber fragen.«

»Was ist denn los?«

»Ich habe dich gestern Abend mit deinen weißen Freunden gesehen.«

»Ach, das waren doch nicht meine Freunde.«

»Wer waren sie dann?«

»Ich arbeite für diese Leute.«

»Und isst mit ihnen.«

»Ach, Bessie ...«

»Du hast nicht ein einziges Wort mit mir gesprochen.«

»Doch.«

»Du hast nur gebrummt und mir abgewinkt.«

»Ach, Kind! Ich war im Dienst. Versteh das doch.«

»Ich dachte, du hättest dich vielleicht geschämt, weil du doch mit diesem weißen Mädchen in Seide und Satin an einem Tisch gesessen hast.«

»Nun komm, Bessie. Sei nicht so!«

»Willst du mich wirklich küssen?«

»Natürlich. Was glaubst du, weshalb ich sonst hier bin?«

»Wie kommts dann aber, dass du so lange nicht hier gewesen bist?«

»Ich sag dir doch, ich hab gearbeitet, Liebling. Nun komm. Sei doch nicht so!«

»Ich weiß nicht«, sagte sie und schüttelte den Kopf.

Sie wollte bestimmt nur sehen, wie sehr er sie vermisst hatte und wie viel Macht sie über ihn besaß. Er ergriff ihren Arm, zog sie an sich und küsste sie lange und heftig. Er fühlte jedoch, dass sie den Kuss nicht erwiderte. Als er von ihr abließ, blickte er sie vorwurfsvoll an. Er biss die Zähne fest zusammen, und seine Lippen bebten in wachsender Erregung.

»Komm, gehen wir rein«, sagte er.

»Wenn du willst.«

»Natürlich will ich.«

»Du bist so lange nicht hier gewesen.«

»Nun hör schon auf damit.«

Sie traten ins Zimmer.

»Warum bist du denn heute so kühl zu mir?«, fragte er.

»Du hättest mir wenigstens eine Postkarte schicken können.«

»Ach, ich habs einfach vergessen.«

»Oder telefonieren.«

»Liebling, ich war beschäftigt.«

»Ja, mit diesem weißen Mädchen wahrscheinlich.«

»Nun hör doch endlich auf!«

»Du liebst mich nicht mehr.«

»Unsinn!«

»Du hättest doch wenigstens mal vorbeikommen können.«

»Kindchen, ich hatte so viel zu tun.«

Er küsste sie wieder, und diesmal kam sie ihm ein wenig
entgegen. Um ihr zu zeigen, wie sehr er sie begehrte, ließ
er es zu, dass sie ihre Zunge in seinen Mund schob.

»Ich bin müde heute«, seufzte sie.

»Wer ist denn bei dir gewesen?«

»Niemand.«

»Wovon bist du dann müde?«

»Wenn du mich beleidigen willst, kannst du gleich wieder gehen. Ich hab dich ja auch nicht gefragt, bei wem du
warst, als du dich so lange nicht hast sehen lassen, nicht
wahr?«

»Du bist aber heute gereizt.«

»Du hättest mir wenigstens mal Guten Tag sagen können.«

»Wirklich, Kleines, ich hab bis über die Ohren in der
Arbeit gesteckt.«

»Wie 'n feiner Herr hast du mit diesen Weißen da am
Tisch gesessen. Hast mich noch nicht mal angesehen, als
ich mit dir gesprochen hab.«

»Ach, nun hör schon auf. Reden wir von was anderem.«

Er versuchte wieder, sie zu küssen, doch sie entzog sich
ihm.

»Nun mach keinen Ärger, Kleines.«

»Bei wem bist du denn immer gewesen?«

»Bei niemandem. Ich schwörs dir. Ich hab gearbeitet.
Und ich hab viel an dich gedacht. Ich hab dich vermisst.

Du, wo ich jetzt arbeite, hab ich ein Zimmer ganz für mich allein. Da kannst du mal nachts bei mir schlafen, ja? Du, ich hab dich wirklich vermisst. In meiner ersten freien Minute bin ich gekommen.«

Sie standen im Halbdunkel des Zimmers und sahen sich an. Bessie hielt ihn hin, und das gefiel ihm. Zumindest lenkte es ihn ab von dem schrecklichen Bild Marys. Er hätte sie gern noch einmal geküsst, aber tief im Innern hatte er nichts dagegen, dass sie ihn zappeln ließ. Das steigerte sein Verlangen. Die Hände in die Hüften gestützt, lehnte sie an der Wand und blickte ihn nachdenklich an. Da fiel ihm ein, womit er sie locken und versöhnen konnte. Er griff in die Tasche und holte das Geldbündel heraus. Lächelnd hob er es hoch und sagte, wie zu sich selbst: »Na, ich denke, 'ne andre sagt nicht Nein, wenn du's nicht willst.«

Sie trat einen Schritt auf ihn zu.

»Mensch, Bigger! Wo hast du denn das viele Geld her?«

»Das möchtest du wohl gern wissen, was?«

»Wie viel ist es denn?«

»Was gehts dich an?«

Sie trat neben ihn.

»Wie viel ist es? Sag doch, Bigger!«

»Warum willst du's denn wissen?«

»Lass mich's zählen. Ich geb es dir zurück.«

»Du darfst es zählen. Aber es bleibt in meiner Hand, verstanden?«

Er beobachtete, wie das Schmollen auf ihrem Gesicht sich in Staunen verwandelte, als sie die Scheine zählte.

»Großer Gott, Bigger! Woher hast du denn das ganze Geld?«

»Das möchtest du wohl gern wissen, was?«, sagte er noch einmal und legte seinen Arm um sie.

»Gehört das dir?«

»Wem denn sonst?«

»Sag mir doch, woher du's hast, Liebling.«

»Bist du dann auch nett zu mir?«

Ihr Körper gab ein wenig nach, doch ihre Augen blickten ihn forschend an.

»Du hast doch nichts angestellt, Bigger?«

»Willst du nett zu mir sein?«

»Ach, Bigger!«

»Küss mich, Liebling.«

Sie hing schlaff in seinen Armen. Er küsste sie, und sie zog ihn zum Bett. Sie setzten sich. Sanft nahm sie ihm das Geld aus der Hand.

»Wie viel ist es?«, fragte er.

»Weißt du's denn nicht?«

»Nein.«

»Hast du's nicht gezählt?«

»Nein.«

»Bigger, wo hast du das Geld her?«

»Vielleicht sage ich's dir eines Tages«, murmelte er, lehnte sich zurück und legte den Kopf auf das Kissen.

»Das geht doch bestimmt nicht mit rechten Dingen zu.«

»Wie viel ist es denn?«

»Hundertundzwanzig Dollar.«

»Willst du nun nett zu mir sein?«

»Bigger, sag, wo hast du das Geld her?«

»Das ist doch ganz gleich.«

»Kaufst du mir was davon?«

»Natürlich.«

»Was?«

»Was du willst.«

Sie schwiegen eine Weile. Schließlich spürte sein Arm,

wie ihr Körper sich entspannte. Sie wurde weich, wie er sie gern haben wollte. Dann legte sie sich hin, und er steckte das Geld in die Tasche und beugte sich über sie.

»Ach, Liebling, ich hab mich so nach dir gesehnt.«

»Wirklich?«

»Ich schwör es bei Gott.«

Voller Begierde umschloss er ihre Brüste mit seinen Händen, wie er es letzte Nacht bei Mary getan hatte. Daran musste er denken, als er sie küsste. Dann hörte er Bessie sagen: »Du darfst nicht immer so lange fortbleiben, Liebling.«

»Nein, ich weiß.«

»Liebst du mich?«

»Natürlich.«

Er küsste sie abermals und fühlte, wie sie den Arm über seinen Kopf hob. Sie knipste das Licht aus. Wieder küsste er sie heiß.

»Bessie?«

»Was?«

»Komm.«

Noch einen Augenblick lang lagen sie ruhig da. Schließlich stand Bessie auf. Er wartete. Dann hörte er ihre Kleider rascheln; sie zog sich aus. Er begann, sich gleichfalls auszuziehen. Allmählich konnte er in der Dunkelheit wieder sehen. Bessie stand auf der anderen Seite des Bettes, ein grauer Schatten in der schwarzen Finsternis, die sie umgab. Er hörte das Bett knarren, als sie sich hinlegte. Er ging zu ihr, schloss sie in die Arme und murmelte: »Kleines ...«

Er fühlte, wie zwei weiche Hände zärtlich sein Gesicht umfassten, und das Bild der ganzen blinden Menschheit, die ihm Angst einflößte und ihn verwirrte, schwand dahin. Bessie war wie ein Brachfeld unter ihm, das sich unter wolkigem Himmel ausstreckt und auf Regen wartet, und er wurde eins mit ihrem Körper, hob und senkte sich mit der Flut und der Ebbe ihres Blutes, ließ sich willig in ein warmes Nachtmeer ziehen, um verjüngt daraus emporzusteigen an die Oberfläche jener Welt, die er hasste und auszulöschen wünschte. Er ließ nicht ab von jenem Brunnen, dessen warme Wasser seine Sinne wuschen, sie klärten, kühlten, stärkten und schärften, sodass er wieder sehen und hören, schmecken, riechen und fühlen konnte, Wasser, die die Müdigkeit verjagten und ein neues Gefühl von Zeit und Raum in ihm erweckten. Und nachdem er auf einen heißen, sonnigen Felsen unter einem weißen Himmel gespült worden war, hob er langsam die Hand, berührte Bessies Lippen mit den Fingern und murmelte: »Kleines …«

»Bigger.«

Er zog die Hand fort und seufzte. Wieder ließ er sich fallen, er wollte nicht ins Leben zurück, noch nicht. Er lag am Grunde eines tiefen Schachtes auf einem Lager aus warmem, feuchtem Stroh, und über sich sah er das kalte Blau des fernen Himmels. Eine Hand hatte ihn und seinen rastlosen Geist mit einem Finger stillen Friedens berührt, und er spürte, dass er sich jetzt nicht länger nach einer Ruhestatt zu sehnen brauchte. Und dann, wie das langsam verklingende Rauschen einer zurückfließenden Welle, verließ ihn das Gefühl von Nacht und Meer und Wärme, und er lag im Dunkeln und starrte mit leeren Augen auf die schattenhaften Konturen von Bessies Körper und hörte seinen und Bessies Atem.

»Bigger?«

»Hm?«

»Gefällt dir deine Arbeit?«

»Ja. Warum?«

»Ich frag nur.«

»Du bist wunderbar.«

»Meinst du das wirklich?«

»Natürlich.«

»Wo arbeitest du denn?«

»Drüben am Drexel Boulevard.«

»Wo?«

»Im Block 4600.«

»Ach!«

»Was?«

»Nichts.«

»Nun sag schon.«

»Ach, ich hab nur an was gedacht!«

»Sag doch. An was?«

»Nichts, Bigger.«

Was bezweckte sie eigentlich mit diesen Fragen? Ob sie etwas vermutete? Ach, er ließ sich viel zu sehr von der Angst beherrschen. Er durfte nicht immer nur daran denken, wie er Mary erstickt und verbrannt hatte. Dennoch wollte er wissen, weshalb sie sich so genau nach seiner neuen Stelle erkundigte.

»Nun komm schon, Liebling. Sag mir, was du denkst.«

»Es ist eigentlich nichts, Bigger. Ich habe mal in dieser Gegend gearbeitet, nicht weit von dem Haus, wo die Loebs gewohnt haben.«

»Die Loebs?«

»Ja. Die Familie von einem der Jungen, die den kleinen Robert Franks umgebracht haben. Erinnerst du dich?«

»Nein. Was war denn das für 'ne Geschichte?«

»Damals wurde doch so viel über Loeb und Leopold geredet.«

»Ach so!«

»Die den Jungen umgebracht und dann versucht haben, von der Familie Geld zu kriegen ...«

... haben ihnen Briefe geschickt. Bigger hörte nicht mehr zu. Die Welt der Laute schwand plötzlich, und ein ungeheures Bild erschien vor seinen Augen, ein Bild so gewaltigen Ausmaßes, dass er es gar nicht auf einmal erfassen konnte. Klopfenden Herzens, die Lippen leicht geöffnet, blickte er starr ins Dunkel, und sein Atem ging so leise, dass er ihn selbst kaum spürte. *Du erinnerst dich doch, ach, du hörst ja gar nicht zu.* Er sagte nichts. *Warum hörst du denn nicht zu, wenn ich mit dir rede.* Weshalb konnte er ... weshalb konnte er nicht den Daltons einen Brief schreiben und Geld verlangen? *Bigger.* Er richtete sich im Bett auf. *Was ist denn mit dir, Liebling.* Er konnte zehntausend verlangen, vielleicht sogar zwanzigtausend. *Bigger, was ist denn los, ich spreche mit dir.* Er antwortete nicht; er versuchte angestrengt, sich an etwas zu erinnern. Ja! Loeb und Leopold, was hatten die sich doch damals ausgedacht! Der Vater des ermordeten Knaben sollte in einen Zug steigen und das Geld an einer bestimmten Stelle aus dem Fenster werfen. Bigger sprang aus dem Bett und blieb mitten im Zimmer stehen. *Bigger.* Die Daltons müssten, ja, sie müssten das Geld in einen Schuhkarton packen, mit dem Auto auf die Südseite fahren und ... Er fühlte Bessies Finger auf dem Arm. Er blickte sich um, kam wieder zu sich und seufzte.

»Was ist denn, Liebling?«, fragte sie.

»Hm?«

»Was geht dir denn so im Kopf rum?«

»Nichts.«

»Nun sag mir's doch. Machst du dir Sorgen?«

»Nein, nein ...«

»Ich hab dir gesagt, was ich gedacht habe, aber du willst mir nicht sagen, was du denkst. Das find ich nicht nett.«

»Ich hab nur was vergessen. Das ist alles.«

»Nein, du hast an was anderes gedacht.«

Er setzte sich wieder aufs Bett und spürte, wie ihm die Kopfhaut vor Erregung kribbelte. Sollte er es wagen? Das wäre die Krönung des Ganzen. Aber es war keine Kleinigkeit. Er würde Zeit brauchen und sich alles gründlich überlegen müssen.

»Liebling, nun sag mir doch, woher du das Geld hast!«

»Welches Geld?«, fragte er, Überraschung heuchelnd.

»Ach, Bigger. Ich weiß doch, dass da was nicht stimmt. Du machst dir Gedanken. Dir geht was im Kopf rum. Das seh ich dir doch an.«

»Soll ich mir was ausdenken, nur um dir was zu erzählen?«

»Gut, wenn du nicht willst.«

»Ach, Bessie ... «

»Du hättest heute gar nicht zu kommen brauchen.«

»Vielleicht hätt ich auch nicht kommen sollen.«

»Du brauchst überhaupt nicht mehr zu kommen.«

»Liebst du mich denn nicht mehr?«

»Ich lieb dich so, wie du mich liebst.«

»Und wie lieb ich dich?«

»Das solltest du selbst wissen.«

»Ach, hören wir doch damit auf«, sagte er.

Er spürte, wie die Sprungfedern ein wenig nachgaben, und hörte, dass Bessie die Bettdecke über sich zog. Er wandte sich um und blickte im Dunkeln in das Weiß ihrer Augen. Vielleicht, ja, vielleicht konnte er, vielleicht konnte er sie verwenden. Er streckte sich neben ihr aus; sie rührte sich nicht. Er legte die Hand auf ihre Schulter und drückte sie sanft, um ihr zu zeigen, dass er an sie dachte. Er versuchte, so viel wie möglich von ihrem Leben zu erfassen, es in Beziehung zu seinem eigenen zu setzen. Seine Hand ruhte noch immer auf ihrer Schulter. Konnte er ihr trauen? Wie viel konnte er ihr sagen? Würde sie seinen Worten glauben und ihm blindlings folgen?

»Komm. Ich möchte mich anziehen und runtergehen und was trinken«, sagte sie.

»Gut.«

»Du bist heute so ganz anders als sonst.«

»Ich hab was vor.«

»Kannst du mir's nicht sagen?«

»Ich weiß nicht.«

»Hast du kein Vertrauen zu mir?«

»Doch.«

»Weshalb sagst du mir's dann nicht?«

Er antwortete nicht. Zum Schluss hatte sie nur noch geflüstert – wie immer, wenn ihr etwas sehr am Herzen lag. Und dieses Flüstern enthüllte ihm ihr ganzes Leben und rief ihm all das, was er gedacht und gefühlt hatte, als seine Hand auf ihrer Schulter lag, voll ins Bewusstsein. Wie schon daheim am Frühstückstisch, als er Vera, Buddy und die Mutter beobachtet hatte, fiel es ihm jetzt wie Schuppen von den Augen: Auch Bessie war blind. Er erkannte, wie begrenzt ihr Gesichtskreis war. Über die Küche der Weißen kam sie nicht hinaus. Sie arbeitete stundenlang, mühselige, schwere Stunden, sieben Tage in der Woche, und hatte nur den Sonntagnachmittag frei. Und dann wollte sie Vergnügen, rasches Vergnügen, um sich für das Leben voll Hunger, das sie führte, zu entschädigen. Es war ihre Sucht nach Sensationen, die er an ihr liebte. An den meisten Abenden war sie zu müde, um auszugehen; dann betrank sie sich gewöhnlich. Sie wollte Alkohol, und Bigger wollte sie. So gab er ihr den Alkohol, und sie gab sich ihm. Sie hatte sich oft genug beklagt, wie schwer die Weißen sie arbeiten ließen. Immer und immer wieder hatte sie gesagt, sie möchte das Leben der Leute führen, für die sie arbeite, nicht ihr eigenes. Deshalb musste sie trinken. Er wusste, weshalb sie ihn mochte: Er gab ihr das Geld. Und wenn er sie nicht freihielt, würde ein anderer es tun; dafür würde sie schon sorgen. Ja, auch Bessie war blind. Was sollte er ihr sagen? Sie konnte ihm vielleicht einmal von Nutzen sein. Aber er musste aufpassen. Was auch immer er ihr erzählen mochte, sie durfte nicht glauben, er verberge ihr etwas. Sie musste das Gefühl haben, alles zu wissen. Verdammt! Er konnte sich einfach nicht daran gewöhnen, sich vernünftig zu benehmen. Sie hätte nicht den Eindruck gewinnen dürfen, er wolle ihr etwas verheimlichen.

»Lass mir Zeit, Liebling. Ich werds dir schon erzählen«, sagte er versöhnlich.

»Du brauchst nicht, wenn du nicht willst.«

»Sei doch nicht so.«

»Mich kannst du nicht so behandeln, Bigger.«

»Das will ich ja auch gar nicht, Liebling.«

»Mich kannst du nicht an der Nase herumführen.«

»Beruhige dich. Ich weiß, was ich tue.«

»Hoffentlich.«

»Herrgott noch mal!«

»Ach, komm, ich will was trinken.«

»Nun hör mal zu …«

»Behalt deine Geschichte für dich. Du brauchst sie mir nicht zu erzählen. Aber dann komm auch nicht zu mir gerannt, wenn du 'ne Freundin brauchst, verstanden?«

»Wenn wir was getrunken haben, erzähl ich dir alles.«

»Wie du willst.«

Sie wartete an der Tür auf ihn. Er zog das Jackett an und setzte sich die Mütze auf. Schweigend stiegen sie die Treppe hinunter. Draußen schien es wärmer geworden zu sein. Es sah so aus, als wollte es wieder schneien. Der Himmel war mit dunklen Wolken bedeckt. Wind wehte. Bigger ging neben Bessie her, und seine Füße sanken in den weichen Schnee. Die Straße war still und verlassen. Im Schein einer langen, in der Ferne verschwindenden Lampenkette lag sie weiß und sauber da. Aus den Augenwinkeln heraus sah er Bessie neben sich, er vermeinte, das sanfte Wiegen ihres Körpers zu spüren. Plötzlich sehnte er sich danach, wieder mit ihr im Bett zu liegen, ihren warmen, nachgebenden Leib zu fühlen. Aber der Ausdruck auf ihrem Gesicht war hart und fremd. Es schien, als sei sie meilenweit von ihm entfernt. Eigentlich hatte Bigger nicht vorgehabt, mit Bessie auszugehen, aber nach all ihren Fragen und Verdächtigungen hatte er eingewilligt, mit ihr etwas zu trinken. Nachdenklich ging er neben ihr her. Es schien zwei Bessies zu geben: Die eine war ein Körper, den er soeben besessen hatte und immer wieder besitzen wollte, und die Zweite spiegelte sich auf Bessies Gesicht wider. Sie stellte Fragen, handelte und verkaufte die erste Bessie mit möglichst großem Gewinn. Am liebsten hätte er die Hand zur Faust geballt, den Arm erhoben und die zweite Bessie auf Bessies Gesicht ausgelöscht, umgebracht, hinweggefegt, um die andere hilflos und nachgiebig vor sich liegen zu sehen. Dann würde er sie aufheben, sie sich einverleiben in seine Brust, seinen Magen, eine Stelle tief in seinem Innern und sie dort behalten, auch wenn er schlief, aß oder sprach, nur um zu fühlen, dass sie sein war und er sie haben konnte, wann er wollte.

»Wo gehen wir denn hin?«

»Wohin du willst.«

»Zum Paris Grill?«

»Gut.«

Sie bogen um die Ecke und schlenderten bis zur Mitte des Blocks, wo das Restaurant lag, und traten ein. Ein Grammophon spielte. Sie setzten sich an einen der hinteren Tische. Bigger bestellte. Sie schwiegen, blickten einander an und warteten. Bessies Schultern zuckten im Rhythmus der Musik. Würde sie ihm helfen? Er würde sie fragen. Er konnte ihr ja die Geschichte in abgeänderter Form erzählen, sodass sie nicht alles erfuhr. Eigentlich hätte er sie zum Tanz auffordern müssen, aber eine innere Spannung hielt ihn davon ab. Außerdem brauchte er auch nicht wie sonst zu tanzen, zu singen und den Clown zu spielen, um einen Tag und eine Nacht des Nichtstuns totzuschlagen. Er fieberte vor Erregung. Die Kellnerin brachte die Getränke, und Bessie hob das Glas.

»Hier, auf dich. Auch wenn du nicht reden willst und dich so komisch benimmst.«

»Bessie, ich mach mir Gedanken.«

»Ach, jetzt trink erst mal«, sagte sie.

»Gut.«

Sie tranken.

»Bigger?«

»Hm?«

»Kann ich dir helfen?«

»Vielleicht.«

»Ich möcht so gern.«

»Hast du Vertrauen zu mir?«

»Das hab ich immer gehabt.«

»Und jetzt?«

»Ja, wenn du mir sagst, warum ich Vertrauen zu dir haben soll.«

»Das kann ich vielleicht nicht.«

»Dann traust du mir nicht.«

»Ich kann es trotzdem nicht, Bessie.«

»Und wenn ich nun Vertrauen zu dir habe, sagst du's mir dann?«

»Vielleicht.«

»Sag nicht vielleicht, Bigger.«

»Hör zu, Liebling.« Ihm gefiel es nicht, wie die Katze um den heißen Brei zu gehen, aber er fürchtete sich, mit der vollen Wahrheit herauszurücken. »Der Grund, weshalb ich heute anders bin als sonst, ist der: Ich habe was Großes vor.«

»Und was?«

»Es kann 'nen Haufen Geld einbringen.«

»Also – entweder erzählst du's mir, oder du hörst überhaupt davon auf.«

Sie schwiegen, und er sah, wie Bessie ihr Glas leerte.

»Ich geh jetzt«, sagte sie.

»Aber ... «

»Ich bin müde und leg mich schlafen.«

»Bist du böse?«

»Vielleicht.«

Sie sollte nicht weggehen. Was konnte er tun, damit sie blieb? Wie viel konnte er erzählen? Konnte er ihr Vertrauen gewinnen, ohne dass er sie in alles einweihte? Plötzlich spürte er, dass sie zu ihm halten würde, wenn er ihr zu verstehen gab, dass er in Gefahr war. Ja, das wollte er tun! Sie musste sich Sorgen um ihn machen.

»Vielleicht muss ich bald von hier fort«, sagte er.

»Polizei?«

»Vielleicht.«

»Was hast du denn gemacht?«

»Ich wills ja erst machen.«

»Aber wo hast du dann das ganze Geld her?«

»Hör zu, Bessie, wenn ich aus der Stadt wegmüsste und Geld brauchte, würdest du mir helfen, wenn ich später mit dir teilte?«

»Wenn du mich mitnimmst, brauchen wir nicht zu teilen.«

Er schwieg. Er hatte nicht daran gedacht, dass Bessie mitkommen könnte. Eine Frau war eine gefährliche Last für einen Mann, der fliehen musste. Hatte er nicht gelesen, dass Männer nur wegen ihrer Frauen geschnappt worden waren? Das sollte ihm nicht passieren. Aber wenn, ja, wenn er ihr gerade so viel erzählte, dass es sie reizte, mit ihm zusammenzuarbeiten?

»Gut«, sagte er. »Ich nehm dich mit, wenn du mir hilfst.«

»Ist das dein Ernst?«

»Sicher.«

»Dann erzählst du mir alles?«

Ja, er würde die Geschichte ein bisschen frisieren. Und weshalb sollte er überhaupt Jan erwähnen? Er konnte die Sache so drehen, dass Bessie bei einem Verhör Dinge sagen würde, die für ihn günstig waren, die ihm halfen. Er hob sein Glas, leerte es und stellte es hin. Dann beugte er sich über den Tisch und spielte mit der Zigarette. Er sprach mit verhaltenem Atem.

»Also, pass auf! Das Mädchen, wo ich arbeite, die Tochter von dem Alten, der ein reicher Mann ist, ein Millionär, ist mit einem Roten auf und davon, verstehst du?«

»Durchgebrannt?«

»Hm? Äh … Ja, durchgebrannt.«

»Mit einem Roten?«

»Ja, so 'nem Kommunisten.«

»Ach, was ist denn in die gefahren?«

»Verrückt ist sie. Niemand weiß, wo sie hin ist, und da hab ich gestern Abend das Geld aus ihrem Zimmer genommen, verstehst du?«

»Ach so!«

»Die wissen nicht, wo sie ist.«

»Und was willst du nun machen?«

»Die wissen nicht, wo sie ist«, betonte er noch einmal.

»Was meinst du eigentlich?«

Er zog an seiner Zigarette. Bessie blickte ihn an. Ihre schwarzen Augen hatten sich vor Wissbegier geweitet. Das gefiel ihm. Er hatte es nicht eilig, ihr die Geschichte zu erzählen, weil es ihm Spaß machte, sie raten zu lassen. Er wollte sie so lange wie möglich auf die Folter spannen, damit dieser Ausdruck vollständiger Hingabe auf ihrem Gesicht nicht sogleich verschwand. Er fühlte sich lebendig und voller Selbstvertrauen.

»Ich habe da eine Idee«, sagte er.

»Ach, Bigger, sag schon!«

»Sprich nicht so laut!«

»Komm, schieß los!«

»Die Leute wissen nicht, wo das Mädchen ist. Sie könnten zum Beispiel glauben, sie sei entführt worden, verstehst du?« Sein ganzer Körper war angespannt, und seine Lippen bebten.

»Ach, deshalb warst du so aufgeregt, als ich dir von Loeb und Leopold erzählte … «

»Na, was hältst du davon?«

»Würden die Leute denn wirklich glauben, dass sie entführt worden ist?«

»Wir können ihnen das ja zu verstehen geben.«

Sie blickte in ihr leeres Glas. Bigger winkte die Kellnerin heran und gab eine neue Bestellung auf. Er trank einen großen Schluck und sagte: »Das Mädchen ist verschwunden, verstehst du? Die Leute wissen nicht, wo sie ist. Niemand weiß es. Aber sie könnten glauben, dass es doch jemand weiß, wenn man's nur richtig anfängt, verstehst du?«

»Du meinst ... du meinst, wir könnten sagen, wir haben sie entführt? Du meinst, ihnen schreiben ...«

»... und Geld verlangen, natürlich«, sagte er. »Und es auch kriegen. Verstehst du, wir kassieren es ein, weil kein anderer an so was denkt.«

»Aber wenn sie nun wiederkommt?«

»Sie wird nicht.«

»Woher weißt du das?«

»Ich weiß es eben.«

»Bigger, da steckt doch was dahinter. Du weißt, wo sie ist.«

»Lass nur, darüber brauchen wir uns nicht den Kopf zu zerbrechen. Sie kommt nicht wieder, verstehst du?«

»Aber, Bigger, das ist doch Wahnsinn!«

»Gut, dann reden wir nicht mehr davon!«

»Nein, so hab ich's nicht gemeint.«

»Wie hast du's dann gemeint?«

»Dass wir vorsichtig sein müssen.«

»Wir können zehntausend Dollar kriegen.«

»Was?«

»Wir können ihnen sagen, sie müssen das Geld irgendwo hinterlegen. Dann werden sie denken, sie kriegen das Mädchen zurück ...«

»Bigger, du weißt, wo das Mädchen ist?« Ihre Frage war zugleich eine Feststellung.

»Nein.«

»Dann gehts in die Zeitungen. Und sie kommt wieder.«

»Sie kommt nicht wieder.«

»Woher willst du das wissen?«

»Weil sie nicht wiederkommt.«

Er sah, dass ihre Lippen sich bewegten. Dann beugte sie sich zu ihm herüber, und er hörte sie flüstern: »Bigger, du hast doch dem Mädchen nichts getan, nein?«

Er erstarrte vor Angst. Er wollte etwas packen, etwas Festes und Schweres: den Revolver, ein Messer, einen Backstein.

»Wenn du das noch einmal sagst, schlag ich dich vom Stuhl!«

»Aber Bigger!«

»Nun komm, sei nicht albern.«

»Bigger, das hättest du nicht tun dürfen …«

»Willst du mir helfen? Ja oder nein?«

»Bigger, ich …«

»Du hast Angst? Hast du damals Angst gehabt, als du mich das Silber aus Mrs Heards Wohnung hast holen lassen? Als ich Mr Macys Radio mitgenommen habe? Jetzt hast du Angst?«

»Ich weiß nicht.«

»Du wolltest doch, dass ich dir alles erzähle. Und jetzt habe ich's dir erzählt. Aber so ists immer mit euch Frauen. Erst wollt ihr alles wissen, und dann rennt ihr weg wie die Kaninchen.«

»Aber sie werden uns erwischen.«

»Nicht, wenn wir's richtig anfangen.«

»Aber wie denn, Bigger?«

»Das muss ich mir noch überlegen.«

»Ich will es aber jetzt wissen.«

»Es ist ganz einfach.«

»Ja, wie?«

»Ich kann es so einrichten, dass du das Geld holst und kein Mensch was merkt.«

»Wer so was macht, wird erwischt.«

»Wenn du Angst hast, werden sie dich bestimmt erwischen.«

»Wie kann ich denn das Geld kriegen?«

»Wir werden ihnen sagen, wo sie's hinlegen sollen.«

»Aber sie werden uns die Polizei auf den Hals hetzen.«

»Nein. Die wollen doch das Mädchen zurückhaben. Wir haben sie in der Hand, verstehst du? Außerdem, da pass ich schon auf. Ich arbeite doch im Haus. Wenn sie mit uns ein falsches Spiel treiben wollen, sag ich's dir.«

»Und du meinst wirklich, das geht gut?«

»Sie müssten das Geld aus dem Auto werfen. Du müsstest an einer bestimmten Stelle sein und sehen, ob du beobachtet wirst. Wenn ja, dann rührst du eben das Geld nicht an, verstehst du? Aber die wollen ja das Mädchen, die werden keinen schicken.«

Eine Weile herrschte Stille.

»Bigger, ich weiß nicht«, sagte Bessie schließlich.

»Wir könnten nach New York gehen, nach Harlem, wenn wir Geld hätten. New York, das ist wenigstens 'ne Stadt. Wir würden mal ein Weilchen Ruhe haben.«

»Aber wenn sie das Geld nun kennzeichnen?«

»Das werden sie nicht. Und wenn sie's machen, sag ich's dir. Verstehst du, ich arbeite doch dort.«

»Wenn wir nun aber ausrücken, dann werden sie glauben, wir sinds gewesen. Sie werden uns jahrelang suchen, Bigger ...«

»Wir würden ja nicht gleich weggehen. Wir würden erst mal abwarten.«

»Ich weiß nicht, Bigger.«

Er war zufrieden. Er konnte ihr ansehen, dass sie mitmachen würde, wenn er sie noch ein wenig bearbeitete. Sie hatte Angst, und mit dieser Angst konnte er sie kleinkriegen. Er blickte auf die Uhr, es war schon spät. Er musste zurück und sich um den Ofen kümmern.

»Ich muss jetzt gehen.«

Er zahlte, und sie verließen das Lokal. Er sah noch eine andere Möglichkeit, Bessie an sich zu fesseln. Er zog das Geldbündel aus der Tasche, nahm sich einen Schein und hielt ihr das Übrige hin.

»Hier«, sagte er. »Kauf dir was und heb den Rest für mich auf.«

»Oh!«

Sie blickte auf das Geld und zögerte.

»Willst du's nicht?«

»Doch.« Sie griff zu.

»Wenn du zu mir hältst, kriegst du noch viel mehr.«

Sie blieben vor ihrer Tür stehen. Er sah sie an.

»Na«, fragte er, »wie ist es?«

»Bigger … Ich weiß nicht«, antwortete sie in kläglichem Ton.

»Du wolltest ja, dass ich dir alles erzähle.«

»Ich hab Angst.«

»Hast du kein Vertrauen zu mir?«

»Aber so was haben wir noch nie gemacht. Wegen so was werden sie uns überall suchen. Das ist was ganz anderes, als wenn du nachts in die Häuser gehst, wo ich arbeite, und was stiehlst, wenn die Leute verreist sind. Es ist nicht …«

»Das hängt von dir ab.«

»Ich hab Angst, Bigger.«

»Wer wird schon auf den Gedanken kommen, dass wir dahinterstecken.«

»Ich weiß nicht. Glaubst du wirklich, die haben keine Ahnung, wo das Mädchen ist?«

»Bestimmt nicht.«

»Weißt du's denn?«

»Nein.«

»Sie wird wiederkommen.«

»Sie wird nicht. Und außerdem ist sie sowieso verrückt. Vielleicht denken sie auch, sie ist mit von der Partie, um aus ihrer Familie Geld herauszuschlagen. Oder dass es die Roten sind. Auf uns kommen die bestimmt nicht. Die halten uns für viel zu feige. Die glauben, Nigger haben zu viel Angst ...«

»Ich weiß nicht.«

»Hab ich dir schon mal was Falsches gesagt?«

»Nein, aber so was haben wir auch noch nie gemacht.«

»Aber ich sag dir doch, da kann gar nichts schiefgehen.«

»Und wann willst du das Ding starten?«

»Sobald sie anfangen, unruhig zu werden.«

»Du meinst wirklich, wir können's?«

»Ich habe dir ja gesagt, was ich denke.«

»Nein, Bigger! Ich mach da nicht mit. Du bist ...«

Er drehte sich um und ging.

»Bigger!«

Sie rannte ihm nach und zupfte ihn am Ärmel. Er blieb stehen. Sie packte ihn an der Jacke und zog ihn herum. Schweigend standen sie im gelben Schein einer Laterne einander gegenüber. Sie waren von der Welt abgeschnitten; es gab nur sie, den Schnee und die Nacht. Bigger sah Bessie ausdruckslos an. Ihre Augen waren angsterfüllt und misstrauisch auf sein Gesicht geheftet. Jeden Augenblick konnte er auf Nimmerwiedersehen verschwinden. Er schien nur darauf zu warten, ob sie ihn von sich stoßen oder an sich ziehen würde. Bessie lächelte schwach, sie hob die Hand und berührte sein Gesicht. Er wusste, dass sie sich darüber klarzuwerden versuchte, wie viel er ihr bedeutete. Sie ergriff seine Hand und drückte sie, und mit dem Druck ihrer Finger sagte sie ihm, dass sie ihn nicht verlieren wollte.

»Aber Bigger, Liebling … Lassen wir das doch lieber. Wir kommen ja auch so aus, wie's jetzt ist.«

Er zog die Hand zurück.

»Ich gehe«, sagte er.

»Wann seh ich dich denn wieder, Liebling?«

»Ich weiß nicht.«

Er wollte losgehen, aber sie hielt ihn fest und umklammerte ihn mit den Armen.

»Bigger, Lieber …«

»Nun sag endlich, wozu du dich entschlossen hast, Bessie.«

Sie sah ihn mit runden, hilflosen schwarzen Augen an. Er wusste noch immer nicht, ob sie ihn zu sich ziehen oder fallenlassen würde. Dass sie litt, freute ihn, denn er sah und spürte seinen eigenen Wert in ihrer Verzweiflung. Ihre Lippen bebten, und sie begann zu weinen.

»Wozu hast du dich nun entschlossen, Bessie?«, fragte er noch einmal.

»Wenn ich mitmache, dann nur, weil du's willst«, schluchzte sie. Er legte den Arm um ihre Schultern.

»Komm, Bessie. Hör auf zu weinen.«

Sie trocknete die Tränen. Er sah sie forschend an. Sie wird es machen, dachte er.

»Nun muss ich aber wirklich los.«

»Ich kann jetzt nicht nach Hause gehen«, sagte sie.

»Wo willst du denn hin?«

Nun, da er sie für sich gewonnen hatte, beobachtete er ängstlich jeden ihrer Schritte. Sein innerer Frieden hing davon ab, dass er wusste, was sie vorhatte.

»Ich geh noch was trinken.«

Aha! Sie schien sich nicht anders als sonst zu fühlen. »Schön, ich seh dich morgen Abend, ja?«

»Aber sei vorsichtig, Liebling.«

»Hör zu, Bessie, du brauchst dir wirklich keine Gedanken zu machen. Du kannst dich auf mich verlassen. Ganz gleich, was geschieht, sie kriegen uns nicht. Und sie werden auch nie erfahren, dass du was damit zu tun gehabt hast.«

»Aber wenn sie uns suchen, wo wollen wir uns dann verstecken, Bigger? Du weißt, wir sind schwarz. Wir können nicht überallhin.«

Er sah sich in der beleuchteten, mit Schnee bedeckten Straße um.

»Ach, da gibts viele Möglichkeiten«, sagte er. »Ich kenne mich auf der Südseite bestens aus. Wir könnten uns sogar in einem dieser alten Häuser verstecken. Wie ich's das letzte Mal gemacht habe. Da sucht kein Mensch.«

Er deutete über die Straße auf ein düsteres, unbewohntes Gebäude.

»Gut«, seufzte sie.

»Ich gehe«, sagte er.

»Leb wohl, Liebling.«

Er ging zur Straßenbahnhaltestelle. Als er sich umblickte, sah er sie noch immer im Schnee stehen; sie hatte sich nicht vom Fleck gerührt. Sie ist in Ordnung, dachte er. Sie wird schon mitmachen.

Es begann wieder zu schneien. Die Straßen waren lange Schneisen, die durch ein unwegsames Dickicht führten.

Nur vereinzelt leuchteten Laternen, wie von unsichtbaren Händen gehalten. Nachdem er zehn Minuten lang vergeblich auf die Bahn gewartet hatte, ging er mit gesenktem Kopf, die Hände tief in die Taschen vergraben, zu Fuß zum Haus der Daltons zurück.

Er hatte wieder Vertrauen zu sich selbst. Am vergangenen Tag und in der Nacht hatten ihn Ängste gequält, aber dann war ein neues Gefühl in ihm erwacht und hatte diese Ängste hinweggefegt. Als er vor Marys Leiche gestanden hatte, wäre er beinahe vom Grauen vor dem elektrischen Stuhl überwältigt worden. Doch daheim am Frühstückstisch, als er gesehen hatte, wie blind doch Mutter, Vera und Buddy waren, und später, als er Peggy und Mrs Dalton belauscht hatte, war dieses neue Gefühl in ihm geboren worden, ein Gefühl, das die Angst vor dem Tode auslöschte. Solange er vorsichtig war und sich alles genau überlegte, würde er mit dieser Sache schon fertigwerden. Solange er über sich verfügen und fliehen konnte, wann und wohin er wollte, brauchte er nichts zu befürchten.

Ja, er hatte sein Schicksal in der Hand. Er fühlte sich lebendiger denn je. Sein ganzes Denken hatte sich auf ein Ziel konzentriert. Zum ersten Mal marschierte er bewusst in eine andere Richtung: Er strebte fort von der drohenden Todesstrafe, von dem totengleichen Leben, das jene Hitze und Spannung in seiner Brust hervorgerufen hatte, und wandte sich jener Erfüllung zu, die er so oft, wenn auch unvollkommen, beim Lesen von Zeitschriften und im Kino empfunden hatte.

Die Scham, der Hass und die Angst, die beim Anblick von Mary, Jan, Mr Dalton und dem großen, prächtigen Haus so heiß und stark in ihm aufgestiegen waren, hatten nachgelassen und sich abgekühlt. Hatte er nicht Unvorstellbares vollbracht? Nun ertrug er mit neuer Kraft, dass er schwarz war und zum Abschaum der Welt gehörte. Was ihm einmal Messer und Revolver bedeutet hatten, bedeutete ihm jetzt das Wissen um seinen Mord. Wie sehr sie ihn auch auslachen mochten, weil er schwarz und einfältig war – nun konnte er ihnen ohne Zorn in die Augen blicken. Er war der tödlichen Umarmung einer unsichtbaren Macht entronnen.

Als er in den Drexel Boulevard einbog, dachte er daran, wie ruhelos er doch sein Leben lang gewesen war. Ein Hunger hatte stets an ihm gezehrt. In gewisser Weise hatte Bigger ihn an diesem Abend gestillt, und er würde dafür sorgen, dass dieser Hunger ihn nie wieder quälte. Nachdem er mit Bessie geschlafen hatte, hatte er sich leicht und frei gefühlt. Nun, da sie eingewilligt hatte, mit ihm zusammenzuarbeiten, war sie in seiner Gewalt. Ja, er würde sie mit stärkeren Banden als denen der Ehe an sich fesseln. Bessie gehörte ihm. Die Angst vor der Verhaftung und dem Tod würde sie mit Leib und Seele an ihn ketten, so wie der Mord in der vergangenen Nacht ihn dazu gebracht hatte, einen neuen Weg einzuschlagen.

Er ging die Auffahrt zum Haus hinauf, stieg hinunter in den Keller und blickte durch die Ritzen der Ofentür. Er sah einen roten Berg glühender Kohle und hörte den Luftzug im Schornstein heulen. Er zog den Hebel. Die Kohle prasselte gegen die Wand der Blechschütte, und der Glutberg wurde schwarz. Er stieß den Hebel zurück, bückte sich und öffnete die untere Tür des Ofens. Die Asche hatte sich hoch aufgehäuft. Am Morgen würde er sie herausschaufeln. Dann musste er aufpassen, dass keine Knochen zurückblieben. Er schloss die Tür und wollte gerade in sein Zimmer gehen, als er Peggys Stimme hörte.

»Bigger!«

Er blieb stehen und spürte, dass ihm eine Gänsehaut über den Rücken lief. Peggy stand oben an der Treppe, in der Tür, die zur Küche führte.

»Ja, Ma'am.«

Er trat an die unterste Stufe und blickte zu ihr hinauf.

»Mrs Dalton möchte, dass du den Koffer vom Bahnhof holst ...«

»Den Koffer?«

Er wartete auf Peggys Antwort. Vielleicht hätte er sich nicht so überrascht geben dürfen.

»Die Leute vom Bahnhof haben angerufen und gesagt, dass der Koffer nicht abgeholt worden sei. Und Mr Dalton hat ein Telegramm aus Detroit gekriegt. Mary ist nicht dort eingetroffen.«

»Ja, Ma'am.«

Sie kam die Treppe herunter und blickte sich suchend im Keller um. Er erstarrte. Wenn sie etwas Verdächtiges bemerkte und ihn ausfragen wollte, würde er ihr die Eisenschaufel über den Kopf schlagen, den Wagen nehmen und sich schleunigst aus dem Staub machen.

»Mrs Dalton macht sich Sorgen«, sagte Peggy. »Mary hat nämlich ihre neuen Kleider nicht eingepackt, die sie sich für die Reise gekauft hatte. Und der arme Mr Dalton ist den ganzen Tag im Zimmer auf und ab gerannt und hat Marys sämtliche Freundinnen und Freunde angerufen.«

»Weiß denn niemand, wo sie ist?«, fragte Bigger.

»Niemand! Hat Mary dir gesagt, du sollst den Koffer so mitnehmen, wie er war?«

»Ja, Ma'am.« Er wusste, dies war seine erste schwierige Hürde. »Er war verschlossen und stand in einer Ecke. Ich trug ihn hinunter und stellte ihn hierhin.«

»Peggy!«

»Ja!«

Bigger blickte auf. Mrs Dalton stand an der Treppe. Sie war wie immer in Weiß gekleidet und hatte den Kopf lauschend nach oben gewandt.

»Ist der Junge schon zurück?«

»Er ist hier unten, Mrs Dalton.«

»Komm doch bitte mal einen Augenblick in die Küche, Bigger«, bat sie ihn.

»Ja, Ma'am.«

Er folgte Peggy in die Küche. Mrs Dalton hatte die Hände fest ineinander verkrampft, ihr Gesicht war noch immer aufwärtsgerichtet, und ihre blassen Lippen waren leicht geöffnet.

»Hat Peggy dir gesagt, dass du den Koffer zurückholen sollst?«

»Ja, Ma'am. Ich wollte gerade losfahren.«

»Wann hast du gestern Nacht das Haus verlassen?«

»Kurz vor zwei, Ma'am.«

»Und sie hat dir gesagt, du sollst den Koffer runtertragen?«

»Ja, Ma'am.«

»Und den Wagen draußen stehenlassen?«

»Ja, Ma'am.«

»Und er hat heute früh noch genau an derselben Stelle gestanden, wo du ihn gestern Nacht hast stehenlassen?«

»Ja, Ma'am.«

Mrs Dalton wandte den Kopf, als sie hörte, dass die Küchentür geöffnet wurde. Mr Dalton trat ein.

»Hallo, Bigger.«

»Guten Tag, Sir.«

»Wie gehts?«

»Danke, Sir.«

»Die Leute vom Bahnhof haben vor einer Weile wegen des Koffers angerufen. Du musst ihn holen.«

»Ja, Sir. Ich wollte gerade losfahren, Sir.«

»Sag mal, Bigger, was ist denn gestern Nacht passiert?«

»Nichts, Sir. Miss Dalton hat mir gesagt, ich soll den Koffer runtertragen und ihn früh zum Bahnhof bringen. Das hab ich gemacht.«

»War Jan dabei?«

»Ja, Sir Als wir mit dem Wagen hier ankamen, sind wir alle drei raufgegangen in Miss Daltons Zimmer, und ich hab den Koffer geholt und in den Keller gestellt.«

»War Jan betrunken?«

»Ich weiß nicht, Sir. Sie haben beide getrunken.«

»Und was ist dann geschehen?«

»Nichts, Sir. Ich bin gegangen. Miss Dalton hat mich gebeten, den Wagen draußen stehenzulassen. Sie hat gesagt, Mr Jan würde ihn reinbringen.«

»Worüber haben sie denn gesprochen?«

Bigger senkte den Kopf.

»Ich weiß nicht, Sir.«

Er sah, wie Mrs Dalton die rechte Hand hob und ihrem Mann abwinkte. Er spürte ihre Beschämung.

»Das genügt, Bigger.« Sie wandte sich an Mr Dalton. »Wo kann man denn diesen Jan erreichen?«

»Vielleicht im Büro der Arbeiter-Rechtshilfe.«

»Kannst du dich mit ihm in Verbindung setzen?«

»Tja.« Mr Dalton starrte auf den Fußboden. »Ich könnte wohl. Aber ich möchte lieber noch etwas warten. Ich bin noch immer der Meinung, es ist nur einer von Marys albernen Streichen. Bigger, du solltest jetzt lieber den Koffer holen.«

»Ja, Sir.«

Er lenkte den Wagen aus der Garage und fuhr durch das Schneegestöber zur Innenstadt. Nun hatte er wohl ihren Verdacht endgültig auf Jan gerichtet. Wenn die Dinge in diesem Tempo weitergingen, musste er den Erpresserbrief bald abschicken. Er würde morgen zu Bessie gehen und die Sache mit ihr durchsprechen. Ja, er würde zehntausend Dollar verlangen. Bessie musste sich mit einer Taschenlampe an das Fenster eines alten Hauses an einer gut beleuchteten Straßenkreuzung stellen. In dem Brief würde er Mr Dalton auffordern, das Geld in einen Schuhkarton zu packen, langsam an diesem Haus vorbeizufahren und mit den Scheinwerfern zu blinken. Er durfte das Geld aber erst hinauswerfen, wenn die Taschenlampe dreimal aufgeleuchtet war … Ja, so würde es gehen. Bessie würde Mr Daltons Blinksignale sehen, und wenn der Wagen verschwunden war, würde sie den Karton mit dem Geld aufheben. Es war alles ganz einfach.

Bigger erreichte den Bahnhof, gab den Schein ab, bekam den Koffer, hob ihn auf das Trittbrett, schnürte ihn fest und fuhr wieder zurück. Als er in die Auffahrt einbog, hatte sich das Schneegestöber verstärkt, und er konnte kaum drei Meter weit sehen. Er lenkte den Wagen in die Garage, stellte den Koffer in den Schnee, schloss die Garage ab, lud sich den Koffer auf den Rücken und trug ihn zum Kellereingang. Der Koffer war wirklich leicht; er war ja auch fast leer. Zweifellos würde man ihn deshalb noch einmal verhören. Das nächste Mal würde er ein paar mehr Einzelheiten herausrücken müssen, und er würde versuchen, sich seine Worte ganz fest einzuprägen, damit er sie tausendmal wiederholen konnte, wenn es nötig war. Natürlich konnte er auch den Koffer in den Schnee stellen, in die Straßenbahn steigen, sich das Geld von Bessie holen und aus der Stadt verschwinden. Aber weshalb? Er würde mit der Sache schon fertigwerden. Bis jetzt war alles glattgegangen. Sie misstrauten ihm nicht, und er würde es schon mitkriegen, wenn sich ihr Verdacht auf ihn richtete. Außerdem war er froh, dass er Bessie das Geld gegeben hatte. Wenn sie ihn durchsuchten und das Geld bei ihm fanden, hätte er ausgespielt. Er öffnete die Tür und trug den Koffer auf dem gebeugten Rücken in den Keller. Er hielt den Blick gesenkt. Rote Schatten huschten über den Boden, und im Ofen sang das Feuer.

Bigger stellte den Koffer in die Ecke. Da hatte er auch schon in der vergangenen Nacht gestanden. Ob er einmal nachschaute, was darinnen war? Er bückte sich und fingerte am Schloss herum.

»Bigger!«

Erschrocken fuhr er auf. Ohne zu antworten, wirbelte er herum, die Augen vor Angst geweitet, die Hand erhoben, als wolle er einen Schlag abwehren. Seinen erregten Sinnen schien es, als stünde er einer Armee von Weißen gegenüber. Der Atem versagte ihm. Du musst ruhig bleiben, dachte er, und als er in die rötliche Dunkelheit blinzelte, sah er Mr Dalton mit einem zweiten Weißen am anderen Ende des Kellers stehen. Ihre weißen Gesichter leuchteten im roten Schein des Feuers bedrohlich auf.

»Oh!«, sagte er leise.

Der Weiße an Mr Daltons Seite blickte ihn mit zusammengekniffenen Augen an, und Bigger fühlte wieder heiße, beklemmende Angst in sich aufsteigen. Der Weiße knipste das Licht an. Er hatte eine kühle, unpersönliche Art, die Bigger nahelegte, auf der Hut zu sein.

»Was ist denn los, Junge?«, fragte der Mann.

Bigger sagte nichts, er schluckte. Dann nahm er sich zusammen und trat langsam vor. Der Weiße ließ ihn nicht aus den Augen. Er senkte den Kopf, kniff die Augen noch weiter zusammen, schob die Rockschöße zurück und steckte die Hände in die Hosentaschen. Auf seiner Brust blitzte ein Abzeichen. Bigger wurde von Panik ergriffen. Die Polizei!, schoss es ihm durch den Kopf. Unverwandt blickte er auf das glänzende Metall. Plötzlich änderte der Mann seine Haltung, nahm die Hände aus den Taschen und verzog den Mund zu einem Lächeln, das Bigger ihm nicht glaubte.

»Ich bin kein Polizist, mein Junge. Du brauchst also keine Angst zu haben.«

Bigger biss die Zähne zusammen; er musste sich etwas besser beherrschen. Er hätte das Abzeichen nicht so anstarren dürfen.

»Ja, Sir«, antwortete er.

»Bigger, das ist Mr Britten«, stellte Mr Dalton vor. »Er ist Privatdetektiv und arbeitet für mich.«

»Ja, Sir.« Biggers Anspannung ließ ein wenig nach.

»Er möchte dir ein paar Fragen stellen. Sei ganz ruhig und versuche, so gut wie möglich zu antworten.«

»Ja, Sir.«

»Zunächst möchte ich mir mal den Koffer ansehen«, sagte Britten.

Bigger trat zur Seite und ließ die beiden an sich vorbei. Schnell blickte er zum Ofen. Der glühte und dröhnte. Dann näherte auch Bigger sich dem Koffer, stellte sich taktvoll in einiger Entfernung von den beiden Weißen auf und blickte ausdruckslos zu ihnen hinüber. Die Hände hatte er tief in die Taschen geschoben. Er stand so da, dass er jede ihrer Bewegungen wahrnahm und auf sie reagieren konnte, wenn sie etwas wollten, aber sich doch weit genug von ihnen fernhielt. Er beobachtete, wie Britten den Koffer herumdrehte, sich bückte und am Schloss herumfingerte. Ich muss vorsichtig sein, dachte Bigger. Eine falsche Antwort, und ich habe alles verdorben. Der Schweiß brach ihm auf Hals und Gesicht aus. Nachdem Britten vergebens versucht hatte, den Koffer zu öffnen, blickte er zu Bigger auf.

»Er ist abgeschlossen. Hast du den Schlüssel, Junge?«

»Nein, Sir.«

Ob das wohl eine Falle war? Um ganz sicherzugehen, beschloss Bigger, nur dann zu sprechen, wenn er gefragt wurde.

»Haben Sie etwas dagegen, wenn ich ihn aufbreche?«

»Nein, machen Sie nur«, sagte Mr Dalton. »Geh, Bigger, hol Mr Britten das Beil.«

»Ja, Sir«, erwiderte dieser mechanisch.

Sein ganzer Körper war wie erstarrt. Sollte er ihnen sagen, das Beil sei irgendwo im Haus, und sich anbieten, es zu holen, und sich bei dieser Gelegenheit davonmachen? Inwieweit verdächtigten sie ihn? War das Ganze nur ein Trick, um ihn zu verwirren und ihn zu überführen? Er sah sie forschend an; sie schienen tatsächlich auf das Beil zu warten. Ja, er würde bleiben. Er würde sich schon irgendwie herauslügen. Er drehte sich um und ging dorthin, von wo er das Beil geholt hatte, um Mary den Kopf abzuhacken. Er bückte sich und tat so, als suche er. Dann richtete er sich wieder auf.

»Es ist nicht mehr da … Ich … ich habs aber gestern noch gesehen«, murmelte er.

»Lass nur«, sagte Britten. »Ich glaube, es geht auch so.«

Bigger ging zu ihnen zurück. Britten hob den Fuß, trat kurz und heftig mit dem Absatz gegen das Schloss, und es sprang auf. Er hob den Einsatz heraus. Der Koffer war halb leer, und die Kleider lagen kunterbunt durcheinander.

»Sehen Sie?«, sagte Mr Dalton. »Sie hat nur die Hälfte der Sachen eingepackt.«

»Ja. Eigentlich hätte sie den großen Koffer überhaupt nicht gebraucht, so wie's da drin aussieht.«

»Bigger, war der Koffer zugeschlossen, als du ihn heruntergetragen hast?«

»Ja, Sir.« Hoffentlich ist das die richtige Antwort, dachte er. »War sie so betrunken, dass sie nicht mehr wusste, was sie tat, Bigger?«

»Wir sind alle drei ins Zimmer gegangen. Dann hat sie mir gesagt, ich soll den Koffer runtertragen. Das war alles.«

»Sie hätte diese Sachen doch auch in ein kleines Köfferchen packen können«, sagte Britten.

Das Feuer sang in Biggers Ohren, und er sah die roten Schatten an den Wänden tanzen. Sollten sie doch versuchen herauszufinden, wer's gewesen war! Er biss die Zähne so fest zusammen, dass sie schmerzten.

»Setz dich, Bigger«, sagte Britten.

Bigger sah Britten überrascht an.

»Setz dich da auf den Koffer«, sagte Britten.

»Ich?«

»Ja. Setz dich.«

Bigger nahm Platz.

»Ich will dir ein paar Fragen stellen. Aber lass dir Zeit und überleg genau!«

»Ja, Sir.«

»Wann bist du gestern Abend mit Miss Dalton von hier weggefahren?«

»Gegen halb neun, Sir.«

Jetzt musste er auf der Hut sein. Dieser Mann würde ihn

auspressen. Es war ein Verhör. Bigger musste mit seinen Antworten jeden Verdacht von sich ablenken. Er musste ihnen seine Geschichte erzählen! Nach und nach würde er eine Einzelheit nach der anderen fallenlassen, als wisse er gar nicht, was das alles bedeute. Er würde nur auf das antworten, was man ihn fragte.

»Und du hast sie zur Universität gefahren?«

Er senkte den Kopf und schwieg.

»Na, los!«

»Ich … Sir … verstehen Sie, ich arbeite ja hier nur …«

»Was meinst du damit?«

Mr Dalton trat dicht an ihn heran und blickte ihm scharf in die Augen.

»Antworte, Bigger.«

»Ja, Sir.«

»Hast du sie zur Universität gefahren?«, wiederholte Britten.

Noch immer schwieg Bigger.

»Ich habe dich was gefragt, Junge!«

»Nein, Sir. Ich habe sie nicht zur Universität gefahren.«

»Wohin hast du sie dann gefahren?«

»Ja, sehen Sie, Sir, als wir an den Park kamen, hat sie mir gesagt, ich soll umkehren und sie zur Innenstadt fahren.«

»Sie ist also nicht zum Unterricht gegangen?« Mr Daltons Mund blieb vor Überraschung offen.

»Nein, Sir.«

»Warum hast du das nicht schon früher gesagt, Bigger?«

»Sie hat gesagt, ich solls nicht.«

Es herrschte Schweigen. Der Ofen fauchte. Große rote Schatten zuckten über die Wände.

»Also, wohin hast du sie gefahren?«, fragte Britten.

»Zur Innenstadt, Sir.«

»Wohin da?«

»Zur Lake Street, Sir.«

»Weißt du noch die Nummer?«

»Ich glaube, sechzehn, Sir.«

»Lake Street Nummer sechzehn?«

»Ja, Sir.«

»Das ist das Büro der Arbeiter-Rechtshilfe«, sagte Mr Dalton zu Britten. »Dieser Jan ist ein Roter.«

»Wie lange war sie in dem Haus?«, fragte Britten.

»Ich denke, etwa eine halbe Stunde, Sir.«

»Und was geschah da?«

»Ich hab doch im Wagen gewartet …«

»Sie ist so lange dort geblieben, bis du sie wieder zurückgefahren hast?«

»Nein, Sir.«

»Sie ist wieder aus dem Haus gekommen …«

»Sie sind beide gekommen, Sir.«

»Dann war also dieser Jan bei ihr?«

»Ja, Sir. Er war bei ihr. Ich glaube, sie hat ihn nur abgeholt. Sie hat nichts gesagt. Sie ist reingegangen und 'ne Weile geblieben und dann mit ihm wieder rausgekommen.«

»Und dann hast du sie gefahren?«

»Er ist gefahren«, sagte Bigger.

»Ich dachte, du …«

»Ja, Sir. Aber er wollte fahren, und sie hat mir gesagt, ich soll ihn lassen.«

Abermals herrschte Schweigen. Sie wollten das Bild von ihm gezeichnet haben, aber er würde es ihnen so zeichnen, wie es ihm gefiel. Er zitterte vor Erregung. Hatten sie bisher nicht stets für ihn das Bild gezeichnet? Er könnte ihnen alles Mögliche erzählen, sie mussten es glauben. Sein Wort stand gegen Jans, und Jan war ein Roter!

»Hast du irgendwo auf sie gewartet?«, fragte Britten, und der barsche, feindselige Ton war plötzlich aus seiner Stimme verschwunden.

»Nein, Sir. Ich war auch im Wagen.«

»Und wohin seid ihr gefahren?«

Er wollte schon sagen, dass er zwischen ihnen hatte sitzen müssen, doch dann beschloss er, erst dann darüber zu sprechen, wenn er ihnen ausführlich über sein Verhältnis zu Jan und Mary berichtete.

»Mr Jan hat mich gefragt, ob ich ein gutes Lokal wüsste. Ich kenn nur eins, in dem weiße Leute essen« – er sprach »weiße Leute« sehr gedehnt aus, um ihnen zu zeigen, dass er sich des Unterschieds zwischen Schwarz und Weiß sehr wohl bewusst war –, »auf der Südseite, meine ich, und das ist Ernies Kitchen Shack.«

»Und dort hast du sie hingefahren?«

»Mr Jan saß doch am Steuer, Sir!«

»Wie lange sind sie dortgeblieben?«

»Na, wir sind ungefähr ...«

»Hast du denn nicht im Wagen gewartet?«

»Nein, Sir. Verstehen Sie, Sir, ich habe nur das getan, worum sie mich gebeten haben. Ich hab ja für sie gearbeitet ...«

»Aha!«, sagte Britten. »Du hast also mit ihnen gegessen?«

»Ich hab es nicht gewollt, Sir. Ich schwör es Ihnen, Sir. Aber sie haben so lange auf mich eingeredet, bis ich mitgegangen bin.«

Britten trat ein paar Schritte zurück. Er fuhr sich nervös mit der linken Hand durchs Haar. Dann stellte er sich wieder vor Bigger hin.

»Waren die beiden betrunken?«

»Ja, Sir. Sie haben eine ganze Menge getrunken.«

»Was hat dieser Jan denn zu dir gesagt?«

»Er hat von den Kommunisten geredet ...«

»Wie viel haben sie denn getrunken?«

»Es kam mir sehr viel vor, Sir.«

»Und hast du sie dann nach Hause gefahren?«

»Nein, Sir. Erst durch den Park.«

»Dann hast du sie aber nach Hause gebracht?«

»Ja, Sir. Es war fast zwei.«

»Wie betrunken war Miss Dalton?«

»Sie konnte kaum stehen, Sir. Er musste ihr die Treppe raufhelfen«, sagte Bigger mit gesenktem Blick.

»Schon gut, Junge. Zu uns kannst du ja darüber sprechen. Wie betrunken war sie?«

»Sie ist bewusstlos geworden, Sir.«

Britten sah Dalton an.

»Sie hätte also das Haus nicht allein verlassen können«, stellte Britten fest. »Und nach dem, was Mrs Dalton gesagt hat, kann sie das Haus auch gar nicht allein verlassen haben.« Britten starrte Bigger an, als denke er scharf nach.

»Was ist noch geschehen?«

Jetzt würde er seinen Schuss abfeuern! Jetzt würde er's ihnen geben!

»Ich hab Ihnen erzählt, Sir, Miss Dalton hätte mir gesagt, ich soll den Koffer runtertragen. Ich hab das erzählt, weil sie mich gebeten hat, nicht darüber zu sprechen, dass ich sie zur Innenstadt gefahren habe. In Wirklichkeit hat Mr Jan mir gesagt, ich soll den Koffer runtertragen und den Wagen stehenlassen.«

»Er hat dir das gesagt?«

»Ja, Sir.«

»Weshalb hast du uns das nicht früher erzählt, Bigger?«, fragte Mr Dalton.

»Sie hat mir gesagt, ich solls nicht, Sir.«

»Und wie hat Jan sich benommen?«, fragte Britten.

»Er war betrunken, Sir.« Bigger fühlte, dass nun der Augenblick gekommen war, Jan endgültig hineinzuziehen. »Mr Jan hat mir gesagt, ich soll den Koffer runtertragen und den Wagen draußen im Schnee stehenlassen. Ich hab Ihnen erzählt, Miss Dalton hätte es mir gesagt, weil ers so gewollt hat. Ich hätte sonst alles verraten, wenn ich das von Mr Jan erzählt hätte.«

Britten lief hin und her. Das Feuer knisterte und prasselte. Biggers Kehle wurde trocken. Hoffentlich schaute keiner in den Ofen.

Plötzlich fuhr er erschrocken hoch, denn Britten schoss auf ihn zu und hielt ihm den Zeigefinger ins Gesicht.

»Und was ist mit der Partei?«

»Sir?«

»Nun komm schon, Junge, stell dich nicht so an! Was ist mit der Partei?«

»Die Partei? Da war keine Partei …«

Britten trat dicht an Bigger heran und kniff seine grauen Augen zusammen.

»In welcher Zelle bist du denn organisiert?«

»Sir?«

»Na los, Genosse, nun sag schon, in welcher Zelle du bist!«

Bigger sah ihn fassungslos und entsetzt an. Er wusste nicht, was er sagen sollte.

»Wo bist du organisiert?«

»Ich weiß nicht, was Sie meinen«, sagte Bigger mit unsicherer Stimme.

»Liest du denn nicht den *Daily*?«

»*Daily* …?«

»Du hast doch Jan gekannt, eh du hier angefangen hast zu arbeiten?«

»Nein, Sir. Nein!«

»Haben sie dich nicht nach Russland geschickt?«

Bigger starrte ihn schweigend an. Ihm wurde klar, dass Britten herausbekommen wollte, ob er Kommunist war. Damit hatte er nicht gerechnet. Zitternd stand er auf. Er schüttelte langsam den Kopf und wich zurück.

»Nein, Sir, da liegen Sie falsch. Mit Kommunisten hab ich mich noch nie abgegeben. Miss Dalton und Mr Jan waren die Ersten, die mir je begegnet sind. So wahr mir Gott helfe.«

Britten drängte Bigger gegen die Wand. Bigger blickte ihm starr in die Augen. Ehe Bigger wusste, was geschah, hatte der Detektiv ihn am Kragen gepackt und schlug ihn mit dem Kopf gegen die Wand. Bigger sah rote Blitze aufzucken.

»Du bist ein Kommunist, du verdammtes schwarzes Schwein! Und jetzt wirst du mir von Miss Dalton und diesem Jan erzählen, verstanden?«

»Nein, Sir! Ich bin kein Kommunist! Nein, Sir!«

»Na, und was ist das?« Britten zerrte die Broschüren aus der Tasche, die Bigger in die Schublade seiner Kommode gelegt hatte, und hielt sie ihm unter die Nase. »Du lügst ja! Nun gesteh endlich!«

»Nein, Sir. Sie haben das ganz falsch verstanden! Mr Jan hat mir diese Hefte da gegeben! Er und Miss Dalton haben mir gesagt, ich soll sie lesen ... «

»Hast du Miss Dalton nicht schon vorher gekannt?«

»Nein, Sir!«

»Warten Sie, Britten!« Mr Dalton legte die Hand auf Brittens Arm. »Warten Sie. Das stimmt, was er sagt. Gestern, als sie ihn zum ersten Mal sah, wollte sie ihm etwas von den Gewerkschaften erzählen. Wenn Jan ihm diese Broschüren gegeben hat, dann hat er nichts damit zu tun.«

»Sind Sie sicher?«

»Ich bin ganz sicher. Als Sie mir diese Broschüren brachten, dachte ich zuerst auch, er müsse etwas wissen. Aber jetzt glaube ich es nicht mehr. Und es hat ja keinen Sinn, ihm etwas in die Schuhe zu schieben, was er nicht getan hat.«

Britten ließ Biggers Kragen los und zuckte mit den Schultern. Bigger hielt den schmerzenden Kopf gegen die Wand gelehnt. Sein Mund stand offen. Mit trüben Augen blickte er vor sich hin. Er hätte nie geglaubt, dass er, ein einfacher Neger, für Jans Partner gehalten werden könne. An Brittens hartem Gesichtsausdruck sah er jedoch, dass dieser Mann ihn schuldigsprach, weil er schwarz war. Und er spürte einen solchen Hass in sich aufsteigen, dass er am liebsten die eiserne Schaufel gepackt und Britten damit den Schädel gespalten hätte. Für den Bruchteil einer Sekunde löschte ein Dröhnen in Biggers Ohren jedes andere Geräusch aus. Er versuchte, dieses Dröhnen abzuschütteln. Schließlich hörte er Britten sprechen.

»… müssen diesen Jan erwischen.«

Mr Dalton seufzte. »Ja, das scheint erst mal das Wichtigste zu sein.«

Bigger überlegte, was er wohl zu Mr Dalton sagen konnte, um ihn restlos von seiner Unschuld zu überzeugen, aber ihm fiel nichts ein.

»Meinen Sie, sie ist durchgebrannt?«, fragte Britten.

»Ich weiß es nicht«, antwortete Mr Dalton.

Britten drehte sich zu Bigger um und sah ihm fest in die Augen. Bigger senkte den Blick.

»Junge, ich möchte nur eins wissen: Sagst du die Wahrheit?«

»Ja, Sir. Ich sage die Wahrheit. Ich habe gestern erst hier zu arbeiten angefangen. Ich wollte ja gar nicht«, fuhr er fort, sich an Mr Dalton wendend. »Aber sie haben mich geschickt.«

»Das stimmt«, sagte Mr Dalton zu Britten. »Er ist mir von der Wohlfahrt empfohlen worden. Er ist in einer Besserungsanstalt gewesen, und ich wollte ihm eine Chance geben ...« Dann blickte er Bigger an. »Denk nicht mehr dran, Bigger. Wir mussten uns nur über einige Dinge klarwerden. Tu deine Arbeit. Ich bedaure es wirklich, dass das geschehen musste. Aber mach dir nichts draus.«

»Ja, Sir.«

»Gut.« Britten zuckte mit den Schultern. »Wenn Sie meinen, dass alles in Ordnung ist, solls mir recht sein.«

»Nun geh in dein Zimmer, Bigger«, sagte Mr Dalton.

»Ja, Sir.«

Mit gesenktem Kopf ging er am Ofen vorbei und stieg die Treppe hinauf. Er öffnete die Tür zu seinem Zimmer und eilte zum Schrank, um zu lauschen. Britten und Mr Dalton standen in der Küche. Er konnte ihre Stimmen deutlich hören.

»Mein Gott, war es heiß dort unten!«, sagte Mr Dalton.

»Ja.«

»Es tut mir ein bisschen leid, dass Sie ihn so rangenommen haben. Er ist hier, damit er mal die Welt aus einem anderen Blickwinkel betrachtet.«

»Na ja, Sie sehen diese Leute auf Ihre Art und ich auf meine. Für mich ist ein Nigger ein Nigger.«

»Der Junge ist ein wenig problematisch. Aber er ist kein schlechter Kerl.«

»Man muss grob zu ihnen sein, Dalton. Sie sehen ja, wie ich die Geschichte aus ihm rausgeholt habe. Ihnen hätte er sie nie erzählt.«

»Aber ich möchte mit ihm keine Fehler machen. Es war ja nicht seine Schuld. Er hat nur ausgeführt, was meine Tochter ihm befohlen hat. Ich möchte nichts tun, was ich später mal bereue. Schließlich haben diese Schwarzen überhaupt keine Möglichkeit, es zu etwas zu bringen.«

»Von mir aus brauchen sie das auch nicht. Sie machen auch so schon genug Scherereien.«

»Nun, solange sie ihre Arbeit ordentlich verrichten, wollen wir sie doch in Frieden lassen.«

»Wie Sie meinen. Soll ich mich noch weiter mit der Sache beschäftigen?«

»Natürlich. Wir müssen mit diesem Jan sprechen. Ich verstehe nicht, wieso Mary einfach verschwindet, ohne eine Nachricht zu hinterlassen.«

»Ich kann ihn ja festnehmen lassen.«

»Nein, nein. Bloß das nicht! Wenn das die Roten erfahren, machen sie einen Mordskrach in ihren Zeitungen.«

»Gut, was soll ich dann tun?«

»Ich werde ihn bitten, hierherzukommen. Ich kann ihn in seinem Büro anrufen und, wenn er da nicht ist, zu Hause.«

Die Stimmen entfernten sich. Eine Tür schlug zu, und dann war alles still. Bigger trat aus dem Schrank und blickte in die Schublade, in die er die Broschüren gelegt hatte. Ja, Britten hatte das Zimmer von oben bis unten durchwühlt; nichts lag mehr an seinem Platz. Das nächste Mal würde er wissen, wie er sich Britten gegenüber zu verhalten hatte. Dieser Typ war ihm bekannt; Bigger war in seinem Leben schon tausend Brittens begegnet. Er stand in der Mitte des Zimmers und überlegte. Wenn Britten nun Jan verhörte, ob Jan dann leugnete, dass er mit Mary zusammen gewesen war, um sie nicht bloßzustellen? Das könnte für ihn, Bigger, nur günstig sein. Britten würde feststellen, dass Mary gestern Abend nicht zum Unterricht gekommen war. Und die Gäste in Ernies Kitchen Shack würden bezeugen, dass die beiden getrunken hatten. Wenn man Jan einmal der Lüge überführte, würde man ihm nichts mehr glauben. Auch nicht, dass er das daltonsche Haus gar nicht betreten hatte. Sollte er sich wirklich schützend vor Mary stellen, würde er allen Verdacht auf sich ziehen.

Bigger trat ans Fenster und blickte hinaus auf den weißen Vorhang aus flockigem Schnee. Er dachte an das Geld. Sollte er schon jetzt den Erpresserbrief schreiben? Ja! Er würde es diesem Britten zeigen. Er musste schnell machen. Dennoch, er würde warten, bis Jan seine Geschichte erzählt hatte. Noch heute Abend würde er zu Bessie gehen. Er musste sich Papier und Bleistift besorgen. Und er durfte vor allem nicht vergessen, Handschuhe anzuziehen, wenn er den Brief schrieb, damit er keine Fingerabdrücke hinterließ. Er wollte diesem Britten eine Nuss zu knacken geben, an der er sich die Zähne ausbiss!

Nun, da er wieder sein eigener Herr war, da er sich davonmachen konnte, wann immer es ihm beliebte, verspürte er in sich neuen Mut und Lebenswillen. Er war sich dieses ruhigen, warmen, sauberen, reichen Hauses bewusst, dieses Zimmers mit dem weichen Bett, dieser reichen, selbstgefälligen Weißen, die sich so sicher in einem Luxus bewegten, wie er es nie gekannt hatte. Der Mord an diesem weißen Mädchen, das sie liebten und vergötterten, gab ihm das Gefühl, ihnen ebenbürtig zu sein. Er kam sich vor wie ein

Mann, der betrogen worden war und nun die Rechnung beglichen hatte.

Je länger er an Britten dachte, umso mehr wünschte er sich, ihm noch einmal im Verhör gegenüberzustehen. Dann würde er sich nicht mehr so einschüchtern lassen. Mit dieser Kommunistengeschichte war er ganz schön überrumpelt worden. Er hätte darauf gefasst sein müssen. Aber nun war Britten auch am Ende. Er hatte seine Schüsse abgefeuert, all seine Trümpfe ausgespielt. Und Bigger wusste, wie er sich zu verhalten hatte. Außerdem würde er vielleicht als Zeuge gegen Jan auftreten müssen. Er legte sich aufs Bett und lächelte. Wenn es so weit war, konnte er ohne Gefahr seinen Brief abschicken. Er würde ihn in dem Augenblick abschicken, wenn sie Jan die Schuld an Marys Verschwinden endgültig in die Schuhe geschoben hatten. Der Brief würde sie in große Aufregung versetzen, und sie würden sofort das Geld herausrücken, um das Mädchen zu retten.

Die Wärme im Zimmer betäubte ihn und machte ihn schläfrig. Er streckte sich aus, seufzte, drehte sich auf den Rücken, schluckte und schloss die Augen. In der Stille der Dunkelheit hörte er das Läuten einer fernen Kirchenglocke. Schwach, aber klar klang es zu ihm herüber. Erst läutete sie leise, dann laut und immer lauter, sodass er sich fragte, wo sie wohl sein mochte. Es schien ihm, dass sie über seinem Kopf schwinge, und als er nach oben schaute, war sie nicht da, doch sie läutete immer weiter, und Bigger drängte es, davonzulaufen und sich zu verstecken, als habe ihn die Glocke gewarnt, und er stand an einer Straßenecke in einem roten Lichtschein, gleich dem, der aus dem Ofen drang, und er hatte ein großes Paket im Arm, das so schwer und feucht und schlüpfrig war, dass er es kaum halten konnte, und er wollte wissen, was darinnen war, und blieb stehen und packte es aus, und das Papier fiel zu Boden, und er sah, es war sein eigener Kopf – sein Kopf mit dem schwarzen Gesicht, mit halb geschlossenen Augen, geöffneten Lippen, weißen Zähnen und blutverklebtem Haar –, und der rote Schein wurde heller, er war wie Licht, das in einer heißen Sommernacht von einem roten Mond herniederfällt und von roten Sternen, und er war nass und atemlos vom Rennen, und die Glocke läutete so laut, dass er den eisernen Klöppel gegen die metallene Wand dröhnen hörte, und er rannte über eine Straße, die mit schwarzer Kohle gepflastert war, und stieß mit seinen Schuhen kleine Stücke vor sich her, die gegen Blecheimer schepperten, und er wusste, dass er sich schleunigst verbergen musste, aber nirgends fand er ein Versteck, und Weiße kamen auf ihn zu und deuteten auf den blutigen Kopf, der sich aus dem Zeitungspapier gelöst hatte und seinen Händen zu entschlüpfen drohte, und er ergab sich und blieb in der roten Dunkelheit mitten auf der Straße stehen und verfluchte die dröhnende Glocke und die Weißen, und es war ihm gleichgültig, was mit ihm geschah, und als die Leute ihn umzingelten, schleuderte er ihnen den blutigen Kopf mitten in die Gesichter – dong-dongdong …

Er öffnete die Augen und sah sich in dem dunklen Zimmer um. Es klingelte. Er setzte sich auf. Es klingelte abermals. Wie lange hatte es schon geklingelt? Mit steifen Gliedern stand er auf, schwankte und versuchte, den Schlaf und diesen furchtbaren Traum abzuschütteln.

»Ja, Sir«, murmelte er.

Von Neuem schrillte die Klingel. Er angelte im Dunkeln nach der Lichtschnur und zog. Er bekam Angst. War etwas geschehen? War das die Polizei?

»Bigger!«, rief gedämpft eine Stimme.

»Ja, Sir.«

Auf das Schlimmste gefasst, lief er zur Tür. Als er sie aufklinkte, wurde sie von jemandem nach innen gestoßen, der offenbar entschlossen war, so schnell wie möglich ins Zimmer zu kommen. Blinzelnd wich Bigger zurück.

Britten trat ein.

»Wir müssen mit dir sprechen.«

»Ja, Sir.«

Er hörte nicht, was Britten dann noch sagte, denn er sah unmittelbar hinter ihm ein Gesicht, dessen Anblick ihm den Atem verschlug. Doch er verspürte keine Angst. Ihm war, als ob sich alle Muskeln seines Körpers zur Abwehr spannten.

»Gehen Sie nur hinein, Mr Erlone«, sagte Mr Dalton.

Jan sah Bigger unverwandt an. Er trat ins Zimmer, und Mr Dalton folgte ihm. Bigger stand mit offenem Mund da, sein Blick war verschleiert, aber wachsam, und seine Arme hingen schlaff herab.

»Setzen Sie sich, Erlone«, sagte Britten.

»Lassen Sie nur«, erwiderte Jan. »Ich kann stehen.«

Bigger sah, wie Britten die Broschüren aus der Tasche zog und sie Jan unter die Nase hielt. Jans Lippen verzogen sich zu einem schwachen Lächeln.

»Na und?«, fragte er.

»Sie sind wohl einer von diesen Roten, was?«

»Kommen Sie zur Sache. Was wollen Sie von mir?«

»Langsam, langsam!«, sagte Britten. »Wir haben viel Zeit. Ich kenne euch Rote. Immer habt ihr es eilig, und alles passt euch nicht.«

Mr Dalton blickte ängstlich von einem zum anderen. Ein paar Mal schien es, dass er etwas sagen wolle, doch er schwieg.

»Bigger«, fragte Britten, »ist das der Mann, den Miss Dalton letzte Nacht mit nach Hause gebracht hat?«

Jan öffnete den Mund. Er starrte Britten an, dann Bigger.

»Ja, Sir«, flüsterte Bigger. Er bemühte sich, Herr über seine Gefühle zu werden. Er hasste Jan, weil er spürte, dass er ihn kränkte, und er hätte am liebsten auf ihn eingeschlagen, weil Jans ungläubiger Blick ihn mit heißem Schuldgefühl erfüllte.

»Ich bin doch nicht hier gewesen, Bigger!«, sagte Jan. »Weshalb erzählst du denn so was?«

Bigger antwortete nicht; er beschloss, nur zu Britten oder Mr Dalton zu sprechen. Schweigen trat ein. Jan blickte Bigger an, und Britten und Mr Dalton beobachteten Jan. Schließlich trat Jan auf Bigger zu, aber der Detektiv hielt ihn zurück.

»Sagen Sie mir, was hier los ist!«, forderte Jan. »Weshalb lassen Sie den Jungen lügen?«

»Ich nehme an, Sie wollen uns erzählen, dass Sie letzte Nacht überhaupt nichts getrunken haben, was?«, sagte Britten.

»Was geht Sie das an?«, fuhr Jan auf.

»Wo ist Miss Dalton?«, fragte Britten.

Jan sah sich verwirrt im Zimmer um. »Sie ist in Detroit.«

»Sie haben Ihre Geschichte wohl auswendig gelernt?«, höhnte Britten.

»Bigger, was machen denn diese Leute mit dir? Hab keine Angst! Komm, sprich!«, redete Jan ihm zu.

Bigger antwortete nicht. Er blickte unverwandt zu Boden. »Wohin wollte Miss Dalton fahren? Was hat sie Ihnen gesagt?«, fragte Britten.

»Sie hat mir gesagt, dass sie nach Detroit fahren wolle.«

»Sind Sie gestern Abend mit ihr zusammen gewesen?«

Jan zögerte.

»Nein.«

»Haben Sie dem Jungen nicht gestern Abend diese Broschüren gegeben?«

Jan zuckte lächelnd mit den Schultern.

»Also gut. Ich war mit ihr zusammen. Und wennschon! Sie wissen wahrscheinlich, weshalb ich es nicht gleich gesagt habe ...«

»Nein. Das wissen wir nicht«, erwiderte Britten.

»Mr Dalton hat was gegen Rote, wie Sie uns zu nennen belieben, und ich wollte Miss Dalton keine Unannehmlichkeiten bereiten.«

»Dann sind Sie also gestern Abend doch mit ihr zusammen gewesen?«

»Ja.«

»Und wo ist sie jetzt?«

»Wenn sie nicht in Detroit ist, weiß ich nicht, wo sie sein könnte.«

»Sie haben dem Jungen diese Broschüren gegeben?«

»Ja.«

»Sie und Miss Dalton waren gestern Abend betrunken ...«

»Ach, Unsinn! Wir waren nicht betrunken. Wir hatten ein bisschen was zu trinken mit ...«

»Sie haben sie gegen zwei nach Hause gebracht?«

Bigger wagte nicht, zu atmen.

»Ja.«

»Sie haben dem Jungen gesagt, er solle den Koffer in den Keller tragen?«

Jan öffnete den Mund, aber er sagte nichts. Er blickte abwechselnd Bigger und Britten an.

»Hören Sie … was bedeutet das hier eigentlich alles?«

»Wo ist meine Tochter, Mr Erlone?«, fragte Mr Dalton.

»Ich sage doch, ich weiß es nicht.«

»Sprechen wir doch einmal offen miteinander, Mr Erlone. Wir wissen, dass meine Tochter betrunken war, als Sie sie hierhergebracht haben. Sie war zu betrunken, um allein wieder fortzugehen. Wissen Sie, wo sie ist?«

»Ich … ich hab sie nicht hierhergebracht«, stammelte Jan entsetzt.

Bigger spürte, dass Jan zuerst gesagt hatte, er habe Mary nach Hause begleitet, weil er nicht gut zugeben konnte, dass er sie mit einem fremden Chauffeur allein im Wagen gelassen hatte – vor allem nicht, nachdem er eingestanden hatte, dass sie beide angetrunken waren. Unfreiwillig hatte Jans Wunsch, Mary in Schutz zu nehmen, ihm, Bigger, geholfen. Nun würde man Jan nicht mehr glauben, wenn er behauptete, er habe das Haus überhaupt nicht betreten. Britten und Mr Dalton würden vielmehr annehmen, er versuche, etwas noch viel Schlimmeres zu verbergen.

»Sie haben sie also nicht nach Hause gebracht?«, fragte Mr Dalton.

»Nein.«

»Und Sie haben den Jungen auch nicht gebeten, den Koffer in den Keller zu tragen?«

»Nein. Nein! Ich bin aus dem Wagen gestiegen und mit der Straßenbahn nach Hause gefahren.« Jan drehte sich um und sah Bigger an. »Bigger, warum erzählst du diesen Leuten solchen Unsinn?«

Bigger antwortete nicht.

»Er erzählt uns nur, was Sie in der vergangenen Nacht getan haben, Erlone«, sagte Britten.

»Wo ist Mary … Wo ist Miss Dalton?«, fragte Jan.

»Das sollten Sie uns sagen!«

»Ist … ist sie denn nicht nach Detroit gefahren?«, stammelte Jan.

»Nein«, antwortete Mr Dalton.

»Ich hab heute früh hier angerufen, und Peggy sagte mir, sie sei schon abgefahren.«

»Geben Sie doch zu, dass Sie nur angerufen haben, um zu sehen, ob die Familie sie schon vermisst«, sagte Britten.

Jan trat an Bigger heran.

»Lassen Sie ihn in Ruhe!«, befahl Britten.

»Bigger, weshalb erzählst du diesen Leuten, ich hätte Mary nach Hause gebracht?«

»Sie behaupten also, in der letzten Nacht überhaupt nicht hier gewesen zu sein?«, fragte Mr Dalton noch einmal.

»Ja, das behaupte ich! Bigger, sag ihnen doch, wo ich aus dem Auto gestiegen bin!«

Bigger schwieg.

»Lassen Sie das, Erlone! Ich weiß zwar nicht, was Sie im Schilde führen, aber seitdem Sie in diesem Zimmer sind, haben Sie nur gelogen. Erst haben Sie gesagt, Sie hätten Miss Dalton nach Hause gebracht, und nun sagen Sie, Sie hätten es nicht getan. Erst haben Sie gesagt, Sie wären nicht betrunken gewesen, und dann sagen Sie, Sie wären doch betrunken gewesen. Sie haben gesagt, Sie hätten Miss Dalton gestern Abend nicht gesehen, und dann sagen Sie, Sie hätten sie doch gesehen. Also bitte – wo ist Miss Dalton? Ihr Vater und ihre Mutter wollen es wissen!«

Jan blickte Britten verwirrt an.

»Ich hab Ihnen gesagt, was ich weiß.« Er setzte den Hut auf. »Wenn Sie mir nicht sofort erzählen, was das alles zu bedeuten hat, gehe ich.«

»Einen Augenblick.«

Mr Dalton trat einen Schritt vor und stellte sich vor Jan.

»Sie und ich stimmen in unseren Ansichten nicht überein. Vergessen wir das einmal. Ich will wissen, wo meine Tochter ist ...«

»Sagen Sie, wollen Sie mich zum Besten halten?«, fragte Jan.

»Nein, nein ...«, sagte Mr Dalton. »Ich will es wirklich wissen. Ich mach mir Sorgen ...«

»Ich sage Ihnen doch, ich weiß es nicht!«

»Hören Sie, Mr Erlone, Mary ist unser einziges Kind. Ich will nicht, dass sie etwas Unbesonnenes tut. Sagen Sie ihr, sie soll zurückkommen. Oder bringen Sie sie selbst zurück.«

»Mr Dalton, ich hab Ihnen die Wahrheit gesagt.«

»Hören Sie, ich werde es Ihnen vergüten ...«

Jans Gesicht rötete sich.

»Was wollen Sie damit sagen?«, fragte er.

»Ich werde es Ihnen vergüten ... Es dürfte sich für Sie lohnen.«

»Sie Schw ...« Jan hielt inne. Er ging zur Tür.

»Lassen Sie ihn gehen«, sagte Britten. »Er kann uns nicht entwischen. Ich werde telefonieren und ihn festnehmen lassen. Er weiß mehr, als er sagt ...«

Jan blieb in der Tür stehen. Er schaute noch einmal zurück und ging hinaus. Bigger setzte sich auf den Bettrand. Er hörte Jan die Treppe hinunterlaufen. Eine Tür schlug zu; dann war alles still. Bigger sah, dass Mr Dalton ihn so merkwürdig betrachtete. Ihm gefiel dieser Blick nicht. Britten kritzelte etwas auf einen Notizblock; sein Gesicht war bleich und hart in dem gelben Schein der elektrischen Lampe.

»Du hast doch die Wahrheit gesagt, nicht wahr, Bigger?«, fragte Mr Dalton.

»Ja, Sir.«

»Der ist in Ordnung«, sagte Britten. »Kommen Sie, wir müssen telefonieren. Ich werde diesen Burschen festnehmen lassen. Es ist das einzig Richtige. Und dann wollen wir uns mal das Zimmer Ihrer Tochter genau ansehen. Wir werden schon herausfinden, was da passiert ist. Ich verwette meinen rechten Arm, dass dieser verdammte Rote dahintersteckt.«

Britten und Mr Dalton verließen den Raum. Bigger blieb auf dem Bettrand sitzen. Als sie die Tür hinter sich zugeschlagen hatten, stand er auf, ergriff die Mütze und stieg leise in den Keller hinunter. Einen Augenblick lang blieb er stehen und blickte durch die Ritzen der Ofentür in das prasselnde Feuer. Das Rot der Flammen blendete ihn. Dann trat er auf die Ausfahrt hinaus und stapfte durch den Schnee zur Straße. Er musste gleich zu Bessie. Der Erpresserbrief musste sofort abgeschickt werden, es gab keine Zeit zu verlieren. Wenn Mr Dalton, Britten oder Peggy ihn vermissten, würde er sagen, er sei nur Zigaretten holen gegangen. Aber bei all der Aufregung würde wahrscheinlich keiner an ihn denken. Sie waren hinter Jan her: Er selbst war sicher.

»Bigger!«

Er wirbelte herum. Seine Hand fuhr ins Hemd und griff nach dem Revolver. Aus der Tür eines Ladens trat Jan. Als er auf ihn zukam, wich Bigger zurück. Jan blieb stehen.

»Herr im Himmel! Du brauchst doch keine Angst vor mir zu haben. Ich tue dir doch nichts.«

Im blassgelben Schein der Laterne standen sie einander gegenüber. Große nasse Schneeflocken fielen langsam zu

Boden und bildeten zwischen ihnen einen feinen Schleier. Bigger hatte seine Hand im Hemd, am Revolver. Jan starrte ihn mit offenem Mund an.

»Was ist denn eigentlich los mit dir, Bigger? Ich hab dir doch nichts getan! Wo ist Mary?«

Bigger fühlte sich schuldig, er fühlte sich schon allein durch Jans Anwesenheit verurteilt. Dennoch wusste er nicht, wie er seine Schuld sühnen konnte. Er musste seine Rolle zu Ende spielen.

»Ich will nicht mit Ihnen reden«, murmelte er.

»Aber was habe ich dir denn getan?«, fragte Jan verzweifelt. Jan hatte ihm nichts getan; dass Jan schuldlos war, versetzte ihn in helle Wut. Seine Finger umklammerten den Revolver. »Ich will nicht mit Ihnen reden«, wiederholte er.

Wenn Jan nicht auf der Stelle verschwand, würde Bigger sich nicht länger beherrschen können, dann würde ihn dieses furchtbare Schuldgefühl zwingen, zu schießen. Er begann, am ganzen Körper zu zittern, seine Lippen öffneten sich, und seine Augen wurden weit.

»Gehen Sie«, sagte Bigger.

»Hör zu, Bigger! Wenn man dich quält, dann sag es mir. Du brauchst keine Angst zu haben. Ich kenne mich mit solchen Dingen aus. Komm, wir trinken irgendwo 'ne Tasse Kaffee und sprechen mal über die Geschichte.«

Jan trat näher, und Bigger zog den Revolver. Jan blieb stehen; sein Gesicht wurde bleich.

»Um Himmels willen, Mann! Was machst du da? Schieß nicht … Ich hab dir doch nichts getan …«

»Lassen Sie mich in Ruhe«, rief Bigger mit überschnappender Stimme. »Lassen Sie mich in Ruhe! Lassen Sie mich in Ruhe!« Jan wich langsam zurück.

»Lassen Sie mich in Ruhe! Gehen Sie! Gehen Sie!«, schrie Bigger.

Jan wich immer weiter zurück. Schließlich drehte er sich um und lief mit großen Schritten durch den Schnee. Ab und zu blickte er über die Schulter zurück. Dann rannte er um die Hausecke. Bigger hatte sich nicht vom Fleck gerührt. Er hielt den Revolver noch immer in der Hand. Er hatte vollständig vergessen, wo er war; sein Blick war auf jenen Punkt gerichtet, wo Jan verschwunden war. Allmählich ließ die Spannung in ihm nach. Langsam ließ er die Hand sinken und lockerte den Griff um den Revolver. Er kam wieder zu sich. In den letzten drei Minuten hatte er unter einem seltsamen Bann gestanden, hatte ihn eine Macht beherrscht, die er hasste, der er sich aber nicht entziehen konnte. Er erschrak, als er leise Schritte hörte. Er blickte auf und sah eine weiße Frau. Sie starrte ihn an und blieb stehen, dann machte sie kehrt und lief über die Straße. Bigger steckte den Revolver in die Tasche und rannte zur nächsten Kreuzung. Er schaute sich noch einmal um. Die Frau entfernte sich in die entgegengesetzte Richtung.

Bigger ging weiter. Er war von eiskalter Entschlossenheit erfüllt. Ja, er würde durchhalten. Und er würde rasch arbeiten. Er hatte in Jan eine Zähigkeit entdeckt, mit der er nicht gerechnet hatte. Er musste den Brief schreiben, bevor Jan beweisen konnte, dass er unschuldig war. In diesem Augenblick war es Bigger völlig gleichgültig, ob man ihn schnappte. Wenn er nur Jan und Britten einschüchtern konnte, damit sie Angst hatten vor ihm, trotz seiner schwarzen Haut und seines demütigen Verhaltens!

Er ging in einen Drugstore. Ein weißer Verkäufer bediente ihn. »Einen Briefumschlag, Papier und einen Bleistift«, sagte er.

Er bezahlte, steckte das Päckchen in die Tasche, verließ den Laden und wartete auf die Straßenbahn. Er stieg ein, und als er davonfuhr, überlegte er sich, was er wohl schreiben könnte. Kurz vor der Haltestelle klingelte er, stieg aus und schlenderte durch die leeren Straßen des Negerviertels. Dann und wann kam er an einem unbewohnten Gebäude vorüber, das sich weiß und schweigend in der Dunkelheit erhob. In einem solchen Haus musste Bessie sich verbergen und auf Mr Daltons Wagen warten. Aber diese Häuser hier waren schon zu baufällig; wenn man sie betrat, würden sie womöglich einstürzen. Er ging weiter. Er musste ein Gebäude finden, in dem Bessie von einem Fenster aus beobachten konnte, wann das Geld aus dem Wagen geworfen wurde. Bigger erreichte die Langley Avenue und lief in westlicher Richtung zur Wabash Avenue. Dort gab es viele leere Häuser, deren schwarze Fenster blinden Augen glichen und die wie schneebedeckte Skelette in den Winterhimmel ragten. Doch keines von ihnen war ein Eckhaus. An der Michigan Avenue, Ecke East Thirty-sixth Place, fand er schließlich das, was er suchte. Es war ein hohes, stilles, weißes Gebäude an einer gut beleuchteten Kreuzung. Von den Fenstern konnte man alle vier Richtungen überblicken. Ach! Beinahe hätte er das Wichtigste vergessen! Er ging in einen Drugstore und kaufte sich eine Taschenlampe für einen Dollar. Er suchte in der Innentasche seines Jacketts nach den Handschuhen. Ja, da waren sie. Nun konnte es losgehen! Er überquerte die Straße und wartete abermals auf die Straßenbahn. Seine Füße waren kalt, und er stapfte im Schnee auf und ab. Dabei achtete er nicht auf die Leute, die mit ihm an der Haltestelle standen. Für ihn waren sie blind, blind wie seine Mutter, der Bruder, die Schwester, blind wie Peggy, Britten, Mr Dalton und, ja, wie Mrs Dalton und die stillen Häuser mit ihren schwarzen Fenstern.

Er sah sich um. An einem Gebäude erblickte er ein Schild. Er las: DIESES GRUNDSTÜCK WIRD VON DER SOUTH SIDE REAL ESTATE COMPANY VER-WALTET. Mr Dalton sollte ja der Besitzer dieser Gesellschaft sein. Auch das Haus, in dem Bigger und seine Familie wohnten, gehörte ihm. Er verlangte acht Dollar die Woche für ein Zimmer, in dem die Ratten hausten. Die meisten Mieter kannten Dalton gar nicht. Bigger hatte ihn nie zuvor gesehen, erst, als er die Arbeit bei ihm bekam. Seine Mutter hatte das Geld stets zum Büro der Gesellschaft gebracht. Ja, Mr Dalton thronte irgendwo in weiter Ferne, hoch oben, wie ein Gott. Überall im Schwarzen Gürtel gehörten ihm Grundstücke, aber auch im Viertel der Weißen. Doch Bigger war es nicht erlaubt, in ein Haus jenseits der »Linie« zu ziehen. Und obwohl Mr Dalton Millionen für die Bildung der Neger ausgab, vermietete er ihnen doch nur Wohnungen in der für sie bestimmten Gegend, in einem Stadtteil, der langsam verrottete. Ja, ich werde den Erpresserbrief schreiben, dachte Bigger trotzig. Ich werde sie um den Verstand bringen.

Er fuhr mit der Straßenbahn in südlicher Richtung, stieg an der 51. Straße aus und schritt auf Bessies Haus zu. Er musste fünfmal klingeln, ehe die Haustür geöffnet wurde. Verdammt, sie ist bestimmt betrunken, dachte er. Er lief die Treppe hinauf und sah Bessie durch den Türspalt blinzeln mit Augen, die vom Schlaf und Alkohol gerötet waren. Seine Zweifel an ihr erfüllten ihn mit Angst und Wut.

»Bigger?«, fragte sie.

»Geh zurück ins Zimmer«, befahl er.

»Was ist denn los?« Sie wich mit offenem Mund zurück.

»Lass mich rein! Mach die Tür auf!«

Sie riss die Tür auf und fiel beinahe hin.

»Mach Licht!«

»Was ist denn los, Bigger?«

»Wie oft soll ich noch sagen, dass du Licht machen sollst?«

Sie knipste das Licht an.

»Zieh die Vorhänge zu.«

Sie gehorchte. Er stand da und beobachtete sie. Nein, sie darf mir nichts verderben! Er ging zur Kommode und schob die Cremetöpfe, Kämme und Bürsten beiseite, zog das Päckchen aus der Tasche und legte es hin.

»Bigger?«

Er drehte sich um und sah sie an.

»Was?«

»Du hast es dir inzwischen anders überlegt, ja?«

»Wo denkst du hin?«

»Bigger!«

Seine Finger krallten sich in ihren Arm. In diesem Augenblick hasste er Bessie.

»Jetzt hast du keine andere Wahl«, sagte er. »Jetzt nicht mehr!«

Sie erwiderte nichts. Er nahm die Mütze ab, zog die Jacke aus und warf beides aufs Bett.

»Die Sachen sind doch nass, Bigger!«

»Na, wennschon!«

»Ich mach nicht mit«, sagte sie.

»Das werden wir sehen!«

»Du kannst mich nicht dazu zwingen!«

»Du hast mir schon so oft geholfen, deine Arbeitgeber zu bestehlen, dass du dafür ins Gefängnis wandern kannst.«

Sie antwortete nicht. Er drehte sich um, holte sich einen Stuhl und zog ihn zur Kommode. Er wickelte das Päckchen aus, knüllte das Seidenpapier zusammen und warf es in die Ecke. Unwillkürlich bückte sich Bessie, um es aufzuheben. Bigger lachte, und sie richtete sich auf. Ja, Bessie war blind. Er war dabei, jemanden zu erpressen, und sie dachte nur daran, das Zimmer sauber zu halten.

»Was hast du denn?«, fragte sie.

»Nichts.«

Er verzog die Lippen zu einem grimmigen Lächeln. Dann nahm er den Bleistift in die Hand; er war nicht gespitzt.

»Gib mir ein Messer.«

»Hast du nicht selbst eins?«

»Nein! Gib mir ein Messer!«

»Was hast du denn mit deinem Messer gemacht?«

Er starrte sie an. Natürlich, sie wusste ja, dass er ein Messer besaß. Und er sah die blutige Klinge vor sich, wie sie im Feuerschein des Ofens aufgeblitzt war. Und wieder spürte er heiße Angst.

»Soll ich dir erst Beine machen?«

Sie verschwand hinter einem Vorhang. Er saß da und blickte auf das Papier und den Bleistift. Sie kam mit einem Schlachtermesser zurück.

»Bigger, bitte ... Ich möchte wirklich nicht mitmachen.«

»Hast du Schnaps?«

»Ja.«

»Dann trink 'nen Schluck, setz dich aufs Bett und halt den Mund!«

Zögernd holte sie die Flasche unter dem Kopfkissen hervor. Nachdem sie getrunken hatte, legte sie sich auf den Bauch und wandte Bigger das Gesicht zu. Er beobachtete sie im Spiegel über der Kommode. Dann spitzte er den Bleistift und breitete das Papier aus. Gerade wollte er anfangen zu schreiben, da fiel ihm ein, dass er keine Handschuhe anhatte. Verdammt!

»Hol mir mal meine Handschuhe.«

»Was?«

»Du sollst mir die Handschuhe holen. Sie sind in der Innentasche meiner Jacke.«

Bessie stand schwankend auf. Mit kraftlosen Fingern nahm sie die Handschuhe aus der Jackentasche und stellte sich hinter seinen Stuhl.

»Gib sie her.«

»Bigger ...«

»Gib mir die Handschuhe und leg dich wieder hin, verstanden?« Er riss sie ihr aus der Hand, schubste sie zum Bett und beugte sich wieder über das Papier.

»Bigger ...«

»Ich sag es dir zum letzten Mal: Halt den Mund!« Er schob das Messer beiseite, um Platz zum Schreiben zu haben.

Dann zog er die Handschuhe an und nahm zitternd den Bleistift auf. Er musste seine Schrift verstellen. Er wechselte den Bleistift von der rechten in die linke Hand. Seine Kehle war wie ausgedörrt. Er schluckte. Wie sollte er beginnen? Ich fordere Sie auf, zehntausend Dollar ... Nein, das war nicht gut. Nicht »ich«, »wir« musste er schreiben. *Wir haben Ihre Tochter*, malte er langsam in großen Druckbuchstaben. Das war schon besser. Nun musste er noch sagen, dass Mary am Leben war. *Sie ist in Sicherheit*. Und nun, dass sie nicht zur Polizei gehen sollten. Nein! Lieber erst etwas über Mary! Er beugte sich tiefer über das Papier. *Sie will nach Hause ...* Nun das mit der Polizei. *Gehen Sie nicht zur Polizei, wenn Sie Ihre Tochter zurückhaben wollen*. Nein, so ging es nicht. Vor Aufregung kribbelte ihm die Kopfhaut. Ihm war, als spüre er jedes einzelne Haar. Er las die Zeile noch einmal und fügte *lebend* ein. Einen Augenblick lang saß er wie erstarrt da. Er spürte ein langsames, dann immer stärker werdendes Rotieren, als habe sich das gesamte Sonnensystem in seinen Magen verlagert. Ihn schwindelte. Er nahm sich zusammen und richtete seine Aufmerksamkeit wieder auf den Brief. Nun musste das mit dem Geld kommen. Wie viel? Ja, zehntausend. *Legen Sie zehntausend Dollar in Fünf- und Zehndollarnoten in einen Schuhkarton …* Das klang nicht übel. Er hatte es irgendwo einmal gelesen … *und fahren Sie morgen Abend in der Michigan Avenue zwischen der 53. Straße und der 40. Straße auf und ab.* Daraus konnte schwer jemand entnehmen, wo Bessie sich versteckte. *Blinken Sie mit den Scheinwerfern. Wenn Sie in einem Fenster eine Taschenlampe dreimal aufleuchten sehen, werfen Sie den Karton in den Schnee und fahren weiter. Tun Sie, was in diesem Brief steht.* Nun würde er unterschreiben. Aber wie? Er musste sie auf eine falsche Fährte lenken. Ja! Er würde ihn mit »Ein Roter« unterschreiben. Also: *Ein Roter.* Aber genügte das? Vielleicht sollte er noch dieses kommunistische Zeichen daruntersetzen. Wie machte man das bloß? Er hatte es doch in den Broschüren gesehen. Da waren ein Hammer und ein rundes Messer. Er zeichnete beides ein. Aber irgendetwas fehlte noch. Natürlich, er hatte den Griff des Messers weggelassen. So, nun hatte alles seine Richtigkeit! Er las den Brief noch einmal durch. Ach! Er hatte etwas vergessen. Er musste ja die Zeit nennen, zu der sie das Geld bringen sollten. Er beugte sich wieder über das Papier und schrieb: *PS: Bringen Sie das Geld um Mitternacht.* Er seufzte und blickte hoch. Da spürte er, dass Bessie hinter ihm stand. Er drehte sich um.

»Bigger, du willst doch den Brief nicht abschicken?«, flüsterte sie voller Entsetzen.

»Natürlich.«

»Wo ist das Mädchen?«

»Ich weiß nicht.«

»Du weißt es! Sonst würdest du so was nicht machen!«

»Ach, das spielt doch gar keine Rolle!«

Sie blickte ihm direkt in die Augen und flüsterte: »Bigger, hast du das Mädchen umgebracht?«

Er biss die Zähne zusammen und stand auf. Sie wandte sich von ihm ab und warf sich schluchzend aufs Bett. Er begann zu frieren. Sein Körper war von oben bis unten in Schweiß gebadet. Der Brief raschelte leise in seinen zitternden Händen. Ich habe keine Angst, sagte er sich. Er faltete den Brief zusammen, steckte ihn in den Umschlag, klebte ihn zu und schob ihn in die Tasche. Er legte sich neben Bessie und nahm sie in die Arme. Er wollte sprechen, aber die Kehle war ihm wie zugeschnürt.

»Komm, Kleine«, flüsterte er schließlich.

»Bigger, was ist bloß in dich gefahren!«

»Pass auf, es ist alles halb so schlimm. Du hast gar nicht viel zu tun.«

»Ich will aber nicht.«

»Du brauchst wirklich keine Angst zu haben.«

»Du hast mir gesagt, dass du nie jemanden umbringen würdest.«

»Ich habe auch niemanden umgebracht.«

»Doch! Ich sehs in deinen Augen. Ich seh es dir an.«

»Hast du so wenig Vertrauen zu mir?«

»Wo ist das Mädchen, Bigger?«

»Ich weiß nicht.«

»Woher weißt du, dass sie nicht wiederkommt?«

»Weil sie nicht wiederkommt.«

»Du hast sie also doch umgebracht.«

»Ach, nun lass doch endlich das Mädchen.«

Sie stand auf. »Wenn du sie umgebracht hast, bringst du eines Tages auch mich um«, sagte sie. »Ich will mit dieser Sache nichts zu tun haben.«

»Sei doch nicht albern. Ich liebe dich.«

»Du hast mir gesagt, du wirst nie jemanden umbringen.«

»Schön. Aber das sind Weiße. Die haben nicht bloß einen von uns umgebracht.«

»Das macht es nicht besser.«

Er begann, an ihr zu zweifeln. In diesem Ton hatte sie noch nie zu ihm gesprochen. Ihre tränennassen Augen waren angstvoll auf ihn gerichtet. Und wenn er nun Bessie für immer zum Schweigen brachte? Sie wusste zu viel! Er konnte ihr mit dem Messer die Kehle durchschneiden. Es würde einfach sein. Die Daltons hatten nicht bemerkt, dass er aus dem Haus gegangen war. Auf die eine oder andere Weise musste er Bessies sicher sein, bevor er sie verließ. Die Hände zu Fäusten geballt, beugte er sich über sie. Ihm war genauso zumute wie in jener Nacht, da er an Marys Bett gestanden hatte und der weiße Schleier auf ihn zugeschwebt war. Eine Spur mehr Angst, und er würde wieder einen Mord begehen.

»Mach jetzt kein Theater!«

»Ich fürchte mich so, Bigger«, wimmerte sie.

Sie versuchte aufzustehen. Er wusste, dass ein Flackern in seinen Augen ihr seine Gedanken verraten hatte. Die Angst brannte in ihm wie Feuer. Er flüsterte: »Hör auf! Ich mach keinen Spaß. Bald werden sie hinter mir her sein. Und sie sollen mich nicht kriegen, verstehst du? Sie sollen mich nicht kriegen! Und wenn sie mich suchen, kommen sie natürlich zuerst zu dir. Sie werden dich ausfragen, und du, du besoffenes Stück, wirst ihnen alles sagen, wenn du nicht selber mitmachst. Wenn du nicht mitmachst auf Leben und Tod.«

»Nein, Bigger!«, wimmerte sie. In diesem Augenblick konnte sie nicht einmal schreien.

»Wirst du also tun, was ich dir sage?«

Sie riss sich los, rollte sich über das Bett und stand an der anderen Seite auf. Er lief um das Bett herum und folgte ihr, als sie in die Ecke zurückwich.

»Ich werd schon dafür sorgen, dass du mich nicht verpfeifst!«

»Ich verpfeif dich nicht! Ich schwörs dir, ich verpfeif dich nicht.«

Sein Gesicht war nur wenige Zentimeter von dem ihren entfernt. Er musste sie an sich fesseln.

»Ja, ich hab das Mädchen umgebracht«, sagte er, »Nun weißt du's. Du musst mir helfen. Du steckst ebenso tief in der Geschichte wie ich! Du hast schon was von dem Geld ausgegeben ...«

Abermals sank sie schluchzend aufs Bett. Ihr Atem stockte. Bigger blickte auf sie herab und wartete darauf, dass sie sich beruhigte. Als sie sich wieder in der Gewalt hatte, hob er sie hoch und stellte sie auf die Füße. Er griff unter das Kissen, holte die Flasche hervor und entkorkte sie. Dann legte er den Arm um Bessie und schob ihren Kopf nach hinten.

»Hier! Trink 'nen Schluck.«

»Nein.«

»Trink!«

Er hielt ihr die Flasche an die Lippen, und sie trank. Als er die Flasche wieder weglegen wollte, nahm sie sie ihm aus der Hand.

»Das reicht. Du kannst dich jetzt nicht volllaufen lassen.«

Er zog den Arm zurück, und sie legte sich wieder wimmernd auf das Bett. Er beugte sich über sie.

»Hör zu, Bessie.«

»Bigger, bitte! Tu mir das nicht an! Bitte! Ich tu doch nichts anderes als arbeiten. Ich arbeite wie ein Hund! Von morgens bis abends. Ich hab überhaupt kein Vergnügen. Hab nie welches gehabt. Ich hab überhaupt nichts, und du willst mir das antun. Wo ich immer so gut zu dir gewesen bin. Du ruinierst mein ganzes Leben. Ich hab alles für dich getan, und jetzt machst du so was. Bitte, Bigger ...« Sie blickte zu Boden. »Lieber Gott, lass es nicht geschehen! Ich hab doch nichts Böses getan! Ich arbeite nur! Ich hab kein Vergnügen gehabt, nichts. Ich arbeite nur. Ich bin schwarz und arbeite und tu niemandem was ...«

»Weiter.« Bigger nickte. Er kannte die Wahrheit all dessen, was sie sagte. »Rede nur weiter und sieh, wohin dich das führt.«

»Aber ich will nicht mitmachen, Bigger. Sie werden uns erwischen. Gott weiß, dass sie uns erwischen werden.«

»Ich lass dich aber nicht hier, damit du mich verpfeifen kannst.«

»Ich sage nichts. Wirklich, ich sage nichts. Ich schwöre bei Gott, dass ich nichts sage. Du kannst fortgehen ...«

»Ich hab kein Geld.«

»Du hast doch Geld. Ich hab nur die Miete bezahlt und ein bisschen Schnaps gekauft. Das andere ist noch da.«

»Das reicht nicht. Ich brauch mehr.«

Sie weinte wieder. Er holte das Messer und beugte sich über sie. »Nun aber Schluss mit dem Geheule.«

Sie fuhr auf, und ihr Mund öffnete sich zu einem Schrei.

»Wenn du schreist, bring ich dich um. So wahr mir Gott helfe!«

»Nein, nein! Bigger, nicht! Nicht!!«

Langsam fiel sein Arm herab, und sie sank wieder schluchzend zurück. Hoffentlich brauchte er sie nicht doch noch umzubringen! Aber was sollte er tun? Mitnehmen konnte er sie nicht, und zurücklassen auch nicht.

»Gut«, sagte er. »Aber sieh dich vor.«

Er legte das Messer auf die Kommode, holte die Taschenlampe, nahm den Brief und trat wieder zu Bessie.

»Komm«, befahl er, »zieh den Mantel an.«

»Nicht heute Abend, Bigger! Nicht heute Abend ... «

»Nein, nein, nicht heute Abend. Aber ich muss dir doch zeigen, was du zu tun hast.«

»Aber es ist kalt. Es schneit ... «

»Natürlich. Da sieht uns niemand. Nun komm!«

Schwerfällig stand sie auf. Er beobachtete sie, wie sie sich anzog. Ab und zu blickte sie zu ihm herüber und vertrieb mit einem Blinzeln die Tränen. Dann nahm Bigger Jackett und Mütze und führte Bessie hinaus auf die Straße. Ein dichtes Schneetreiben empfing sie. Der Wind schnitt ihnen ins Gesicht. Die Laternen hatten sich in verschwommene gelbe Flecke aufgelöst. Bigger und Bessie gingen zur Haltestelle und warteten auf die Bahn.

»Ich würde sonst was dafür geben, wenn ich das nicht zu machen brauchte«, begann Bessie wieder.

»Nun hör endlich auf. Jetzt stecken wir einmal in der Sache drin.«

»Bigger, Liebling, ich würde mit dir die Stadt verlassen. Ich würde für dich arbeiten, Liebling. Wir brauchen das doch nicht zu tun! Glaubst du mir nicht, dass ich dich liebe?«

»Komm mir jetzt nicht mit so was!«

Die Bahn ratterte heran. Er half Bessie hinein und setzte

sich neben sie. Er blickte an ihr vorbei in den stillen, weißen Flockenwirbel vor dem Fenster. Nach einer Weile sah er Bessie an; sie starrte mit leeren Augen vor sich hin wie eine Blinde, die darauf wartet, dass man ihr sagt, wohin sie gehen soll. Einmal weinte sie, und er kniff sie so fest in den Arm, dass sie zu weinen aufhörte. Sie stiegen am Thirtysixth Place aus und liefen zur Michigan Avenue. An der Kreuzung blieb Bigger stehen und hielt Bessie zurück. Sie hatten das hohe, weiße Haus mit den schwarzen Fenstern erreicht.

»Wo willst du denn hin?«

»Hier rein.«

»Bigger«, wimmerte sie.

»Nun komm. Fang nicht schon wieder an!«

»Ich will aber nicht mit.«

»Du musst.«

Er blickte die Straße entlang, vorbei an der langen Reihe gespenstischer Laternen mit ihren blassgelben Lichtkegeln. Er schob Bessie durch die Tür. Ein Meer schwarzer Stille breitete sich vor ihnen aus. Er zog die Taschenlampe heraus und richtete den Lichtkreis auf eine wacklige Treppe, die in noch tieferes Dunkel führte. Sie stiegen hinauf. Die Stufen knarrten. Ab und zu versanken Biggers Schuhe in etwas Weichem. Spinnweben streiften sein Gesicht. Um ihn herum roch es dumpf nach faulendem Holz. Plötzlich blieb er stehen, denn etwas huschte ihm raschelnd über den Weg und stieß ein dünnes, angstvolles Pfeifen aus.

»Huuuh!«

Bigger fuhr herum und richtete den Strahl der Lampe auf Bessies Gesicht. Er sah das Weiße in ihren aufgerissenen Augen, ihr Mund stand offen, und voller Angst hatte sie die Hände erhoben.

»Wirst du wohl ruhig sein!«, fuhr er sie an. »Soll denn die ganze Welt erfahren, dass wir hier sind?«

»Ach, Bigger.«

»Komm!«

Ein paar Meter weiter blieb er wieder stehen und ließ den Lichtstrahl wandern. Die Wände, die denen im Haus der Daltons glichen, waren von einer dicken Staubschicht überzogen. Die Türen waren breiter als in den Wohnungen, in denen er bisher gewohnt hatte. Hier müssen reiche Leute gelebt haben, dachte er. Reiche weiße Leute. So waren die meisten Häuser auf der Südseite: alt und muffig und mit Verzierungen überladen. Einst hatten sie Weißen gehört, jetzt waren sie von Negern bewohnt, oder sie standen leer. Bigger konnte sich noch genau erinnern: Damals, als die Neger auf die Südseite gezogen waren, hatten die Weißen Bomben in diese Häuser geworfen. Vorsichtig tappte er durch den Korridor. Dann trat er in ein Zimmer, das auf der Straßenseite lag. Es wurde vom Schein der Laternen schwach beleuchtet. Bigger knipste die Taschenlampe aus und sah sich um. Das Zimmer hatte sechs große Fenster. Von hier aus konnte man alle vier Richtungen überblicken.

»Siehst du, Bessie … «

Er drehte sich um. Sie war nicht da.

»Bessie!«, rief er heiser.

Keine Antwort. Er stürzte zur Tür und knipste die Taschenlampe an. Bessie lehnte an der Wand und schluchzte. Er ging zu ihr, ergriff ihren Arm und zog sie ins Zimmer.

»Komm! Sei vernünftig!«

»Bring mich doch lieber gleich um.«

»Sag das nicht noch einmal.«

Sie gab keine Antwort. Er holte aus und schlug sie heftig ins Gesicht.

»Nun reiß dich endlich zusammen!«

Sie sank in die Knie. Er packte sie am Arm und zog sie zum Fenster. Er sprach wie jemand, der gerannt und nun außer Atem ist. »Also, pass auf. Du kommst morgen Abend hierher, verstehst du? Es wird alles glattgehen. Dafür sorge ich schon. Du brauchst dir überhaupt keine Gedanken zu machen. Tu nur das, was ich dir sage. Du stellst dich hinter ein Fenster. Gegen zwölf fährt hier ein Auto vorbei. Es wird mit den Scheinwerfern blinken, verstehst du? Du hebst dann einfach diese Taschenlampe hoch und knipst sie dreimal an und aus. Vergiss das nicht. Dann beobachte den Wagen. Die Leute werden ein Paket rauswerfen. Behalte das Paket im Auge, denn da ist das Geld drin. Es wird in den Schnee fallen. Du musst sehen, ob jemand in der Nähe ist. Wenn die Luft rein ist, nimmst du das Paket und läufst nach Hause. Aber geh nicht geradewegs nach Hause. Pass auf, dass niemand dir folgt, verstanden? Fahre mit drei oder vier Straßenbahnen und steige ganz schnell um. Fünf Blocks vor deiner Wohnung springst du raus. Dann rennst du los. Aber schau dich immer mal um, hörst du? Und hier, an diesem Fenster, hast du einen guten Überblick. Du kannst sehen, ob dich jemand beobachtet. Ich bin morgen den ganzen Tag bei den Daltons. Wenn die uns reinlegen wollen, geb ich dir Bescheid.«

»Bigger ...«

»Nun komm.«

»Bring mich nach Hause.«

»Wirst du alles so machen?«

Sie antwortete nicht.

»Nun steckst du sowieso schon drin«, sagte er. »Du hast schon was von dem Geld ausgegeben.«

Sie seufzte. »Als ob das noch eine Rolle spielte.«

»Es wird ganz einfach sein.«

»Nein. Sie werden mich schnappen. Aber das ist mir gleich. Ich bin sowieso verloren. Ich war schon verloren, als ich mich mit dir eingelassen habe. Ich bin verloren, und mir ist alles gleich …«

»Ach, nun komm.«

Er führte sie zurück zur Haltestelle. Schweigend standen sie im Schneegestöber. Als die Bahn heranrumpelte, nahm er Bessies Handtasche, öffnete sie und legte die Taschenlampe hinein. Die Bahn hielt, er half Bessie hinein und steckte ihr sieben Cent in die zitternde Hand. Er trat zurück und versuchte, durch das weiß gefrorene Fenster ihr schwarzes Gesicht zu erkennen. Dann verschwand die Bahn langsam in der Nacht.

Bigger stapfte durch den Schnee. Seine rechte Hand steckte in der Hosentasche und umklammerte den Brief. Als er die Auffahrt erreicht hatte, blickte er sich noch einmal verstohlen um. Keine Menschenseele war zu sehen. Er schaute zum Haus: Weiß und still ragte es vor ihm auf. Er stieg die Stufen hoch. Vor der Haustür blieb er einen Augenblick lang stehen. Zögernd holte er den Brief aus der Tasche. Was würde geschehen? Fast glaubte er, der Himmel werde zu ihm sprechen und ihn daran hindern, seine frevlerische Tat auszuführen. Ihm war, als jage er im kalten Wind dahin, der ihm fast den Atem nahm, und doch fühlte er sich wohl. Um ihn herum war Schweigen, Nacht und Schnee, der fiel, wie er vom Anbeginn der Zeit gefallen war und bis zum Ende der Welt fallen würde. Er schob den Brief unter die Tür. Dann drehte er sich um, rannte die Stufen hinunter und lief um das Haus. Ich habs getan! Ich habs getan! Sie werden ihn heute Abend oder morgen früh finden … Er ging zur Kellertür und klinkte sie auf. Der

Keller war leer. Gleich einer gereizten Bestie fauchte der Ofen und tauchte den Raum in rotes Licht. Bigger blieb vor der Ofentür stehen und sah durch die Ritzen auf die glühende Schlacke. Ob Mary wohl vollständig verbrannt war? Am liebsten hätte er in den Kohlen herumgestochert, aber er wagte es nicht. Schon der Gedanke allein ließ ihn schaudern. Bigger zog den Hebel, um Kohle nachzufüllen, und ging in sein Zimmer.

Als er sich im Dunkeln auf dem Bett ausstreckte, spürte er, dass er am ganzen Körper zitterte. Ihn fror, und er hatte Hunger. Dann überfluteten ihn heiße Schauer der Angst, heißer noch als sein Blut, und er sprang auf. Plötzlich musste er an die Handschuhe, den Bleistift und das Papier denken. Wo in aller Welt hatte er diese Dinge liegenlassen? Er musste sie verbrennen, und zwar sofort. Er knipste das Licht an, suchte in seiner Jacke. Da waren sie ja! Er stopfte sich alles unter das Hemd. Bevor er hinaustrat, lauschte er einen Augenblick. Dann stieg er wieder in den Keller. Er riss die Ofentür auf und warf die Sachen ins Feuer. Sie rauchten, flammten auf, und er schloss die Tür wieder, als sie im wilden Wirbel des Luftzuges verbrannten.

Ihm war sonderbar zumute. Er spürte im Magen und auf der Kopfhaut ein Prickeln. Die Knie wurden ihm weich und gaben nach. Er stolperte zur Wand und lehnte sich erschöpft dagegen. Eine Welle der Benommenheit breitete sich von seinem Magen fächerförmig über den ganzen Körper aus bis zum Kopf und zu den Augen, und er rang nach Luft. Die Kräfte verließen ihn. Er sank in die Knie und presste die Finger auf den Boden, um nicht umzukippen. Ihm wurde übel vor Angst. Seine Zähne klapperten, und er fühlte, wie ihm der Schweiß unter den Achselhöhlen herabtropfte und am Rücken herunterrann. Er stöhnte und wagte sich nicht zu rühren. Er sah die Welt hinter einem Schleier. Allmählich löste sich der Schleier auf. Der Ofen nahm wieder Gestalt an. Bald drangen der Schein und das Prasseln des Feuers in sein Bewusstsein. Er war nahe am Zusammenbruch gewesen. Er schloss den Mund und knirschte mit den Zähnen; die Benommenheit wich.

Als er ein wenig zu sich gekommen war, stand er auf und fuhr sich mit dem Ärmel über die Stirn. Er hatte zu wenig gegessen und geschlafen, und die ganze Aufregung hatte seine Kräfte verzehrt. Er musste sein Abendbrot verlangen. Schließlich konnte er ja nicht verhungern. Er ging die Stufen hinauf zur Küchentür und klopfte zaghaft an. Keiner antwortete. Er öffnete die Tür. In der Küche brannte Licht. Auf dem Tisch, unter weißen Servietten, schienen gefüllte Teller zu stehen. Zögernd trat er heran und hob die Zipfel der Servietten hoch. Da standen Bratkartoffeln und Steak und Bohnen und Spinat und geschnittenes Brot und ein großes Stück Schokoladentorte. Das Wasser lief ihm im Mund zusammen. War das für ihn? Ob Peggy wohl irgendwo in der Nähe war? Sollte er sie suchen? Lieber nicht, denn das würde nur die Aufmerksamkeit auf ihn lenken. Und das wollte er auf jeden Fall vermeiden. Er überlegte. Am liebsten hätte er gegessen, doch er traute sich nicht. Er umfasste mit seinen schwarzen Händen die weiße Tischkante und lachte lautlos vor sich hin. Für den Bruchteil einer Sekunde sah er sich in einem glasklaren Licht: Er hatte ein reiches weißes Mädchen ermordet, ihr den Kopf abgeschnitten und ihre Leiche verbrannt, er hatte gelogen, um den Verdacht auf einen anderen zu lenken, und hatte einen Erpresserbrief geschrieben und zehntausend Dollar gefordert – und doch stand er hier und hatte Angst, das

Essen auf dem Tisch anzurühren, das zweifellos für ihn bestimmt war.

»Bigger?«

»Ja?«, antwortete er, noch ehe er wusste, wer gerufen hatte.

»Wo bist du denn gewesen? Seit fünf ist das Abendbrot schon fertig. Dort steht ein Stuhl. Iss ...«

... *soviel du willst* ... Er hörte nicht mehr zu. In Peggys Hand sah er einen Brief. *Ich mach dir den Kaffee warm, fang nur schon an zu essen.* Hatte sie ihn geöffnet? Wusste sie, was darin stand? Nein, der Umschlag war noch unversehrt. Sie kam zum Tisch und nahm die Servietten von den Tellern. Seine Knie zitterten, und der Schweiß stand ihm auf der Stirn. Ihm war, als brenne unter seiner Haut ein mächtiges Feuer. *Soll ich dir das Steak nicht aufwärmen?* Die Frage schien aus weiter Ferne zu kommen, und er schüttelte den Kopf, ohne recht zu wissen, was sie bedeutete.

»Fühlst du dich nicht wohl?«

»Doch, doch ...«

»Warum willst du dann unbedingt verhungern?«

»Ich hab keinen Hunger.«

»Du bist hungriger, als du glaubst.«

Sie stellte eine Tasse vor ihn hin und legte den Brief auf den Tisch. Der Brief fesselte seinen Blick, als sei er ein Magnet und seine Augen aus Eisen. Sie nahm die Kaffeekanne und goss ihm ein. Zweifellos hatte sie den Brief eben erst gefunden und noch keine Zeit gehabt, ihn Mr Dalton zu geben. Sie holte ihm noch ein Kännchen Sahne und griff nach dem Brief.

»Ich muss den Brief Mr Dalton bringen«, sagte sie. »Ich bin gleich wieder da.«

»Ja, Ma'am«, flüsterte er.

Sie ging. Er hörte auf zu kauen und starrte vor sich hin. Sein Mund war trocken. Aber er musste essen, sonst würde er sich verdächtig machen. Widerwillig kaute er Bissen um Bissen und spülte alles mit heißem Kaffee herunter. Als seine Tasse leer war, trank er kaltes Wasser. Dann saß er reglos da. Vielleicht konnte er irgendetwas hören? Doch nein. Die Tür wurde leise geöffnet, und Peggy trat ein. Ihrem runden roten Gesicht war nichts anzumerken. Aus den Augenwinkeln heraus sah Bigger, wie sie zum Herd ging und dort mit Töpfen und Pfannen hantierte.

»Möchtest du noch ein bisschen Kaffee?«

»Nein, Ma'am.«

»Von dieser dummen Geschichte lässt du dich doch nicht Bange machen?«

»O nein, Ma'am.« Hoffentlich hatte sie diese Frage nicht gestellt, weil ihr etwas an ihm aufgefallen war.

»Die arme Mary!«, seufzte Peggy. »Dass sie ihren Eltern solchen Kummer bereiten muss. Aber so sind die Kinder heutzutage.«

Bigger schwieg. Er wollte möglichst schnell mit dem Abendbrot fertig werden und aus der Küche verschwinden. Nun rollte die Sache ja. Er stellte sich vor, wie entsetzt die beiden alten Daltons sein würden, wenn sie erfuhren, dass Mary entführt worden war. Und er hatte jeden Verdacht von sich abgelenkt. Sie würden glauben, ein Weißer habe es getan, und niemals auf den Gedanken kommen, dass ein schwarzer, schüchterner Neger dahinterstecke. Sie würden Jan für den Schuldigen halten. Das Wort »Roter«, womit der Brief unterschrieben war, und der Hammer und das geschwungene Messer würden ihnen beweisen, dass die Kommunisten ihre Hand im Spiel hatten.

»Bist du satt?«

»Ja, Ma'am.«

»Du musst morgen früh die Asche aus dem Ofen räumen, Bigger.«

»Ja, Ma'am.«

»Und um acht musst du mit dem Wagen auf Mr Dalton warten.«

»Ja, Ma'am.«

»Gefällt dir dein Zimmer?«

»O ja, Ma'am.«

Die Tür wurde aufgestoßen. Bigger fuhr hoch. Mr Dalton kam in die Küche. Sein Gesicht war aschgrau. Er starrte Peggy an, und Peggy, mit dem Geschirrtuch in der Hand, starrte ihn an. In Mr Daltons Hand sah Bigger den geöffneten Brief.

»Was ist denn, Mr Dalton?«

»Wer ... Wo ... Wer hat Ihnen das gegeben?«

»Was?«

»Diesen Brief!«

»Niemand. Ich hab ihn an der Tür gefunden.«

»Wann?«

»Vor ein paar Minuten. Ist was passiert?«

Mr Dalton sah sich mit weit geöffneten Augen in der Küche um. Doch er schien nichts wahrzunehmen. Schließlich blickte er Peggy an. Es war, als wolle er um Gnade bitten, als warte er auf ein Wort von ihr, das sein Entsetzen banne.

»W-W-Was ist denn, Mr Dalton?«, fragte Peggy wieder.

Ehe Mr Dalton antworten konnte, erschien Mrs Dalton in der Küche. Sie tastete sich mit zitternden Händen vorwärts, bis sie die Schulter ihres Mannes berührte. Krampfhaft zog sie an seinem Ärmel und riss ihm fast das Jackett vom Leib. Bigger zuckte mit keiner Wimper, doch er fühlte, wie ihm heiß wurde und wie seine Muskeln sich verkrampften.

»Henry! Henry!«, rief Mrs Dalton. »Was ist geschehen?«

Mr Dalton schien sie nicht zu hören, er blickte noch immer auf Peggy.

»Haben Sie gesehen, wer diesen Brief gebracht hat?«

»Nein, Mr Dalton.«

»Du, Bigger?«

»Nein, Sir«, antwortete er mit vollem Mund.

»Henry, nun sags mir doch! Um Himmels willen, ich bitte dich!«

Mr Dalton legte den Arm um seine Frau und zog sie an sich.

»Es ist … es ist wegen Mary. Sie ist …«

»Was? Wo ist sie?«

»Sie haben sie … haben sie … entführt!«

»Henry! Nein!«, schrie Mrs Dalton.

»O nein!«, wimmerte Peggy und eilte zu Mr Dalton.

»Mein Kind!«, schluchzte Mrs Dalton.

»Sie ist entführt worden«, wiederholte Mr Dalton, als könne er den Sinn der Worte nicht erfassen.

Biggers Augen weiteten sich und nahmen das Bild der drei Weißen in sich auf. Mrs Dalton schluchzte noch immer. Peggy sank auf einen Stuhl und verbarg das Gesicht in den Händen. Dann sprang sie auf, und im Hinauslaufen schrie sie: »Lieber Gott, sie dürfen sie nicht umbringen!«

Mrs Dalton wurde ohnmächtig. Mr Dalton nahm sie auf seine Arme und wankte mit ihr zur Tür. Bigger sprang auf und öffnete sie ihm. Und er dachte an die vergangene Nacht, als er Mary auf die gleiche Weise in ihr Zimmer getragen hatte. Er sah Mr Dalton nach, wie er mit unsicherem Schritt durch den halbdunklen Korridor ging.

Nun war er allein. Noch immer hatte er die Möglichkeit, abzuhauen. Dann hätte er mit alldem nichts mehr zu
tun. Doch nein, er würde bleiben und auf das Ende warten,
selbst wenn der Abgrund ihn verschlang. Er hatte das Gefühl, auf einem hohen Gipfel zu stehen, wo der Wind ihm
um die Ohren pfiff. Plötzlich drang gedämpftes Schluchzen zu ihm herüber. Dann war es still. Was ging vor? Ob
Mr Dalton die Polizei anrief? Er lauschte, doch er konnte
nichts hören. Er lief zur Tür und trat ein paar Schritte in
den Korridor. Er überzeugte sich, dass er allein war, und
schlich auf Zehenspitzen weiter. Da vernahm er Mr Daltons Stimme. *Ich möchte mit Britten sprechen, bitte.* Mr Dalton telefonierte. *Kommen Sie bitte sofort, etwas Schreckliches
ist geschehen, ich möchte am Telefon nicht davon sprechen.* Also
würde Bigger noch einmal vernommen werden. *Ja, sofort,
ich erwarte Sie.*

Nun musste er aber schleunigst in sein Zimmer. Er
schlich sich zurück durch den Korridor und die Küche,
stieg hinab in den Keller. Die Ritzen in der Ofentür leuchteten in der roten Dunkelheit, und er hörte, wie das Feuer
seufzend die Luft verschlang. Ob Mary verbrannt war?
Doch selbst wenn sie nicht verbrannt war – wer würde
schon im Ofen nach ihr suchen? Er ging in sein Zimmer,
kletterte in den Schrank, schloss die Tür und lauschte.
Stille. Er kletterte heraus und ließ die Tür offen. Dann zog
er die Schuhe aus. So konnte er schneller wieder zu seinem
Horchposten gelangen. Er legte sich aufs Bett, und tausend
Vorstellungen, aus einer Vielzahl von Empfindungen geboren, wirbelten ihm durch den Kopf. Er konnte davonlaufen, er konnte bleiben, er konnte sogar bekennen, was er
getan hatte. Der bloße Gedanke an all diese Möglichkeiten
gab ihm ein Gefühl der Freiheit. Er hatte sein Leben und

seine Zukunft in der Hand. Und kein Mensch würde vermuten, dass er der Verfasser dieses Briefes war: ein so bescheidener Schwarzer wie er.

Er sprang auf. Hatte da nicht eben jemand gesprochen? Oder hatte ihm seine Fantasie nur etwas vorgegaukelt? Er wusste es nicht zu sagen. Doch da waren ja auch Schritte. Er eilte zum Schrank. Die Schritte verstummten. Dann schluchzte jemand leise. Es war Peggy. Das Schluchzen verebbte, dann erklang es von Neuem. Lange stand er da und lauschte auf Peggys Schluchzen und auf das Stöhnen des Windes draußen in der Nacht. Peggy hörte auf zu weinen, und wieder vernahm er Schritte. Peggy schien zur Haustür zu gehen. Hatte jemand geklingelt? Da kam sie schon zurück. Er hörte eine tiefe Stimme, die Stimme eines Mannes. Nach einer Weile erkannte er sie. Es war Brittens Stimme.

»… und da haben Sie den Brief gefunden?«

»Ja.«

»Wie lange ist das her?«

»Etwa eine Stunde.«

»Wissen Sie ganz bestimmt nicht, wer ihn gebracht haben könnte?«

»Nein. Er steckte unter der Tür.«

»Nun überlegen Sie mal. Haben Sie in der Nähe des Hauses oder auf der Auffahrt jemanden gesehen?«

»Nein. Der Junge und ich – wir sind die Einzigen, die heute überhaupt ums Haus gegangen sind.«

»Und wo ist der Junge jetzt?«

»Wahrscheinlich oben in seinem Zimmer.«

»Kennen Sie diese Handschrift hier?«

»Nein, Mr Britten.«

»Oder kennen Sie jemanden, der einen solchen Brief schreiben könnte?«

»Nein. Keine Menschenseele auf der ganzen weiten Welt, Mr Britten«, jammerte Peggy.

Britten schwieg. Schwere Männerschritte waren zu hören.

Stühle wurden gerückt. Die Küche schien voller Menschen zu sein. Dann sprach Britten wieder.

»Hören Sie, Peggy, wie benimmt sich dieser Junge denn?«

»Wie meinen Sie das, Mr Britten?«

»Macht er einen intelligenten Eindruck? Ist er recht energisch?«

»Ich weiß nicht, Mr Britten. Er ist wie alle anderen Schwarzen.«

»Sagt er ›ja, Madam‹ und ›Nein, Madam‹?«

»Ja, Mr Britten. Er ist immer sehr höflich.«

»Haben Sie den Eindruck, dass er versucht, sich unwissender zu stellen, als er wirklich ist?«

»Ich weiß nicht, Mr Britten.«

»Haben Sie etwas im Hause vermisst, seitdem er hier ist?«

»Nein. Nichts.«

»Hat er Sie je beleidigt oder sonst etwas versucht?«

»Nein! O nein!«

»Was für 'ne Art Mensch ist er denn?«

»Er ist ruhig und höflich. Das ist alles, was ich sagen kann …«

»Haben Sie ihn jemals etwas lesen sehen?«

»Nein, Mr Britten.«

»Spielt er sich manchmal auf?«

»Nein, Mr Britten. Er ist immer gleich – wenigstens zu mir.«

»Können Sie aus irgendetwas entnehmen, dass er von diesem Brief was weiß?«

»Nein, Mr Britten.«

»Wenn Sie mit ihm sprechen, zögert er dann, ehe er antwortet, als wolle er etwas verbergen?«

»Nein, Mr Britten. Er redet und benimmt sich ganz natürlich.«

»Gestikuliert er viel beim Sprechen, so wie es die Juden machen?«

»Das ist mir nie aufgefallen, Mr Britten.«

»Haben Sie jemals gehört, dass er zu jemandem ›Genosse‹ gesagt hat?«

»Nein, Mr Britten.«

»Nimmt er die Mütze ab, wenn er ins Haus tritt?«

»Darauf habe ich noch nie geachtet. Aber ich glaube, ja.«

»Hat er sich manchmal hingesetzt, ohne dass Sie ihn dazu aufgefordert haben, so als wenn er den Umgang mit Weißen gewohnt wäre?«

»Nein, Mr Britten. Nur wenn ich ihm gesagt habe, er soll sich setzen.«

»Spricht er zuerst, oder wartet er, bis er angesprochen wird?«

»Ich glaube, er wartet immer, bis wir mit ihm sprechen.«

»Nun überlegen Sie mal, Peggy. Spricht er recht laut und moduliert, so wie die Juden? Verstehen Sie, was ich meine? Ich möchte herausfinden, ob er mit Kommunisten verkehrt hat.«

»Nein, Mr Britten. Er redet eigentlich wie alle Schwarzen.«

»Wo ist er jetzt?«

»Oben in seinem Zimmer.«

Als Britten schwieg, lächelte Bigger. Ja, Britten versuchte, ihn zu fangen, er versuchte, ihm einen Strick zu drehen, doch er wusste nicht, wie. Ob der Detektiv nun zu ihm kommen würde? Die Männer sprachen laut durcheinander.

»Es steht zehn gegen eins, dass sie tot ist.«

»Ja, die machen die Leute meistens fertig. Aus Angst. Weil sie denken, dass sie nachher doch nur von ihnen verraten werden.«

»Hat der Alte gesagt, dass er zahlen will?«

»Natürlich. Er will doch seine Tochter wiederhaben.«

»Die zehntausend sind aus dem Fenster geworfen. Das ist meine Meinung.«

»Aber er will doch das Mädchen zurückhaben!«

»Ich möchte wetten, es sind diese Roten. Die wollen sich auf diese Weise Geld verschaffen.«

»Sicher.«

»Vielleicht kriegen die ihre Moneten überhaupt nur auf diese Weise. Dieser Bruno Hauptmann, der das Lindbergh-Baby geraubt hat, soll ja für die Nazis gearbeitet haben. Die haben damals auch Geld gebraucht.«

»Ich würde jedem von diesen Schweinen 'ne Kugel in den Bauch jagen – ob Roter oder nicht.«

Eine Tür wurde geöffnet, und abermals waren Schritte zu hören.

»Na, hast du Glück gehabt bei dem Alten?«

»Noch nicht.« Das war Brittens Stimme.

»Hat ihn wohl ziemlich geschafft, was?«

»Natürlich. Ist ja auch verständlich.«

»Zur Polizei will er nicht gehen?«

»Nein. Er hat Angst.«

»Für die Familie mag das Ganze ja hart sein, aber wenn man diesen Schweinen immer wieder Geld gibt, hören die bestimmt nicht auf mit solchen Geschichten.«

»Du musst ihn noch ein bisschen bearbeiten, Britten.«

»Ja, sag ihm, er soll sich unbedingt mit der Polizei in Verbindung setzen.«

»Ach, ich weiß nicht. Ich will ihn nicht noch mehr quälen.«

»Na ja, es ist seine Tochter. Er muss es ja wissen, was er zu tun hat.«

»Aber Mensch, Britten, wenn sie den Erlone verhaften, holen sie wahrscheinlich sowieso die Geschichte aus ihm raus, und dann kommt es auch in die Zeitungen. Also, ruf die Polizei an. Je eher sie es wissen, desto besser.«

»Nein. Erst, wenn der Alte es will!«

Mr Dalton würde also die Polizei nicht benachrichtigen. So viel stand fest. Aber wie lange würde er bei diesem Entschluss bleiben? Wenn sie Jan festnahmen, würde er genug erzählen und die Polizei und die Zeitungen stutzig machen. Doch wenn man Jan Marys Entführung in die Schuhe schieben wollte? Was geschah dann? Hatte er ein Alibi? Wenn ja, würde die Polizei mit der Suche nach dem Täter beginnen. Man würde Bigger von Neuem verhören, man würde wissen wollen, weshalb er behauptet habe, Jan sei in der Nacht hier im Haus gewesen. Aber würde das Wort »Roter«, mit dem er den Brief unterschrieben hatte, sie nicht auf eine falsche Fährte bringen? Würden sie nicht glauben, dass dennoch Jan oder seine Genossen dahintersteckten? Weshalb sollte jemand auf den Gedanken kommen, er, Bigger, habe Mary entführt? Er trat aus dem Schrank und wischte sich mit dem Ärmel den Schweiß von der Stirn. Er hatte so lange gekniet, dass sich das Blut in den Beinen gestaut hatte und er einen stechenden Schmerz in den Waden spürte. Er ging zum Fenster und sah hinaus in das Schneegestöber. Der Sturm heulte um das Haus. Er blies den Schnee durch die Luft wie Puder. In den Schnee-wirbeln, die kleinen Tornados glichen, waren die Strömungen des Windes deutlich zu sehen.

Das Fenster blickte auf eine Gasse, die zur 45. Straße führte. Bigger versuchte, es zu öffnen. Er hob es an und schob es unter lautem Quietschen nach oben. Hoffentlich hatte keiner es gehört! Er lauschte. Alles blieb still. Gut! Wenn es ganz schlimm kam, konnte er hier immer noch hinausspringen. Sein Zimmer lag im ersten Stock, und genau darunter hatte sich eine hohe Schneewehe gebildet. Er zog das Fenster herab und legte sich wieder auf das Bett. Da, waren da nicht Schritte? Ja, ein Mann schien die Treppe heraufzukommen. Biggers Körper wurde steif. Es klopfte an die Tür.

»Ja, Sir.«

»Mach auf!«

Er knipste das Licht an, öffnete die Tür und sah sich einem Weißen gegenüber.

»Du sollst runterkommen.«

»Ja, Sir.«

Der Mann trat zur Seite, und Bigger ging an ihm vorbei. Er lief den Flur entlang und stieg die Treppe hinunter. Er spürte, dass die Augen des weißen Mannes auf seinen Rücken geheftet waren. Als er in die Nähe des Ofens kam, hörte er den leisen Atem des Feuers, und wieder sah er Marys Kopf mit den blutigen schwarzen Locken vor sich. Unweit vom Ofen stand Britten mit drei anderen Weißen.

»Hallo, Bigger.«

»Ja, Sir.«

»Du weißt doch, was passiert ist?«

»Ja, Sir.«

»Nun hör mal zu, mein Junge. Das hier sind meine

Leute. Wir möchten von dir wissen, ob du glaubst, dass Jan etwas mit der Sache zu tun hat.«

Bigger blickte zu Boden. Er wollte nicht übereilt antworten, er wollte Jan auch nicht direkt beschuldigen, sonst würden sie ihn nur noch mehr in die Zange nehmen. Er würde sich auf Andeutungen beschränken.

»Ich weiß nicht, Sir.«

»Sag mir doch, was du denkst.«

»Ich weiß nicht, Sir«, wiederholte Bigger.

»Er ist doch gestern Nacht wirklich hier gewesen, nicht wahr?«

»O ja, Sir.«

»Du würdest schwören, dass er dir gesagt hat, du sollst den Koffer runtertragen und den Wagen draußen stehenlassen?«

»Ich würde alles beschwören, was wahr ist, Sir.«

»Hat er sich so benommen, als ob er was im Schilde führte?«

»Ich weiß nicht, Sir.«

»Um welche Zeit, sagst du, hast du das Haus verlassen?«

»Kurz vor zwei, Sir.«

Britten wandte sich den anderen Weißen zu, von denen einer sich am Ofen die Hände wärmte. Der Mann stand breitbeinig da und hielt eine Zigarre im Mundwinkel.

»Es ist ganz bestimmt dieser Rote gewesen.«

»Ja«, erwiderte der Mann am Ofen. »Warum hat er wohl dem Jungen so was Irrsinniges befohlen? Doch nur, um uns auf die falsche Fährte zu locken.«

»Hör zu, Bigger«, sagte Britten. »Hat der Kerl sich irgendwie ungewöhnlich benommen? Ich meine, nervös oder so? Wovon hat er denn geredet?«

»Er hat von den Kommunisten geredet ... «

»Hat er dich aufgefordert, der Partei beizutreten?«

»Er hat mir die Broschüren zum Lesen gegeben.«

»Komm, erzähl uns mal, was er gesagt hat.«

Bigger kannte die Forderungen der Neger und der Roten. Und er wusste, dass die Weißen diese Forderungen nur ungern hörten, selbst wenn sie von ihresgleichen gestellt wurden.

»Ach«, begann Bigger mit gespieltem Widerstreben, »er hat gesagt, eines Tages würde es keine Reichen und keine Armen mehr geben ...«

»So?«

»Und die Schwarzen würden wieder Rechte haben.«

»Weiter.«

»Und niemand würde mehr gelyncht werden ...«

»Und was hat das Mädchen gesagt?«

»Sie war auch der Meinung.«

»Was hast du dir dabei gedacht?«

»Ich weiß nicht, Sir.«

»Ich meine, haben die beiden dir gefallen?«

Er wusste, dass der durchschnittliche Weiße es nicht billigen würde, wenn ihm solche Reden gefielen.

»Es war meine Arbeit. Ich habe nur das getan, was sie von mir verlangt haben.«

»War das Mädchen irgendwie verängstigt?«

Er spürte, womit sie Jan belasten wollten, und erinnerte sich, dass Mary geweint hatte, als er es abgelehnt hatte, mit ihnen in das Restaurant zu gehen.

»Ich weiß nicht, Sir. Einmal hat sie geweint ...«

»Geweint?«

»Ja, Sir.«

»Hat er sie geschlagen?«

»Das habe ich nicht gesehen.«

»Und was weiter?«

»Er hat sie umarmt, und sie hat aufgehört zu weinen.«

Bigger stand mit dem Rücken zur Wand. Der rote Feuerschein fiel auf die Gesichter der Weißen. Das Fauchen des
Luftzuges im Ofen vermischte sich mit dem sanften Klagen
des Windes draußen in der Nacht. Bigger war müde. Für
Sekunden schloss er die Augen. Dann riss er sie wieder auf.
Er musste auf der Hut sein, er durfte jede Frage nur mit
der allergrößten Vorsicht beantworten. Sonst war er verloren.

»Hat dieser Jan was über weiße Frauen gesagt?«

Bigger spannte sich.

»Sir?«

»Hat er gesagt, er würde dich mit weißen Frauen bekannt machen, wenn du zu den Roten gehst?«

Er wusste, dass geschlechtliche Beziehungen zwischen
Schwarzen und Weißen für die meisten weißen Männer
abstoßend waren.

»Nein, Sir«, antwortete er, Verlegenheit vortäuschend.

»Hat Jan es mit dem Mädchen getrieben?«

»Ich weiß nicht, Sir.«

»Hast du sie zu einem Hotel gefahren?«

»Nein, Sir. Nur durch den Park.«

»Und die beiden saßen hinten?«

»Ja, Sir.«

»Wie lange seid ihr denn im Park herumgefahren?«

»Ich denke, so an die zwei Stunden, Sir.«

»Na, nun sag schon: Hat er's mit ihr getrieben?«

»Ich weiß nicht, Sir. Sie haben sich geküsst und so.«

»Hat sie gelegen?«

»J-Ja, Sir. Sie hat gelegen.« Bigger senkte den Blick. Er
wusste, dass die Weißen glaubten, alle Neger seien scharf

auf ihre Frauen, und deshalb hielt er es für angebracht, eine gewisse Achtung zu zeigen, wenn in seiner Gegenwart der Name einer weißen Frau erwähnt wurde.

»Sie waren betrunken, nicht wahr?«

»Ja, Sir. Sie haben ziemlich viel getrunken.«

Er hörte Autos die Auffahrt heraufkommen. Ob das die Polizei war?

»Wer ist das?«, fragte Britten.

»Keine Ahnung.«

»Ich werd mal nachsehen.«

Britten öffnete die Tür, und Bigger sah vier Autos mit hell leuchtenden Scheinwerfern auf dem schneebedeckten Fahrweg stehen.

»Wer ist da?«

»Die Presse!«

»Hier gibts nichts für euch!«, rief Britten mit etwas unsicherer Stimme.

»Das meiste steht ja sowieso schon in den Zeitungen«, antwortete eine Stimme. »Sie können uns also ruhig noch den Rest erzählen.«

Die Reporter traten in den Keller.

»Was steht in den Zeitungen?«

Ein großer Mann mit rotem Gesicht schob die Hand in die Tasche, zog eine Zeitung hervor und reichte sie Britten.

»Die Roten behaupten, ihr beschuldigt sie, Mr Daltons Tochter verschleppt zu haben.«

Bigger warf einen Blick auf die Zeitung und las: GEHEIMNISVOLLES VERSCHWINDEN EINES MÄDCHENS – KOMMUNIST VERHAFTET.

»Verdammt noch mal!«, sagte Britten.

»Puuuh!«, stöhnte der große rotgesichtige Mann. »Das ist ein Abend! Ein Kommunist verhaftet! Dann dieser Schneesturm! Und hier unten siehts aus, als wenn jemand ermordet worden wäre.«

»Nun mal langsam«, sagte Britten. »Sie befinden sich hier in Mr Daltons Haus.«

»Oh, Verzeihung!«

»Wo ist der Alte?«

»Oben. Er will nicht gestört werden.«

»Ist das Mädchen wirklich verschwunden, oder ist das Ganze nur eine abgekartete Sache?«

»Im Augenblick kann ich Ihnen überhaupt nichts sagen.«

»Wer ist denn dieser Junge da?«

»Sei still, Bigger«, befahl Britten.

»Ist das der Neger, der Erlone beschuldigt hat?«

Bigger stand an der Wand und blickte sich unbeteiligt um.

»Ihr wollt euch wohl dumm stellen, was?«

»Jetzt hört mal zu, Kinder«, sagte Britten. »Macht keinen Lärm. Ich will sehen, ob Mr Dalton euch empfängt.«

»Na endlich! Das wird auch Zeit. Die Geschichte geht ja schon durchs ganze Land!«

Britten ging die Treppe hinauf und ließ Bigger mit den Männern zurück.

»Du bist doch Bigger Thomas?«, fragte der rotgesichtige Reporter.

»Antworte nicht, Bigger!«, rief einer von Brittens Leuten. Bigger schwieg.

»Was soll denn das heißen? Sie können doch dem Jungen das Sprechen nicht verbieten.«

»Das riecht mir nach 'ner großen Sache.«

Bigger hatte solche Leute noch nie gesehen. Er wusste nicht, wie er sich ihnen gegenüber verhalten oder was er von ihnen erwarten sollte. Sie waren nicht reich und ehrbar wie Mr Dalton, sie waren schärfer als Britten, aber auf eine unpersönliche Weise, die ihm gefährlich erschien. Sie spazierten im Feuerschein des Ofens auf und ab und rauchten Zigarren oder Zigaretten. Die Hüte hatten sie nicht abgesetzt. Sie strömten eine gewisse Kälte aus, die alles und jedes missachtete. Es waren Männer, die nach Sensationen jagten. Sicherlich würden sie sich eine Weile hier herumtreiben, da Jan nun verhaftet worden war. Ob sie mir wohl meine Geschichte abnehmen?, fragte sich Bigger. Weshalb hatte Britten ihm verboten, mit ihnen zu sprechen? Er starrte sehnsüchtig auf die Zeitung in der behandschuhten Rechten eines Weißen. Wenn er doch nur diese Zeitung lesen dürfte! Die Männer standen schweigend da. Dann trat einer zu ihm heran und lehnte sich neben ihm an die Wand. Bigger warf ihm aus dem Augenwinkel einen Blick zu. Der Mann zündete sich eine Zigarette an.

»Rauchst du?«

»Nein, Sir«, murmelte er.

Er spürte, wie etwas seine Handfläche berührte. Er wollte etwas sagen, doch der Weiße flüsterte ihm zu: »Still. Das ist für dich. Aber du musst mir alles erzählen.«

Biggers Finger schlossen sich um das Papier. Es war Geld. Das musste er zurückgeben! Er überlegte. Die Ereignisse spielten sich so schnell ab, dass er ihnen schon gar nicht mehr folgen konnte. Er war müde. Am liebsten hätte er sich schlafen gelegt. Ach, wenn die ganze Sache doch nur um ein paar Stunden verschoben werden könnte, bis er ein wenig ausgeruht war! Dann würde er schon mit ihr fertigwerden! Jetzt erschien ihm alles so unwirklich, wie ein quälender Traum. Manchmal wusste Bigger einfach nicht, was vor sich gegangen war und was er zu erwarten hatte. Die Küchentür öffnete sich, und Britten erschien. Als die

Männer nach oben blickten, gab Bigger dem Reporter das Geld zurück. Der sah ihn an, schüttelte den Kopf, warf die Zigarette weg und trat wieder zu den anderen.

»Es tut mir leid, Kinder«, sagte Britten, »aber Mr Dalton kann euch erst am Dienstag empfangen.«

Also wird er das Geld bezahlen und nicht die Polizei rufen, schoss es Bigger durch den Kopf.

»Dienstag?«

»Nun reden Sie doch schon!«

»Wo ist das Mädchen?«

»Es tut mir leid«, wiederholte Britten.

»Dann zwingen Sie uns, alles zu drucken, was wir über diesen Fall in Erfahrung bringen können.«

»Ihr alle kennt Mr Dalton«, erklärte Britten, »und ich bitte euch, abzuwarten. Herrgott, lasst dem Mann doch Zeit! Ich kann euch jetzt nicht sagen, warum, aber es ist wichtig. Er wird es euch einmal vergelten.«

»Ist das Mädchen verschwunden – ja oder nein?«

»Ich weiß es nicht.«

»Ist sie hier im Hause?«

Britten zögerte.

»Nein, ich glaube nicht.«

»Seit wann ist sie fort?«

»Ich weiß nicht.«

»Wann kommt sie zurück?«

»Ich weiß es wirklich nicht.«

»Sagt dieser Erlone die Wahrheit?«, fragte ein Reporter. »Er erklärt, Mr Dalton habe ihn verhaften lassen, um der Kommunistischen Partei eins auszuwischen. Und außerdem sei es ein Versuch, seine Beziehungen zu Miss Dalton zu unterbinden.«

»Ich habe keine Ahnung«, sagte Britten.

»Erlone ist verhaftet und ins Polizeipräsidium gebracht worden. Man hat ihn verhört«, fuhr der Mann fort. »Er behauptet, er sei in der letzten Nacht überhaupt nicht hier im Haus gewesen, und dieser Junge habe gelogen. Stimmt das?«

»Wirklich, ich kann es nicht sagen.«

»Hat Mr Dalton diesem Erlone verboten, Miss Dalton zu sehen?«

»Ich weiß nicht«, sagte Britten, zog ein Taschentuch heraus und wischte sich die Stirn ab. »Wirklich, Kinder. Ihr müsst warten, bis ihr mit Mr Dalton darüber sprechen könnt.«

Alle Augen richteten sich plötzlich nach oben. Mr Dalton stand mit bleichem Gesicht in der Küchentür. Er hielt einen Zettel in der Hand. Das ist der Brief, dachte Bigger. Was würde geschehen? Die Männer sprachen alle durcheinander, schrien Mr Dalton Fragen zu und baten, fotografieren zu dürfen.

»Wo ist Miss Dalton?«

»Haben Sie den Haftbefehl gegen Erlone veranlasst?«

»Waren die beiden verlobt?«

»Hatten Sie Ihrer Tochter verboten, ihn zu sehen?«

»Sind Sie gegen seine politische Einstellung?«

»Wollen Sie nicht eine Erklärung abgeben?«

Bigger sah, wie Mr Dalton gebieterisch die Hand ausstreckte, langsam die Treppe herunterstieg und auf der vorletzten Stufe stehen blieb. Die Männer kamen näher heran und hoben ihre silbrigen Blitzlichtlampen.

»Stimmt das, was Erlone über Ihren Chauffeur gesagt hat?«

»Was hat er denn gesagt?«, fragte Mr Dalton.

»Dass der Chauffeur bezahlt worden sei, um ihn zu verleumden.«

»Das ist nicht wahr«, erwiderte Mr Dalton bestimmt.

Bigger kniff die Augen zusammen. Ein grelles Licht erhellte den Raum. Die Männer senkten ihre Lampen wieder.

»Meine Herren«, sagte Mr Dalton. »Hören Sie mir bitte einen Augenblick gut zu. Ich möchte eine Erklärung abgeben.«

Mr Dalton hielt inne; seine Lippen zitterten. Bigger merkte ihm an, dass er sehr nervös war. »Meine Herren«, begann Mr Dalton noch einmal, »ich möchte eine Erklärung abgeben, und ich bitte Sie, diese Erklärung nicht leichtfertig aufzunehmen. Von der Art, wie Sie die Angelegenheit behandeln, kann das Leben eines Menschen abhängen, eines Menschen, der meiner Familie sehr nahesteht, der mir selbst sehr nahesteht. Eines Menschen …« Mr Daltons Stimme stockte. Sein Gesicht war totenbleich, und die geröteten Augen lagen tief in den Höhlen. Im bleichen Schein des Feuers glänzte sein weißes Haar wie geschmolzenes Silber. Bigger hörte den Brief rascheln. Die Reporter murmelten erregt.

Dann plötzlich, so plötzlich, dass es den Männern den Atem verschlug, erschien hinter Mr Dalton ein gespenstischer weißer Schleier. Es war Mrs Dalton. Mit weit geöffneten Augen, die Hände mit den langen, gespreizten Fingern erhoben, tastete sie sich vorwärts. Wieder wurde der Keller von dem weißen Licht aus einem Dutzend Lampen erhellt.

Lautlos, sich am Geländer festhaltend, kam Mrs Dalton die Treppe herab. Die große weiße Katze folgte ihr. Neben ihrem Gatten blieb sie stehen. Mr Dalton hatte sich nicht nach ihr umgesehen. Er legte die Hand auf die ihre und ließ den Blick nicht von den Männern. Inzwischen war die weiße Katze die Treppe hinabgelaufen und sprang auf Biggers Schulter. Dort blieb sie sitzen. Bigger wagte nicht, sich zu rühren. Die Katze hatte ihn verraten, sie hatte ihn als den Mörder Marys ausgewiesen. Dann versuchte er, sie herunterzuheben, doch sie hatte sich an seiner Jacke festgekrallt. Da blendete ihn ein silberner Blitz. Die Männer hatten ihn mit der Katze auf der Schulter fotografiert. Er hob die Katze nochmals an, und diesmal konnte er sich von ihr befreien. Sie landete mit einem langgezogenen Klageschrei auf dem Boden und begann, sich an Biggers Beinen zu reiben. Verdammt! Weshalb ließ ihn dieses Biest nicht in Ruhe?

»Meine Herren«, begann Mr Dalton wieder. »Sie können gern fotografieren, aber warten Sie noch einen Augenblick. Ich habe soeben die Polizei angerufen und um Mr Erlones sofortige Entlassung gebeten. Ich möchte ausdrücklich erklären, dass ich keinerlei Beschuldigungen gegen ihn vorzubringen habe. Das ist wichtig, und ich hoffe, dass Ihre Zeitungen das bringen werden.«

Was bedeutete das? Verdächtigte man Jan nun nicht mehr? Bigger überlegte. Was würde wohl geschehen, wenn er versuchte, das Haus zu verlassen? Beobachtete man ihn?

»Ferner«, fuhr Mr Dalton fort, »möchte ich Mr Erlone in aller Öffentlichkeit bitten, die Verhaftung und die daraus entstandenen Unannehmlichkeiten zu entschuldigen.« Mr Dalton unterbrach sich, befeuchtete die Lippen mit der Zunge und blickte herab auf die kleine Gruppe von Männern, die eifrig jedes seiner Worte auf ihre Notizblocks schrieben. »Und nun, meine Herren, möchte ich bekanntgeben, dass meine Tochter ... Miss Dalton ... unsere Tochter ...« Er stockte. An seiner Seite, ein wenig hinter ihm, stand seine Frau. Sie legte ihre weiße Hand auf seinen Arm. Die Männer hoben die Silberlampen, und wieder zuckten

Blitze durch das rote Dämmerlicht des Kellers. »Ich möchte bekanntgeben«, sagte Mr Dalton im Flüsterton, der dennoch durch den ganzen Raum zu hören war, »dass Miss Dalton entführt worden ist ... «

»Entführt?«

»Wann?«

»Wir glauben, in der vergangenen Nacht.«

»Was wird verlangt?«

»Zehntausend Dollar.«

»Haben Sie eine Ahnung, wo sie sein könnte?«

»Wir wissen nichts.«

»Haben Sie irgendeine Nachricht von ihr, Mr Dalton?«

»Nein, nicht direkt. Aber wir erhielten einen Brief von den Entführern ... «

»Ist das der Brief, den Sie in der Hand haben?«

»Ja. Das ist der Brief.«

»Wann haben Sie ihn bekommen?«

»Heute Abend.«

»Durch die Post?«

»Nein, jemand hat ihn uns unter die Tür geschoben.«

»Werden Sie das Lösegeld bezahlen?«

»Ja«, antwortete Mr Dalton. »Ich werde es bezahlen. Hören Sie, meine Herren, helfen Sie mir. Schreiben Sie in Ihren Berichten, dass ich die Forderungen erfülle und mich nicht an die Polizei wenden werde. Vielleicht retten Sie dadurch das Leben meiner Tochter. Schreiben Sie, ich werde alles tun, was sie verlangen. Sagen Sie ihnen, dass sie mir meine Tochter zurückgeben sollen. Sagen Sie ihnen, sie sollen sie um Gottes willen nicht umbringen; sie werden die zehntausend Dollar bekommen.«

»Haben Sie eine Ahnung, Mr Dalton, wer es sein könnte?«

»Nein.«

»Dürfen wir den Brief lesen?«

»Es tut mir leid – das dürfen Sie nicht. Er enthält Anweisungen, wann und wo das Geld abgeliefert werden soll, und mir ist befohlen worden, zu niemandem davon zu sprechen. Aber Sie können in Ihren Berichten schreiben, dass wir diesen Anweisungen folgen werden.«

»Wann ist Miss Dalton zum letzten Mal gesehen worden?«

»Am Sonntagmorgen, gegen zwei.«

»Wer hat sie gesehen?«

»Mein Chauffeur und meine Frau.«

Bigger starrte vor sich hin. Er wagte nicht, seinen Blick zu heben.

»Bitte, stellen Sie dem Jungen keine Fragen«, bat Mr Dalton. »Ich spreche für die ganze Familie. Ich möchte nicht, dass irgendwelche wilden Spekulationen in Umlauf kommen. Wir wollen unsere Tochter zurückhaben, und alles andere ist uns im Augenblick gleichgültig. Sagen Sie ihr durch die Zeitungen, dass wir unser Möglichstes tun werden, damit sie zu uns zurückkehren kann, und dass alles verziehen ist. Sagen Sie ihr, dass wir ...« Wieder versagte ihm die Stimme, und er konnte nicht weitersprechen.

»Bitte, Mr Dalton, lassen Sie uns doch ein Foto von dem Brief machen ...«

»Nein, nein ... das geht nicht.«

»Wie ist er denn unterschrieben?«

Mr Dalton blickte starr geradeaus. Ob er es wohl sagt?, fragte sich Bigger. Er sah, dass Mr Dalton stumm die Lippen bewegte.

»Ja«, antwortete er schließlich, »ich will Ihnen sagen, wie er unterschrieben ist.« Seine Hände zitterten. Mrs Dalton wandte sich ihm zu, und ihre Finger krallten sich in seinen Ärmel. Sie wollte ihm wohl zu verstehen geben, dass es besser sei, die Unterschrift vor den Reportern geheim zu halten. Mr Dalton mochte indessen seine Gründe haben, weshalb er nicht auf sie hörte. Vielleicht wollte er den Roten auf diese Weise mitteilen, dass er den Brief erhalten habe.

»Ja«, sagte Mr Dalton. »Er ist mit ›Ein Roter‹ unterschrieben. Das ist alles.«

»Ein Roter?«

»Ja.«

»Können Sie den Brief mit einer bestimmten Person in Verbindung bringen?«

»Nein.«

»Haben Sie irgendeinen Verdacht?«

»Unter die Unterschrift hat man das Emblem der Kommunistischen Partei gemalt, also Hammer und Sichel.«

Die Männer schwiegen. Auf ihren Gesichtern zeigte sich Erstaunen. Einige rannten hinaus zum Telefon, um die Neuigkeiten loszuwerden.

»Glauben Sie, dass es die Kommunisten waren?«

»Ich weiß es nicht. Ich will niemanden beschuldigen. Ich erzähle Ihnen das alles, um die Öffentlichkeit und die Entführer wissen zu lassen, dass ich diesen Brief erhalten habe. Wenn sie mir meine Tochter zurückgeben, werde ich keine Nachforschungen anstellen.«

»Hatte Ihre Tochter Beziehungen zu diesen Leuten, Mr Dalton?«

»Davon weiß ich nichts.«

»Haben Sie nicht Ihrer Tochter verboten, mit diesem Erlone zu verkehren?«

»Ich hoffe, das hat nichts mit der Sache zu tun.«

»Glauben Sie, dass Erlone in die Geschichte verwickelt ist?«

»Ich weiß es nicht.«

»Weshalb soll er denn dann entlassen werden?«

»Ich hatte die Verhaftung veranlasst, ehe ich diesen Brief erhielt.«

»Und Sie sind davon überzeugt, dass er das Mädchen heimschicken wird, wenn er wieder auf freiem Fuß ist?«

»Ich weiß es nicht. Ich weiß ja gar nicht, ob er etwas damit zu tun hat. Ich weiß nur, dass meine Frau und ich unsere Tochter zurückhaben wollen.«

»Weshalb haben Sie dann um seine Entlassung gebeten?«

»Weil ich ihm nichts zur Last zu legen habe«, beharrte Mr Dalton.

»Mr Dalton, halten Sie den Brief hoch und strecken Sie die Hand aus, so als appellierten Sie an das Mitgefühl der Täter! Gut! Mrs Dalton, strecken Sie bitte gleichfalls die Hand aus! So! Gut! Danke schön!«

Wieder flammten die Blitzlichtlampen auf. Mr und Mrs Dalton standen oben an der Treppe, Mrs Dalton ganz in Weiß und Mr Dalton mit dem Brief in der Hand, den Blick starr auf die Kellerwand gerichtet. Bigger hörte das Feuer im Ofen leise wispern und sah, wie die Männer mit ihren Kameras hantierten oder aufgeregt etwas auf ihre Notizblocks kritzelten. Die Lampen blitzten von Neuem auf. Bigger erschrak. Diesmal war er aufs Korn genommen worden. Am liebsten hätte er sich geduckt oder die Hände vor das Gesicht gehalten, doch es war schon zu spät. Sie hatten jetzt so viele Bilder von ihm, dass sie ihn auch in der größten Menschenmenge wiederfinden konnten. Einige der Reporter verließen den Keller, und auch die Daltons gingen langsam die Stufen hinauf und verschwanden durch die Küchentür. Die große weiße Katze folgte ihnen auf den Fersen. Bigger lehnte noch immer an der Wand. Er nahm jede Einzelheit in sich auf und versuchte, sich auszurechnen, wie groß seine Chancen wären, das Geld zu bekommen. Die Reporter umringten Britten.

»Dürfen wir wohl mal Mr Daltons Telefon benutzen?«, fragte einer der Männer.

»Sicher«, antwortete der Detektiv.

Er führte sie hinauf in die Küche. Die drei Männer, die zu Britten gehörten, setzten sich auf die Treppe und starrten verdrießlich zu Boden. Nach einer Weile kehrten die Reporter zurück. Bigger spürte, dass sie mit ihm sprechen wollten. Schließlich kam auch Britten aus der Küche und ließ sich gleichfalls auf der Treppe nieder.

»Sagen Sie, können Sie uns nicht noch was erzählen?«, bat einer der Presseleute.

»Mr Dalton hat euch doch schon alles erzählt«, erwiderte Britten.

»Das ist mal 'ne große Sache. Übrigens – wie hat Mrs Dalton denn die Nachricht aufgenommen?«

»Sie ist zusammengebrochen«, antwortete Britten.

Einen Augenblick lang herrschte Stille. Dann sah Bigger, wie sich die Männer zu ihm herumdrehten und ihn anstarrten. Er senkte die Augen. Er wusste, dass sie darauf brannten, ihn auszufragen. Doch er wollte sich nicht ausfragen lassen. Sein Blick wanderte durch den Raum und blieb an der Zeitung hängen, die zusammengeknüllt in einer Ecke lag. Er hätte sie so gern gelesen. Sobald er unbeobachtet war, würde er sie sich holen, um zu sehen, was Jan gesagt hatte. Die Männer begannen, im Keller herumzuschnüffeln. Sie blickten in alle Ecken, untersuchten die Schaufel, den Abfalleimer und den Koffer. Bigger sah einen Reporter vor dem Ofen stehen. Der Mann streckte die Hand aus, öffnete die Tür und schaute ins Feuer; ein schwacher roter Schein beleuchtete sein Gesicht. Bigger hielt die Luft an. Wenn er nun in der Glut herumstocherte und Marys Knochen zum Vorschein kamen? Doch weshalb sollte er? Man verdächtigte ihn, Bigger, doch nicht. Er war ja nur ein dummer Neger. Dennoch atmete er auf, als der Mann die Ofentür schloss. Seine Gesichtsmuskeln zuckten, und am liebsten hätte er laut losgelacht. Er wandte den Kopf zur Seite und versuchte, sich zu beruhigen.

»Sagen Sie, können wir uns mal das Zimmer des Mädchens ansehen?«

»Selbstverständlich. Bitte schön!«

Die Männer verließen mit Britten den Keller, und Bigger war allein. Sogleich ließ er seinen Blick wieder zu der Zeitung wandern. Er wagte jedoch nicht, sie aufzuheben. Er lief zur Hintertür und überzeugte sich, dass sie verschlossen war. Dann rannte er die Treppe hinauf und sah in die Küche. Sie war leer. Er rannte die Treppe wieder hinunter und griff sich die Zeitung. Gleich auf der ersten Seite stand in großen Buchstaben geschrieben: HYDE-PARK-ERBIN SEIT SAMSTAG VERMISST. VERMUTLICH BEI KOMMUNISTEN VERSTECKT! POLIZEI VERHAFTET ORTSFÜHRER! BEHÖRDEN HANDELN AUF ANWEISUNG DES VATERS. Darunter war Jans Bild abgedruckt. Ja, das war Jan. So sah er aus. Bigger las:

Wo ist Mary Dalton? Hat der törichte Traum, das Problem menschlicher Armut durch die Verteilung der Millionen ihres Vaters unter die niederen Klassen lösen zu können, sie bewogen, den Hyde-Park-Palast ihrer Eltern, Drexel Boulevard Nr. 4605, zu verlassen und unter einem anderen Namen ein neues Leben mit ihren langhaarigen Freunden von der kommunistischen Bewegung zu beginnen?

Das war die Frage, die heute am späten Abend die Polizei zu beantworten suchte, als sie Jan Erlone verhaftete, den Sekretär der Arbeiter-Rechtshilfe, einer kommunistischen Frontorganisation, bei der, wie es heißt, Mary Dalton gegen den Wunsch ihres Vaters Mitglied war.

Der Bericht führte weiterhin an, dass sich Jan auf der Polizeistation der 11. Straße in Untersuchungshaft befinde und dass Mary seit Samstagabend um acht Uhr nicht nach Hause zurückgekehrt sei. Es wurde auch erwähnt, dass Mary sich »bis in die frühen Morgenstunden des Sonntags mit Erlone in einem einschlägigen Lokal im Schwarzen Gürtel« aufgehalten habe.

Das war alles. Bigger hatte mehr erwartet. Er suchte weiter. Nein, hier war noch etwas. Ein Bild von Mary, mit der Überschrift: MIT DEM VATER ÜBERWORFEN. Es war so lebensecht, dass er daran erinnert wurde, wie sie ihm zum ersten Mal gegenübergestanden hatte. Er blinzelte, und plötzlich sah er wieder ihren blutigen Kopf mit den verklebten Locken vor sich. Er blickte zum Ofen hinüber. Er konnte es einfach nicht glauben, dass sie dort im Feuer verbrannt war.

Der Bericht war längst nicht so beunruhigend, wie Bigger befürchtet hatte. Aber wenn nun die Entführung Marys bekanntgegeben wurde – was geschah dann? Er hörte Schritte, warf die Zeitung wieder in die Ecke und lehnte sich genauso wie vorher mit dem Rücken an die Wand. Seine Augen blickten leer und schläfrig. Die Tür wurde geöffnet, und die Männer kamen die Stufen herunter. Sie sprachen in leisem, aufgeregtem Ton miteinander. Dann schauten sie zu Bigger hinüber.

»Weshalb dürfen wir eigentlich nicht mit dem Jungen da sprechen?«, fragte ein Reporter Britten.

»Er kann euch auch nichts anderes sagen.«

»Er kann uns doch zumindest erzählen, was er gesehen hat. Schließlich hat er doch die beiden gefahren.«

Britten gab nach. »Gut, mir solls recht sein. Aber ihr habt wirklich schon alles von Mr Dalton gehört.«

Ein Reporter trat zu Bigger.

»Sag mal, Mike, glaubst du, dass es dieser Erlone gewesen ist?«

»Ich heiß nicht Mike«, gab Bigger wütend zurück.

»Schon gut, ich habs ja nicht böse gemeint«, besänftigte ihn der Mann. »Aber glaubst du, dass er es war?«

»So antworte doch, Bigger«, rief Britten ihm zu.

Bigger bedauerte sofort, dass er beleidigt gewesen war. Er konnte es sich einfach nicht leisten, den Gekränkten zu spielen. Und er hatte es ja auch gar nicht nötig. Weshalb sollte er sich über diese Dummköpfe aufregen? Sie suchten nach Mary, und die war keine zehn Schritte von ihnen entfernt verbrannt. Er hatte sie umgebracht, und sie ahnten nicht das Geringste. Er würde sich ruhig Mike nennen lassen.

»Ich weiß nicht, Sir.«

»Nun komm schon! Also, was hat sich zwischen den beiden abgespielt?«

»Ich arbeite ja nur hier, Sir.«

»Du brauchst doch keine Angst zu haben. Es will dir ja niemand etwas tun.«

»Mr Britten kann Ihnen doch alles erzählen«, beharrte Bigger.

Die Männer schüttelten den Kopf und ließen ihn stehen.

»Mein Gott, Britten!«, rief einer der Männer. »Nun rücken Sie doch noch ein paar Einzelheiten raus. Wir wissen ja rein gar nichts. Ein Brief wurde gefunden, er ist mit ›Ein Roter‹ unterschrieben, trägt Hammer und Sichel, und Erlone wird entlassen. Was sollen wir damit anfangen?«

»Jetzt hört mal zu, Kinder«, sagte Britten. »Lasst dem alten Herrn doch Zeit. Er will seine Tochter wiederhaben, und zwar lebend. Ihr habt doch heute wirklich genug erfahren. Nun wartet erst mal ab.«

»Und wann ist das Mädchen zuletzt gesehen worden?«

Britten erzählte die ganze Geschichte noch einmal von vorn. Bigger lauschte aufmerksam auf jedes Wort und auf den Tonfall, in dem die Männer ihre Fragen vorbrachten, denn er wollte wissen, ob sie ihn verdächtigten. Aber das schien nicht der Fall zu sein. Ihre Fragen bezogen sich einzig und allein auf Jan.

»Aber Britten«, fragte ein Reporter, »weshalb hat der Alte dann Erlones Entlassung beantragt?«

»Denkt doch selber nach«, sagte Britten.

»Dann glaubt er also, Erlone habe etwas mit der Entführung seiner Tochter zu tun. Er will ihn auf freien Fuß setzen, damit er ihm das Mädchen zurückgeben kann. Stimmts?«

»Ich weiß nicht«, sagte Britten.

»Na, komm schon, Britten.«

»Nun strengt eure Köpfe mal 'n bisschen an«, sagte Britten.

Zwei der Männer knöpften sich den Mantel zu, zogen sich den Hut tief ins Gesicht und gingen. Bigger wusste, dass sie ihren Zeitungen noch weitere Einzelheiten durchgeben wollten. Sie würden berichten, dass Jan versucht hatte, ihn zum Kommunismus zu bekehren, sie würden die kommunistische Literatur erwähnen, die Jan ihm gegeben hatte, den Rum, den halb gepackten Koffer und schließlich den Erpresserbrief und die zehntausend Dollar. Die Reporter, die dageblieben waren, suchten mit den Taschenlampen den Keller ab. Bigger lehnte noch immer an der Wand. Britten saß auf der Treppe. Das Feuer flüsterte im Ofen. Bigger wusste, dass er bald die Asche herausholen musste, denn das Feuer hatte keinen Zug mehr. Sobald sich die Aufregung etwas gelegt hatte und die Männer alle gegangen waren, würde er den Aschekasten leeren.

»Eine böse Sache, was, Bigger?«, fragte Britten.

»Ja, Sir.«

»Ich wette 'ne Million, dass dieser Jan dahintersteckt.«

Bigger erwiderte nichts. Er fühlte sich sehr schwach. Ihm war, als werde er von einer unsichtbaren Kraft gestützt. Er konnte sich nicht mehr konzentrieren. Seine Energie war verbraucht. Er ließ sich treiben.

Bigger begann zu frösteln. Das Feuer schien auszugehen. Es war kaum noch zu hören. Da wurde plötzlich die Tür aufgerissen, und ein Reporter stürzte mit offenem Mund herein. Sein Gesicht war feucht von Schnee und rot vor Kälte.

»Hört mal her!«, rief er.

»Ja?«

»Was ist denn?«

»Von meiner Redaktion habe ich soeben erfahren, dass dieser Erlone das Gefängnis nicht verlassen will.«

Die Männer starrten ihn überrascht an. Bigger dachte angestrengt nach. Was hatte das nun wieder zu bedeuten? Dann stellte jemand die Frage, die er am liebsten selbst gestellt hätte.

»Will das Gefängnis nicht verlassen? Was soll denn das heißen?«

»Ich weiß nur, dass Erlone sich geweigert hat zu gehen, als ihm gesagt wurde, dass Mr Dalton seine Entlassung verlangt habe. Anscheinend hat er Wind gekriegt von der Entführung. Er besteht darauf, zu bleiben.«

»Das heißt also, dass er schuldig ist!«, rief Britten. »Er will das Gefängnis nicht verlassen, weil er weiß, dass man ihn beobachten und herausfinden wird, wo das Mädchen ist, versteht ihr? Er hat Angst.«

»Was gibt es noch?«

»Ja, dieser Erlone sagt, er hätte ein Dutzend Leute, die beschwören könnten, dass er in der letzten Nacht das Haus hier nicht betreten habe.«

Bigger spannte die Muskeln an und beugte sich ein wenig vor. »Das ist eine Lüge!«, sagte Britten. »Der Junge hier hat ihn gesehen.«

»Stimmt das, Bigger?«

Er zögerte. Er fürchtete eine Falle. Hatte Jan wirklich ein Alibi? Dann durfte Bigger nicht stumm bleiben. Er musste ihren Verdacht von sich ablenken.

»Ja, Sir.«

»Na, irgendetwas stimmt da nicht. Dieser Erlone jedenfalls sagt, er habe Beweise.«

»Quatsch, Beweise!«, sagte Britten. »Er lässt einfach ein paar von seinen roten Freunden falsch aussagen. Das ist alles.«

»Aber warum, zum Teufel, will er das Gefängnis nicht verlassen?«

»Er sagt, dann könne wenigstens keiner behaupten, dass er mit dieser Entführung was zu tun habe. Er sagt, dieser Junge hier lüge. Die Daltons hätten ihm befohlen, solchen Unsinn zu erzählen, um Erlones Ruf zu schädigen. Er schwört, dass die Familie wisse, wo das Mädchen ist, und dass mit dieser Sache gegen die Roten zu Felde gezogen werden soll.«

Die Männer scharten sich um Bigger.

»Nun mal heraus mit der Sprache! War dieser Kerl gestern Nacht wirklich hier?«

»Ja, Sir. Ja, er war hier.«

»Hast du ihn gesehen?«

»Ja, Sir.«

»Wo?«

»Ich hab ihn und Miss Dalton hierhergefahren. Dann sind wir zusammen raufgegangen. Wegen dem Koffer.«

»Und ist er dageblieben?«

»Ja, Sir.«

Biggers Herz klopfte, doch er versuchte, unbeteiligt auszusehen. Sie sollten nicht glauben, dass ihn diese neue Entwicklung verunsicherte. Ob Jan tatsächlich beweisen konnte, dass er in der vergangenen Nacht nicht hier war?

»Was hat denn Erlone für Zeugen?«, fragte jemand.

»Er sagt, er habe in der Straßenbahn einen Freund getroffen. Und er sei noch zu einer Party gegangen, nachdem er sich um halb drei von Miss Dalton verabschiedet habe.«

»Wo hat denn die Party stattgefunden?«

»Irgendwo auf der Nordseite.«

»Wenn das stimmt, dann ist etwas an der Sache faul!«

»Nein, nein.« Britten schüttelte den Kopf. »Ich möchte wetten, er ist zu seinen Freunden gegangen, mit denen er das Ganze ausgeheckt hat. Und weshalb sollten die nicht für ihn aussagen?«

»Sie glauben also wirklich, dass er es war?«

»Zum Teufel – ja! Diese Roten sind doch zu allem fähig. Die halten zusammen. Sicher hat er ein Alibi. Weshalb auch nicht? Er hat genug Leute, die für ihn arbeiten. Dass er im Gefängnis bleiben will, ist nur ein Trick, aber kein sehr gescheiter. Wenn er glaubt, dass wir darauf hereinfallen, irrt er sich aber.«

Die Küchentür wurde plötzlich geöffnet, und Peggy steckte den Kopf durch den Spalt.

»Wollen die Herren vielleicht 'nen Kaffee?«, fragte sie.

»Aber sicher!«

»Das ist 'ne gute Idee!«

»Ich bringe gleich welchen runter.« Sie schloss die Tür wieder.

»Wer war denn das?«

»Mrs Daltons Köchin und Haushälterin«, antwortete Britten.

»Weiß sie was?«

»Nein.«

Wieder wandten sich die Männer Bigger zu. Diesmal musste er ihnen ein bisschen mehr erzählen. Er durfte erst gar keinen Zweifel in ihren Köpfen aufkommen lassen. Wenn er nicht redete, dachten sie womöglich, er wisse mehr, als er sage. Bis jetzt schienen sie jedoch nicht zu glauben, dass er etwas mit der Entführung zu tun habe. Für sie war er einfach ein dummer Neger. Er musste den Verdacht nur immer wieder auf Jan oder seine Freunde lenken.

Einer der Männer kam dicht zu ihm heran und stellte den Fuß auf den Koffer.

»Sag mal, hat dieser Erlone dir etwas vom Kommunismus erzählt?«

»Ja, Sir.«

»Ach!«, rief Britten aus.

»Was haben Sie denn?«

»Ich hab ja ganz vergessen, euch das Zeug zu zeigen, das er dem Jungen gegeben hat.«

Mit vor Eifer gerötetem Gesicht stand Britten auf. Er fuhr mit der Hand in die Tasche und zog die Broschüren hervor, die Bigger von Jan bekommen hatte. Er hielt sie hoch, damit alle sie sehen konnten. Die Männer atmeten geräuschvoll. Sie zückten abermals die Blitzlichtlampen. Nachdem sie genügend Aufnahmen gemacht hatten, wandten sie sich wieder an Bigger.

»Sag mal, Bigger, war dieser Kerl betrunken?«

»Ja, Sir.«

»Und das Mädchen auch?«

»Ja, Sir.«

»Und er hat sie in ihr Zimmer gebracht, als ihr hier angekommen seid?«

»Ja, Sir.«

»Was hältst du denn eigentlich vom öffentlichen Eigentum, Bigger? Bist du der Meinung, dass die Regierung Wohnhäuser für das Volk bauen sollte?«

Bigger blinzelte.

»Sir?«

»Na, sagen wir's mal so: Was hältst du vom Privateigentum?«

»Ich hab kein Privateigentum. Nein, Sir.«

»Mein Gott, ist der blöd. Der hat wirklich keine Ahnung«, flüsterte einer der Männer, laut genug, dass Bigger es hören konnte.

Dann herrschte Schweigen. Bigger lehnte an der Wand. Hoffentlich sind sie jetzt zufrieden, dachte er. Der Luftzug im Ofen war verstummt. Die Küchentür wurde wieder geöffnet, und Peggy erschien mit der Kaffeekanne in der einen Hand und einem Klapptisch in der anderen. Ein Reporter ging ihr entgegen, nahm ihr den Tisch ab und stellte ihn auf. Bigger sah den Dampf aus der Tülle steigen und roch den aromatischen Duft des Kaffees. Er hätte auch gern einen Schluck getrunken, doch er wusste, dass er warten musste, bis die Weißen sich bedient hatten.

»Bitte sehr«, murmelte Peggy und blickte sich schüchtern um. »Ich hol noch Zucker und Sahne und ein paar Tassen.«

»Du, Bigger«, sagte Britten, »erzähl doch mal den Herren, wie Jan dich gezwungen hat, mit ihnen zu essen.«

»Ja, erzähl doch mal.«

»Er hat dich gezwungen?«

»Ja, Sir.«

»Und du wolltest gar nicht mit ihnen essen? Nicht wahr?«

»Nein, Sir.«

»Hast du schon mal mit Weißen zusammen gegessen?«

»Nein, Sir.«

»Hat dieser Erlone etwas über weiße Frauen gesagt?«

»Nein, Sir.«

»Wie war dir denn zumute, als du mit ihm und Miss Dalton gegessen hast?«

»Ich weiß nicht, Sir. Es war meine Arbeit.«

»Aber es kam dir irgendwie nicht richtig vor, nicht wahr?«

»Sie haben mir gesagt, ich soll mit ihnen essen, und da hab ich mit ihnen gegessen. Es war meine Arbeit.«

»Mit anderen Worten, du glaubtest, du würdest deine Arbeit verlieren, wenn du nicht mit ihnen essen würdest?«

»Ja, Sir.« Bigger spürte, dass er einen hilflosen und verwirrten Eindruck machen musste.

»Meine Güte!«, rief ein Reporter. »Das ist mal 'ne Geschichte! Versteht ihr? Die Neger wollen in Ruhe gelassen werden, und diese Roten zwingen sie, mit ihnen gemeinsame Sache zu machen. Kinder, das wird eine Sensation!«

»Die schlägt mehr ein als der Fall Loeb und Leopold.«

»Der unbedarfte Neger, der von der weißen Zivilisation nicht gestört werden will! So zieh ich die Sache auf.«

»Keine schlechte Idee.«

»Übrigens, ist dieser Erlone überhaupt amerikanischer Staatsbürger?«

»Na eben!«

»Auf alle Fälle müsste man auf seinen fremdländischen Namen hinweisen.«

»Ist er Jude?«

»Ich weiß nicht.«

»Das ist auch gar nicht nötig. Man kann ja schließlich nicht alles verlangen.«

Dann, ehe Bigger wusste, was geschah, hatten die Männer wieder ihre Blitzlichtlampen auf ihn gerichtet. Langsam senkte er den Kopf. Er wollte ihnen unbemerkt ausweichen.

»Halt den Kopf hoch, Junge!«

»Steh gerade!«

»Schau in diese Richtung. So ists gut!«

Ja, die Polizei würde genügend Bilder von ihm haben. Er lächelte bitter, doch dieses Lächeln war weder auf seinen Lippen noch in seinen Augen zu sehen.

Peggy erschien mit Tassen, Untertassen, Löffeln, einem Sahnekännchen und einer Dose mit Zucker.

»Hier, meine Herren. Bedienen Sie sich.«

Sie wandte sich an Bigger.

»Es ist oben nicht warm genug. Du musst wohl die Asche herausnehmen, damit das Feuer besser brennt.«

»Ja, Ma'am.«

Die Asche herausnehmen! Guter Gott! Nicht jetzt, nicht solange die Männer noch hier waren. Bigger blieb unbeweglich stehen. Er beobachtete, wie Peggy die Treppe wieder hinaufstieg und die Tür hinter sich schloss. Ja, er musste etwas tun. Peggy hatte in Gegenwart dieser Männer zu ihm gesprochen, und es würde sonderbar aussehen, wenn er nicht gehorchte. Und selbst wenn sie nichts sagten, würde Peggy doch nach einer Weile wiederkommen und sich nach dem Feuer erkundigen. Er blickte in den Ofen. Das Feuer brannte zwar noch, und die Schlacke glühte, aber an der schwachen Hitze, die ihm entgegenschlug, merkte er, dass es nicht so brannte, wie es brennen musste, nicht so, wie es gebrannt hatte, als er Marys Leiche hineingeschoben hatte. Mit müdem Kopf versuchte er, sich zu einem Entschluss durchzuringen. Was sollte er bloß machen? Er bückte sich und öffnete die untere Ofentür: Die Asche, weiß und grau, reichte fast bis zum Rost heran. Da konnte ja gar keine Luft durchkommen. Vielleicht sollte er die Asche etwas verteilen und herunterdrücken? Dann brauchte er sie erst herauszuholen, wenn die Männer gegangen waren. Oder sollte er noch einmal versuchen, sie durchzurütteln? Ja. Er schob den Aschekasten hin und her. Rote Glut und weiße Asche fielen herab. Hinter sich hörte er, wie die Männer sich unterhielten und ihre Tassen umrührten. Doch nun war die Luftzufuhr erst recht versperrt. Er würde noch einmal nachlegen. Er schloss die Ofentür und zog den Hebel, und die Kohle rasselte die blecherne Schütte herab. Der Glutberg wurde schwarz. Doch die Kohlen flammten nicht auf. Verdammt! Er stand auf und blickte hilflos in den Ofen. Sollte er nicht lieber die ganze Geschichte aufgeben und versuchen, sich davonzuschleichen? Nein! Er durfte jetzt keine Angst haben: Er hatte die Chance, das Geld zu bekommen. Er füllte noch mehr Kohle nach – nach einer Weile würde sie schon anbrennen. Da begann sie ja schon zu rauchen. Weiße dünne Wölkchen stiegen auf. Dann wurde der Rauch dunkel und quoll aus dem Ofen heraus. Bigger tränten die Augen, und er hustete.

Nun wälzte sich der Rauch in dichten grauen Schwaden in den Keller. Bigger wich zurück, er hatte die Lunge voll Rauch, und wieder hustete er. Er hörte auch die Männer husten. Er musste etwas unternehmen, und zwar schnell. Mit ausgestreckten Händen suchte er in der Ecke nach der Schaufel. Als er sie gefunden hatte, öffnete er die untere Ofentür. Dick und beißend wogte ihm der Rauch entgegen. Verdammt!

»Du musst die Asche herausnehmen, Junge!«, rief einer der Männer.

»Das Feuer kriegt ja keine Luft, Bigger!« Das war Brittens Stimme.

»Ja, Sir«, murmelte Bigger.

Er konnte kaum sehen. Schwer atmend stand er da, die brennenden Augen hatte er geschlossen. Er umklammerte die Schaufel. Was sollte er bloß tun?

»He, du! Hol doch die Asche raus!«

»Du willst uns wohl ersticken?«

»Ich hol sie ja raus«, murmelte Bigger, doch er rührte sich nicht von der Stelle.

Eine Tasse zerschellte auf dem Betonfußboden, und jemand fluchte.

»Man sieht ja hier überhaupt nichts mehr vor lauter Rauch!«

Ein Weißer trat zu Bigger heran und zerrte an der Schaufel. Bigger hielt sie verzweifelt fest, als fürchte er, mit ihr sein Geheimnis, sein Leben auszuliefern.

»Gib mir die Schaufel! Ich will dir d-d-doch nur h-h-helfen …«, keuchte der Mann.

»Nein, Sir. I–Ich kanns schon selber.«

»K–Komm. Lass los!«

Biggers Finger lockerten sich.

»Ja, Sir«, antwortete er. Er wusste nichts anderes zu sagen.

Der Mann fuhrwerkte wie ein Wilder im Aschekasten herum. Bigger hustete und trat zurück. Seine Augen brannten wie Feuer. Hinter ihm husteten die anderen Männer. Er öffnete die Augen, um zu sehen, was vor sich ging. Er hatte das Gefühl, dass unmittelbar über seinem Kopf ein mächtiges Gewicht baumelte, das herabzufallen und ihn zu zermalmen drohte. Sein Körper war trotz der tränenden Augen und schmerzenden Lungen bis zum Äußersten angespannt. Am liebsten wäre er auf den Mann zugesprungen, hätte ihm die Schaufel entrissen, sie ihm über den Kopf geschlagen und wäre hinausgerannt. Doch er blieb stehen und horchte auf die Stimmen der Weißen und auf das metallische Klappern der Schaufel.

»Macht die Tür auf! Ich ersticke!«, rief der Mann.

Füße schurrten über den Boden. Dann wehte eisiger Nachtwind zu Bigger herüber, und er spürte, dass er nass war von Schweiß. Nun war ihm sein Schicksal aus der Hand genommen. Er musste abwarten, was geschehen würde. Der Rauch trieb an ihm vorbei zur offenen Tür. Schließlich schwebte er nur noch als dünner grauer Nebel im Raum. Der Mann schaufelte schnaufend weiter. Bigger wollte zu ihm gehen und die Schaufel zurückverlangen, er wollte ihm sagen, nun könne er weitermachen. Doch er rührte sich nicht. Die Dinge waren ihm entglitten, und er konnte nichts mehr daran ändern. Da hörte er den Luftzug wieder. Zuerst war es nur ein leises Flüstern, das schließlich in ein Fauchen überging. Der Luftweg war frei.

Der Mann keuchte. »Da war aber verdammt viel Asche drin. So weit darfst du's nicht wieder kommen lassen!«

»Ja, Sir.«

Das Feuer prasselte. Es bekam jetzt genügend Luft.

»Mach die Tür zu, Junge! Hier wirds ja saukalt!«

Bigger hatte die größte Lust, die Tür hinter sich zuzuschlagen und auf Nimmerwiedersehen zu verschwinden. Doch er blieb wie angewurzelt stehen. Da wurde sie von einem der Männer geschlossen. Bigger spürte, wie die Kälte von seinem feuchten Körper abfiel. Er blickte sich um. Die Männer tranken mit rot geränderten Augen am Tisch ihren Kaffee.

»Was hast du denn?«, fragte ihn ein Reporter.

»Nichts«, erwiderte Bigger.

Der Mann mit der Schaufel stand noch immer vor dem Ofen und blickte auf die Asche, die herausgefallen war. Er bückte sich und stocherte darin herum. Was er wohl suchte? Biggers Muskeln zuckten. Am liebsten wäre er zu ihm hingerannt, um zu sehen, was er so aufmerksam betrachtete. Wenn es nur nicht Marys blutiger Kopf war! Plötzlich richtete sich der Weiße auf. Dann bückte er sich wieder. Er traute wohl seinen Augen nicht. Bigger trat einen Schritt vor. Seine Lungen schienen nicht zu atmen. Er kam sich selbst vor wie ein großer Ofen, der verstopft war, und die Angst, die in seinem Magen wogte, die seinen Körper durchflutete und ihn zu ersticken drohte, glich den Rauchwolken, die in den Keller gequollen waren.

»He!«, rief der Mann. Seine Stimme klang unsicher und zweifelnd.

»Was ist denn?«

»Kommt doch mal her!« Der Mann sprach leise und erregt, als wäre er außer Atem. Die Männer stellten die Tassen auf den Tisch und eilten zu ihm. Bigger blieb zögernd stehen.

»Was ist denn los?«

Nun schlich auch Bigger sich heran. Er wusste nicht, woher er die Kraft dazu nahm. Seine Beine bewegten sich plötzlich, und dann stand er hinter den Männern und blickte ihnen über die Schultern. Er sah einen Haufen Asche – weiter nichts. Aber das war doch sicher noch nicht alles! Weshalb schaute der Mann sonst so fassungslos zu Boden?

»Was ist denn?«

»Seht ihr denn nicht?«

»Was?«

»Hier! Es ist … «

Dem Mann versagte die Stimme. Er stocherte abermals in der Asche herum. Ein paar weiße Knöchelchen kamen zum Vorschein. Sogleich wurde Bigger von einer ungeheuren Angst gepackt.

»Es sind Knochen … «

»Ach, wahrscheinlich nur irgendwelche Abfälle, die sie verbrannt haben.«

»Nein. Warte! Hier … was ist das?«

»Toorman, hilf uns mal! Du hast doch Medizin studiert … «

Der Weiße mit dem Namen Toorman streckte den Fuß vor und stieß einen länglichen Knochen aus der Asche. Der Knochen rollte ein paar Zentimeter weit über den Betonboden.

»Mein Gott! Der ist ja von einem Menschen … «

»Und hier ist noch was … «

Einer der Männer bückte sich, hob einen kleinen Metallring auf und hielt ihn sich dicht vor die Augen.

»Ein Ohrring …«

Es herrschte Stille. Bigger starrte auf den Ring. Er konnte nicht mehr denken. Nur das alte Gefühl war da, das Gefühl, das ihn sein ganzes Leben lang gequält hatte: Er war schwarz und hatte ein Unrecht begangen. Die Weißen hatten etwas in der Hand, was sie sehr bald gegen ihn ausspielen würden. Und wieder wünschte er sich, irgendeinen Gegenstand zu packen und ihn jemandem ins Gesicht zu schleudern. Ja, das waren Marys Knochen. Undeutlich war er sich dessen bewusst. Sie waren nicht alle verbrannt, und als er den Aschekasten hin und her geschoben hatte, waren sie herabgefallen. Dann hatte der weiße Mann sie herausgeschaufelt. Und da lagen sie nun: kleine, längliche weiße Knochenstücke, in graue Asche gebettet. Er konnte nicht länger hierbleiben. Jeden Augenblick konnten sie ihn verdächtigen. Sie würden ihn festnehmen, auch wenn sie noch nicht sicher waren, ob er Mary umgebracht hatte oder nicht. Und Jan im Gefängnis schwor, dass er ein Alibi hatte. Ja, sie würden herausfinden, dass diese Knochen zu Mary gehörten, sie würden nach dem Mörder suchen. Schweigend wühlten die Männer in dem Aschehaufen herum. Da sah Bigger die Beilklinge aufblitzen. Guter Gott! Die ganze Welt schien einzustürzen! Er musste hier verschwinden, und zwar sofort! Er warf einen raschen Blick auf die Männer. Sie beugten sich über die Asche und beachteten ihn gar nicht. Der rote Feuerschein beleuchtete ihre Gesichter, und die Luft fauchte im Ofen. Bigger schlich sich zur Treppe. Dort blieb er stehen und lauschte. Die Männer flüsterten entsetzt miteinander.

»Das Mädchen …«

»Mein Gott!«

»Was glaubst du, wer's gewesen ist?«

Bigger ging auf Zehenspitzen die Stufen hinauf, eine nach der anderen. Er hoffte, das Dröhnen des Ofens, die Stimmen der Männer und das Kratzen der Schaufel werde das Knarren seiner Schuhe übertönen. Als er oben an der Küche angekommen war, atmete er auf. Seine Lungen schmerzten, weil er die Luft so lange angehalten hatte. Er lief in sein Zimmer, knipste das Licht an und trat ans Fenster. Er schob es hoch. Kalte Schneeluft schlug ihm entgegen. Vom Keller drangen gedämpfte Schreie zu ihm herauf, und im Magen wurde es ihm heiß. Er rannte zur Tür, verschloss sie und löschte das Licht. Dann tastete er sich zum Fenster und kletterte auf den Sims. Wieder spürte er den eiskalten Hauch des Windes. Schweißbedeckt und zitternd vor Kälte, hockte er da und starrte in den Schnee. Er versuchte vergebens, den Boden unter sich zu erkennen. Dann sprang er und spürte im Springen, dass er sich drehte und sich zusammenkrümmte. Er hatte die Augen geschlossen, die Hände waren zu Fäusten geballt. Sekundenlang schwebte er in der eiskalten Luft, dann schlug er auf. Erst schien es ihm, als fiele er weich, doch der Aufprall ging ihm durch den ganzen Körper, den Rücken hinauf bis zum Kopf. Betäubt lag er da. Er war im Schnee versunken. Er hatte Schnee im Mund, Schnee in den Augen, Schnee in den Ohren, und Schnee rieselte ihm den Rücken herab. Seine Hände waren nass und kalt. Dann zogen sich seine Muskeln zusammen wie bei einem Krampf, und er spürte etwas warm an den Schenkeln herablaufen. Es war Urin. Als der eiskalte Schnee seinen erhitzten Körper berührte, hatte Bigger die Gewalt über sich verloren. Er hob den Kopf, blinzelte und blickte nach oben. Er nieste. Da kam er wieder zu sich. Er schlug mit Armen und Beinen aus, um sich vom Schnee zu befreien. Langsam stand er auf. Er ging ein paar Schritte und versuchte zu rennen. Doch dazu war er zu schwach. Dann taumelte er den Drexel Boulevard hinunter, ohne darauf zu achten, welche Richtung er eingeschlagen hatte. Er wusste nur, dass er das Viertel der Weißen verlassen musste. Er lief schneller. Er mied die Hauptverkehrsstraßen und hastete, die Augen geradeaus gerichtet, durch dunkle Gassen. Ab und zu blickte er sich um.

Ja, er musste Bessie sagen, dass sie nicht in das Haus gehen sollte. Es war alles aus. Er musste sich retten. Sein ganzes Leben lang hatte er auf diesen Augenblick gewartet. Er hatte gewusst, dass er einmal würde fliehen müssen. Und nun war es so weit. Nun befand er sich wirklich jenseits dieser weißen Welt. Damit wurde alles viel einfacher. Er fuhr mit der Hand unter das Hemd. Ja, der Revolver war noch da. Vielleicht würde er ihn brauchen. Er würde schießen, bevor er sich ergab. Der Tod war ihm ohnehin sicher, und im Sterben würde er jede Kugel abfeuern, die er hatte.

Er kam zur Cottage Grove Avenue und wandte sich nach Süden. Er wollte zu Bessie und sich das Geld holen. Dann erst konnte er Pläne machen. Und wenn sie ihn nun schnappten? Ach, er durfte keine Angst haben! Mit gesenktem Kopf stapfte er durch den Schnee. Die Hände hatte er zu Fäusten geballt. Obwohl sie fast erstarrt waren, steckte er sie nicht in die Taschen, denn dann hätte er sich ja nicht sofort verteidigen können, wenn ihn die Polizei plötzlich überraschte. Er ging an den Laternen vorbei, die einen dicken Schneemantel trugen und wie große gefrorene Monde über ihm leuchteten. Das Gesicht tat ihm weh von der Kälte, der eisige Wind stach ihn und drang wie ein langes scharfes Messer bis in sein Herz.

Nun konnte er die 47. Straße schon sehen. Durch einen

feinen Schneeschleier erblickte er unter einer Markise einen Jungen, der Zeitungen verkaufte. Bigger zog sich die Mütze tiefer ins Gesicht und stellte sich in einen Hauseingang, um auf die Bahn zu warten. Hinter dem Jungen lag auf einem Holzgestell ein hoher Stapel Zeitungen. Bigger versuchte, die große schwarze Schlagzeile zu lesen, doch das Schneetreiben nahm ihm die Sicht. Die Zeitungen mussten ja jetzt voll sein von ihm! Er war darüber nicht einmal erstaunt, denn sein ganzes Leben lang waren ihm Dinge widerfahren, die, wie er glaubte, in die Zeitungen gehörten. Aber erst als er seinen Gefühlen nachgegeben, sie in die Tat umgesetzt hatte, brachten die Zeitungen die Geschichte, seine Geschichte. Sie hatten sie nicht bringen wollen, solange sie tief in seinem Herzen begraben war. Doch nun, da er sie ausgestoßen und von sich geschleudert hatte, hin zu jenen, die ihn so leben ließen, wie es ihnen gefiel, druckten die Zeitungen sie. Bigger angelte drei Cent aus der Tasche und trat mit abgewandtem Gesicht zu dem Jungen.

»*Tribune*«, murmelte er.

Er ging mit der Zeitung zurück in den Hauseingang. Sein Blick überflog die Straße. Dann wandte er sich der Zeitung zu. MILLIONENERBIN VERSCHWUNDEN! ENTFÜHRER VERLANGEN 10000 DOLLAR. DALTON FORDERT ENTLASSUNG DES VERDÄCHTIGEN KOMMUNISTEN! stand in großen schwarzen Buchstaben gedruckt. Ja, nun wussten sie es. Bald würden sie auch die Geschichte von Marys Tod erfahren. Sie würden lesen, dass die Reporter Marys Knochen gefunden hatten, dass er ihr den Kopf abgehackt hatte und während der allgemeinen Aufregung davongelaufen war. Er schaute auf. Da kam ja schon die Bahn! Sie war fast leer. Gut! Er lief über die Straße und konnte gerade noch als Letzter aufspringen. Er bezahlte und beobachtete gespannt das Gesicht des Schaffners. Er schien ihn nicht zu erkennen. Dann ging Bigger durch den Wagen, doch keiner der wenigen Fahrgäste beachtete ihn. Er stellte sich auf die vordere Plattform, dicht hinter die Fahrer. Wenn etwas passierte, konnte er schnell abspringen. Die Bahn fuhr weiter, er schlug wieder die Zeitung auf und las:

Die Entdeckung eines mit unbeholfener Bleistiftschrift geschriebenen Erpresserbriefes, in dem 10000 Dollar als Lösegeld für Mary Dalton, die verschwundene Chicagoer Millionenerbin, verlangt werden, und Mr Daltons plötzlicher Antrag auf Entlassung Jan Erlones, des Kommunistenführers, der im Zusammenhang mit dem Verschwinden des Mädchens verhaftet wurde – das waren in den frühen Abendstunden die Überraschungen in einem Fall, der die Orts- und Staatspolizei gleichermaßen beschäftigt.

Der Brief, der die Unterschrift »Ein Roter« und das bekannte Emblem der Kommunistischen Partei, Hammer und Sichel, trägt, wurde von der Köchin und Haushälterin Mr Henry Daltons, Peggy O'Flagherty, unter der Haustür gefunden.

Es folgte ein ausführlicher Bericht, der »das Verhör des Negerchauffeurs« schilderte und den »halb gepackten Koffer«, »die kommunistischen Broschüren«, »betrunkene Sexorgien« und »die widersprüchlichen Aussagen des Kommunistenführers« erwähnte. Bigger überflog Satzfetzen wie: »heimliche Zusammenkünfte gaben Gelegenheiten zur Entführung«, »Polizei gebeten, sich nicht in den Fall einzumischen«, »verängstigte Familie versucht, mit den Entführern in Verbindung zu treten«. Ferner hieß es:

Wie allgemein vermutet wird, soll die Familie Dalton gewisse Informationen erhalten haben, dass Erlone über den Verbleib ihrer Tochter unterrichtet sei, und dies habe nach Meinung einiger höhe-

rer Polizeibeamter Mr Dalton bewogen, die Entlassung des Kommunisten zu beantragen.

Mit der Behauptung, die Polizei habe ihn nur festgenommen, um einen Feldzug gegen die Kommunistische Partei zu eröffnen und sie aus Chicago zu vertreiben, forderte Erlone die öffentliche Bekanntgabe der Gründe für seine Verhaftung. Da er keine befriedigende Antwort erhielt, weigerte er sich, das Gefängnis zu verlassen, worauf die Polizei ihn wieder in seine Zelle zurückführen ließ.

Bigger hob die Augen und blickte sich um. Niemand beobachtete ihn. Seine Hand zitterte vor Erregung. Die Bahn rumpelte durch den Schnee, und als sie in der Nähe der 50. Straße hielt, sprang er ab.

Er befand sich fast vor Bessies Haus. Er sah hinauf zu ihrem Fenster; es war dunkel. Der Gedanke, dass sie vielleicht mit Freunden ausgegangen war, um mit ihnen zu trinken, machte ihn wütend. Er trat in den Hauseingang. Er war nur schwach beleuchtet, doch hier war es etwas geschützter als draußen. Nun wollte Bigger erst einmal die Zeitung zu Ende lesen. Er schlug sie auf und erblickte zum ersten Mal sein Foto. Es war auf der zweiten Seite, links unten, abgedruckt. Die Überschrift lautete: KOMMUNISTEN WOLLTEN IHN ANWERBEN. Es war ein sehr kleines Foto, unter dem sein Name stand. Bigger sah sehr ernst aus und sehr schwarz, und seine Augen starrten geradeaus. Die weiße Katze saß auf seiner rechten Schulter, und ihre großen runden Augen klagten ihn heimlich an. Ach, und hier war ja auch ein Bild von Mr und Mrs Dalton. Dass er dieses Bild, das noch vor zwei Stunden Wirklichkeit gewesen war, so bald schon in der Zeitung wiedersah, erweckte in ihm von Neuem das Gefühl, dass er dieser gewaltigen weißen Welt, die so schnell arbeitete, nicht gewachsen war.

Schon bald würden sie ihn aufspüren und zur Verantwortung ziehen. Die beiden weißhaarigen alten Leute, die mit flehend ausgestreckten Händen auf der Kellertreppe standen, waren ein Symbol hilflosen Leidens, und eine Welle von Hass würde die Stadt durchfluten, wenn sich herausstellte, dass ein Neger den Mord an Mary begangen hatte.

Biggers Lippen pressten sich zusammen. Nun würde er das Geld nicht bekommen. Sie hatten Mary gefunden und würden nicht eher ruhen, bis sie den Mörder hatten. Tausende weiße Polizisten würden die ganze Südseite nach ihm und anderen Schwarzen durchkämmen, die ihm ähnlich sahen.

Er drückte auf die Klingel und wartete. Dann klingelte er noch einmal und ließ den Finger so lange auf dem Klingelknopf, bis der Türdrücker summte. Er stürzte die Treppe hinauf und holte bei jedem Schritt tief Luft. Als er den zweiten Treppenabsatz erreicht hatte, ging sein Atem so schnell, dass er stehen bleiben musste und die Augen schloss, um sich zu beruhigen. Dann blickte er nach oben. Bessie blinzelte verschlafen durch die halb geöffnete Tür. Er rannte die letzten Stufen zu ihr hinauf und trat in das dunkle Zimmer.

»Mach Licht«, befahl er.

»Bigger! Was ist denn passiert?«

»Mach Licht!«

Sie rührte sich nicht von der Stelle. Er tastete sich vor und angelte nach der Lichtschnur. Er zog, und es wurde hell. Dann wirbelte er herum und sah in alle Ecken, als erwarte er, dass jemand sich in Bessies Wohnung versteckt habe.

»Was ist denn passiert?« Bessie kam näher und berührte seine Jacke. »Du bist ja ganz nass!«

»Es ist alles aus.«

»Dann brauch ich es also nicht zu tun?«, sprudelte sie hervor.

Ja, sie dachte nur an sich. Er war allein.

»Bigger, sag mir doch, was ist passiert?«

»Sie wissen alles. Sie werden mich bald suchen.«

Sie hatte viel zu viel Angst, als dass sie hätte weinen können. Bigger ging ziellos im Zimmer auf und ab, seine Schuhe hinterließen schmutzige Wasserringe auf dem Boden.

»Erzähl doch, Bigger! Bitte!«

Sie wartete auf ein Wort, das sie von ihrer Angst befreite, doch er würde dieses Wort nicht sagen. Nein, sie sollte bei ihm bleiben; er brauchte jemanden. Sie klammerte sich an ihn, und er spürte, dass sie zitterte.

»Werden sie auch nach mir suchen, Bigger? Ich habe es doch nicht gewollt!«

Ja, er würde ihr alles erzählen. Er wollte sie an sich fesseln, zumindest noch für eine Weile. Er wollte jetzt nicht allein sein.

»Sie haben das Mädchen gefunden.«

»Was soll nun aus uns werden? Ach, Bigger, was hast du mir angetan ...«

Sie fing an zu weinen.

»Komm, Kleines, hör auf!«

»Hast du sie wirklich umgebracht?«

»Sie ist tot. Und sie haben sie gefunden.«

Sie lief schluchzend zum Bett und ließ sich niederfallen. Mit verzerrtem Mund fragte sie: »Hast du ... hast du ... den ... Brief abgeschickt?«

»Ja.«

»Bigger«, wimmerte sie.

»Das ist jetzt nicht mehr zu ändern.«

»O Gott, sie werden mich holen. Sie wissen, dass du sie umgebracht hast, und sie werden mit deiner Mutter reden und mit deinem Bruder und mit allen. Ja, ja … sie werden mich holen. Bestimmt.«

Sie hatte recht. Es blieb ihr gar nichts weiter übrig, als mit ihm zu gehen. Wenn sie hierblieb, würde die Polizei kommen, und Bessie würde auf dem Bett liegen und schluchzen und alles sagen. Sie würde gar nicht anders können. Und was sie der Polizei über ihn, seine Gewohnheiten und sein Leben erzählte, würde helfen, ihn aufzuspüren.

»Wo hast du das Geld?«

»In der Tasche meines Kleides.«

»Wie viel ist es?«

»Neunzig Dollar.«

»Und was wirst du tun?«, fragte er.

»Am liebsten würde ich mich umbringen.«

»Es hat überhaupt keinen Sinn, so zu reden.«

»Ich kann nicht anders.«

Es war ein Schuss ins Dunkel; aber er beschloss, den Versuch zu machen.

»Wenn du dich jetzt nicht zusammennimmst, geh ich. Und zwar gleich.«

»Nein, Bigger! … Nein!« Sie sprang auf und rannte zu ihm hin.

»Gut, dann hör aber auf mit dem Theater.« Er wich langsam zurück und setzte sich auf einen Stuhl. Wie müde er war. Irgendeine Kraft in ihm, von der er nichts ahnte, hatte ihm geholfen, zu Bessie zu laufen, mit ihr zu sprechen; doch nun hatte er nicht mehr die Energie, zu fliehen, selbst wenn die Polizei plötzlich in das Zimmer dringen sollte.

»Hast du dir was getan?«, fragte sie und legte die Hand auf seine Schulter.

Er beugte sich vor und vergrub das Gesicht in den Händen.

»Bigger, was ist denn los?«

Er seufzte. »Ich bin so schrecklich müde.«

»Ich mach dir was zu essen.«

»Gib mir lieber 'nen Schluck zu trinken.«

»Aber keinen Whisky. Du brauchst heiße Milch.«

Er hörte Bessie im Zimmer umhergehen. Ihm war, als habe sich sein Körper in ein Stück Blei verwandelt, das kalt, schwer und nass war und schmerzte. Bessie schaltete den elektrischen Kocher an, goss eine Flasche Milch in einen Topf und stellte ihn auf die rot glühende Fläche. Sie kam zurück zu Bigger und legte ihm wieder die Hand auf die Schulter. In ihren Augen standen Tränen.

»Ich hab Angst, Bigger.«

»Du darfst jetzt keine Angst haben.«

»Du hättest sie nicht umbringen sollen, Bigger.«

»Ich wollte es ja auch nicht. Ich schwörs dir.«

»Wie ist es denn passiert? Du hast mir noch gar nichts davon erzählt ...«

»Ach, ich war in ihrem Zimmer ...«

»In ihrem Zimmer?«

»Ja. Sie war betrunken und ist umgefallen. Und da ... da hab ich sie in ihr Zimmer gebracht.«

»Und was hat sie getan?«

»Sie ... nichts. Überhaupt nichts hat sie getan. Aber ihre Mutter kam herein. Sie ist blind ...«

»Das Mädchen?«

»Nein, die Mutter. Ich wollte nicht, dass sie mich dort findet. Ja, und das Mädchen wollte was sagen, und ich hab

Angst gekriegt. Da hab ich ihr das Kissen auf den Mund gelegt … ich wollte sie wirklich nicht umbringen. Ich habe nur das Kissen aufs Gesicht gedrückt, und da ist sie dran erstickt. Ihre Mutter ist ins Zimmer gekommen, und das Mädchen wollte was sagen, und die Mutter hatte die Hände ausgestreckt … so … siehst du? Ich hatte Angst, sie würde mich berühren. Ich hab einfach dem Mädchen das Kissen aufs Gesicht gepresst, damit sie nicht schrie. Und dann bin ich von der Mutter fortgeschlichen. Als sie wieder draußen war, bin ich zum Bett gegangen, und da war … da war das Mädchen tot. Das ist alles. Sie war tot … Ich hab es nicht gewollt.«

»Du hast dir also nicht vorher ausgedacht, dass du sie ermorden willst?«

»Nein, ich schwörs dir. Aber das hat ja keinen Zweck. Kein Mensch wird mir glauben.«

»Liebling, verstehst du denn nicht?«

»Was?«

»Sie werden sagen … «

Bessie weinte wieder. Er nahm ihr Gesicht in seine Hände. Sie tat ihm leid, und er versuchte, sich einmal in ihre Lage zu versetzen.

»Was?«

»Sie werden sagen, dass … dass du sie vergewaltigt hast.«

Bigger starrte sie an. Er hatte ganz vergessen, was er empfunden hatte, als er mit Mary im Arm die Treppe hinaufgestiegen war. Er hatte alles so weit zurückgedrängt, dass es ihm erst in diesem Augenblick wieder zu Bewusstsein kam. Sie würden behaupten, dass er Mary vergewaltigt habe, und er konnte ihnen nicht das Gegenteil beweisen. Daran hatte er bisher noch gar nicht gedacht. Er stand auf und biss die Zähne zusammen. Hatte er Mary vergewaltigt?

Ja, im Geist hatte er sie vergewaltigt. Immer, wenn er so empfunden hatte wie in jener Nacht, hatte er vergewaltigt. Doch nicht bloß Frauen wurden vergewaltigt. Schon das Gefühl, das man hatte, wenn man mit dem Rücken zur Wand stand und sich gegen das Pack wehren musste, das einen umbringen wollte, schon dieses Gefühl war wie eine Vergewaltigung. Er hatte es stets gespürt, wenn er in ein weißes Gesicht geblickt hatte. Er glich einem langen, zähen Gummi, den tausend weiße Hände bis zum Zerreißen zogen, und wenn er riss, war es wie eine Vergewaltigung. Und wenn er tief im Herzen hasserfüllt aufschrie, weil ihm das Leben Tag für Tag so schwer gemacht wurde, war es wie eine Vergewaltigung.

»Und nun ist sie gefunden worden?«, fragte Bessie.

»Was?«

»Sie haben sie gefunden?«

»Ja. Ihre Knochen …«

»Ihre Knochen!«

»Ach, Bessie, ich wusste doch nicht, was ich mit ihr machen sollte. Da habe ich sie in der Heizung verbrannt.«

Bessie barg ihr Gesicht an seiner nassen Jacke und schluchzte heftig.

»Bigger?«

»Hm?«

»Was sollen wir nur machen!«

»Ich weiß nicht.«

»Sie werden uns suchen.«

»Ja, und sie haben mein Bild.«

»Wo können wir bloß hin?«

»Wir könnten uns eine Weile in einem der alten Häuser verstecken.«

»Da finden sie uns auch.«

»Ach, es gibt so viele solcher Häuser. Es ist, als ob man sich in einem Dschungel versteckt.«

Die Milch kochte über. Bessie stand auf und schaltete den Kocher aus. Sie goss die Milch in ein Glas und reichte es Bigger. Langsam trank er es halb aus. Dann stellte er das Glas auf den Tisch und stützte den Kopf wieder in die Hände. Wortlos reichte es ihm Bessie noch einmal, und er trank es leer. Dann füllte sie ihm ein zweites Glas. Er stand auf, die Beine und sein ganzer Körper waren schwer und müde.

»Zieh dich an. Und roll die Decken zusammen. Wir müssen weg.«

Sie ging zum Bett, schlug die Decken zurück und wickelte die Kissen hinein. Bigger trat zu ihr und legte ihr die Hände auf die Schultern.

»Wo ist die Flasche?«

Bessie holte sie aus der Handtasche und gab sie ihm. Er trank einen großen Schluck und steckte sie dann wieder zurück.

»Mach schnell«, sagte er.

Sie schluchzte leise, als sie die Sachen zusammenpackte. Dann und wann wischte sie die Tränen ab. Bigger stand mitten im Zimmer und dachte: Vielleicht sind sie jetzt schon zu Hause, vielleicht reden sie schon mit Mam, Vera und Buddy. Er ging zum Fenster, schob den Vorhang ein wenig zur Seite und blickte hinaus. Die Straßen waren weiß und leer. Er drehte sich um und sah Bessie regungslos über die Rolle mit dem Bettzeug gebeugt.

»Komm, wir müssen weg von hier.«

»Mir ist es gleich, was passiert.«

»Nimm dich zusammen.«

Was sollte er nur mit ihr machen? So, wie sie sich aufführte, war sie für ihn eine Gefahr. Er konnte sie unmöglich mitnehmen, doch zurücklassen konnte er sie auch nicht. Kalt und nüchtern überlegte er. Ja, sie sollte ruhig mitkommen; später würde er die Sache ins Reine bringen – und zwar so, dass Bessie keine Gefahr mehr für ihn bedeutete. Er fasste diesen Entschluss sehr ruhig, als sei er nicht dafür verantwortlich, als habe ihn eine fremde Vernunft dazu gezwungen.

»Soll ich dich hierlassen?«

»Nein, nein … Bigger!«

»Dann komm. Zieh dich an!«

Sie blickte ihn an. Plötzlich sank sie auf die Knie.

»O Gott!«, stöhnte sie. »Was nützt es uns, hier wegzugehen? Sie werden uns doch kriegen. Ich hätte wissen sollen, dass so etwas passiert.« Sie presste sich die Fäuste vor das Gesicht und schaukelte auf den Knien hin und her. Die Tränen strömten ihr aus den geschlossenen Augen. »Mein ganzes Leben lang hab ich es schwer gehabt. Wenn ich keinen Hunger hatte, war ich krank. Und wenn ich nicht krank gewesen bin, dann war irgendwas anderes. Und dabei hab ich nie jemandem was getan. Ich hab immer nur gearbeitet, Tag für Tag, soweit ich zurückdenken kann, bis ich nicht mehr konnte. Und um das zu vergessen, hab ich getrunken. Ich hab getrunken, damit ich schlafen konnte. Das ist alles. Weiter hab ich nichts getan. Und jetzt kommt so was. Sie sind hinter mir her, und wenn sie mich kriegen, bringen sie mich um.« Sie berührte mit dem Kopf den Boden. »Nur Gott weiß, warum ich mich so von dir behandeln lasse. Ich wollte, ich hätte dich nie gesehen. Ich wollte, einer von uns wäre gestorben, ehe wir geboren wurden. Du hast mir nur Böses gebracht, nur Böses. Seitdem wir uns kennen, hast du weiter nichts getan als mich betrunken gemacht, damit du mich haben konntest. Das war alles! Ich seh es jetzt. Und jetzt bin ich nicht betrunken. Ich sehe alles, was du mir angetan hast. Ich wollte es bisher nicht sehen. Ich habe nur immer daran gedacht, wie wohl ich mich gefühlt habe, wenn ich bei dir war. Ich habe geglaubt, ich wäre glücklich, doch tief in meinem Herzen hab ich gewusst, dass ich es nicht bin. Und nun hast du mich in diesen Mord hineingezogen. Ich bin ein dummes Ding gewesen, ein dummes, blindes, besoffenes schwarzes Ding. Jetzt muss ich fliehen, und ich weiß, dass es dir völlig gleichgültig ist.«

Sie hielt erschöpft inne. Er hatte ihr nicht zugehört. Aber ihre Worte hatten ihm tausend Einzelheiten ihres Lebens ins Gedächtnis zurückgerufen. Er sah, in welch schlimmer Verfassung sie war. Nein, er konnte sie nicht mitnehmen und auch nicht zurücklassen. Er dachte dies ohne Zorn und Bedauern. Er wusste, was er zu tun hatte: Er war entschlossen, sich zu retten.

»Komm, Bessie. Wir können nicht länger hierbleiben.«

Er bückte sich und ergriff mit der einen Hand ihren Arm und hob mit der anderen das Bündel mit dem Bettzeug hoch. Er zog Bessie über die Schwelle und warf die Tür hinter sich zu. Er stieg die Treppe hinab, und Bessie stolperte wimmernd hinter ihm her. Im Hausflur holte er den Revolver unter dem Hemd hervor und steckte ihn in die Jackentasche. Es konnte sein, dass er ihn plötzlich gebrauchen musste. Von nun an hatte er sein Leben in der Hand. Was immer geschah, es hing von ihm ab, und als er sich dessen bewusst wurde, ließ seine Angst ein wenig nach. Es war alles ganz einfach. Er öffnete die Tür. Eisige Kälte schlug ihm entgegen. Er trat zurück und drehte sich zu Bessie um.

»Wo ist die Flasche?«

Sie hielt ihm die Handtasche hin, er nahm die Flasche heraus und trank einen großen Schluck.

»Hier«, sagte er. »Trink auch mal.«

Sie trank und steckte die Flasche wieder ein. Dann traten sie hinaus in den Schnee und kämpften sich auf den vereisten Straßen durch den schneidenden Wind. Einmal blieb Bessie stehen und fing an zu weinen. Er packte sie am Arm.

»Hör bloß auf! Komm weiter!«

Sie gelangten an ein hohes, schneebedecktes Gebäude, dessen schwarze Fenster den Augenhöhlen in einem Totenschädel glichen. Bigger nahm ihr die Handtasche ab und holte die Taschenlampe heraus. Dann zog er Bessie die Stufen hinauf. Die Haustür war nur angelehnt. Er gab ihr mit der Schulter einen Stoß, und quietschend öffnete sie sich. Tiefe Dunkelheit empfing ihn, die auch der schwache Strahl der Taschenlampe nicht durchdringen konnte. Ein modriger Geruch nahm ihm den Atem, und er hörte, wie etwas eilig über den Holzfußboden trippelte. Bessie sog geräuschvoll die Luft ein. Sie schien schreien zu wollen, doch Biggers Finger krallten sich so fest in ihren Arm, dass sie nach vorn sank und stöhnte. Als er die Treppe hinaufging, hörte er ein leises Knarren, als wiege sich ein Baum im Wind. Mit der einen Hand hielt Bigger Bessie fest, mit der anderen wischte er die Spinnweben ab, die sich ihm auf Augen und Lippen legten. Das Bündel mit dem Bettzeug hatte er unter den Arm geklemmt. Er stieg hinauf zum dritten Stock und trat in ein Zimmer, dessen Fenster in einen Luftschacht mündete. Es roch nach faulendem Holz. Er ließ den Lichtstrahl wandern. Der Boden war mit einer dicken Staubschicht bedeckt. In einer Ecke lagen zwei Ziegelsteine. Bigger blickte zu Bessie; sie hielt die Hände vor das Gesicht, und an ihren schwarzen Fingern glänzten Tränen. Er legte das Bündel auf den Boden.

»Roll die Decken auf!«

Sie gehorchte. Er legte zwei Kissen unter das Fenster. Er fror so sehr, dass ihm die Zähne klapperten. Bessie lehnte weinend an der Wand.

»Nun beruhige dich doch endlich«, sagte er.

Er schob das Fenster hoch und blickte in den Luftschacht. Schwarze Finsternis breitete sich vor ihm aus. Ab und zu rieselten ein paar weiße Flocken durch den blassen Lichtkreis der Taschenlampe. Bigger zog das Fenster herab und wandte sich wieder Bessie zu. Sie hatte sich nicht vom Fleck gerührt. Er ging zu ihr hinüber und nahm ihr die Tasche aus der Hand. Er zog die noch halb volle Flasche heraus und leerte sie. Das tat gut. Der Whisky brannte ihm im Magen, und dieses Gefühl lenkte ihn ab von der Kälte und dem Heulen des Windes. Er setzte sich auf die Decken und rauchte eine Zigarette. Es war seit Langem die erste. Er sog den Rauch tief in die Lungen und stieß ihn langsam wieder aus. Der Whisky wärmte ihn und machte ihn schwindlig. Bessie schluchzte herzzerreißend.

»Komm schlafen«, sagte er.

Er zog den Revolver aus der Jackentasche und legte ihn in Reichweite hin.

»Komm, Bessie. Du erfrierst ja, wenn du dort stehen bleibst.«

Er entledigte sich der Jacke und breitete sie über die Decken. Dann streckte er sich aus und löschte das Licht. Der Whisky lullte ihn ein, betäubte seine Sinne. Bessies Wimmern drang leise an sein Ohr. Er zog zum letzten Mal an seiner Zigarette und drückte sie aus. Da hörte er, dass

Bessie mit knarrenden Schuhen zu ihm herüberkam. Reglos lag er da. Er fühlte, wie die Wärme des Alkohols ihn durchflutete. Sein Inneres war angespannt, als hätte man ihn gezwungen, lange Zeit in ein und derselben Stellung zu verharren. Es war voller Begierde, doch er versuchte, sie zurückzudrängen. Bessie hatte Angst, und er durfte jetzt nicht in dieser Weise an sie denken. Doch jener Teil in ihm, der ihn wenigstens nach außen hin tun ließ, was von ihm erwartet wurde, schien jetzt zu versagen. Bigger hörte Bessies Kleider in der Dunkelheit rascheln. Er wusste, sie zog den Mantel aus. Bald würde sie neben ihm liegen. Er wartete. Nach ein paar Minuten fühlte er ihre Finger auf seinem Gesicht; sie suchte die Decke. Er streckte die Hand aus und ergriff ihren Arm.

»Hier. Leg dich hin.«

Er schlug die Decke zurück, und sie glitt neben ihn. Nun, da sie so dicht bei ihm lag, drehte sich alles in ihm noch schneller. Ein Windstoß rüttelte am Fenster, das alte Haus krachte in allen Fugen. Er fühlte sich warm und geborgen, obwohl er in Gefahr war. Das Haus konnte jeden Augenblick über ihm zusammenstürzen, aber hier war er wenigstens vor der Polizei sicher. Er legte die Hände auf Bessies Schultern. Langsam wich die Erstarrung aus ihrem Körper. Doch seine Spannung wuchs, und sein Blut wurde heiß.

»Frierst du?«, fragte er flüsternd.

»Ja«, hauchte sie.

»Komm näher heran.«

»Ich hätte nie gedacht, dass es mal so kommen würde.«

»Es bleibt ja auch nicht immer so.«

»Ich möchte lieber gleich sterben.«

»Sag doch nicht so was.«

»Mir ist durch und durch kalt. So als könnte ich nie mehr warm werden.«

Er zog sie näher zu sich heran, bis er ihren Atem spürte. Der Wind fuhr klagend um das Haus, dann verstummte er. Bigger drehte Bessie zu sich herum und lag nun Gesicht an Gesicht mit ihr. Er küsste ihre kalten Lippen, bis sie warm und weich wurden. Heißes Verlangen stieg fordernd in ihm auf. Er ließ seine Hand von ihrer Schulter zu den Brüsten gleiten und schob den Arm unter ihren Kopf. Wieder küsste er sie.

»Bitte, Bigger ...«

Sie versuchte, sich von ihm zu befreien, doch sein Arm hielt sie fest, und sie blieb winselnd liegen. Er hörte sie seufzen. Dieses Seufzen war ihm vertraut; er hatte es schon oft gehört. Doch diesmal klang darin noch etwas anderes mit: ein Sich-Ergeben, ein Entsagen, das mehr war als nur ein Entsagen ihres Körpers. Ihr Kopf lag schlaff in der Beuge seines Armes, und seine Hand griff nach dem Saum ihres Kleides und schob ihn langsam hoch. Seine kalten Finger berührten ihren warmen Körper und tasteten sich suchend voran. Bessie lag still und teilnahmslos da und leistete keinen Widerstand. Als er seine eisigen Finger in sie schob, gab sie auf einmal einen Laut von sich, einen gedehnten, resignierenden Laut, der ihr ganzes Entsetzen zum Ausdruck brachte. Ihr Atem war ein leises Keuchen, das schließlich zu einem flehenden Flüstern wurde.

»Bigger ... nicht!«

Ihre Stimme kam zu ihm aus fernem Schweigen, und er hörte sie kaum. Sie wurde von dem fordernden Ruf seines eigenen Körpers übertönt. In der kalten Dunkelheit des Zimmers hatte er das Gefühl, auf einem riesigen, sich drehenden Rad zu liegen, das in ihm den Wunsch weckte, sich schneller und immer schneller zu drehen, um Wärme zu finden und Schlaf und um seiner furchtbaren Müdigkeit Herr zu werden. Er war sich nur noch Bessies Körper bewusst und dessen, was er wollte. Ungeachtet der Kälte, warf er die Decke zurück; er merkte gar nicht einmal, dass er es tat. Bessie versuchte, ihn mit gespreizten Fingern wegzustoßen. Er hörte sie leise stöhnen. Es war ein nicht enden wollendes Stöhnen, das selbst ihr Atem nicht unterbrach. Doch auch dieses Stöhnen drang zu ihm wie aus weiter Ferne, und er beachtete es nicht. Er musste sie besitzen. Ja, Bessie, jetzt. Sein Verlangen lag nackt und heiß in seiner Hand, und seine Finger berührten sie. Es tat ihm leid, aber er musste es tun. *Nein, Bigger, nicht!* Er konnte nichts dagegen tun. Es tut mir leid. Ich kann nichts dagegen tun. Tut mir leid. Nichts dagegen tun. Sie sollte ihn ansehen. Ansehen! So, wie er war. Er bedauerte es, sie zu kränken, doch er konnte es nicht mehr verhindern. Fühlst du es, Bessie? Jetzt, alles. Er hörte, wie Bessie schwer atmete, auch sein eigener Atem ging langsam und schwer. Jetzt. Alles. Alles. Jetzt. *Bigger …*

Er lag ganz still. Er fühlte sich erlöst von Hunger und Begierde und lauschte auf seinen und Bessies Atem und auf das Klagen des Windes draußen in der Nacht. Er ließ von Bessie ab, drehte sich auf den Rücken und streckte die Beine von sich. Sein Atem beruhigte sich allmählich, bis er ihn überhaupt nicht mehr hörte und ihn ganz vergaß. Er starrte in die Dunkelheit. Seine Müdigkeit war verflogen. Er spürte Bessie neben sich leise atmen und wandte den Kopf nach ihr um. Ob sie wohl schon schlief? Hoffentlich brauchte er nicht mehr allzu lange zu warten! In seinen Plänen spielte sie schon keine Rolle mehr. Er erinnerte sich der beiden Ziegelsteine, die er gesehen hatte, als er ins Zimmer getreten war. Wo hatten sie bloß gelegen? Er musste sie finden, zumindest einen. Er hätte Bessie lieber nichts von dem Mord sagen sollen. Aber es war nicht seine Schuld gewesen. Sie hatte ihn so lange gequält, bis er ihr alles erzählt hatte. Wie konnte er auch ahnen, dass man Marys Knochen so bald finden würde? Im Geist sah er wieder den qualmenden Ofen und die weißen Knochen vor sich, doch er empfand keine Reue. Er hatte diese Knochen fast eine volle Minute betrachtet, und er hatte nicht gewusst, dass es Marys Knochen waren. Er hätte nie geglaubt, dass er auf diese Art des Mordes überführt werden würde, dass er vor den Beweisen stehen könnte, ohne zu wissen, dass es die Beweise waren.

Seine Gedanken kehrten zu Bessie zurück. Was war nun mit ihr? Er hörte sie atmen. Ja, sie schlief. Im Geist versuchte er, das Zimmer zu rekonstruieren. Das Fenster befand sich unmittelbar über seinem Kopf. Die Taschenlampe lag neben ihm, der Revolver neben der Taschenlampe mit dem Griff zu ihm, sodass er ihn schnell fassen konnte, falls er ihn brauchte. Doch nein, den Revolver konnte er nicht verwenden; der Schuss würde zu laut dröhnen. Er würde doch den Ziegelstein nehmen. Er erinnerte sich, wie er das Fenster hochgeschoben hatte – es war nicht schwer gewesen. Ja, so würde er es machen, er würde die Leiche in den engen Luftschacht werfen. Dort würde sie niemand finden, und wenn doch, dann wäre sie vermutlich schon am Verwesen.

Er konnte Bessie nicht hier zurücklassen, und er konnte sie auch nicht mitnehmen. Wenn er sie mitnahm, würde sie die ganze Zeit über heulen, würde ihm Vorwürfe machen, würde Whisky haben wollen, um zu vergessen, und es würden Zeiten kommen, in denen er ihr keinen Whisky kaufen konnte. Die stille Dunkelheit des Zimmers hüllte ihn ein, sie ließ ihn die Stadt vergessen. Er setzte sich langsam auf und lauschte. Bessie atmete tief und gleichmäßig. Er streckte die Hand aus und griff nach der Taschenlampe. Er beugte sich noch einmal zu Bessie hinüber. Sie schlief, als wäre sie zu Tode erschöpft. Doch so durfte er nicht sitzen bleiben. Er hatte sie ja aufgedeckt. Sie würde frieren und aufwachen! Er deckte sie behutsam wieder zu. Dann drückte er den Knopf der Taschenlampe herab, und an der gegenüberliegenden Wand leuchtete ein blassgelber Schein auf. Rasch senkte er die Lampe, um Bessie nicht zu stören. Da erblickten seine Augen im Bruchteil einer Sekunde einen der beiden Ziegelsteine.

Er erstarrte. Bessie warf sich unruhig hin und her. Sie schien nicht mehr zu atmen. Er lauschte, aber er konnte nichts hören. Er verspürte Angst. Bessies Atem war für ihn wie eine weiße Schnur, die über eine breite schwarze Schlucht gespannt war und langsam ausfaserte. Er klammerte sich daran fest und fürchtete, dass sie reißen und er tief unten auf die Felsen schlagen könne. Dann hörte er Bessie wieder atmen: ein – aus, ein – aus. Und er bemühte sich, ganz leise Luft zu holen, damit er sie nicht weckte. Nun musste er aber handeln. Vorsichtig zog er die Beine unter der Decke hervor. Bessies Atem ging schwer und regelmäßig. Bigger hob den Arm, und die Decke fiel herab. Langsam stand er auf. Draußen in der kalten Nacht heulte der Wind auf wie ein Schwachsinniger in einem eisigen, finsteren Verlies und verstummte. Bigger drehte sich um und richtete den Strahl der Taschenlampe auf Bessie. Ja. Sie schlief. Ihr schwarzes Gesicht, noch feucht von Tränen, war entspannt. Er knipste die Lampe aus, tastete sich zur Wand, und seine Finger suchten auf dem kalten Boden nach dem Ziegelstein. Da war er ja! Er packte ihn und schlich auf

Zehenspitzen zu Bessie zurück. Ihr Atem wies ihm in der Dunkelheit den Weg, und Bigger blieb dort stehen, wo er ihren Kopf vermutete. Er konnte sie nicht mitnehmen, und er konnte sie auch nicht zurücklassen. Einer musste daran glauben: entweder er oder sie. Er knipste die Lampe an, um zu sehen, wohin er schlagen musste. Hoffentlich wurde Bessie davon nicht wach! Dann löschte er das Licht. Doch das Bild ihres schwarzen Gesichtes, das so ruhig und entspannt aussah, ließ ihn nicht los.

Er richtete sich auf und holte mit dem Ziegelstein aus. In diesem Augenblick entglitt ihm das Gefühl für die Wirklichkeit. Sein Herz schlug wild, als wolle es die Brust zersprengen. Nein! Nein! Seine Lungen drohten zu bersten, und er spannte die Muskeln an und versuchte, seinen Körper in die Gewalt zu bekommen. Er musste sich zusammennehmen. Da war die Panik auch schon von ihm gewichen. Doch nun musste er warten, bis der Drang, sich seinen Verfolgern zu entziehen, wieder von ihm Besitz ergriffen hatte. Ja. Es musste sein. Der weiße Schleier, Marys brennende Leiche, Britten und die Polizei, die ihm auf der Spur waren, ließen ihn erneut schaudern. Er war bereit. In Gedanken beschrieb seine Hand mit dem Ziegelstein einen unsichtbaren Bogen, hielt inne und sauste dann auf Bessies Kopf herab. Er stand reglos da. Ja, so musste er es machen! Bigger holte tief Luft, umspannte den Ziegelstein fester, hob ihn hoch, zögerte einen Moment, und ließ ihn dann mit einem Seufzen niedersausen, das tief aus seinem Herzen kam. Ja! Der Stein landete mit einem dumpfen Aufschlag auf ihrem Kopf. Bigger hörte einen leisen Schrei der Überraschung und dann ein Stöhnen. Nein, das durfte nicht sein! Er hob den Stein von Neuem und schlug noch einmal zu und wieder und immer wieder. Bald schien er nur noch auf eine feuchte, nachgiebige Masse einzuschlagen. Dann hielt er inne. Der Atem hob und senkte seine Brust, und er war am ganzen Körper nass und fror. Wie oft er zugeschlagen hatte, wusste er nicht. Er wusste nur, dass es still war im Zimmer und kalt und dass er getan hatte, was er hatte tun wollen.

In der linken Hand hielt er noch immer die Taschenlampe. Er verspürte den Wunsch, sie anzuknipsen und zu sehen, ob Bessie wirklich tot war, aber er brachte es nicht über sich. Seine Knie waren eingeknickt wie die eines Läufers, der auf den Startschuss wartet. Angst überkam ihn wieder; er lauschte. Atmete sie nicht noch? Er beugte sich über sie. Nein, es war sein eigener Atem, den er hörte; er hatte alles andere übertönt.

Die Hand, die den Ziegelstein hielt, begann zu schmerzen; er hatte ihn einige Minuten lang mit aller Kraft umklammert. Der Ziegelstein fühlte sich warm und feucht an, und diese feuchte Wärme kroch ihm über die Haut. Er wollte den Stein fallen lassen, er wollte sich von diesem Gefühl befreien, das sich mit jedem Augenblick verstärkte. Da schoss ihm ein schrecklicher Gedanke durch den Kopf. Wenn er nun Bessie gar nicht getroffen hatte? Wenn sie ihn nun mit ihren großen, runden schwarzen Augen ansah, den Mund verzerrt vor Furcht, Erstaunen, Schmerz und Anklage? Ein kalter Hauch, kälter noch als die Luft im Zimmer, legte sich ihm um die Schultern wie ein Schal, der gewebt war aus Eis. Er konnte den Gedanken nicht ertragen, und etwas wand sich in ihm in stummer Qual. Er bückte sich, bis der Stein den Boden berührte, lockerte die Finger, hob die Hand und wischte sie an der Jacke ab. Allmählich wurde auch sein Atem leiser, bis er ihn nicht mehr hörte. Und plötzlich wusste er, dass Bessie nicht mehr lebte. Der Raum war erfüllt von Stille, Kälte, Tod und Blut und dem dumpfen Stöhnen des Nachtwindes.

Er musste nachsehen. Er nahm die Taschenlampe, richtete sie dorthin, wo Bessies Kopf sich befinden musste, und drückte den Knopf. Der gelbe Lichtkegel beleuchtete eine leere Stelle auf dem Boden. Er bewegte ihn hinüber zu der zusammengeknüllten Decke. Da! Ihr Gesicht war zur Seite gewendet, Lippen und Haare blutverschmiert, ihr Körper war erschlafft. Er knipste das Licht aus. Und nun? Sollte er sie hier liegen lassen? Jemand konnte sie finden. Er tastete sich um das Lager und trat ans Fenster. Er erwartete, eine Stimme zu hören, die ihn fragte, mit welchem Recht er so handelte, doch alles blieb still. Dann schob er das Fenster langsam nach oben. Der Wind blies ihm ins Gesicht. Er tastete sich zu Bessie zurück. Nun würde er sie hochheben müssen. Seine Arme hingen schlaff herab. Reglos stand er da. Doch er musste sie von hier fortbringen. Er bückte sich und schob die Hände unter sie. Hoffentlich fasste er nicht in Blut. Er hob sie hoch, und ihm war, als schrie der Wind ihm einen Protest entgegen. Er trat zum Fenster, und dann ging alles sehr schnell. Er hielt Bessie mit ausgestreckten Armen hinaus; dann ließ er sie los. Sie fiel hinunter in die schwarze Tiefe, prallte ein paar Mal gegen die Wände des engen Luftschachtes und schlug dann unten auf.

Er ging zurück ins Zimmer und richtete die Taschenlampe erneut auf das Lager. Fast erwartete er, Bessie noch dort vorzufinden. Doch da war nur eine warme Blutlache, über der ein schwacher Dunst in der Luft hing. Er tastete die Kissen ab. Sie waren feucht. Er nahm sie auf und warf sie gleichfalls aus dem Fenster. Nun war alles vorbei.

Er zog das Fenster herab. Er würde mit den Decken in ein anderes Zimmer gehen. Am liebsten hätte er sie ja hier liegen lassen, doch es war kalt, und er brauchte sie. Er rollte sie zu einem Bündel zusammen, nahm sie unter den Arm und trat hinaus in den Korridor. Plötzlich blieb er mit offenem Mund stehen. Guter Gott! Das Geld! Es war in ihrer Kleidertasche! Nun war er geliefert! Er hatte Bessie mit dem Geld in den Luftschacht geworfen! Was sollte er tun? Hinuntergehen und es holen? Entsetzen packte ihn. Nein. Nur das nicht! Wenn er sie wiedersah, würde ihn das Gefühl der Schuld überwältigen. Gott, war das dumm von ihm gewesen! Sie mit dem Geld in der Tasche hinunterzuwerfen! Er seufzte. Dann lief er durch den Korridor und trat in ein anderes Zimmer. Schön, dann musste er eben ohne das Geld auskommen. Er breitete die Decken auf dem Fußboden aus und wickelte sich hinein. Er besaß noch sieben Cent, und die sollten ihn vor dem Verhungern bewahren und vor der Polizei schützen in den langen Tagen, die nun folgen würden.

Er schloss die Augen. Wenn er nur schlafen könnte! Während der letzten beiden Tage und Nächte hatte er so intensiv gelebt, dass es ihn Mühe kostete, sich an jede Einzelheit zu erinnern. Er war Tod und Gefahr so nahe gekommen, dass er kaum glauben konnte, ihm sei das alles zugestoßen. Und dennoch war ein seltsames Machtgefühl in ihm zurückgeblieben. Das alles hatte er vollbracht. Die beiden Morde waren das Bedeutungsvollste in seinem bisherigen Dasein gewesen. Zum ersten Male lebte er wirklich, ganz gleich, was jene denken mochten, die ihn mit blinden Augen betrachteten. Nie zuvor war es ihm vergönnt gewesen, seine Taten bis ins Letzte auszukosten; nie war sein Wille so frei gewesen wie in diesen Tagen.

Er hatte zweimal gemordet, und doch waren es nicht seine ersten Morde gewesen. In Gedanken hatte er schon oft gemordet, aber erst in den letzten beiden Tagen hatte er seinen Impulsen nachgegeben. Wann immer er von blinder Wut gepackt worden war, hatte er sich entweder hinter seiner Mauer verschanzt oder sich gestritten und geschlagen. Doch nie hatte es ihn verlangt, der Sache in ihrer ganzen Größe entgegenzutreten, sie in Wind und Sonne auszufechten vor jenen, die ihn so abgrundtief hassten, dass sie ihn in einen Winkel der Stadt drängten, ihn dort verrecken ließen und ihn dann unschuldsvoll wie Mary fragten: »Wie lebt ihr Neger eigentlich?«

Doch was wollte er? Was liebte und was hasste er? Er konnte es nicht sagen. Es gab etwas, was er wusste, und etwas, was er fühlte; etwas, was er von anderen forderte, und etwas, was er selbst besaß; etwas, was vor ihm, und etwas, was hinter ihm lag; und nie in seinem Leben hatten Denken und Fühlen, Wille und Verstand, Sehnsucht und Befriedigung zusammengefunden; nie hatte er Vollkommenheit gespürt. Zuweilen erschien ihm die Welt wie ein Labyrinth, selbst wenn die Straßen übersichtlich angelegt waren. Sie war für ihn ein Chaos, in das er Ordnung zu bringen suchte. Doch nur der Druck des Hasses vermochte den Zwiespalt in ihm zu lösen. Bigger war so sehr Kind seiner Umwelt, dass allein harte Worte und Stöße ihn hochschreckten und ihn zum Handeln trieben – einem Handeln, das nutzlos war, weil die Welt ihn erdrückte. In jenen Augenblicken schloss er die Augen und schlug blindlings drauflos, ohne sich darum zu kümmern, wen er traf oder wer zurückschlug.

Schließlich – und das machte es so schwer für ihn – wollte er sich nicht vortäuschen, dass alles in bester Ordnung und er glücklich sei. Er hasste seine Mutter, weil sie Bessie ähnelte. Sie betete, und Bessie trank, ja, Bessies Whisky und die Religion seiner Mutter waren eins. Bigger wollte nicht in der Kirche sitzen und singen oder in einer Ecke liegen und schlafen. Wenn er Zeitungen oder Magazine las oder ins Kino ging oder durch die Straßen wanderte, dann fühlte er, was er wollte: mit den anderen verschmelzen und ein Teil dieser Welt sein, sich in ihr verlieren, damit er sich wiederfinden konnte, und wie ein Mensch leben, obwohl er schwarz war.

Stöhnend wälzte er sich auf dem harten Lager hin und her. Ein Wirbel von Gedanken und Gefühlen hatte ihn gefangengenommen und durch die Nacht getragen, und als er die Augen öffnete, sah er, dass durch das schmutzige Fenster über seinem Kopf helles Tageslicht hereindrang. Er sprang auf und blickte hinaus. Es hatte aufgehört zu schneien, und die Stadt erstreckte sich vor ihm als eine endlose Fläche von Dächern und Himmel. Er hatte stundenlang in der Dunkelheit über sie nachgedacht, und da lag sie nun, weiß und still. Aber seine Gedanken hatten ihr eine Wirklichkeit verliehen, die sie bei Tageslicht nicht mehr besaß. Das, was ihm in der Dunkelheit an ihr so außergewöhnlich erschienen war, fiel von ihr ab, nun, da er sie betrachtete. Weshalb war diese kalte weiße Welt nicht wie ein schöner Traum, in dem man sich geborgen fühlte, in dem man leicht erkennen konnte, was man tun sollte und was nicht? Ach, wenn doch schon jemand in ihr gelebt und gelitten hätte – und sie in etwas verwandelt hätte, was man verstehen konnte! Sie war erstarrt, war nicht befreit, war nicht erfüllt vom warmen Blut des Lebens. Er spürte, dass etwas fehlte, eine Straße, die, wenn man sie einmal gefunden hatte, zu Erkenntnis und ruhiger Gewissheit führte. Aber weshalb an so etwas denken? Es war verlorene Mühe. Er hatte zwei Morde begangen und sich eine eigene Welt geschaffen.

Er verließ das Zimmer, stieg hinunter in den ersten Stock und blickte aus dem Fenster. Die Straße war menschenleer, nicht ein Auto fuhr vorüber, und die Straßenbahnschienen waren unter der Schneelast begraben. Zweifellos hatte der Blizzard den ganzen Verkehr der Stadt lahmgelegt.

Ein kleines Mädchen bahnte sich einen Weg durch den Schnee. An einem Zeitungsstand blieb sie stehen. Der Besitzer kam eilig aus einem Drugstore und verkaufte dem Mädchen eine Zeitung. Dann ging er zurück. Bigger überlegte. Wenn er sich nun eine Zeitung schnappte, solange der Mann drinnen war? Doch der Schnee war so weich und tief, dass er vielleicht nicht schnell genug rennen konnte. Er würde womöglich eingeholt werden. Und würde er ein Haus finden, in dem er sich verstecken und die Zeitung lesen konnte? Ja, das war die Frage! Er blickte die Straße hinauf und hinab; niemand war zu sehen. Er ging hinaus, und der Wind schnitt ihm wie mit Messern ins Gesicht. Die Sonne flammte auf und blendete ihn so stark, dass er sich duckte, wie um einem Schlag auszuweichen; Millionen kleiner Funken stachen ihm in die Augen. Er stapfte zum Zeitungsstand. Sein Blick fiel auf die großen schwarzen Buchstaben einer Schlagzeile: JAGD AUF SCHWARZEN MÄDCHENMÖRDER. Ja, nun war die Geschichte bekannt. Er suchte nach einem leeren Haus, in dem er sich verstecken konnte, wenn er die Zeitung hatte. Dort an der Ecke stand ja eins! Ja, das war nicht übel. Er überlegte sich genau, wie er es machen wollte. Nach allem, was er getan hatte, wollte er nicht beim Stehlen einer Drei-Cent-Zeitung erwischt werden.

Er ging an dem Drugstore vorbei und blickte hinein. Der Mann lehnte an der Wand und rauchte. Die Zigarette hing ihm leuchtend weiß über das schwarze Kinn. Nun mal los! Er streckte die Hand aus und griff sich eine Zeitung. Dabei blickte er zu dem Mann hinüber, der zu ihm herausstarrte. Noch ehe Bigger sich ganz herumgedreht hatte, rannte er los. Er fühlte, wie seine Beine kehrtmachten, vorwärtsschossen und ausrutschten. Verdammt! Die weiße Welt neigte sich zu ihm hin, und der eisige Wind fuhr an seinem Gesicht vorbei. Bigger lag der Länge lang da, und der Schnee biss ihm in die Finger. Er rappelte sich hoch, erst auf das eine Knie, dann auf das andere; als er wieder auf den Füßen stand, blickte er zum Drugstore hinüber, die Zeitung fest umklammernd, erstaunt und wütend auf sich selbst, dass er so ungeschickt gewesen war. Die Tür des Drugstores öffnete sich. Er rannte.

»He!«

Er bog in die Gasse ein und drehte sich um. Der Mann stand im Schnee und sah ihm nach. Nein, der würde ihm nicht folgen.

»He, du!«

Er stolperte zu dem Haus, warf die Zeitung durch das Fenster, klammerte sich an den Sims, zog sich hoch und schwang sich hinüber. Dann blickte er hinaus auf die Gasse; alles war weiß und still. Er hob die Zeitung auf, ging durch den Korridor und stieg die Treppe hinauf zur dritten Etage. Er knipste die Taschenlampe an. Seine Schritte hallten leise durch das leere Gebäude. Voller Angst griff er plötzlich in die Tasche. Ja, der Revolver war noch da. Er hatte schon geglaubt, er hätte ihn bei seinem Sturz in den Schnee verloren. Er setzte sich auf die oberste Stufe und schlug die Zeitung auf, doch ehe er zu lesen begann, lauschte er auf das Ächzen des Hauses im Wind. Ja, er war allein. Er senkte den Kopf und vertiefte sich in die Zeitung. REPORTER

FINDEN KNOCHEN DER JUNGEN MISS DALTON IM OFEN. NEGERCHAUFFEUR VERSCHWINDET. FÜNFTAUSEND POLIZISTEN UMZINGELN SCHWARZEN GÜRTEL. BEHÖRDEN VERMUTEN SEXUALVERBRECHEN. KOMMUNISTENFÜHRER ERBRINGT ALIBI. MUTTER DES MÄDCHENS BRICHT ZUSAMMEN. Er heftete den Blick noch einmal auf die Zeile: »Behörden vermuten Sexualverbrechen.« Diese Worte schlossen ihn endgültig von der Welt aus. Dass sie vermuteten, er habe ein Sexualverbrechen begangen, hieß, dass sie das Todesurteil gegen ihn ausgesprochen hatten. Es hieß, sein Leben auszulöschen, noch ehe er gefangen war; es bedeutete Tod, noch ehe der Tod kam, denn die Weißen, die diese Worte lasen, würden ihn sogleich in ihren Herzen umbringen.

Der Fall Mary Dalton erhielt eine dramatische Wendung, als eine Gruppe hiesiger Zeitungsreporter heute am späten Abend im Hause Dalton zufällig einige Knochen im Ofen entdeckte, die als die der Vermissten identifiziert wurden …

Eine Durchsuchung der Wohnung des Negers, Indiana Avenue Nr. 3721, im Herzen der Südseite, enthüllte nichts über seinen Verbleib. Die Polizei gab der Ansicht Ausdruck, dass Miss Dalton, vermutlich bei einem Sexualverbrechen, durch die Hände des Negers den Tod fand und dass ihre Leiche verbrannt wurde, um jegliches Beweismaterial zu vernichten.

Bigger blickte auf. Seine Hand zuckte nach dem Revolver. Er zog ihn aus der Tasche und las weiter: *Sogleich wurde mit einem Kordon von fünftausend Polizisten und dreitausend Freiwilligen der Schwarze Gürtel abgeriegelt. Polizeichef Glenman erklärte heute Morgen, dass er glaube, der Neger befinde sich noch in der Stadt, da alle Ausfallstraßen Chicagos durch den ungewöhnlich starken Schneefall ganz oder teilweise versperrt seien.*

Zorn und Unwille der Bevölkerung erreichten in der vergange-
nen Nacht den Höhepunkt, als die Nachricht von der Vergewalti-
gung und dem Mord an der vermissten Millionenerbin sich in der
Stadt verbreitete. Die Polizei berichtet, dass im Negerviertel viele
Fenster eingeworfen worden seien.

Alle Straßenbahnen, Omnibusse, Hochbahnzüge und Autos,
die die Südseite verlassen, werden angehalten und durchsucht.
Polizisten und Sicherheitsbeamte, mit Gewehren und Tränengas
bewaffnet, begannen heute Morgen auf Befehl des Bürgermeisters
die Durchsuchung sämtlicher Negerhäuser von der 18. Straße an.
Sie durchsuchen gleichfalls alle unbewohnten Gebäude, die vielen
Negerverbrechern als Unterschlupf dienen.

Mit der Erklärung, dass sie für das Leben ihrer Kinder fürch-
teten, erschien eine Delegation weißer Eltern beim Präsidenten
der öffentlichen Schulen, Horace Minton, und verlangte, dass alle
Schulen geschlossen würden, bis der Mörder und Sexualverbrecher
gefunden sei.

Es gehen Gerüchte um, dass in verschiedenen Gegenden des
Nordens und Westens der Stadt mehrere Neger misshandelt wor-
den seien.

In den Bezirken Hyde Park und Englewood wurden Bürger-
wehren gebildet, die Polizeichef Glenman ihre Hilfe anboten.

Glenman erklärte heute Morgen, dass die Hilfe dieser Gruppen
angenommen würde. Die bedauerlicherweise stark unterbesetzte
Polizei, so sagte er, und das ständige Anwachsen der Negerver-
brechen machten ein solches Vorgehen notwendig.

Mehrere Hundert Neger, die Bigger Thomas ähnlich sehen,
wurden auf der Südseite festgenommen und befinden sich jetzt in
Untersuchungshaft.

In einer Rundfunkansprache warnte in der vergangenen Nacht
Bürgermeister Ditz vor möglichen Massenausschreitungen und
forderte die Bevölkerung auf, Ruhe und Ordnung zu bewahren.

»Es werden alle Anstrengungen unternommen, um diesen Unhold dingfest zu machen«, versprach er.

Wie berichtet wurde, sollen mehrere Hundert Neger in der Stadt aus ihren Stellungen entlassen worden sein. Eine bekannte Bankiersgattin teilte unserer Zeitung telefonisch mit, dass sie ihre Negerköchin entlassen habe, weil sie fürchte, sie könne ihre Kinder vergiften.

Mit weit aufgerissenen Augen und offenem Mund hatte Bigger die Meldungen gelesen. Rasch überflog er die nächsten Zeilen: »Schriftexperten an der Arbeit«, »Erlones Fingerabdrücke im daltonschen Hause nicht zu finden«, »Kommunist noch immer in Gewahrsam«. Schließlich fiel sein Blick auf einen Satz, der wie ein Schlag auf ihn wirkte:

Die Polizei gibt sich mit Erlones Aussage noch nicht zufrieden. Sie ist der Überzeugung, dass der Kommunist vielleicht als Komplize des Negers zu betrachten sei, da der ausgeklügelte Mord- und Entführungsplan einem Negergehirn nicht entsprungen sein kann.

In diesem Augenblick wäre Bigger am liebsten hinaus auf die Straße gerannt und hätte der Polizei zugeschrien: »Nein! Jan hat mir nicht geholfen! Er hat nichts, überhaupt nichts damit zu tun. Ich – ich allein hab es getan!« Seine Lippen verzogen sich zu einem halb spöttischen, halb trotzigen Lächeln.

Die Zeitung in den steifen Fingern, las Bigger noch den Rest des Artikels: »dem Neger befohlen, die Asche auszuräumen«, »widerstrebend an die Arbeit«, »rauchgefüllter Keller«, »Tragödie von ›Kommunismus und Rassenmischung‹«, »Erpresserbrief wahrscheinlich Werk der Roten«.

Bigger schaute auf. Bis auf das Knarren der Balken war alles still im Haus. Doch hier durfte er nicht bleiben. Jeden Augenblick konnten sie auch in dieses Viertel kommen. Chicago konnte er nicht mehr verlassen; die Straßen waren gesperrt, und alle Züge, Omnibusse und Autos wurden angehalten und durchsucht. Er hätte viel eher aus der Stadt fliehen sollen. Er hätte zum Beispiel nach Gary in Indiana oder nach Evanston gehen können. Er blickte wieder in die Zeitung. Da war eine schwarz-weiße Karte der Südseite abgebildet, an deren Grenzen sich ein etwa zwei Zentimeter breiter schraffierter Streifen hinzog. Unter der Karte stand in kleinem Druck:

Der schraffierte Teil zeigt das Gebiet, das bereits von der Polizei und den Bürgerwehren durchsucht wurde. Der weiße Teil wird noch in Angriff genommen.

Er war gefangen. Er musste ein anderes Versteck finden. Doch wohin sollte er? Er konnte ja doch nur in diesem weißen Teil der Karte bleiben, und der schrumpfte ständig zusammen. Da fiel ihm ein, dass die Zeitung schon in der vergangenen Nacht gedruckt worden war. Das hieß, der weiße Teil war schon jetzt viel kleiner. Wenn sie in der Nacht von der 18. Straße bis zur 28. Straße gekommen waren, dann mussten sie inzwischen zur 38. Straße gelangt sein. Und er befand sich in der 53. Straße, die sie bis Mitternacht sicher erreichen würden.

Vielleicht sollte er sich in einer leeren Wohnung verstecken? Die wurden in der Zeitung nicht erwähnt. Wenn sie nun gar in einem großen Mietshaus läge? Das würde bei Weitem das Sicherste sein.

Er ging zum Ende des Korridors und ließ den Schein der Taschenlampe nach oben wandern. Da sah er eine Holztreppe, die zum Dach führte. Er kletterte hinauf und zwängte sich durch einen engen Gang, an dessen Ende sich eine Tür befand. Er stieß einige Male dagegen, und jedes Mal gab sie ein bisschen mehr nach, bis er schließlich Schnee, Sonne und ein Stückchen Himmel über sich erblickte. Der Wind stach ihm ins Gesicht. Bigger spürte, wie schwach er war und wie sehr er fror. Wie lange würde er noch durchhalten können? Er zog sich durch die Tür. Vor ihm breitete sich ein Labyrinth von weißen, sonnenüberfluteten Dächern aus.

Er kroch hinter einen Schornstein und blickte hinab auf die Straße. Da unten war ja der Zeitungsstand, von dem er sich die Zeitung geholt hatte; der Mann, der ihm nachgeschrien hatte, stand jetzt daneben. Zwei Schwarze kauften eine Zeitung und traten in einen Hauseingang. Der eine schaute dem anderen gespannt über die Schulter. Sie bewegten die Lippen, deuteten mit ihren schwarzen Fingern auf das Blatt und schüttelten die Köpfe. Zwei weitere Männer gesellten sich zu ihnen, und bald hatte sich eine kleine Gruppe gebildet. Die Neger unterhielten sich gestikulierend. Plötzlich brachen sie das Gespräch ab und gingen davon. Bestimmt hatten sie über ihn gesprochen. Vielleicht sprachen an diesem Morgen alle schwarzen Männer und Frauen über ihn; vielleicht hassten sie ihn, weil er Schuld hatte an diesem Angriff, der gegen sie begonnen hatte.

Lange kauerte Bigger im Schnee, und als er aufstehen wollte, war alles Gefühl aus seinen Beinen gewichen. Angst vor dem Erfrieren packte ihn. Er schlug mit den Beinen aus, um das Blut wieder in Fluss zu bringen, dann kroch er zur anderen Seite des Daches. Im gegenüberliegenden Haus, ein Stockwerk tiefer, sah er durch ein verschmiertes Fenster ohne Gardinen in ein Zimmer, in dem zwei eiserne Betten mit schmutzigen, zerwühlten Laken standen. Auf dem einen Bett hockten drei nackte schwarze Kinder und blickten zu dem anderen Bett hinüber, auf dem, gleichfalls nackt und schwarz, ein Mann und eine Frau lagen und sich einander hingaben. Dieses Bild war ihm vertraut, er hatte als kleiner Junge oft so etwas gesehen, denn sie hatten selbst zu fünft in einem Raum geschlafen. Manchen Morgen war er aufgewacht und hatte seinem Vater und seiner Mutter zugeschaut. Er wandte sich ab und dachte: Fünf Menschen in einem Zimmer, und ich bin allein in diesem großen, leeren Haus. Er kroch zum Schornstein zurück, noch ganz erfüllt von dem, was er soeben beobachtet hatte.

Er verspürte Hunger. Eine eisige Hand langte ihm in den Schlund, griff nach seinen Eingeweiden und schlang sie zu einem kalten, schmerzenden Knoten. Plötzlich stieg die Erinnerung an die Milch, die er am vergangenen Abend getrunken hatte, so deutlich in ihm auf, dass er sie fast schmecken konnte. Wenn er diese Flasche Milch doch jetzt hätte! Dann würde er die Zeitung anzünden und die Flasche über die Flamme halten, bis sie warm geworden wäre. Er vermeinte zu spüren, wie er den Verschluss der Flasche abnahm, wie ihm ein paar Tropfen über die schwarzen Finger rannen und wie er dann die Flasche zum Mund führte, den Kopf zurücklegte und trank. In seinem Magen begann es sich zu drehen, und Bigger hörte ihn knurren. Der Hunger in ihm war wie ein Gefühl der Pflicht, so mächtig wie der Zwang zum Atmen, so vertraut wie das Schlagen seines Herzens. Ihn verlangte, auf die Knie zu sinken, das Gesicht zum Himmel zu erheben und auszurufen: »Ich habe Hunger!« Am liebsten hätte er sich die Kleider vom Leib gerissen und sich in den Schnee gerollt, bis durch die Poren seiner Haut etwas Nährendes in ihn eingedrungen wäre. Am liebsten hätte er irgendetwas so fest in den Händen geknetet, bis es sich in etwas Essbares verwandelt hätte. Doch dann ließ sein Hunger nach, der verzweifelte Ruf seines Körpers verstummte, und seine Gedanken wandten sich wieder der Gefahr zu, die überall auf ihn lauerte. Er fühlte etwas Hartes in den Mundwinkeln und berührte es mit den Fingern; es war gefrorener Speichel.

Er kroch zurück durch die Tür, zwängte sich wieder durch den engen Gang und kletterte die Holztreppe hinab in den Korridor. Er ging in das Erdgeschoss und trat an das Fenster, durch das er in das Haus eingestiegen war. Er musste eine leere Wohnung in einem bewohnten Haus finden, wo er sich ein wenig wärmen konnte, denn sonst würde er sich ganz einfach hinlegen und für immer die Augen schließen. Dann kam ihm eine Idee. Weshalb war ihm das bloß nicht schon früher eingefallen? Er zog die Streichhölzer aus der Tasche und zündete die Zeitung an. Als sie aufflammte, hielt er erst die eine und dann die andere Hand darüber. Die Hitze drang wie aus weiter Ferne an seine Haut. Als die Zeitung so weit heruntergebrannt war, dass er sie nicht mehr halten konnte, warf er sie auf den Boden und zertrampelte sie. Seine Hände schmerzten, doch jetzt spürte er sie wenigstens wieder.

Er kletterte durch das Fenster, wandte sich nach Norden und mischte sich unter die Menschen. Niemand erkannte ihn. Er suchte nach einem Schild mit der Aufschrift »Zu vermieten«. Er ging zwei Häuserblocks weit, ohne solch ein Schild zu finden. Ja, leere Wohnungen waren selten im Schwarzen Gürtel; immer, wenn seine Mutter umziehen wollte, musste sie sich lange vorher anmelden. Einmal hatte sie ihn einen ganzen Monat lang auf Wohnungssuche geschickt. In den Vermittlungsbüros hatte man ihm erklärt, es gebe nicht genügend Wohnungen für Neger; die Stadt habe schon Häuser, in denen bisher Neger lebten, sperren müssen, da es zu gefährlich sei, in ihnen zu wohnen. Und Bigger erinnerte sich, dass einmal die Polizei gekommen war und ihn, Mutter, Vera und Buddy aus einem Haus getrieben hatte, das zwei Tage später zusammengestürzt war. Und obwohl die Schwarzen schlecht bezahlte Stellungen hatten, mussten sie für die gleichen Wohnungen auch noch doppelt so viel Miete bezahlen wie die Weißen. Bigger ging noch fünf Häuserblocks weiter, doch nirgends konnte er ein Schild entdecken. Verdammt! Hoffentlich würde er nicht erfrieren! Wenn er sich doch ungehindert in der ganzen Stadt bewegen könnte! Sie halten uns wie wilde Tiere gefangen, dachte er. Kein weißer Vermittler würde einem Neger anderswo als in den Gegenden, in denen, einem ungeschriebenen Gesetz zufolge, die Schwarzen leben durften, eine Wohnung vermieten.

Er ballte die Hände zu Fäusten. Hatte es überhaupt einen Sinn, sich zu verstecken? Am liebsten wäre er stehen geblieben und hätte seine Empörung über die Ungerechtigkeit hinausgeschrien. Sicher würden dann alle Schwarzen um ihn herum etwas dagegen tun, und alle Weißen würden stehen bleiben und zuhören. Doch nein, sie würden ihn einfach packen und für verrückt erklären. Mit blutunterlaufenen Augen suchte er weiter nach einem Versteck. Eine große schwarze Ratte sprang an ihm vorbei und schoss in einen Hausflur. Nachdenklich blickte er auf das schwarze Loch, in dem sie sich in Sicherheit gebracht hatte.

Er schlenderte an einer Bäckerei vorüber. Ob er sich von den sieben Cent, die er noch hatte, ein paar Semmeln kaufte? Aber der Laden war leer, und vielleicht würde der weiße Besitzer ihn, Bigger, erkennen. Er würde lieber warten, bis er zu einem Negergeschäft kam. Leider gab es davon nicht viele. Fast alle Geschäfte im Schwarzen Gürtel gehörten Juden, Italienern oder Griechen. Die meisten Negerläden waren Bestattungsinstitute, denn die Weißen lehnten es ab, sich um die schwarzen Toten zu kümmern.

Er kam an ein Lebensmittelgeschäft. Hier wurde das Brot zu fünf Cent verkauft. Jenseits der »Linie«, im Viertel der Weißen, bekam man es aber schon zu vier Cent. Und gerade jetzt durfte er die »Linie« nicht überschreiten. Durch das Schaufenster betrachtete er die Leute im Laden. Sollte er hineingehen? Es blieb ihm wohl nichts weiter übrig. Er war am Verhungern. Sie machen uns ja jeden Atemzug zur Qual, dachte er. Sie schnüren uns die Kehle ab! Er öffnete die Tür und trat an den Ladentisch. Die warme Luft machte ihn schwindlig, und er musste sich festhalten. Seine Augen verschleierten sich, und die langen Reihen roter und blauer, grüner und gelber Konservenbüchsen verschwammen auf den Regalen. Benommen lauschte er auf das leise Murmeln der Männer und Frauen.

»Werden Sie schon bedient?«

»Ein Brot, bitte«, flüsterte er.

»Sonst noch etwas?«

»Nein.«

Der Verkäufer entfernte sich und kam wieder. Bigger hörte Papier rascheln.

»Kalt draußen, was?«

»Hm? Ja, sehr kalt.«

Er legte fünf Cent auf den Ladentisch. Undeutlich nahm er wahr, wie ihm das Brot gereicht wurde.

»Danke. Auf Wiedersehn.«

Mit dem Brot unterm Arm wankte er zur Tür. O Gott! Wenn er doch erst auf der Straße wäre! Leute kamen in den Laden, und er wich zur Seite, um sie vorbeizulassen. Dann trat er hinaus in die Kälte. Wieder hielt er Ausschau nach einer leeren Wohnung. Jeden Augenblick erwartete er, beim Namen gerufen und an der Schulter gepackt zu werden. Als er fünf Häuserblocks hinter sich gebracht hatte,

sah er schließlich in einem Fenster das lang gesuchte Schild
»Zu vermieten«. Rauch quoll aus den Schornsteinen, und
Bigger wusste, im Haus würde es warm sein. Er ging zur
Tür, an die ein kleiner Anschlag geklebt war, und er las,
dass sich die Wohnung auf der Rückseite befand. Er ging
um das Haus herum und stieg eine Außentreppe zur zweiten Etage hinauf. Er versuchte, das Fenster hochzuschie-
ben. Es gab nach. Er hatte Glück. Er zwängte sich durch
und gelangte in einen warmen Raum, in die Küche. Plötzlich erstarrte er. Waren da nicht Stimmen? Sie schienen aus
dem Nebenzimmer zu kommen. Er hatte doch nicht etwa
die falsche Wohnung erwischt? Nein. Die Küche war nicht
eingerichtet. Er schlich sich zum nächsten Zimmer. Auch
das war leer, aber er konnte die Stimmen sogar noch deutlicher hören. Ach, da war ja noch eine Tür! Vorsichtig öffnete er sie. Wieder blickte er in einen leeren Raum. Doch
nun drangen die Stimmen so laut an sein Ohr, dass er jedes
Wort verstehen konnte. Er stand mit gespreizten Beinen da,
das Brot in den Händen, und lauschte.

»Du würdest ihn also allen Ernstes den Weißen ausliefern?«

»Jawohl, das würde ich!«

»Aber, Jack, wenn er nun unschuldig ist?«

»Warum ist er denn dann ausgerückt?«

»Vielleicht, weil er gedacht hat, sie würden ihm den
Mord in die Schuhe schieben!«

»Hör zu, Jim. Wenn er unschuldig war, dann hätte er
dableiben müssen. Wenn ich nur wüsste, wo dieser Nigger
ist! Dann würde ich ihn ausliefern, schon damit wir diese
weißen Kerle loswerden.«

»Aber Jack, für die Weißen sieht doch jeder Nigger wie
ein Verbrecher aus.«

»Ja, weil so viele von uns so wie Bigger Thomas sind. Nur deshalb. Und damit stiften sie Unruhe.«

»Aber Jack, wer stiftet denn hier Unruhe? In den Zeitungen steht, dass überall in der ganzen Stadt unsere Leute zusammengeschlagen werden. Ist denen ja ganz gleich, wer ihnen in die Hände fällt. Für die sind wir alle nur Hunde! Wehren müsste man sich dagegen!«

»Und sich erschlagen lassen? Nee, ich nicht. Ich bin doch nicht blöd. Ich hab 'ne Familie. Hab 'ne Frau und 'n Kind. Und wenn du Mörder beschützt, kannst du auch keine Gerechtigkeit verlangen.«

»Für die sind wir alle Mörder, sag ich dir!«

»Hör zu, Jim. Ich bin 'n guter Arbeiter. Ich bessere die Straßen aus mit 'ner Hacke und 'ner Schaufel – jeden Tag, wenn ich darf. Aber der Boss hat mir gesagt, er will mich nicht mehr auf der Straße, wo die Weißen jetzt so hinter uns her sind. Er sagt, sie bringen mich um. Und dann hat er mich entlassen. Siehst du, nun habe ich wegen dem verdammten Nigger meine Arbeit verloren … Die Weißen denken jetzt, wir sind alle so wie er!«

»Aber, Jack, ich sag dir doch, das denken die schon lange. Du bist 'n anständiger Mann, aber deshalb kommen sie doch und wühlen in deiner Wohnung herum. Jawohl! Wir sind alle schwarz, und deshalb sind wir auch zu allem fähig, verstehst du denn das nicht?«

»Wütend werden kann man leicht, Jim, aber du musst die Sache doch von der richtigen Seite sehen. Ich habe wegen diesem Kerl meine Arbeit verloren. Das ist nicht fair! Wovon soll ich denn nun leben? Wenn ich wüsste, wo dieser schwarze Bastard ist, ich würde sofort die Polizei benachrichtigen!«

»Na, ich nicht. Lieber würde ich sterben.«

»Mensch, du bist verrückt! Willst du denn nicht mal 'ne Familie gründen und dir ein eignes Heim schaffen? Wenn du dich wehrst, kommst du nicht weiter. Die sind in der Überzahl. Die bringen uns alle um. Du musst versuchen, mit ihnen auszukommen!«

»Wenn die Leute mich hassen, will ich nicht mit ihnen auskommen!«

»Aber wir müssen doch essen! Wir müssen doch leben!«

»Das ist mir ganz gleich. Lieber will ich sterben.«

»Ach, du bist verrückt!«

»Du kannst sagen, was du willst. Die werden mich nie dazu bringen, dass ich ihnen was über den Mann sage. Lieber sterb ich.«

Bigger schlich sich zurück in die Küche und zog den Revolver aus dem Hemd. Er würde hier bleiben, und wenn seine Leute ihn fanden und ihm Schwierigkeiten machten, würde er schießen. Er drehte den Wasserhahn auf und hielt den Mund unter den Strahl. Sein Magen krampfte sich zusammen. Er sank in die Knie und krümmte sich vor Schmerz. Doch bald ließ der Schmerz nach, und er trank abermals. Langsam, um jedes Rascheln zu vermeiden, wickelte er das Brot aus dem Papier und brach sich ein Stück ab. Es schmeckte gut, wie Kuchen, und hatte ein süßliches Aroma, wie es Brot bisher noch nie für ihn gehabt hatte. Beim Essen kehrte sein Hunger in voller Stärke zurück. Er saß auf dem Fußboden und hielt in jeder Hand ein Stück Brot; sein Mund war vollgestopft, die Kiefer arbeiteten, und der Adamsapfel hüpfte auf und ab, wenn er schluckte. Er hörte erst auf zu essen, als ihm der Mund trocken wurde und das Brot sich zu einem Klumpen ballte; genießerisch behielt er ihn auf der Zunge.

Dann streckte er sich seufzend auf dem Boden aus. Er

war müde, doch immer, wenn er am Einschlafen war, schrak er zusammen. Und als er schließlich doch eingeschlafen war, ließ ihn die Angst wieder hochfahren. Er stöhnte und schlug mit den Händen um sich, als wolle er sich gegen einen unsichtbaren Feind wehren. Einmal stand er auf, trat mit ausgestreckten Händen ein paar Schritte vor und legte sich drei Meter weiter wieder hin. Er schien sich in zwei Wesen zu spalten: Das eine war entschlossen, um jeden Preis zu schlafen, und das andere zuckte vor den schrecklichen Traumbildern zurück. Lange Zeit lag er regungslos auf dem Rücken, die Hände über der Brust gefaltet, Mund und Augen offen. Langsam hob und senkte sich seine Brust, und in den Pausen, in denen sie sich nicht bewegte, sah es so aus, als ob er niemals wieder atmen würde. Bleiches Sonnenlicht fiel auf sein Gesicht und verlieh seiner schwarzen Haut einen metallischen Schimmer. Die Sonne verschwand und ließ den stillen Raum in Düsternis zurück.

Als er schlief, drang ein rhythmisches Klopfen in sein Bewusstsein, vor dem er die Ohren zu verschließen suchte. Seine Fantasie, die über seinen Schlaf wachte, wob das Klopfen in harmlose Bilder. Er glaubte, im Paris Grill zu sitzen und den Klängen des Grammophons zu lauschen; aber dieses Bild konnte ihn nicht überzeugen. Dann sagte ihm seine Fantasie, er liege daheim im Bett, und seine Mutter singe und rüttele an dem Gestell, um ihn zu wecken. Doch auch dieses Bild vermochte ihn nicht zu beruhigen. Es klopfte beharrlich weiter, und er sah Hunderte von schwarzen Männern und Frauen, die mit ihren Fingern auf Trommeln schlugen. Aber auch das befriedigte ihn nicht. Er wälzte sich ruhelos auf dem Boden herum. Plötzlich sprang er auf. Sein Herz hämmerte, und seine Ohren waren erfüllt von Singen und Rufen.

Er ging zum Fenster und schaute hinaus. Ein paar Meter unter ihm konnte er in das schwach beleuchtete Innere einer Kirche blicken. Schwarze Männer und Frauen standen zwischen den Bänken, sangen, klatschten in die Hände und wiegten die Köpfe. Ach, diese Leute gehen jeden Tag in die Kirche, dachte er. Er leckte sich die Lippen und trank noch einen Schluck Wasser. Wie weit mochte die Polizei schon sein? Wie spät war es? Er sah auf die Uhr. Sie war stehengeblieben; er hatte vergessen, sie aufzuziehen. Der Gesang, der zu ihm herüberhallte, vibrierte in seinem ganzen Körper und erfüllte ihn mit tiefer Schwermut. Bigger versuchte, nicht hinzuhören, doch der Gesang drang in sein Fühlen, erzählte ihm flüsternd von einem anderen Leben, lockte ihn, sich hinzulegen und zu schlafen, bis man kam und ihn holte, und redete ihm ein, dass das Erdendasein nur aus Trübsal bestehe, mit der man sich abzufinden habe. Er schüttelte den Kopf und versuchte, sich von diesen Einflüsterungen zu befreien. Wie lange hatte er bloß geschlafen? Was war wohl inzwischen geschehen? Er besaß noch zwei Cent. Davon würde er sich eine *Times* kaufen. Er hob den Brotkanten vom Boden, und der Gesang sprach zu ihm von Entsagen und Verzicht. *Rette dich, rette dich, rette dich zu Jesus Christ …* Er stopfte das Brot in die Tasche; er würde es später essen. Er überprüfte noch einmal seinen Revolver. Ja, er war in Ordnung. *Rette dich, rette dich, du kannst nicht länger hier verweilen …* Ja, es war gefährlich, hierzubleiben, aber es war auch gefährlich, hinauszugehen. Der Gesang dröhnte ihm in den Ohren; es war ein so vollkommener, ein so selbstgenügsamer Gesang, dass er Biggers Furcht und Einsamkeit und seinem Verlangen nach Erfüllung spottete. Die satten und vollen Klänge standen in scharfem Gegensatz zu dem Hunger und der Leere in ihm, und ihn schauderte.

Hätte er sich nicht lieber jener Welt unterwerfen sollen, von der diese Menschen sangen? Es wäre leicht gewesen, in ihr zu leben, denn es war die Welt seiner Mutter, eine demütige, reuige, gläubige Welt. Sie hatte einen festen Mittelpunkt, einen Kern, eine Achse und ein Herz, was auch er brauchte, aber nur finden konnte, wenn er sein Haupt auf das Kissen der Erniedrigung legte und alle Lebenshoffnung aufgab. Und das würde er niemals tun.

Er hörte unten eine Straßenbahn vorbeirattern; es ging also alles wieder seinen alten Gang. Plötzlich überfiel ihn eine wilde Hoffnung. Wenn nun die Polizei diese Gegend schon abgesucht und ihn nur nicht gefunden hatte? Doch nach nüchterner Überlegung sagte er sich, dass dies nicht möglich sei. Er schlug auf seine Hosentasche, um sich zu überzeugen, dass der Revolver noch da war. Dann kletterte er durch das Fenster. Ein eisiger Wind schlug ihm ins Gesicht. Die Temperatur musste unter dem Nullpunkt sein. An beiden Enden der Gasse glühten Laternen. Im Nebel glichen sie riesigen funkelnden Lichtkugeln. Der Himmel war dunkelblau und fern. Bigger lief die Gasse entlang, bog in die Straße ein und tauchte in dem Menschenstrom unter. Er erwartete, dass ihn jemand ansprechen und aufhalten würde, aber niemand kümmerte sich um ihn.

Am Ende des Häuserblocks sah er eine Menschenansammlung, und Angst krallte sich ihm in den Magen. Was war dort los? Er verlangsamte seinen Schritt. Ach, die Leute standen um einen Zeitungsverkäufer herum. Es waren Schwarze, und sie kauften Zeitungen, um zu lesen, wie die Weißen ihn jagten. Er senkte den Kopf und mischte sich unter die Menge. Die Leute redeten aufgeregt miteinander. Vorsichtig streckte er die Hand mit den zwei Cent aus. Da sah er sein Bild. Es war auf der ersten Seite einer Zeitung abgedruckt. Er senkte den Kopf noch tiefer. Hoffentlich würde niemand ihn erkennen.

»*Times*«, sagte er.

Er klemmte die Zeitung unter den Arm, schlängelte sich aus der Menschenmenge heraus, ging in südlicher Richtung weiter und suchte wieder nach einer leeren Wohnung. An der nächsten Ecke sah er ein Schild an einem Haus, von dem er wusste, dass es in kleine Einzimmerwohnungen aufgeteilt war. Ja, das war genau das Richtige! Er trat zur Tür und las, dass es sich um eine leere Wohnung im vierten Stock handelte. Er lief um das Haus herum und stieg die Außentreppe hinauf; der Schnee knirschte leise unter seinen Füßen. Da hörte er, dass eine Balkontür geöffnet wurde, und blieb stehen. Er zog den Revolver und wartete, auf den Knien im Schnee. Eine Frauenstimme rief: »Wer ist da?«

Ein Mann fragte: »Was ist denn, Ellen?«

»Ich dachte, ich hätte draußen jemanden gehört.«

»Ach, das bildest du dir nur ein. Von all dem Zeug, das du in der Zeitung liest, wirst du noch ganz verrückt.«

»Aber ich habe bestimmt jemanden gehört.«

»Ach was! Bring den Abfall raus und schließ die Tür. Es wird kalt.«

Bigger drückte sich im Dunkeln gegen die Mauer. Die Frau trat aus der Tür, blieb stehen und schaute sich um. Dann lief sie zum anderen Ende des kleinen Balkons, schüttete etwas in einen Mülleimer und ging wieder hinein. Ich hätte sie beide umbringen müssen, wenn sie mich gesehen hätte, dachte Bigger. Er kletterte weiter zum vierten Stock. Vor zwei dunklen Fenstern machte er halt. Er versuchte, den Fensterladen des einen auszuheben, doch er war angefroren. Vorsichtig rüttelte er daran, bis er sich lockerte; dann hob er ihn aus und legte ihn auf den Balkon in den Schnee. Zentimeter um Zentimeter schob er das Fenster hoch und atmete dabei so laut, dass er fürchtete, die Leute auf der Straße könnten es hören. Er kletterte in das Zimmer und zündete ein Streichholz an. Auf der anderen Seite sah er eine elektrische Lampe, er ging zum Schalter und knipste sie an. Dann hängte er seine Mütze darüber, damit das Licht nicht nach draußen drang. Er schlug die Zeitung auf. Sein Bild blickte ihm entgegen. Darüber stand in großen schwarzen Buchstaben geschrieben: VIERUNDZWANZIGSTÜNDIGE JAGD AUF VERGEWALTIGER ERFOLGLOS. Über einer anderen Spalte war gedruckt: TAUSEND NEGERWOHNUNGEN DURCHSUCHT. AUFRUHR AN DER 47. STRASSE UNTERDRÜCKT. Und da war auch wieder eine Karte von der Südseite. Der schraffierte Teil hatte sich beträchtlich verbreitert und ließ in der Mitte des langgestreckten Schwarzen Gürtels nur noch eine kleine weiße Stelle frei. Bigger blickte darauf, als sei sie die Mündung eines Gewehres. Mitten auf dieser weißen Stelle hielt er sich versteckt und wartete darauf, dass sie kamen. Mit trüben Augen starrte er über den Rand der Zeitung. Nun blieb ihm wohl nichts weiter übrig, als sich mit dem Revolver gegen sie zu wehren. Er betrachtete noch einmal die Karte. Die Polizei war vom Norden her bis zur 40. Straße und vom Süden her bis zur 50. Straße vorgedrungen. Und er befand sich genau dazwischen. In nicht allzu langer Zeit würden sie hier sein. Er las:

Heute und in der vergangenen Nacht haben achttausend Bewaffnete in mehr als tausend Negerhäusern sämtliche Wohnungen und Keller durchsucht, um Bigger Thomas ausfindig zu machen, den zwanzigjährigen Vergewaltiger und Mörder Mary Daltons, deren Knochen am Sonntagabend in einem Ofen gefunden worden waren.

Biggers Augen wanderten die Seite hinunter und nahmen nur noch das Wichtigste auf: »... ging das Gerücht, der Mörder sei gestellt, das aber sofort dementiert wurde«, »Polizei und Sicherheitsbeamte werden heute Abend den gesamten Schwarzen Gürtel durchsucht haben«, »zahlreiche kommunistische Organisationen gleichfalls von der Aktion betroffen«, »die Verhaftung von mehreren Hundert Roten lieferte keine Anhaltspunkte«, »Bürgermeister warnt Öffentlichkeit davor, die Maßnahmen zu behindern ...«

Schließlich fiel sein Blick noch auf einen Absatz:

Der Fall rückt in ein neues Licht, als heute bekannt wurde, dass das Haus, in dem der Mörder bisher lebte, Eigentum und Verwaltungsobjekt einer Zweigfirma der daltonschen Grundstücksgesellschaft ist.

Bigger senkte die Zeitung; er konnte nicht mehr weiterlesen. Er konnte nur noch daran denken, dass achttausend Weiße mit Gewehren und Tränengas draußen in der Nacht nach ihm suchten. Nach allem, was diese Zeitung schrieb, waren sie nur noch wenige Häuserblocks von ihm entfernt. Und wenn er nun auf das Dach kletterte? Vielleicht konnte er sich dort oben verstecken, bis sie vorbei waren. Er würde sich im Schnee vergraben! Doch nein, das war wohl nicht möglich. Er löschte das Licht, und der Raum wurde wieder dunkel. Er knipste die Taschenlampe an und ging zur Tür, er öffnete sie und blickte hinaus auf den schwach beleuchteten Korridor. Niemand war zu sehen. Bigger knipste die Taschenlampe aus, schlich sich auf Zehenspitzen weiter und suchte nach einer Falltür, die zum Dach führte. Schließlich erblickte er eine Holztreppe. Doch plötzlich zogen sich seine Muskeln zusammen, als hätte jemand an einem Draht gezogen, der durch seinen Körper gespannt war. Eine Sirene heulte auf, und Stimmen wurden laut. Unten im Haus schrie ein Mann: »Sie kommen!«

Nun war es aber höchste Zeit! Er musste von hier verschwinden, bevor sie auf der Treppe erschienen. Er kletterte die Stiege hinauf und stieß mit dem Kopf gegen die Falltür; sie öffnete sich. Er tastete nach etwas, woran er sich festhalten konnte. Hoffentlich hielt es sein Gewicht aus! Er zog sich hoch und kniete sich hin; sein Atem ging schwer. Dann ließ er die Falltür herab. Er sah gerade noch, wie unten eine Tür geöffnet wurde. Er war mit knapper Not entkommen! Die Sirene heulte wieder auf; sie schien ihn zu warnen, ihm zuzurufen, dass jeder Fluchtversuch nutzlos sei, dass bald die Männer mit den Gewehren und dem Tränengas kommen und überall dort eindringen würden, wo auch das Heulen der Sirene hingedrungen war.

Er lauschte; er hörte das Klopfen von Motoren, grelle Huptöne, Schreie von Frauen und Flüche von Männern. Dann vernahm er Schritte auf der Treppe. Das Sirenengeheul brach ab und begann wieder, diesmal hoch und schrill. Es war ihm, als müsse er sich mit der Hand an die Kehle fassen, als könne er nicht mehr atmen. Er musste hinauf! Er knipste die Taschenlampe an und kroch durch einen schmalen Dachboden, bis er an eine Dachluke gelangte. Er stemmte sich mit der Schulter gegen die Tür. Sie gab so leicht und so plötzlich nach, dass er zurückschrak. Er glaubte, jemand habe sie von außen hochgerissen. Und dann sah er eine Fläche von glitzerndem weißem Schnee gegen den dunklen Vorhang der Nacht und ein Stück erleuchteten Himmels. Ein ohrenbetäubender Lärm schlug ihm entgegen; Bigger hätte nie geglaubt, dass es so etwas geben könne. Es lag Hunger in dem Getöse, das über die

Dächer und Schornsteine hereinbrach, doch darunter, leise und fern, hörte er Stimmen der Angst: Flüche von Männern und Kinderweinen.

Ja, sie suchten nach ihm in jedem Haus, auf jeder Etage und in jedem Zimmer. Sie suchten ihn! Er riss seinen Kopf nach hinten. Ein langer, gelber Lichtstrahl schoss in den Himmel. Ein zweiter durchschnitt den ersten wie ein Messer. Dann ein dritter. Bald war der ganze Himmel voll davon. Sie wanderten langsam auf und ab und umzingelten ihn. Es waren Balken von Licht, die ein Gefängnis bildeten, eine Mauer errichteten zwischen ihm und der übrigen Welt, Balken, die sich zu einer beweglichen Wand vereinigten, durch die er nicht zu gehen wagte. Nun war er gefangen! Davor war er die ganze Zeit geflohen, seit Mrs Dalton das Zimmer betreten und er Mary vor Angst das Kissen aufs Gesicht gepresst und sie erstickt hatte.

Unter ihm war lautes Rumpeln zu hören, als entlade sich in der Ferne ein Gewitter. Er musste nach oben! Er zwängte sich durch die Luke und ließ sich sogleich in den Schnee fallen. Auf dem gegenüberliegenden Dach stand ein Weißer. Bigger sah, wie der Mann den Strahl seiner Taschenlampe wandern ließ. Wenn der Weiße nun zu ihm herüberschaute? Ob er ihn erkennen konnte? Der Mann lief noch eine Weile auf dem Dach hin und her, dann kletterte er durch die Luke zurück.

Eilends erhob sich Bigger und schloss die Dachluke. Wenn sie offen blieb, würden sie Verdacht schöpfen. Dann legte er sich wieder hin und lauschte. Unter sich hörte er das Trampeln von Füßen. Es klang so, als poltere eine ganze Armee die Treppe herauf. Fliehen konnte er nicht mehr; entweder sie fanden ihn hier, oder sie fanden ihn nicht. Das Poltern wurde lauter. Die Männer näherten sich der obersten Etage. Er hob den Kopf und blickte sich langsam um. Aufmerksam betrachtete er die Dächer rechts und links von sich. Er wollte nicht hinterrücks überfallen werden. Er sah, dass das rechte Dach nicht mit dem verbunden war, auf dem er lag. Von dort konnte sich also niemand an ihn heranschleichen. Doch das linke bildete mit dem seinen eine lange eisige Fläche. Und dahinten schlossen sich ja noch andere Dächer an. Er konnte über die Dächer laufen, immer um die Schornsteine herum. Bis er an ein Haus kam, das direkt an der Straße lag! Und dann? Sollte er dann einfach hinunterspringen und allem ein Ende machen? Er wusste es nicht. Doch irgendetwas sagte ihm, dass er sich in jenem Augenblick schon richtig verhalten, dass er ohne Schande sterben werde.

Er hörte in unmittelbarer Nähe ein Geräusch; er blickte sich um. Auf dem rechten Dach erschien ein weißer Kopf, dann eine Schulter. Schließlich stand der ganze Mann da, scharf abgehoben gegen den Hintergrund huschender gelber Lichter. Bigger sah, wie der Mann mit der Taschenlampe den Schnee ableuchtete, und richtete den Revolver auf ihn; wenn der Lichtstrahl ihn traf, würde er abdrücken. Doch was sollte er dann tun? Er wusste es nicht. Da sah er den Mann wieder hinuntersteigen. Zuerst verschwanden die Füße, dann die Schultern und zum Schluss der Kopf.

Bigger atmete auf. Das rechte Dach zumindest war nun sicher. Er lauschte, ob nicht die Falltür hochgeklappt würde. Das Poltern unter ihm verstärkte sich mit jeder Sekunde, aber er wusste nicht, ob die Männer nun näher kamen oder sich wieder entfernten. Mit dem Revolver in der Hand wartete er. Über seinem Kopf dehnte sich der kalte, dunkelblaue Himmel, er wölbte sich über der Stadt wie eine stählerne, mit Seide überzogene Hand. Ein eisiger

Wind wehte. Bigger schien es, dass er bereits gefroren war, dass man ihn wie einen Eiszapfen in viele kleine Stücke brechen konnte. Wenn er wissen wollte, ob er den Revolver noch in der Hand hatte, musste er hinschauen, denn er hatte kein Gefühl mehr in den Fingern.

Plötzlich erstarrte er. Direkt unter sich hörte er Poltern und Getrampel. Ja, sie waren in der obersten Etage. Sollte er sich nicht lieber auf dem linken Dach verstecken? Aber dort hatte noch niemand gesucht, und vielleicht lief er geradewegs einem Weißen in die Arme. Er blickte sich um, denn ihm war, als schliche sich jemand von hinten an ihn heran. Niemand war zu sehen. Das Poltern wurde lauter. Er legte sein Ohr auf das Eis. Ja, sie gingen im Korridor auf und ab; einige schienen sich unmittelbar an der Falltür zu befinden. Er blickte wieder zu dem linken Dach. Ob er nicht doch hinüberrennen sollte? Ach nein, lieber nicht. Da, sie schienen heraufzukommen! Er lauschte, aber es sprachen so viele Stimmen durcheinander, dass er nichts verstehen konnte. Er wollte sich nicht von ihnen überraschen lassen. Was auch geschah, er würde denen, die ihn umbringen wollten, ins Gesicht blicken. Schließlich drangen unter dem Schreckensgesang der Sirenen die Stimmen so deutlich an sein Ohr, dass er jedes Wort hören konnte.

»Gott, bin ich müde!«

»Und ich friere!«

»Ich glaube, wir verschwenden nur unsere Zeit.«

»Sag mal, Jerry, gehst du diesmal aufs Dach?«

»Ja, ich gehe.«

»Dieser Nigger ist vielleicht schon in New York.«

»Ja, aber wir müssen trotzdem weitersuchen.«

»Übrigens – hast du das braune Mädchen da drin gesehen?«

»Das nicht viel anhatte?«

»Ja.«

»Junge, war das 'n süßes Ding!«

»Ja. Ich versteh bloß nicht, warum so ein Nigger 'ne weiße Frau umbringen muss, wo es so hübsche Mädchen in seiner eigenen Rasse gibt.«

»Mensch, wenn ich bei diesem Mädchen bleiben könnte, würde ich diese ganze Sucherei aufgeben.«

»Komm, hilf mir mal. Halt die Leiter fest. Die scheint ziemlich wacklig zu sein.«

»Warte.«

»Beeil dich! Da kommt der Chef!«

Entschlossen packte Bigger den Revolver fester. Doch die Entschlossenheit verließ ihn bald. Er drückte sich gegen den Schornstein, der etwa einen halben Meter von der Dachluke entfernt war, und überlegte. Sollte er aufstehen oder lieber liegen bleiben? Er stand auf. Er presste sich dicht an den Schornstein, als wolle er mit ihm eins werden, und wartete. Kam der Mann nun herauf? Er blickte auf das linke Dach. Es war noch leer, aber jeden Augenblick konnte dort jemand auftauchen. Da hörte er Schritte auf dem Dachboden. Ja, das war der Mann. Gleich würde die Dachluke geöffnet werden. Er hielt den Revolver fest umklammert. Wenn der Revolver nun losging, ehe Bigger es wollte? Seine Finger waren kalt, und er wusste nicht, wie weit er bereits durchgezogen hatte. Dann, gleich einer Sternschnuppe, die über einen schwarzen Himmel schießt, fuhr ihm ein entsetzlicher Gedanke durch den Kopf. Vielleicht waren seine Finger schon so steif, dass er gar nicht mehr abdrücken konnte? Hastig befühlte er seine rechte Hand mit der linken. Doch er spürte nur, wie ein kaltes Stück Fleisch ein anderes berührte. Er musste abwarten.

Er musste Vertrauen haben, Vertrauen zu sich selbst – das war alles.

Die Tür zum Dach öffnete sich, erst ein wenig, dann weiter. Bigger beobachtete es mit offenem Mund. Er starrte durch einen Tränenschleier, den der kalte Wind ihm in die Augen getrieben hatte. Die Tür öffnete sich ganz, versperrte ihm für einen Augenblick die Sicht und fiel leise in den weichen Schnee. Dann sah er den Kopf eines Mannes, den Hinterkopf, umrahmt von der engen Dachöffnung. Der Kopf drehte sich ein wenig, und Bigger erblickte das Profil eines weißen Gesichts. Es hob sich deutlich gegen die tanzenden gelben Lichtstrahlen ab. Bigger beobachtete, wie der Mann – gleich einer Gestalt auf der Leinwand in Zeitlupen-Nahaufnahme – sich langsam aus der Öffnung schob und mit dem Rücken zu ihm stehen blieb. Ein Gedanke setzte sich in Bigger fest. Zuschlagen! Zuschlagen! Auf den Kopf! Ob es etwas nützen würde oder nicht! Er musste zuschlagen, ehe der Mann den Strahl der Taschenlampe auf ihn richtete und die anderen zu Hilfe rief. Für den Bruchteil einer Sekunde starrte Bigger auf den Kopf des Mannes, doch ihm schien, dass eine Stunde verging, eine Stunde voller Schmerz und Zweifel, Angst und Spannung, eine Stunde, in der er auf einer Nadelspitze balancierte. Er wechselte den Revolver in die linke Hand, drehte ihn herum und nahm den Lauf mit einer schnellen geräuschlosen Bewegung wieder in die rechte. Zuschlagen! Er hob den Revolver. Zuschlagen! Seine Lippen formten dieses Wort, als er den Revolver mit einem Grunzen niedersausen ließ, das ein Gemisch war aus Fluchen, Beten und Stöhnen.

Fast im gleichen Augenblick stieß der Weiße einen leisen hustenden Laut aus; seine Taschenlampe schoss wie ein verglühender Funke zu Boden. Der Mann fiel nach vorn, mit dem Gesicht in den Schnee, gleich einem Menschen, der lautlos in einen tiefen Schlaf sinkt.

Bigger spürte den Aufprall des Revolvers im ganzen Arm. Seine Hand verharrte in der Luft, etwa in der Höhe, wo das Metall den Schädel getroffen hatte. Steif und reglos verharrte sie, als wolle sie sich nochmals heben und von Neuem niedersausen.

Der dumpfe Laut des Aufpralls hallte ihm in den Ohren. Er glich einem grellen Fleck, der einem vor Augen schwebt, wenn plötzlich das Licht ausgeht und ringsum Dunkelheit herrscht. Eine ganze Weile blieb Bigger reglos, mit ausgestrecktem Arm stehen. Dann ließ er den Arm sinken und blickte auf den Mann hinab. Langsam, wie ein ersterbendes Flüstern, schwand der dumpfe Laut aus seinen Ohren.

Die Sirenen schwiegen. Wann sie verstummt waren, wusste Bigger nicht. Doch die Stille erschien ihm wie eine geheime Gefahr, so, als sei er, den Feind im Rücken, auf seinem Posten eingeschlafen. Dann begann das Sirenengeheul von Neuem. Bigger spähte durch die kreisenden Lichtspeichen und sah, wie sich auf dem linken Dach eine Luke öffnete. Bewegungslos stand er da. Er umklammerte den Revolver und wartete. Hoffentlich wurde er nicht gesehen! Ein Kopf kam zum Vorschein; ein Mann kletterte aus der Luke und trat in den Schnee.

Er zuckte zusammen. Da lief doch jemand unter ihm über den Dachboden! Saß er jetzt in der Falle? Eine Stimme rief ein wenig ängstlich: »Jerry!«

Trotz des Sirenengeheuls und des Hupens der Feuerwehrwagen konnte er sie deutlich hören.

»Jerry!«

Nun klang die Stimme schon lauter. Bigger blickte wieder auf das linke Dach; der Mann stand noch immer da und leuchtete mit seiner Taschenlampe den Schnee ab. Wenn er doch nur verschwinden würde! Er selbst musste von dieser Luke hier fort. Wenn der andere Weiße heraufkam und seinen Kumpel im Schnee liegen sah, würde er schreien, noch ehe Bigger zuschlagen konnte. Er presste sich fester gegen den Schornstein, blickte hinüber zu dem Mann auf dem linken Dach und hielt den Atem an. Der Mann machte kehrt, ging zur Luke, kletterte hinunter und schlug die Falltür hinter sich zu. Nun war dieses Dach frei! Bigger flüsterte ein leises Gebet.

»Jeeeerry!«

Mit dem Revolver in der Hand kroch Bigger durch den Schnee. Er kam zu einem kleinen Damm aus Ziegeln, dort, wo die Kante des einen Daches mit der des anderen zusammentraf. Er blickte sich um. Noch war niemand zu sehen. Ob er schnell hinüberkletterte? Und wenn der Mann nun gerade in diesem Augenblick herauskam und ihn sah? Er musste es riskieren. Er klammerte sich an den Grat, zog sich hinauf, blieb einen Moment lang darauf liegen, rollte auf der anderen Seite hinunter und überschlug sich. Der Schnee biss ihm ins Gesicht und in die Augen; sein Atem ging schwer. Er kroch wieder zu einem Schornstein. Er fror so sehr, dass er nur noch den Wunsch verspürte, mit dem eisigen Gemäuer des Schornsteins zu verschmelzen. Wenn er doch schon alles hinter sich hätte! Die Stimme rief wieder, diesmal laut und eindringlich: »Jerry!« Er blickte hinter dem Schornstein hervor. Die Luke war noch leer. Doch als er die Stimme von Neuem hörte, wusste er, dass der Mann schon oben auf der Leiter stand, denn sie klang so nahe, als spräche jemand unmittelbar an seinem Ohr.

»Jerry!«

Das Gesicht des Mannes tauchte auf; es sah aus wie ein Stück weißer Pappe, das auf die Luke gesteckt war, und als dann die Stimme abermals erklang, wusste Bigger, dass der Mann seinen Kumpel im Schnee entdeckt hatte.

»He! Jerry!«

Bigger hob den Revolver und wartete.

»Jerry ...«

Der Mann kletterte aufs Dach und beugte sich über seinen Kumpel; dann kroch er wieder zurück und rief: »He! Hallo!« Nun würden es alle erfahren. Wohin sollte er? Wenn er nun durch eine Dachluke hinunterkletterte? Nein! Im Treppenhaus würden Leute stehen, sie würden bei seinem Anblick schreien und ihn überwältigen. Sie würden ihn nur allzu gern ausliefern, schon um dem Terror ein Ende zu bereiten. Er würde lieber weiter über die Dächer laufen. Gerade, als er losrennen wollte, erschien wieder ein Kopf in der Luke. Ein hochaufgeschossener Mann kam heraus. Er beugte sich über Jerry und legte ihm die Hand aufs Gesicht. Dann stieg noch ein zweiter Mann aufs Dach. Einer der Weißen richtete den Strahl der Taschenlampe auf Jerry, und der andere bückte sich und drehte den Körper herum. Der Lichtschein traf Jerrys Gesicht. Dann lief der eine Mann zum Rand des Daches und schaute auf die Straße. Seine Hand fuhr zum Mund, und ein langer, schriller Pfiff ertönte. Der Lärm auf der Straße verebbte, das Sirengeheul brach ab, doch die kreisenden gelben Strahlen wanderten weiter durch das Dunkel. In die plötzliche Stille hinein schrie der Mann: »Sperrt den Block ab!«

»Hast du eine Spur?«

»Ich glaube, er ist hier in der Nähe.«

Ein wildes Geschrei erhob sich. Ja, sie schienen zu wissen, dass er nicht mehr weit war. Wieder hörte er den Mann schrill pfeifen. Abermals wurde es still, wenn auch nicht so still wie zuvor. Laute Freudenrufe drangen zum Himmel.

»Schickt eine Trage und ein paar Leute rauf!«

»Okay!«

Der Mann drehte sich um und ging zu Jerry zurück. Bigger fing einzelne Gesprächsfetzen auf.

»... was meinst du, wie das passiert ist?«

»Sieht aus wie ein Schlag ...«

»... vielleicht ist er hier ...«

»Schnell! Sucht das Dach ab!«

Einer der Männer stand auf und knipste die Taschenlampe an. Die kreisenden Strahlen erleuchteten das Dach fast taghell, und Bigger konnte sehen, dass der Weiße einen Revolver in der Hand hielt. Nun musste er aber schleunigst von hier fort! Ihr Argwohn war geweckt, und sie würden jeden Quadratzentimeter der umliegenden Dächer absuchen. Auf allen vieren kroch Bigger bis zum nächsten Grat und blickte sich um; der Mann leuchtete mit der Taschenlampe den Schnee ab. Bigger zog sich hoch und rutschte hinüber auf das nächste Dach. Er dachte jetzt nicht mehr daran, wie viel Kraft es kostete, zu klettern und zu rennen. Die Angst vor der Gefangennahme ließ ihn sogar die Kälte vergessen, ließ ihn vergessen, dass er völlig ausgepumpt war. Denn irgendwo in ihm, in seinen Knochen, seinem Fleisch und seinem Blut erweckte der Drang, diesen Männern zu entgehen, neue Energien. Er kroch zum nächsten Grat, und plötzlich schrie der Mann: »Da ist er!«

Diese drei Worte ließen Bigger innehalten; er hatte den ganzen Abend auf sie gewartet, und als er sie hörte, war es ihm, als fiele der Himmel lautlos über ihm zusammen. Hatte es noch Sinn, weiterzulaufen? Sollte er nicht lieber stehen bleiben, die Hände heben und sich ergeben? Nein, verdammt! Er kroch weiter.

»Halt!«

Ein Schuss dröhnte; die Kugel pfiff an seinem Kopf vorbei. Er stand auf, lief zum nächsten Dachgrat, sprang hinüber und rannte weiter. Er schlängelte sich zwischen den Schornsteinen hindurch, sodass man ihn niemals lange genug sah, um schießen zu können. Da tauchte etwas Großes, Rundes, Weißes vor ihm im Dunkel auf: eine gewaltige Masse, die sich steil aus dem Schnee erhob und im grellen Licht der Scheinwerfer glitzerte. Bald würde er nicht mehr weiterkönnen, bald würde er den Punkt erreicht haben, wo die Dächer endeten und zur Straße hin abfielen. Er rannte um die Schornsteine herum, seine Füße rutschten über den Schnee, und immer schwebte ihm das Bild dieses unförmigen, weißen Etwas vor Augen. Würde es ihm weiterhelfen? Konnte er hinaufklettern oder sich dahinter verstecken und seine Verfolger abwehren? Er lauschte, das Schießen hatte aufgehört.

Er blieb stehen und blickte sich um; in dem unheimlichen Schein der Lichtsperre sah er einen Mann über den Schnee stolpern. Sollte er schießen? Nein! Im nächsten Augenblick würden andere Männer kommen, und er hätte nur Zeit verschwendet. Er rannte zum nächsten Grat, an der gewaltigen weißen Masse vorbei, die sich jetzt direkt über ihm auftürmte. Er blieb stehen und blinzelte: Tief unter ihm wogte ein Meer von weißen Gesichtern, und er sah sich fallen, sich überschlagen und mitten in diesem Ozean von brodelndem Hass landen. Er umklammerte die eisige Dachkante mit den Fingern. Wärst du etwas schneller gerannt, wärst du vom Dach gestürzt und vier Stockwerke tief gefallen, dachte er.

Ihn schwindelte. Er wich zurück. Das war das Ende. Wohin sollte er nun flüchten? Er sah sich um. Der Mann kam näher. Bigger richtete sich auf. Die Sirene heulte noch lauter als zuvor, und der Lärm auf der Straße schwoll an. Ja, die da unten wussten jetzt, dass die Polizei und die Sicherheitsgruppen ihn umzingelt hatten. Er musste wieder an das weiße Etwas denken. Er blickte auf. Direkt über ihm erhob sich ein großer, schneebedeckter Wassertank mit einem runden flachen Dach. Da sah er eine eiserne Leiter, deren eisverkrustete Sprossen im grellen Gelb der kreisenden Scheinwerferstrahlen wie Neonlichter aufblitzten. Er kletterte hinauf. Er wusste nicht, wohin die Leiter führte; er wusste nur, dass er sich verstecken musste.

Er gelangte auf das Dach des Wassertanks. Drei Kugeln pfiffen an seinem Kopf vorbei. Er legte sich auf den Bauch. Er befand sich jetzt hoch über den Dächern und Schornsteinen und hatte eine weite Sicht. Ein Weißer klettere über einen Dachgrat, und ihm folgte eine kleine Gruppe von Männern, deren Gesichter Bigger im Schein der schwingenden Lichtbündel deutlich erkennen konnte. Mehrere Männer stiegen aus einer nahen Dachluke und liefen, sich hinter die Schornsteine duckend, auf ihn zu. Er hob den Revolver, zielte und schoss. Die Männer blieben stehen. Er hatte nicht getroffen. Er schoss noch einmal. Wieder ging der Schuss daneben. Die Gruppe löste sich auf, und die Männer verschwanden hinter Graten und Schornsteinen. Der Lärm auf der Straße steigerte sich zu einem Freudengeheul. Zweifellos ließen die Schüsse sie vermuten, dass er gefangen oder erschossen worden sei.

Ein Mann rannte auf den Wassertank zu, und Bigger schoss noch einmal. Der Mann flüchtete hinter einen Schornstein. Er hatte ihn verfehlt. Vielleicht schoss er immer daneben, weil seine Hände so kalt und so steif waren? Vielleicht sollte er warten, bis seine Verfolger noch näher kamen. Er wandte den Kopf. Ein Mann kletterte eine Leiter herauf, die von der Straße aus angelegt worden war. Bigger zielte und schoss, doch der Mann kletterte über den Rand des Daches und verschwand unter dem Tank.

Weshalb traf er bloß nicht? Da rannten wieder zwei Männer zum Tank. Jetzt waren also schon drei darunter. Sie rückten ihm immer näher, aber sie konnten nicht zu ihm hinauf, ohne sich seinen Schüssen auszusetzen.

Ein kleiner schwarzer Gegenstand fiel neben seinem Kopf in den Schnee, zischte und sprudelte weißen Dampf hervor, der vom Wind davongetragen wurde. Tränengas! Mit einer Handbewegung stieß er die Patrone vom Tank. Noch drei andere Patronen schleuderte er hinunter. Ein starker Wind blies vom See her und trug das Gas von ihm fort. Jemand schrie: »Hört auf! Der Wind bläst's ja weg! Und er wirft sie wieder runter!«

Der Tumult auf der Straße wuchs. Immer mehr Männer stiegen durch die Luken aufs Dach. Er wollte schießen, doch dann fiel ihm ein, dass er nur noch drei Kugeln hatte. Er würde erst schießen, wenn sie dicht vor ihm waren, und er würde eine Kugel für sich aufheben. Lebend sollten sie ihn nicht bekommen!

»Komm runter, Junge!«

Er rührte sich nicht; er lag mit dem Revolver in der Hand auf dem Bauch und wartete. Dann klammerten sich plötzlich direkt unter seinen Augen vier weiße Finger an den vereisten Rand des Wassertanks. Er biss die Zähne zusammen und schlug mit dem Revolvergriff auf diese weißen Finger. Sie verschwanden, und der Mann plumpste auf das schneebedeckte Dach. Aufmerksam blickte Bigger am

Rand des Tanks entlang, doch niemand versuchte mehr, zu ihm hinaufzuklettern.

»Es ist zwecklos, dass du dich wehrst, Junge. Du entkommst uns nicht! Ergib dich!«

Er wusste, dass sie ihn fürchteten, und doch wusste er auch, dass bald alles vorbei sein würde, so oder so: Entweder sie würden ihn überwältigen, oder sie würden ihn erschießen. Er war überrascht, dass er keine Angst hatte. Etwas in ihm begann sich zurückzuziehen. Bigger trat wieder hinter seinen Vorhang, hinter seine Mauer, und schaute mit mürrischen Blicken der Verachtung hervor. Er befand sich außerhalb seines eigenen Ichs und beobachtete sich; er lag unter einem winterlichen Himmel, der von kreisenden Scheinwerfergarben erhellt wurde, und er hörte aufgeregte Rufe und Schreie. Trotzig und furchtlos umklammerte er den Revolver.

»Sag ihnen, sie sollen sich beeilen mit dem Schlauch! Der Nigger hat 'nen Revolver!«

Was bedeutete das? Seine Augen blickten suchend umher, hielten Ausschau nach einem Ziel, auf das er schießen konnte. Er war sich seines Körpers nicht mehr bewusst; er fühlte sich selbst nicht mehr. Er wusste nur, dass er mit dem Revolver in der Hand dalag und von Männern umzingelt war, die ihn umbringen wollten. Dann hörte er ganz in der Nähe ein Hämmern. Er sah sich um, hinter einem Schornstein wurde eine Luke geöffnet.

»Pass auf, Junge!«, rief eine heisere Stimme. »Wir geben dir eine letzte Chance – komm runter!«

Er rührte sich nicht. Was hatten sie vor? Schießen würden sie nicht, denn sie konnten ihn nicht sehen. Also was war es? Und während er noch überlegte, sah er es: Ein zischender Wasserstrahl, der im grellen Licht wie Silber glänzte, schoss mit furchtbarer Gewalt über seinen Kopf hinweg und schlug hinter ihm donnernd aufs Dach. Die Feuerwehr hatte einen Wasserschlauch angeschlossen. Sie versuchten, ihn hinunterzutreiben. Der Wasserstrahl kam hinter dem Schornstein hervor, von dort, wo vor wenigen Sekunden die Dachluke geöffnet worden war. Der Strahl zuckte bald hierhin, bald dorthin. Dann traf ihn das Wasser mit furchtbarer Wucht in die Seite. Bigger stockte der Atem, er spürte einen dumpfen Schmerz, der sich ausbreitete und ihn durchflutete. Der Strahl wollte ihn vom Tank herunterschießen, und Bigger klammerte sich an den Rand. Er fühlte, wie seine Kräfte nachließen. Seine Brust hob und senkte sich schwer, und der Schmerz im ganzen Körper sagte ihm, dass er dem Wasser nicht mehr lange standhalten werde. Er war halb erfroren. Ihm schien, dass sein Blut zu Eis erstarre. Er keuchte. Seine Finger am Revolver lockerten sich; er versuchte, ihn fester zu umspannen, doch er konnte es nicht. Der Wasserstrahl wandte sich von ihm ab, und Bigger blieb keuchend und erschöpft liegen.

»Wirf den Revolver runter, Junge!«

Er biss die Zähne zusammen. Das eisige Wasser packte seinen Körper wieder wie eine riesige Hand. Ihm war, als werde er von einer riesigen Schlange gewürgt. Seine Arme schmerzten. Er schaute hinter seinem Vorhang hervor und sah zu, wie er selbst unter dem Anprall des Wassers in grimmiger Kälte erfror. Dann ließ der Strahl von ihm ab.

»Wirf den Revolver runter, Junge!«

Bigger begann, am ganzen Körper zu zittern, und ließ den Revolver los. Ja, nun war es aus. Weshalb kamen sie nicht und holten ihn? Er umklammerte wieder den Rand des Tanks, grub seine Finger in den eisigen Schnee. Seine

Kräfte schwanden. Er gab auf. Er drehte sich auf den Rücken und blickte durch das sich immer wieder verformende Gitter aus Lichtstrahlen hinauf zum Himmel. Es war aus. Sie konnten ihn erschießen. Weshalb schossen sie nicht? Weshalb holten sie ihn nicht?

»Wirf den Revolver runter, Junge!«

Ach, sie wollten den Revolver. Er hatte ihn nicht. Er spürte keine Angst mehr. Es fehlte ihm dazu die Kraft.

»Wirf den Revolver runter, Junge!«

Ja, den Revolver nehmen und schießen! Den ganzen Revolver leer schießen! Langsam streckte er die Hand aus und versuchte, den Revolver zu fassen, aber seine Finger waren zu steif. Etwas in ihm lachte, kalt und hart; er lachte sich selbst aus. Weshalb kamen sie denn nicht und holten ihn? Sie fürchteten ihn. Er verdrehte die Augen. Sehnsüchtig blickte er auf den Revolver. Und dann, noch während er ihn betrachtete, traf der silberne Wasserstrahl den Revolver und schlug ihn vom Tank herunter …

»Da ist er!«

»Komm runter, Junge! Du bist erledigt!«

»Geh nicht rauf! Der hat vielleicht noch 'nen Revolver!«

»Komm runter, Junge!«

Er befand sich jetzt außerhalb all dessen, was geschah. Er war zu schwach und zu sehr durchgefroren, um sich noch länger am Rand des Tanks festzuhalten. Mit offenem Mund und offenen Augen lauschte er dem Zischen des Wassers über sich. Dann traf der Strahl ihn wieder in die Seite; er fühlte, wie sein Körper über den glatten Schnee glitt. Er wollte sich festhalten, doch er konnte es nicht. Er rutschte bis zum Rand; seine Beine baumelten in der Luft. Dann fiel er. Er schlug auf das Dach, mit dem Gesicht in den Schnee. Betäubt lag er da.

Er öffnete die Augen und sah einen Kreis von weißen Gesichtern; doch er befand sich jenseits dieses Kreises, hinter seinem Vorhang, hinter seiner Mauer. Er hörte die Männer sprechen; ihre Stimmen drangen zu ihm wie aus weiter Ferne.

»Ja, ja, das ist er!«

»Tragt ihn runter auf die Straße!«

»Das Wasser hat ihn erledigt!«

»Scheint halb erfroren zu sein.«

»Los, runter auf die Straße mit ihm!«

Er spürte, wie sein Körper über den Schnee geschleift wurde. Dann wurde er hochgehoben und, mit den Füßen zuerst, durch eine Dachluke gereicht. Er wurde von rauen Händen gepackt.

»Hast du ihn?«

»Ja. Kannst ihn loslassen!«

»Okay!«

Sie zogen ihn an den Füßen durch den dunklen Dachboden. Er schloss die Augen, und sein Kopf holperte über die Dielen. Dann schoben sie ihn durch die Falltür, und er wusste, dass er sich nun im Treppenhaus befand, denn warme Luft traf sein Gesicht. Sie packten ihn wieder an den Beinen und schleiften ihn durch einen Flur, über einen weichen Teppich.

Sie hielten an, dann zerrten sie ihn die Treppe hinunter, und sein Kopf schlug hart auf die Stufen. Er verschränkte die Arme unter dem Kopf, um ihn zu schützen, aber bald bluteten seine Ellbogen und Arme, und er ließ sich willenlos fallen. Sein Kopf polterte wieder über die Stufen. Er schloss die Augen und versuchte, das Bewusstsein zu verlieren. Doch er spürte schmerzhaft jeden Stoß, als schlüge ein Hammer auf sein Gehirn. Dann waren sie unten angelangt.

Bigger hörte Rufe und Schreie, die wie das Tosen eines Wasserfalls zu ihm drangen. Er wurde auf die Straße gezerrt und durch den Schnee geschleift.

»Erschießt ihn!«

»Hängt ihn auf!«

»Dieser schwarze Bastard!«

Sie ließen seine Füße los; er lag auf dem Rücken im Schnee. Um ihn herum brandete ein Meer von Lärm. Er öffnete die Augen ein wenig und sah eine Wand von weißen Gesichtern. »Hängt diesen schwarzen Affen auf!«

Zwei Männer breiteten seine Arme aus, als wollten sie ihn kreuzigen. Sie traten ihm mit den Füßen auf die Handgelenke und drückten sie tief in den Schnee. Seine Augen schlossen sich, und um ihn wurde es dunkel.

DRITTES BUCH

SCHICKSAL

Nun gab es keinen Tag mehr für ihn und keine Nacht; es gab nur eine Spanne von Zeit, die sehr kurz war, und dann – das Ende. Vor niemandem in der Welt hatte er mehr Angst, denn er wusste, dass Angst nutzlos war; und niemanden in der Welt hasste er mehr, denn er wusste, dass auch der Hass ihm nicht helfen konnte.

Obwohl sie ihn von einer Polizeistation zur anderen schleppten, obwohl sie auf ihn einredeten, ihn bestürmten, ihn anschrien oder ihm drohten, weigerte er sich beharrlich, zu sprechen. Meistens saß er mit gesenktem Kopf da und starrte zu Boden, oder er lag auf dem Bauch, das Gesicht in der Armbeuge vergraben. So lag er auch jetzt in der Polizeistation der 11. Straße auf einer Pritsche, und der blassgelbe Sonnenschein des Februarhimmels fiel durch das kalte Eisengitter schräg auf ihn herab.

Tabletts mit Essen wurden vor ihn hingestellt und eine Stunde später unberührt hinausgetragen. Er bekam Päckchen mit Zigaretten, aber sie blieben ungeöffnet liegen. Er wollte nicht einmal etwas trinken. Er lag oder saß da, ohne etwas zu sagen, und bemerkte nicht, wenn jemand die Zelle betrat oder sie wieder verließ. Wenn sie ihn an einen anderen Ort bringen wollten, packten sie ihn am Handgelenk und führten ihn; er leistete keinen Widerstand, schlurfte, den Kopf gesenkt, neben ihnen her. Selbst wenn sie ihn am Kragen hochzogen – und sein schwacher Körper gab leicht nach –, blickte er sie ohne Groll und ohne Hoffnung an, und die Augen in seinem abgezehrten Gesicht glichen zwei stillen Teichen von schwarzer Tinte. Niemand außer den Beamten hatte ihn bisher gesehen, und er hatte auch niemanden zu sehen verlangt. Nicht ein einziges Mal in den drei Tagen, in denen er inhaftiert war, dachte er darüber nach, was er getan hatte. Er hatte die Sache hinter sich geworfen, und da lag sie nun in ihrer ganzen Ungeheuerlichkeit. Und doch wurzelte sein Verhalten nicht so sehr in einer inneren Betäubung, sondern in seinem Entschluss, auf nichts zu reagieren.

Nachdem er zufällig getötet und gespürt hatte, dass es Sinn und Ordnung in seinen Beziehungen zu den Menschen geben könne; nachdem er die moralische Schuld und Verantwortung für den Mord auf sich genommen hatte, weil er durch ihn zum ersten Mal in seinem Leben frei gewesen war; nachdem er tief in seinem Herzen davon geträumt hatte, mit der Welt in Frieden zu leben, und nachdem er Lösegeld gefordert hatte, um diesen Traum zu verwirklichen – nachdem er all das getan und dennoch versagt hatte, beschloss er, nicht mehr zu kämpfen. Mit einer ungeheuren Willensanstrengung, die seinem Wesen entsprach, wandte er sich ab von seinem Leben und der Kette unseliger Taten, die daraus erwachsen waren, und blickte wehmutsvoll auf die dunkle Oberfläche uralter Wasser, in denen ein Geist ihn geschaffen und ihm Leben eingehaucht hatte, auf jene Wasser, aus denen er vor langer Zeit als Abbild des Menschen und mit den Bedürfnissen und Trieben eines Menschen entsprungen war, und er sehnte sich danach, zurückzusinken in diese Wasser zur ewigen Ruhe.

Und doch war der Wunsch, allen Glauben in sich zu vernichten, auf einen gewissen Glauben gebaut. Sein Gefühl sagte ihm: Wenn er schon mit den Menschen ringsum nicht eins werden konnte, so wollte er wenigstens mit einem anderen Teil der Welt, in der er lebte, verschmelzen. Aus jener Stimmung des Verzichtens stieg wieder der Wille zu töten in ihm auf. Doch diesmal war er nicht nach außen, auf Menschen, gerichtet, sondern nach innen, auf ihn selbst. Weshalb konnte er nicht dieses unerklärliche Verlangen töten, das ihn zu diesem Ende geführt hatte? Er hatte nach außen gegriffen und getötet und damit nichts gelöst – weshalb sollte er jetzt nicht nach innen greifen und das töten, was ihn betrogen hatte? Dieses Gefühl wurde aus sich selbst geboren, so wie aus einem Samenkorn die neue Pflanze wächst.

Und über alldem stand die Angst vor dem Tod, dem Bigger sich nackt und wehrlos gegenübersah; er musste diesem Ende entgegengehen wie jedes andere Lebewesen auch. Doch sein Verhältnis zum Tod war davon beeinflusst, dass er schwarz war, rechtlos und verachtet. Er sehnte sich nach einem anderen Lebenskreis, nach einer neuen Lebensweise, die jene Spannung von Hass und Liebe in ihm auflöste. Ach, wenn es doch über ihm, gleich den Sternen an einem klaren Himmel, ein System von Bildern und Symbolen gäbe, deren Zauberkraft ihn erhöhen würde! Wenn es ihm dann doch vergönnt wäre, so intensiv zu leben, dass er seine schwarze Haut und die Verachtung ringsum vergessen könnte, dass selbst der Tod ihn nicht kümmern, sondern ein Sieg sein würde. Diesen Zustand müsste er erreichen, ehe sie wieder vor ihn hintraten. Ein neuer Stolz und eine neue

Demut müssten in ihm geboren werden, eine Demut, die einem neuen Teilhaben an der Welt entsprang, und dieses Teilhaben würde die Grundlage für eine neue Hoffnung bilden, die als Stolz und Würde in ihm wirksam wäre.

Aber vielleicht würde er nie dahin gelangen, vielleicht gab es so etwas nicht für ihn, vielleicht würde er so, wie er war, seinem Ende entgegengehen, abgestumpft, gehetzt, den Abglanz der inneren Leere in den Augen. Vielleicht gab es nichts anderes. Vielleicht waren die verworrenen Impulse, die Erregung, das Prickeln seines Blutes, das Hochgefühl – vielleicht waren das alles nur Irrlichter, die nirgendwohin führten. Vielleicht hatten die Weißen recht, wenn sie sagten, dass eine schwarze Haut etwas Schlechtes sei, die Hülle eines affenartigen Wesens. Vielleicht war er einfach ein unglücklicher Mensch, für ein dunkles Schicksal geboren, ein obszöner Scherz inmitten von Sirenengeheul, weißen Gesichtern und kreisenden Lichtspeeren unter einem kalten, seidigen Himmel. Doch dieses Gefühl hielt nicht lange vor; sobald er zu einem solchen Schluss gekommen war, kehrte stark und mächtig, und in seiner augenblicklichen Lage lähmend und vernichtend, die Überzeugung zurück, dass es einen Ausweg geben müsse.

Und dann erschien eines Morgens eine Gruppe von Männern, die ihn am Handgelenk packten und in einen großen Saal führten, in dem viele Menschen saßen. Die grellen Lichter blendeten ihn, und lautes Stimmengewirr schlug ihm entgegen. Die dichten Reihen der weißen Gesichter und das ständige Aufflammen von Blitzlichtlampen riefen Verwunderung in ihm wach. Die Mauer der Gleichgültigkeit, hinter der er sich verbarg, vermochte ihn nicht mehr zu schützen. Zuerst glaubte er, der Prozess habe begonnen, und er war schon bereit, in seinen Traum vom

Nichts zurückzusinken. Doch dann nahm er wahr, dass der Raum, in dem er sich befand, nicht im Geringsten wie ein Gerichtssaal aussah. Erregung durchflutete ihn. Sie war jener Erregung verwandt, die ihn überkommen hatte, als die Reporter, den Hut auf dem Kopf und die Zigarre oder Zigarette im Mund, in den daltonschen Keller getreten waren; nur empfand er sie jetzt viel stärker. Er schaute hinüber zu den Weißen. Sie schienen ihn zu verhöhnen. Er spürte nicht mehr ihren Hass; er spürte etwas viel Tieferes. An ihrem Verhalten merkte er, dass sie schon über den Hass hinausgegangen waren. In ihren Stimmen hörte er eine geduldige Gewissheit, und in ihren Augen erblickte er eine gelassene Überzeugung. Obwohl er es nicht hätte mit Worten ausdrücken können, fühlte er doch, dass sie nicht nur seinen Tod bereits beschlossen hatten, sondern auch gewillt waren, in dem Tod mehr zu sehen als nur eine Strafe. Sie versuchten, ihn als ein blutiges Symbol der Angst zu verwenden, um damit jene schwarze Welt zu schrecken, die sie fürchteten und niederhalten wollten und die Bigger für sie verkörperte. Und als er sich dessen bewusst wurde, lehnte sich alles in ihm auf. Er war bis zum tiefsten Punkt seines Lebens gesunken, doch als er sich wieder davon bedroht sah, unter ihrem Hohngelächter seinen dunklen Weg gehen zu müssen, erwachte in ihm der Drang, etwas zu tun und sich zu wehren.

Er versuchte, seine Hände zu heben. Da bemerkte er, dass sie mit starken Stahlbändern an die Handgelenke der Polizisten zu seinen beiden Seiten gefesselt waren. Er blickte sich um; ein Polizist stand hinter ihm und einer vor ihm. Er hörte ein hartes, metallisches Klicken, und seine Hände waren frei. Das Stimmengemurmel schwoll an. Ja, sie hatten jede seiner Bewegungen genau beobachtet! Dann richteten sich seine Augen auf ein nach oben gewandtes, angespanntes Gesicht. Das Oval dieses weißen Gesichts war von noch weißerem Haar umrahmt. Mrs Dalton saß reglos da, die hageren, wächsernen Hände im Schoß gefaltet. Und als Bigger sie ansah, musste er daran denken, wie er klopfenden Herzens in dem dunklen Zimmer neben dem Bett gestanden und das Kissen auf Marys Gesicht gepresst hatte, um sie am Sprechen zu hindern.

Neben Mrs Dalton saß ihr Mann und starrte mit weit geöffneten Augen vor sich hin, ohne zu blinzeln. Dann wandte er den Kopf und schaute Bigger an, und Bigger senkte den Blick.

Da war auch Jan: ein derbes, freundliches Gesicht, blondes Haar und blaue Augen, die ihn offen ansahen. Heiße Scham stieg in Bigger auf, als er sich der Szene im Wagen erinnerte; er vermeinte, den Druck von Jans Fingern auf seiner Hand zu spüren. Und dann wurde diese Scham von Schuldbewusstsein und Wut verdrängt, als ihm einfiel, wie Jan ihm auf der Straße im Schnee gegenübergestanden hatte.

Er wurde müde; je mehr er ins Leben zurücktrat, desto stärker wurde diese Müdigkeit. Er blickte an sich herab; sein Anzug war feucht und zerknittert, die Ärmel waren fast bis zu den Ellbogen hochgezogen. Sein Hemd war offen, und er sah die schwarze Haut seiner Brust. Plötzlich fühlte er einen Schmerz in den Fingern seiner rechten Hand. Zwei Fingernägel waren abgerissen. Er konnte sich nicht erinnern, wie das geschehen war. Er versuchte, die Zunge zu bewegen; sie war geschwollen. Seine Lippen waren trocken und aufgesprungen; er hatte Durst. Ihn schwindelte. Die Lichter und Gesichter drehten sich langsam wie ein Karussell. Er stürzte …

Als er die Augen öffnete, lag er ausgestreckt auf einer Pritsche. Ein weißes Gesicht beugte sich über ihn. Er wollte aufstehen, doch er wurde zurückgestoßen.

»Bleib liegen, Junge. Hier, trink.«

Ein Glas berührte seine Lippen. Sollte er trinken? Doch was machte es schon aus? Er schluckte etwas Warmes; es war Milch. Als das Glas leer war, legte er sich zurück und starrte hinauf zur Decke; die Erinnerung an Bessie und die Milch, die sie für ihn gewärmt hatte, stieg wieder in ihm auf. Dann sah er Bessie tot vor sich, und er schloss die Augen und versuchte zu vergessen. Sein Magen knurrte; doch Bigger fühlte sich besser. Da hörte er ein leises Gemurmel. Er umfasste den Rand der Pritsche und setzte sich auf.

»Na, wie fühlst du dich denn?«

»Hm?« Es war das erste Mal, dass er auf ihre Fragen reagierte, seitdem er im Gefängnis war.

»Wie fühlst du dich?«

Er schloss die Augen und wandte den Kopf zur Seite. Sie waren weiß, und er war schwarz, sie waren die Sieger, er war der Besiegte.

»Er kommt wieder zu sich.«

»Ja. Wahrscheinlich waren die vielen Menschen schuld daran, dass er ohnmächtig geworden ist.«

»Sag mal, Junge, willst du was zu essen?«

Er antwortete nicht.

»Hol ihm was. Er weiß nicht, was er will.«

»Leg dich lieber hin, Junge. Am Nachmittag musst du wieder zur Voruntersuchung.«

Er fühlte, dass ihre Hände ihn sanft auf die Pritsche drückten. Die Tür wurde geschlossen, und er blickte sich um. Er war allein. Er war wieder in die Welt zurückgekehrt. Er hatte es nicht gewollt, es war ohne sein Zutun geschehen. Er wurde in diese und jene Richtung geworfen von seltsamen, ihm unbegreiflichen Kräften. Doch nicht um sein Leben zu retten, war er wieder zu sich gekommen. Was aus ihm wurde, war ihm gleichgültig. Von ihm aus konnten sie ihn ruhig auf den elektrischen Stuhl bringen. Nein, er war zu sich gekommen, um seinen Stolz zu retten. Er wollte nicht das Ziel ihres Spottes sein. Wenn sie ihn umgebracht hätten in jener Nacht, als sie ihn die Treppe hinuntergeschleift hatten, er hätte es ihnen nicht verwehren können. Aber sie hatten kein Recht, dazusitzen, ihn zu beobachten und mit ihm zu machen, was sie wollten. Die Tür wurde geöffnet, ein Polizist brachte ein Tablett mit Essen, stellte es auf einen Stuhl neben ihn und ging wieder hinaus. Das waren ja Bratkartoffeln, Steak und Kaffee! Zaghaft schnitt er ein Stück von dem Steak ab und steckte es in den Mund. Es schmeckte so gut, dass er es beinahe hinuntergeschluckt hätte, ohne es zu kauen. Er setzte sich auf den Rand der Pritsche und zog den Stuhl näher heran. Seine Kiefer bewegten sich so schnell, dass sie schmerzten. Er hörte auf zu kauen und ließ das Essen auf der Zunge zergehen. Er spürte, wie ihm der Speichel im Mund zusammenlief. Als er alles aufgegessen hatte, zündete er sich eine Zigarette an, streckte sich auf der Pritsche aus und schloss die Augen. Er fiel in leichten Schlaf.

Plötzlich fuhr er hoch. Er hatte schon lange keine Zeitung mehr gelesen. Was wurde wohl über ihn geschrieben? Er stand auf, taumelte, und der Raum drehte sich. Ja, er war sehr schwach. Er lehnte sich an die Wand. Dann ging er langsam zur Tür. Vorsichtig drehte er am Knauf. Die Tür öffnete sich, und er blickte einem Polizisten ins Gesicht.

»Was ist denn?«

Er sah einen schweren Revolver in der Hüfttasche des Mannes. Der Polizist packte Bigger am Handgelenk und führte ihn zurück zur Pritsche.

»Komm, leg dich hin.«

»Ich möchte eine Zeitung«, sagte Bigger.

»Was? Eine Zeitung?«

»Ja, ich möchte 'ne Zeitung lesen.«

»Wart 'nen Augenblick. Mal sehen, ob ich eine kriegen kann.« Der Polizist ging hinaus und kam mit einem Arm voll Zeitungen zurück.

»Hier hast du was, Junge. Du bist in allen drin.«

Er wandte sich den Zeitungen erst zu, als der Mann den Raum verlassen hatte. Dann entfaltete er eine *Tribune* und las:

SCHWARZER MÖRDER VERLIERT WÄHREND VORUNTERSUCHUNG DAS BEWUSSTSEIN.

Aha, das war heute also die Voruntersuchung gewesen. Er las weiter:

Überwältigt von dem Anblick seiner Ankläger, verlor Bigger Thomas, der zwanzigjährige Neger und Sexualverbrecher, heute Morgen während der Voruntersuchung im Fall Mary Dalton, der Millionenerbin aus Chicago, das Bewusstsein.

Der schwarze Mörder, der zum ersten Mal seit seiner Gefangennahme am vergangenen Montagabend aus seiner Teilnahmslosigkeit erwacht war, saß eingeschüchtert und ängstlich da, während Hunderte von Menschen einen Blick auf ihn erhaschen wollten.

»Er sieht ja aus wie ein Affe!«, rief ein junges Mädchen voll Entsetzen aus, als der ohnmächtige Neger auf eine Trage gelegt wurde.

Obwohl der Körper des Mörders nicht als stämmig bezeichnet werden kann, scheint er doch außergewöhnliche Kräfte zu besitzen. Er ist etwa einen Meter fünfundsiebzig groß, und seine Haut ist von einem besonders tiefen Schwarz. Sein Unterkiefer tritt wie bei einem Urwaldtier hässlich hervor.

Seine langen Arme hängen baumelnd bis zu den Knien herab. Man kann sich leicht vorstellen, wie dieser Mann, von sexueller Lust gepackt, sich der kleinen Mary Dalton bemächtigt, sie vergewaltigt, ermordet, geköpft und ihre Leiche schließlich in den glühenden Ofen gestopft hat, um die Beweise seines Verbrechens zu vernichten.

Seine Schultern sind breit und muskulös; seine Haltung ist geduckt, als wolle er jeden Augenblick zum Sprung ansetzen. Er blickt mit mürrischen und abweisenden Augen in die Welt und scheint jeglichem Mitleid zu trotzen.

Alles in allem wirkt er wie ein von den ausgleichenden Einflüssen der modernen Zivilisation vollkommen unberührtes Tier. In Sprache und Benehmen fehlt ihm der Charme des durchschnittlichen, harmlosen, freundlichen Negers der Südstaaten, den das amerikanische Volk so liebt.

Als der Mörder zur Voruntersuchung erschien, wurden Schreie laut: »Hängt ihn auf! Tötet ihn!«

Doch der Rohling scheint seinem Schicksal gleichgültig gegenüberzustehen, als ob Voruntersuchung, Prozess und selbst der ihm sichere Tod durch den elektrischen Stuhl ihn nicht schreckten. Er wirkt wie das fehlende Glied in der Entwicklungsreihe des Affen zum Menschen und scheint nicht in unsere zivilisierte Welt zu passen.

Ein irischer Polizeihauptmann sagte im Brustton der Überzeugung: »Ich bin der Meinung, dass nur der Tod ihn und seinesgleichen kurieren kann.«

Drei Tage lang hat der Neger alle Nahrung verweigert. Die Polizei glaubt, dass er entweder zu verhungern sucht, um auf diese Weise dem elektrischen Stuhl zu entgehen, oder dass er Mitleid für sich erwecken will.

Aus Jackson, Mississippi, kam gestern ein Bericht von Edward Robertson, dem Herausgeber des »Jackson Daily Star«, über die Kindheit von Bigger Thomas. Mr Robertson telegrafiert: »Thomas stammt aus einer armen Familie von faulen und sittenlosen Taugenichtsen. Er wuchs hier auf und ist den Bürgern unserer Stadt als unverbesserlicher Dieb und Lügner bekannt. Aufgrund seiner Jugend konnte er zu jener Zeit nicht zur Zwangsarbeit geschickt werden.

Unsere Erfahrungen mit solchen entarteten Negern haben gezeigt, dass nur die öffentlich auferlegte Todesstrafe einen heilsamen Einfluss auf ihre besondere Mentalität ausübt. Hätte dieser Neger Thomas in Mississippi gelebt und ein solches Verbrechen begangen, so hätte ihn keine Macht der Welt vor dem Tod durch die Hände aufgebrachter Bürger retten können.

Ich halte es für angebracht, Sie davon zu unterrichten, dass in breiten Kreisen die Ansicht herrscht, Bigger Thomas habe trotz seiner schwarzen Hautfarbe einen kleinen Bestandteil weißen Blutes in den Adern, eine Mischung, die für gewöhnlich eine unlenksame, verbrecherische Natur ergibt.

In unserem Staate achten wir streng darauf, dass die Neger ihren angestammten Platz nicht verlassen, und wir geben ihnen zu verstehen, dass sie, wenn sie eine weiße Frau, ob im Guten oder Bösen, auch nur antippen, ihr Leben verwirkt haben. Wenn die Neger sich gegen ein eingebildetes Unrecht auflehnen, so bringt sie nichts so schnell zur Besinnung, wie wenn die Bürger sich selbst zum Vollstrecker des Gesetzes machen und ein Exempel statuieren.

Solche Verbrechen, wie Bigger Thomas sie begangen hat, könnten im Wesentlichen dadurch reduziert werden, dass auf Spielplätzen, in Parks, Cafés, Theatern und Straßenbahnen die Rassentrennung streng eingehalten wird. Eine Segregation der Wohnbezirke ist von höchster Bedeutung. Solche Maßnahmen hindern die Neger weitgehend daran, in direkten Kontakt mit weißen Frauen zu treten und sich an ihnen zu vergehen.

Wir hier im Süden sind der Ansicht, dass man im Norden den Negern ein größeres Wissen vermitteln will, als sie verdauen können, was zur Folge hat, dass die Neger im Norden für gewöhnlich unglücklicher und ruheloser sind als die im Süden. Wenn die Rassentrennung in den Schulen beibehalten bliebe, hätten es die Stadt, der Kreis und der Staat verhältnismäßig leicht, durch eine Regulierung der Geldzuteilung der Fortbildung der Neger einen Riegel vorzuschieben.

Des Weiteren kann man die Neger psychisch unter Druck setzen, wenn man sie zwingt, jedem Weißen, mit dem sie in Berührung kommen, ihre Ehrerbietung zu erweisen. Dies kann durch eine genaue Festlegung ihres Sprachgebrauchs und ihres Benehmens erreicht werden. Es hat sich gezeigt, dass das Einflößen einer gewissen Furcht uns in großem Maße geholfen hat, mit dem Problem fertigzuwerden.«

Bigger ließ die Zeitung sinken; er konnte nicht mehr weiterlesen. Ja, natürlich, sie würden ihn umbringen, aber sie sollten nicht ihren Spott mit ihm treiben. Still saß er da und versuchte, zu einer Entscheidung zu gelangen – nicht durch Denken, sondern durch Fühlen. Sollte er sich wieder hinter seiner Mauer verstecken? Konnte er das überhaupt noch? Nein, er konnte es nicht. Doch was würde es ihm nützen, wenn er sich jetzt wehrte? Und weshalb sollte er sich noch weiterem Hass aussetzen? Er legte sich auf die Pritsche, und ihn überkam das gleiche Gefühl wie an jenem Abend, als er unter den suchenden Strahlen der Scheinwerfer den eisigen Rand des Wassertanks umklammerte und unter ihm die Männer mit Revolvern und Tränengas lauerten, als er das Heulen der Sirenen hörte und die blutdurstigen Schreie aus zehntausend Kehlen …

Er wurde müde und schloss die Augen; dann schrak er auf. Die Tür wurde geöffnet, und ein schwarzes Gesicht schaute ihn an. Wer war das? Ein großer, gut gekleideter Schwarzer trat in die Zelle und blieb stehen. Bigger richtete sich ein wenig auf und stützte sich auf den Ellbogen. Der Mann kam an die Pritsche und ergriff Biggers Hand.

»Mein armer Junge! Möge der Herr dir gnädig sein.«

Er blickte auf den schwarzen Anzug des Mannes, und plötzlich wusste er, wer es war: Reverend Hammond, der Pastor der Kirche, in die seine Mutter ging. Und sogleich zog er sich vor diesem Mann zurück. Er verschloss sein Herz und versuchte, jegliches Gefühl in sich zu ersticken. Er fürchtete, der Pfarrer könne Reue in ihm erwecken. Er wollte ihm sagen, er solle wieder gehen, doch er vermochte es nicht, denn der Mann stand für seine Mutter und alles, woran sie glaubte. Und doch rief der Pfarrer dieselben Empfindungen in ihm hervor wie die hasserfüllten Artikel der Zeitungen. Ja, die Liebe der Schwarzen und der Hass der Weißen ließen das gleiche Schuldgefühl in ihm aufsteigen.

»Wie geht es dir, mein Sohn?«, fragte der Mann. Bigger antwortete nicht, und der Pfarrer fuhr fort: »Deine Mutter hat mich gebeten, dich zu besuchen. Sie wird auch kommen.« Der Pfarrer kniete auf dem Steinfußboden nieder und schloss die Augen. Bigger biss die Zähne zusammen; er wusste, was jetzt kam.

»Herr Jesus, wende deine Augen auf uns und schaue in das Herz dieses armen Sünders. Du hast gesagt, du bist voller Gnade, und wenn wir auf Knien darum bitten, schüttest du sie in unsere Herzen, bis sie überlaufen. Wir bitten dich jetzt um deine Gnade, Herr! Ergieße sie über diesen armen Sünder, der ihrer so dringend bedarf. Wenn seine

Sünden rot sind wie Scharlach, Herr, so wasche sie weiß wie Schnee! Vergib ihm alles, was er getan hat, Herr! Führe ihn mit dem Licht deiner Liebe durch diese dunklen Tage! Und hilf denen, die ihm helfen wollen, Herr! Komme in ihre Herzen und hauche Mitleid in ihre Seelen! Wir bitten dich darum im Namen deines Sohnes Jesus, der am Kreuz gestorben ist und uns die Gnade deiner Liebe geschenkt hat! Amen.«

Bigger starrte auf die weiße Wand vor sich, während die Worte des Pfarrers in sein Bewusstsein drangen. Ohne ihnen zu lauschen, wusste er, was sie bedeuteten: Er hörte wieder die Stimme seiner Mutter, die von Leiden sprach, von Hoffnung und Liebe jenseits dieser Welt. Und er verabscheute sie, weil er sich durch sie ebenso schuldig und verdammt fühlte wie durch die Stimme jener, die ihn hassten.

»Mein Sohn ...«

Bigger blickte den Pfarrer an, dann wandte er sich ab.

»Vergiss alles außer deiner Seele, Sohn. Denke an nichts anderes als an das ewige Leben. Vergiss, was die Zeitungen schreiben. Vergiss, dass du schwarz bist. Gott blickt durch deine Haut in deine Seele hinein. Er sieht nur den Teil von dir, der ihm gehört. Er will dich, und er liebt dich. Vertrau dich ihm an, mein Sohn. Ich will dir sagen, weshalb du hier bist. Ich will dir eine Geschichte erzählen, die dein Herz froh macht ...«

Bigger saß ganz still, er hörte die Worte des Pfarrers und hörte sie auch nicht. Hätte er sie später wiederholen müssen, er wäre nicht imstande gewesen. Und doch spürte er ihren Sinn. Als der Pfarrer sprach, erschien vor Bigger eine ungeheure schwarze, schweigende Leere, und Bilder schwammen in dieser Leere und wurden groß und mächtig; es waren vertraute Bilder, wie sie ihm schon von seiner Mutter gemalt worden waren, als er, noch ein Kind, auf ihrem Schoß gesessen hatte. Sie riefen schlummernde Gefühle in ihm wach, die er unterdrückt und sorgfältig von sich ferngehalten hatte. Einst hatten ihm diese Bilder die Welt erklärt und seinem Leben einen Sinn gegeben. Und nun hielten sie ihn abermals in Bann und erfüllten ihn mit Ehrfurcht und Erstaunen.

»… eine endlose Weite tiefer, murmelnder Wasser, auf denen die Dunkelheit lag, und sie waren ohne Form und Gestalt, und es gab keine Sonne, keine Sterne und kein Land, und eine Stimme kam aus der Finsternis, und die Wasser bewegten sich, und eine riesige kreisende Kugel erhob sich aus ihnen, und die Stimme sagte, *es werde Licht*, und es ward Licht, und das Licht war gut, und die Stimme sagte, *es werde der Himmel*, und die Wasser teilten sich, und über den Wassern ward ein unendlicher Raum, und Wolken stiegen darin auf und schwebten über den Wassern, und wie ein Echo kam von ferne die Stimme und sagte, *es werde Land*, und donnernd traten die Wasser zurück, und Berggipfel ragten in den Himmel, und es wurden Täler und Flüsse, und die Stimme nannte das Land *Erde* und die Wasser *Meere*, und auf der Erde wuchsen Gras und Bäume und Blumen, die Samen trugen, der zur Erde fiel, auf dass er wieder wachse, und die Erde ward vom Licht unzähliger Sterne erhellt, und am Tag leuchtete die Sonne und in der Nacht der Mond, und es gab Tage und Wochen und Monate und Jahre, und wieder rief die Stimme aus dem Zwielicht, und im Wasser erschienen Wale und jegliche Art von Getier, und auf dem Lande gab es Vieh und die Tiere des Feldes, und die Stimme sagte, *lasset uns einen Menschen schaffen nach unserem Bild*, und aus dem Erdenstaub erhob sich ein Mann und ward sichtbar gegen den Tag und die Sonne, und nach ihm erhob sich eine Frau und ward sichtbar gegen die Nacht und den Mond, und sie waren ein Fleisch und Blut, und es gab keinen Schmerz und kein Verlangen, keine Zeit und keinen Tod, und das Leben war schön wie die Blumen, die in dem Garten der Erde blühten, und aus den Wolken kam die Stimme und sagte, *esset nicht von den Früchten des Baumes in der Mitte des Gartens, sonst müsst ihr sterben ...*« Der Pfarrer verstummte. Bigger blickte ihn aus den Augenwinkeln an. Das Gesicht des Pfarrers war schwarz und traurig und ernst, und Bigger spürte ein tieferes Schuldgefühl als nach dem Mord an Mary Dalton. Er hatte in sich dieses quälende Lebensbild getötet, noch ehe er Mary getötet hatte. Es war sein erster Mord gewesen. Und nun hielt der Pfarrer es ihm wieder vor Augen, und es verfolgte ihn wie ein Gespenst in der Nacht und schuf in ihm ein Gefühl des Ausgeschlossenseins, das so kalt war wie ein Eisblock. Weshalb sollte es ihn von Neuem quälen, nachdem er ihm ein Kissen der Angst und des Hasses auf das Gesicht gepresst hatte, um es zu ersticken? Jene, die ihn umbringen wollten, betrachteten ihn nicht als Menschen, er war nicht einbezogen in das Bild der Schöpfung, und so hatte er es getötet. Um leben zu können, hatte er sich eine neue Welt geschaffen, und deshalb musste er sterben.

Wieder drangen die Worte des Pfarrers in ihn ein.

»Mein Sohn, weißt du, was das für ein Baum war? Es war der Baum der Erkenntnis. Dem Menschen war es nicht genug, wie Gott zu sein, er musste auch wissen, warum. Und Gott wollte doch nur, dass der Mensch lebe wie die Blumen auf dem Feld, unschuldig wie die Kinder. Aber der Mensch wollte wissen, warum, und fiel vom Licht in die Finsternis, von der Liebe in die Verdammung, von der

Seligkeit in die Schmach. Und Gott verstieß sie aus dem Garten, und der Mann musste nun im Schweiße seines Angesichts sein Brot verdienen und die Frau unter Schmerzen ihre Kinder gebären. Die Welt wandte sich gegen sie, und sie mussten sich ihr Leben erkämpfen ...«

... der Mann und die Frau schritten angstvoll unter Bäumen dahin und bedeckten mit den Händen ihre Blöße, und hinter ihnen, hoch droben im Zwielicht der Wolken, schwang ein Engel ein flammendes Schwert und trieb sie aus dem Garten in die schwarze Nacht der kalten Winde, der Tränen und der Schmerzen und des Todes, und der Mann und die Frau sandten Opfer zum Himmel, um Vergebung zu erlangen ...

»Mein Sohn, seit tausend Jahren haben wir gebetet, dass Gott diesen Fluch von uns nimmt. Gott hat unsere Gebete erhört und uns gesagt, er will uns einen Weg zu ihm zurück zeigen. Sein Sohn Jesus ist auf die Erde gekommen in menschlicher Gestalt und hat gelebt und ist gestorben, um uns auf diesem Weg zu führen. Jesus ließ sich von den Menschen kreuzigen, aber sein Tod war ein Sieg. Das Leben auf dieser Welt wurde mit ihm gekreuzigt. Die Welt ist nicht unsere Heimat. Das Leben ist jeden Tag eine Kreuzigung. Es gibt nur einen Ausweg, mein Sohn, und das ist der Weg, den Jesus uns gewiesen hat, der Weg der Liebe und Vergebung. Sei wie Jesus. Wehre dich nicht. Danke Gott, dass er diesen Weg für dich gewählt hat, auf dem du zu ihm finden kannst. Es ist die Liebe, die dich retten wird, mein Sohn. Du musst glauben, dass Gott dir durch Jesu Liebe ewiges Leben gibt. Schau mich an, mein Sohn ...«

Bigger stützte seinen Kopf in die Hände und rührte sich nicht.

»Mein Sohn, versprich mir, dass du aufhören wirst zu hassen, damit Gottes Liebe in dein Herz einziehen kann.«

Bigger schwieg.

»Willst du mir das nicht versprechen, mein Sohn?«

Bigger schlug die Hände vor die Augen.

»Sag, dass du es wenigstens versuchen willst, mein Sohn.«

Bigger wusste, wenn der Pfarrer noch weiterfragte, würde er aufspringen und auf ihn losschlagen. Wie konnte er an das glauben, was er getötet hatte? Er war schuldig. Der Pfarrer erhob sich, seufzte und zog aus seiner Tasche eine Kette, an der ein kleines Holzkreuz hing.

»Schau her, mein Sohn. Ich halte hier in der Hand ein kleines Holzkreuz, geschnitzt aus einem Baum. Ein Baum ist die Welt, mein Sohn. Und an diesen Baum genagelt ist ein leidender Mensch. So ist das Leben, mein Sohn. Voller Leiden. Wie kannst du noch zögern, an das Wort Gottes zu glauben, wenn ich dir das vor Augen halte, was allein deinem Leben Bedeutung geben kann? Komm, lass dir das Kreuz um den Hals hängen. Und wenn du einsam bist, sieh es dir an, mein Sohn, und glaube …«

Sie schwiegen. Bigger spürte das Kreuz auf seiner Brust. Die Worte des Pfarrers hallten in ihm nach, und er sah, dass das Leben Fleisch war, das man an den Baum der Welt genagelt hatte, ein sehnender Geist, gefangen in Erdentagen.

Er blickte auf, denn er hörte, dass der Türknauf sich drehte. Die Tür wurde geöffnet, und Jan stand auf der Schwelle. Er zögerte, einzutreten. Von Angst gepackt, sprang Bigger auf. Auch der Pfarrer erhob sich, trat einen Schritt zurück, verbeugte sich und sagte: »Guten Morgen, Sir.«

Bigger überlegte. Was Jan wohl von ihm wollte? Hier saß er im Gefängnis und wartete auf seine Verurteilung. War

Jan das noch nicht genug? Er machte sich steif. Jan war in die Mitte des Raumes getreten und sah ihn an. Doch da fiel Bigger ein, dass er ja gar nicht zu stehen brauchte. Und er hatte auch keinen Grund, Jan zu fürchten. Was konnte der ihm hier schon tun? Er setzte sich hin und senkte den Kopf; es war ganz still in der Zelle, so still, dass er den Pfarrer und Jan atmen hörte. Der weiße Mann, dem er das Verbrechen hatte zuschieben wollen, stand vor ihm, und Bigger wartete darauf, zornige Worte zu hören. Doch weshalb sprach Jan nicht? Er hob die Augen; Jan schaute ihn unverwandt an, und Bigger blickte zu Boden. Doch Jans Gesicht sah überhaupt nicht wütend aus. Aber wenn er nicht wütend war, was wollte er dann? Bigger blickte wieder auf. Jans Lippen bewegten sich, als wolle er etwas sagen. Und als er schließlich sprach, klang seine Stimme sehr leise, und er machte lange Pausen zwischen den Worten; Bigger war, als höre er einen Mann mit sich selbst sprechen.

»Bigger, vielleicht fehlen mir die Worte, um das zu sagen, was ich sagen will, aber ich will es versuchen … Die Sache hat mich wie eine Bombe getroffen. Ich … ich h-h-habe eine ganze Woche gebraucht, bis ich wieder richtig zu mir gekommen bin. Sie haben mich ins Gefängnis gesperrt, und ich konnte mir überhaupt nicht vorstellen, was eigentlich vorging … Ich … ich will dich nicht quälen, Bigger. Ich weiß, in was für einer Situation du bist. Aber da ist etwas, was ich einfach sagen muss … Du brauchst nicht mit mir zu reden, Bigger, wenn du nicht willst. Ich glaube, ich weiß jetzt ein bisschen, wie dir zumute ist. Ich bin nicht dumm, Bigger, ich kann vieles verstehen, wenn ich vielleicht neulich abends auch manches nicht verstanden habe …« Jan unterbrach sich, schluckte und zündete sich eine Zigarette an. »Du hast mich schwer gekränkt …

aber ich sehe jetzt alles. Ich bin blind gewesen. Ich … ich wollte einfach herkommen und dir sagen, dass ich dir nicht böse bin. Ich bin dir nicht böse, und ich möchte gern, dass du dir von mir helfen lässt. Ich hasse dich nicht, weil du versucht hast, mir die Sache zuzuschieben … Vielleicht hast du gute Gründe gehabt … Ich weiß es nicht. Und vielleicht bin ich in gewissem Sinne der eigentliche Schuldige …« Jan brach wieder ab, sog den Rauch aus seiner Zigarette tief ein, stieß ihn langsam wieder aus und biss sich nervös auf die Lippen. »Bigger, ich … ich habe nie in meinem Leben dir und deinen Leuten etwas Böses getan. Aber ich bin ein Weißer, und es wäre zu viel verlangt, wenn ich dich bitten wollte, mich nicht zu hassen, wenn jeder Weiße, den du siehst, dich hasst. Ich … ich weiß, mein Gesicht sieht für dich ebenso aus wie die Gesichter der anderen, aber trotzdem fühle ich nicht so wie sie. Doch ich habe bis zu jener Nacht nicht gewusst, dass die Kluft, die uns trennt, so groß ist … Ich verstehe jetzt, weshalb du mir den Revolver vorgehalten hast, als ich vor dem Haus auf dich gewartet habe, um mit dir zu sprechen. Es war das Einzige, was du tun konntest, aber ich wusste nicht, dass mein weißes Gesicht dich schuldigsprach und dich verurteilte …« Jans Lippen blieben geöffnet, doch er schwieg; er ließ seinen Blick durch die Zelle wandern.

Bigger saß schweigend und verwirrt da. Ihm war, als sei er auf ein großes Mühlenrad gebunden, das von heftigen Windstößen gedreht wurde.

»Sind Sie Mr Erlone?«, fragte der Pfarrer.

»Ja«, sagte Jan und wandte sich ihm zu.

»Das war wirklich anständig, was Sie da eben gesagt haben, Sir. Wenn einer Hilfe braucht, so ist es dieser arme Junge. Ich bin Reverend Hammond.«

Bigger sah, dass sich Jan und der Pfarrer die Hände schüttelten.

»Obwohl mich die ganze Sache tief getroffen hat, habe ich etwas daraus gelernt.« Jan setzte sich und wandte sich wieder Bigger zu. »Ich sehe jetzt tiefer in die Menschen hinein. Ich sehe jetzt Dinge, die ich wusste, aber vergessen hatte. Ich … ich habe etwas verloren, aber ich habe auch etwas dafür bekommen …« Er zog an seiner Krawatte. Der Raum war still und wartete darauf, dass Jan weitersprach. »Ich habe gelernt, dass du ein Recht hast, mich zu hassen, Bigger. Ich sehe jetzt, dass du gar nicht anders konntest. Aber, Bigger, wenn ich sage, du hast ein Recht, mich zu hassen, dann sollte das die Sache doch ein wenig ändern, nicht wahr? Seitdem ich aus dem Gefängnis entlassen worden bin, habe ich mir die Sache tausendmal überlegt, und ich finde, dass ich derjenige bin, der im Gefängnis sein sollte, und nicht du. Doch das geht nicht, Bigger. Ich kann nicht das auf mich nehmen, was hundert Millionen Menschen verschuldet haben.« Jan beugte sich nach vorn und starrte auf den Fußboden. »Ich versuche gar nicht, etwas wieder gutzumachen, Bigger. Ich bin nicht hierhergekommen, um dich zu bemitleiden. Und ich glaube auch nicht, dass du so viel schlimmer dran bist als wir anderen, die wir uns in dieser Welt verirrt haben. Ich bin hier, weil ich versuche, nach meinen Überzeugungen zu leben. Und es ist nicht einfach, Bigger. Ich … ich habe das Mädchen geliebt, das du umgebracht hast. Ich … ich …« Er stockte, und seine Lippen bebten. »Ich habe im Gefängnis gesessen und um Mary getrauert, und dann habe ich an all die Schwarzen gedacht, die ermordet worden sind, an die vielen Schwarzen, die getrauert haben, wenn ihnen die Ihren während und nach der Sklaverei entrissen worden sind. Und ich sagte mir, wenn die es aushalten konnten, so kann ich es wohl auch.« Jan trat seine Zigarette aus. »Zuerst glaubte ich, der alte Dalton versuche, mich reinzulegen, und wollte ihn umbringen. Und als ich hörte, dass du es warst, wollte ich dich umbringen. Und dann habe ich angefangen, nachzudenken. Ich begriff, wenn ich jemanden umbringen würde, so würde die Sache weitergehen und immer weitergehen und niemals aufhören. Und ich sagte mir, ich werde dem Jungen helfen, wenn er mich lässt.«

»Möge Gott im Himmel Sie segnen, mein Sohn«, rief der Pfarrer aus.

Jan zündete sich eine neue Zigarette an und hielt Bigger das Päckchen hin, aber Bigger lehnte ab. Er hatte die Hände gefaltet und sah starr zu Boden. Jans Worte waren seltsam; er hatte noch nie zuvor solche Reden gehört. Es war alles so neu für ihn, dass er nicht wusste, wie er sich verhalten sollte; er saß da und blickte verwundert vor sich hin. Er hatte sogar Angst, Jan in die Augen zu sehen.

»Ich bin auf deiner Seite, Bigger«, sagte Jan. »Ich kann die Sache mit dir durchkämpfen. Ich kann mich von all den Weißen lösen und dir beistehen. Pass auf, ich habe einen Freund, einen Anwalt. Er heißt Max. Und er versteht dich und will dir helfen. Willst du mit ihm sprechen?«

Bigger begriff, dass Jan ihm nicht die Schuld gab für das, was er getan hatte. War es eine Falle? Er blickte Jan ins Gesicht. Dieser Weiße glaubte an ihn, und in dem Augenblick, da Bigger diesen Glauben spürte, fühlte er sich wieder schuldig, aber auf eine andere Art. Plötzlich war dieser Weiße auf ihn zugekommen, hatte den Vorhang beiseitegeschoben und war in seinen Lebensraum getreten. Jan hatte ihm die Freundschaft angeboten, und das würde ihm den Hass der anderen Weißen zuziehen; ein kleines Steinchen hatte sich von dem drohenden Berg weißen Hasses gelöst, war den Abhang hinuntergerollt und lag nun vor seinen Füßen. Das Wort war Fleisch geworden.

Zum ersten Mal in seinem Leben war ein Weißer für Bigger ein Mensch, und das traf ihn wie ein Dolchstoß. Er spürte Reue: Er hatte getötet, was dieser Mann geliebt hatte, und ihm Schmerz zugefügt. Ihm war, als habe jemand ihm seine Sehkraft wiedergegeben oder eine entstellende Maske von Jans Gesicht gerissen.

Bigger rutschte unruhig hin und her; die Hand des Pfarrers legte sich auf seine Schulter.

»Ich will mich nicht in etwas einmischen, was mich nichts angeht, Sir«, sagte der Pfarrer in einem entschlossenen und doch ehrerbietigen Ton. »Aber es hat keinen Zweck, dass Sie Ihre kommunistischen Ideen in die Sache reinziehen, Mister. Ich achte Ihre Gefühle sehr, jawohl, Mister, aber was Sie wollen, rührt nur noch mehr Hass auf. Was dieser arme Junge braucht, ist Verständnis …«

»Aber er muss dafür kämpfen«, entgegnete Jan.

»Ich bin mit Ihnen, wenn Sie die Herzen der Menschen ändern wollen, aber ich kann nicht zu Ihnen stehen, wenn Sie noch mehr Hass aufrühren …«

Bigger blickte verwirrt von einem zum anderen.

»Wie in aller Welt wollen Sie denn die Herzen der Menschen ändern, wenn die Zeitungen ihnen jeden Tag neuen Hass einträufeln?«, fragte Jan.

»Gott kann sie ändern!« Der Pfarrer hatte mit Nachdruck gesprochen.

Jan wandte sich an Bigger.

»Willst du dir nicht von meinem Freund helfen lassen?«

Bigger blickte sich um, als suche er einen Fluchtweg. Was konnte er sagen? Er war schuldig.

»Ach, vergessen Sie mich doch«, murmelte er.

»Das kann ich nicht!«

»Es ist doch für mich alles vorbei.«

»Glaubst du denn nicht an dich?«

»Nein«, presste Bigger hervor.

»Du hast genug Glauben gehabt, um zu töten«, sagte Jan. »Du hast gedacht, du würdest etwas bereinigen, sonst hättest du es nicht getan.«

Bigger starrte ihn schweigend an. Glaubte dieser Mann so sehr an ihn?

»Ich möchte, dass du mit Max sprichst.«

Jan ging zur Tür. Ein Polizist öffnete sie von außen. Bigger saß mit offenem Mund da und versuchte herauszufinden, wohin ihn das alles führen würde. Der Kopf eines Mannes erschien in der Tür, ein merkwürdiger Kopf mit Silberhaar und einem hageren weißen Gesicht, das er noch nie gesehen hatte.

»Komm nur rein«, rief Jan.

»Danke.«

Die Stimme war ruhig, fest und freundlich, und auf den Lippen des Mannes lag ein leises Lächeln, das immer da gewesen zu sein schien. Der Mann trat ein. Er war von großer Statur.

»Guten Tag, Bigger.«

Bigger erwiderte den Gruß nicht. Er begann zu zweifeln. War es wirklich keine Falle?

»Das ist Reverend Hammond, Max«, stellte Jan vor.

Max schüttelte dem Pfarrer die Hand und wandte sich dann zu Bigger.

»Ich möchte mit dir sprechen«, sagte er. »Ich gehöre zur Arbeiter-Rechtshilfe. Ich will dir helfen.«

»Ich hab kein Geld«, erwiderte Bigger.

»Das weiß ich. Hör zu, Bigger, du brauchst keine Angst vor mir zu haben. Und auch vor Jan nicht. Wir haben nichts gegen dich. Ich möchte dich vor Gericht vertreten. Hast du schon mit einem anderen Anwalt gesprochen?«

Bigger sah Jan und Max an. Sie schienen es wirklich ehrlich zu meinen. Aber wie konnten sie ihm helfen? Er sehnte sich nach Hilfe, aber er wagte nicht, zu glauben, dass jemand jetzt noch etwas für ihn tun wollte.

»Nein, Sir«, flüsterte er.

»Wie haben sie dich behandelt? Haben sie dich geschlagen?«

»Ich bin krank gewesen«, antwortete Bigger. Ja, er musste ihnen erklären, weshalb er drei Tage lang nichts gegessen und mit niemandem gesprochen hatte. »Ich bin krank gewesen. Ich weiß es nicht.«

»Willst du uns den Fall übergeben?«

»Ich hab kein Geld.«

»Das lass nur unsere Sorge sein. Hör zu, du musst heute Nachmittag wieder zur Voruntersuchung. Aber du brauchst auf keine Frage zu antworten, verstehst du? Du bleibst einfach sitzen, ohne etwas zu sagen. Ich werde auch da sein, du brauchst also nichts zu befürchten. Nach der Voruntersuchung wird man dich ins Cook County Jail bringen. Ich werde rüberkommen und mich ein wenig mit dir unterhalten.«

»Ja, Sir.«

»Hier, nimm die Zigaretten.«

»Danke, Sir.«

Die Tür wurde geöffnet, und ein großer Mann mit breitem Gesicht und grauen Augen kam mit schnellem Schritt herein. Max, Jan und der Pfarrer traten zur Seite. Bigger starrte den Weißen an. Woher kannte er ihn bloß? Da erinnerte er sich: Das war doch Buckley, der Mann auf dem Plakat, das zwei Arbeiter vor einigen Tagen an eine Anschlagtafel geklebt hatten. Bigger hörte, wie die Weißen in feindseligem Ton miteinander zu reden begannen.

»Da haben Sie also wieder einmal Ihre Finger im Spiel, Max!«

»Dieser Junge ist mein Klient, er unterschreibt keine Geständnisse«, sagte Max.

»Wozu brauch ich denn sein Geständnis?«, fragte Buckley. »Wir haben so viel Beweismaterial, dass wir ihn auf ein Dutzend elektrischer Stühle bringen könnten.«

»Ich werde dafür sorgen, dass seine Rechte gewahrt werden!«

»Mann! Da können Sie doch gar nichts mehr retten!«

Max wandte sich an Bigger.

»Lass dir von diesen Leuten bloß keine Angst einjagen.«

Bigger antwortete nicht.

»Was ihr Roten davon habt, dass ihr euch um so 'nen schwarzen Verbrecher kümmert, weiß nur Gott allein.« Buckley rieb sich die Augen.

»Sie fürchten wohl, dass Sie den Jungen nicht mehr vor den April-Wahlen auf den elektrischen Stuhl bringen können, wenn wir uns mit dem Fall befassen, was, Buckley?«, fragte Jan.

Buckley fuhr herum.

»Warum, zum Teufel, sucht ihr euch nicht endlich mal 'nen anständigen Kerl, den ihr verteidigen könnt? Einen, der es zu würdigen weiß? Weshalb lasst ihr euch bloß mit so 'nem Burschen ein …?«

»Sie und Ihre Taktik haben uns dazu gezwungen«, gab Max zurück.

»Wie meinen Sie das?«

»Wenn Sie nicht den Namen der Kommunistischen Partei in diese Mordaffäre hineingezogen hätten, würde ich jetzt nicht hier stehen.«

»Aber Kinder, der Junge hat doch seinen Brief mit eurem Namen unterschrieben …«

»Ich weiß«, sagte Max. »Aber woher hat er denn die Idee? Aus den Zeitungen. Ich verteidige ihn, weil ich überzeugt bin, dass Menschen wie Sie ihn zu dem gemacht haben, was er ist. Dass er versuchte, den Kommunisten sein Verbrechen zuzuschieben, war für ihn nur natürlich. Er hat von Ihresgleichen, Buckley, so viele Lügen über die Kommunisten gehört, dass er sie schließlich geglaubt hat. Wenn ich den Leuten begreiflich machen kann, weshalb der Junge so gehandelt hat, dann tue ich mehr als nur ihn verteidigen.«

Buckley lachte, biss das Ende einer frischen Zigarre ab, zündete sie an und paffte. Er trat in die Mitte der Zelle, neigte den Kopf zur Seite, nahm die Zigarre aus dem Mund und warf Bigger einen schiefen Blick zu.

»Junge, hast du je gedacht, dass du mal so 'ne wichtige Persönlichkeit sein könntest, wie du es jetzt bist?«

Bigger war nahe daran gewesen, die Freundschaft von Jan und Max anzunehmen, doch nun stand dieser Mann vor ihm. Was bedeutete schon die Freundschaft der beiden in Hinblick auf Millionen Menschen vom Schlage dieses Buckley?

»Ich bin der Staatsanwalt.« Buckley ging von einem Ende der Zelle zum anderen. Sein Hut saß ihm auf dem Hinterkopf. Ein weißseidenes Taschentuch schaute aus der Brusttasche seines schwarzen Jacketts. Vor der Pritsche blieb er stehen. Bigger fröstelte. Wann würden sie ihn wohl umbringen? Der warme Atem der Hoffnung, den Jan und

Max ihm gespendet hatten, war unter Buckleys kaltem Blick zu Reif geworden.

»Junge, ich möchte dir einen guten Rat geben. Ich will ehrlich zu dir sein und dir sagen, dass du nicht mit mir zu sprechen brauchst, wenn du nicht willst, und dass alles, was du mir erzählst, vor Gericht gegen dich verwendet werden kann, verstehst du? Aber, Junge, du bist überführt! Das ist das Erste, was du begreifen musst. Wir wissen, was du getan hast. Wir haben die Beweise. Du kannst also ebenso gut reden.«

»Das wird er mit mir entscheiden«, sagte Max.

Buckley und Max sahen einander an.

»Hören Sie zu, Max – Sie verschwenden nur Ihre Zeit. Den Jungen werden Sie nie und nimmer freibekommen. Niemand kann sich ungestraft an einer Familie wie den Daltons vergehen. Die armen alten Eltern werden im Gerichtssaal sitzen und dafür sorgen, dass der Junge verurteilt wird – und schmort! Er hat ihnen das Einzige genommen, was sie hatten. Wenn Sie sich eine Demütigung ersparen wollen, dann rate ich Ihnen und Ihrem Freund, jetzt zu gehen. Die Zeitungen werden nicht erfahren, dass Sie hier waren ...«

Max fiel ihm ins Wort. »Ich behalte mir das Recht vor, selbst zu entscheiden, ob ich ihn verteidige oder nicht.«

»Sie denken, ich mache Ihnen etwas vor, nicht wahr, Max?«, fragte Buckley, wandte sich um und ging zur Tür. »Aber ich werde Ihnen etwas zeigen.«

Ein Polizist öffnete die Tür.

»Sagen Sie ihnen, sie können hereinkommen«, befahl Buckley. In der Zelle wurde es still. Bigger saß auf seiner Pritsche und starrte auf den Boden. Das Ganze war ihm zuwider; wenn noch etwas für ihn getan werden konnte, dann wollte er es selbst tun. Je mehr andere sich um ihn bemühten, desto größer wurde die Leere in seinem Inneren. Der Polizist riss die Tür weit auf. Mr und Mrs Dalton kamen langsam herein. Sie blieben stehen. Mr Dalton schaute Bigger an; sein Gesicht war weiß. Bigger erhob sich halb, dann sank er zurück auf die Pritsche. Er blickte sich um, ohne etwas zu sehen.

Buckley ging auf Mr Dalton zu und schüttelte ihm die Hand. Zu Mrs Dalton sagte er: »Es tut mir furchtbar leid, gnädige Frau. Aber ich halte es für wichtig …«

Mr Dalton warf einen kurzen Blick auf Bigger.

»Hat er gesagt, wer außer ihm noch daran beteiligt war?«, fragte er Buckley.

»Er ist gerade wieder zu sich gekommen. Und er hat jetzt einen Anwalt.«

»Ich habe seine Verteidigung übernommen«, erklärte Max.

Mr Dalton schaute zu Jan hinüber. Dann wandte er sich an Bigger.

»Junge, du schneidest dir ins eigene Fleisch, wenn du nicht sagst, wer noch beteiligt war.«

Bigger verkrampfte innerlich und schwieg. Max trat zu ihm und legte ihm die Hand auf die Schulter.

»Ich werde mit ihm sprechen, Mr Dalton.«

»Ich bin nicht hierhergekommen, um den Jungen zu einem Geständnis zu zwingen«, fuhr Mr Dalton fort. »Aber es würde leichter für ihn sein, wenn er alles sagte, was er weiß.«

Eine Weile herrschte Schweigen. Dann ging der Pfarrer, den Hut in der Hand, langsam auf Mr Dalton zu.

»Ich bin ein Prediger des Evangeliums«, stellte er sich vor. »Und es tut mir ungeheuer leid, was mit Ihrer Tochter geschehen ist. Ich weiß von Ihren guten Taten, Sir. Solch ein Unglück hätte nicht über Sie kommen dürfen.«

Mr Dalton seufzte und antwortete matt: »Ich danke Ihnen.«

Buckley wandte sich an Max.

»Das Beste, was Sie tun können, ist, uns beizustehen. Zwei Menschen haben ein großes Unrecht erlitten, zwei Menschen, die für die Neger mehr getan haben als irgendjemand sonst.«

»Ich fühle mit Ihnen, Mr Dalton«, sagte Max. »Aber wenn man diesen Jungen zum Tode verurteilt, so nützt das weder Ihnen noch uns.«

»Ich hab ja versucht, ihm zu helfen«, erwiderte Mr Dalton.

»Wir wollten ihn auf eine Schule schicken«, bestätigte Mrs Dalton mit leiser Stimme.

»Ich weiß.« Max nickte. »Aber diese Dinge berühren nicht das Grundproblem dieses Falls. Der Junge kommt aus einem unterdrückten Volk. Selbst wenn er ein Unrecht begangen hat, dürfen wir das nicht vergessen.«

»Ich möchte Ihnen sagen, dass ich keinerlei Bitterkeit im Herzen trage«, betonte Mr Dalton. »Was der Junge getan hat, wird meine Beziehungen zu den Negern nicht beeinträchtigen. Wir haben erst heute dem South Side Boys' Club ein Dutzend Pingpongtische geschickt … «

»Mr Dalton!«, rief Max aus und trat einen Schritt vor. »Mein Gott! Halten Pingpongtische denn Menschen vom Morden zurück? Verstehen Sie denn nicht? Selbst nachdem Sie Ihre Tochter verloren haben, begreifen Sie noch immer nicht? Sprechen Sie denn anderen Menschen jegliches Gefühlsleben ab? Hätte das Tischtennisspiel Sie daran gehindert, Ihre Millionen zu verdienen? Dieser Junge und unzählige andere wollen ein sinnvolles Leben, nicht Ping-pong ...«

»Was verlangen Sie eigentlich von mir?«, fragte Mr Dalton kühl. »Verlangen Sie, dass ich sterbe und für ein Leiden büße, an dem ich nicht schuld bin? Ich bin nicht verantwortlich für den Zustand der Welt. Ich tue alles, was ein einzelner Mensch nur tun kann. Wahrscheinlich möchten Sie, dass ich mein Geld unter den Besitzlosen verteile.«

»Nein, nein, nein ... das nicht!«, widersprach Max. »Wenn Sie sich endlich bewusst würden, dass auch andere Menschen ebenso tief empfinden wie Sie, würden Sie sehen, dass das, was Sie tun, sinnlos ist. Etwas viel Grundlegenderes ...«

»Kommunismus!«, brummte Buckley und zog die Mundwinkel herab. »Meine Herren, seien wir doch nicht kindisch. Diesen Jungen erwartet ein Prozess, der über sein Leben entscheidet. Und meine Aufgabe ist es, die Gesetze dieses Staates zu vertreten ...«

Buckley brach ab, denn die Tür wurde geöffnet, und ein Polizist blickte herein.

»Was ist denn?«, fragte Buckley.

»Die Familie des Gefangenen ist da.«

»Ja, richtig! Die habe ich ja ganz vergessen ...«

Bigger sank zusammen. Nein, nur das nicht! Nicht jetzt! Und nicht hier! Nicht vor so vielen Menschen! Er sah sich mit einem flehenden Blick in der Zelle um. Buckley beobachtete ihn und wandte sich dann wieder an den Polizisten.

»Sie sollen hereinkommen, sie haben ein Recht, ihn zu sehen. Außerdem«, sagte er zu Mr Dalton, »hielt ich es für nützlich, sie kommen zu lassen.«

Obwohl er saß, fühlte Bigger, dass seine Beine zitterten. Er war so erregt, dass er aufsprang, als die Tür geöffnet wurde, und in die Mitte der Zelle trat. Er sah das Gesicht seiner Mutter und verspürte den Drang, zu ihr zu laufen und sie aus der Zelle zu stoßen. Die Mutter umklammerte mit einer Hand den Türknauf; in der anderen hielt sie ein abgegriffenes Notizbuch, das sie fallen ließ, als sie auf ihn zueilte und ihn weinend umarmte.

»Mein Junge ...«

Vor Furcht und Unentschlossenheit machte Bigger sich steif. Er spürte, wie ihn die Mutter an sich drückte. Über ihre Schulter hinweg erblickte er Vera und Buddy. Sie kamen zögernd herein, blieben stehen und schauten sich schüchtern um. Hinter ihnen traten Gus, G. H. und Jack in die Zelle, ihre Münder standen vor Angst und Ehrfurcht offen. Veras Lippen bebten, und Buddy hatte die Hände zu Fäusten geballt. Buckley, der Pfarrer, Jan, Max, Mr und Mrs Dalton standen hinter Bigger an der Wand und beobachteten schweigend die Szene. Bigger wäre am liebsten herumgefahren und hätte sie alle niedergeschlagen. Die freundlichen Worte, die Jan und Max für ihn gehabt hatten, waren vergessen. Er wusste, dass alle Weißen hier im Raum jede Spur von Schwäche registrierten. Er identifizierte sich mit seiner Familie und sah sie nackt und wehrlos den Blicken der Weißen ausgeliefert. Doch als er in den Armen seiner Mutter lag und zu Vera und Buddy hinüberschaute, während Jack, G. H. und Gus linkisch in der Tür standen und ihn neugierig und voller Unglauben anstarrten – als er sich dessen bewusst war, stieg eine seltsame Gewissheit in ihm auf: Sie hatten allen Grund, sich zu freuen! Es war ein eigentümliches und dennoch starkes Gefühl, das der Quelle seines Lebens entsprang. Hatte er das Verbrechen, ein Schwarzer zu sein, nicht voll und ganz auf sich genommen? Hatte er nicht das getan, was sie mehr als alles in der Welt fürchteten? Dann sollten sie ihn doch nicht bemitleiden und ihn beweinen, sondern sie sollten ihn voller Stolz ansehen und heimgehen, zufrieden darüber, dass ihre Schande reingewaschen war.

»Ach, Bigger, mein Sohn!«, jammerte die Mutter. »Wir haben uns solche Sorgen gemacht … Wir haben nicht eine einzige Nacht geschlafen. Die Polizei ist dauernd da … Sie stehen vor unserer Tür … Sie beobachten uns und folgen uns überallhin! Ach, mein Junge …«

Bigger hörte ihr Schluchzen, doch was konnte er tun? Sie hätte nicht kommen sollen. Buddy trat zu ihm heran und drehte seine Mütze in den Händen.

»Hör zu, Bigger, wenn dus nicht getan hast, dann sags mir. Dann tue ich's. Ich beschaff mir 'nen Revolver und erledige vier oder fünf von der Bande …«

Schweigen trat ein. Bigger drehte sich schnell um und sah Bestürzung und Entsetzen auf den weißen Gesichtern.

»Sag nicht so was, Buddy.« Die Mutter schluchzte. »Willst du denn, dass ich auf der Stelle sterbe? Ich kann es nicht mehr ertragen. Du darfst nicht solche Reden führen … Wir haben schon genug Sorgen.«

»Lass dich nur nicht schlecht behandeln, Bigger«, sagte Buddy mit Nachdruck.

Verzweifelt überlegte Bigger, was er ihnen sagen konnte. Er wollte sie trösten und beruhigen. Doch die Weißen machten es ihm unmöglich, seine Gefühle zum Ausdruck zu bringen. Hass wallte in ihm auf – und Scham. Er suchte nach Worten, die sie herausfordern würden, Worten, die ihnen sagen würden, dass er ihnen zum Trotz eine eigene Welt und ein eigenes Leben hatte. Und gleichzeitig sollten diese Worte die Tränen seiner Mutter und Schwester versiegen lassen und den Zorn seines Bruders besänftigen; er fühlte, dass es nutzlos war, zu weinen und sich zu empören, weil die Menschen, die hinter ihm an der Wand standen, sein Schicksal und das seiner Familie in der Hand hatten.

»Ach, Mam, mach dir nur keine Sorgen«, sagte er schließlich, erstaunt über seine Worte. »Pass auf, ich bin im Handumdrehen wieder draußen.«

Seine Mutter blickte ihn ungläubig an. Bigger drehte sich wieder um und betrachtete trotzig und erregt die weißen Gesichter. Sie starrten ihn voller Überraschung an. Buckleys Lippen waren zu einem schwachen Lächeln verzogen. Jan und Max sahen bestürzt aus. Mrs Dalton, weiß wie die Wand hinter ihr, hatte mit offenem Mund gelauscht. Der Pfarrer und Mr Dalton schüttelten traurig den Kopf. Bigger wusste, dass außer Buddy keiner im Raum ihm glaubte. Seine Mutter wandte sich ab und weinte. Vera kniete auf dem Boden und bedeckte das Gesicht mit den Händen.

»Bigger.« Die Stimme seiner Mutter war leise und ruhig. Sie nahm seinen Kopf zwischen ihre zitternden Hände. »Bigger, können wir irgendetwas für dich tun? Irgendetwas?«

Bigger wusste, dass seine Worte sie zu dieser Frage veranlasst hatten. Dabei waren sie so arm, dass sie selbst das Essen von der Wohlfahrt bekamen. Er schämte sich dessen, was er gesagt hatte; er hätte ehrlich zu ihnen sein sollen. Es war dumm von ihm gewesen, vor ihnen stark und unschuldig erscheinen zu wollen. Vielleicht würden sie sich, wenn man ihn umgebracht hatte, nur noch an diese albernen Worte erinnern. Die Augen seiner Mutter blickten traurig, skeptisch, doch freundlich und geduldig. Sie schienen auf eine Antwort zu warten. Ja, er musste diese Lüge auswischen, nicht nur, damit sie die Wahrheit erfuhren, sondern auch, weil er vor den Weißen an der Wand seine Ehre retten wollte. Er war verloren, gut, aber er würde sich nicht beugen; er würde nicht lügen, nicht in der Gegenwart dieses weißen Berges, der sich hinter ihm erhob.

»Nichts, Mam. Danke. Ich brauche nichts«, murmelte er.

Es herrschte Stille, Buddy senkte die Augen. Vera schluchzte lauter. Sie wirkte so klein und hilflos. Sie hätte nicht kommen sollen. Ihr Schluchzen verurteilte ihn. Wenn er sie doch nur nach Hause schicken könnte! Er war doch immer nur so grob und unfreundlich zu ihnen gewesen, weil er diesen Hass, diese Scham und Verzweiflung nicht hatte spüren wollen – und jetzt stand er ihnen wehrlos gegenüber. Sein Blick wanderte durch den Raum und blieb an Jack, Gus und G. H. hängen. Sie sahen, dass er sie anschaute, und traten näher.

»Es tut mir leid, Bigger«, sagte Jack und blickte zu Boden.

»Sie haben uns auch eingesperrt«, sagte G. H., als wolle er Bigger damit trösten. »Aber Mr Erlone und Mr Max haben uns rausgekriegt. Wir sollten alles Mögliche gestehen, was wir gar nicht getan haben. Aber wir haben nichts gesagt.«

»Können wir was für dich tun, Bigger?«, fragte Gus.

»Nein, nein«, antwortete Bigger. »Aber wenn ihr geht, dann bringt Mam nach Hause, ja?«

»Natürlich, machen wir«, versprachen sie.

Wieder herrschte Schweigen, und Biggers gespannte Nerven zwangen ihn, das Schweigen auszufüllen.

»W-Wie gefällts dir denn beim Nähkurs, Vera?«, fragte er. Vera schlug die Hände vor das Gesicht.

»Bigger.« Die Mutter schluchzte von Neuem. »Bigger,

sie will nicht mehr in die Schule gehen. Sie sagt, die anderen Mädchen gucken sie so an, dass sie sich schämt ...«

Er hatte in dem Glauben gelebt und gehandelt, dass er nur für sich allein verantwortlich sei, und nun sah er, dass es nicht so gewesen war. Andere mussten darunter leiden, was er getan hatte. Wie sehr er sich auch wünschen mochte, dass sie ihn vergäßen – sie würden es nicht können. Seine Familie war untrennbar mit ihm verbunden – und das nicht nur durch das Blut. Er setzte sich auf die Pritsche, und die Mutter kniete zu seinen Füßen nieder. Ihr Gesicht war zu ihm erhoben; sie blickte ihn mit stumpfen Augen an wie jemand, der seine letzte Hoffnung schwinden sieht.

»Ich bete für dich, mein Sohn. Das ist alles, was ich noch tun kann«, sagte sie. »Der Herr weiß, dass ich für dich, deinen Bruder und deine Schwester getan habe, was ich konnte. Ich habe geschrubbt und gewaschen und gebügelt von morgens bis abends, tagaus, tagein, solange noch Kraft in meinem alten Körper war. Ich habe alles getan, mein Junge, und wenn ich was unterlassen habe, dann nur, weil ich nicht wusste, dass es hätte getan werden müssen. Weil deine arme alte Mutter es nicht gesehen hat, verstehst du? Als ich gehört habe, was passiert ist, bin ich niedergekniet, habe die Augen zu Gott erhoben und ihn gefragt, ob ich dich falsch erzogen habe. Ich hab ihn gebeten, mich die Last tragen zu lassen, falls ich an dir gesündigt habe. Lieber Junge, ich kann jetzt nichts mehr für dich tun. Ich bin alt, und das ist zu viel für mich. Es geht über meine Kräfte. Aber hör zu, mein Junge, deine arme alte Mutter möchte, dass du ihr eins versprichst ... Wenn niemand bei dir ist, wenn du allein bist, dann knie nieder und vertraue dich Gott an. Bitte ihn, dich zu führen. Das ist alles, was du

noch tun kannst. Junge, versprich mir, dass du zu ihm beten wirst.«

»Amen!«, sang der Pfarrer mit Inbrunst.

»Vergiss mich doch, Mam«, bat Bigger.

»Ich kann dich nicht vergessen. Du bist mein Sohn. Ich
habe dich auf diese Welt gebracht.«

»Vergiss mich, Mam.«

»Junge, ich mach mir Sorgen um dich. Du musst deine
Seele retten. Ich würde keine Ruhe mehr haben, wenn ich
wüsste, dass du von uns gegangen bist, ohne Gott um Hilfe
zu bitten. Bigger, wir haben Schweres durchgemacht auf
dieser Welt, aber durch alles Leid hindurch sind wir doch
immer zusammen gewesen, nicht wahr?«

»Ja, Mam«, flüsterte er.

»Mein Junge, und es gibt einen Ort, wo wir einmal wieder zusammenfinden werden. Gott hat dafür gesorgt. Er
hat uns einen Platz geschaffen, wo wir ohne Furcht leben
können. Ganz gleich, was uns hier passiert, wir werden in
Gottes Himmel wieder zusammen sein. Bigger, deine alte
Mutter bittet dich, dass du ihr versprichst, zu beten.«

»Sie hat recht, mein Sohn«, bekräftigte der Pfarrer.

»Vergiss mich, Mam«, flehte Bigger.

»Willst du deine alte Mutter denn nicht wiedersehen,
Junge?«

Langsam stand er auf, hob die Hände, um ihr Gesicht
zu berühren, wollte Ja sagen, aber tief in ihm schrie etwas, dass es eine Lüge sei, dass er sie niemals wiedersehen
würde, wenn sie ihn einmal umgebracht hatten. Aber seine
Mutter glaubte daran, es war ihre einzige Hoffnung, die sie
lange Jahre hindurch aufrecht gehalten hatte. Und nach all
dem Unglück, das er über sie gebracht hatte, klammerte
sie sich nur noch fester an diesen Glauben. Seine Hände

berührten schließlich ihr Gesicht, und er sagte mit einem Seufzen, obwohl er tief im Herzen wusste, dass, wenn er starb, alles vorbei sein würde, für immer: »Ich werde beten, Mam.«

Vera lief zu ihm und umhalste ihn. Buddy sah ihn dankbar an. Seine Mutter war so glücklich, dass sie weinte. Jack, G. H. und Gus lächelten. Dann stand die Mutter auf und umarmte ihn ebenfalls.

»Komm auch du her, Buddy«, flüsterte sie.

Buddy trat näher.

»Nun umarmt beide noch einmal euren Bruder!«

Sie standen mitten in der Zelle, weinten und umschlossen Bigger mit den Armen. Bigger hielt still. Er hasste sie und sich selbst. Er fühlte, dass die Weißen an der Wand sie beobachteten. Die Mutter murmelte ein Gebet, in das der Pfarrer dann und wann einstimmte.

»Herr, hier stehen wir nun zusammen vor Dir, vielleicht zum letzten Mal. Du hast mir diese Kinder geschenkt, Herr, und mir gesagt, ich soll sie großziehen. Wenn ich gefehlt habe, Herr, so habe ich doch mein Bestes getan. *Amen!* Diese Kinder sind lange Zeit bei mir gewesen. Sie sind alles, was ich habe. Bitte, Herr, lass sie mich wiedersehen nach all den Sorgen und Leiden dieser Welt! *Erhöre sie, Herr!* Bitte, Herr, lass sie mich dort wiedersehen, wo ich sie in Frieden lieben kann. Lass sie mich wiedersehen nach meinem Tod! *Jesus, erbarme Dich unser!* Du sagst, Du erhörst unsere Gebete. Ich flehe Dich an im Namen Deines Sohnes – lass mich meine Kinder wiedersehen!«

»Amen, und Gott segne dich, Schwester Thomas«, schloss der Pfarrer.

Langsam und schweigend lösten sie die Arme von Bigger; dann wandten sie sich ab, als schämten sie sich, dass sie einer Macht, die über ihnen stand, ihre Schwäche gezeigt hatten.

»Wir überlassen dich jetzt Gott, mein Junge«, sagte die Mutter. »Und bete – hörst du?«

Sie küssten ihn.

Buckley trat vor.

»Sie müssen jetzt gehen, Mrs Thomas.« Er wandte sich an Mr und Mrs Dalton. »Es tut mir leid, Mrs Dalton, dass Sie so lange stehen mussten. Aber Sie sehen ja selbst ...«

Die Mutter richtete sich plötzlich auf und blickte die blinde weiße Frau an.

»Sind Sie Mrs Dalton?«, fragte sie.

Mrs Dalton machte eine nervöse Bewegung, hob ihre dünnen weißen Hände und neigte den Kopf zur Seite. Ihr Mund öffnete sich. Mr Dalton legte den Arm um sie.

»Ja«, erwiderte sie flüsternd.

»Mrs Dalton, bitte kommen Sie ...«, sagte Buckley hastig.

»Nein, lassen Sie nur. Was ist denn, Mrs Thomas?«

Biggers Mutter kniete vor Mrs Dalton nieder.

»Bitte, Ma'am! Bitte, lassen Sie meinen Jungen nicht sterben! Sie wissen, wie eine Mutter fühlt! Bitte, Ma'am ... Wir wohnen in Ihrem Haus ... Die Leute haben uns gesagt, wir sollen ausziehen ... Wir haben nichts ...«

Bigger war wie gelähmt vor Scham. Er kam sich betrogen vor. »Mam!«, schrie er.

Max und Jan liefen zu der schwarzen Frau und versuchten, sie hochzuziehen.

»Das geht schon in Ordnung, Mrs Thomas«, redete Max auf sie ein. »Kommen Sie mit mir.«

»Warten Sie!«, rief Mrs Dalton.

»Bitte, Ma'am! Lassen Sie meinen Jungen nicht sterben. Er hat nichts vom Leben gehabt! Er ist ein armer Junge! Lassen Sie ihn nicht sterben! Ich will mein Leben lang für Sie arbeiten! Ich will alles tun, was Sie sagen!« Sie schluchzte.

Mrs Dalton beugte sich langsam vor. Ihre Hände zitterten. Sie berührte den Kopf der Mutter.

»Ich kann jetzt nichts mehr für Sie tun«, sagte sie ruhig. »Es ist mir aus der Hand genommen. Ich habe alles getan, was ich tun konnte. Ich wollte Ihren Sohn etwas lernen lassen. Sie können mich nicht verantwortlich machen. Sie müssen tapfer sein. Vielleicht ist es besser …«

»Wenn Sie mit den Leuten sprechen – auf Sie wird man hören«, flehte die Mutter unter Tränen. »Sagen Sie ihnen, sie sollen Erbarmen haben mit meinem Jungen …«

»Mrs Thomas, es ist zu spät, als dass ich noch etwas tun könnte. Sie dürfen es nicht so schwer nehmen. Sie haben doch noch andere Kinder, an die Sie denken müssen …«

»Ich weiß, dass Sie uns hassen, Ma'am! Sie haben Ihre Tochter verloren …«

»Nein, nein … Ich hasse euch nicht.«

Die Mutter kroch zu Mr Dalton.

»Sie sind reich und mächtig«, stieß sie schluchzend hervor. »Schonen Sie meinen Jungen …«

Max bemühte sich noch immer, die schwarze Frau hochzuziehen. Schließlich gelang es ihm, sie auf die Füße zu stellen. Biggers Scham verwandelte sich in Hass. Er stand mit geballten Fäusten und brennenden Augen da. Er wusste, dass er nicht mehr lange an sich halten konnte.

»Nun ists aber gut, Mrs Thomas«, sagte Max.

Mr Dalton trat auf sie zu.

»Mrs Thomas, wir können nichts mehr tun. Die Sache ist nicht mehr in unserer Hand. Bis zu einem gewissen

Grad können wir Ihnen helfen, aber darüber hinaus … Sie müssen allein damit fertigwerden. Aber Sie brauchen nicht auszuziehen. Ich werde veranlassen, dass Sie nicht auszuziehen brauchen.«

Die schwarze Frau schluchzte noch immer. Schließlich beruhigte sie sich so weit, dass sie wieder sprechen konnte.

»Danke, Sir, Gott weiß, dass ich Ihnen danke …«

Sie wandte sich wieder zu Bigger, aber Max führte sie aus der Zelle. Jan ergriff Veras Arm und begleitete sie hinaus. In der Tür blieb er stehen und blickte zu Jack, Gus und G. H. hinüber.

»Wollt ihr zur Südseite?«, fragte er sie.

»Ja, Sir.«

»Kommt. Ich hab einen Wagen unten. Ich nehm euch mit.«

»Ja, Sir.«

Buddy zögerte und sah Bigger nachdenklich an.

»Leb wohl, Bigger.«

»Leb wohl, Buddy.«

Der Pfarrer trat an Bigger heran und drückte seinen Arm.

»Gott segne dich, mein Sohn.«

Sie gingen alle, nur Buckley blieb. Bigger setzte sich wieder auf die Pritsche. Er war schwach und erschöpft. Buckley stand vor ihm.

»Nun, Bigger, da siehst du mal, was du alles angerichtet hast! Ich möchte die Sache so schnell wie möglich in Ordnung bringen. Je länger du im Gefängnis bleibst, umso mehr Staub wird aufgewirbelt. Und das kann dir nichts nützen, wenn andere vielleicht auch das Gegenteil behaupten. Es gibt nur eins für dich – reden! Ich weiß, was diese Roten, Max und Erlone, dir alles versprochen haben!

Aber glaube ihnen nicht! Für sie ist das nur Propaganda; sie wollen dich für ihre Zwecke ausnutzen, verstehst du? Sie können nicht das Geringste für dich erreichen! Du hast es jetzt mit dem Gesetz zu tun! Und wenn du dir von ihnen irgendwelche verrückten Ideen in den Kopf setzen lässt, spielst du mit deinem eigenen Leben.«

Buckley unterbrach sich, zündete sich von Neuem die Zigarre an und neigte den Kopf zur Seite.

»Hörst du das?«, fragte er leise.

Bigger sah ihn verwirrt an. Er lauschte. Gedämpfter Lärm drang in die Zelle.

»Komm, Junge. Ich will dir was zeigen.« Buckley ergriff Biggers Arm.

Bigger folgte ihm widerwillig.

»Komm nur. Es tut dir ja niemand was.«

Sie traten in den Flur und gingen an mehreren Polizisten vorbei. Buckley führte Bigger an ein Fenster. Die Straße war schwarz von Menschen.

»Siehst du das, Junge? Diese Leute möchten dich am liebsten lynchen. Nur aus diesem Grunde bitte ich dich, mir zu vertrauen und endlich zu reden. Je schneller wir die Sache hinter uns bringen, desto besser für dich. Wir werden zu verhindern suchen, dass diese Leute dir was tun. Aber verstehst du denn nicht, dass es immer schwerer für uns wird, sie in Schach zu halten?«

Buckley ließ Biggers Arm los und schob das Fenster hoch. Ein kalter Luftzug wehte herein, und Bigger hörte Gebrüll und Geschrei. Unwillkürlich trat er zurück. Würden sie das Gefängnis stürmen? Buckley schloss das Fenster und führte ihn wieder in die Zelle. Bigger setzte sich auf die Pritsche, und Buckley nahm ihm gegenüber Platz.

»Du bist doch ein intelligenter Junge. Du weißt, was dir

bevorsteht. Nun gesteh doch endlich! Lass dir nicht von diesen Roten einreden, dass du unschuldig bist. Ich spreche so offen mit dir, wie ich mit meinem Sohn sprechen würde. Unterschreib ein Geständnis – dann hast du's hinter dir.«

Bigger sagte nichts; er blickte zu Boden.

»War Jan in die Sache verwickelt?«

Bigger hörte den Lärm der erregten Menschenmassen durch die Betonmauern des Gebäudes.

»Er hat sein Alibi erbracht und ist frei. Aber sag mir – hat er dich zu allem angestiftet und lässt dich nun die ganze Sache allein ausbaden?«

Von fern drang das Rattern einer Straßenbahn zu Bigger herüber.

»Wenn er dich angestiftet hat, dann brauchst du nur eine Klage gegen ihn zu unterschreiben.«

Bigger sah die glänzenden schwarzen Schuhspitzen des Mannes, die scharfen Bügelfalten seiner gestreiften Hose, das eisige Glitzern der Brille auf der hohen, langen Nase.

»Junge«, fragte Buckley plötzlich so laut, dass Bigger zusammenzuckte, »wo ist Bessie?«

Biggers Augen weiteten sich. Seit seiner Gefangennahme hatte er nur einmal an Bessie gedacht. Ihr Tod erschien ihm unwichtig; sie würden ihn wegen des Mordes an Mary verurteilen und nicht wegen des Mordes an Bessie. Er wusste das.

»Ja, mein Junge, wir haben sie gefunden. Du hast sie mit einem Ziegelstein erschlagen, aber sie ist nicht tot gewesen ...«

Bigger sprang auf. Bessie lebte! Aber die Stimme sprach weiter, und er setzte sich wieder hin.

»Sie hat versucht, aus dem Luftschacht zu klettern, es ist ihr aber nicht gelungen. Sie ist erfroren. Wir haben den

Stein, mit dem du sie erschlagen hast. Wir haben die Decken und Kissen, die du aus ihrem Zimmer mitgenommen hast. Und wir haben in ihrer Handtasche einen Brief gefunden, den sie dir geschrieben, aber nicht abgeschickt hat, einen Brief, in dem sie dir mitteilt, dass sie dir nicht helfen will, das Lösegeld einzukassieren. Du siehst also, Junge, du bist überführt. Nun komm schon, gesteh!«

Bigger sagte nichts. Er vergrub das Gesicht in den Händen.

»Du hast sie vergewaltigt, nicht wahr? Gut, wenn du nicht die Sache mit Bessie erzählen willst, dann erzähl mal von der Frau, die du im letzten Herbst in der University Avenue vergewaltigt und erwürgt hast!«

Wollte der Mann ihm Angst machen, oder glaubte er wirklich, er hätte noch andere Morde begangen?

»Du kannst es ruhig zugeben, Junge. Wir wissen alles, was du getan hast. Wie war das doch im vergangenen Sommer mit dem Mädchen im Jackson Park? Als du in deiner Zelle gelegen und geschlafen hast, haben wir nämlich diese Frauen geholt, um dich von ihnen identifizieren zu lassen. Zwei von diesen Frauen haben nun unter Eid gegen dich ausgesagt. Die eine war Mrs Clinton, die Schwester der Frau, die du im Herbst umgebracht hast. Die andere war Miss Ashton. Sie schwor, dass du im Sommer durch ihr Schlafzimmerfenster geklettert bist und sie überfallen hast.«

»Ich habe weder im Sommer noch im Herbst irgendeine Frau belästigt.«

»Miss Ashton hat dich aber wiedererkannt.«

»Ich hab es nicht getan.«

»Und Mrs Clinton, die Schwester der Frau, die du im Herbst umgebracht hast, hat dich auch erkannt. Meinst du, jemand wird dir glauben? Du hast in zwei Tagen zwei

Frauen vergewaltigt und ermordet, und niemand nimmt dir ab, dass du die anderen nicht vergewaltigt und ermordet hast. Komm, Junge. Du hast keine Chance, mit deinen Lügen durchzukommen.«

»Ich weiß aber nichts von den anderen Frauen«, beharrte Bigger.

Er fragte sich, wie viel von dem, was Buckley sagte, der Wahrheit entsprach. Hatte er sich das mit den beiden anderen Frauen nur ausgedacht, um ihm ein Geständnis über Mary und Bessie zu entlocken? Oder versuchte man tatsächlich, ihn noch für andere Verbrechen verantwortlich zu machen?

»Junge, wenn die Zeitungen das erfahren, was wir von dir wissen, bist du geliefert. Ich habe mit alldem nur wenig zu tun. Die Polizei gräbt den ganzen Dreck aus und bringt ihn mir. Weshalb willst du nicht reden? Hast du die anderen Frauen umgebracht? Oder steckt noch jemand dahinter? Hat Jan mit der Sache zu tun? Haben die Roten dir geholfen? Du bist ein Narr, wenn Jan in die Sache verwickelt ist und du ihn decken willst.«

Bigger schlug die Beine übereinander. Wieder hörte er, dass eine Straßenbahn vorüberrumpelte. Buckley beugte sich vor, ergriff Biggers Arm und schüttelte ihn.

»Du schadest dir nur selbst, wenn du so starrköpfig bist, Junge. Nun sag schon, waren Mary, Bessie, Mrs Clintons Schwester und Miss Ashton die einzigen Frauen, die du vergewaltigt oder ermordet hast?«

»Ich habe nie was von Miss Clinton oder Miss Ashton gehört!«, stieß Bigger hervor.

»Hast du nicht im vergangenen Sommer ein Mädchen im Jackson Park überfallen?«

»Nein!«

»Hast du nicht im Herbst eine Frau in der University Avenue vergewaltigt und erwürgt?«

»Nein, nein! Ich sage Ihnen doch, dass ich es nicht getan habe!«

»Bist du nicht letzten Herbst in Englewood durch ein Fenster gestiegen und hast eine Frau vergewaltigt?«

»Nein, nein!«

»Du sagst nicht die Wahrheit, Junge. Mit Lügen kommst du nicht weiter!«

»Ich sage die Wahrheit!«

»Wessen Idee war denn der Erpresserbrief? Jans?«

»Jan hat nichts damit zu tun«, betonte Bigger, der spürte, wie sehr der Mann wünschte, dass Jan in den Mord hineingezogen wurde.

»Sei doch nicht so widerspenstig, Junge. Du machst es dir damit nur schwerer.«

Ja, weshalb redete er nicht und brachte endlich alles hinter sich? Sie wussten, dass er schuldig war. Sie konnten es beweisen. Wenn er nicht redete, konnten sie ihm jedes Verbrechen, das ihnen gerade einfiel, in die Schuhe schieben.

»Und warum bist du nicht am vergangenen Samstag mit deinen Freunden bei Blum eingebrochen, wie du's geplant hattest?«

Bigger sah ihn überrascht an. Das hatten sie also auch herausbekommen!

»Du hast nicht geglaubt, dass wir das wüssten, was? Wir wissen noch viel mehr, mein Junge! Wir wissen zum Beispiel auch, dass du zusammen mit deinem Freund Jack im Regal warst. Woher wir das wissen? Der Kartenverkäufer hats uns erzählt, als wir ihn gefragt haben. Ich weiß genau, was ihr Burschen treibt. Also – komm! Du hast den Erpresserbrief geschrieben, nicht wahr?«

»Ja.« Bigger seufzte. »Ich hab ihn geschrieben.«

»Wer hat dir dabei geholfen?«

»Niemand.«

»Und wer sollte das Geld einkassieren?«

»Bessie.«

»Nun komm schon. War es Jan?«

»Nein.«

»Bessie?«

»Ja.«

»Und warum hast du sie dann umgebracht?«

Bigger zog nervös eine Zigarette aus einem Päckchen. Der Mann riss ein Streichholz an und hielt es ihm hin. Doch Bigger übersah es und zündete sich die Zigarette selbst an.

»Als ich gesehen habe, dass ich das Geld nicht kriegen konnte, hab ich sie umgebracht, damit sie nicht redet.«

»Und du hast auch Mary umgebracht, nicht wahr?«

»Ich wollte sie nicht umbringen, aber das ist ja jetzt gleich.«

»Hast du sie vergewaltigt?«

»Nein.«

»Das hast du aber mit Bessie getan, eh du sie ermordet hast. Die Ärzte haben es festgestellt. Und jetzt erwartest du von mir, dass ich glauben soll, du habest Mary nicht vergewaltigt?«

»Ich hab es nicht getan!«

»Und Jan?«

»Nein.«

»Hat Jan sie nicht erst vergewaltigt und dann du?«

»Nein, nein … «

»Aber Jan hat doch den Erpresserbrief geschrieben?«

»Ich habe Jan an dem Abend zum ersten Mal gesehen.«

»Und er hat den Brief nicht geschrieben?«

»Nein! Ich sags Ihnen doch!«

»Du hast den Brief geschrieben?«

»Ja.«

»Hat Jan dir nicht gesagt, dass du ihn schreiben sollst?«

»Nein.«

»Warum hast du Mary umgebracht?«

Er antwortete nicht.

»Hör mal zu, Junge. Was du da sagst, ergibt keinen Sinn. Du bist Samstagabend zu den Daltons gekommen. Und in der Nacht wird das Mädchen vergewaltigt, ermordet, verbrannt, und am nächsten Abend liegt der Erpresserbrief unter der Tür. Nun komm, erzähl mir mal, was sich abgespielt hat, und sag mir, wer dir dabei geholfen hat.«

»Ich hab es allein gemacht. Es ist mir gleich, was mir passiert, aber Sie können mich nicht zwingen, über andere was auszusagen, was nicht stimmt.«

»Damals hast du doch aber Mr Dalton erklärt, dass Jan es gewesen sei.«

»Ja, ich wollte ihm das Ganze zuschieben.«

»Schön, dann erzähl mir mal alles, was passiert ist.«

Bigger stand auf und ging zum Fenster. Seine Hände umklammerten die kalten Eisenstäbe. Und plötzlich wusste er, dass er niemals würde sagen können, weshalb er getötet hatte. Es war nicht so, dass er nicht sprechen wollte, aber um sich verständlich zu machen, hätte er sein ganzes Leben vor diesem Weißen aufrollen müssen. Der Mord an Mary und Bessie war das Allerwenigste. Doch wie sollte er einem Menschen begreiflich machen, was ihn dazu getrieben hatte? Seine Verbrechen waren bekannt, aber wie ihm zumute gewesen war, bevor er sie begangen hatte, würde nie bekannt werden. Mit Freuden würde er seine

Schuld zugegeben haben, wenn er gewusst hätte, dass er im selben Atemzug auch etwas von dem erstickenden Hass hätte vermitteln können, der sein Leben ausgemacht hatte, einem Hass, den er nicht hatte empfinden wollen, dessen er sich aber nicht hatte erwehren können. Wie konnte er sich nur verständlich machen? Sein Verlangen, zu erzählen, war ebenso mächtig, wie es sein Drang zum Töten gewesen war.

Er fühlte eine Hand auf seiner Schulter; er drehte sich nicht um, aber seine Augen blickten zu Boden und sahen die glänzenden Schuhe des Mannes.

»Ich weiß, wie dir zumute ist, Junge. Du bist farbig und bist der Meinung, du wirst ungerecht behandelt, nicht wahr?« Buckleys Stimme klang sanft und leise; Bigger hasste ihn, weil das, was er gesagt hatte, stimmte. Er lehnte seinen müden Kopf gegen die Eisenstangen. Wie kam es, dass der Mann so viel über ihn wusste und ihn dennoch so erbittert bekämpfte? »Wahrscheinlich hast du lange über die Negerfrage nachgedacht, nicht wahr?«, fuhr die sanfte und leise Stimme des Mannes fort. »Du glaubst wahrscheinlich, ich versteh das alles nicht. Aber ich versteh es sehr gut. Ich weiß, was es bedeutet, wie andere Menschen über die Straße zu gehen, wie sie gekleidet zu sein, wie sie zu reden und doch von ihnen ausgeschlossen zu sein – nur aus dem Grunde, weil man schwarz ist. Ich kenne deine Leute. Bei jeder Wahl bekomme ich draußen auf der Südseite viele Stimmen. Ich habe einmal mit einem Farbigen gesprochen, der eine Frau vergewaltigt und ermordet hat – genauso wie du es mit Mrs Clintons Schwester getan hast ...«

»Ich habe es nicht getan!«, schrie Bigger.

»Warum hörst du nicht endlich auf zu lügen? Wenn du die Wahrheit sagst, hilft dir der Richter vielleicht. Gesteh

doch endlich! Dann hast du's hinter dir! Hör zu, ich will dir
was sagen! Wenn du mir alles erzählst, werde ich dafür sorgen, dass man dich im Krankenhaus untersucht. Verstehst
du? Wenn die Ärzte sagen, dass du nicht zurechnungsfähig
bist, brauchst du vielleicht nicht zu sterben ...«

Bigger wurde wütend. Er war nicht verrückt und wollte
auch nicht als verrückt bezeichnet werden.

»Ich will in keinem Krankenhaus untersucht werden.«

»Es wäre ein Ausweg für dich, Junge.«

»Ich will keinen Ausweg.«

»Hör zu, du erzählst mir jetzt alles von Anfang an. Wer
war die erste Frau, die du umgebracht hast?«

Er schwieg. Er wollte reden, aber die gierige Ungeduld
in der Stimme des Mannes hinderte ihn daran. Er hörte,
dass die Tür hinter ihm geöffnet wurde; er drehte sich um.
Ein Mann schaute herein.

»Ich dachte, Sie brauchen mich vielleicht.«

»Ja, kommen Sie nur herein«, sagte Buckley.

Der Mann trat ein und setzte sich. Er hatte Papier und
Bleistift auf den Knien.

»So, Bigger«, Buckley nahm Bigger beim Arm. »Nun
setz dich mal hin und schieß los.«

Bigger wollte erzählen, wie ihm zumute gewesen war,
als Jan seine Hand gehalten und Mary ihn gefragt hatte, wie
die Neger leben; er wollte von der grenzenlosen Erregung
sprechen, die sich seiner im daltonschen Haus bemächtigt
hatte – aber er fand keine Worte.

»Du bist am Samstag um halb sechs zu Mr Dalton gekommen, nicht wahr?«

»Ja, Sir.«

Teilnahmslos berichtete er, was vorgefallen war. Wenn
Buckley eine Frage stellte, schwieg er eine Weile und über-

legte, wie er das, was er getan hatte, mit dem in Einklang bringen konnte, was er dabei empfunden hatte; doch als er sprach, waren seine Worte platt und nichtssagend. Zwei weiße Männer blickten ihn begierig an, und Bigger spürte, dass jedes Gefühl aus seinem Körper wich, genau wie damals, als er zwischen Mary und Jan im Auto gesessen hatte. Nachdem er geendet hatte, kam er sich verlorener und besiegter vor als am Tage seiner Verhaftung. Buckley stand auf; auch der andere weiße Mann erhob sich und hielt ihm das Geständnis zur Unterschrift hin. Bigger nahm den Federhalter in die Hand. Sollte er unterschreiben? Er war schuldig. Er war verloren. Sie würden ihn zum Tode verurteilen. Niemand konnte ihm mehr helfen. Sie standen vor ihm, beugten sich über ihn, sahen ihn an und warteten. Seine Hand zitterte. Er unterschrieb.

Buckley faltete das Papier langsam zusammen und steckte es in die Tasche. Hilflos und verwundert blickte Bigger zu den beiden Männern auf. Buckley sah den anderen an und lächelte.

»Das war ja gar nicht so schwierig, wie ich gedacht hatte.«

»Ich fand, es ging wie am Schnürchen.«

Buckley blickte zu Bigger herab und sagte: »Nur ein verängstigter schwarzer Junge aus Mississippi.«

Eine Weile herrschte Schweigen. Bigger spürte, dass sie ihn bereits vergessen hatten. Dann hörte er sie wieder sprechen.

»Sonst noch was, Chef?«

»Nein. Ich bin im Klub. Geben Sie mir Bescheid, wie die Voruntersuchung ausgeht.«

»Jawohl, Chef.«

»Auf Wiedersehn.«

»Auf Wiedersehn, Chef.«

Bigger fühlte sich leer und zerschlagen. Er glitt zu Boden. Die Männer gingen leise davon. Die Tür wurde geöffnet und wieder geschlossen. Er war allein, zutiefst und unabänderlich allein. Er rollte sich zusammen und schluchzte. Er wusste nicht, was ihn beherrschte, er wusste nicht, warum er hier war.

Er lag schluchzend auf dem kalten Boden; doch im Geist stand er aufrecht und mit reuigem Herzen da, hielt sein Leben in den Händen und betrachtete es fragend. Er lag schluchzend auf dem kalten Boden; doch im Geist warf er sich mit seinen schwachen Kräften gegen eine Welt, die für ihn zu groß war und zu stark. Er lag schluchzend auf dem kalten Boden; doch im Geist stürzte er sich mit Ungestüm in die Brandung der Ereignisse, die, wie er glaubte, das Wasser der Gnade für den Durst seines Herzens und Hirns enthielt.

Er weinte, weil er wieder einmal seinen Gefühlen vertraut hatte und von ihnen verraten worden war. Weshalb verspürte er nur immer das Bedürfnis, seine Gefühle zu bekennen? Und warum hörte er nicht das Echo seiner Gefühle in den Herzen anderer? Es hatte Zeiten gegeben, da er es vernommen hatte, aber es war stets in Tönen erklungen, die er als Neger nicht beantworten oder annehmen konnte, ohne in jener Welt, die den Gesang des Menschseins erst in ihm ausgelöst hatte, sein Gesicht zu verlieren. Er fürchtete und hasste den Pfarrer, weil dieser von ihm verlangt hatte, sich zu beugen und um Gnade zu bitten; doch sein Stolz ließ das nicht zu, nicht diesseits des Grabes, nicht, da die Sonne noch auf ihn schien. Und Jan? Und Max? Sie wollten, dass er an sich glaubte. Einstmals hatte er

zu dem gestanden, was das Leben ihn hatte empfinden lassen, und sogar dafür gemordet. Er hatte das Gefäß geleert,
das das Leben für ihn gefüllt hatte, doch es war nutzlos gewesen. Nun war das Gefäß wieder voll und wartete abermals darauf, geleert zu werden. Doch diesmal wollte er es
nicht mit verbundenen Augen ausgießen. Nein, er würde
sich von seinen Gefühlen lösen. Er brauchte jetzt Licht, um
handeln zu können.

Allmählich, mehr durch ein Nachlassen seiner Kräfte als
durch das Walten eines inneren Friedens bedingt, verebbte
sein Schluchzen. Bigger rollte sich auf den Rücken und
starrte zur Decke. Er hatte ein Geständnis abgelegt. Der
Tod war ihm sicher. Doch wie konnte er in den Tod gehen,
wenn weiße Gesichter ihn hämisch betrachteten, wenn sie
sagten, dies sei die gerechte Strafe dafür, dass er ihnen ins
Gesicht geschleudert hatte, wie es sich anfühlte, schwarz zu
sein? Wie konnte da der Tod noch ein Sieg sein?

Er seufzte, stand auf, legte sich auf die Pritsche und döste
vor sich hin. Die Tür wurde geöffnet, und vier Polizisten
traten zu ihm. Einer berührte ihn an der Schulter.

»Komm, Junge.«

Er erhob sich und sah sie fragend an.

»Du musst wieder zur Voruntersuchung.«

Sie legten ihm Handschellen an und führten ihn durch
den Flur zu einem Fahrstuhl. Die Türen schlossen sich, und
ihm war, als fiele er zwischen vier großen, schweigenden
Männern in Blau hinab ins Nichts. Der Fahrstuhl hielt; die
Türen öffneten sich, und eine unruhige Menschenmenge
empfing ihn mit lautem Geschrei. Die Polizisten bahnten
sich einen Weg.

»Dieser Bastard!«

»Und wie schwarz er ist!«

»Hängt ihn auf!«

Ein harter Schlag traf seine Schläfe, und er sackte zusammen. Die Gesichter und Stimmen schwanden. Sein Kopf schmerzte, und seine rechte Gesichtshälfte war taub. Schützend hielt er den Arm vor die Augen. Er wurde hochgezogen, und als sein Blick sich wieder klärte, sah er mehrere Polizisten im Handgemenge mit einem schlanken Weißen. Die Schreie verdichteten sich zu einem ungeheuren Gebrüll. Vor ihm schlug ein Mann mit einem Hammer auf den Tisch.

»Ruhe! Ruhe! Sonst lasse ich den Saal räumen!«

Der Lärm verebbte. Die Polizisten stießen Bigger auf einen Stuhl. An den vier Wänden des Saales erblickte er dichte Reihen von weißen Gesichtern. Im ganzen Raum verteilt standen breitschultrige Polizisten mit Gummiknüppeln in der Hand, silbernen Abzeichen auf der Brust, die Gesichter rot und ernst, die grauen und blauen Augen wachsam. Rechts von dem Mann am Tisch, in zwei Dreierreihen, saßen schweigsam und unbeweglich sechs Weiße, Hüte und Mäntel auf den Knien. Bigger schaute sich um. Auf dem Tisch lag ein Häufchen weißer Knochen und daneben der Erpresserbrief, von einem Tintenfass beschwert. Und dort war ja auch sein Geständnis – ein paar Blätter, die von einer Büroklammer zusammengehalten wurden. Dann sah Bigger Mr Dalton mit weißem Gesicht und weißen Haaren und neben ihm Mrs Dalton, regungslos und aufrecht, den Kopf wie immer schräg nach hinten geneigt. Schließlich fiel sein Blick auf den Koffer, in den er Marys Leiche gelegt und den er die Treppe hinuntergeschleppt und am nächsten Tag zum Bahnhof gebracht hatte. Ja, und da lag auch die geschwärzte Beilklinge und ein kleines rundes Stück Metall. Bigger spürte, dass jemand ihn an der Schulter berührte, und sah sich um; Max lächelte ihn an.

»Sei ganz ruhig, Bigger. Du brauchst überhaupt nichts zu sagen. Es dauert auch nicht lange.«

Der Mann klopfte wieder mit dem Hammer auf den Tisch.

»Ist ein Verwandter der Ermordeten anwesend, um Angaben über die Familie zu machen?«

Ein Murmeln ging durch den Raum. Eine Frau erhob sich eilends, lief zu Mrs Dalton, nahm sie am Arm und führte sie zu einem Stuhl, der rechts von dem Tisch stand, den sechs Männern gegenüber. Das muss Mrs Patterson, die Gesellschafterin Mrs Daltons, sein, dachte Bigger. Peggy hatte doch damals von ihr gesprochen.

»Wollen Sie bitte die rechte Hand heben?«

Mrs Dalton hob schüchtern die dünne, wächserne Hand. Der Mann fragte Mrs Dalton, ob sie schwöre, dass sie die volle Wahrheit und nichts als die Wahrheit sagen werde, so wahr ihr Gott helfe, und Mrs Dalton antwortete: »Ja, ich schwöre.«

Bigger gab sich den Anschein der Gleichgültigkeit; er versuchte, sich seine Angst nicht anmerken zu lassen. Seine Nerven waren zum Zerreißen gespannt, als er den Worten der alten Frau lauschte. Auf die Fragen des Mannes hin erklärte Mrs Dalton, dass sie das Alter von dreiundfünfzig Jahren erreicht habe, dass sie am Drexel Boulevard Nr. 4605 wohne und pensionierte Lehrerin, die Mutter Mary Daltons und die Gattin Henry Daltons sei. Dann begann der Mann, Fragen über Mary zu stellen, und die Menschen im Saal beugten sich gespannt vor. Mrs Dalton sagte, Mary sei dreiundzwanzig Jahre alt und ledig gewesen, sie habe ein Vermögen von etwa dreißigtausend Dollar in

Versicherungspapieren und Grundstücke im Werte von ungefähr einer Viertelmillion Dollar besessen und sei bis zu ihrem Tode im Besitz voller bürgerlicher Rechte gewesen. Mrs Daltons Stimme klang gepresst, und Bigger fragte sich, wie lange er das alles noch ertragen würde. Wäre er doch damals lieber im Licht der huschenden Scheinwerfer aufgestanden und hätte sich niederschießen lassen! Dann hätte er ihnen diese Vorstellung nicht zu liefern brauchen.

»Mrs Dalton«, sagte der Mann, »als Untersuchungsrichter ist es leider meine Pflicht, Ihnen diese Fragen zu stellen. Aber es ist unumgänglich, dass ich Sie bemühe, da wir die Identität der Ermordeten feststellen müssen ...«

»Ja, gewiss«, murmelte Mrs Dalton.

Behutsam nahm der Untersuchungsrichter ein kleines Stück geschwärztes Metall auf und trat damit vor Mrs Dalton. Es war so still im Saal, dass Bigger die Schritte des Untersuchungsrichters hören konnte, als dieser zu Mrs Dalton ging. Sacht nahm er ihre Hand in die seine und sagte: »Ich lege Ihnen einen metallenen Gegenstand in die Hand, den die Polizei in der Asche Ihrer Heizung gefunden hat. Mrs Dalton, ich möchte Sie bitten, dass Sie dieses Metallstück genau befühlen und mir sagen, ob Sie wissen, was es ist.«

Bigger wollte die Augen abwenden, doch er vermochte es nicht. Er beobachtete Mrs Daltons Gesicht und sah die Hand zittern, die das Metallstück hielt. Plötzlich fuhr er herum. Eine Frau begann, haltlos zu schluchzen. Gemurmel erhob sich im Saal. Der Untersuchungsrichter trat schnell zum Tisch zurück und schlug mit den Knöcheln seiner Finger auf das Holz. Im Saal wurde es ruhig; nur die Frau schluchzte noch. Bigger blickte wieder zu Mrs Dalton. Ihre Hände tasteten nervös das Metallstück ab. Dann begannen ihre Schultern zu zittern. Sie weinte.

»Erkennen Sie es?«

»J-J-Ja …«

»Was ist es?«

»Ein … ein Ohrring.«

»Wann sind Sie zum ersten Mal damit in Berührung gekommen?«

Mrs Dalton bemühte sich, ihre Miene zu beherrschen, und mit Tränen auf den Wangen antwortete sie: »Als ich ein Mädchen war, vor vielen Jahren …«

»Können Sie sich noch an den genauen Zeitpunkt erinnern?«

»Vor fünfunddreißig Jahren.«

»Dieser Ohrring hat einmal Ihnen gehört?«

»Ja, es war ein Paar.«

»Gewiss, Mrs Dalton. Der andere Ohrring ist zweifellos vom Feuer zerstört worden. Dieser hier ist durch den Rost in den Aschekasten gefallen. Nun, Mrs Dalton, wie lange waren diese Ohrringe in Ihrem Besitz?«

»Dreiunddreißig Jahre lang.«

»Wie sind sie in Ihren Besitz gekommen?«

»Meine Mutter hat sie mir geschenkt, als ich großjährig wurde. Sie hatte sie von ihrer Mutter erhalten, als sie selbst großjährig geworden war, und ich wiederum habe sie meiner Tochter …«

»Was verstehen Sie unter großjährig?«

»Achtzehn Jahre.«

»Wann haben Sie diese Ohrringe Ihrer Tochter geschenkt?«

»Vor etwa fünf Jahren.«

»Und sie hat sie immer getragen?«

»Ja.«

»Sind Sie sicher, dass es einer dieser Ohrringe ist?«

»Ja, da ist jeder Irrtum ausgeschlossen. Sie waren ein Familienerbstück. Und es gibt kein zweites solches Paar. Meine Großmutter hat sie selbst entworfen und anfertigen lassen.«

»Mrs Dalton, wann sind Sie zum letzten Mal mit der Ermordeten zusammen gewesen?«

»Samstagnacht – oder, besser, am frühen Sonntagmorgen.«

»Um welche Zeit?«

»Es war fast zwei, glaube ich.«

»Wo war sie?«

»In ihrem Zimmer, im Bett.«

»Pflegten Sie Ihre Tochter immer um diese Stunde zu sehen – ich meine, in ihrem Zimmer aufzusuchen?«

»Nein. Ich wusste, dass sie am Sonntagmorgen nach Detroit fahren wollte. Und als ich sie kommen hörte, wollte ich sie fragen, weshalb sie so lange ausgeblieben sei.«

»Haben Sie mit ihr gesprochen?«

»Nein. Ich habe sie ein paar Mal gerufen, aber sie hat nicht geantwortet.«

»Haben Sie sie berührt?«

»Ja.«

»Aber sie hat nicht mit Ihnen gesprochen?«

»Nein, ich habe nur ein Murmeln gehört.«

»Wissen Sie, ob es aus ihrem Mund kam?«

»Nein.«

»Mrs Dalton, kann Ihre Tochter Ihrer Meinung nach schon tot gewesen sein, ohne dass Sie es bemerkt oder vermutet hätten?«

»Ich weiß es nicht.«

»Wissen Sie, ob Ihre Tochter gelebt hat, als Sie zu ihr sprachen?«

»Das kann ich nicht sagen. Aber ich nehme es an.«

»War noch jemand anderes im Zimmer?«

»Ich weiß es nicht. Aber ich hatte so ein seltsames Gefühl.«

»Ein seltsames Gefühl? Wie meinen Sie das?«

»Ich … ich weiß nicht. Aus irgendeinem Grund fühlte ich mich nicht ganz wohl. Mir war, als ob ich irgendetwas hätte tun sollen. Aber ich sagte mir immer wieder: Es ist weiter nichts. Sie schläft nur.«

»Wenn Sie sich so unwohl fühlten, weshalb sind Sie dann aus dem Zimmer gegangen, ohne zu versuchen, sie zu wecken?«

Mrs Dalton zögerte. Ihre schmalen Lippen waren geöffnet, und sie hatte den Kopf zur Seite geneigt.

»Es roch nach Alkohol im Zimmer«, flüsterte sie.

»Ja?«

»Ich dachte, Mary sei betrunken.«

»War Ihre Tochter schon früher einmal betrunken nach Hause gekommen?«

»Ja. Und deshalb glaubte ich auch an jenem Abend, dass sie betrunken sei. Es war der gleiche Geruch.«

»Mrs Dalton, wenn jemand sich an Ihrer Tochter vergangen hätte, als sie auf dem Bett lag – hätten Sie es auf irgendeine Weise merken können?«

Ein Gemurmel ging durch den Saal. Der Untersuchungsrichter klopfte auf den Tisch.

»Ich weiß es nicht«, antwortete sie mit leiser Stimme.

»Noch ein paar Fragen, Mrs Dalton. Was erweckte in Ihnen den Verdacht, dass Ihrer Tochter etwas zugestoßen sein könnte?«

»Als ich am nächsten Morgen in ihr Zimmer kam, habe ich das Bett abgetastet und gemerkt, dass sie nicht darin geschlafen hatte. Dann habe ich ihren Kleiderschrank untersucht und die neuen Kleider vorgefunden, die sie sich gekauft hatte und mitnehmen wollte.«

»Mrs Dalton, Sie und Ihr Gatte haben große Summen für die Negererziehung ausgegeben, nicht wahr?«

»Ja.«

»Können Sie ungefähr sagen, wie viel?«

»Über fünf Millionen Dollar.«

»Sie stehen den Negern also durchaus nicht feindselig gegenüber?«

»Nein, keineswegs.«

»Mrs Dalton, nun sagen Sie uns bitte noch, was Sie zuletzt getan haben, ehe Sie in jener Nacht das Zimmer Ihrer Tochter verließen.«

»Ich … ich …« Sie senkte den Kopf und tupfte sich die Augen ab. »Ich bin niedergekniet und habe gebetet …« In ihrer Stimme schwang Verzweiflung.

»Das ist alles. Ich danke Ihnen, Mrs Dalton.«

Im Saal wurde geseufzt. Bigger sah, wie Mrs Dalton an ihren Platz zurückgeführt wurde. Viele Augen waren auf Bigger gerichtet, kühle graue und blaue Augen, deren stummer Hass schlimmer war als ein Schrei oder ein Fluch. Um sich diesem Hass zu entziehen, starrte Bigger mit abwesendem Blick über die Menge hinweg.

Der Untersuchungsrichter wandte sich nun an die Männer, die rechts von ihm saßen.

»Meine Herren Geschworenen, ist einer von Ihnen mit der Familie der Ermordeten verwandt oder verschwägert?«

Einer der Männer erhob sich und sagte: »Nein, Herr Richter.«

»Gibt es irgendeinen Grund, der Sie daran hindern könnte, ein gerechtes und unparteiisches Urteil zu fällen?«

»Nein, Herr Richter.«

Er wandte sich an den Saal. »Haben Sie Ihrerseits etwas dagegen einzuwenden, dass diese Herren in der Mordsache Mary Dalton als Geschworene auftreten?«

Niemand antwortete.

»Dann fordere ich die Herren Geschworenen auf, sich zu erheben, an diesen Tisch zu treten und sich die sterblichen Überreste der ermordeten Mary Dalton anzusehen.«

Schweigend standen die Männer auf, gingen langsam an dem Tisch vorbei und betrachteten das Häufchen weißer Knochen. Nachdem sie wieder ihre Plätze eingenommen hatten, rief der Untersuchungsrichter: »Wir werden jetzt Mr Jan Erlone vernehmen!«

Jan erhob sich und trat rasch vor. Er schwor, dass er die Wahrheit sagen werde, die volle Wahrheit und nichts als die Wahrheit – so wahr ihm Gott helfe. Abwartend saß Bigger da. Ob Jan jetzt gegen ihn aussagen würde? Ob er einem Weißen wirklich trauen konnte, selbst diesem Weißen, der ihm seine Freundschaft angeboten hatte? Jan wurde mehrmals gefragt, ob er Ausländer sei, was er jedes Mal verneinte. Dann trat der Untersuchungsrichter dicht an Jans Stuhl heran, beugte den Oberkörper leicht nach vorn und bellte ihn an: »Sind Sie für die soziale Gleichberechtigung der Neger?«

Eine leichte Erregung durchflutete den Saal.

»Ich glaube, dass alle Rassen gleich sind …«, begann Jan.

»Antworten Sie mit Ja oder Nein, Mr Erlone. Sie stehen hier nicht auf einer Rednertribüne. Sind Sie für die soziale Gleichberechtigung der Neger?«

»Ja.«

»Sind Sie Mitglied der Kommunistischen Partei?«

»Ja.«

»In was für einem Zustand haben sie Miss Dalton am Sonntagmorgen verlassen?«

»Wie meinen Sie das?«

»War sie betrunken?«

»Das will ich nicht sagen. Sie hatte etwas getrunken.«

»Um welche Zeit haben Sie sie verlassen?«

»Es war gegen halb zwei, glaube ich.«

»Hat sie vorn im Wagen gesessen?«

»Jawohl, vorn.«

»Hatte sie die ganze Zeit dort gesessen?«

»Nein.«

»Haben Sie sie auf den Vordersitz platziert, nachdem Sie ausgestiegen waren?«

»Nein, sie selbst äußerte den Wunsch, vorn zu sitzen.«

»Haben Sie sie gefragt, ob sie vorn sitzen wolle?«

»Nein.«

»War sie fähig, allein aus dem Wagen zu steigen?«

»Ja.«

»Haben Sie irgendwas mit ihr getan, das sie – sagen wir einmal – so geschwächt haben könnte, dass sie nicht imstande gewesen wäre, allein auszusteigen?«

»Nein!«

»Mr Erlone, war es nicht doch so, dass Miss Dalton keine Kontrolle mehr über sich selbst hatte, und Sie haben sie auf den Vordersitz gehoben?«

»Nein! Und ich habe sie nicht auf den Vordersitz gehoben.«

Jans Stimme hallte durch den Saal. Halblautes Sprechen war zu hören.

»Weshalb haben Sie ein schutzloses weißes Mädchen mit einem betrunkenen Neger allein in einem Wagen gelassen?«

»Ich war mir nicht bewusst, dass Bigger betrunken war, und ich hielt Mary nicht für schutzlos.«

»Hatten Sie Miss Dalton schon früher einmal mit Negern allein gelassen?«

»Nein.«

»Sie hatten Miss Dalton nie zuvor als Köder benutzt?«

Ein Geräusch hinter ihm ließ Bigger aufschrecken. Er drehte sich um, Max war aufgestanden.

»Herr Untersuchungsrichter, es ist mir klar, dass dies noch nicht der Prozess ist, aber die eben gestellten Fragen haben keinerlei Beziehungen zu der Ursache und der Art des Todes von Mary Dalton.«

»Mr Max, wir sind befugt, eine Voruntersuchung auf breiter Ebene durchzuführen. Die Große Jury wird entscheiden, ob die hier gegebenen Zeugenaussagen die nötige Relevanz für den Fall haben oder nicht.«

»Aber Fragen dieser Art sind dazu angetan, die Öffentlichkeit aufzustacheln ... «

»Ich will Ihnen etwas sagen, Mr Max. Keine der hier gestellten Fragen wird die Öffentlichkeit mehr aufstacheln als der Tod Mary Daltons. Das wissen Sie selbst. Sie haben das Recht, jedem der Zeugen Fragen zu stellen, aber ich dulde keine Propaganda von Ihnen oder Ihresgleichen.«

»Aber Mr Erlone steht hier nicht unter Anklage, Herr Untersuchungsrichter!«

»Er steht unter dem Verdacht, in die Mordsache verwickelt zu sein! Und wir suchen nicht nur nach dem Mörder des Mädchens, sondern auch nach den Gründen, aus denen er das Verbrechen begangen hat. Wenn Sie glauben, dass unsere Fragen nicht richtig abgefasst sind, so können Sie den Zeugen später selbst verhören. Aber Sie können nicht bestimmen, welche Fragen wir zu stellen haben!«

Max setzte sich. Im Saal war es still. Der Untersuchungsrichter schritt ein paar Sekunden lang auf und ab, ehe er wieder zu sprechen begann. Sein Gesicht war rot, und den Mund hatte er fest zusammengepresst.

»Mr Erlone, haben Sie diesem Neger Propagandamaterial der Kommunistischen Partei gegeben?«

»Ja.«

»Was für Material war das?«

»Einige Broschüren über die Negerfrage.«

»Material, in dem die Gleichberechtigung der Schwarzen gefordert wird?«

»Es war Material, das erklärt ... «

»Enthielt dieses Material den Aufruf an Schwarze und Weiße, sich zu vereinigen?«

»Ja, gewiss.«

»Haben Sie, als Sie den betrunkenen Neger für sich zu gewinnen suchten, ihm das Recht zugestanden, mit weißen Frauen geschlechtlich zu verkehren?«

»Nein!«

»Haben Sie Miss Dalton geraten, mit ihm geschlechtliche Beziehungen zu unterhalten?«

»Nein!«

»Haben Sie diesem Neger die Hand geschüttelt?«

»Ja.«

»Sie haben ihm die Hand gereicht?«

»Ja. Das würde jeder anständige Mensch ... «

»Beschränken Sie sich bitte auf die Beantwortung meiner Fragen, Mr Erlone. Wir wollen hier keine kommunistischen Parolen hören. Sagen Sie mir – haben Sie mit dem Neger gegessen?«

»Ja, natürlich.«

»Sie haben ihn eingeladen, mit Ihnen zu essen?«

»Ja.«

»Und Miss Dalton war bei Ihnen, als Sie ihn dazu eingeladen haben?«

»Ja.«

»Wie oft hatten Sie früher schon mit Negern gegessen?«

»Ich weiß es nicht. Oft.«

»Haben Sie eine besondere Vorliebe für Neger?«

»Ich mache keine Unterschiede ...«

»Haben Sie eine besondere Vorliebe für Neger, Mr Erlone?«

»Ich erhebe Einspruch!«, rief Max. »Diese Frage hat
nichts mit dem Fall zu tun!«

»Sie können nicht bestimmen, welche Fragen hier gestellt werden!«, bellte der Untersuchungsrichter. »Ich habe
Ihnen das bereits gesagt! Eine Frau ist auf die grässlichste
Weise umgebracht worden. Der Zeuge hat die Ermordete
mit dem letzten Menschen in Verbindung gebracht, der sie
lebend gesehen hat. Wir haben das Recht, festzustellen, wie
sich der Zeuge zu dem Mädchen und zu diesem Neger verhalten hat.« Der Untersuchungsrichter wandte sich wieder
an Jan. »Mr Erlone, haben Sie den Neger gebeten, sich zwischen Sie und Miss Dalton vorn in den Wagen zu setzen?«

»Nein. Er saß bereits vorn.«

»Aber Sie haben ihn nicht aufgefordert, sich nach hinten
zu setzen?«

»Nein.«

»Warum nicht?«

»Mein Gott! Er ist doch auch ein Mensch. Weshalb fragen Sie mich nicht ...«

»Ich stelle die Fragen, und Sie haben sie zu beantworten,
Mr Erlone. Nun sagen Sie mir mal – hätten Sie den Neger
auch aufgefordert, bei Ihnen zu schlafen?«

»Ich verweigere die Antwort auf diese Frage!«

»Aber Sie haben diesem betrunkenen Neger nicht das Recht verwehrt, bei dem Mädchen zu schlafen?«

»Sein Recht, derartige Verbindungen mit ihr oder irgendeinem anderen Menschen einzugehen, stand überhaupt nicht zur Debatte …«

»Haben Sie versucht, den Neger von Miss Dalton fernzuhalten?«

»Das habe ich nicht …«

»Antworten Sie mit Ja oder Nein!«

»Nein!«

»Haben Sie eine Schwester?«

»Ja …«

»Wo lebt sie?«

»In New York.«

»Ist sie verheiratet?«

»Nein.«

»Würden Sie es billigen, dass sie einen Neger heiratet?«

»Es geht mich nichts an, wen sie heiratet!«

»Haben Sie diesen betrunkenen Neger aufgefordert, Sie Jan zu nennen anstatt Mr Erlone?«

»Ja, aber …«

»Beschränken Sie sich auf die Beantwortung meiner Fragen!«

»Aber Herr Untersuchungsrichter, Sie scheinen anzudeuten …«

»Ich bemühe mich, das Motiv für den Mord an einem unschuldigen Mädchen festzustellen!«

»Nein, das tun Sie nicht! Sie wollen eine Menschenrasse und eine politische Partei belasten!«

»Wir legen keinen Wert auf Ihre Behauptungen! Sagen Sie mir – war Miss Dalton imstande, Ihnen Auf Wiedersehen zu sagen, als Sie sie mit dem betrunkenen Neger allein im Wagen zurückgelassen haben?«

»Ja.«

»Wie viel Alkohol haben Sie Miss Dalton an jenem Abend zu trinken gegeben?«

»Ich weiß es nicht.«

»Was für Alkohol war es?«

»Rum.«

»Weshalb haben Sie Rum vorgezogen?«

»Das kann ich nicht sagen. Ich habe einfach Rum gekauft.«

»War es, um sie gefügig zu machen?«

»Nein.«

»Wie viel haben Sie gekauft?«

»Eine Flasche.«

»Wer hat das bezahlt?«

»Ich.«

»Kam dieses Geld aus dem Fonds der Kommunistischen Partei?«

»Nein!«

»Haben Sie denn kein Budget für Werbezwecke?«

»Nein.«

»Wie viel wurde getrunken, ehe Sie den Rum kauften?«

»Ein paar Gläser Bier.«

»Wie viele?«

»Das weiß ich nicht.«

»Sie scheinen nicht mehr viel zu wissen, was sich in jener Nacht zugetragen hat.«

»Ich sage Ihnen alles, was ich weiß.«

»Alles?«

»Ja.«

»Ist es möglich, dass Sie manches nicht mehr wissen?«

»Ich sage Ihnen alles, woran ich mich erinnere.«

»Waren Sie vielleicht so betrunken, dass Sie sich nicht an alles erinnern können?«

»Nein.«

»Sie haben also ganz bewusst das Mädchen in solch einer Verfassung zurückgelassen.«

»Sie war in keiner Verfassung!«

»Nun, wie betrunken war sie denn nach dem Bier und dem Rum?«

»Sie schien genau zu wissen, was sie tat.«

»Waren Sie besorgt, dass sie nicht imstande sein könne, sich zu verteidigen?«

»Nein.«

»Es war Ihnen gleichgültig?«

»Selbstverständlich nicht.«

»Erklären Sie mir doch einmal, wie betrunken Miss Dalton war.«

»Nun, sie war in gehobener Stimmung – wenn Sie wissen, was ich meine.«

»Sie fühlte sich berauscht?«

»Ja. So kann man vielleicht sagen.«

»Empfänglich?«

»Ich weiß nicht, was Sie meinen.«

»Waren Sie zufrieden, als Sie sie verließen?«

»Was wollen Sie damit sagen?«

»Sie hatten doch ihre Gesellschaft genossen, nicht wahr?«

»Gewiss.«

»Wenn man eine Frau auf diese Weise genossen hat – kommt dann nicht eine Ernüchterung?«

»Ich weiß nicht, was Sie meinen.«

»Es war spät, nicht wahr, Mr Erlone? Sie wollten nach Hause.«

»Ja.«

»Sie wollten nicht länger mit ihr zusammenbleiben?«

»Nein, ich war müde.«

»Und deshalb haben Sie sie dem Neger überlassen?«

»Ich habe sie niemandem überlassen!«

»Aber der Neger war doch im Wagen?«

»Ja.«

»Und sie hat sich zu ihm nach vorn gesetzt?«

»Ja.«

»Und Sie haben nicht versucht, sie daran zu hindern?«

»Nein.«

»Sie hatten alle drei getrunken?«

»Ja.«

»Und Sie haben sie ruhigen Herzens mit dem betrunkenen Neger zurückgelassen?«

»Was wollen Sie damit sagen?«

»Sie waren nicht besorgt?«

»Nein.«

»Sie dachten, in ihrem Zustand würde sie nicht wählerisch sein?«

»Nein, nein … doch nicht so! Sie ziehen die falschen Schlüsse …«

»Beantworten Sie meine Fragen und weiter nichts! Hatte Miss Dalton Ihres Wissens schon einmal geschlechtliche Beziehungen mit einem Neger gehabt?«

»Nein!«

»Waren Sie der Meinung, dass dies der geeignete Augenblick dafür sei?«

»Nein, nein …«

»Haben Sie dem Neger nicht versprochen, sich später mit ihm in Verbindung zu setzen, um zu sehen, ob er dankbar genug sei, um der Kommunistischen Partei beizutreten?«

»Ich habe nichts Derartiges versprochen.«

»Sie haben ihm nicht gesagt, Sie würden sich in zwei bis drei Tagen mit ihm in Verbindung setzen?«

»Nein.«

»Mr Erlone, sind Sie sicher, dass Sie das nicht gesagt haben?«

»Nun ja, ich hab schon so etwas gesagt. Aber nicht in dem Sinn, den Sie meinen Worten unterschieben wollen.«

»Mr Erlone, waren Sie überrascht, als Sie von Miss Daltons Tod hörten?«

»Ja, zuerst war ich so überrascht, dass ich es nicht glauben wollte. Ich dachte, es sei ein Irrtum.«

»Sie hatten nicht erwartet, dass der betrunkene Neger so weit gehen würde, nicht wahr?«

»Ich habe überhaupt nichts erwartet.«

»Aber Sie haben dem Neger gesagt, er solle die kommunistischen Broschüren lesen, stimmts?«

»Ich habe sie ihm gegeben.«

»Haben Sie ihm gesagt, er solle sie lesen?«

»Ja.«

»Und dennoch erwarteten Sie nicht, dass er so weit gehen würde, das Mädchen zu vergewaltigen und zu ermorden?«

»Ich habe überhaupt nichts in dieser Richtung erwartet.«

»Das genügt mir, Mr Erlone.«

Bigger sah Jan zu seinem Platz zurückgehen. Er wusste, wie Jan zumute war. Und er wusste auch, was der Mann mit seinen Fragen beabsichtigt hatte. Er war hier nicht das einzige Objekt des Hasses. Doch womit hatten sich die Roten diesen Hass zugezogen?

»Ich bitte Mr Henry Dalton vorzutreten!«, rief der Untersuchungsrichter.

Bigger hörte, wie Mr Dalton berichtete, dass seine Familie stets Neger als Chauffeure angestellt habe, besonders wenn diese durch Armut, mangelnde Bildung, unglückliche Verhältnisse oder Körperschäden am Weiterkommen gehindert waren. Er habe ihnen die Möglichkeit geben wollen, ihre Familien zu ernähren und zur Schule zu gehen. Dalton erzählte, wie Bigger in sein Haus gekommen war, dass er sich schüchtern und verängstigt gezeigt habe und dass die Familie angenehm von ihm berührt gewesen sei. Er sagte, er hätte nie geglaubt, dass Bigger etwas mit Marys Verschwinden zu tun habe, und er habe Britten gebeten, ihn nicht zu verhören. Dann berichtete er, wie er den Erpresserbrief bekommen habe und wie entsetzt er gewesen sei, als er erfuhr, dass Bigger geflohen sei und damit seine Schuld zugegeben habe.

Als der Untersuchungsrichter das Verhör beendet hatte, erhob sich Max.

»Darf ich einige Fragen stellen?«

»Gewiss«, sagte der Untersuchungsrichter.

Max trat vor Mr Dalton hin.

»Sie sind der Präsident der daltonschen Grundstücksgesellschaft, nicht wahr?«

»Ja.«

»Und Ihrer Gesellschaft gehört das Haus, in dem die Familie Thomas in den letzten drei Jahren gewohnt hat?«

»Nein, eigentlich nicht. Meiner Gesellschaft gehört nur ein Teil der Aktien der Company, die das Haus besitzt.«

»Und wie heißt diese Company?«

»Es ist die South Side Real Estate Company.«

»Nun, Mr Dalton, die Familie Thomas zahlt Ihnen …«

»Nicht mir! Die Familie zahlt die Miete an die South Side Real Estate Company.«

»Sie besitzen doch die Aktienmehrheit der daltonschen Grundstücksgesellschaft, nicht wahr?«

»Ja, gewiss.«

»Und diese Gesellschaft wiederum besitzt die Aktienmehrheit der South Side Real Estate Company, richtig?«

»Ja.«

»Ich glaube, man kann also sagen, dass die Familie Thomas Ihnen die Miete zahlt.«

»Indirekt ja.«

»Wer trifft in dieser Gesellschaft die Entscheidungen?«

»Das tue ich.«

»Weshalb fordern Sie für die gleichen Wohnungen von der Familie Thomas und anderen Negerfamilien eine höhere Miete als von den Weißen?«

»Ich setze die Mieten nicht fest.«

»Wer denn?«

»Das Gesetz von Angebot und Nachfrage.«

»Mr Dalton, vorhin ist festgestellt worden, dass Sie Millionen Dollar für die Negererziehung ausgeben. Weshalb verlangen Sie dann von der Familie Thomas eine Wuchermiete von acht Dollar die Woche für ein licht- und luftloses, rattenverseuchtes Zimmer, in dem vier Menschen essen und schlafen?«

Der Untersuchungsrichter sprang auf.

»Ich kann nicht dulden, dass Sie den Zeugen mit solchen Fragen einschüchtern wollen! Haben Sie denn gar kein Gefühl für Anstand? Mr Dalton ist einer der bestgeachteten Männer der Stadt! Und Ihre Fragen haben überhaupt nichts mit dem Fall zu tun!«

»O doch! Sie haben durchaus etwas mit dem Fall zu tun!«, erwiderte Max. »Sie haben vorhin erklärt, diese Voruntersuchung würde auf breiter Ebene durchgeführt! Auch ich will den Schuldigen finden! Jan Erlone ist nicht der einzige Mensch, der Bigger Thomas beeinflusst hat! Vor ihm waren es noch viele andere. Ich habe ebenso das Recht, festzustellen, welchen Einfluss sie auf Bigger Thomas ausgeübt haben, wie Sie das Recht hatten, es bei Jan Erlone festzustellen!«

»Ich bin bereit, die Fragen zu beantworten, wenn damit die Dinge geklärt werden können«, entgegnete Mr Dalton ruhig.

»Ich danke Ihnen, Mr Dalton. Wollen Sie mir nun bitte sagen, weshalb Sie von der Familie Thomas acht Dollar die Woche für ein solches Zimmer fordern?«

»Nun, die Wohnungen sind knapp.«

»In ganz Chicago?«

»Nein. Aber auf der Südseite.«

»Besitzen Sie auch Häuser in anderen Teilen der Stadt?«

»Ja.«

»Weshalb vermieten Sie diese Häuser nicht an Neger?«

»Äh … ich … ich denke, sie würden nicht gern woanders leben.«

»Wer hat Ihnen das gesagt?«

»Niemand!«

»Sie sind allein zu diesem Schluss gekommen?«

»Ja.«

»Stimmt es, dass Sie sich weigern, Wohnungen, die in anderen Teilen der Stadt liegen, an Neger zu vermieten?«

»Ja, gewiss.«

»Weshalb?«

»Nun, das ist ein alter Brauch.«

»Heißen Sie diesen Brauch gut?«

»Ich bin dafür nicht verantwortlich.«

»Heißen Sie diesen Brauch gut?«, wiederholte Max.

»Ich glaube, dass die Neger glücklicher sind, wenn sie zusammenleben.«

»Wer hat Ihnen das gesagt?«

»Niemand.«

»Es ist vorteilhafter für Sie, wenn sie zusammenleben, nicht wahr?«

»Ich weiß nicht, was Sie damit sagen wollen.«

»Mr Dalton, zielen nicht diese Praktiken Ihrer Gesellschaft darauf ab, die Neger alle in einer Gegend, auf der Südseite, zusammenzuhalten?«

»Ja, es wirkt sich so aus. Ich bin jedoch nicht der Urheber …«

»Mr Dalton, Sie geben Millionen aus, um den Negern zu helfen. Darf ich fragen, weshalb Sie ihnen für derartige Rattenlöcher nicht weniger Miete abnehmen und die Differenz von Ihrem Wohltätigkeitsfonds abziehen?«

»Weniger Miete zu verlangen, wäre unmoralisch.«

»Unmoralisch!«

»Gewiss. Denn das hieße, die Konkurrenz zu unterbieten.«

»Gibt es unter den Grundstücksbesitzern eine Vereinbarung über die Höhe der Miete für Wohnungen, die den Negern zugewiesen werden?«

»Nein. Aber es gibt gewisse moralische Geschäftsgrundlagen.«

»Also geben Sie der Familie Thomas die Profite, die Sie aus der Miete erzielen, auf diese Weise zurück, um ihr dieses beengte Leben zu erleichtern und Ihr eigenes Gewissen zu beruhigen?«

»Das ist eine Verdrehung der Tatsachen!«

»Weshalb geben Sie denn das Geld für die Erziehung der Neger aus, Mr Dalton?«

»Weil ich ihnen eine Chance bieten möchte.«

»Haben Sie selbst je einen der Neger beschäftigt, zu dessen Erziehung Sie beigesteuert haben?«

»Nein.«

»Mr Dalton, glauben Sie nicht, dass die furchtbaren Verhältnisse, unter denen die Familie Thomas in einem Ihrer Häuser lebt, in gewissem Zusammenhang stehen mit dem Tod Ihrer Tochter?«

»Ich weiß nicht, wie Sie das meinen.«

»Danke schön. Das ist alles, was ich Sie zu fragen habe«, sagte Max.

Nachdem Mr Dalton auf seinen Platz zurückgekehrt war, wurden Peggy, Britten, eine Reihe von Ärzten, Reportern und Polizisten als Zeugen verhört.

»Wir werden jetzt Bigger Thomas vernehmen!«, rief der Untersuchungsrichter.

Erregtes Gemurmel durchflutete den Saal. Biggers Finger umklammerten die Armlehnen seines Stuhls. Eine Hand berührte seine Schultern. Er drehte sich um. Max flüsterte ihm zu: »Bleib sitzen.«

Max erhob sich.

»Herr Untersuchungsrichter?«

»Bitte?«

»In meiner Eigenschaft als Bigger Thomas' Anwalt möchte ich erklären, dass er keine Aussagen zu machen wünscht.«

»Seine Aussagen würden aber sehr viel dazu beitragen, letzte Zweifel über den Mord an Mary Dalton zu beseitigen.«

»Mein Klient befindet sich bereits in polizeilichem Gewahrsam und hat das Recht, die Aussage zu verweigern.«

»Gewiss. Gewiss.« Der Untersuchungsrichter nickte.

Max setzte sich und sagte leise zu Bigger: »Bleib sitzen. Es ist schon in Ordnung.«

Bigger atmete erleichtert auf. Sein Herz klopfte. Wenn doch bloß etwas geschehen würde, damit ihn die Weißen nicht so anstarrten! Schließlich wandten sich ihre Blicke von ihm ab. Der Untersuchungsrichter trat an den Tisch und nahm mit einer betont langsamen Bewegung den Erpresserbrief auf.

»Meine Herren.« Er sah zu den sechs Geschworenen hinüber.

»Sie haben die Aussagen der Zeugen gehört. Ich halte es jedoch für angebracht, Ihnen noch das vom Polizeidepartment gesammelte Beweismaterial vor Augen zu führen.«

Der Untersuchungsrichter reichte einem der Geschworenen den Erpresserbrief, und dieser gab ihn den anderen weiter. Dann sahen sie sich die Handtasche an, das blutbefleckte Messer, die geschwärzte Beilklinge, die kommunistischen Broschüren, die Rumflasche, den Koffer und das unterschriebene Geständnis.

»Aufgrund der besonderen Natur dieses Verbrechens und aufgrund der Tatsache, dass die Leiche gänzlich vernichtet wurde, erachte ich es als notwendig, Ihnen noch ein weiteres Beweisstück zu zeigen. Es wird dazu beitragen, die Frage der Todesart zu klären.«

Der Untersuchungsrichter drehte sich um und nickte zwei weiß gekleideten Wärtern zu, die an der Hintertür standen. Im Saal war es still. Bigger fragte sich verzweifelt, wie lange das alles noch dauern würde. Er konnte es bald nicht mehr ertragen! Dann und wann verschwamm der Saal vor seinen Augen, und ein leichter Schwindel befiel ihn; doch dann spannte er seine Muskeln, und das Schwindelgefühl verging. Das Gemurmel schwoll an, und der Untersuchungsrichter hämmerte auf den Tisch. Dann brach ein Tumult los. Bigger hörte eine Stimme rufen: »Zur Seite treten, bitte!«

Er blickte auf und sah, dass die beiden weiß gekleideten Wärter einen länglichen, mit einem Leinentuch bedeckten Tisch durch die Menge schoben. Was war das? Da spürte er Max' Hand auf seiner Schulter.

»Es dauert nicht mehr lange, Bigger.«

»Was machen die denn da?«, fragte Bigger flüsternd.

Einen Augenblick antwortete Max nicht. Dann sagte er unsicher: »Ich weiß nicht.«

Der längliche Tisch wurde nach vorn geschoben. Der Untersuchungsrichter sprach langsam mit tiefer, Unheil verkündender Stimme: »Als Untersuchungsrichter habe ich im Interesse der Gerechtigkeit beschlossen, den geschändeten und verunstalteten Körper einer gewissen Bessie Mears vorzuführen und die Herren Geschworenen mit den Zeugenaussagen von Polizeibeamten und Ärzten über die Art ihres Todes bekannt zu machen …«

Die Stimme des Untersuchungsrichters ging in dem allgemeinen Aufruhr unter. Zwei Minuten lang mussten die Polizisten mit ihren Gummiknüppeln gegen die Wände schlagen, um die Ruhe wiederherzustellen. Bigger saß stocksteif da. Er sah, dass Max an ihm vorbeistürzte und vor dem mit weißem Tuch bedeckten Tisch stehen blieb.

»Herr Untersuchungsrichter, das geht zu weit!«, rief er. »Die Vorführung der Leiche des Mädchens dient keinem anderen Zweck, als die Öffentlichkeit zur Gewalt anzustacheln …«

»Sie wird es der Jury möglich machen, die Todesart Mary Daltons festzustellen, da sie von demselben Mann ermordet wurde, der auch Bessie Mears ermordet hat«, schrie der

Untersuchungsrichter. In seiner Stimme schwangen Wut und Rachsucht.

»Das Geständnis, das Bigger Thomas abgelegt hat, liefert doch der Jury alle nötigen Beweise!«, rief Max. »Sie wenden sich in verbrecherischer Weise an die Gefühle des Mobs ...«

»Das hat die Große Jury zu entscheiden!«, fiel ihm der Untersuchungsrichter ins Wort. »Wenn Sie die Verhandlung noch länger stören, muss ich Sie aus dem Saal weisen. Ich habe das gesetzliche Recht, zu bestimmen, was notwendig ist und was nicht ...«

Langsam drehte Max sich um und ging mit gesenktem Kopf an seinen Platz zurück. Sein Gesicht war bleich, der Mund nur noch ein schmaler Strich.

Bigger war niedergeschmettert. Seine Lippen hatten sich weit geöffnet. Er war ohne Empfindung, als sei er erfroren. An Bessie hatte er überhaupt nicht mehr gedacht! Ihm wurde klar, was sie beabsichtigten. Bessies Leiche sollte als Beweis dafür dienen, dass er Mary ermordet hatte. Das würde ihn zum Ungeheuer stempeln und noch mehr Hass gegen ihn aufrühren. Bessies Tod war während der Voruntersuchung nicht erwähnt worden, und alle weißen Gesichter im Saal blickten äußerst überrascht. Bigger hatte Bessie nicht vergessen, weil er weniger von ihr hielt als von Mary, sondern weil Marys Tod ihm die meiste Angst eingeflößt hatte – nicht ihr Tod an sich, sondern was er für ihn als Neger bedeutete. Sie hatten Bessies Leiche hereingebracht, um in allen Weißen das Gefühl zu erwecken, dass nur ein rasches Auslöschen seines Lebens der Stadt ihre Sicherheit zurückgeben könne. Sein Mord an Bessie sollte ihnen helfen, das Todesurteil gegen ihn auszusprechen, das sie ihm für den Mord an Mary zugedacht hatten; sie woll-

434

ten ihn in einem Licht zeigen, das seine Vernichtung rechtfertigen würde. Obwohl er ein schwarzes und ein weißes
Mädchen umgebracht hatte, würde er nur für den Mord
an dem weißen Mädchen bestraft werden. Das schwarze
Mädchen war lediglich ein »Beweisstück«. Er wusste, dass
die Weißen der Mord an Bessie im Grunde kaltließ. Sie
verfolgten keinen Neger, der einen anderen getötet hatte.
Sie hielten es vielleicht sogar für gut, wenn die Neger sich
gegenseitig umbrachten; das bedeutete, dass es dann einen
Neger weniger gab. In ihren Augen beging ein Schwarzer nur ein Verbrechen, wenn er Weißen etwas antat oder
ihren Besitz schädigte. Die Zeit verstrich, und Bigger blieb
nichts anderes übrig, als zuzusehen und zuzuhören, was
im Saal vorging. Seine Augen ruhten wehmütig auf der
stillen, länglichen, weiß verhüllten Gestalt auf dem Tisch,
und plötzlich fühlte er eine tiefere Zuneigung für Bessie, als
er je zu ihren Lebzeiten empfunden hatte. Er wusste, dass
auch sie, obwohl tot, von ihm ermordet, darüber entrüstet
wäre, dass ihr Körper zu einem solchen Zweck verwendet
wurde. Wut stieg in ihm auf: ein Gefühl, das Bessie ihm
oft beschrieben hatte, wenn sie von den langen Stunden
heißer Plackerei aus den Küchen der Weißen zurückge-
kommen war, das Gefühl, ständig von anderen herumkom-
mandiert zu werden, sodass man selbst nicht mehr denken
und nichts mehr empfinden konnte. Er hatte nicht nur dort
gelebt, wo zu leben sie ihm befohlen hatten, er hatte nicht
nur das getan, was zu tun sie ihm befohlen hatten, er hatte
nicht nur all ihre Befehle ausgeführt, bis er gemordet hatte,
um sich von ihnen zu befreien, nein, auch jetzt, nachdem
er ihnen gehorcht und nachdem er gemordet hatte, beherrschten sie ihn noch immer. Er war ihr Eigentum; Herz
und Seele, Fleisch und Blut gehörten ihnen. Was sie taten,

beanspruchte jede Zelle seines Körpers, sein Wachen und Schlafen; es bedrückte sein Leben und diktierte die Bedingungen seines Todes.

Der Untersuchungsrichter hämmerte auf den Tisch. Dann stand er auf, trat an Bessies Leiche und schlug mit einer weit ausholenden Bewegung das Leinentuch zurück. Der blutige Anblick ließ Bigger unwillkürlich zusammenzucken. Er hob die Hände vor die Augen, und im selben Augenblick sah er grelles Blitzlicht aufflammen. Er blickte angestrengt in den Hintergrund des Saales, denn er fühlte, wenn er Bessie noch einmal sah, würde er aufstehen und mit den Armen um sich schlagen, um den Saal und alle Menschen in ihm auszulöschen. Jede Faser seines Körpers half ihm, vor sich hinzustarren, ohne etwas zu sehen, inmitten des Lärms zu sitzen, ohne etwas zu hören.

Er spürte einen Schmerz im Kopf, direkt über seinen Augen. Sein Körper war in kaltem Schweiß gebadet. Das Blut pulste ihm in den Ohren, seine Lippen waren ausgetrocknet, und er versuchte vergebens, sie mit der Zunge zu befeuchten. Die Anstrengung, den schrecklichen Anblick Bessies und das Dröhnen der Stimmen aus seinem Bewusstsein zu verbannen, lähmte seine Muskeln. Er saß still, umgeben von einer unsichtbaren Mauer. Schließlich konnte er es nicht länger aushalten. Er beugte sich vor und vergrub das Gesicht in den Händen. Da hörte er eine ferne Stimme von großer Höhe herab sprechen.

»Die Jury zieht sich zur Beratung zurück.«

Er blickte auf. Die sechs Männer erhoben sich und verschwanden durch eine Hintertür. Das Leinentuch war wieder über Bessies Leiche gedeckt worden. Der Lärm im Saal schwoll an, und der Untersuchungsrichter klopfte auf den Tisch. Die sechs Männer kehrten langsam zu ihren Plätzen zurück. Dem Untersuchungsrichter wurde ein Stück Papier gereicht. Er stand auf, hob gebieterisch die Hand und las eine lange Kette von Worten vor, von denen Bigger nur wenige verstand.

»… besagte Mary Dalton fand den Tod in ihrem Zimmer im Haus ihrer Eltern, Drexel Boulevard Nr. 4605, infolge Erstickens durch äußere Gewalt, ausgeübt von den Händen eines gewissen Bigger Thomas während einer verbrecherischen Vergewaltigung …«

»… die Jury glaubt, dass der besagte Vorfall Mord war, und empfiehlt, den genannten Bigger Thomas unter Mordanklage vor die Große Jury zu führen …«

Die Stimme sprach weiter, aber Bigger hörte nicht mehr zu. Also musste er im Gefängnis bleiben, bis er verurteilt und hingerichtet wurde. Schließlich brach die Stimme ab. Von Neuem erhob sich Lärm. Bigger hörte Menschen an sich vorübergehen. Er blickte sich um wie ein Traumwandler. Max ergriff seinen Arm.

»Bigger?«

Er drehte sich um.

»Ich komme heute Abend zu dir. Du wirst jetzt ins Cook County Jail gebracht. Ich werde zu dir kommen und die Sache mit dir besprechen. Wir werden sehen, was sich tun lässt. Sobald du kannst, leg dich hin und schlaf ein bisschen, hörst du?«

Max verließ ihn. Zwei Polizisten fuhren den Tisch mit Bessies Leiche wieder hinaus. Die Polizisten, die zu seinen beiden Seiten saßen, packten seine Arme und schlossen seine Handgelenke mit Handschellen an die ihren an.

»Los, komm!«

Zwei Polizisten gingen voran und bahnten ihm einen Weg durch die dichte Menschenmenge. Zwei Polizisten folgten ihm. Schweigend ließen ihn die weißen Männer und Frauen an sich vorbei. Doch dann hörte er wieder ihre lauten Stimmen. Er wurde hinausgeführt auf den Korridor. Da er glaubte, sie würden ihn wieder hinaufbringen, wandte er sich zum Fahrstuhl, doch sie rissen ihn grob zurück.

»Nein! Hier gehts lang!«

Sie traten durch das Haupttor hinaus auf die Straße. Gelber Sonnenschein prallte hernieder, und ein starker Wind blies. Eine große Menschenmenge war versammelt. Schrilles Rufen und Schreien empfing ihn, und er konnte nur einzelne Worte verstehen.

»... lasst ihn doch los ...«

»... macht dasselbe mit ihm, was er mit dem Mädchen gemacht hat ...«

»... übergebt ihn uns ...«

»... verbrennt doch diesen schwarzen Affen ...«

Eine schmale Gasse öffnete sich für ihn über die breite Straße bis hin zu dem wartenden Wagen. Soweit Bigger sehen konnte, standen blau uniformierte Weiße mit blitzenden silbernen Sternen auf der Brust. Er wurde in den Rücksitz des Wagens gezwängt, zwischen die beiden Polizisten, an die er mit Handschellen gekettet war. Der Motor summte. Vor sich sah er einen Wagen anfahren und unter Sirenengeheul durch den Sonnenschein rollen. Ein zweiter folgte. Vier weitere schlossen sich an. Dann fuhr auch der Wagen los, in dem Bigger saß. Hinter sich hörte er das Dröhnen der Motoren und das Sirenengeheul der Autos, die ihnen folgten. Er blickte aus dem Seitenfenster auf die vorbeifliegenden Häuser; aber die Gegend war ihm unbekannt. Bald jedoch merkte er, dass sie die südliche Richtung eingeschlagen hatten. Die Sirenen heulten so laut, dass es ihm vorkam, als werde er von einer Welle von Lärm dahingetragen. Mit offenem Mund starrten die Leute ihnen nach. Die Wagen bogen in die State Street ein. Von der 35. Straße an wurde ihm die Umgebung vertrauter. Schließlich erreichten sie die 37. Straße. Zwei Blocks links von ihm lag das Haus, in dem er bisher gewohnt hatte. Was mochten Mutter, Vera und Buddy jetzt tun? Und wo waren Jack, G. H. und Gus? Die Autoreifen sangen auf dem Asphalt. An jeder Kreuzung stand ein Polizist und gab den Wagen ein Zeichen zum Weiterfahren. Wohin brachten sie ihn? Vielleicht in ein Gefängnis auf der Südseite? Oder zur Polizeistation Hyde Park? Sie gelangten zur 47. Straße und fuhren in östlicher Richtung zur Cottage Grove Avenue. Sie kamen zum Drexel Boulevard und bogen wieder ein nach Norden. Er beugte sich erwartungsvoll nach vorn. In dieser Straße wohnte doch Mr Dalton. Was hatte man mit ihm, Bigger, vor? Die Wagen verlangsamten das Tempo und hielten direkt vor dem daltonschen Haus. Weshalb brachte man ihn hierher? Er blickte auf das große, stille Backsteingebäude, das in Sonnenschein getaucht war. Dann sah er die Männer an, die zu seinen beiden Seiten saßen, doch sie starrten unbewegt vor sich hin. Die Straße war von Polizisten gesäumt, die mit schussbereiten Revolvern dastanden. Weiße lehnten sich aus den Fenstern, strömten aus den Türen und liefen auf das daltonsche Haus zu. Ein Polizist mit einem goldenen Stern auf der Brust trat an die Tür des Wagens, öffnete sie, schaute Bigger kurz an und wandte sich dann an den Fahrer.

»Okay. Bringt ihn raus!«

Eine dichte Menschenmenge drängte sich auf den Bürgersteigen, auf der Straße, auf dem Rasen und hinter den Reihen der Polizisten. Ein weißer Junge rief: »Das ist der Nigger, der Miss Mary ermordet hat!«

Sie führten Bigger durch das Tor, den Weg hinauf zur Treppe. Einen Augenblick blieben sie vor der Haustür stehen, derselben Tür, vor der er vor knapp einer Woche so bescheiden mit der Mütze in der Hand gewartet hatte. Die Tür wurde geöffnet, und sie liefen durch die Halle und stiegen die Treppe hinauf zur ersten Etage. Da war Marys Zimmer! Bigger war, als könne er nicht mehr atmen. Weshalb brachte man ihn hierher? Sein Körper war schweißüberströmt. Hoffentlich würde er nicht zusammenbrechen! Sie führten ihn in das Zimmer. Es war voll bewaffneter Polizisten und Reporter, die ihre Blitzlichtlampen bereithielten. Er blickte sich um; es hatte sich seit jener Nacht nichts verändert. Da war das Bett, auf dem er Mary erstickt hatte. Die Uhr mit dem leuchtenden Zifferblatt stand noch immer auf dem kleinen Toilettentisch. An den Fenstern hingen dieselben Vorhänge, und die Jalousien waren hochgezogen, so wie damals, als Mrs Dalton in fließendem Weiß sich langsam mit erhobenen Händen durch den bläulichen Raum getastet hatte. Er spürte, dass die Augen der Menschen auf ihn gerichtet waren. Sein Körper versteifte sich. Ihm wurde heiß vor Scham und Wut. Der Mann mit dem goldenen Stern auf der Brust trat zu ihm und sprach mit leiser, einschmeichelnder Stimme.

»Bigger, nun sei mal vernünftig. Nimms nicht so schwer. Du zeigst uns jetzt mal ganz genau, was in jener Nacht passiert ist, verstehst du? Nimm dir ruhig Zeit! Und lass dich nicht stören, wenn die Zeitungsleute ein paar Bilder machen. Tu nur das, was du damals in der Nacht getan hast ...«

Bigger starrte ihn an; seine Muskeln spannten sich, und ihm war, als wachse er um einen Fuß.

»Komm«, redete ihm der Mann zu. »Es will dir ja niemand etwas tun. Du brauchst keine Angst zu haben.«

Helle Wut brannte in Bigger.

»Komm! Zeig uns, was du gemacht hast.«

Er stand da und rührte sich nicht. Der Mann ergriff seinen Arm und wollte ihn zum Bett ziehen. Bigger schnellte zurück. Ein Feuerreif schien seine Kehle zu umspannen. Die Zähne hatte er so fest aufeinandergepresst, dass er nicht hätte sprechen können, selbst wenn er gewollt hätte. Er wich mit finsterem Blick zurück zur Wand.

»Was ist denn, Junge?«

Biggers Lippen öffneten sich und ließen seine weißen Zähne sehen. Blitzlichtlampen flammten auf; er kniff die Augen zusammen, und im selben Augenblick wusste er, dass sie ein Bild von ihm gemacht hatten, wie er mit dem Rücken an der Wand stand und die Zähne bleckte.

»Angst, Junge? Damals, als du mit dem Mädchen hier allein warst, hast du doch auch keine Angst gehabt!«

Bigger hätte am liebsten tief Luft geholt und geschrien: »Ja! Ich habe Angst gehabt!« Aber würden sie ihm glauben? Er würde in den Tod gehen, ohne diesen Menschen je gesagt zu haben, wie ihm in jener Nacht zumute gewesen war. Als der Mann wieder sprach, hatte sich sein Ton geändert.

»Nun komm, Junge! Bis jetzt haben wir dich sehr anständig behandelt, doch du kannst uns auch von einer anderen Seite kennenlernen, verstehst du? Es liegt nur an dir! Jetzt geh an das Bett und zeig uns, wie du das Mädchen vergewaltigt und ermordet hast!«

»Ich habe sie nicht vergewaltigt!«, sagte Bigger, ohne die Lippen zu bewegen.

»Nun komm schon! Was hast du noch zu verlieren? Zeig uns, was du getan hast!«

»Ich will nicht.«

»Du musst aber!«

»Ich muss gar nicht!«

»Na, wir werden dich schon dazu bringen!«

»Sie können mich nur dazu bringen, zu sterben!«, schrie Bigger.

Und er wünschte sich, sie würden ihn erschießen, damit er von ihnen befreit war, für immer. Ein anderer Weißer mit einem goldenen Stern auf der Brust trat näher.

»Lass ihn doch. Wir haben ja die Beweise.«

»Meinst du wirklich?«

»Natürlich. Was hat das denn noch für einen Zweck?«

»Okay. Dann bringt ihn zum Wagen zurück!«

Sie legten ihm wieder Handschellen an und stiegen mit ihm die Treppe hinunter. Noch ehe die Tür geöffnet wurde, hörte er gedämpften Lärm. Soweit er durch das Glasfenster der Tür sehen konnte, standen Weiße im kalten Wind und Sonnenschein. Man führte ihn hinaus, und das Lärmen wurde lauter; sobald die Menge seiner ansichtig wurde, schwoll es an zu einem ohrenbetäubenden Getöse. Von Polizei umringt, wurde Bigger durch eine schmale, von Menschen gebildete Gasse gezogen und geschoben. Sie zerrten ihn zum Tor hinaus, auf den wartenden Wagen zu.

»Du schwarzer Affe!«

»Schießt den Bastard doch tot!«

Er fühlte, dass ihm warmer Speichel ins Gesicht spritzte. Jemand versuchte, auf ihn zuzuspringen, wurde aber von der Polizei zurückgehalten. Als er vorwärtsstolperte, erregte ein hoher, leuchtender Gegenstand seine Aufmerksamkeit. Auf einem Gebäude auf der anderen Straßenseite, über den Köpfen der Menschen, erhob sich ein flammendes Kreuz. Das hatte doch bestimmt etwas mit ihm zu tun! Aber weshalb verbrannten sie ein Kreuz? Und er sah wieder das schwitzende Gesicht des schwarzen Pfarrers vor sich und hörte seine feierlichen Worte. Hatte er nicht gesagt, es gäbe für jeden ein Kreuz, auch für ihn? Ja, und Jesus hatte dieses Kreuz mit Demut getragen und den Menschen gezeigt, wie man sterben und in Liebe in das ewige Leben eingehen könne. Aber er selbst hatte noch nie ein brennendes Kreuz gesehen wie das dort drüben auf dem Dach. Wollten die Weißen, dass er Jesus liebte? Er hörte, wie der Wind die Flammen peitschte. Nein! Das war nicht recht. Ein Kreuz durfte man nicht verbrennen! Er stand vor dem Wagen und wartete darauf, dass sie ihn hineinstießen; seine Augen waren vor Erstaunen geweitet, aus seinem Körper war jede Empfindung gewichen, und er versuchte, sich an etwas zu erinnern.

»Er schaut es an!«

»Ja, er sieht es!«

Die Augen der Weißen blickten ganz und gar nicht so wie die des schwarzen Pfarrers, als er von Jesus, seiner Liebe und seinem Sterben am Kreuz gesprochen hatte. Das Kreuz, so hatte ihm der Pfarrer gesagt, war blutig, nicht flammend; es verkörperte die Sanftmut, nicht die Gewalt. Es hatte ihn in Ehrfurcht und Staunen versetzt, nicht in Angst und Panik. Es hatte in ihm den Wunsch geweckt, niederzuknien und zu weinen, doch beim Anblick dieses Kreuzes wollte er am liebsten fluchen und töten. Dann fiel ihm das Kreuz ein, das der Pfarrer ihm um den Hals gehängt hatte. Er fühlte es auf seiner Brust, ein Abbild jenes Kreuzes, das dort oben auf dem Dach gegen den kalten blauen Himmel loderte und dessen zischende Feuerzungen der eisige Wind peitschte.

»Verbrennt ihn!«

»Erschießt ihn!«

Plötzlich durchfuhr es ihn: Dieses Kreuz war nicht das Kreuz Jesu, sondern das Kreuz des Ku-Klux-Klans. Er trug das Kreuz der Erlösung an einer Kette um den Hals, und dort verbrannten sie ein Kreuz des Hasses. Nein! Das durfte nicht sein! Hatte der Pfarrer ihn in eine Falle gelockt? Er fühlte sich verraten. Am liebsten hätte er sich das Kreuz vom Hals gerissen und es von sich geschleudert. Sie schoben ihn in das Auto, und wieder saß er zwischen den beiden Polizisten und blickte noch immer ängstlich auf das brennende Kreuz. Die Sirenen heulten auf, und die Wagen rollten langsam durch die von Menschen wimmelnden Straßen. Das Kreuz auf seiner Brust war wie ein Messer, das auf sein Herz gerichtet war. Es juckte ihn in den Fingern, das Kreuz abzureißen; es war ein böser Zauber, der ihm sicher den Tod bringen würde. Die Wagen fuhren die State Street hinauf und bogen dann in die 26. Straße ein. Die Passanten blieben stehen und blickten ihnen nach. Zehn Minuten später hielten die Autos vor einem großen weißen Gebäude, Bigger wurde eine Treppe hinaufgeführt, er musste durch verschiedene Korridore gehen. Vor einer Zellentür wurde schließlich haltgemacht. Er wurde hineingeschoben, man nahm ihm die Handschellen ab, und die Gittertür schlug zu. Die Männer blieben draußen stehen und blickten ihn neugierig an.

Mit verhaltenem Atem riss er sein Hemd auf. Es war ihm gleichgültig, ob ihm jemand zusah. Er packte das Kreuz und zerrte es sich vom Hals. Dann schleuderte er es fort und stieß einen Fluch aus, der fast ein Schrei war.

»Ich will es nicht!«

Die Männer sahen ihn erstaunt und erschrocken an.

»Wirf es nicht weg, Junge. Es ist doch dein Kreuz!«

»Ich kann auch ohne Kreuz sterben!«

»Nur Gott kann dir noch helfen, Junge! Halte deine Seele für ihn bereit.«

»Ich habe keine Seele!«

Einer der Männer hob das Kreuz auf und hielt es ihm hin.

»Hier, Junge. Nimm! Es ist Gottes Kreuz!«

»Das ist mir gleich!«

»Ach, lass ihn in Ruhe«, sagte ein anderer.

Sie warfen ihm das Kreuz durch das Gitter in die Zelle und gingen.

Er hob es auf und schleuderte es abermals hinaus. Dann lehnte er sich ermattet gegen die Eisenstangen. Was würde mit ihm geschehen? Er hörte Schritte und blickte auf. Ein Weißer kam auf seine Zelle zu, hinter ihm ein Schwarzer. Er machte sich steif. Das war doch der alte Pfarrer, der am Morgen für ihn gebetet hatte! Der Weiße steckte den Schlüssel in das Schloss.

»Ich will Sie nicht sehen!«, rief Bigger.

»Aber Sohn!«, mahnte der Pfarrer.

»Gehen Sie weg!«

»Was hast du denn, mein Sohn?«

»Bleiben Sie mir mit Ihrem Jesus vom Halse!«

»Aber Sohn! Du weißt nicht, was du sagst! Lass mich für dich beten!«

»Beten Sie für sich selber!«

Der weiße Wärter ergriff den Pfarrer am Arm und deutete auf das am Boden liegende Kreuz.

»Sehen Sie doch! Er hat das Kreuz fortgeworfen!«

Der Pfarrer blickte auf.

»Sohn, speie Gott nicht ins Gesicht!«

»Ich speie gleich Ihnen ins Gesicht, wenn Sie mich nicht in Ruhe lassen.«

»Die Roten haben mit ihm gesprochen.« Der Wärter führte fromm seine Finger zur Stirn, zur Brust, zur linken Schulter und dann zur rechten.

»Das ist eine gottverdammte Lüge!«, rief Bigger. Sein Körper schien selbst ein flammendes Kreuz zu sein, als die Worte aus ihm heraussprudelten. »Ich habe Ihnen gesagt, dass ich Sie nicht sehen will. Wenn Sie reinkommen, bring ich Sie um! Lassen Sie mich in Frieden!«

Ruhig bückte sich der alte Pfarrer nach dem Kreuz. Der Wärter schloss die Tür auf und öffnete sie. Bigger sprang vor, umfasste die Eisenstangen und schlug die Tür wieder zu. Sie traf den alten Pfarrer mitten ins Gesicht. Er wurde zurückgestoßen und fiel auf den Steinfußboden. Das Klirren des Eisens war durch den langen, stillen Gang zu hören, es wurde von den Wänden zurückgeworfen und verhallte schließlich in der Ferne.

»Lassen Sie ihn lieber in Ruhe«, sagte der Wärter. »Er scheint außer sich zu sein.«

Der Pfarrer stand langsam auf und langte nach dem Hut, der Bibel und dem Kreuz. Er strich sich mit der Hand über das schmerzende Gesicht.

»Mein Sohn«, seufzte er, »ich überlasse dich Gott.« Dann warf er das Kreuz in die Zelle.

Der Pfarrer ging, und der Wärter folgte ihm. Bigger war allein. Vor Erregung sah und hörte er nichts. Doch schließlich entspannte sein heißer, verkrampfter Körper. Bigger erblickte das Kreuz, hob es auf und hielt es einen Augenblick lang in der Hand. Dann schleuderte er es wieder durch die Gitterstäbe. Mit einem dumpfen Laut schlug es gegen die Wand.

Nie wollte er wieder so etwas wie Hoffnung spüren, es führte zu nichts. Er hatte dem Pfarrer so lange zugehört, bis er glaubte, dass vielleicht noch etwas geschehen könnte. Nun, es war etwas geschehen: Das Kreuz, das der Pfarrer ihm um den Hals gehängt hatte, war vor seinen Augen verbrannt worden.

Als die Erregung verebbt war, stand er auf. Undeutlich nahm er wahr, dass ihn die Männer in den anderen Zellen durch die Gitterstäbe anstarrten. Er hörte ein leises Gemurmel, und im selben Augenblick registrierte sein Bewusstsein ohne Bitterkeit − wie ein Mann wahrnimmt, dass die Sonne scheint, wenn er aus dem Haus tritt, um zur Arbeit zu gehen −, dass selbst hier im Cook County Jail Neger und Weiße auf getrennte Zellenblocks verteilt waren. Er legte sich auf die Pritsche und schloss die Augen. Das beruhigte ihn etwas. Gelegentlich zuckten seine Muskeln noch von dem Sturm der Leidenschaft, der ihn geschüttelt hatte. Der kleine verhärtete Kern in seinem Inneren würde sich niemals wieder so weit auflösen, dass er jemandem trauen könnte. Nicht einmal Jan. Oder Max. Sie meinten es vielleicht gut, doch was immer er von nun an dachte und tat, es würde von ihm ausgehen, von ihm allein. Er wollte keine neuen Kreuze, die sich in Feuer verwandeln konnten, während er sie noch auf der Brust trug.

Seine erregten Sinne kühlten sich allmählich ab. Er öffnete die Augen. Jemand flüsterte leise: »He, du … Neuer!«

Er richtete sich auf. Was wollte man von ihm?

»Sag mal, hast du das bei den Daltons gemacht?«

Seine Hände ballten sich zu Fäusten, und er legte sich wieder hin. Nein, er wollte nicht mit ihnen sprechen. Er hatte nichts mit ihnen gemein. Sie waren wegen Verbrechen hier, die dem seinen in nichts glichen. Vor den

Weißen verschloss er sich, weil sie weiß waren, und vor den Negern, weil sie neugierig waren und er sich schämte. Lange lag er da, ohne an etwas zu denken, dann hörte er, dass die Zellentür geöffnet wurde. Er blickte hoch. Ein Weißer kam mit einem Tablett herein. Bigger setzte sich auf, und der Mann brachte ihm das Tablett zur Pritsche und stellte es hin. »Dein Anwalt schickt dir was zu essen«, sagte er. »Du hast einen guten Anwalt!«

»Sagen Sie, kann ich eine Zeitung haben?«, fragte Bigger.

»Das ist schwierig.« Der Mann kratzte sich am Kopf. »Ach, was! Hier, nimm meine. Ich habe sie schon gelesen. Und dann – dein Anwalt bringt dir was zum Anziehen mit. Er hat mir gesagt, ich solls dir ausrichten.«

Bigger hörte nicht mehr zu. Er ließ das Essen unberührt stehen und schlug die Zeitung auf. Doch er las nicht gleich. Er wartete, bis die Tür zugefallen war. Nachdenklich beugte er sich über die Zeitung. Warum hatte dieser Mann wohl so freundlich mit ihm gesprochen? Solange er in der Zelle gewesen war, hatte Bigger keine Angst gespürt und sich nicht in die Enge getrieben gefühlt. Das Verhalten des Mannes war offen und natürlich gewesen. Das konnte er nicht verstehen. Er hob die Zeitung und las: SCHWARZER MÖRDER UNTERSCHREIBT GESTÄNDNIS ZWEIER MORDE. SCHRECKT BEIM ANBLICK SEINES OPFERS ZURÜCK. ANKLAGE MORGEN. KOMMUNISTEN ÜBERNEHMEN VERTEIDIGUNG. Seine Augen überflogen die Zeilen und suchten nach einem Hinweis, der ihm etwas über sein Schicksal verraten würde.

... Mörder wird sein Verbrechen wahrscheinlich mit dem Leben bezahlen müssen ... kein Zweifel an seiner Schuld ... wie viele

weitere Verbrechen er begangen hat, ist nicht bekannt … Mörder wurde nach der Voruntersuchung von einem Unbekannten angegriffen …

Über seine Meinung zur Übernahme der Verteidigung durch die Kommunisten befragt, erklärte Staatsanwalt David A. Buckley: »Was können Sie anderes von einer solchen Bande erwarten? Ich bin dafür, sie mit Stumpf und Stiel auszurotten. Meine Überzeugung ist: Wenn man dem Treiben der Roten in diesem Land einmal auf den Grund ginge, würde man die Wurzel vieler unaufgeklärter Verbrechen finden.« Auf die Frage, welche Auswirkungen der Prozess Thomas auf die kommenden Aprilwahlen haben könne, bei denen Mr Buckley als sein eigener Nachfolger kandidiert, zog er die rote Nelke aus dem Knopfloch seiner Jacke und winkte den Reportern lachend ab.

Ein langgezogener Schrei ertönte, Bigger ließ die Zeitung sinken, sprang auf und lief zur Gittertür seiner Zelle, um zu sehen, was los sei. Unten im Gang erblickte er sechs Weiße, die einen sich heftig wehrenden braunhäutigen Neger festzuhalten versuchten. Sie schleiften ihn zu Biggers Zelle. Die Tür wurde geöffnet; Bigger wich zurück zu seiner Pritsche, den Mund vor Erstaunen weit geöffnet Der Mann wand sich unter den Händen der Weißen und versuchte verzweifelt, sich zu befreien.

»Lasst mich los! Lasst mich los!«, schrie er wieder und immer wieder.

Die Männer stießen ihn in die Zelle, verschlossen die Tür und gingen. Der Mann lag einen Augenblick auf dem Boden, rappelte sich hoch und rannte zur Tür.

»Gebt mir meine Dokumente!«, schrie er.

Die Augen des Mannes waren blutunterlaufen, und in den Mundwinkeln stand weißer Schaum. Schweiß glitzerte auf seinem braunen Gesicht. Voller Raserei umklammerte er die Eisenstäbe, und als er schrie, zitterte er am ganzen Körper. Er war so aufgebracht, dass Bigger ihn verwundert anstarrte. Weshalb hatte man ihm seine Papiere weggenommen? Er stellte sich sofort auf seine Seite.

»Das lasse ich mir nicht gefallen!«, schrie der Mann.

Bigger ging zu ihm und legte ihm seine Hand auf die Schulter. »Sag mal, was haben die denn von dir?«, fragte er.

Der Mann beachtete ihn überhaupt nicht, sondern brüllte: »Das werde ich dem Präsidenten sagen, habt ihr verstanden? Bringt mir meine Dokumente zurück oder lasst mich hier raus, ihr weißen Hunde! Ihr wollt mein Beweismaterial vernichten! Aber ihr könnt eure Verbrechen nicht verheimlichen! Ich werde mein Manuskript veröffentlichen, damit die ganze Welt davon erfährt! Ich weiß, weshalb ihr mich ins Gefängnis sperrt! Der Professor hats verlangt! Aber damit kommt er nicht durch ...« Fasziniert und doch ängstlich beobachtete Bigger den Mann. Er hatte den Eindruck, dass dieser sich zu sehr aufregte über das, was er verloren hatte. Doch seine Gefühle schienen echt, sie rührten Bigger und nötigten ihm Sympathie ab.

»Kommt zurück!«, schrie der Mann. »Bringt mir meine Dokumente, oder ich sage es dem Präsidenten. Dann werdet ihr entlassen ...«

Was für Dokumente sie wohl von ihm haben?, fragte sich Bigger. Wer war der Präsident, von dem der Mann immer sprach? Und wer war der Professor? Da hörte er aus einer anderen Zelle eine Stimme rufen: »He, du ... Neuer!«

Bigger umging den tobenden Mann und trat an die Tür.

»Der ist verrückt!«, berichtete ihm ein Weißer. »Sag den Wärtern, sie sollen ihn bei dir rausholen. Der bringt dich um. Dem ist es in die Krone gestiegen, dass er zu viel an der Universität studiert hat. Er war dabei, ein Buch darüber zu schreiben, wie die Farbigen leben, und behauptet, jemand habe ihm sein Material gestohlen. Er sagt, er wisse ganz genau, warum Farbige so schlecht behandelt werden, und wills dem Präsidenten sagen, damit's geändert wird, verstehst du? Der ist glatt verrückt! Er schwört, sein Universitätsprofessor habe ihn einsperren lassen. Die Polizei hat ihn heute früh in Unterhosen aufgelesen; er war in der Halle des Postamtes und hat auf eine Telefonverbindung mit dem Präsidenten gewartet ...«

Bigger lief von der Tür zurück zu seiner Pritsche. Seine Todesfurcht, der Hass und die Scham wichen angesichts der Angst, dass sich dieser Wahnsinnige plötzlich auf ihn stürzen könnte. Der Mann hielt noch immer das Eisengitter umklammert und schrie. Er war etwa von Biggers Größe. Bigger schien es, dass seine Erschöpfung einem dünnen Seil glich, auf dem seine Gefühle balancierten, und dass die Raserei des Mannes ihn in ihren Feuerstrudel reißen werde. Er legte sich auf die Pritsche und bedeckte den Kopf mit den Armen. Voller Furcht hörte er auf das Schreien des Mannes, obwohl er ihm zu entgehen suchte.

»Angst habt ihr vor mir!«, schrie der Mann. »Deshalb habt ihr mich hierhergebracht! Aber ich werde es dem Präsidenten sagen! Ich werde ihm sagen, dass die schlechten Lebensbedingungen auf der Südseite jeden Zehnten von uns wahnsinnig machen. Ich werde ihm sagen, dass ihr halb verdorbene Lebensmittel im Schwarzen Gürtel abladet und für sie mehr verlangt als woanders! Ich werde ihm sagen, dass ihr uns Steuern abnehmt, aber keine Krankenhäuser baut! Ich werde ihm sagen, dass unsere Schulen so überfüllt sind, dass lauter Perversität gezüchtet wird! Ich werde ihm sagen, dass ihr uns als Letzte anstellt und als Erste wieder rausschmeißt. Ich werde dem Präsidenten und dem Völkerbund ...«

Die Männer in den anderen Zellen begannen, sich aufzuregen. »Halt die Schnauze, du Quatschkopf!«

»Bringt ihn weg!«

»Schmeißt ihn raus!«

»Scher dich zum Teufel!«

»Ihr könnt mir keine Angst machen!«, brüllte der Mann. »Euch haben sie nur eingesperrt, damit ihr mich beobachtet!«

Die Gefangenen schlugen Lärm. Bald kamen Männer in weißen Kitteln mit einer Trage. Sie schlossen die Zelle auf, packten den schreienden Mann, steckten ihn in eine Zwangsjacke, warfen ihn auf die Trage und schleppten ihn hinaus. Bigger stand auf und starrte hoffnungslos vor sich hin. Er hörte Stimmen von einer Zelle zur anderen rufen.

»He! Was haben die ihm denn weggenommen?«

»Ach, nichts! Der Mann ist verrückt!«

Schließlich legte sich die Aufregung wieder. Zum ersten Mal seit seiner Verhaftung hatte Bigger das Bedürfnis, jemanden bei sich zu haben, jemanden, an den er sich klammern konnte. Er war froh, als er hörte, dass seine Tür aufgeschlossen wurde. Er richtete sich auf; ein Wärter stand vor ihm.

»Komm, Junge. Dein Anwalt ist da!«

Der Wärter legte ihm Handschellen an und führte ihn durch den Gang bis zu einem kleinen Raum, in dem Max sich befand. Bigger wurde von den Stahlfesseln an seinen Handgelenken befreit und hineingestoßen. Die Tür fiel hinter ihm ins Schloss.

»Nimm Platz, Bigger. Na, wie gehts dir?«

Schweigend setzte er sich auf die Kante eines Stuhles.

Der Raum war klein. Eine elektrische Lampe hing von der Decke herab. Das einzige Fenster war vergittert. Ringsum herrschte tiefe Stille. Ihm gegenüber saß Max, und als ihre Blicke sich begegneten, senkte Bigger die Augen. Hilflos hielt er sein Leben in den Händen und wartete darauf, dass Max ihm sagte, was er damit tun solle. Er hasste sich deshalb. Tief in ihm stieg das Verlangen auf, nicht mehr zu sein, nicht mehr zu leben. Entweder war er zu schwach, oder die Welt war zu stark – er wusste es nicht. Immer wieder hatte er versucht, sich eine eigene Welt zu schaffen, in der er leben konnte, und immer wieder hatte er versagt. Nun wartete er abermals darauf, dass jemand ihn führte. Wie schon oft stand er auf der Schwelle zwischen eigenem Handeln und der Unterwerfung unter andere. Kamen da nicht neuer Hass und neue Angst auf ihn zu? Was konnte Max jetzt noch für ihn tun? Selbst wenn er sich ehrlich und mit ganzer Kraft bemühte, gab es nicht Tausende von weißen Händen, die ihm Steine in den Weg legen würden? Weshalb schickte er, Bigger, ihn nicht nach Hause? Seine Lippen bebten; er wollte Max sagen, er solle doch lieber wieder gehen, doch er schwieg. Denn sonst hätte er nur seine Hoffnungslosigkeit offenbart und sich nur noch beschämter gefühlt.

»Ich hab dir ein paar Kleidungsstücke mitgebracht«, sagte Max. »Wenn die Wärter sie dir morgen früh geben, zieh sie gleich an! Ich möchte, dass du anständig aussiehst, wenn du zur Hauptverhandlung erscheinst.«

Bigger blieb stumm; er sah Max an und blickte wieder weg.

»Was hast du denn, Bigger?«

»Nichts«, murmelte er.

»Hör zu, Bigger, ich möchte, dass du mir jetzt alles erzählst ...«

»Mr Max, es hat keinen Zweck, dass Sie was für mich tun!«, platzte es aus Bigger heraus.

Max sah ihn scharf an.

»Glaubst du das wirklich, Bigger?«

»Ich kann doch gar nichts anderes glauben.«

»Ich möchte offen mit dir sprechen, Bigger. Ich sehe keinen anderen Weg, als auf schuldig zu plädieren. Später können wir ein Begnadigungsgesuch einreichen − auf lebenslängliche Haft ...«

»Lieber sterb ich!«

»Unsinn! Du willst doch leben!«

»Wofür?«

»Willst du die Sache nicht durchfechten?«

»Was kann ich denn tun? Ich bin erledigt.«

»Nein, Bigger, so willst du doch sicher nicht sterben.«

»Es ist mir ganz gleich, wie ich sterbe«, erwiderte er mit erstickter Stimme.

»Hör zu, Bigger, du hast ein Meer von Hass gegen dich. Das hast du dein ganzes Leben lang gegen dich gehabt, und deshalb musst du kämpfen. Wenn sie dich vernichten können, dann werden sie auch andere vernichten.«

»Ja«, murmelte Bigger, stützte die Hände auf die Knie und starrte auf den schwarzen Fußboden. »Aber gewinnen kann ich doch nicht.«

»Vor allem, Bigger − hast du zu mir Vertrauen?«

Bigger wurde ärgerlich.

»Sie können mir nicht helfen, Mr Max«, sagte er und blickte ihm offen in die Augen.

»Aber hast du zu mir Vertrauen?«, fragte Max noch einmal.

Bigger sah weg. Max machte es ihm schwer, zu sagen, er solle gehen.

»Ich weiß es nicht, Mr Max.«

»Bigger ... ich bin ein Weißer«, begann Max. »Und jedes weiße Gesicht, das du in deinem Leben gesehen hast, hat dir seine Abneigung gezeigt, auch wenn es vielleicht selbst nichts davon ahnte. Jeder Weiße betrachtet es als seine Pflicht, die Schwarzen von sich fernzuhalten. Er weiß meistens nicht einmal einen Grund dafür. Aber ich möchte dir versichern, Bigger, dass du zu mir Vertrauen haben kannst.«

»Es hat keinen Zweck, Mr Max.«

»Soll ich denn deinen Fall nicht übernehmen?«

»Sie können mir nicht helfen. Ich bin erledigt.«

Bigger wusste, Max wollte ihm zu verstehen geben, dass er seine Sicht der Dinge anerkannte, und das machte ihn so verlegen wie Jans Händeschütteln an jenem Abend im Wagen. Er wurde sich wieder deutlich seiner Hautfarbe bewusst und der Scham und der Angst, die damit verbunden waren, und gleichzeitig hasste er sich selbst, weil er all das empfand. Er hatte Vertrauen zu Max, ja. Nahm Max nicht etwas auf sich, wofür ihn die Weißen hassen würden? Aber er bezweifelte, dass Max ihm die Dinge in einem Licht zeigen konnte, das ihm helfen würde, sein Schicksal anzunehmen. Er bezweifelte, dass selbst Gott noch dazu imstande war. Wenn ihm weiterhin so zumute war, würden sie ihn zum elektrischen Stuhl schleifen müssen, wie sie ihn in jener Nacht, als er von ihnen überwältigt worden war, die Treppe hinuntergeschleift hatten. Er wollte sich von seinen Gefühlen nicht bestechen lassen; er hatte Angst, wieder in eine Falle zu gehen. Wenn er Max sein Vertrauen aussprach und diesem Vertrauen gemäß handelte, würde ihn das nicht dorthin führen, wohin ihn bisher jede Vertrauensbekundung geführt hatte? Er wollte vertrauen, aber er fürchtete sich davor. Er fühlte, dass er Max auf halbem

Wege hätte entgegenkommen müssen, doch wie immer, wenn ein Weißer mit ihm sprach, fühlte er sich im Niemandsland gefangen. Er saß zusammengesunken auf seinem Stuhl, hielt den Kopf gesenkt und blickte Max nur an, wenn der einmal wegsah.

»Hier, Bigger, nimm eine Zigarette.« Max gab Bigger zuerst Feuer, dann zündete er sich seine Zigarette an. Eine Weile rauchten sie schweigend. »Bigger, ich bin dein Anwalt. Ich möchte ganz offen mit dir sprechen. Alles, was du mir sagst, ist natürlich streng vertraulich ...«

Max hatte sich entschlossen vorgebeugt. Bigger sah ihn an. Der weiße Mann tat ihm leid. Er schien zu fürchten, dass er, Bigger, überhaupt nicht reden werde. Und er wollte Max nicht kränken. Gut, er würde sprechen. Er würde es hinter sich bringen. Dann würde Max gehen.

»Ach, es ist mir ganz gleich, was ich sage oder tue ...«

»O nein, es ist dir nicht gleich!«, sagte Max schnell.

Einen Augenblick verspürte Bigger das Verlangen, zu lachen. Max wollte ihm unbedingt helfen, und dennoch musste er sterben.

»Nein, vielleicht ist es mir nicht gleich«, sagte er mit schleppender Stimme.

»Wenn es dir gleich ist, weshalb hast du dann heute im Haus der Daltons nicht gezeigt, wie du Mary ermordet hast?«

»Für die würde ich das niemals tun!«

»Warum nicht?«

»Sie hassen die Schwarzen.«

»Warum, Bigger?«

»Ich habe keine Ahnung, Mr Max.«

»Bigger, weißt du denn nicht, dass sie auch andere hassen?«

»Wen denn?«

»Sie hassen die Gewerkschaften. Sie hassen Leute, die sich zu organisieren versuchen. Sie hassen Jan.«

»Aber die Schwarzen hassen sie mehr als die Gewerkschaften«, entgegnete Bigger. »Die Gewerkschafter werden nicht so behandelt wie ich.«

»O doch! Das sieht nur so aus, weil deine Hautfarbe es ihnen leichter macht, dich zu erkennen, dich abzusondern, dich auszubeuten. Aber sie hassen auch die anderen. Sie hassen mich, weil ich dir helfen will. Sie schreiben mir Briefe und beschimpfen mich als ›dreckigen Juden‹.«

»Alles, was ich weiß, ist, dass sie mich hassen«, sagte Bigger grimmig.

»Bigger, der Staatsanwalt hat mir eine Kopie deines Geständnisses gegeben. Ich möchte eins wissen, Bigger – hast du ihm die Wahrheit gesagt?«

»Ja. Was hätte ich sonst tun sollen?«

»Nun sag mal, Bigger – weshalb hast du das Ganze getan?«

Bigger seufzte, zuckte mit den Schultern und sog sich die Lungen voll Rauch.

»Ich weiß nicht«, erwiderte er. Rauchwirbel quollen ihm langsam aus der Nase.

»Hattest du es geplant?«

»Nein.«

»Hat jemand dir dabei geholfen?«

»Nein.«

»Hattest du schon lange vorgehabt, so etwas zu tun?«

»Nein.«

»Wie ist es denn passiert?«

»Einfach so.«

»Tut es dir leid?«

»Was hätte das für einen Zweck? Das kann mir jetzt auch nicht mehr helfen.«

»Kannst du mir sagen, weshalb du es getan hast?«

Bigger starrte mit großen, glänzenden Augen vor sich hin. Das Gespräch mit Max hatte in ihm von Neuem den Drang zum Reden erweckt, den Drang, seine Gefühle zu erklären. Eine Welle der Erregung durchflutete ihn. Ihm war, als müsse er die Hände ausstrecken, um die Gründe seiner Tat einzufangen. Er vermeinte, sie zwischen den Fingern zu spüren. Ach, wenn das doch möglich wäre. Dann würde er endlich Ruhe haben, er würde warten, bis sie ihm befahlen, zum elektrischen Stuhl zu gehen – und er würde gehen können.

»Mr Max, ich weiß es nicht. Ich war ganz durcheinander. Ich habe so vieles auf einmal gespürt.«

»Hast du sie vergewaltigt, Bigger?«

»Nein, Mr Max. Ich hab sie nicht vergewaltigt. Aber das glaubt mir ja doch keiner.«

»Hattest du vorgehabt, sie zu vergewaltigen, ehe Mrs Dalton ins Zimmer kam?«

Bigger schüttelte den Kopf und rieb sich nervös die Augen. In gewissem Sinne hatte er ganz vergessen, dass Max im Zimmer war. Er versuchte, das Gewebe seiner Gefühle abzutasten und herauszufinden, was sie bedeuteten.

»Ach, ich weiß nicht. Mir war ein bisschen so zumute. Ja, ich glaube schon. Ich war betrunken, und sie war betrunken – und mir war ein bisschen so.«

»Aber hast du sie vergewaltigt?«

»Nein. Aber alle Leute werden sagen, dass ich es getan habe. Es hat ja keinen Zweck, das Gegenteil zu behaupten. Ich bin schwarz. Und sie sagen, Schwarze tun so etwas. Also ist es gleich, ob ich's getan habe oder nicht.«

»Wie lange kanntest du sie denn schon?«

»Ein paar Stunden.«

»Hat sie dir gefallen?«

»Gefallen?!«

Biggers Stimme dröhnte plötzlich so laut, dass Max erschrocken zusammenzuckte. Bigger sprang auf; seine Augen weiteten sich, und er hob zitternd die Hände.

»Nein! Nein! Bigger ...«, rief Max.

»Ob sie mir gefallen hat? Gehasst hab ich sie! Gehasst!«

»Setz dich, Bigger!«

»Ich hasse sie noch jetzt, obwohl sie tot ist! Weiß Gott, ich hasse sie ...«

Max packte ihn am Arm und schob ihn zurück auf den Stuhl.

»Reg dich doch nicht auf, Bigger. Komm!«

Bigger beruhigte sich, aber sein Blick irrte durch den Raum. Schließlich senkte er den Kopf und verschränkte seine Finger ineinander. Sein Mund war leicht geöffnet.

»Du hasst sie also.«

»Ja. Und es tut mir auch nicht leid, dass sie tot ist.«

»Aber was hatte sie dir denn getan? Du sagst doch, du hättest sie gerade erst kennengelernt.«

»Ich weiß nicht. Sie hat mir nichts getan.« Er unterbrach sich und fuhr sich mit der Hand über die Stirn. »Sie ... es war ... Ach, zum Teufel, ich weiß nicht. Sie hat mir einen Haufen Fragen gestellt. Sie hat einfach so dahergeredet und sich so benommen, dass ich sie hassen musste. Ich hab mich wie ein Hund gefühlt und bin so wütend gewesen, dass ich am liebsten geheult hätte ...« Seine Stimme ging in ein klagendes Winseln über. Er fuhr sich mit der Zunge über die Lippen. Ihm war, als sei er in einem Netz verschwommener Erinnerungen gefangen: Er sah seine kleine

Schwester Vera vor sich, wie sie auf der Stuhlkante saß und weinte, weil er sie »so anblickte«; er sah sie aufstehen und mit einem Schuh nach ihm werfen. Verwirrt schüttelte er den Kopf. »Ach, Mr Max, sie hat gewollt, ich solle ihr erzählen, wie wir Neger leben. Sie hat sich neben mich vorn in den Wagen gesetzt ...«

»Aber, Bigger, deshalb hasst man doch keinen Menschen! Sie wollte nett zu dir sein!«

»Nett! Verdammt noch mal! Sie war überhaupt nicht nett!«

»Warum denn nicht? Sie hat dich als Menschen behandelt.«

»Mr Max, wir reden aneinander vorbei. Was Sie nett nennen, ist überhaupt nicht nett. Ich habe von dieser Frau nichts gewusst. Ich habe nur gewusst, dass sie uns wegen solcher Frauen umbringen. Wir leben in verschiedenen Welten. Und dann kommt sie und benimmt sich so.«

»Bigger, du hättest versuchen müssen, das zu verstehen. Sie hat sich nur so benommen, wie sie es für richtig hielt.«

Bigger blickte sich in dem kleinen Raum um und suchte nach einer Antwort. Er wusste, dass seine Handlungen nicht logisch erschienen, und versuchte nicht mehr, sie logisch zu erklären. Er verließ sich auf seine Gefühle, wenn er Max antwortete.

»Ich hab mich auch nur so benommen, wie ich es für richtig hielt. Sie war reich. Ihr und ihren Leuten gehört die Welt. Sie sagen, wir Schwarzen seien Hunde. Wir müssen tun, was sie wollen ...«

»Aber Bigger, diese Frau wollte dir doch helfen!«

»So hat es aber nicht ausgesehen!«

»Was hätte sie denn tun sollen?«

»Ach, ich weiß nicht, Mr Max. Schwarze und Weiße

sind sich fremd. Wir wissen nicht, was der andere denkt. Vielleicht hat sie wirklich nett sein wollen, aber so hat es nicht auf mich gewirkt. Ich fand, sie hat so ausgesehen und sich so benommen wie alle Weißen …«

»Aber dafür kann sie doch nichts!«

»Sie hat dieselbe Hautfarbe wie die anderen.«

»Ich verstehe dich nicht, Bigger. Du sagst, du hättest sie gehasst, und doch hättest du gern mit ihr geschlafen, als du allein mit ihr im Zimmer warst …«

»Ja.« Bigger wiegte den Kopf und wischte sich mit dem Handrücken über den Mund. »Ja, komisch, nicht wahr?« Er zog an seiner Zigarette. »Ja, ich glaube, das war nur, weil ich wusste, dass ich's nicht durfte. Und weil die Weißen behaupten, dass wir immer so was tun. Mr Max, wissen Sie, was die Weißen von uns sagen? Sie sagen, wir vergewaltigen weiße Frauen, wenn wir den Tripper haben, um ihn loszuwerden. Das sagen manche Weiße von uns. Und sie glauben es auch. Mr Max, wenn Leute das von einem sagen, ist man schon erledigt, ehe man geboren ist. Und was hat dann alles noch für einen Zweck? Ja, ich glaube, so war mir damals zumute, als ich mit ihr im Zimmer war. Warum schieben uns die Weißen denn so was in die Schuhe? Doch nur, damit sie uns umbringen können! Sie ziehen zwischen sich und uns eine Linie, und wehe, wir überschreiten sie! Es ist ihnen gleich, ob wir auf unserer Seite Brot haben. Es ist ihnen gleich, ob wir sterben. Und dann behaupten sie solche Sachen von uns, und wenn wir versuchen, zu ihnen hinüberzugehen, bringen sie uns um. Sie meinen, sie müssen uns dann umbringen. Jeder will uns dann umbringen. Ja, ich glaube, mir war damals so zumute – und nur, weil die Weißen so etwas von einem behaupten. Vielleicht war das der Grund.«

»Du meinst, du wolltest ihnen trotzen? Du wolltest ihnen zeigen, dass du es wagtest, dich ihnen zu widersetzen, dass es dir gleich war?«

»Ich weiß nicht, Mr Max. Aber wozu soll ich mir noch Gedanken darüber machen? Früher oder später hätten sie mich doch wegen irgendwas gekriegt. Ich bin schwarz. Da brauch ich gar nicht erst was zu machen. Wenn der erste weiße Finger auf mich zeigt, bin ich geliefert.«

»Aber, Bigger, als Mrs Dalton ins Zimmer kam, weshalb hast du ihr nicht gesagt, was los war? Dann wäre doch die ganze Geschichte nicht passiert.«

»Mr Max, so wahr mir Gott helfe – ich konnt es einfach nicht. Als ich mich umdrehte und die Frau auf das Bett zukommen sah, hab ich nicht mehr gewusst, was ich tat ... «

»Du meinst, dein Verstand hat ausgesetzt?«

»Nein, nein ... So war es nicht. Aber ich musste es tun. Das meine ich. Es war so, als habe plötzlich ein anderer Mensch in meiner Haut gesteckt und für mich gehandelt!«

»Bigger, sag mir mal ... hat Mary mehr Anziehungskraft für dich gehabt als die Frauen deiner eigenen Rasse?«

»Nein. Die Weißen behaupten das immer. Es stimmt aber nicht. Ich habe sie damals gehasst, und ich hasse sie auch jetzt noch.«

»Aber warum hast du Bessie umgebracht?«

»Damit sie nicht redete. Mr Max, als ich erst einmal das weiße Mädchen umgebracht hatte, wars nicht schwer, auch noch jemand anderes umzubringen. Ich brauchte mir das mit Bessie gar nicht zu überlegen. Ich wusste, dass ich sie umbringen musste, und habs getan. Ich musste mich doch retten ... «

»Hast du Bessie gehasst?«

»Nein.«

»Hast du sie geliebt?«

»Nein. Ich hab einfach Angst gehabt. Ich war nicht verliebt in Bessie. Sie war nur mein Mädchen. Ich glaube, ich
war nie in jemanden verliebt. Ich habe Bessie umgebracht,
um mich zu retten. Man muss doch ein Mädchen haben,
und ich hatte eben Bessie. Und ich habe sie umgebracht.«

»Bigger, wann hast du denn Mary zum ersten Mal gehasst?«

»Ich hab sie gleich gehasst, noch ehe sie mit mir gesprochen hat. Sowie ich sie gesehen habe. Wahrscheinlich habe
ich sie sogar schon vorher gehasst ...«

»Aber warum denn?«

»Ich hab es Ihnen doch gesagt. Weil uns die Weißen
nichts tun lassen.«

»Was wolltest du denn tun, Bigger?«

Bigger seufzte und zog an seiner Zigarette.

»Ich weiß nicht. Nichts, wahrscheinlich. Oder das, was
die Weißen tun.«

»Und weil du das nicht durftest, hast du sie gehasst?«

Wieder fühlte Bigger, dass seine Handlungen nicht logisch erschienen, und wieder griff er zurück auf seine Gefühle, um Max' Fragen beantworten zu können.

»Mr Max, man kriegt es auch mal satt, sich immer sagen zu lassen, was man tun darf und was nicht. Man hat
mal hier und mal da 'ne kleine Arbeit. Man putzt Schuhe,
fegt Straßen, alles so was ... Aber man verdient nicht genug zum Leben. Und man weiß nie, wann sie einem diese
Arbeit wieder wegnehmen. Bald kommt man so weit, dass
man gar nichts mehr erwartet. Man macht nur immer, was
andere Leute sagen. Man ist kein richtiger Mensch mehr.
Man arbeitet nur, tagein, tagaus, damit die Welt weitergeht

und andere Leute leben können. Wissen Sie, Mr Max, ich denke immer, die Weißen …«

Er stockte. Max beugte sich zu ihm und berührte seinen Arm.

»Ja, Bigger … weiter!«

»Den Weißen gehört alles. Sie verdrängen uns von der Erde. Sie sind wie Gott …« Bigger schluckte, schloss die Augen und seufzte. »Wir dürfen nicht mal fühlen, was wir fühlen wollen. Sie haben uns so sehr in der Gewalt, dass wir nur noch fühlen, was sie uns antun. Sie bringen uns um, noch ehe wir sterben.«

»Nun, Bigger, ich frag dich noch einmal: Was wolltest du denn tun?«

»Nichts. Ich wollte nichts Besonderes.«

»Aber du hast doch gesagt, dass Mary und ihre Leute dich überhaupt nichts hätten tun lassen.«

»Warum sollte ich denn was Besonderes tun wollen? Ich hätte es ja doch nicht gedurft. Ich kann nichts. Ich bin schwarz, und die machen die Gesetze.«

»Was hättest du denn gern werden wollen?«

Eine ganze Weile schwieg Bigger. Dann lachte er lautlos, ohne die Lippen zu bewegen, und stieß den Atem geräuschvoll durch die Nase.

»Ich wollte mal Flieger werden. Aber sie ließen mich nicht auf die Schule, wo ich's hätte lernen können. Sie haben eine große Schule gebaut, und dann haben sie eine Linie gezogen und gesagt, dass nur die auf die Schule gehen dürfen, die diesseits der Linie wohnen. Und Schwarze wurden eben nicht zugelassen.«

»Und was noch?«

»Ja, und dann wollt ich mal zur Armee gehen.«

»Und weshalb bist du nicht gegangen?«

»Verdammt – weil's 'ne Armee für Weiße ist. Die Schwarzen brauchen sie nur zum Schaufeln der Gräben. Und bei der Marine kann ich nur Teller waschen und Fußböden scheuern.«

»Und hättest du gern noch etwas anderes tun wollen?«

»Ach, ich weiß nicht. Hat ja jetzt auch keinen Zweck mehr. Ich bin erledigt. Sie haben mich. Ich muss sterben.«

»Erzähl mir doch, was du noch gern getan hättest.«

»Ich hätte gern irgendwelche Geschäfte abgeschlossen. Aber was kann ein Schwarzer schon für Geschäfte abschließen? Wir haben kein Geld. Uns gehören keine Bergwerke, keine Eisenbahnen, nichts. Die Weißen wollen es nicht. Sie drängen uns alle auf einen kleinen Fleck zusammen ...«

»Und da wolltest du nicht bleiben?«

Bigger blickte auf; seine Lippen pressten sich zusammen. In seinen blutunterlaufenen Augen blitzte wilder Stolz.

»Ich bin auch nicht da geblieben!«

Max sah ihn an und seufzte.

»Schau, Bigger, du hast mir gesagt, was du alles nicht tun durftest. Aber du hast etwas getan. Du hast diese Verbrechen begangen. Du hast zwei Frauen ermordet. Was in aller Welt hast du denn geglaubt, damit gewinnen zu können?«

Bigger stand auf und steckte die Hände in die Taschen. Er lehnte sich gegen die Wand und blickte ins Leere. Wieder vergaß er, dass Max im Zimmer war.

»Ich weiß nicht. Vielleicht klingt das ganz verrückt. Vielleicht komm ich auf den elektrischen Stuhl, weil ich solche Gefühle habe. Aber es macht mir gar nichts aus, dass ich die beiden Frauen umgebracht habe. Für eine Weile war ich frei. Ich hatte etwas getan. Es war unrecht, aber nicht für mich. Vielleicht zieht Gott mich dafür zur Verantwortung. Wenn er's macht – gut, soll er. Es ist mir gleich.

Ich habe sie umgebracht, weil ich Angst hatte und wütend war. Aber mein ganzes Leben lang hab ich Angst gehabt und bin wütend gewesen, und als ich die erste Frau umgebracht hatte, hab ich eine Weile keine Angst mehr gehabt.«

»Wovor hast du denn Angst gehabt?«

»Vor allem«, flüsterte er und vergrub sein Gesicht in den Händen.

»Hast du jemals auf etwas gehofft, Bigger?«

»Worauf? Ich hätte es ja doch nicht gekriegt. Ich bin schwarz.«

»Hast du denn nicht glücklich sein wollen?«

»Doch, ich glaube schon.« Er richtete sich wieder auf.

»Und auf welche Weise wolltest du glücklich werden?«

»Ich weiß nicht. Ich wollte alles Mögliche tun. Aber nichts davon durfte ich. Ich wollte das Gleiche tun wie die Weißen in der Schule. Manche sind aufs College gegangen. Manche in die Armee. Aber ich durfte das alles nicht.«

»Und trotzdem wolltest du glücklich sein?«

»Ja, natürlich. Das will doch jeder.«

»Hast du geglaubt, dass du es jemals sein könntest?«

»Ich weiß nicht. Ich bin einfach abends ins Bett gegangen und morgens wieder aufgestanden. Ich habe von einem Tag zum anderen gelebt. Ich dachte, vielleicht würde ich mal glücklich werden.«

»Wie denn?«

»Ich weiß nicht«, sagte er mit einer Stimme, die fast einem Stöhnen glich.

»Wie hast du dir denn das Glücklichsein vorgestellt?«

»Ich weiß nicht. Es wäre eben alles anders gewesen.«

»Du musst aber doch ein bisschen gewusst haben, was du wolltest, Bigger.«

»Ja, Mr Max, wenn ich glücklich gewesen wäre, hätte ich einfach nicht mehr all das tun wollen, was ich nicht tun durfte.«

»Und weshalb wolltest du immer so etwas tun?«

»Ich weiß es nicht. Jeder will das doch. Und ich eben auch. Vielleicht wäre alles anders gewesen, wenn ich hätte tun können, was ich wollte. Dann hätt ich keine Angst gehabt. Ich hätte andere Leute nicht gehasst und mich ein bisschen heimisch gefühlt.«

»Bist du manchmal in den South Side Boys' Club gegangen – du weißt schon, wohin Mr Dalton die Pingpongtische geschickt hat?«

»Ja. Aber was zum Teufel ist schon Pingpong?«

»Hat euch der Klub davon abgehalten, irgendwelche Geschichten zu veranstalten?«

Bigger hob den Kopf.

»Abgehalten?«, wiederholte er. »Dort haben wir uns unsere Geschichten meistens ausgedacht.«

»Bist du manchmal in die Kirche gegangen, Bigger?«

»Ja, als ich klein war. Aber das ist lange her.«

»Ist deine Familie fromm gewesen?«

»Ja. Die sind dauernd in die Kirche gegangen.«

»Und weshalb bist du nicht mitgegangen?«

»Es hat mir nicht gefallen. Da ist nichts dran. Die singen und schreien und beten doch nur die ganze Zeit. Und das hat sie auch nicht weitergebracht. Alle Schwarzen gehen in die Kirche, aber sie erreichen überhaupt nichts damit. Die Weißen haben schon alles.«

»Hast du dich jemals glücklich gefühlt in der Kirche?«

»Nein. Ich wollt es auch gar nicht. Nur die Armen sind glücklich in der Kirche.«

»Aber du bist doch arm, Bigger.«

Wieder leuchtete wilder, bitterer Stolz in Biggers Augen auf.

»Nicht so arm«, erwiderte er.

»Bigger, du hast doch gesagt, wenn du an irgendeinem Ort wärst, wo die Menschen dich nicht hassten und du sie nicht zu hassen brauchtest, könntest du glücklich sein. In der Kirche hasst dich doch niemand. Weshalb fühltest du dich dort nicht geborgen?«

»Ich wollte in der Welt glücklich sein und nicht außerhalb der Welt. Solches Glück wollte ich nicht. Die Weißen habens gern, wenn wir fromm sind, weil sie dann alles mit uns machen können.«

»Vorhin hast du gesagt, dass Gott dich zur Verantwortung ziehen könnte, weil du zwei Frauen umgebracht hast. Heißt das, dass du an Gott glaubst?«

»Ich weiß nicht.«

»Fürchtest du dich nicht vor dem, was nach dem Tod mit dir geschieht?«

»Nein. Aber ich will nicht sterben.«

»Hast du nicht gewusst, dass du für den Mord an der weißen Frau mit dem Tod bestraft werden würdest?«

»Ja, das hab ich gewusst. Aber mir war, als ob sie mich umbringen würde. Und deshalb wars mir gleich.«

»Wenn dich die Religion jetzt noch glücklich machen könnte – würdest du das wollen?«

»Nein. Ich bin ja bald tot. Und wenn ich fromm wäre, würde ich jetzt schon tot sein.«

»Aber die Kirche verheißt doch ewiges Leben.«

»Das ist nur was für die Besiegten.«

»Du bist also der Meinung, du hättest nie im Leben eine Chance gehabt.«

»Ja. Aber ich will von niemandem bedauert werden.

Nein, wirklich nicht. Ich bin schwarz, und Schwarzen geben sie nie 'ne Chance. Deshalb hab ich 'ne Chance ergriffen und versagt. Jetzt ists mir gleich. Ich bin in ihrer Hand, und alles ist aus.«

»Glaubst du, Bigger, dass du irgendwie, irgendwo und irgendwann das nachholen kannst, was dir auf der Erde versagt worden ist?«

»Nein! Wenn sie mich auf den Stuhl binden und den Strom andrehen, ists aus – für immer.«

»Bigger, sag mal, liebst du deine Leute?«

»Ich weiß nicht, Mr Max. Wir sind alle schwarz, und die Weißen behandeln uns alle gleich.«

»Aber, Bigger, es gibt Leute unter euch, die etwas tun! Auch für dich. Das sind Neger, die euch führen wollen.«

»Ja, ich weiß. Ich hab von ihnen gehört. Die sind sicher in Ordnung.«

»Kennst du denn keinen von ihnen?«

»Nein.«

»Bigger, sind viele jugendliche Neger so wie du?«

»Ich glaube, ja. Alle, die ich kenne, haben nichts und bringen es zu nichts.«

»Warum bist du nicht zu einem dieser Anführer gegangen und hast ihnen gesagt, wie dir und deinen Kameraden zumute ist?«

»Ach, Mr Max – die hören doch nicht auf mich. Die sind reich. Trotzdem behandeln die Weißen sie fast so wie mich. Und wenn dann so einer kommt wie ich, sind sie beinahe wie die Weißen. Sie sagen, wir machtens ihnen schwer, mit den Weißen gut auszukommen.«

»Hast du einmal einen dieser Führer reden hören?«

»Ja, natürlich. Vor der Wahl.«

»Und was hast du davon gehalten?«

»Ach, ich weiß nicht. Sie sind alle gleich. Sie wollen in ein Amt gewählt werden. Sie wollen Geld wie jeder andere. Mr Max, das alles ist ein Spiel, und sie spielen es eben.«

»Und warum spielst du nicht mit?«

»Zum Teufel, was weiß ich denn? Ich habe nichts und bin nichts. Niemand hört auf mich. Ich bin einfach ein Schwarzer. Ich bin nur in die Volksschule gegangen. Und die Politik ist voll von großen Tieren, die vom College kommen.«

»Hast du kein Vertrauen zu ihnen gehabt?«

»Ich glaube, sie haben gar keinen Wert auf Vertrauen gelegt. Sie wollen nur in ein Amt gewählt werden. Und sie bezahlen einen, damit man für sie wählt.«

»Hast du jemals gewählt?«

»Ja, zweimal. Ich war noch nicht alt genug und habe mich älter gemacht, damit ich wählen und die fünf Dollar kriegen konnte.«

»Und du hast nichts dabei gefunden, als du deine Wahl-stimme verkauft hast?«

»Nein. Warum auch?«

»Du hast nicht geglaubt, dass du mit der Politik etwas erreichen könntest?«

»Ich habe am Wahltag meine fünf Dollar gekriegt. Das war alles.«

»Bigger, haben Weiße dir jemals etwas von Gewerk-schaften erzählt?«

»Nein, erst Jan und Mary. Aber Mary hätte mir nichts davon erzählen sollen … Ich musste sie ja einfach umbrin-gen. Und dann Jan. Wahrscheinlich habe ich ihm unrecht getan, als ich den Erpresserbrief mit ›Ein Roter‹ unter-schrieben habe.«

»Glaubst du, dass Jan dein Freund ist?«

470

»Na, er ist zumindest nicht gegen mich. Er hat heute nicht gegen mich ausgesagt, als sie ihn verhört haben. Ich glaube, er hasst mich nicht so wie die andern. Doch das mit Miss Dalton ist sicher schlimm für ihn gewesen.«

»Bigger, hast du je gedacht, dass es einmal so weit mit dir kommen würde?«

»Um die Wahrheit zu sagen, Mr Max – es erscheint mir irgendwie natürlich, dass ich jetzt auf den elektrischen Stuhl muss. Wenn ich mir's überlege, dann hat es eigentlich so kommen müssen.«

Sie schwiegen. Max stand auf und seufzte. Bigger versuchte herauszufinden, was Max dachte, doch dessen weißes Gesicht war ausdruckslos.

»Also, Bigger«, sagte Max, »morgen in der Verhandlung werden wir auf nicht schuldig plädieren. Aber wenn der Prozess kommt, werden wir die Schuld anerkennen und um Begnadigung bitten. Sie haben es sehr eilig mit dem Prozess; vielleicht beginnt er schon in zwei bis drei Tagen. Ich werde dem Richter erklären, wie du bist und weshalb du so bist. Ich will versuchen, das Urteil auf lebenslängliches Gefängnis herunterzuschrauben. Das ist alles, was unter diesen Umständen möglich ist. Ich brauch dir wohl nicht zu sagen, wie sie zu dir stehen, Bigger. Du bist ein Neger. Erwarte nicht zu viel. Draußen wogt ein Meer des Hasses gegen dich, und ich werde mich bemühen, es zurückzudrängen. Sie wollen dein Leben; sie wollen Rache. Sie hatten dich abgesondert, damit du nicht tun könntest, was du getan hast. Nun sind sie wütend, weil sie wissen, dass sie im Grunde an allem schuld sind. Und wenn jemand so etwas empfindet, kannst du ihm nicht mit Vernunft kommen. Und dann hängt auch viel von dem Richter ab, den wir haben. Auf die Jury können wir nicht bauen: Die zwölf Weißen haben dich bereits verurteilt. Nun, Bigger, ich werde tun, was ich kann.«

Sie schwiegen. Max gab ihm eine zweite Zigarette und zündete sich selbst eine an. Bigger betrachtete das weiße Haar des Anwalts, sein längliches Gesicht, die tiefgrauen, sanften, etwas traurigen Augen. Er spürte die Güte des Mannes, und er tat ihm leid.

»Mr Max, ich an Ihrer Stelle würde mir überhaupt keine Gedanken machen. Wenn alle Leute so wären wie Sie, dann säße ich wahrscheinlich jetzt nicht hier. Aber das können Sie nun nicht mehr ändern. Die Weißen werden Sie hassen, weil Sie mir helfen. Und mit mir ist es sowieso aus. Sie bringen mich um.«

»O ja, sie werden mich hassen«, erwiderte Max. »Aber damit werde ich schon fertig. Ich bin Jude, und ich weiß, warum sie mich hassen, aber ich kann kämpfen. Doch manchmal kann man nicht gewinnen, wie sehr man auch kämpft – vor allem nicht, wenn man keine Zeit hat. Und sie drängen uns jetzt. Aber mach dir mal keine Sorgen, dass sie mich hassen, weil ich dich verteidige. Die Angst vor dem Hass hält viele Weiße davon zurück, dir und deinen Leuten zu helfen. Ehe ich deinen Kampf ausfechten kann, muss ich erst einen mit ihnen ausfechten.« Max drückte seine Zigarette aus. »Ich muss jetzt gehen«, sagte er. Er drehte sich um und sah Bigger an. »Wie fühlst du dich denn, Bigger?«

»Ich weiß nicht. Ich sitze hier und warte, dass sie mir befehlen, zum elektrischen Stuhl zu gehen. Und ob ich dann in der Lage bin, selbst zu gehen, kann ich nicht sagen.«

Max wandte sich ab und öffnete die Tür. Ein Wärter kam und packte Biggers Handgelenk.

»Ich komme morgen wieder, Bigger«, rief Max.

Nachdem Bigger in seine Zelle zurückgebracht worden war, stand er unbeweglich da. Seine Schultern waren nicht mehr gebeugt und seine Muskeln nicht verkrampft. Er atmete leicht. Verwundert versuchte er zu ergründen, woher der Hauch des Friedens kam, den er in sich spürte. Es war, als lauschte er dem Schlag seines Herzens. Ringsum war es dunkel und still. Er konnte sich nicht erinnern, wann er sich jemals so entspannt gefühlt hatte wie jetzt. Er hatte nichts davon gemerkt, als Max bei ihm gewesen war; erst nachdem der Rechtsanwalt gegangen war, wurde ihm bewusst, dass er mit ihm gesprochen hatte wie noch mit niemandem in seinem Leben, nicht einmal mit sich selbst. Und dieses Sprechen hatte ihm eine schwere Last von den Schultern genommen. Dann packte ihn plötzlich heftige Wut. Max hatte ihn in eine Falle gelockt! Doch nein! Max hatte ihn nicht zum Reden gezwungen; er, Bigger, hatte von sich aus erzählt, von einer inneren Erregung getrieben und von dem Drang, sich endlich über seine Gefühle klarzuwerden. Max hatte nur dagesessen und zugehört, hatte nur Fragen gestellt. Biggers Wut verrauchte, doch an ihre Stelle trat die Angst. Falls seine Gefühle so verworren waren, wenn seine Zeit kam, dann würde man ihn wirklich zum elektrischen Stuhl schleifen müssen. Er musste zu einer Entscheidung kommen: Um aufrecht zu seiner Hinrichtung gehen zu können, musste er seine Gefühle zu einem festen Panzer schmieden, zu einem Panzer aus Hoffnung oder Hass. Zwischen diesen beiden Polen gab es nur ein Leben und einen Tod in einem Nebel von Furcht.

Er balancierte wieder einmal auf einem haardünnen Seil, aber es war niemand da, der ihn vorwärtsstieß oder zurück, niemand, der ihm sagte, dass er einen Wert hatte – niemand als er selbst. Er wischte sich mit den Händen über die

Augen, als hoffe er, damit seine Gefühle zu entwirren. Er fühlte, wie die Zeit verging und die Dunkelheit um ihn atmete und lebte. Und mitten in dieser Dunkelheit stand er. Er hätte gern noch einmal den stillen Frieden gespürt, der in ihm aufgestiegen war, nachdem er mit Max gesprochen hatte. Er setzte sich auf die Pritsche; er musste erst einmal alles genau überdenken.

Weshalb hatte Max ihm all diese Fragen gestellt? Natürlich, er benötigte Tatsachen, die er dem Richter vorlegen konnte. Aber Max hatte ein Verständnis für sein Leben gezeigt, für seine Gefühle, für seine Person, ein Verständnis, dem er nie zuvor begegnet war. Wie war das möglich? Hatte er, Bigger, etwas falsch gemacht? Würde er nun wieder verraten werden? Ihm schien, dass er überrumpelt worden sei. Aber dieses, dieses – Vertrauen? Er hatte kein Recht, stolz zu sein, und doch hatte er zu Max gesprochen wie ein Mensch, der etwas besaß. Er hatte Max gesagt, dass er die Religion nicht brauche und dass er nicht auf dem ihm zugewiesenen Platz geblieben sei. Er hatte kein Recht, so etwas zu fühlen, kein Recht, zu vergessen, dass er sterben musste, dass er schwarz war, ein Mörder; er hatte kein Recht, das zu vergessen, nicht einmal für eine Sekunde. Und doch hatte er es vergessen.

Er überlegte. Konnte es sein, dass alle Menschen auf der Welt ebenso empfanden wie er? Hatten jene, die ihn hassten, nicht vielleicht dasselbe in sich, was Max in ihm gesehen und ihn zu seinen Fragen veranlasst hatte? Und aus welchem Grund wollte Max ihm helfen? Weshalb stellte er sich dieser Flut von weißem Hass entgegen? Zum ersten Mal in seinem Leben hatte Bigger einen Gipfel erklommen, auf dem er stehen konnte und verschwommene Zusammenhänge erblickte, von denen er nichts geahnt hatte.

Wenn dieser weiße Berg von Hass nun gar kein Berg war, wenn er aus Menschen bestand, Menschen wie er selbst und Jan – dann sah er sich einer Hoffnung gegenüber, von der er sich nie hätte träumen lassen, und einer Verzweiflung, deren Abgründe er nicht würde ertragen können. Eine starke Erregung stieg in ihm auf, warnte ihn und drängte ihn, diesen neu entdeckten Weg nicht weiterzugehen, weil er ihn nur wieder in eine Sackgasse führen würde, in tieferen Hass und größere Scham.

Doch er hatte nur ein Leben, und dieses Leben war mehr als nur ein Traum; dieses Leben umschloss alles, was das Leben geben konnte. Er wusste, dass er nach seinem Tod nicht wieder aufwachen und darüber lächeln würde, wie dumm und albern doch alles gewesen sei. Das Leben, das er noch vor sich sah, war kurz. Eine nervöse Ungeduld befiel ihn, trieb ihn an. Er stand auf, trat wieder in die Mitte der Zelle und versuchte, sich selbst in Beziehung zu anderen Menschen zu sehen. Davor hatte er sich bisher stets gefürchtet, so tief war der Hass der anderen in ihn eingedrungen. Doch das neue Gefühl des eigenen Wertes, das er aus dem Gespräch mit Max gewonnen hatte, ein flüchtiges, unklares Gefühl, ließ ihn erkennen: Wenn Max imstande gewesen war, unter diesen grausamen Taten, den Taten der Angst, des Hasses und der Verzweiflung, den Menschen in ihm zu sehen – dann würde Max auch verstehen, was es bedeutete, wenn er, Bigger, *sie* hasste und sie *ihn*. Zum ersten Mal in seinem Leben fühlte er Boden unter den Füßen, und auf diesem Boden wollte er bleiben.

Er war müde und fieberte; doch er wollte sich nicht hinlegen, solange der Kampf noch in ihm tobte. Dunkle Impulse stiegen in ihm auf, und sein Verstand versuchte, sie ihm zu erklären. Woher kamen all dieser Hass und all diese Angst? Zitternd stand er da. Ein gewaltiges, verschwommenes Bild erhob sich vor seinen Augen. Er sah ein großes, düsteres Gefängnis voll kleiner, düsterer Zellen, in denen Menschen lebten; jede Zelle hatte einen Steinkrug mit Wasser und ein Stück Brot, und niemand konnte von einer Zelle zur anderen gehen, und Rufe und Flüche und Schreie des Leidens erklangen, und niemand konnte sie hören, weil die Wände so dick waren, und überall herrschte Dunkelheit. Weshalb gab es so viele Zellen auf der Welt? Aber war das auch wirklich so? Er wollte es glauben, doch er fürchtete sich davor. Konnte er es wagen, sich auf diese Weise selbst zu schmeicheln? Würde er nicht tot umfallen, wenn er sich mit anderen auf die gleiche Stufe stellte, und sei es auch nur in der Fantasie?

Er war zu schwach, um länger stehen zu können. So setzte er sich wieder auf die Pritsche. Wie konnte er erkennen, ob sein Gefühl echt war, ob andere ebenso fühlten wie er? Und wie sollte er das Leben begreifen, wenn er schon so bald sterben musste? Langsam hob er im Dunkeln die Hände und hielt sie mit gespreizten Fingern von sich. Wenn nun seine Hände elektrische Drähte wären, und sein Herz glich einer Batterie, die diesen Händen Strom und Leben gab, wenn er nur diese Hände durch die steinerne Mauer streckte und andere Hände berührte, die mit anderen Herzen verbunden waren – würde er dann eine Antwort erhalten, einen elektrischen Schlag vielleicht? Diese Herzen brauchten ihm ja gar keine Wärme zu spenden; nein, so viel verlangte er nicht. Aber er wollte wissen, ob es sie gab, ob sie Wärme hatten! Nur das und nichts weiter – das wäre schon genug, mehr als genug. Und diese Berührung, dieses Erkennen würde sie vereinen, würde sie verbinden zu einem gemeinschaftlichen Ganzen, von dem er sein ganzes Leben lang ausgeschlossen gewesen war.

Ein anderer Impuls stieg in ihm auf, aus Verzweiflung geboren, und sein Geist kleidete diesen Impuls in das Bild einer blendenden Sonne, die ihre heißen Strahlen herniedersandte, und er stand inmitten einer gewaltigen Masse von Menschen, weißen Menschen und schwarzen Menschen, und die Sonnenstrahlen zerschmolzen die vielen Unterschiede, die Farben, die Kleider und brachten alles, was gut und den Menschen gemein war, hervor ans Tageslicht …

Er streckte sich auf der Pritsche aus und stöhnte. War es nicht töricht von ihm, all das zu empfinden? Hatten nicht Angst und Schwäche angesichts des nahen Todes diese Sehnsucht in ihm erweckt? Konnte eine Empfindung, die so tief ging und so viel von ihm erfasste, falsch sein? Hatte er Mary und Bessie getötet und Leid und Sorgen über Mutter, Schwester und Bruder gebracht und sich selbst in den Schatten des elektrischen Stuhls gestellt – nur um all das herauszufinden? War er denn die ganze Zeit über blind gewesen? Das war jetzt nicht mehr festzustellen. Es war zu spät …

Er würde gern sterben, wenn er nur erfahren könnte, was all das bedeutete, was er war in Beziehung zu all den anderen, die da lebten, und zu der Erde, auf der er stand. Gab es einen Kampf, den jeder auszufechten und in dem er versagt hatte? Und waren die Weißen nicht schuld an seinem Versagen? Musste er sie nicht jetzt noch hassen? Vielleicht. Doch er wollte sie nicht mehr hassen. Er musste sterben. Es war viel wichtiger für ihn, sich darüber klarzuwerden, was dieses neue Hochgefühl, diese Erregung bedeuteten.

Er wollte leben – nicht um der Strafe zu entgehen, sondern um zu sehen, ob dieses neue Gefühl ihn nicht trog, um es tiefer noch zu empfinden; und wenn er sterben musste, wollte er mit diesem Gefühl sterben. Er wusste, er hätte alles verloren, wenn er in den Tod gehen musste, ohne es voll auszukosten, ohne seine Echtheit geprüft zu haben. Aber das war wohl nicht mehr möglich. Es war zu spät …

Er hob die Hände zum Gesicht und berührte seine bebenden Lippen. Nein … nein … Er lief zur Tür und umklammerte die Eisenstäbe mit seinen heißen Händen, umklammerte sie ganz fest, um sich aufrecht zu halten. Er lehnte den Kopf gegen die Stäbe, und salzige Tränen rollten ihm über die Wangen. Er sank auf die Knie und schluchzte: »Ich will nicht sterben … Ich will nicht sterben …«

Nachdem Bigger vor der Großen Jury erschienen und des Mordes angeklagt worden war und Max auf nicht schuldig plädiert hatte – das alles in weniger als einer Woche –, erwartete er nun den Prozess. Der Tag, den man dafür festgesetzt hätte, war grau und ohne Sonne, und Bigger lag auf seiner Pritsche und starrte mit abwesendem Blick auf die Gitterstäbe vor dem Fenster seiner Zelle.

In einer Stunde würde er vor Gericht stehen, wo sie über sein Leben entscheiden würden. Und kurz vor dem Beginn des Prozesses war das dunkle Verlangen, das zu besitzen, was Max in ihm aufgerührt hatte, noch immer lebendig. Ja, er musste es besitzen, denn wie konnte er sonst dem Gericht der Weißen gegenübertreten, wenn er nicht etwas hatte, was ihn stützte? Seit jenem Abend, an dem er allein in seiner Zelle gestanden und sich dem Zauber überlassen hatte, den das Gespräch mit Max auf ihn ausgeübt hatte, fühlte er sich mehr denn je von den heißen Flammen des Hasses umlodert.

Es gab Minuten, in denen er wünschte, jene neue Hoffnung nie gespürt zu haben. Dann hätte er sich am liebsten wieder hinter seinen Vorhang zurückgezogen. Doch das war nicht mehr möglich. Sie hatten ihn hervorgelockt und dann zugeschlagen, zweimal zugeschlagen: Sie hatten ihn wegen Mordes ins Gefängnis gesperrt und ihn noch aller Gefühlsreserven beraubt, die er brauchte, um gelassen in den Tod zu gehen.

Da er sich danach sehnte, den großen Augenblick noch einmal zu erleben, hatte er versucht, mit Max zu sprechen, doch Max war allzu sehr damit beschäftigt gewesen, das Plädoyer vorzubereiten, um ihm das Leben zu retten. Doch Bigger wollte sich selbst das Leben retten. Und dennoch wusste er: Wenn er versuchte, seine Gefühle in Worte zu fassen, würde seine Zunge ihm nicht gehorchen. Oft, wenn er allein war, fragte er sich wehmütig, ob es nicht irgendwelche Worte gäbe, die er mit anderen gemein hatte, Worte, die in ihnen Verständnis für das Feuer wecken würden, das in ihm glomm.

Er betrachtete die Welt und die Menschen ringsum von zwei Seiten: Einmal sah er das Bild des Todes. Er selbst saß allein auf dem elektrischen Stuhl und wartete darauf, dass der Strom durch seinen Körper gejagt wurde. Dann stieg vor ihm das Bild des Lebens auf. Er stand inmitten einer dichten Menschenmenge, verloren im Wirrwarr ihrer vielfältigen Schicksale, mit der Hoffnung, sich wiederzufinden als ein anderer, ein furchtloser Mensch. Doch bis jetzt war ihm nur der Tod gewiss, nur der unverminderte Hass der Weißen; und die dunkle Zelle, die langen, einsamen Stunden, die kalten Gitterstäbe blieben.

Hatte sein Verlangen, an dieses neue Bild von der Welt zu glauben, ihn zum Narren gemacht? Türmte es nicht nur wieder neues Grauen vor ihm auf? Hatte ihm der Hass nicht eine bessere Verteidigung geboten als diese qualvolle Unsicherheit? Betrog ihn da nicht eine unmögliche Hoffnung? An wie vielen Fronten konnte ein Mensch zugleich kämpfen? Konnte er zur selben Zeit in sich und außerhalb seiner selbst einen Kampf ausfechten? Doch er selbst würde den Kampf um sein Leben wohl erst beginnen können, wenn er den, der in ihm tobte, gewonnen hatte.

Seine Mutter, Vera und Buddy hatten ihn noch einmal besucht, und er hatte ihnen vorgelogen, dass er bete und mit der Welt und den Menschen Frieden geschlossen habe. Aber diese Lüge hatte ihn beschämt und seinen Hass gegen sie von Neuem angefacht; sie hatte ihn geschmerzt, weil er sich in Wahrheit nach jener Gewissheit sehnte, von der seine Mutter sprach und wegen der sie betete, doch die Bedingungen, zu denen er sie erlangen konnte, waren für ihn nicht annehmbar. Und nachdem seine Familie gegangen war, bat er Max, sie nicht wieder kommen zu lassen.

Wenige Minuten vor Beginn des Prozesses trat ein Wärter in die Zelle und reichte ihm eine Zeitung.

»Dein Anwalt schickt sie dir«, sagte er und ging wieder hinaus.

Er schlug sie auf, und sein Blick fiel auf eine Schlagzeile: TRUPPEN SCHIRMEN NEGERPROZESS AB. Truppen? Er beugte sich über die Zeitung und las: SCHÜTZEN VERGEWALTIGER VOR GEWALTHANDLUNGEN DES MOBS!

In der Befürchtung, dass die erregten Massen Gewalthandlungen begehen könnten, setzt Gouverneur H. M. O'Dorsey zwei Regimenter der Nationalgarde von Illinois ein, damit während des

Prozesses gegen den Mörder und Sexualverbrecher Bigger Thomas die öffentliche Ordnung aufrechterhalten bleibt.

Er überflog die Meldungen: »Volkszorn ständig im Wachsen«, »Öffentlichkeit fordert Todesstrafe«, »Aufstände im Negerviertel befürchtet« und »ganze Stadt in gespannter Erwartung«.

Bigger seufzte und starrte vor sich hin. Seine Lippen waren geöffnet, und er schüttelte langsam den Kopf. War es nicht unsinnig, überhaupt nur zuzuhören, wenn Max davon sprach, dass er ihm das Leben retten wolle? Vergrößerte es nicht nur die Angst vor seinem Tod, wenn er sich auch nur an die geringste Hoffnung klammerte? War nicht die Stimme des Hasses schon erklungen, noch ehe er geboren war, und würde sie nicht nach seinem Tod noch immer erklingen?

Er blickte wieder in die Zeitung. »Schwarzer Mörder weiß, dass ihm der elektrische Stuhl droht«, »verbringt die Zeit damit, Zeitungsberichte über sein Verbrechen zu lesen und die üppigen Mahlzeiten zu essen, die seine kommunistischen Freunde ihm schicken«, »ist anderen gegenüber unzugänglich und verschlossen«, »Bürgermeister lobt die Polizei wegen ihrer Tapferkeit«, »eine ungeheure Menge von Beweismaterial gegen den Mörder gesammelt«.

Aufmerksam las er weiter:

Im Hinblick auf den Geisteszustand des Negers erklärt Dr. Calvin H. Robinson, ein Psychiater des Polizeidepartments: »Es besteht kein Zweifel, dass Thomas klüger und gerissener ist, als wir annehmen. Sein Versuch, die Kommunisten für das Verbrechen verantwortlich zu machen, der Erpresserbrief und sein hartnäckiges Leugnen, das weiße Mädchen vergewaltigt zu haben, deuten darauf hin, dass er möglicherweise noch viele andere Verbrechen begangen hat.«

Psychologen der Universität Chicago weisen darauf hin, dass weiße Frauen eine ungewöhnliche Anziehungskraft für Neger besitzen. »Sie glauben«, so sagte einer der Professoren mit der Bitte, seinen Namen nicht zu erwähnen, »dass weiße Frauen anziehender sind als die Frauen ihrer eigenen Rasse.«

Wie verlautet, wird der kommunistische Anwalt des Negers, Boris A. Max, auf nicht schuldig plädieren und versuchen, den Angeklagten durch einen verschleppten Prozess freizubekommen.

Bigger ließ die Zeitung fallen, streckte sich auf der Pritsche aus und schloss die Augen. Es war doch immer wieder dasselbe. Weshalb sollte er überhaupt noch weiterlesen?

»Bigger!«

Max stand vor der Zellentür. Der Wärter schloss sie auf, und Max trat ein.

»Na, Bigger, wie gehts dir?«

»Ganz gut«, murmelte er.

»Wir müssen jetzt zum Gericht.«

Bigger erhob sich und blickte sich abwesend in der Zelle um.

»Bist du bereit?«

»Ja.« Bigger seufzte. »Ich glaube schon.«

»Hör zu, mein Sohn. Sei nicht nervös – und nimms nicht so schwer.«

»Sitz ich bei Ihnen?«

»Ja, ja. Am selben Tisch. Ich bin die ganze Zeit über da. Du brauchst also keine Angst zu haben.«

Ein Wärter führte ihn hinaus. Der Gang war von Polizisten gesäumt. Alles war still. Zwei Polizisten traten zu ihm, und seine Handgelenke wurden an die ihren gekettet. Schwarze und weiße Gesichter blickten hinter den Gitterstäben hervor. Steif schritt Bigger zwischen den beiden Männern dahin; vor ihm gingen sechs weitere Polizisten, andere folgten ihm. Sie führten ihn zu einem Fahrstuhl, der ihn zu einer unterirdischen Passage brachte. Sie gingen durch einen langen, schmalen Tunnel, und ihre Schritte hallten laut durch die Stille. Dann blieben sie wieder vor einem Fahrstuhl stehen, fuhren hinauf und traten in einen Flur. Sie schritten durch ein Spalier von aufgeregten Menschen und von Polizei. Als sie an einem Fenster vorbeikamen, blickte Bigger rasch hinaus. Hinter den dichten Reihen der in Kaki gekleideten Soldaten sah er eine riesige Menschenmenge. Ja, das waren die Truppen und der aufgebrachte Mob, von denen die Zeitungen geschrieben hatten.

Er wurde in ein Zimmer gebracht. Max führte ihn zu einem Tisch. Bigger wurden die Handschellen abgenommen, und er setzte sich hin. Hinter ihm stellten sich Polizisten auf. Sanft legte Max die rechte Hand auf Biggers Knie.

»Wir haben noch ein paar Minuten Zeit«, sagte Max.

»Ja«, murmelte Bigger, seine Augen waren halb geschlossen, und den Kopf hatte er leicht zur Seite geneigt. Er blickte an Max vorbei auf einen fernen Punkt im Raum.

»Komm«, redete Max ihm zu. »Richte dir mal deine Krawatte.«

Gleichgültig zog Bigger den Knoten zurecht.

»Hör zu, vielleicht musst du einmal kurz etwas sagen.«

»Sie meinen, hier vor Gericht …?«

»Ja, aber ich werde …«

Biggers Augen weiteten sich vor Furcht.

»Nein!«

»Nun hör mal zu, mein Sohn …«

»Ich will aber nichts sagen.«

»Bigger, ich versuche, dir das Leben zu retten …«

Biggers Nerven versagten, und hysterisch schrie er:

»Aber sie werden mich umbringen! Sie wissen doch, dass sie mich umbringen werden!«

»Bigger! Nun hör doch mal zu …«

»Können Sie's nicht so einrichten, dass ich nichts zu sagen brauche?«

»Es sind ja nur ein paar Worte. Wenn der Richter dich fragt, ob du dich schuldig bekennst, dann sagst du: Ja, ich bekenne mich schuldig!«

»Muss ich dazu aufstehen?«

»Ja.«

»Ich will aber nicht.«

»Bigger, es geht um dein Leben! So hilf mir doch wenigstens ein bisschen …«

»Ach, es ist ja alles gleich. Sie werden mich doch nicht retten können.«

»So darfst du nicht denken …«

»Ich kanns nicht ändern.«

»Und noch etwas, Bigger. Der Gerichtssaal wird voll sein, verstehst du? Du gehst ruhig auf deinen Platz. Du sitzt direkt neben mir. Und zeig dem Richter, dass du aufmerksam der Verhandlung folgst.«

»Hoffentlich ist meine Mutter nicht da.«

»Ich habe sie gebeten zu kommen. Der Richter soll sie sehen.«

»Es wird furchtbar für sie sein.«

»Es ist doch alles nur zu deinem Besten, Bigger.«

»Ich glaube, ich bins nicht wert.«

»Bigger, hier geht es doch nicht nur um dich. In gewissem Sinn stehen heute alle Neger Amerikas vor Gericht.«

»Sie werden mich ja doch zum Tode verurteilen.«

»Nicht, wenn wir kämpfen. Nicht, wenn ich ihnen erkläre, wie du hast leben müssen.«

Ein Polizist trat an Max heran, tippte ihm auf die Schulter und sagte: »Das Gericht wartet.«

»Gut«, erwiderte Max. »Komm, Bigger. Und Kopf hoch!«

Sie standen auf. Von Polizisten umringt, gingen Bigger und Max über einen Flur und traten durch eine Tür in einen großen, vollbesetzten Saal. Auf der einen Seite des Saales, hinter einer Barriere, sah Bigger eine kleine Gruppe von Schwarzen. Lautes Stimmengewirr schlug ihm entgegen. Zwei Polizisten drängten die Menschen zurück, um Max und Bigger zu ihren Plätzen zu lassen. Bigger schritt langsam voran. Er spürte, dass Max ihn am Ärmel zupfte.

»Setz dich«, flüsterte er.

Bigger gehorchte. Da traf der grelle Schein der Blitzlichtlampen seine Augen. Sein ganzer Körper war aufs Äußerste gespannt, und seine Lippen bebten. Er wusste nicht, was er mit seinen Händen anfangen sollte. Am liebsten hätte er sie in die Jackentaschen gesteckt, doch das hätte zu viel Anstrengung gekostet und nur die Aufmerksamkeit der anderen auf sich gelenkt. So legte er sie auf die Knie, die Handflächen nach oben. Er wartete lange, qualvolle Minuten. Der Lärm im Saal war noch nicht abgeebbt. Blassgelbe Sonnenstrahlen fielen durch die hohen Fenster und durchschnitten die Luft.

Er blickte sich um. Ja, dort waren Mutter, Buddy und Vera. Sie sahen ihn an. Viele seiner alten Schulkameraden waren gekommen. Auch zwei seiner Lehrer. Und G. H., Jack, Gus und Doc. Bigger senkte die Augen. Vor denen hatte er früher einmal aufgeschnitten und den starken Mann gespielt. Nun saß er hier, ihren Blicken ausgesetzt. Sicherlich verurteilten sie ihn. Das alte, heiße, erstickende Gefühl legte sich ihm wieder auf den Magen und schnürte ihm die Kehle ab. Weshalb erschoss man ihn denn nicht? Dann wäre alles vorüber. Sie würden ihn ja doch umbringen – weshalb musste er das alles erst erdulden? Da ließen ihn eine tiefe Stimme und ein lautes Klopfen hochfahren.

»Ich bitte Sie, sich von den Plätzen zu erheben ...«

Alle standen auf. Bigger spürte Max' Hand auf seinem Arm und erhob sich gleichfalls. Ein Mann mit totenbleichem Gesicht, der eine lange, schwarze Robe anhatte, trat durch eine Hintertür in den Saal und nahm hinter einer hohen, kanzelartigen Brüstung Platz. Das ist der Richter, dachte Bigger, und setzte sich wieder, als die anderen sich setzten.

»Hört, hört!«

Die tiefe Stimme ertönte wieder, und Bigger fing einzelne Satzfetzen auf: »Das Hohe Gericht des Cook County Criminal Court ... beginnt die heutige Sitzung ... unter Vorsitz des Oberrichters Alvin C. Hanley ...«

Bigger sah, dass der Richter erst zu Buckley hinüberblickte und dann zu ihm und Max. Buckley stand auf und trat vor die Brüstung; Max erhob sich ebenfalls und stellte sich neben ihn. Sie sagten halblaut etwas zu dem Richter und gingen dann wieder zu ihren Plätzen zurück. Ein Mann, der unterhalb des Richters saß, stand auf und begann, mit so belegter und eintöniger Stimme etwas vorzulesen, dass Bigger nur einige Worte verstehen konnte.

»... Anklage Nummer 666-983 ... das Volk des Staates Illinois gegen Bigger Thomas ... Die gewählten und von diesem Gericht vereidigten Geschworenen erklären Bigger Thomas für schuldig, den Körper einer Mary Dalton geschändet und ihm sexuelle Verletzungen zugefügt zu haben ... Erdrosselung durch Hand ... Beseitigung des Körpers durch Verbrennung desselben in einem Ofen ...

Trennung des Kopfes vom Körper mit Messer und Beil … besagter Akt stellt eine Verletzung des Gesetzes dar sowie der Sicherheit und der Würde des Volkes des Staates Illinois … «

Der Mann sprach Biggers Namen wieder und immer wieder aus, und Bigger fühlte sich in einer gewaltigen, aber präzise arbeitenden Maschinerie gefangen, deren Räder sich drehten und drehten, ganz gleich, womit man ihnen Einhalt zu gebieten suchte. Immer wieder sagte der Mann, er, Bigger, habe Mary und Bessie ermordet, er habe Mary geköpft und Bessie mit einem Ziegelstein erschlagen; er habe beide Frauen vergewaltigt; er habe Mary in einen Ofen gesteckt und Bessie in einen Luftschacht geworfen und sie erfrieren lassen, und als Marys Leiche noch brannte, habe er im Haus der Daltons den Erpresserbrief geschrieben. Als der Mann geendet hatte, ging ein Laut des Erstaunens durch die Menge, und Bigger sah, dass die Gesichter sich ihm zuwandten. Der Richter klopfte auf den Tisch und fragte: »Ist der Angeklagte bereit, seine Schuld anzuerkennen?«

Max stand auf.

»Jawohl, Herr Richter. Der Angeklagte Bigger Thomas bekennt sich schuldig!«

Tumult erhob sich im Saal. Bigger blickte sich um. Einige Männer drängten zur Tür. Das waren wohl die Zeitungsleute. Der Richter klopfte wieder auf den Tisch. Max wollte weitersprechen, aber der Richter unterbrach ihn.

»Einen Augenblick, Mr Max. Wir müssen erst Ordnung schaffen!«

Im Saal wurde es still.

»Herr Richter«, begann Max, »nach langer, reiflicher Überlegung habe ich mich entschlossen, die dem Gericht abgegebene Erklärung der Schuldlosigkeit zurückzuziehen und auf schuldig zu plädieren.

Die Gesetze unseres Staates gestatten es, Beweismaterial zur Milderung des Strafmaßes vorzulegen, und ich bitte, dass mir zu einer Zeit, die das Gericht für geeignet erachtet, die Gelegenheit gegeben wird, derartiges Beweismaterial über die geistige und seelische Verfassung dieses jungen Mannes vorzubringen, um zu zeigen, inwieweit man ihn für diese Verbrechen verantwortlich machen kann. Gleichzeitig möchte ich auch auf das jugendliche Alter des Angeklagten hinweisen. Ferner möchte ich das Gericht bitten, die Anerkennung der Schuld als strafmildernd zu betrachten ...«

»Herr Richter!«, rief Buckley.

»Gestatten Sie mir, dass ich zu Ende spreche!«, unterbrach ihn Max.

Buckley trat vor. Sein Gesicht war rot.

»Sie können nicht zur selben Zeit auf schuldig und auf unzurechnungsfähig plädieren«, protestierte Buckley. »Wenn, wie Sie behaupten, Bigger Thomas nicht zurechnungsfähig ist, wird der Staat auf einer Untersuchung durch die Jury bestehen ...«

»Herr Richter«, sagte Max, »ich behaupte nicht, dass der junge Mann dem Gesetz nach unzurechnungsfähig ist. Ich will nur seine geistige und seelische Verfassung und den Grad der Verantwortlichkeit für sein Verbrechen zu zeigen versuchen.«

»Das ist eine Verteidigung aufgrund von Unzurechnungsfähigkeit!«

»Nein, durchaus nicht«, widersprach Max.

»Ein Mensch ist entweder unzurechnungsfähig, oder er ist es nicht!«, schrie Buckley.

»Es gibt verschiedene Grade der Unzurechnungsfähigkeit«, begann Max wieder. »Nach den Gesetzen dieses Staates kann man Beweismaterial erbringen, um den Grad der Verantwortlichkeit eines Angeklagten festzustellen. Das Gesetz gestattet ferner die Vorlegung von Beweismaterial, das zur Milderung des Strafmaßes geeignet ist.«

»Der Staat wird Zeugen und Beweise liefern, die die Zurechnungsfähigkeit des Angeklagten bestätigen«, sagte Buckley.

Es folgte ein langer Wortwechsel, den Bigger nicht verstand. Der Richter rief sowohl den Staatsanwalt als auch den Verteidiger nach vorn, und sie redeten über eine Stunde miteinander. Schließlich gingen sie zurück zu ihren Plätzen, und der Richter sah Bigger an und sagte: »Bigger Thomas, erheben Sie sich!«

Es lief ihm heiß durch den Körper. So wie ihm zumute gewesen war, als er vor dem Bett gestanden hatte und der weiße Schleier auf ihn zugeschwebt war; so wie ihm zumute gewesen war, als er zwischen Mary und Jan im Auto gesessen hatte; so wie ihm zumute gewesen war, als er Gus in Docs Kneipe hatte kommen sehen – so war ihm auch jetzt zumute: Er fühlte sich von einer ungeheuren Angst umklammert. Nein, er wollte nicht aufstehen. Am liebsten wäre er aufgesprungen, hätte eine schwere Waffe geschwungen und diesem ungleichen Kampf ein Ende gemacht. Max ergriff seinen Arm.

»Steh auf, Bigger.«

Er erhob sich und hielt sich an der Tischkante fest, denn seine Knie zitterten so sehr, dass er fürchtete, die Beine würden ihm wegknicken. Der Richter sah ihn lange Zeit schweigend an. Hinter sich hörte Bigger das Gemurmel der Menge. Der Richter klopfte auf den Tisch.

»Wie lange haben Sie die Schule besucht?«, fragte er.

»Bis zur achten Klasse«, erwiderte Bigger leise, erstaunt über diese Frage.

»Wenn Sie sich schuldig bekennen«, sagte der Richter und machte eine kurze Pause, »so kann das Gericht Sie zum Tode verurteilen.« Der Richter hielt abermals inne. »Oder zu lebenslänglichem Zuchthaus.« Wieder schwieg der Richter. »Oder zu einer Zuchthausstrafe von nicht weniger als vierzehn Jahren. Nun – haben Sie verstanden, was ich gesagt habe?«

Bigger sah Max an, und Max nickte ihm zu.

»Antworten Sie«, sagte der Richter. »Haben Sie verstanden, was ich gesagt habe?«

»J-J-Ja, Sir. Ich habe es verstanden«, flüsterte er.

»Und nun, da Sie sich über die Folgen Ihres Eingeständnisses im Klaren sind, bekennen Sie sich trotzdem schuldig?«

»Ja, Sir«, flüsterte er noch einmal. Er hatte das Gefühl, dass alles doch nur ein böser Traum sei, aus dem er bald erwachen werde.

»Das ist alles. Sie können sich setzen«, sagte der Richter.

Bigger nahm wieder Platz.

»Ist der Staat bereit, Zeugen und Beweismaterial beizubringen?«

»Jawohl, Euer Ehren.« Buckley erhob sich und wandte sich halb dem Richter, halb dem Publikum zu.

»Hohes Gericht, die Erklärung, die ich im Augenblick abzugeben habe, ist sehr kurz. Ich erachte es nicht als notwendig, dem Gericht die furchtbaren Einzelheiten dieses heimtückischen Verbrechens noch einmal zu schildern. Die Reihe der Zeugen, das von dem Angeklagten abgegebene und unterschriebene Geständnis und das Beweismaterial werden die Natur dieser gemeinen Beleidigung Gottes und der Menschen beredter offenbaren, als ich es je könnte. In mehr als einer Hinsicht bin ich dafür dankbar, denn einige Tatsachen dieses ungeheuerlichen Verbrechens sind so unglaublich, so bestialisch und unserer ganzen Lebensauffassung so fremd, dass ich nicht in der Lage wäre, sie dem Gericht darzustellen.

Noch nie in meiner langjährigen Tätigkeit als Vertreter des Volkes habe ich meine Pflicht so deutlich vor mir gesehen. Dieser Fall bietet keinen Raum für irgendwelche spekulative Auslegungen des Gesetzes.« Buckley hielt inne, überblickte den Saal, trat dann an den Tisch und hob das Messer hoch, mit dem Bigger versucht hatte, Marys Kopf abzutrennen. »Er liegt so klar vor uns wie dieses Mordmesser, mit dem ein unschuldiges Mädchen zerstückelt wurde!«, rief Buckley. Er unterbrach sich wieder und nahm den Ziegelstein vom Tisch, mit dem Bigger Bessie erschlagen hatte. »Hohes Gericht, dieser Fall ist in so festen Händen wie dieser Stein, der einem armen Mädchen den Kopf zertrümmert hat!« Wieder blickte er auf die Menge im Saal. »Es geschieht nicht oft«, fuhr Buckley fort, »dass ein Vertreter des Volkes die Massen der Bürger, die ihn ins Amt gewählt haben, so einmütig hinter sich hat ...« Im Saal herrschte Grabesstille. Buckley trat ans Fenster und schob es mit einer Handbewegung hoch. Das Geschrei des Mobs vor dem Gerichtsgebäude drang herein. Das Publikum lärmte.

»Bringt ihn um!«

»Hängt ihn auf!«

Der Richter hämmerte auf den Tisch.

»Wenn nicht sofort Ruhe eintritt, lasse ich den Saal räumen!«

Max sprang auf.

»Ich protestiere! Das Vorgehen des Staatsanwalts ist unzulässig. Ja, es ist ein Versuch, das Gericht einzuschüchtern!«

»Dem Einspruch wird stattgegeben«, sagte der Richter. »Verhalten Sie sich bitte so, wie es der Würde Ihres Amtes und dieses Gerichts entspricht, Herr Staatsanwalt.«

»Ich bitte um Verzeihung, Euer Ehren.« Buckley trat zur Brüstung und wischte sich das Gesicht mit dem Taschentuch ab. »Ich habe unter zu großer Erregung gesprochen. Ich wollte lediglich das Gericht auf die Dringlichkeit der Situation hinweisen.«

»Das Gericht wartet auf Ihr Plädoyer, Herr Staatsanwalt«, mahnte der Richter.

»Ja, gewiss, Euer Ehren …«, erwiderte Buckley. »Nun, was steht hier zur Verhandlung? Die Anklage hat das Verbrechen dargelegt, das der Angeklagte eingestanden hat. Der Verteidiger behauptet – und versucht, diese Ansicht dem Gericht aufzudrängen –, dass allein die Anerkennung der Schuld eine Strafmilderung nach sich ziehen müsse.

Im Namen der trauernden Familien der beiden Ermordeten, Mary Dalton und Bessie Mears, im Namen des Volkes von Illinois, das durch Tausende unter diesem Fenster vertreten ist und darauf wartet, dass dem Gesetz Genüge getan werde, erkläre ich, dass keine solchen Sophistereien und Tricks dieses Gericht beeinflussen und das Recht verdrehen dürfen!

Ein Mann begeht zwei der grausamsten Morde in der Geschichte der amerikanischen Zivilisation. Er versucht, sich der Gesetzlichkeit zu entziehen; er schreckt nicht davor zurück, Hüter der öffentlichen Ordnung niederzuschießen, und nun soll seine Strafe gemildert werden, bloß weil er sich schuldig bekannt hat?

Euer Ehren, das wäre eine Beleidigung des Gerichtes und aller mit Verstand ausgestatteten Menschen dieses Staates! Wenn solche Verbrechen sich mit solch einer Begründung beschönigen lassen, wenn aufgrund einer solchen Verteidigung das Leben dieses Volksfeindes geschont wird, werde ich von meinem Amt zurücktreten und den Leuten draußen auf der Straße sagen, dass ich von nun an ihr Leben und ihr Eigentum nicht mehr schützen kann! Ich werde ihnen sagen, dass unsere Gerichte, durchdrungen von widerwärtiger Sentimentalität, nicht mehr die geeigneten Instrumente seien, die den öffentlichen Frieden sichern. Ich werde ihnen sagen, dass wir die Zivilisation preisgegeben haben!

Darüber hinaus deutete der Verteidiger an, er werde versuchen, das Gericht davon zu überzeugen, dass der Angeklagte aufgrund seiner geistigen und seelischen Verfassung nicht die volle Verantwortung für diese feigen Vergewaltigungen und Morde trage! Er verlangte von dem Gericht, sich in das legendäre Niemandsland menschlicher Gedanken und Gefühle hineinzuversetzen. Er erzählt uns, dass dieser Mann Verstand genug habe, ein Verbrechen zu begehen, aber nicht so viel Verstand, dafür verurteilt zu werden! Noch nie in meinem Leben bin ich solch einem Zynismus, solch einem kaltblütigen, wohlberechneten Versuch begegnet, das Gesetz zu täuschen, es zu umgehen! Ich erkläre hiermit: Das darf nicht geschehen!

Der Staat wird darauf bestehen, dass der Angeklagte vor der Jury erscheint, wenn die Verteidigung weiterhin auf Unzurechnungsfähigkeit plädiert. Ansonsten beantragt der Staat für diese schauerlichen Verbrechen die Todesstrafe.

Sobald das Gericht es wünscht, werde ich durch Zeugen

beweisen, dass der Angeklagte zurechnungsfähig und für seine blutigen Verbrechen voll verantwortlich ist ...«

»Hohes Gericht!«, rief Max.

»Sie haben später Gelegenheit, für Ihren Klienten zu plädieren!«, schrie Buckley. »Lassen Sie mich ausreden!«

»Haben Sie etwas einzuwenden?«, fragte der Richter Max.

»Jawohl!«, sagte Max. »Ich unterbreche den Herrn Staatsanwalt nur ungern. Doch ich möchte mich gegen seine Behauptung verwahren, ich hätte gesagt, dieser Junge sei geisteskrank. Das stimmt nicht! Herr Richter, lassen Sie mich noch einmal ausdrücklich erklären, dass dieser arme Junge sich schuldig bekennt ...«

»Ich protestiere!«, rief Buckley. »Ich protestiere dagegen, dass die Verteidigung den Angeklagten anders nennt als in der Anklage festgelegt. Bezeichnungen wie ›dieser arme Junge‹ sind darauf angelegt, Sympathien zu erwecken.«

»Einspruch bewilligt«, sagte der Richter. »In Zukunft soll für den Angeklagten nur der Name verwendet werden, der in der Anklageschrift steht. Mr Max, ich denke, Sie sollten dem Herrn Staatsanwalt gestatten, fortzufahren.«

»Ich habe nichts mehr hinzuzufügen«, erklärte Buckley. »Wenn das Gericht einverstanden ist, bin ich bereit, meine Zeugen vorzuführen.«

»Wie viele Zeugen haben Sie?«, fragte Max.

»Sechzig«, antwortete Buckley.

»Hohes Gericht«, sagte Max. »Bigger Thomas hat seine Schuld gestanden. Sechzig Zeugen werden wirklich nicht benötigt ...«

»Ich habe die Absicht, zu beweisen, dass der Angeklagte zurechnungsfähig ist und für seine furchtbaren Verbrechen volle Verantwortung trägt«, fiel Buckley ihm ins Wort.

»Das Gericht wird die Zeugen hören«, bestimmte der Richter.

»Herr Richter«, bat Max, »lassen Sie mich die Sache klären. Wie Sie selbst wissen, war die Zeit, die mir zur Vorbereitung der Verteidigung des Angeklagten gewährt wurde, bedauerlich kurz, so kurz, dass es kein zweites Beispiel dieser Art gibt. Der Prozess ist absichtlich beschleunigt worden, damit der Junge verurteilt werden kann, solange die Stimmung des Volkes noch auf dem Siedepunkt ist.

Eine Verlegung des Gerichtsortes hätte jetzt keinen Sinn mehr. Die Massenhysterie hat sich im ganzen Staat ausgebreitet. All das versetzt mich in die Lage, nicht das tun zu können, was ich für das Klügste halte, sondern das zu tun, was ich tun muss. Stünde nicht ein Neger vor Gericht, würde der Staatsanwalt den Fall nicht derartig beschleunigt und die Todesstrafe beantragt haben.

Die Anklage hat den Eindruck zu erwecken versucht, ich wolle darauf plädieren, dass der junge Mann geisteskrank und nicht zurechnungsfähig sei. Das stimmt nicht! Ich werde auch keine Zeugen vorführen. Ich werde selbst Zeugnis für Bigger Thomas ablegen. Ich werde zu zeigen versuchen, dass sein jugendliches Alter, sein Geistes- und Gefühlsleben und der Grund, weshalb er sich zu seiner Schuld bekannt hat, das Strafmaß mildern müssen.

Der Staatsanwalt wollte Sie glauben machen, dass ich die Absicht hatte, das Gericht mit dem Schuldbekenntnis zu überrumpeln; er hat angedeutet, dass ich mit Tricks arbeite, weil ich vorhabe, Beweismaterial zur Milderung des Strafmaßes beizubringen. Aber wir haben vor den Gerichten von Illinois schon sehr viele solcher Fälle abgehandelt. Den Fall Loeb und Leopold zum Beispiel. Es ist ein durchaus üblicher Vorgang, den die fortschrittlichen Gesetze unseres

Staates gestatten. Wollen wir diesem Menschen, nur weil er arm und ein Neger ist, unseren Schutz versagen und ihn der Möglichkeit berauben, gehört und verstanden zu werden, die wir anderen bereitwillig gewährt haben?

Hohes Gericht, ich bin kein Feigling, aber es fällt mir schwer, Sie zu bitten, dass der Junge freigesprochen und ihm die Chance für ein neues Leben gegeben wird, solange der Mob vor den Fenstern tobt. Doch ich muss Sie darum bitten. Über die schrillen Schreie der Massen hinweg flehe ich Sie an, sein Leben zu schonen!

Wenn ein Mörder sich schuldig bekennt, sehen die Gesetze des Staates Illinois Folgendes vor: Das Gericht kann die Todesstrafe auferlegen, den Angeklagten zu lebenslänglichem Zuchthaus oder zu Zuchthaus nicht unter vierzehn Jahren verurteilen. Nach dem Gesetz ist es dem Gericht erlaubt, sich Beweismaterial vorführen zu lassen, das das Strafmaß erschwert oder mildert. Dadurch soll es dem Gericht erleichtert werden, die Ursachen des Verbrechens genau zu erkennen und danach das Strafmaß festzusetzen.

Mir ist aufgefallen, dass der Staatsanwalt nicht darauf eingegangen ist, weshalb Bigger Thomas diese beiden Frauen getötet hat. Draußen wartet die Volksmenge, sagt er, deshalb lasst uns ihn umbringen. Denn wenn wir ihn nicht umbringen, so sagt er, wird die Masse es tun.

Er hat die Ursachen für Biggers Verbrechen nicht genannt, weil er sie nicht kannte. Es ist nur zu seinem Vorteil, wenn schnell gehandelt wird, bevor die Menschen nachzudenken beginnen, bevor alle Tatsachen bekannt sind. Denn er weiß, wenn sie erst einmal bekannt sind, wenn die Menschen erst einmal überlegen, dann hätte er zum letzten Mal nach der Todesstrafe geschrien.

Was ist nun das Motiv für diese beiden Morde? Es entspricht nicht dem, was wir dem Gesetz nach unter Motiv verstehen, Hohes Gericht. Ich werde in meinem Plädoyer noch näher darauf eingehen. Aufgrund der fast instinktiven Natur dieser Verbrechen möchte ich nur darauf hinweisen, dass das Geistes- und Gefühlsleben dieses Jungen berücksichtigt werden muss, wenn die Strafe festgelegt wird. Aber da die Anklage unnötigerweise Zeugen um Zeugen vor dem Gericht auftreten lässt und so den Appetit der Massen immer mehr reizt, da die Anklage mit den grässlichen Einzelheiten dieser Verbrechen die Öffentlichkeit nur noch weiter aufputscht, möchte ich erst einmal den Staatsanwalt bitten, uns zu erzählen, weshalb Bigger Thomas gemordet hat.

Der Angeklagte ist jung. Er ist noch nicht einmal stimmberechtigt. Doch er ist nicht nur jung an Jahren. Seine Einstellung zum Leben zeugt von einer großen Unreife. Da er im Schwarzen Gürtel aufgewachsen ist, weiß er nichts von der Breite und Tiefe des Lebens. Er hat nur zwei Ventile für seine Gefühle gehabt – Arbeit und Sex –, und er kennt beides in der niedrigsten und gemeinsten Form.

Ich werde das Gericht bitten, von einem Todesurteil abzusehen, und ich habe so viel Vertrauen zu diesem Gericht, dass ich glaube, es wird das Leben dieses jungen Menschen schonen.«

Max setzte sich. Im Saal erhob sich Gemurmel.

»Das Gericht zieht sich zurück und tritt in einer Stunde, Punkt eins, wieder zusammen«, sagte der Richter.

Von Polizisten umringt, wurde Bigger wieder hinaus in den von Zuschauern gefüllten Flur geführt. Abermals kam er an einem Fenster vorbei und sah auf der Straße den Mob, der von den Truppen in Schach gehalten wurde. Die Polizisten schoben Bigger in ein Zimmer, wo Max ihn bereits erwartete. Auf einem Tisch stand ein Tablett mit Essen.

»Komm, setz dich, Bigger, iss was.«

»Ich will nichts essen.«

»Nun iss schon. Du musst doch durchhalten!«

»Ich hab keinen Hunger.«

»Hier, nimm 'ne Zigarette.«

»Nein.«

»Oder willst du einen Schluck Wasser?«

»Nein.«

Bigger setzte sich auf einen Stuhl, beugte sich vor, legte die Arme auf den Tisch und vergrub sein Gesicht in der Armbeuge. Er war müde. Erst jetzt bemerkte er, mit welch großer innerer Anspannung er der Verhandlung gefolgt war. Seine erregte Suche nach einem neuen Weg des Lebens und des Sterbens war vergessen. Er verspürte nur noch Angst. Als die Stunde abgelaufen war, wurde Bigger in den Saal zurückgeführt. Wie alle erhob er sich, als der Richter erschien, und setzte sich wieder.

»Die Anklage kann ihre Zeugen vorführen«, sagte der Richter.

»Ja, Euer Ehren«, sagte Buckley.

Die erste Zeugin war eine alte Frau, die Bigger noch nie gesehen hatte. Während des Verhörs wurde sie Mrs Rawlson genannt. Sie sagte, sie sei Mrs Daltons Mutter. Buckley gab ihr den Ohrring, den Bigger schon bei der Voruntersuchung gesehen hatte, und die alte Frau bestätigte, dass er zu einem Paar gehöre, das durch drei Generationen immer von der Mutter an die Tochter vererbt worden war. Als Mrs Rawlson geendet hatte, lehnte Max es ab, sie oder andere Zeugen der Anklage zu verhören. Mrs Dalton wurde zum Zeugenstand geführt und erzählte dasselbe, was sie schon bei der Voruntersuchung erzählt hatte. Mr Dalton berichtete noch einmal, weshalb er Bigger eingestellt hatte, und erklärte: »Ja, das ist der Neger, der in meinem Haus gearbeitet hat.« Auch Peggy beschwor unter Schluchzen: »Ja, das ist der Junge.« Alle stimmten überein, dass er sich ruhig und vernünftig verhalten habe.

Dann wurde Britten vernommen. Er brüstete sich damit, dass er schon von Anfang an vermutet habe, Bigger wisse etwas vom Verschwinden Marys. Er sagte: »Dieser Schwarze ist geistig so normal wie ich.« Ein Journalist berichtete, wie der Ofen gequalmt und zur Entdeckung von Marys Knochen geführt hatte. Als der Journalist den Zeugenstand verließ, erhob sich Max.

»Euer Ehren«, rief er, »ich möchte wissen, wie viele Zeitungsreporter noch verhört werden!«

»Vierzehn«, erwiderte Buckley.

»Euer Ehren«, protestierte Max, »das ist völlig unnötig. Der Angeklagte hat sich doch schuldig bekannt …«

»Ich will nur beweisen, dass der Mörder geistig normal ist!«, rief Buckley.

»Das Gericht wird die Zeugen anhören«, entschied der Richter. »Sie können fortfahren, Herr Staatsanwalt.«

Vierzehn Reporter wiederholten nun die Geschichte von dem Qualm und den Knochen und bestätigten, dass Bigger sich »wie alle anderen Schwarzen« benommen habe. Um fünf Uhr zog sich das Gericht zurück, und in einem kleinen Zimmer, wo sechs Polizisten Wache standen, wurde Bigger wiederum ein Tablett mit Essen vorgesetzt. Doch die innere Erregung hatte sich so sehr auf seinen Magen gelegt, dass er nichts weiter herunterbrachte als Kaffee. Punkt sechs befand er sich wieder im Saal. Es war schon ziemlich dunkel, und das Licht wurde eingeschaltet. Die Zeugenparade begann für Bigger, unwirklich zu werden. Fünf weiße Männer traten vor und erklärten, die Handschrift des Erpresserbriefes sei die seinige; sie stimme mit der in Biggers Aufgabenheften überein, die sie aus den Archiven der Schulen, die er besucht hatte, entliehen hätten. Ein anderer Weißer berichtete, man habe Biggers Fingerabdrücke an der Tür zu Miss Daltons Zimmer gefunden. Dann beschworen sechs Ärzte, Bessie sei vergewaltigt worden. Vier farbige Kellnerinnen aus Ernies Kitchen Shack bezeugten, er habe »neulich Abend mit einem weißen Mann und einer weißen Frau an einem Tisch gesessen« und, so fügten sie hinzu, sich »ruhig und vernünftig« benommen. Schließlich erschienen noch zwei weiße Lehrerinnen, die aussagten, dass Bigger »zwar träge, aber geistig völlig normal« gewesen sei. Ein Zeuge folgte dem anderen. Bigger beachtete sie gar nicht mehr. Er starrte gleichgültig vor sich hin. Zuweilen drang von draußen gedämpft das Heulen des Windes an sein Ohr. Schließlich wurde die Sitzung beendet. Bigger war zu müde, um noch irgendetwas empfinden zu können. Bevor sie ihn in seine Zelle zurückführten, fragte er Max: »Wie lange wird die Verhandlung noch dauern?«

»Ich weiß nicht. Du musst tapfer sein und durchhalten.«

»Ich wollte, es wäre schon vorbei.«

»Es geht um dein Leben, Bigger. Du musst kämpfen.«

»Es ist mir ganz gleich, was sie mit mir machen. Ich wollte, es wäre schon vorbei.«

Am nächsten Morgen weckten sie ihn, gaben ihm zu essen und brachten ihn wieder in den Gerichtssaal. Jan wurde vernommen und sagte das, was er auch schon bei der Voruntersuchung gesagt hatte. Buckley machte nicht den geringsten Versuch, Jan mit dem Mord an Mary in Verbindung zu bringen. Gus, G. H. und Jack erzählten, dass sie Geschäfte und Zeitungsstände bestohlen hätten. Sie berichteten auch von der Schlägerei an jenem Tag, als sie Blum ausrauben wollten. Doc sagte aus, dass Bigger den Filz seines Billardtisches zerschnitten habe und dass er »niederträchtig und gemein, aber geistig völlig normal« sei. Sechzehn Polizisten identifizierten Bigger als »den Jungen, den wir verhaftet haben«. Sie behaupteten, dass ein Mensch, der sich mit so viel Geschick und Überlegung der Gesetzlichkeit zu entziehen suchte, »geistig gesund und für seine Verbrechen voll verantwortlich« sei. Ein Mann, den Bigger als den Geschäftsführer des Regal erkannte, berichtete, wie Bigger und andere Jungen wie er im Kino masturbiert hätten und dass er nicht gewagt habe, sie darauf anzusprechen, weil er befürchtete, sie würden ihn mit dem Messer attackieren. Ein Mann vom Jugendgericht bezeugte, dass Bigger drei Monate in einer Besserungsanstalt gewesen sei, weil er Autoreifen gestohlen habe.

Die Sitzung wurde vertagt. Am Nachmittag erklärten fünf Ärzte, dass Bigger »geistig gesund, aber unzugänglich und widerspenstig« sei. Buckley führte das Messer und die Handtasche vor und berichtete, die Müllabfuhr der Stadt habe fünf Tage lang gesucht, ehe sie beides auf der Mülldeponie entdeckt habe. Der Ziegelstein, mit dem Bigger auf Bessie eingeschlagen hatte, wurde gezeigt. Dann folgten die kommunistischen Broschüren, die Taschenlampe, der Revolver, der geschwärzte Ohrring, die Beilklinge, das unterschriebene Geständnis, der Erpresserbrief, Bessies blutige Kleider, die mit Blut beschmierten Kissen und Decken, der Koffer und die leere Rumflasche, die auf der Straße im Schnee gefunden worden war. Marys Knochen wurden hereingebracht, und einige Frauen im Saal begannen zu schluchzen. Dann schleppten zwölf Arbeiter den Ofen aus dem daltonschen Keller Stück für Stück nach vorn und bauten ihn auf einem großen hölzernen Podium auf. Die

Zuschauer erhoben sich, um ihn zu sehen, und der Richter befahl ihnen, sich wieder hinzusetzen.

Buckley ließ ein weißes Mädchen von Marys Größe in den Ofen kriechen, »um zu beweisen, dass dieser den geschändeten Körper der unschuldigen Mary Dalton fassen konnte, der Kopf des armen Mädchens aber nicht hineingepasst und der sadistische Neger ihn abgehackt hatte«. Mit der eisernen Schaufel aus dem daltonschen Keller zeigte Buckley, wie die Knochen aus dem Aschekasten herausgeholt worden waren, und berichtete, dass Bigger sich während der allgemeinen Aufregung die Treppe hinaufgeschlichen habe und geflohen sei. Dann wischte sich Buckley den Schweiß vom Gesicht und sagte: »Hohes Gericht, die Anklage hat das Verhör der Zeugen beendet!«

Der Richter wandte sich an Max. »Sie können Ihre Zeugen aufrufen.«

»Die Verteidigung ficht das hier vorgebrachte Beweismaterial nicht an«, erwiderte Max. »Ich mache daher von dem Recht, weitere Zeugen vorzuführen, keinen Gebrauch. Ich werde, wie bereits gesagt, zu gegebener Zeit mein Plädoyer vortragen.«

Der Richter teilte Buckley mit, dass er nunmehr mit seiner Zusammenfassung beginnen könne. Eine Stunde lang interpretierte Buckley die Aussagen seiner Zeugen, kommentierte das Beweismaterial und schloss mit den Worten: »Die geistigen und moralischen Werte der Menschheit würden mit Füßen getreten, wenn das Gericht trotz der von der Anklage unterbreiteten Beweise und Aussagen den Mädchenschänder Bigger Thomas nicht zum Tode verurteilte.«

»Mr Max, sind Sie bereit, morgen mit Ihrem Plädoyer zu beginnen?«, fragte der Richter.

»Gewiss, Euer Ehren.«

In der Zelle wankte Bigger erschöpft zu seiner Pritsche. Bald habe ich es hinter mir, dachte er. Hoffentlich ist morgen alles vorüber. Er hatte das Zeitgefühl verloren. Tag und Nacht waren für ihn verschmolzen.

Als Max ihn am nächsten Morgen abholte, lag er wach in seiner Zelle. Auf dem Weg zum Gerichtssaal fragte er sich, was Max wohl sagen würde. Konnte er ihm wirklich das Leben retten? Doch Bigger hatte diesen Gedanken noch nicht zu Ende gedacht, als er ihn von sich stieß. Wenn er nichts erhoffte, dann würde er alles, was immer geschehen mochte, ertragen können. Wieder wurde er durch den Flur geführt, und wieder mussten ihm die Polizisten einen Weg durch die Menge bahnen. Er blickte aus dem Fenster. Der Mob und die Truppen hatten noch immer das Gerichtsgebäude umringt.

Plötzlich durchfuhr ihn ein eiskalter Schreck. Er hatte als Erster den Tisch erreicht! Max war irgendwo hinter ihm, in der Menge verloren. In diesem Augenblick empfand er stärker als zuvor, was Max ihm bedeutete. Er allein war wehrlos. Was konnte die Menschen daran hindern, die Barrieren zu stürmen und ihn hinaus auf die Straße zu schleifen, wenn Max nicht da war? Er setzte sich und wagte nicht, sich umzudrehen, denn er spürte, dass die Augen aller auf ihn gerichtet waren. Während des ganzen Prozesses hatte Max ihm das Gefühl gegeben, dass irgendwo in der Menge, die ihn so unverwandt und rachsüchtig anstarrte, etwas war, woran er sich klammern konnte. Noch immer glimmte in ihm die Hoffnung, die Max während ihres ersten langen Gesprächs in ihm geweckt hatte. Aber er wagte es nicht, sie jetzt zur Flamme zu entfachen, nicht hier, nicht, wenn Buckley ihm Worte des Hasses entgegenschleuderte. Doch er blies sie auch nicht aus; er nährte sie und bewahrte sie sich als letzte Zuflucht.

Dann kam auch Max an den Tisch. Er sah bleich und abgespannt aus und hatte dunkle Ringe unter den Augen. Er legte eine Hand auf Biggers Knie und flüsterte: »Ich werde alles tun, was ich kann, Junge.«

Die Sitzung wurde eröffnet, und der Richter fragte: »Sind Sie bereit, Mr Max?«

»Jawohl, Euer Ehren.«

Max erhob sich, fuhr sich mit der Hand durch das weiße Haar und trat nach vorn. Er wandte sich halb dem Richter und Buckley zu und blickte dann über Biggers Kopf hinweg ins Publikum. Er räusperte sich und begann:

»Hohes Gericht! Noch nie in meinem Leben habe ich mit so viel Überzeugung das Wort ergriffen wie heute, denn das, was ich zu sagen habe, berührt das Schicksal einer gesamten Nation. Ich spreche für mehr als nur einen Menschen, für mehr als nur ein Volk. Vielleicht ist es in gewisser Weise gut, dass der Angeklagte eines der schrecklichsten Verbrechen begangen hat, deren wir uns erinnern können. Denn wenn wir das Leben dieses Jungen betrachten, wenn wir erfahren, was ihm angetan worden ist, wenn wir erkennen, mit welch feinen und doch festen Fäden sein Leben und Schicksal an das unsrige geknüpft ist, dann finden wir vielleicht den Schlüssel zu unserer Zukunft, den seltenen, günstigen Standpunkt, von dem aus jeder Mann und jede Frau unserer Nation sehen kann, dass unsere Hoffnungen und Ängste von heute unausweichlich zum Triumph oder zum Untergang von morgen führen.

Hohes Gericht, ich möchte nicht respektlos erscheinen, aber ich muss die Wahrheit sagen. Das Leben eines Menschen steht auf dem Spiel. Und dieser Mensch ist nicht nur ein Verbrecher, er ist ein schwarzer Verbrecher. Und als solcher steht er trotz unserer Behauptung, dass alle Menschen vor dem Gesetz gleich seien, schon vorbelastet vor Gericht.

Und doch ist dieser Junge kein gewöhnlicher Verbrecher, wenn auch die von ihm begangenen Morde sich äußerlich recht wenig von anderen Morden unterscheiden. Die komplizierten Kräfte unseres Gesellschaftssystems haben hier ein Teilchen ausgeschieden, das Symbol und Prüfstein zugleich ist. Die Vorurteile der Menschen haben dieses Teilchen gefärbt, so wie ein Keim zur mikroskopischen Untersuchung gefärbt wird. Der unversöhnliche Hass hat zwischen ihm und uns eine Distanz geschaffen, die uns gestattet, dieses kleine gesellschaftliche Teilchen in Beziehung zu setzen zu unserem gesamten kranken Gesellschaftsorganismus.

Hohes Gericht, ich behaupte, dass schon allein das Verständnis für Bigger Thomas es vermag, unterdrückte Impulse freizusetzen, das immer weiter um sich greifende Grauen aus der Nacht der Furcht an das Licht der Vernunft zu ziehen und uns jenes Todesritual vor Augen zu führen, an dem wir unbewusst und gedankenlos gleich Schlafwandlern teilgenommen haben.

Aber ich möchte keine übertriebenen Hoffnungen erwecken, Hohes Gericht. Ich kann Ihnen keine Zaubermittel geben. Ich sage nicht, dass wir all unsere Probleme lösen werden, wenn wir das Leben dieses Mannes verstehen, oder dass wir, sobald wir die Ursachen für seine Tat gefunden haben, automatisch wissen werden, wie wir uns verhalten müssen. So einfach ist das Leben nicht. Doch ich sage: Wenn Sie, nachdem ich geendet habe, die Todesstrafe aussprechen, so tun Sie das mit offenen Augen. Was ich will, ist dies: Das Gericht auf seine große Verantwortung hinweisen und auf die Konsequenzen, die sich aus seinem Urteil ergeben. Ob wir uns nun für Leben oder Tod entscheiden, reifliche Überlegung soll uns zu einem Entschluss führen! Und wie immer er auch ausfallen möge, wir müssen wissen, auf welchen Boden wir die Füße setzen und was die Folgen sind für uns und für jene, die wir richten.

Euer Ehren, Sie dürfen mir glauben, dass ich sehr wohl weiß, welch schwere Last der Verantwortung ich durch diese Art der Verteidigung auf Ihre Schultern lade. Ich habe mich dazu entschlossen, das Leben dieses Jungen zu verteidigen, indem ich Ihnen das gesamte Ausmaß seines Vergehens vor Augen führe, damit Sie sich ein Urteil bilden können. Denn was kann ich unter diesen Umständen anderes tun? Nacht für Nacht habe ich schlaflos gelegen und nach einem Weg gesucht, wie ich Ihnen und der Welt die Gründe begreiflich machen könnte, die diesen jungen Neger zum Mord getrieben haben. Doch jedes Mal, wenn ich dachte, ich hätte ein entscheidendes Beweismittel entdeckt, das sich auf sein Schicksal auswirken könnte, meinte ich in meinem Inneren das erboste Murren des Mobs zu hören, den die Nationalgarde vor diesem Fenster im Zaum zu halten versucht.

Ich fragte mich, wie es mir gelingen könnte, meine Stimme über das hungrige Hecheln der Jagdhunde zu erheben. Wie kann ich, so fragte ich mich, all das, was dieser junge Mensch erlebt hat, auf der Grundlage nüchterner Vernunft deutlich genug umreißen, wenn es tausend Zeitungs- und Zeitschriftenkünstler bereits mit Millionen Worten bis zur Unkenntlichkeit entstellt haben? Kann ich, der ich mir der Herkunft dieses jungen Menschen zutiefst bewusst bin, es verantworten, sein Schicksal in die Hände von Geschworenen zu legen, die nicht seinesgleichen sind, sondern einer ihm fremden und feindlichen Rasse angehören und deren Meinung bereits von der Presse der ganzen Nation geformt worden ist, einer Presse, die ihn schon schuldiggesprochen und in zahlreichen Leitartikeln bereits das Urteil gefällt hat?

Nein, ich kann es nicht! Es wäre besser, wir hätten überhaupt keine Gerichtshöfe, als dass Recht unter derartigen Umständen gesprochen würde! Jede Lynchjustiz wäre ehrlicher als ein solcher Scheinprozess! Es wäre besser, wenn man die Gerichtshöfe abschaffen und jeder Mann sich Waffen zulegen würde, um sich selbst und das zu verteidigen, was er für seinen rechtmäßigen Besitz hält, als dass ein Mann von anderen Männern gerichtet wird, die von vornherein entschieden haben, dass er schuldig ist. Ich hätte der Jury keine Beweismittel vorlegen können, die derart gewöhnlich und dennoch auf so irritierende Weise bezeichnend sind, so ungreifbar und dennoch so verheerend in ihren Konsequenzen – Konsequenzen, die meinen Klienten betroffen haben und dafür verantwortlich sind, dass er heute hier vor Gericht steht und um sein Leben bangen muss. Das hätte ich nicht tun können, wenn ich gleichzeitig mir selbst treu bleiben und diesem Jungen gegenüber aufrichtig sein will. Deshalb habe ich mich entschlossen, eine Untersuchung durch die Jury zurückzuweisen, die Schuld des Angeklagten anzuerkennen und in Einklang mit den Gesetzen dieses Staates dafür zu plädieren, dass das Leben dieses Jungen geschont werde, da die Ursachen für sein Vergehen in den Fundamenten unserer Zivilisation wurzeln.

Natürlich wäre es für den Gerichtshof das Einfachste, wie üblich den Weg des geringsten Widerstandes zu gehen, das heißt, dem Antrag des Staatsanwaltes zu folgen und das

Todesurteil auszusprechen. Und damit wäre der Fall abgetan. Doch nicht das Verbrechen! Deshalb muss das Gericht einen anderen Weg gehen!

Es kann geschehen, meine Herren, dass die Wirklichkeit Züge moralischer Natur annimmt und es nicht mehr möglich ist, dem ausgetretenen Pfad der Zweckmäßigkeit zu folgen. Es kann geschehen, dass die Lebensfäden so verwickelt sind, dass Vernunft und Gefühl uns zurufen, erst einmal innezuhalten und sie zu entwirren.

In was für einer Atmosphäre findet dieser Prozess statt? Sind wir nüchtern darauf bedacht, dass dem Gesetz Genüge getan wird? Dass die Strafe in gerechtem Verhältnis zu dem Verbrechen steht? Dass der Schuldige und nur der Schuldige verurteilt wird?

Nein! Alle erdenklichen Vorurteile sind in diesen Fall hineingetragen worden. Die Behörden der Stadt und des Staates haben die Öffentlichkeit so sehr aufgehetzt, dass sie nicht mehr Ordnung halten können, ohne das Standrecht einzuführen. Verantwortlich allein ihrem korrupten Gewissen, haben Zeitungen und Anklage die lächerliche Behauptung verbreitet, dass die Kommunistische Partei in diese beiden Morde verwickelt sei. Bis gestern hat der Staatsanwalt versucht, dem Angeklagten weitere Verbrechen zur Last zu legen – Verbrechen, die er nicht beweisen konnte. Und weil ich, als ein Jude, es gewagt habe, die Verteidigung dieses schwarzen Jungen zu übernehmen, ist mein Briefkasten tagelang mit Morddrohungen überschwemmt worden. Die Art und Weise, wie bei der Suche nach Bigger Thomas vorgegangen wurde, als die Häuser von Hunderten unschuldigen Negern durchsucht wurden, Dutzende von ihnen auf offener Straße angegriffen wurden oder ihre Stellungen verloren haben; das Trommelfeuer aus Lügen, das von überall her auf die wehrlosen Menschen einprasselte – all das ist beispiellos in unserer demokratischen Nation.

Die Jagd nach Bigger Thomas hat als Vorwand gedient für die Terrorisierung der gesamten Negerbevölkerung, die Verhaftung Hunderter von Kommunisten und die polizeiliche Durchsuchung der Büros von Gewerkschaften und Arbeiterorganisationen. Ja, der Ton der Presse, das Schweigen der Kirche, die Haltung der Anklage und die aufgeputschte Volksstimmung weisen darauf hin, dass es um mehr geht als um die Bestrafung eines Verbrechers.

Was ist die Ursache dieser gewaltigen Erregung? Ist sie allein in dem Verbrechen zu suchen? Wurden gestern die Neger geliebt, und werden sie heute gehasst, weil Bigger Thomas gemordet hat? Sind die Büros der Gewerkschaften und Arbeiterorganisationen nur deshalb durchsucht worden, weil ein Neger ein Verbrechen begangen hat? Haben diese weißen Knochen, die dort auf dem Tisch liegen, jenes Grauen in unserem Lande verbreitet? Hat das Ressentiment gegen die Juden in dieser Stadt nur deshalb zugenommen, weil ein jüdischer Anwalt einen schwarzen Jungen verteidigt?

Hohes Gericht, Sie wissen genau, dass dies nicht der Fall ist! Alle Momente der gegenwärtigen Massenhysterie existierten bereits, ehe man überhaupt von Bigger Thomas gehört hatte. Neger, Arbeiter und Gewerkschaften waren gestern ebenso verhasst wie heute. Verbrechen von noch größerer Brutalität und Entsetzlichkeit sind in dieser Stadt begangen worden. Gangster haben gemordet, sie wurden nicht bestraft und morden weiter. Doch all das hat nicht solch einen Sturm der Entrüstung hervorgerufen.

Hohes Gericht, die Menschen da draußen sind nicht aus eigenem Antrieb gekommen! Sie sind aufgeputscht worden! Bis vor einer Woche haben sie noch ein ruhiges Leben geführt. Wer nun hat diesen latenten Hass in Raserei verwandelt? Welchen Interessen dienen diese irregeleiteten Massen? Warum hat jedes Presseorgan in dieser Stadt plötzlich Lügen verbreitet und unseren Mitbürgern gesagt, dass sie ihren Besitz gegenüber Bigger Thomas und seinesgleichen verteidigen müssten? Wer hat diese Hysterie befeuert, um selbst davon zu profitieren?

Der Staatsanwalt weiß es, denn er hat den Bankiers in der Innenstadt zugesichert, die Demonstrationen für höhere Sozialleistungen abzuwürgen, wenn er wiedergewählt würde. Der Gouverneur weiß es, denn er hat dem Industriellenverband versprochen, Truppen gegen streikende Arbeiter einzusetzen. Der Bürgermeister weiß es, denn er hat den Kaufleuten der Stadt zugesagt, den Etat zu kürzen und ihnen keine neuen Steuern aufzuerlegen, mit denen die Bedürfnisse der Not leidenden Massen befriedigt werden könnten!

Es liegt Schuld in dieser Raserei, die das Leben dieses Mannes fordert! Es liegt Angst in dem Hass und der Ungeduld, die jene unter diesem Fenster versammelten Massen in Bewegung setzen! Sie alle – der Mob und die Aufwiegler, die Drahtzieher und die Marionetten, die Führer und die Vasallen – wissen, dass ihr Dasein auf einem gegen viele Menschen begangenen historischen Unrecht beruht, einem Unrecht gegen Menschen, denen sie ihr Leben in Wohlstand und Luxus zu verdanken haben. Ihr Schuldgefühl sitzt ebenso tief wie das des Jungen, der heute hier vor Gericht steht. Angst, Hass und Schuld sind die Schlüssel zu dieser Tragödie!

Hohes Gericht, um dieses jungen Menschen und um meiner selbst willen wünschte ich, dass ich dem Gerichtshof Tatbestände von moralisch wertvollerer Natur vorlegen könnte. Ich würde gern sagen, dass Liebe, Ehrgeiz, Eifersucht, der Hang zu Abenteuern und ähnliche romantische Gefühle den Hintergrund zu diesen beiden Morden gebildet hätten. Wenn ich aus ehrlicher Überzeugung dem unglücklichen Urheber dieses grässlichen Dramas Gefühle von hochfliegender Art zuschreiben könnte, wäre meine Aufgabe leichter, und ich würde dem Schlussakt vertrauensvoller entgegenblicken. Meine Chancen stünden besser, denn ich würde mich an Menschen wenden, die einander durch gemeinsame Ideale verbunden sind, ich würde an sie appellieren, mit Mitleid und Verständnis einen ihrer Brüder zu richten, der sich verirrt hat und im Kampf gefallen ist. Aber es bleibt mir keine Wahl. Das Leben hat dieses Holz geschnitzt – nicht ich.

Wir müssen uns hier mit dem Rohstoff des Lebens befassen, mit Gefühlsströmungen und Impulsen, die von Wissenschaft und Zivilisation noch nicht beeinflusst worden sind. Wir müssen uns mit dem ersten Unrecht befassen, das, als wir es begingen, verständlich und unvermeidlich war, und dann müssen wir uns mit dem schleichenden Schuldgefühl befassen, das aus diesem Unrecht erwachsen ist, dem Gefühl einer Schuld, die Angst und Eigennutz uns nicht haben sühnen lassen. Wir müssen uns befassen mit den heißen Ausbrüchen des Hasses, die dieses erste Unrecht in anderen hervorgerufen hat, und mit den grauenhaften, bestialischen Verbrechen, die aus diesem Hass entsprungen sind, einem Hass, der in die Herzen eingedrungen ist und die tiefsten und feinsten Empfindungen der Massen geformt hat.

Wir müssen uns befassen mit Verwerfungen im Leben von Millionen von Menschen, die so ungeheuerlich sind, dass sie jeder Vorstellung spotten; die so viel Unheil hervorrufen können, dass wir es vorziehen, sie nicht zu sehen oder über sie nachzudenken, deren Ursprung so weit zurückreicht, dass wir sie gern als naturgegeben betrachten und uns mit schlechtem Gewissen und falscher moralischer Entrüstung bemühen, alles zu lassen, wie es ist.

Wir müssen uns hier mit einem Phänomen befassen, das es auf beiden Seiten der Linie gibt, bei Weißen wie auch bei Schwarzen, bei Arbeitern wie auch bei Unternehmern. Es handelt sich um Männer und Frauen, in deren Herzen das Gute und das Böse zu wuchern beginnen und anormale Ausmaße annehmen. Tritt dann eine Situation ein wie diese, so haben sie das Gefühl, nicht mehr Mitmenschen gegenüberzustehen, sondern Bergen, Fluten, Meeren: Mächten der Natur, deren Größe und Gestalt all ihr Denken und Fühlen in eine Spannung versetzen, die für das ruhige städtische Leben ungewöhnlich ist. Doch sie ist vorhanden und untergräbt und stützt zugleich dieses städtische Leben durch ihre bloße Existenz.

Hohes Gericht, ehe ich beginne, den wahren Schuldigen zu suchen und um Gnade zu bitten, möchte ich mit Nachdruck erklären, dass ich weder behaupte, dieser junge Mensch sei ein Opfer der Ungerechtigkeit, noch um Mitleid für ihn flehe. Das ist nicht meine Absicht, wenn ich seinen Charakter umreiße und die ihn formenden Einflüsse darstelle. Auch möchte ich nicht nur von Leiden zu Ihnen sprechen, obwohl im ganzen Land noch häufig Neger geschlagen und gelyncht werden. Denn wenn Sie nur daran denken, sind Sie ebenso sehr wie er im Sumpf blinder Empfindungen gefangen, und der Strom des Verderbens wird weiterfließen wie ein blutiger Strom zu einem noch blutigeren Meer. Verbannen wir doch einmal den Gedanken, dass der Angeklagte ein Opfer der Ungerechtigkeit sei. Ungerechtigkeit kann nur auf der Grundlage gleicher Ansprüche bestehen, und dieser Junge erhebt keine solchen Ansprüche. Wenn Sie das bestreiten, so sind Sie von einem Gefühl verblendet, das ebenso verurteilt werden muss wie jenes, das Sie – und zwar weitaus weniger berechtigt – bei ihm verurteilen. Das Schuldgefühl, das die Massenangst und Massenhysterie hervorgerufen hat, ist nur das Gegenstück seines eigenen Hasses.

Ich möchte Sie bitten, auf eine Lebensform zu blicken, die verkümmert ist und deformiert, die aber ihre eigenen Gesetze und Ansprüche besitzt; auf eine Lebensform, die aus einem Boden wächst, den ihr die kollektive, aber blind waltende Kraft von hundert Millionen bereitet hat. Ich bitte Sie, menschliches Leben zu betrachten, das dem unsrigen fremd ist, aber einem Boden entsprießt, den wir alle mit eigenen Händen gepflügt und bestellt haben. Ich bitte Sie, die Gesetze und Prozesse zu erkennen, die einer solchen Voraussetzung entspringen, sie zu verstehen und zu versuchen, sie zu ändern. Wenn wir nichts von alldem tun, dann sollten wir nicht Überraschung oder Entsetzen heucheln, wenn solch ein Leben sich in Angst, Hass und Verbrechen äußert.

Es ist ein neues und seltsames Leben, dem wir gegenüberstehen, seltsam, weil wir es fürchten, und neu, weil wir unsere Augen von ihm abgewandt hielten. Es ist ein Leben, das auf engem Raum gelebt wird und sich nicht an unsere Normen von Gut und Böse hält, sondern nur seiner eigenen Erfüllung zustrebt. Leben ist Leben, und Menschen sind Menschen, und wir müssen uns mit ihnen befassen, so wie sie sind; und wenn wir sie ändern wollen, müssen wir die Formen kennen, in denen sie existieren.

Hohes Gericht, ich muss noch immer in Gemeinplätzen sprechen, denn ich muss das Milieu umreißen, dem der Junge entstammt, ein Milieu, das sein Verhalten entscheidend beeinflusst hat. Unsere Vorfahren betraten diese Küste und fanden eine raue Wildnis vor. Sie kamen mit einem unerfüllten Traum im Herzen, kamen aus Ländern, wo ihre Persönlichkeit unterdrückt worden war, so wie auch wir die Persönlichkeit dieses Jungen unterdrückt haben. Sie kamen aus Städten der Alten Welt, wo sie ihren Lebensunterhalt nur mit Mühe bestreiten konnten. Die Kolonisten waren vor eine schwere Wahl gestellt: Sie mussten entweder dieses Land unterwerfen, oder sie wurden von ihm unterworfen. Wir brauchen unseren Blick nur auf die imposanten Straßen, Gebäude und Fabriken zu richten, um zu sehen, wie vollkommen sie dieses Land unterworfen haben. Aber zu dieser Unterwerfung gebrauchten sie andere. Gleich einem Bergarbeiter, der eine Picke, oder einem Zimmermann, der eine Säge handhabt, zwangen sie den Willen der anderen unter ihren eigenen. Leben war für sie Werkzeug und Waffe, die sie gegen ein feindliches Land und Klima einsetzten. Doch ich möchte diese Menschen nicht verurteilen. Ich möchte auch nicht Ihr Mitleid für die Schwarzen anrufen, die zweieinhalb Jahrhunderte unsere Sklaven waren. Es wäre töricht, dies jetzt als Ungerechtigkeit zu bezeichnen. Stellen wir uns doch nicht naiv: Der Mensch tut, was er tun muss, auch wenn er glaubt, im Auftrag Gottes zu handeln. Die Kolonisten kämpften um ihr Leben, und die Wahl ihrer Mittel war begrenzt. Der Machttraum des feudalistischen Zeitalters ließ sie andere versklaven. Sie hätten nicht Nationen von so ungeheuren Ausmaßen errichten können, wenn sie nicht vor der Unmenschlichkeit ihres Tuns die Augen verschlossen hätten.

Doch die Erfindung und die weitverbreitete Anwendung von Maschinen machte eine weitere direkte Versklavung von Menschen ökonomisch nicht mehr tragbar, und so endete die Sklaverei.

Ich möchte, Hohes Gericht, noch einmal darauf hinweisen, welche Gefahr darin liegt, diesen Jungen als ungerecht behandeltes Subjekt zu betrachten. Würde ich sagen, er sei ein Opfer der Ungerechtigkeit, so würde ich stillschweigend um Mitleid für ihn bitten, und wenn man diesem Jungen Mitleid entgegenbrächte, würde ihn ein so starkes Schuldgefühl überfallen, dass es von Hass nicht mehr zu unterscheiden wäre.

Der Mensch fühlt sich nicht gern schuldig, und wenn man in ihm das Gefühl der Schuld erweckt, so wird er verzweifelt versuchen, sich zu rechtfertigen. Doch gelingt ihm das nicht, und sieht er keine Möglichkeit, die Dinge ins rechte Lot zu bringen, ohne einen allzu hohen Preis zu bezahlen, so wird er das vernichten, was das Schuldgefühl in ihm hervorgerufen hat.

Und das trifft auf alle Menschen zu, ob sie nun weiß sind oder schwarz. Es ist ein sonderbares, übermächtiges und doch ganz gewöhnliches Bedürfnis. Hohes Gericht, lassen Sie mich ein Beispiel dafür geben. Als dieser arme schwarze Junge, Bigger Thomas, versuchte, Jan Erlone, einem Kommunisten, der gestern als Zeuge vor diesem Gericht ausgesagt hat, die Schuld an seinem Verbrechen zuzuschieben, glaubte er, es würde ihm gelingen, weil die Zeitungen ihn davon überzeugt hatten, dass alle Kommunisten Verbrecher seien. Jan Erlone stellte Bigger Thomas auf der Straße zur Rede und verlangte zu erfahren, warum Bigger ihm die Tat anhängen wollte. Jan Erlone berichtete mir, dass Bigger Thomas genauso hysterisch reagiert habe wie dieser Mob, der sich zurzeit vor der Tür des Gerichtsgebäudes befindet. Bigger Thomas zog einen Revolver und befahl Jan Erlone, sich von ihm fernzuhalten. Beide kannten sich so gut wie gar nicht, und dennoch hassten sie einander.

Genauso verhält es sich heute: Bigger Thomas und dieser Mob sind einander fremd, dennoch hassen sie einander. Sie hassen sich aus Angst, und sie haben Angst, weil sie in ihren tiefsten Gefühlen angegriffen und aufgestachelt wurden. Und sie wissen nicht einmal, weshalb. Sie sind machtlose Schachfiguren im blinden Spiel sozialer Kräfte.

Dieses Schuld-Angst-Gefühl ist der Schlüssel für das Verhalten der Anklage und der Massen. In ihren Herzen spüren sie das Unrecht, das geschehen ist, und wenn ein Neger sie nun angreift, glauben sie, darin den grausigen Beweis für dieses Unrecht zu sehen. Die Wohlhabenden und Besitzenden, die Opfer des Angriffs, die bestrebt sind, ihre Profite zu sichern, sagen zu ihren gekauften Leuten: ›Erschlagt dieses Gespenst!‹ Oder sie sagen wie Mr Dalton: ›Wir müssen etwas für diesen Menschen tun, damit er nicht so empfindet.‹ Aber dann ist es zu spät.

Sage ich das etwa nur, um Sie glauben zu machen, diesen Jungen träfe keine Schuld? Nein! Bigger Thomas' Hass nährt die Schuldgefühle der anderen. Sein Dasein ist so beschränkt, so eingeengt, dass ihm nichts anderes übrigbleibt, als zu hassen und das, was ihn zu vernichten droht, zu töten.

Euer Ehren, ich will versuchen, diesen blutigen Teufelskreis zu durchbrechen, indem ich näher auf die Ursachen von Hass, Angst, Schuld- und Rachegefühlen eingehe und aufzeige, welche fehlgeleiteten Impulse ihnen zugrunde liegen.

Wenn nur zehn oder zwanzig Neger versklavt worden

wären, könnten wir von Ungerechtigkeit sprechen, aber es gab deren Hunderttausende. Wenn dieser Zustand zwei bis drei Jahre gedauert hätte, könnten wir ihn ebenfalls als ungerecht bezeichnen. Aber er dauert nun schon fast dreihundert Jahre. Eine Ungerechtigkeit, die drei Jahrhunderte lang anhält und sich auf Millionen von Menschen und auf ein Gebiet von Tausenden von Quadratmeilen erstreckt, ist keine Ungerechtigkeit mehr, sondern eine feststehende Tatsache. Die Menschen passen sich ihrer Umgebung an, schaffen sich ihre eigenen Gesetze und ihre Begriffe von Recht und Unrecht. Eine ihnen gemeinsame Art, sich den Unterhalt zu verdienen, gibt ihnen die gleiche Einstellung zum Leben. Selbst ihre Sprache wird gefärbt und gestaltet von dem, was sie erdulden müssen. Hohes Gericht, Ungerechtigkeit löscht die eine Form des Lebens aus, aber eine andere tritt an ihre Stelle mit eigenen Rechten, Bedürfnissen und Sehnsüchten. Was heute geschieht, ist nicht Ungerechtigkeit, sondern Unterdrückung, ist ein Versuch, diese neue Lebensform zu ersticken oder zu zerstampfen. Denn diese neue Lebensform, die sich in unserer Mitte entfaltet hat, verwirrt uns. Sie gleicht einem Unkraut, das unter einem Stein hervorwächst, und drückt sich in Handlungen aus, die wir Verbrechen nennen. Und wenn wir das Problem nicht im Licht dieser neuen Erkenntnis betrachten, dann werden wir wieder versuchen, unser Gefühl der Schuld und unsere Wut durch einen Mord zu ersticken.

Dieser junge Mann und seine Tat sind nur ein winziger Teil des Problems, das ein Drittel unserer Nation einschließt. Tötet ihn! Brennt ihm die Seele aus dem Leib! Und doch, sobald der feine und unbemerkt arbeitende Mechanismus der Rassenbeziehungen einmal versagt, wird es wieder einen Mord geben. Wir klammern die Existenz von

Millionen Menschen aus unseren Gesetzen aus und hoffen dennoch, sie erfolgreich anzuwenden. Glauben wir an Zauberei? Glauben Sie, durch das Verbrennen eines Kreuzes eine Masse in Angst versetzen, ihren Willen und ihre Triebkräfte niederhalten zu können? Glauben Sie, dass die weißen Töchter Amerikas sicherer sein werden, wenn Sie diesem jungen Mann das Leben nehmen? Nein! Ich sage Ihnen mit allem Nachdruck, dass sie es nicht sein werden! Die beste Gewähr, dass ein solcher Mord sich wiederholen wird, liegt in dem Todesurteil gegen diesen Jungen. Gebt Tausenden von schwarzen Männern und Frauen zu verstehen, dass die Mauern, die sie umgeben, noch höher, noch dicker geworden sind! Nehmt ihm das Leben, und eines Tages wird die Flut der angestauten Lava losbrechen, nicht in einem einzelnen, zufälligen Verbrechen, sondern in einem reißenden Katarakt entfesselter Triebe, die nicht mehr einzudämmen sind. Wenn das Gericht über das Schicksal dieses jungen Menschen entscheidet, muss es sich vor Augen halten, dass, wenn auch das Verbrechen nicht vorsätzlich begangen wurde, es bereits vor dem Mord an Mary Dalton existierte, dass der Lebensweg des Jungen ein Weg der Schuld war, seine Tat den Schleier, hinter dem er lebte, zerriss und seine Gefühle des Grolls und der Entfremdung entweichen und eine konkrete Gestalt annehmen konnten.

Von Schuld besessen, haben wir alles getan, um den Leichnam vor unseren Augen zu entfernen. Wir haben ein Stück Erde abgesteckt und ihn begraben. Und mitten in dunkler Nacht beruhigen wir unsere Herzen damit, dass er tot ist und dass wir keinen Grund zur Angst mehr haben.

Aber der Leichnam kommt zurück und sucht uns heim in unseren Häusern! Wir finden unsere Töchter ermordet und verbrannt! Und wir schreien: ›Tötet ihn! Tötet ihn!‹

Aber, meine Herren, ich rufe Ihnen zu: ›Halten Sie ein! Überlegen Sie, was Sie tun!‹ Denn der Leichnam ist nicht tot! Er lebt! Er hat sich einen Schlupfwinkel geschaffen in dem Dschungel unserer großen Städte, inmitten der wuchernden, alles erstickenden Vegetation der Slums! Er hat unsere Sprache vergessen! Um leben zu können, hat er seine Krallen geschärft! Er hat sich verhärtet, sich gepanzert! Er hat eine Fähigkeit zu Wut und Hass entwickelt, die uns unbegreiflich ist! Seine Schritte sind nicht vorauszusehen! Bei Nacht kriecht er aus seinem Versteck und schleicht sich zu den Niederlassungen der Zivilisation! Und beim Anblick eines freundlichen Gesichts legt er sich nicht auf den Rücken und streckt spielerisch die Beine in die Luft, um sich kraulen und streicheln zu lassen. Nein, er setzt an zum Sprung und mordet!

Ja, Mary Dalton, ein wohlmeinendes weißes Mädchen, trat lächelnd vor Bigger, um ihm zu helfen. Mr Dalton, der sich verschwommen des sozialen Unrechts bewusst war, gab ihm Arbeit, damit die Familie des Jungen zu essen hatte und sein Bruder und seine Schwester zur Schule gehen konnten. Mrs Dalton, die versuchte, sich zu einem Weg der Anständigkeit zu tasten, wollte ihn auf die Schule schicken und etwas lernen lassen. Doch als sie ihre hilfreichen Hände ausstreckten, schlug der Tod zu! Heute trauern sie und verlangen Rache. Und das Blutrad dreht sich weiter!

Ich empfinde Mitgefühl für diese gutherzigen, weißhaarigen Eltern. Doch Mr Dalton, den Grundbesitzer, klage ich an: ›Sie vermieten den Schwarzen nur Häuser im Schwarzen Gürtel und lehnen es ab, ihnen anderswo Wohnungen zu geben. Sie haben Bigger Thomas in jenem Dschungel leben lassen. Sie haben ihn von Ihrer Tochter ferngehalten und Ihre Tochter von ihm.‹

Das Verhältnis der Familie Thomas zur Familie Dalton war das eines Mieters zum Hauswirt, eines Kunden zum Händler, eines Arbeitnehmers zum Arbeitgeber. Die Familie Thomas war arm, und die Familie Dalton war reich. Und Mr Dalton, ein anständiger Mann, versuchte, sein Gewissen dadurch zu beschwichtigen, dass er Geld gab. Aber, meine Freunde, Geld ist nicht genug. Ein Leichnam lässt sich nicht bestechen! Sagen Sie sich selbst, Mr Dalton: ›Ich habe meine Tochter geopfert, und auch dieses Opfer hat nicht genügt, um das Gespenst, das mich heimsucht, zurückzustoßen in sein Grab.‹

Und Mrs Dalton rufe ich zu: ›Ihre Philanthropie war in einer ebenso tragischen Weise blind wie Ihre Augen!‹

Und wenn Mary Dalton mich hören könnte, würde ich ihr versprechen: Ich werde versuchen, deinem Tod einen Sinn zu geben.

Lassen Sie mich, Hohes Gericht, noch weiter über Biggers Leben berichten. In ihm und seinen Brüdern ist das, was auch in unseren Vorfahren war, als sie vor Hunderten von Jahren dieses Land zum ersten Mal betraten. Wir hatten Glück. Sie haben es nicht. Wir fanden ein Land, dessen Anforderungen das Beste und Edelste in uns wachriefen, das wir besaßen. Wir haben eine mächtige und gefürchtete Nation gebaut. Wir haben ihr unsere Seele gegeben und geben sie ihr auch heute noch. Doch ihnen haben wir gesagt: ›Das ist ein Land der Weißen!‹ Und so suchen sie noch immer ein Land, das das Beste und Edelste in ihnen wachrufen kann.

Das ist nichts, was man uns erst erzählen muss. Wir wissen es bereits. Und in manchen von uns, wie in Mr Dalton, sind die Schuldgefühle, die noch aus unserer moralischen Vergangenheit stammen, so stark, dass wir sie auf eine so naive Art und Weise besänftigen wollen, als würden wir einem Blinden einen Penny in seinen Becher werfen. Aber, Euer Ehren, so kann man mit dem Leben nicht umgehen. Es setzt seinen schicksalhaften Verlauf fort und spottet über unser Zartgefühl. Es steht zu hoffen, dass zumindest dieses Gericht auf eine vernünftigere Weise handeln wird.

Bedenken Sie, Euer Ehren, die besondere Lage, in der sich dieser Junge befindet. Er entstammt einem Volk, das unter schwierigen Lebensbedingungen existiert, Bedingungen, die es aus dem Lebenskreis unserer Zivilisation ausschließen. Doch sogar als Ausgeschlossener hatte er keine Möglichkeit, ein eigenes Leben zu führen. Dafür haben wir gesorgt. Es war von Vorteil für uns, ihn in unserer Nähe zu halten; es war bequem und billig. Wir sagten ihm, was er zu tun habe, wo er leben solle, welche Schulbildung er bekommen könne, wo er essen und arbeiten solle, und welche Arbeit er ausführen dürfe. Wir zogen Markierungen auf dem Boden und sagten: ›Bis hierher und nicht weiter!‹ Doch das Leben ist kein Stillstand.

Er ging zur Schule, wo man ihm beibrachte, was man jedem weißen Kind beibringt, doch sobald er die Schultür hinter sich geschlossen hatte und ins Leben trat, wusste er, dass die weißen Jungen einen anderen Weg einschlugen als er. Die Schule weckte und entwickelte jene Impulse in ihm, die wir alle haben, und führte ihm anschließend vor Augen, dass er ihnen nicht nachgehen konnte. Kann der menschliche Geist eine ausgeklügeltere Falle ersinnen? Dieses Gericht sollte nicht darüber nachdenken, wie es diesen Jungen bestraft; es sollte darüber nachdenken, warum es nicht mehr wie ihn gibt! Und es gibt sie, Euer Ehren. Nur Ablenkungen wie der Religion, dem Glücksspiel und dem Sex ist es zu verdanken, dass ihre überschüssigen Kräfte auf eine Art und Weise kanalisiert werden, die ihnen schadet und für uns profitabel ist. Denn sonst gäbe es heutzutage mehr Jungen wie Bigger Thomas, das kann ich Ihnen versichern!

Hohes Gericht, betrachten wir doch einmal die materielle Seite unserer Zivilisation. Wie verführerisch, wie verwirrend sie ist! Wie sie die Sinne erregt! Wie sie jedem Menschen Erfüllung und Glück vorzugaukeln scheint! Mit welcher Beständigkeit und Schlagkraft die Reklame, das Radio, die Zeitungen, der Film sie uns anpreisen! Aber vergessen wir nicht, dass all das für viele nur Hohn und Spott bedeutet. Diese bunten Farben mögen unsere Herzen mit Begeisterung erfüllen, doch für viele sind sie tägliche Schmähungen. Man stelle sich vor: Ein Mensch lebt inmitten einer solchen Umgebung, ist ein Teil von ihr und weiß doch, das alles ist nicht für ihn bestimmt!

Wir haben den Mord an Mary Dalton vorbereitet, und heute treten wir vor das Gericht und erklären: ›Wir haben nichts damit zu tun!‹ Doch jeder Lehrer weiß, dass das nicht stimmt, denn jeder Lehrer kennt die Beschränkungen, die der Ausbildung der Neger auferlegt worden sind. Die Behörden wissen, dass das nicht stimmt, denn sie haben mit jedem ihrer Beschlüsse deutlich genug gezeigt, dass sie entschlossen sind, Bigger Thomas und seinesgleichen mit Härte zu begegnen. Alle Hausbesitzer wissen es, denn sie haben ein Übereinkommen getroffen, die Neger nicht aus ihren Gettos herauszulassen. Wir, meine Herren, die wir heute in diesem Gerichtssaal sitzen, sind Zeugen. Wir kennen die Tatsachen, denn wir halfen, sie zu schaffen.

Es obliegt nicht mir, hier und heute darüber zu sprechen, wie dieses massive Problem gelöst werden kann. Meine Aufgabe liegt darin, aufzuzeigen, wie widersinnig es ist, Rache an diesem Jungen zu üben, unter dem Vorwand, dass wir damit für Gerechtigkeit eintreten. Wenn wir das tun, machen wir uns nur etwas vor, und das zu unserem eigenen Nachteil.

Doch nun werden Sie vielleicht fragen: ›Wenn dieser Junge glaubte, er werde ungerecht behandelt, weshalb ist er dann nicht zum Gericht gegangen und hat versucht, den Missständen abzuhelfen?‹ Weshalb musste er sich zum Vollstrecker des Gesetzes machen? Hohes Gericht, dieser Junge wusste vor dem Mord nicht, bei wem er eigentlich die Schuld an seinem Elend zu suchen hatte. Er weiß es auch jetzt noch nicht. Aber, um ehrlich zu sein, das Leben, das er führen musste, hat ihn auch zu der Überzeugung gebracht, dass er von diesem Gericht nur sehr wenig erwarten könne.

Ja, es war tatsächlich ein unglücklicher Umstand, dass Mary Dalton ihn an jenem Abend ansprach, und dass Jan Erlone ihm seine Hilfe anbot. Er ermordete das Mädchen und versuchte, dem jungen Mann die Schuld zuzuschieben. Doch Jan und Mary waren in Bigger Thomas' Augen keine menschlichen Wesen. Die Gepflogenheiten unserer Gesellschaft hatten ihn so weit von ihnen fortgestoßen, dass sie für ihn kaum mehr real waren.

Was hätte ein Junge getan, der nicht den negativen Einflüssen ausgesetzt gewesen wäre, die Bigger Thomas so stark geprägt haben, wenn er an jenem Abend plötzlich allein mit dem betrunkenen Mädchen zurückgeblieben wäre? Er wäre zu Mr oder Mrs Dalton gegangen und hätte ihnen gesagt, in welchem Zustand sich ihre Tochter befand. Und die ganze Angelegenheit wäre erledigt gewesen. Es hätte keinen Mord gegeben. Doch die Art und Weise, wie wir diesen Jungen behandelt haben, hat ihn dazu gebracht, genau das zu tun, was wir verhindern wollten.

Oder liege ich etwa falsch? Vielleicht wollten wir auch,

dass er es tat! Vielleicht hätten wir keine Gelegenheit und keine Rechtfertigung mehr, einen Kampf gegen Hunderttausende schwarze Menschen zu inszenieren, wenn er geistesgegenwärtig und vernünftig gehandelt hätte! Vielleicht hätten wir uns dann die Mühe machen müssen, neue Vorwände zu ersinnen, um unseren Kampf zu rechtfertigen!

Hohes Gericht, dieser Junge hat das Verbrechen nicht begangen, weil er sich an einer einzelnen Person rächen wollte. Wenn es so wäre, würde der Fall recht einfach sein. Vielmehr glaubt er sich von einer ganzen Menschenrasse verfolgt, die in die Struktur des Universums fest eingegliedert ist. Er hat Mary Dalton zufällig ermordet, ohne vorgefassten Plan, ohne bewusstes Motiv. Aber nachdem er sie umgebracht hatte, bekannte er sich zu dem Verbrechen. Und das erscheint mir wichtig. Es war die erste selbstständige Tat seines Lebens, es war das bedeutungsvollste, das erregendste, aufwühlendste Erlebnis, das er je gehabt hatte. Er erkannte sie an, weil sie ihn frei machte, ihm die Möglichkeit gab, zu wählen und zu handeln, weil sie ihn spüren ließ, dass seine Handlungen Gewicht hatten.

Wir haben es hier mit einem Impuls zu tun, der tief im Inneren des Menschen geboren wird. Hier geht es nicht darum, wie ein Mensch sich zu einem anderen verhält, sondern darum, wie er handelt, wenn er das Gefühl hat, dass er sich der Welt, in der er lebt, entweder anpassen oder sich gegen sie verteidigen muss. Es ist nicht so wichtig, zu wissen, wer diesem Jungen ein Unrecht zugefügt hat, sondern welches Weltbild er vor Augen hatte und was ihm ein solches Weltbild vermittelte, dass er, ohne zu überlegen, so schnell und instinktiv morden und − obwohl der Zufall eine Rolle spielte − dennoch erklären konnte: ›Ja, ich habe es getan. Ich habe es tun müssen!‹

Ich weiß, es ist heute üblich, dass der Angeklagte sagt: ›In diesem Augenblick hat mein Verstand ausgesetzt.‹ Aber Bigger sagt das nicht. Er sagt das Gegenteil. Er sagt: ›Ich wusste, was ich tat, und ich hatte das Gefühl, es tun zu müssen. Und ich verspüre auch keine Reue!‹

Verspüren denn die Menschen Reue, wenn sie im Krieg töten? Schießen sie denn auf die Persönlichkeit eines Soldaten, der aus dem Schützengraben steigt?

Nein! Sie töten, um nicht getötet zu werden! Und nach einem siegreichen Krieg kehren sie frei in ihr Land zurück, so wie auch dieser junge Mensch, die Hände noch mit Mary Daltons Blut befleckt, sich zum ersten Mal in seinem Leben frei gefühlt hatte.

Hohes Gericht, der bedauernswerteste Aspekt an diesem Fall ist, dass ein junges weißes Mädchen, das an der Universität studierte, das zwar gebildet, aber arglos und unbedarft war, den Versuch unternahm, ganz allein ein massives Unrecht wiedergutzumachen, das dreihundert Jahre lang von einer ganzen Nation verübt worden ist. Sie wurde missverstanden, und deshalb ist sie nun tot. Es wurde gesagt, der Beweis für das niederträchtige und verdorbene Herz dieses Jungen liege darin, dass er eine Frau ermordete, die freundlich zu ihm sein wollte. Angesichts dieser Behauptung möchte ich die Frage stellen: Gibt es einen überzeugenderen Beweis dafür, dass sein Herz weder niederträchtig noch verdorben ist, als den, dass er eine Frau tötete, die ihm freundlich begegnete? O ja, er hasste dieses Mädchen. Und warum auch nicht? Sie benahm sich ihm gegenüber so, wie kein Weißer sich normalerweise einem Neger gegenüber benimmt. Oder nur, wenn er den Neger übervorteilen will. Er verstand sie nicht. Sie verwirrte ihn. Ihr Verhalten gab ihm das Gefühl, das gesamte Universum stürze über ihm zusammen. Was würden Sie tun, wenn die Sonne plötzlich nicht mehr gelb, sondern grün wäre?

Sehen Sie, Euer Ehren, wir haben viel Mühe darauf verwendet, Mary Dalton einzureden, dass Bigger Thomas ein wildes Tier ist. Und unter Androhung der Todesstrafe haben wir Bigger Thomas befohlen, sich von Mary Dalton fernzuhalten. Das Schicksal führte sie zusammen. Ist es denn verwunderlich, dass einer von ihnen bereits tot ist und dem anderen die Todesstrafe droht?

Sehen Sie sich um, Euer Ehren. Selbst heute, hier in diesem Gerichtssaal sind Neger und Weiße voneinander getrennt. Sehen Sie die Neger dort drüben, die hinter der Balustrade sitzen? Niemand hat ihnen gesagt, dass sie dort sitzen sollen. Sie sitzen dort, weil sie wissen, dass wir nicht neben ihnen auf derselben Bank sitzen wollen.

Vervielfachen Sie Bigger zwölf Millionen Mal, berücksichtigen Sie dabei die Besonderheiten der Umgebung und des Temperaments und jene Neger, die völlig unter dem Einfluss der Kirche stehen, so haben Sie die Psychologie der Negerbevölkerung. Aber sieht man sie einmal als Ganzes, betrachtet man einmal nicht mehr das Individuum, sondern die Masse, so verschiebt sich das Bild. Als Ganzes genommen, stellen sie nicht nur zwölf Millionen Menschen dar, sondern eine Nation, eine verkümmerte, verarmte, von uns gefangengehaltene Nation, ohne politische, soziale, ökonomische Rechte, ohne Anspruch auf Eigentum.

Wenn Sie einen von diesen Negern – vielleicht sogar an jedem Tag des Jahres einen – ums Leben bringen, glauben Sie, damit den anderen so viel Furcht einzuflößen, dass sie nicht mehr töten? Solche Methoden haben noch nie gewirkt und werden auch nie wirken. Je mehr wir töten, je mehr wir die Neger verleugnen und je mehr wir sie absondern, umso angestrengter werden sie nach einer anderen Lebensform suchen, so blind und unbewusst sie es auch tun mögen. Und woraus können sie sich eine neue Existenz aufbauen, da sie doch mit uns organisch verwachsen sind, mit uns in denselben Städten leben? Woraus, frage ich, wenn nicht aus dem, was wir sind und besitzen?

Wir gestehen ihnen nichts zu. Wir haben Bigger Thomas nichts zugestanden. Er suchte nach einem anderen Leben, und zufällig fand er eines, doch auf Kosten von all dem, was uns wert und teuer ist. Die Männer, die einst unsere Vorväter unterdrückten, sahen in ihnen nur Material, um ihre Nation aufzubauen; wir wiederum unterdrücken andere in einer derartigen Art und Weise, dass sie nur versuchen können, sich ein sinnvolles Leben auf unsere Kosten aufzubauen. Der Kannibalismus existiert noch immer!

Hohes Gericht, es gibt heute viermal soviel Neger in Amerika, wie es in den ursprünglichen dreizehn Kolonien Menschen gegeben hat, die um ihre Freiheit kämpften. Diese zwölf Millionen Neger, die von unseren Vorstellungen ebenso beeinflusst sind, wie wir von den europäischen beeinflusst waren, als wir von drüben kamen, führen in unglaublich engen Grenzen einen Kampf, um jenes Gefühl des Geborgenseins zu erlangen, nach dem auch wir uns einst so sehnten. Und im Vergleich zu uns kämpfen sie unter viel schwereren Bedingungen. Wenn überhaupt jemand diese Menschen verstehen kann, so sollten wir sie verstehen. Dieser ungeheure verschlammte Strom des Lebens, den wir verfluchen, will jener Erfüllung entgegenfließen, die wir alle so heiß erstreben, die wir aber bisher nicht näher erläutert haben. Als wir in unserer Unabhängigkeitserklärung verkündeten, die Menschen seien ausgestattet mit gewissen ›unveräußerlichen Rechten‹, zu denen

›Leben, Freiheit und das Streben nach Glück‹ gehörten, haben wir nicht das Wort ›Glück‹ definiert. Es ist unerklärt geblieben. Deshalb sagen wir auch: ›Jedermann soll Gott auf seine Weise dienen.‹

Doch einige Merkmale dieses Glücks, das wir suchen, sind uns bekannt. Wir wissen, dass dieses Glück zu uns kommt, wenn wir Pflichten haben und eine nützliche Arbeit tun, die ihrerseits unsere bescheidenen Anstrengungen rechtfertigt und bestätigt. Wir wissen, dass sich diese Merkmale in vielen Formen ausdrücken können. In der Religion begegnen wir ihnen in der Geschichte von der Schöpfung des Menschen, von seinem Fall und seiner Erlösung. Der Mensch ist gezwungen, sich sein Leben auf eine bestimmte Weise zu ordnen. Er richtet sich dabei nach kosmischen Bildern und Symbolen, die seine Seele ganz und gar erfüllen. In der Kunst, der Wissenschaft, der Industrie, der Politik und im Sozialwesen können diese Merkmale noch andere Gestalt annehmen. Aber diese zwölf Millionen Neger haben zu keiner dieser hochdifferenzierten Ausdrucksformen Zugang. Und viele von ihnen kennen auch nur die primitivste Art der Religion. Die dichtbesiedelten Städte haben bei ihnen wie bei uns den Einfluss der Religion herabgemindert.

Mit dem leidenschaftlichen Gefühl, existieren, leben, handeln und ihr Herzblut für ein festes Ziel geben zu wollen, so gleiten sie wie Gespenster durch unsere Zivilisation, drehen sich gleich feurigen Planeten, die von ihrer Bahn abgeirrt sind, verdorren wie Bäume, die man aus dem Boden gerissen hat.

Hohes Gericht, vergessen Sie nicht, dass ein Mensch aus Mangel an Selbstverwirklichung ebenso verhungern kann wie aus Mangel an Brot! Und er kann dafür auch morden!

Haben wir nicht eine Nation geschaffen und Krieg geführt, um unsere Persönlichkeit entfalten zu können und sie zu schützen?

Denken wir etwa, die Gesetzmäßigkeiten der menschlichen Natur verlören ihre Gültigkeit, sobald wir unseren Weg gefunden haben? Mussten wir für unser Recht auf Glück so erbittert kämpfen, dass wir all die Voraussetzungen zerstört haben, unter denen wir und andere glücklich leben können? Dieser schwarze Junge, Bigger Thomas, ist Teil einer lodernden Flamme flüssiger Lebensenergie, die einst in unserem Land entfacht wurde und noch immer brennt. Er ist ein heißer Lebensstrom, der auf eine kalte Wand trifft und versiegt.

Aber hat Bigger Thomas wirklich gemordet? Auch auf die Gefahr hin, die Gefühle des Gerichts zu verletzen, stelle ich diese Frage. Ich stelle sie in Einklang mit den Idealen, denen wir nachstreben! Von uns aus betrachtet, war es vielleicht Mord, ja. Aber für ihn war es kein Mord. Denn was wäre das Motiv für diesen Mord gewesen? Die Anklage hat geschrien, gewettert und gedroht, aber sie hat nicht gesagt, weshalb Bigger Thomas getötet hat! Sie hat es nicht gesagt, weil sie es nicht gewusst hat. Die Wahrheit ist, Hohes Gericht, dass es nichts gab, was wir dem Gesetz nach unter Motiv verstehen! Die Wahrheit ist, dass dieser Junge nicht getötet hat! Ja, gewiss, Mary Dalton ist tot. Bigger Thomas hat sie erstickt. Bessie Mears ist tot, Bigger Thomas hat sie mit einem Ziegelstein erschlagen. Aber hat er gemordet? Hat er getötet? Hohes Gericht, was Bigger Thomas im Hause Dalton und in jenem leeren Gebäude getan hat, war nur ein winziges Beispiel dessen, was er sein ganzes Leben lang tat! Er lebte, wie er zu leben verstand, wie wir ihn zu leben gezwungen haben. Die Handlungen, die zum

Tode dieser beiden Frauen führten, waren so instinktiv und unumgänglich wie das Atmen oder das Blinzeln unserer Augen. Es war ein Akt der Schöpfung!

Lassen Sie mich noch mehr sagen. Vor diesem Prozess haben die Zeitungen und die Anklage behauptet, dieser Junge habe noch andere Verbrechen begangen. Das stimmt. Er ist unzähliger Verbrechen schuldig. Doch suchen Sie bis zum Tage des Jüngsten Gerichts, und Sie werden nicht die Spur eines Beweises finden. Er hat unzählige Male gemordet, aber es sind keine Toten da. Lassen Sie mich das erklären! Die ganze Einstellung dieses jungen Negers zum Leben ist ein Verbrechen! Doch der Hass und die Furcht, die wir ihm eingeflößt haben, die unsere Zivilisation in die Struktur seines Bewusstseins gewoben hat, die ihm in Fleisch und Blut übergegangen sind und seine Persönlichkeit beeinflussen, dieser Hass und diese Furcht rechtfertigen ihn.

Jedes Mal, wenn er mit uns in Berührung kommt, tötet er. Es ist eine physiologische und psychologische Reaktion, die den Tiefen seines Wesens entspringt. Jeder seiner Gedanken ist ein möglicher Mord. Obwohl er aus unserer Gesellschaft ausgeschlossen ist, erfüllt ihn das gleiche Verlangen wie uns, seinen Impulsen Geltung zu verschaffen. Im Laufe der Jahrhunderte haben wir es vermocht, sie in soziale Bahnen zu lenken, doch ihm bleibt diese Möglichkeit versagt. Und so machen jeder Sonnenaufgang und jeder Sonnenuntergang ihn umstürzlerischer Handlungen schuldig. Jede Bewegung seines Körpers ist ein unbewusster Protest. Jeder Wunsch, jeder Traum, wie intim er auch sein mag, ist Empörung oder Revolte. Selbst Hoffnung ist ein Plan zum Aufstand. Jeder Blick ist eine Drohung. Seine bloße Existenz ist ein Verbrechen gegen den Staat!

So geschah es, dass in jener Nacht ein weißes Mädchen auf einem Bett lag und ein junger Neger voller Furcht und Hass vor ihr stand. Eine blinde Frau trat ins Zimmer, und der junge Neger tötete das Mädchen, um nicht in einer Situation ertappt zu werden, die, wie er wusste, die Todesstrafe nach sich zieht. Aber das ist nur eine Seite des Vorfalls! Er wurde ebenso sehr durch den Hunger nach Erregung zu diesem Mord getrieben wie durch Angst! Dies entsprach seiner Art zu leben!

Hohes Gericht, in unserer Blindheit haben wir das Leben der Menschen so geordnet, dass ihre Herzen wie Motten teuflischen Flammen zustreben!

Ich habe noch nicht das Verhältnis des Angeklagten zu Bessie Mears erläutert. Ich habe sie nicht vergessen. Ich habe es bisher unterlassen, sie zu erwähnen, weil sie in seinem Bewusstsein nur eine kleine Rolle spielte. Sein Verhältnis zu diesem armen schwarzen Mädchen enthüllt gleichzeitig sein Verhältnis zur Welt. Aber Bigger Thomas steht hier nicht vor Gericht, weil er Bessie Mears ermordet hat. Und das weiß er. Doch weshalb ist das so? Ist das Leben eines Negermädchens in den Augen des Gesetzes nicht ebenso viel wert wie das eines weißen Mädchens? Ja, vielleicht in der Theorie. Aber unter dem Druck der Angst hat Bigger Thomas nicht an Bessie gedacht. Er konnte es nicht. Die Haltung Amerikas zu diesem jungen Mann hat auch die intimen Beziehungen zu seiner eigenen Rasse beeinflusst. Nachdem er Mary Dalton getötet hatte, musste er Bessie zum Schweigen bringen, um sich zu retten. Ihn überwältigte die Angst, eine weiße Frau umgebracht zu haben, so sehr, dass sie alles andere ausschloss. Und so vermochte er auf Bessies Tod nicht mehr zu reagieren.

Aber, so könnte man fragen, hat er denn Bessie nicht

geliebt? War sie denn nicht sein Mädchen? Ja, sie war sein Mädchen. Er musste ein Mädchen haben, und so hatte er eben Bessie. Ist Liebe im Leben eines Menschen, wie ich es dem Gericht beschrieben habe, überhaupt möglich? Wollen wir einmal sehen! Liebe beruht nicht auf Geschlechtsbeziehungen allein, doch das ist alles, was ihn mit Bessie verband. Er wollte mehr, aber die Umstände seines und ihres Lebens gestatteten es nicht, schlossen es aus. Liebe wächst aus geteilten Erlebnissen, aus Treue, Zuneigung, Vertrauen. Und weder Bigger noch Bessie kannten das. Was konnten sie für sich erhoffen? Sie hatten keine gemeinsamen Träume, die ihre Herzen zusammenfügten, kein gemeinsames Ziel, das ihre Schritte auf einen gemeinsamen Weg gelenkt hätte. Obwohl sie intim miteinander verkehrten, waren sie doch allein. Sie waren körperlich voneinander abhängig, und beide hassten diese Abhängigkeit. Die kurzen Augenblicke ihres Zusammenseins waren nur dem Sex gewidmet. Sie liebten einander so sehr, wie sie einander hassten; vielleicht hassten sie einander mehr, als sie einander liebten. Der Sex wärmt die Wurzeln des Lebens; er ist der Boden, aus dem der Baum der Liebe wächst. Doch Biggers und Bessies Verhältnis glich einem Baum ohne Wurzeln, einem Baum, der vom Sonnenlicht lebte, und von dem zufälligen Regen, der auf steinigen Grund fiel. Können Geister lieben? Es gab zwischen ihnen Aufwallungen sinnlicher Lust – das war alles.

Die Anklage hat es geschickt verstanden, moralische Entrüstung zu verbreiten, indem sie den Geschäftsführer eines Kinos als Zeugen aufrief, der uns erzählte, dass Bigger Thomas und seine Freunde regelmäßig sein Kino aufsuchten, um dort im Dunkeln zu masturbieren. Die Anwesenden waren fassungslos. Doch was ist denn so sonderbar daran? War nicht auch Bigger Thomas' Beziehung zu seinem Mädchen nichts als Masturbation? War nicht seine Beziehung zu der ganzen Welt nichts anderes als das?

Seine gesamte Existenz war geprägt von einem anhaltenden Hunger nach Befriedigung, während ihm die Objekte der Befriedigung versagt blieben, und wir über jeden Teil der Welt bestimmten, den er berührte. Indem wir uns seine Angst zunutze machten, bestimmten wir über die Form und die Beschaffenheit seines Bewusstseins.

Hohes Gericht, fühlt sich nur dieser junge Mensch getäuscht und betrogen? Ist er eine Ausnahme? Oder gibt es noch andere, die so fühlen wie er? Ja, es gibt noch andere, meine Herren, Millionen andere, Neger und Weiße, und das lässt unsere Zukunft als drohende Gefahr erscheinen. Unzufriedenheit und ungestillte Sehnsucht nach einer Art von Erfüllung – ganz gleich, wie stark beides empfunden wird und in was für Handlungen es sich ausdrückt – ziehen Tag für Tag durch unser Land. Das Bewusstsein eines Bigger Thomas und Millionen anderer, die ihm mehr oder weniger gleichen, bildet den Treibsand, auf dem die Fundamente unserer Zivilisation gebaut sind. Wer weiß, wann ein kleiner Stoß, der das Gleichgewicht zwischen sozialer Ordnung und hungrigem Aufbegehren zerstört, die Wolkenkratzer in unseren Städten einstürzen lässt? Klingt das fantastisch? Ich versichere Ihnen, es ist nicht fantastischer als die Truppen da draußen und der Mob, dessen schuldbewusste Wut etwas andeutet, was wir nicht einmal zu denken wagen!

Hohes Gericht, Bigger Thomas war bereit, für jeden Mann zu stimmen und ihm zu folgen, der ihn aus dem Morast des Schmerzes, des Hasses und der Angst hinausgeführt hätte. Wenn diese Massen auf den Straßen sich schon vor einem Menschen fürchten, wie wird ihnen dann zumute sein, wenn Millionen sich erheben? Wie bald wird einer das Wort aussprechen, das die unzufriedenen Millionen verstehen werden: das Wort, das ihnen den Weg zum Handeln und zum Leben zeigt. Ist das Gericht so naiv, zu glauben, dieser Weg sei nicht so gefährlich wie der, den Bigger wählte? Stützen wir uns doch nicht auf jenen Teil in Biggers Geständnis, in dem er sagt, er habe nur zufällig gemordet und das Mädchen nicht vergewaltigt. Das spielt keine Rolle. Wichtig allein ist, dass er schuldig war, schon ehe er getötet hatte! Deshalb spitzte sich sein Leben so rasch zu und nahm so natürlich eine neue Form und Bedeutung an, als er das Verbrechen wirklich beging. Wer weiß, wann ein anderer ›Zufall‹, in den Millionen verwickelt werden, eintreten wird, ein Zufall, der den furchtbaren Tag unseres Untergangs herbeiführt?

Und in diesem Augenblick erhebt sich die Frage der Macht! Hohes Gericht, ein neuer Bürgerkrieg in unseren Staaten ist nicht unmöglich; und wenn die Verständnislosigkeit für das Leben dieses Jungen ein Anzeichen dafür ist, wie falsch die Besitzenden das Bewusstsein der unterdrückten Millionen beurteilen, so ist ein solcher Bürgerkrieg tatsächlich nicht mehr fern.

Ich habe mit diesem Jungen gesprochen. Er hat keinerlei Bildung. Er ist arm. Er ist schwarz. Und Sie wissen, was diese Dinge in unserem Land bedeuten, welche Bedeutung wir ihnen zugemessen haben. Er ist noch jung, und hat nur wenig Lebenserfahrung. Er ist nicht verheiratet und weiß nichts von dem beruhigenden Einfluss, den die Liebe einer Frau auf einen Mann haben kann, oder was eine solche Liebe bedeutet. Ja, ich habe mit ihm gesprochen. Habe ich Ehrgeiz bei ihm verspürt? Ja. Doch nur verschwommen und vage, ohne eine Vorstellung, in welcher Form er sich ausdrücken könnte. Er wusste, dass er keine Chance hatte; er war davon fest überzeugt. Sein Ehrgeiz lag in Ketten, wurde niedergehalten, war ein Tümpel stehenden Wassers. Ja, ich habe mit ihm gesprochen. Hoffte er auf ein besseres Leben? Ja. Doch er unterdrückte diese Hoffnung mit aller Macht. Er bewegte sich durch unsere belebten Straßen, steuerte unsere Wagen, servierte uns unser Essen, bediente unsere Fahrstühle, und unterdrückte seine Hoffnung. In jeder Stadt und in jeder Ortschaft kann man ihn finden, er lacht, weil wir ihn bezahlen und es von ihm erwarten. Was würde geschehen, wenn es ihn nach dem verlangte, was der heutige Zeitgeist sowohl ihn als auch uns lehrt: dass jeder Mensch, der körperlich und geistig gesund und von durchschnittlicher Intelligenz ist, seinen Anteil bekommen soll? Sie wissen es so gut wie ich. Es würde Aufstände geben.

Hohes Gericht, wenn es jemals etwas Unberechenbares in unserer Mitte gab, dann ist es dies.

Ich sage nicht, dass wir heute und hier versuchen sollen, das gesamte Problem zu lösen. Das liegt nicht im Bereich unserer Pflicht und wohl auch nicht im Bereich unserer Möglichkeiten. Aber unsere Entscheidung, ob dieser junge Mann leben oder sterben soll, kann und muss in Übereinstimmung mit den geschilderten Tatsachen getroffen werden. Und sie wird zumindest andeuten, was wir wissen und sehen. Und wenn wir die Augen nicht verschließen, werden wir auch erkennen, wie unausweichlich das Leben dieses einen Jungen uns zehnmillionenfach in kommenden Tagen entgegentreten wird.

Ich bitte das Gericht deshalb, von einem Todesurteil abzusehen und den Angeklagten auf Lebenszeit ins Gefängnis zu schicken. Ich bitte nicht darum, weil ich es will, sondern weil ich es tun muss. Ich spreche zu Ihnen, während der drohende Mob vor dem Fenster schreit, und es liegt mir nichts daran, seinen Hass noch weiter anzufachen.

Was würde das Gefängnis für Bigger Thomas bedeuten? Es würde ihm Vorteile bieten, die die Freiheit ihm nie hat bieten können. Ihn ins Gefängnis schicken würde mehr sein als nur ein Akt der Gnade. Wir würden ihm zum ersten Mal Leben zugestehen. Er würde zum ersten Mal in den Kreis unserer Zivilisation einbezogen werden. Er würde eine Identität haben, auch wenn sie sich nur in einer Nummer offenbart. Er würde zum ersten Mal eine klar umrissene Beziehung zur Welt haben. Das Gebäude, in dem er den Rest seines Lebens verbringen würde, dürfte wohnlicher sein als die Häuser, die ihm bis jetzt als Unterkunft dienten. Ihn zu Gefängnis zu verurteilen, hieße, zum ersten Mal seine Persönlichkeit anzuerkennen. Die langen, düsteren Jahre vor ihm würden seinem Verstand und seinem Gefühl einen festen Halt geben, der seinem Leben Bedeutung verleihen könnte. Die Mitgefangenen würden die ersten Menschen sein, denen er gleichberechtigt gegenüberstünde. Die Gitter zwischen ihm und der Gesellschaft würden ihm Schutz bieten vor Hass und Angst.

Sie können diesen Mann nicht umbringen, Hohes Gericht, denn wir haben ganz unmissverständlich deutlich gemacht, dass wir sein Leben nicht anerkennen! Deshalb verlange ich, ihm ein Leben zu geben.

Damit werden wir das Problem, das dieses Verbrechen verdeutlicht, nicht lösen. Vielleicht wird es uns in der Zukunft gelingen. Doch wenn wir sagen, wir müssen ihn töten, dann sollten wir auch den Mut und die Aufrichtigkeit haben, zu sagen: ›Lasst sie uns alle töten. Es sind keine

Menschen. Es gibt keinen Platz für sie.‹ Dann müssen wir auch danach handeln.

Indem wir ihm ein Leben im Gefängnis ermöglichen, können wir den anderen nicht helfen. Wir bitten das Hohe Gericht auch nicht darum, es zu versuchen. Aber wir können daran erinnern, dass die abgegrenzten Gettos, in denen dieser Junge lebte, weiter existieren, unabhängig davon, ob er selbst lebt oder stirbt. Die ansteigende Woge des Hasses und der Schuld, die einander bedingen, wird weiter wachsen. Doch wenn dieses Gericht entscheidet, den Jungen aus den von mir angeführten Gründen ins Gefängnis zu schicken, wird es damit zumindest deutlich machen, dass es verstanden hat, um was es hier geht.

Hohes Gericht, schenken Sie dem Jungen das Leben. Wenn wir dieses Zugeständnis machten, würden wir nach den beiden Grundideen unserer Zivilisation handeln, die uns geholfen haben, eine so mächtige Nation zu errichten, nach jenen beiden Grundideen, die besagen, dass die Persönlichkeit unverletzlich ist und das, was sie schützt, gleichermaßen.

Vergessen wir doch nicht, dass alles, was die Größe unseres modernen Lebens ausmacht – unsere Eisenbahnen und Kraftwerke, die Ozeandampfer, die Flugzeuge –, nur auf der Grundlage dieser beiden Ideen gedeihen konnte, dass es entsprungen ist aus unserem Traum, eine unantastbare Basis zu schaffen, auf der der Mensch sicher stehen kann.

Euer Ehren, dieses Gericht und die Truppen können die öffentliche Ruhe nicht aufrechterhalten. Ihre bloße Gegenwart ist der Beweis dafür, dass sie uns zu entgleiten droht. Öffentliche Ruhe erwächst aus öffentlichem Vertrauen, aus dem Glauben, dass wir alle sicher sind und weiterhin in Sicherheit leben werden.

Wenn die Besitzenden die Anwendung von Gewalt fordern, schnelle Rache und raschen Tod, dann sind auch sie um ihre Sicherheit besorgt. Sie wollen ihr kleines Stück privater Sicherheit schützen vor dem Zorn der Millionen, denen sie es gestohlen haben, jener Millionen, die gleichfalls von Sicherheit träumen.

Hohes Gericht, ich bitte Sie im Namen all dessen, was wir sind und was wir glauben, das Leben dieses jungen Menschen zu schonen! Mit jeder Faser meines Herzens wünsche ich dies, nicht nur, damit er leben kann, sondern damit wir selbst nicht untergehen!«

Die letzten Worte verhallten im Saal. Max setzte sich. Seine Augen blickten müde und lagen tief in den Höhlen. Sein Atem ging schwer. Bigger hatte die Rede nicht verstanden, aber er hatte in Max' Tonfall etwas von ihrer Bedeutung gespürt. Plötzlich fühlte er, dass er die Mühen nicht wert war, die Max sich gemacht hatte, um ihn zu retten. Der Richter schlug mit dem Hammer auf den Tisch und verkündete, dass nun eine Pause eingeschoben werde. Die Menschen sprachen aufgeregt durcheinander. Bigger erhob sich. Die Polizisten führten ihn in einen kleinen Raum und blieben an der Tür stehen. Schweigend kam Max zu ihm und setzte sich mit gesenktem Kopf neben ihn. Ein Polizist brachte ein Tablett mit Essen und stellte es auf den Tisch.

»Iss, mein Sohn«, sagte Max.

»Ich hab keinen Hunger.«

»Ich habe getan, was ich konnte.«

»Ach, lassen Sie nur«, erwiderte Bigger.

In diesem Augenblick war es Bigger gleichgültig, ob Max' Rede ihm das Leben gerettet hatte oder nicht. Ihn beschäftigte vielmehr der Gedanke, dass Max überhaupt eine Rede gehalten hatte, um sein Leben zu retten. Es war nicht der Inhalt der Rede, der ihn mit Stolz erfüllte, sondern die Rede an sich. Schon das allein war etwas. Das Essen auf dem Tablett wurde kalt. Durch das halb geöffnete Fenster hörte Bigger die grollende Stimme des Mobs. Bald würde die Pause vorüber sein. Dann würde er wieder im Saal sitzen und sich anhören, was Buckley sagte. Und dann war alles vorbei – nur der Richter würde noch ein paar Worte sprechen. Und wenn der Richter gesprochen hatte, würde er wissen, ob er leben durfte oder sterben musste. Er stützte den Kopf in die Hände und schloss die Augen. Max stand auf. Er riss ein Streichholz an, um sich eine Zigarette anzuzünden.

»Hier hast du auch eine, Bigger.«

Bigger nahm eine Zigarette, und Max gab ihm Feuer. Bigger sog den Rauch tief in die Lungen. Eigentlich hatte er gar nicht das Bedürfnis zu rauchen. Er hielt die Zigarette zwischen den Fingern, und die Rauchwirbel stiegen nach oben, an seinen blutunterlaufenen Augen vorbei. Er fuhr herum. Die Tür wurde geöffnet. Ein Polizist blickte herein.

»Das Gericht tritt in zwei Minuten wieder zusammen!«

»Okay«, erwiderte Max.

Von Polizisten umringt, ging Bigger zurück in den Saal. Er stand auf, als der Richter kam, und setzte sich wieder.

Der Richter erteilte dem Staatsanwalt das Wort.

Bigger wandte den Kopf und sah, dass Buckley sich erhob. Er trug einen schwarzen Anzug, und im Knopfloch seines Rockaufschlages steckte eine kleine rosa Blume. Der selbstsichere Blick und die entschlossene Haltung des Mannes sagten Bigger deutlicher als alles andere, dass er verloren war. Wie konnte er gegen einen solchen Mann ankommen? Buckley fuhr sich mit der Zunge über die Lippen, überblickte die Menge und wandte sich dann dem Richter zu.

»Hohes Gericht, wir leben in einem Land mit lebendigen Gesetzen. Sie verkörpern den Willen des Volkes. Als Diener des Gesetzes und als Vertreter des Volkes ist es meine Pflicht, dafür zu sorgen, dass dieser Wille unverzüglich ausgeführt wird. Auch in diesem Falle werde ich darauf achten, dass dies geschieht. Sonst werde ich gezwungen sein, aufs Heftigste zu protestieren.

Als Staatsanwalt von Illinois trete ich vor dieses Hohe Gericht, um darauf zu dringen, dass gegen diesen Verbrecher die ganze Härte des Gesetzes angewandt und das Todesurteil ausgesprochen wird – die einzige Strafe, die Mörder fürchten!

Ich fordere dies zum Schutze unserer Gesellschaft und unseres häuslichen Friedens, zum Schutze unserer Lieben. Ich fordere es, weil es meine Pflicht ist, so weit wie möglich darüber zu wachen, dass Gerechtigkeit geübt wird, dass die Sicherheit und Unverletzlichkeit des menschlichen Lebens gewährleistet werden, dass unsere Gesellschaftsordnung bestehen bleibt und dass Verbrechen verhütet und bestraft werden. Nur daran liegt mir in diesem Fall.

Ich vertrete die Familien von Mary Dalton und Bessie Mears, ich vertrete hundert Millionen gesetzestreuer Männer und Frauen unserer Nation, die ihrer Arbeit mit Fleiß und Pflichtgefühl nachgehen. Ich vertrete jene Kräfte, die die Künste und Wissenschaften in Frieden und Freiheit zum Blühen bringen und damit unser aller Leben bereichern.

Ich werde weder die Würde dieses Gerichtshofes noch die gerechte Sache des Volkes in den Schmutz ziehen und nicht auf die gefährlichen, uns wesensfremden kommunistischen Ideen eingehen, die die Verteidigung vorgetragen hat. Und ich weiß keine bessere Möglichkeit, einem solchen Denken gegenüberzutreten, als auf dem Todesurteil gegen diesen Feind der Menschheit, Bigger Thomas, zu bestehen!

Meine Stimme mag allzu hart klingen, wenn ich fordere: Verhängen Sie die Todesstrafe, und lassen Sie trotz des trügerischen Rufs nach Mitleid das Gesetz walten! Aber in Wahrheit bin ich barmherzig und voller Mitgefühl, denn wenn wir das Gesetz in seiner ganzen Härte anwenden, werden Millionen ehrlicher Männer und Frauen heute Nacht wieder in Ruhe schlafen können, da der schwarze Schatten des Todes nicht mehr über ihren Häusern schweben wird.

Meine Stimme mag rachsüchtig klingen, wenn ich fordere: Lassen Sie den Angeklagten mit der höchsten Strafe für seine Verbrechen büßen! Aber in Wahrheit will ich damit sagen, dass das Gesetz gütig ist, da es wertvolles Leben beschützt, da es Kinder, Greise, Hilflose und Blinde vor verbrecherischen Menschen beschirmt, die kein Recht, keine Selbstbeherrschung und keine Vernunft kennen!

Meine Stimme mag grausam klingen, wenn ich erkläre: Der Angeklagte verdient die Todesstrafe für seine Verbrechen, die er gestanden hat! Aber in Wahrheit will ich damit sagen, dass das Gesetz gnädig ist, denn es gestattet uns, heute in diesem Gerichtssaal zu sitzen und diesen Fall ganz unparteiisch zur Verhandlung zu bringen, ohne fürchten zu müssen, dass in diesem Augenblick ein schwarzer Affe durch die Fenster in unsere Häuser klettert und unsere Töchter schändet, mordet und verbrennt!

Hohes Gericht, ich sage, das Gesetz ist heilig, da es die Grundlage all der Werte bildet, die wir hochhalten. Es er-

möglicht uns, den Wert jedes einzelnen Menschen anzuerkennen und höhere und edlere Ziele zu verfolgen.

Der Mensch hat sich aus dem Tierreich erhoben, als er
erkannte, dass er in Sicherheit leben konnte, weil heilige
Gesetze den Platz von Gewehren und Messern eingenommen hatten. Ich sage, das Gesetz ist heilig, weil es uns erst
zu Menschen macht.

Und wehe denen, die aus Mitleid oder Angst den Orga-
nismus der Gesetze schwächen, die uns ein harmonisches
Leben auf dieser Erde sichern!

Hohes Gericht, ich bedaure, dass die Verteidigung die
Gift enthaltenden Fragen des Rassen- und Klassenhasses in
den Prozess hineingezogen hat. Ich habe Mitgefühl mit jenen, deren Herzen schmerzten, wie das meine schmerzte,
als Mr Max unsere heiligen Bräuche so zynisch angriff. Ich
habe Mitleid mit diesem irregeleiteten Menschen. Es ist
ein schwarzer Tag für die amerikanische Zivilisation, wenn
ein Weißer die Hand der Gerechtigkeit abwenden will von
einem bestialischen Ungeheuer, das eine der schönsten und
feinsten Blüten unseres Frauentums geschändet und vernichtet hat.

Jeder anständige weiße Amerikaner sollte sich freuen,
wenn er die Gelegenheit bekäme, den schuppigen Kopf
dieser schwarzen Schlange zertreten zu können, damit sie
nicht weiter über die Erde kriecht und ihr tödliches Gift
ausspeit!

Hohes Gericht, ich schrecke vor der Darstellung dieser
grauenhaften Morde zurück. Schon durch die Schilderung
des Tatbestandes fühle ich mich beschmutzt. Solch eine
Macht hat ein blutiges Verbrechen! Es birgt die Gefahr der
Ansteckung in sich.

Ein wohlhabender, gutmütiger Weißer, seit vierzig Jahren Bürger der Stadt Chicago, bittet das Wohlfahrtsamt, ihm einen jungen Neger zu schicken, den er als Chauffeur einstellen will. Der Mann erwähnt in seinem Gesuch, er wünsche einen jungen Menschen, der durch Armut oder Familienverpflichtungen am Weiterkommen behindert sei. Die Wohlfahrt überprüft ihre Akten und wählt eine Familie aus, die ihrer Ansicht nach eine solche Hilfe verdient: die Familie Thomas. Ein Angestellter sucht sie auf und unterrichtet die Mutter, dass sie aus den Listen der Wohlfahrt gestrichen und ihr ältester Sohn eine Anstellung erhalten werde. Die Mutter, eine arbeitsame, fromme Frau, erklärt sich einverstanden. Nach einiger Zeit wird dieser schwarze, tollwütige Hund, der heute vor uns sitzt, aufgefordert, sich auf der neuen Arbeitsstelle vorzustellen.

Wie reagiert nun dieser hinterhältige Rohling, als er erfährt, dass er die Gelegenheit erhalten werde, sich selbst zu ernähren und seine Mutter, seine Schwester und seinen jüngeren Bruder zu unterstützen? War er dankbar? Freute er sich, dass ihm etwas geboten wurde, wofür zehn Millionen Menschen in Amerika auf die Knie gesunken und ihrem Gott gedankt hätten?

Nein! Er verflucht seine Mutter! Er will nicht arbeiten. Er möchte lieber auf den Straßen herumlungern, seine langen Finger nach Zeitungsständen ausstrecken, Geschäfte ausrauben, sich in Spelunken herumtreiben, in billige Kinos gehen und sich mit Prostituierten abgeben! Das war die Reaktion dieses Untermenschen auf die christliche Güte eines Mannes, den er noch nie gesehen hatte!

Die Mutter drang in ihn, flehte ihn an, doch das Flehen dieser von harter Arbeit zermürbten Frau rührte den verhärteten schwarzen Unhold nicht. Die Zukunft seiner Schwester, eines Schulmädchens, war ihm gleichgültig. Die

Tatsache, dass die Arbeit es auch seinem Bruder ermöglicht hätte, wieder zur Schule zu gehen, ließ Bigger Thomas kalt.

Doch plötzlich, nachdem ihm die Mutter drei Tage lang zugeredet hatte, erklärte er sich bereit, die Arbeit anzunehmen. Hatte eines ihrer Argumente ihn schließlich doch überzeugt? Begann er, sich seiner Pflichten zu besinnen? Nein! Deshalb hat diese raubgierige Bestie seine Höhle nicht verlassen! Der Hunger hat sie hinausgetrieben. Seine Mutter hatte ihm gesagt, sie würden keine Unterstützung mehr erhalten, wenn er nicht arbeiten ginge. Da gab er sich geschlagen, doch er sprach kein Wort mehr mit seiner Mutter, so wütend war er darüber, dass auch er sich nun im Schweiße seines Angesichts sein Brot verdienen musste. Viel lieber hätte er sich wie eh und je auf der Straße herumgedrückt, hätte gestohlen, obwohl er wegen Diebstahls bereits in einer Besserungsanstalt gewesen war.

Die Verteidigung hat mit der typischen kommunistischen Hinterlist damit geprahlt, dass ich kein Motiv für die Untaten dieser Bestie vorweisen könne. Nun, Hohes Gericht, ich muss den Herrn Verteidiger enttäuschen, denn ich werde das Motiv enthüllen.

Bevor Bigger Thomas an jenem Samstagnachmittag zu den Daltons ging, war er im Kino gewesen und hatte dort die Wochenschau gesehen. Sie zeigte Mary Dalton in einem Badeanzug am Strand von Florida. Jack Harding, ein Freund von Bigger Thomas, gab nach einem langwierigen Verhör zu, dass Bigger Thomas von dem Gedanken fasziniert gewesen sei, ein solches Mädchen in der Stadt herumzufahren. Lassen Sie uns nicht um den heißen Brei herumreden. Dieses Gericht hat bereits von den abartigen sexuellen Praktiken gehört, die diese Jungen in der Dunkelheit des Vorführsaals ausübten. Obgleich Jack Harding es nicht geradeheraus zugeben wollte, haben wir genug Informationen von ihm erhalten, um sagen zu können, dass diese Jungen die genannten Praktiken ausübten, als Mary Dalton auf der Leinwand zu sehen war! Das war der Moment, in dem diesem Wahnsinnigen der Plan in den Sinn kam, das Mädchen zu vergewaltigen, zu ermorden und die Eltern zu erpressen! Da haben Sie Ihr Motiv, und die widerwärtigen Umstände, unter denen es ersonnen wurde!

Nachdem er aus dem Kino gekommen war, ging Bigger Thomas zu den Daltons. Er wurde mit überströmender Freundlichkeit empfangen. Er bekam ein Zimmer, und man sicherte ihm über seinen Wochenlohn hinaus noch ein Taschengeld zu. Man gab ihm zu essen. Er wurde gefragt, ob er auf eine Schule gehen und etwas lernen wolle. Aber er lehnte ab. Sein Herz und Verstand – wenn ein solches Ungeheuer überhaupt Herz und Verstand haben kann! – strebten nicht solchen hohen Zielen zu.

Als er etwa eine halbe Stunde bei den Daltons weilte, lernte er Mary kennen. Sie fragte ihn, ob er einer Gewerkschaft beitreten wolle. Mr Max, dessen Herz für die Arbeiter blutet, hat uns nicht verraten, weshalb sein Klient diese Frage verneinte.

Welche abscheulichen Gedanken mögen durch das kalt berechnende Hirn des Negers gegangen sein, als er dieses vertrauensvolle weiße Mädchen vor sich stehen sah? Wir wissen es nicht, und vielleicht tut dieses Scheusal, das heute vor uns sitzt und um Gnade bettelt, klug daran, es uns nicht zu sagen. Doch wir können unsere Fantasie zurate ziehen; wir brauchen uns nur anzusehen, was er später tat, und können uns vorstellen, was er dachte.

Zwei Stunden später ließ sich Miss Dalton von dem Neger zur Innenstadt bringen. Damit beging sie einen Akt des Ungehorsams gegen ihre Familie, denn sie sollte eigentlich zur Universität fahren. Doch darüber haben wir nicht zu richten. Das muss Mary Dalton allein mit ihrem Gott abmachen. Ihre Eltern haben zugegeben, dass das Mädchen ihren Wünschen zuwiderhandelte, aber Mary Dalton war großjährig und konnte tun, was ihr gefiel.

Der Neger also brachte Mary Dalton in die Innenstadt, wo ein junger Mann, ein Freund Marys, sich zu ihnen gesellte. Von dort aus fuhren sie zu einem Lokal auf der Südseite. Da sie sich im Negerviertel befanden, luden sie den Angeklagten ein, mit ihnen zu essen. Wenn sie sprachen, bezogen sie ihn in das Gespräch ein. Auch Alkohol bekam er zu trinken.

Später fuhr er das Paar etwa zwei Stunden lang durch den Washington-Park. Gegen zwei Uhr morgens verabschiedete sich der Freund und ging noch zu einer Gesellschaft. Mary Dalton blieb allein mit dem Neger zurück, der von ihr nur Freundlichkeit erfahren hatte.

Von diesem Zeitpunkt an wissen wir nicht mehr genau, was geschehen ist, denn wir haben nur das Wort dieses schwarzen Schurken, und ich bin fest davon überzeugt, dass er nicht alles sagt.

Wir kennen nicht den genauen Zeitpunkt des Mordes. Aber wir wissen, dass sowohl der Kopf wie der Körper in den Ofen gezwängt und verbrannt wurden!

Mein Gott, welch blutige Szenen müssen sich da abgespielt haben! Wie schnell und unerwartet muss dieser mörderische Angriff gekommen sein! Wie muss sich das arme Kind gegen diesen tollwütigen Affen gewehrt haben! Sie wird auf Knien gelegen und ihn unter Tränen angefleht haben, sie nicht zu berühren! Hohes Gericht, hat dieses

Ungeheuer der Hölle die Leiche nicht vielleicht verbrannt, um Beweise zu vernichten, die auf Schlimmeres als auf Vergewaltigung hindeuten? Wenn man die Male seiner Zähne auf der unschuldigen weißen Haut ihrer Brüste gesehen hätte, wäre ihm nicht die hohe Ehre zuteilgeworden, vor diesem Gerichtshof zu sitzen. O Jesus Christus, es gibt keine Worte, um eine so grauenhafte, eine so abscheuliche Tat zu schildern!

Und die Verteidigung will uns glauben machen, dass sie ein Akt der Schöpfung gewesen sei! Es ist ein Wunder, dass Gott im Himmel diese lügende Stimme nicht mit einem donnernden NEIN niedergeschrien hat! Das Blut stockt einem in den Adern, wenn man hört, dass ein Mensch dieses heimtückische, bestialische Verbrechen damit entschuldigen will, dass es instinktiv begangen wurde!

Am nächsten Morgen brachte Bigger Thomas den halb gepackten Koffer zum Bahnhof, damit er abgeschickt werden konnte – so als wäre nichts geschehen, als wäre Mary Dalton noch am Leben! Aber die Knochen von Miss Daltons Leiche wurden noch am selben Abend im Ofen gefunden!

Dass der Mörder die Leiche verbrannt und den halb leeren Koffer zum Bahnhof gefahren hat, kann nur eins bedeuten, Hohes Gericht: Der Angeklagte hat das Verbrechen vorsätzlich begangen. Wenn er Miss Dalton ›zufällig‹ ermordet hätte, wie er uns in seinem Geständnis einzureden versucht, weshalb hat er dann ihre Leiche verbrannt? Weshalb hat er den Koffer zum Bahnhof gebracht, wenn er wusste, dass sie tot war?

Darauf gibt es nur eine Antwort! Er hat die Vergewaltigung, den Mord und die Erpressung geplant! Er hat die Leiche verbrannt, um jeden Beweis für eine Vergewaltigung zu vernichten und die Eltern des Opfers erpressen zu können! Er hat den Koffer zum Bahnhof gebracht, um Zeit zu gewinnen und den Erpresserbrief vorzubereiten. Er hat sie getötet, weil er sie vergewaltigt hat! Jawohl, Herr Richter, der Kernpunkt des Verbrechens ist Vergewaltigung! Alles deutet darauf hin.

Da er wusste, dass die Familie einen Privatdetektiv hinzugezogen hatte, versuchte er, den Verdacht von sich abzulenken. Mit anderen Worten: Er hätte zugesehen, wie ein unschuldiger Mensch statt seiner hingerichtet worden wäre. Als er nicht mehr morden konnte, log er. Er versuchte, das Verbrechen einem von Miss Daltons Freunden zuzuschieben, dessen politische Ansichten, wie er glaubte, ihn schon von vornherein verdächtig machen würden. Er erzählte ihnen das Märchen, er habe Miss Dalton und ihren Freund in das Zimmer des Mädchens begleitet! Er sagte, man habe ihm befohlen, nach Hause zu gehen und den Wagen auf der Auffahrt stehenzulassen. Als er merkte, dass sein Lügengebäude zusammenzustürzen drohte, versuchte er es mit einem anderen Plan. Mit der Erpressung!

Ist er geflohen, als der Detektiv an der Arbeit war? Nein! Kalt und gefühllos blieb er im daltonschen Haus, aß, schlief und wärmte sich an der Güte des Hausherrn, der es nicht zuließ, dass der ›arme Junge, der Schutz brauche‹, verhört wurde.

Er brauchte so viel Schutz wie eine Klapperschlange!

Während die Eltern noch nach ihrer Tochter suchen, schreibt dieser Unhold einen Erpresserbrief und fordert zehntausend Dollar Lösegeld für die Tochter! Aber die Entdeckung der Knochen im Ofen durchkreuzte diesen schurkischen Plan!

Und die Verteidigung will uns einreden, dass dieser

Mann aus Angst gehandelt habe! Hat Angst schon jemals einen Menschen zu solch berechneten Handlungen geführt?

Wieder haben wir für die folgenden Vorgänge nur das Wort dieses nichtswürdigen schwarzen Affen. Als die Knochen entdeckt wurden, floh er zu einem Mädchen, Bessie Mears, mit der er seit Langem ein intimes Verhältnis hatte. Dort zeigte er wieder seinen bestialischen Charakter. Er drohte dem Mädchen so lange, bis es sich bereit erklärte, das Lösegeld für ihn einzukassieren, und er gab ihr die Scheine, die er der toten Mary Dalton abgenommen hatte. Er brachte das arme Mädchen um, und noch jetzt erscheint es mir unbegreiflich, dass ein solcher Mordplan einem menschlichen Hirn entsprungen sein kann. Er überredete das Mädchen, das ihn von Herzen liebte – obwohl der Verteidiger Mr Max das bestreitet! –, ich sage, er überredete das Mädchen, das ihn liebte, mit ihm zu fliehen. Sie versteckten sich in einem verlassenen Gebäude. Und hier, in Kälte und Dunkelheit, während der Schneesturm um das Haus tobte, vergewaltigte und mordete er wieder eine Frau – zum zweiten Mal in vierundzwanzig Stunden!

Ich wiederhole, Hohes Gericht, ich kann das nicht verstehen! Ich habe es in meiner langjährigen Tätigkeit als Staatsanwalt schon mit manchem Mörder zu tun gehabt, aber noch nie ist mir so etwas begegnet! So sehr war dieser wahnsinnige Schwarze davon besessen, zu vergewaltigen und zu töten, dass er das Einzige vergaß, was ihm zur Flucht hätte verhelfen können: das Geld, das er der toten Mary Dalton abgenommen hatte und das sich in Bessies Kleidertasche befand. Er warf den geschändeten Körper dieses armen Mädchens mit dem Geld aus dem vierten Stock in einen Luftschacht. Die Ärzte berichteten uns, dass das Mädchen noch nicht tot war, als es unten aufschlug. Sie erfror später bei dem Versuch, hinauszuklettern.

Hohes Gericht, ich erspare Ihnen die grässlichen Einzelheiten dieser beiden Morde. Die Zeugen haben ja bereits alles erzählt.

Aber ich fordere im Namen des Volkes, das ich vertrete, dass dieser Mörder zum Tode verurteilt wird!

Ich fordere dies, damit andere vor ähnlichen Verbrechen zurückschrecken und friedfertige, arbeitsame Menschen in Sicherheit leben können. Euer Ehren, Millionen warten auf Ihr Wort! Sie sollen ihnen beweisen, dass es in unserer Stadt keine Dschungelgesetze gibt! Sie wollen von Ihnen hören, dass sie nicht ihr Messer zu schärfen und ihre Revolver zu laden brauchen, um sich selbst zu schützen. Hohes Gericht, sie warten hier unter diesem Fenster! Sprechen Sie das Wort aus, damit diese Menschen wieder ruhig in die Zukunft blicken können! Erschlagen Sie den Drachen des Zweifels, der heute Abend den Herzschlag von Millionen zum Stocken bringt und Millionen Hände, die ihre Türen verschließen wollen, zittern lässt!

Wenn ein so blutiges und grausames Verbrechen auf die Menschen zukommt, dann sind sie wie gelähmt. Je grässlicher das Verbrechen ist, desto verwirrter, bestürzter und entsetzter ist die stille Stadt, in der es begangen wurde, desto hilfloser sind ihre Bürger.

Geben Sie uns das Vertrauen wieder in jene, die noch leben, damit wir weiter unserer Arbeit nachgehen und die reichen Früchte des Daseins ernten können! Herr Richter, im Namen des allmächtigen Gottes beschwöre ich Sie: Haben Sie Gnade mit uns!«

Buckleys Stimme dröhnte Bigger in den Ohren, und der Tumult im Saal verriet ihm, dass die Rede zu Ende war.

Die Presseleute eilten zur Tür. Buckley wischte sich das rote Gesicht ab und setzte sich. Der Richter hämmerte auf den Tisch und rief: »Das Gericht zieht sich auf eine Stunde zurück.«

Max sprang auf.

»Euer Ehren, das können Sie doch nicht … Ist es Ihre Ansicht … Es ist doch mehr Zeit erforderlich … Sie müssen doch erst …«

»Das Gericht wird dann das Urteil verkünden«, fiel ihm der Richter ins Wort.

Schreie stiegen auf. Max' Lippen bewegten sich, aber Bigger konnte nicht verstehen, was er sagte. Allmählich beruhigte sich das Publikum. Bigger sah, dass der Ausdruck auf den Gesichtern der Menschen jetzt ein anderer war. Er fühlte, dass sie bereits über sein Leben entschieden hatten. Er musste sterben.

»Euer Ehren!«, begann Max wieder, und seine Stimme verriet heftige Erregung. »Mir scheint, dass für eine gründliche Überprüfung des Beweismaterials und der Plädoyers mehr Zeit …« »Das Gericht behält sich das Recht vor, zu entscheiden, wie viel Zeit erforderlich ist, Mr Max.«

Bigger wusste, dass er verloren hatte. Wann er sterben würde, war nur noch eine Frage der Zeit, eine Formalität.

Er konnte nicht sagen, wie er wieder zu dem kleinen Raum gelangt war, doch als er dort eintrat, sah er, dass das Tablett mit dem Essen noch immer unberührt auf dem Tisch stand. Er setzte sich und blickte die sechs Polizisten an, die ihn bewachten. Revolver hingen an ihren Hüften. Sollte er versuchen, ihnen einen Revolver zu entreißen und sich zu erschießen? Doch er war zu schwach, um Selbstmord begehen zu können. Er war vor Angst wie gelähmt.

Max kam herein, nahm ebenfalls Platz und zündete sich eine Zigarette an.

»Ja, Bigger, wir müssen warten. Es dauert eine Stunde.« Jemand klopfte an die Tür.

»Lassen Sie keinen Reporter herein«, sagte Max zu einem Polizisten.

»Okay.«

Die Minuten vergingen. Biggers Kopf begann zu schmerzen. Er hatte Max nichts zu sagen, wie auch Max ihm nichts zu sagen hatte. Er musste warten, warten auf etwas, von dem er genau wusste, wie es enden würde. Seine Kehle war wie zugeschnürt. Er fühlte sich betrogen. Weshalb hatten sie den ganzen Prozess aufgezogen, wenn er doch sterben musste?

»Na, nun ist ja alles aus«, sagte Bigger seufzend halb zu sich und halb zu Max.

»Ich weiß nicht«, antwortete Max.

»Aber ich weiß es.«

»Wir müssen abwarten.«

»Der Richter entschließt sich viel zu schnell. Ich weiß, dass ich sterben muss.«

»Es tut mir leid, Bigger. Hör mal, warum isst du nicht?«

»Ich hab keinen Hunger.«

»Die Sache ist noch nicht endgültig entschieden. Ich kann noch zum Gouverneur gehen ...«

»Es hat keinen Zweck. Es ist doch aus.«

»Das kannst du nicht wissen.«

»Doch.«

Max sagte nichts mehr. Bigger legte den Kopf auf den Tisch und schloss die Augen. Am liebsten hätte er Max gebeten zu gehen. Max hatte sein Möglichstes für ihn getan. Nun sollte er nach Hause gehen und ihn vergessen.

Die Tür wurde geöffnet.

»Das Gericht tritt in fünf Minuten wieder zusammen!«

Max stand auf. Bigger blickte in sein müdes Gesicht.

»Komm, Bigger.«

Zwischen zwei Polizisten folgte ihm Bigger in den Gerichtssaal.

Ehe er sich hinsetzen konnte, war der Richter schon eingetreten. Bigger blieb stehen. Als der Richter Platz genommen hatte, sank auch er schwach auf seinen Stuhl. Max erhob sich, um etwas zu sagen, aber der Richter streckte gebieterisch die Hand aus.

»Der Angeklagte möge sich erheben!«

Gemurmel erfüllte den Saal, und der Richter hämmerte auf den Tisch. Mit zitternden Beinen stand Bigger auf. Ihm war, als quäle ihn ein Albtraum.

»Haben Sie noch eine Erklärung abzugeben, ehe das Urteil gesprochen wird?«

Er wollte den Mund öffnen, um zu antworten, doch er vermochte es nicht. Und selbst wenn er die Kraft zum Sprechen gehabt hätte, wäre ihm nichts eingefallen, was er hätte sagen können. Er schüttelte den Kopf, und seine Augen verschleierten sich. Im Saal war es jetzt still. Der Richter befeuchtete die Lippen mit der Zunge und hob ein Blatt Papier hoch, das in der Stille laut knisterte.

»In Anbetracht der beispiellosen Erregung der Öffentlichkeit liegt die Pflicht des Gerichts klar auf der Hand«, sagte der Richter und machte eine Pause.

Bigger suchte mit der Hand nach der Tischkante und klammerte sich daran fest.

»Das Urteil des Gerichtes im Fall Nummer 666-983, Anklage wegen Mordes, lautet auf Todesstrafe für den Angeklagten Bigger Thomas und ist am Freitag, dem dritten

März, in der vom Gesetz festgelegten Weise vor Mitternacht zu vollstrecken.

Das Gericht stellt fest, dass der Angeklagte zwanzig Jahre alt ist. Der Sheriff mag sich mit dem Gefangenen zurückziehen.«

Obwohl Bigger jedes Wort verstand, schien ihm nur die Miene des Richters etwas zu sagen. Er rührte sich nicht und starrte den Richter unverwandt an. Eine Hand zupfte ihn am Ärmel; Max zog ihn zurück auf seinen Platz. Das Publikum tobte. Der Richter schlug mit seinem Hammer auf den Tisch. Max stand auf und rief etwas, doch der Lärm verschluckte seine Worte. Bigger wurden wieder Handschellen angelegt, und dann führte man ihn durch den unterirdischen Gang in seine Zelle zurück. Er legte sich auf die Pritsche, und tief in ihm flüsterte etwas: Jetzt ist es aus ... Jetzt ist alles aus.

Die Zellentür öffnete sich. Max trat ein und setzte sich zu ihm auf die Pritsche. Er legte seine Hand auf Biggers Arm. Doch Bigger drehte das Gesicht zur Wand.

»Ich werde mit dem Gouverneur sprechen, Bigger. Es ist noch nicht alles verloren ...«

»Gehen Sie«, flüsterte Bigger.

»Aber du musst ...«

»Nein. Gehen Sie ...«

Max' Hand ließ ihn los. Bigger hörte die eiserne Tür zuschlagen. Nun war er allein. Er regte sich nicht; er lag ganz still, um alle Gedanken und Gefühle zurückzudrängen. Langsam entspannte er. In der Dunkelheit und Stille drehte er sich auf den Rücken und kreuzte die Arme auf der Brust. Seine Lippen öffneten sich zu einem leisen, verzweiflungsvollen Wimmern.

Aus Notwehr bannte er Tag und Nacht aus seiner Vorstellung, denn hätte er an den Sonnenaufgang und den Sonnenuntergang gedacht, an den Mond und die Sterne, an die Wolken und den Regen, so wäre er tausend Tode gestorben, bevor man ihn überhaupt zum elektrischen Stuhl brachte. Um sich so weit wie möglich mit dem Tod vertraut zu machen, stellte er sich die Welt als ungeheures graues Land vor, ohne Tag und Nacht, bevölkert von seltsamen Menschen, die er nicht verstehen konnte, doch mit denen er sich, bevor er starb, noch einmal vereinigen wollte.

Er aß jetzt mehr; er zwang sich das Essen hinunter, ohne es zu schmecken, nur um den nagenden Hunger und das Schwindelgefühl fernzuhalten. Und er schlief auch nicht. Zuweilen schloss er die Augen, ganz gleich, zu welcher Stunde, dann öffnete er sie wieder und brütete vor sich hin. Er wollte frei sein von allem, was zwischen ihm und seinem Ende stand, zwischen ihm und der furchtbaren Erkenntnis, dass das Leben vorbei war, ohne etwas gewesen zu sein, ohne etwas geklärt und den Widerstreit in seinem Innern gelöst zu haben.

Seine Mutter, Buddy und Vera hatten ihn noch einmal besucht, und er hatte sie gebeten, nicht mehr zu kommen, ihn zu vergessen. Der Negerpfarrer, der ihm das Kreuz geschenkt hatte, war wieder erschienen, und er hatte ihn fortgeschickt. Ein weißer Pfarrer hatte versucht, ihn zum Beten zu überreden, er hatte ihm eine Tasse mit heißem Kaffee ins Gesicht geschleudert. Dieser Pfarrer hatte seitdem zwar nach anderen Gefangenen gesehen, doch mit ihm hatte er nicht mehr gesprochen. Das hatte in Bigger das Gefühl des eigenen Wertes wiederaufleben lassen. Es war beinahe ebenso stark wie jenes, das er während des langen Gesprächs mit Max gespürt hatte. Dass der Pfarrer nicht zu ihm kam, dass er sich über die Motive zu wundern schien, die ihn, Bigger, die Tröstungen der Religion verweigern ließen, sagte ihm, dass der Weiße seine Persönlichkeit anerkenne – wenn auch nicht auf der Ebene, auf der er sonst Anerkennung gewährte.

Max hatte ihm versprochen, dass er den Gouverneur aufsuchen wolle, aber Bigger hatte nichts mehr von ihm gehört. Er erhoffte sich nichts davon; in seinen Gedanken und Gefühlen tat er es ab als etwas, was außerhalb seines Lebens geschah und es weder ändern noch beeinflussen konnte.

Aber er sehnte sich danach, Max wiederzusehen und mit ihm zu sprechen. Er dachte oft an die Rede, die Max vor Gericht gehalten hatte, und erinnerte sich voller Dankbarkeit des gütigen, leidenschaftlichen Tones. Aber die Bedeutung der Worte war ihm entgangen. Er glaubte, dass Max wusste, was er empfand, und ehe er starb, wollte er noch einmal mit ihm sprechen und so deutlich wie möglich spüren, was sein Leben und sein Tod bedeuteten. Das war jetzt noch seine ganze Hoffnung. Wenn er es überhaupt je erfahren sollte, so würde es aus ihm selbst kommen müssen.

Es war ihm gestattet, drei Briefe in der Woche zu schreiben, aber er hatte nicht einen geschrieben. Es gab niemanden, dem er etwas zu sagen hatte, denn außer dem Mord hatte er sich nie in seinem Leben einer Sache oder einem Menschen gänzlich hingegeben. Was konnte er denn seiner Mutter, Vera und Buddy schon anvertrauen? Von seinen Kumpels war nur Jack sein Freund gewesen, und er war Jack nie so nahe gekommen, wie er gern gewollt hätte. Und Bessie war tot; er hatte sie umgebracht.

Wenn er es überdrüssig war, über seine Gefühle nachzu-
grübeln, sagte er sich, dass er im Unrecht sei, dass er nichts
tauge. Hätte er sich wirklich zu diesem Glauben durchrin-
gen können, dann wäre das eine Lösung für ihn gewesen.
Aber er vermochte sich nicht davon zu überzeugen. Seine
Gefühle schrien nach einer Antwort, die sein Verstand ihnen nicht geben konnte.

Er hatte stets am intensivsten gelebt, wenn er etwas so
stark empfunden hatte, dass er dafür kämpfen konnte, und
hier in dieser Zelle spürte er mehr denn je den harten Kern
dessen, was er erlebt hatte. So wie der weiße Berg einst
vor ihm aufgeragt war, so ragte jetzt die schwarze Mauer
des Todes vor ihm auf. Doch er konnte nicht mehr blind
ausschlagen; der Tod war ein anderer, ein größerer Gegner.

So begann er, die Stadt der Menschen abzutasten, um
etwas zu finden, was zu den Gefühlen passte, die in ihm
glimmten. Ihn verlangte nach Wissen. Fieberhaft versuchte
er, seine Gefühle mit der Welt ringsum in Einklang zu bringen, doch er kam diesem Wissen nicht näher. Schwitzend
lag er auf der Pritsche und wand sich in seelischer Qual.

Wenn er nichts bedeutete, weshalb sah er dann nicht ruhig seinem Tod entgegen? Wer und was war er, dass er dieses Verlangen so schmerzhaft, beinahe angstvoll empfand?
Weshalb verspürte er es überhaupt, wenn es außerhalb seines Selbst kein Echo erweckte und nichts es erklärte? Wer
oder was hatte diese Ruhelosigkeit in ihm hervorgerufen?
Weshalb sehnte er sich stets nach etwas, was es nicht gab?
Woher kam diese schwarze Kluft zwischen ihm und der
Welt; zwischen seinem warmen, roten Blut und dem kalten
blauen Himmel, die er nicht überbrücken konnte?

War die Quelle seines Verlangens in dieser Kluft zu finden? Oder war es einfach ein Fieber, ein Gefühl ohne Wis-

sen, ein sinnloses Suchen? War es das? Immer und immer wieder stellte er sich diese Fragen. Die Stunden vergingen. Er magerte ab. Seine Augen waren blutunterlaufen.

Der Vorabend seines letzten Tages war gekommen. Es verlangte ihn mehr denn je danach, Max zu sehen. Aber was konnte er ihm sagen? Ja, das war das Seltsame. Er konnte nicht über diese Gefühle sprechen. Sie schienen ihm immer wieder zu entgleiten, und doch hatten sie in jeder Sekunde seines Lebens sein Handeln bestimmt.

Am nächsten Tag trat mittags ein Wärter an seine Zelle und steckte ein Telegramm durch das Gitter. Er stand auf und las es.

SEI TAPFER BEMÜHUNGEN BEIM
GOUVERNEUR FEHLGESCHLAGEN ALLES
GETAN SPRECHE DICH BALD   MAX

Er zerknüllte das Telegramm und warf es in eine Ecke.

Bis Mitternacht hatte er noch Zeit. Er hatte gehört, dass man ihm sechs Stunden vor der Hinrichtung frische Kleider geben, ihn rasieren lassen und dann in die Todeszelle bringen würde. Ein Wärter hatte ihn zu beruhigen versucht und ihm gesagt: »Innerhalb von acht Sekunden, nachdem sie dich aus der Zelle geholt und dir die schwarze Mütze über den Kopf gezogen haben, bist du tot!« Nun, diese acht Sekunden würde er schon hinter sich bringen. Er hatte einen Plan gefasst: Er würde die Muskeln anspannen, die Augen schließen, den Atem anhalten und an überhaupt nichts denken. Und wenn der Strom ihn traf, war alles vorbei.

Er legte sich wieder auf die Pritsche, auf den Rücken, und starrte in das fahlgelbe Licht der kleinen Lampe, die an der Decke über seinem Kopf brannte. Sie strahlte das Feuer des Todes aus. Wenn sich doch nur die kleinen Spiralen im Innern der Glaskugel um ihn winden würden! Könnte nicht jemand die Drähte an seine Eisenpritsche anschließen, während er träumte? Wie schön wäre es, im Schlaf zu sterben …

Er lag in unruhigem Schlummer, als er die Stimme eines Wärters hörte.

»Thomas! Dein Anwalt ist da!«

Er schwenkte die Füße von der Pritsche und richtete sich auf. Max stand hinter den Eisengittern. Der Wärter öffnete die Tür, und Max trat ein. Bigger wollte aufspringen, doch er blieb sitzen. Max kam bis in die Mitte der Zelle. Sie sahen einander an.

»Hallo, Bigger.«

Schweigend reichten sie einander die Hand. Vor ihm stand Max: ruhig, weiß und wirklich. Er schien all die verschwommenen Gedanken und Hoffnungen, die Bigger um ihn gesponnen hatte, Lügen zu strafen. Bigger freute sich, dass Max gekommen war, doch er fühlte sich verwirrt.

»Wie gehts dir?«

Bigger seufzte schwer.

»Hast du mein Telegramm erhalten?« Max setzte sich auf die Pritsche.

Bigger nickte.

»Es tut mir leid, Junge.«

Sie schwiegen. Max saß neben ihm. Der Mann, der jene dunkle Hoffnung in ihm geweckt hatte, war da. Nun, weshalb sprach er, Bigger, nicht zu ihm? Hier hatte er eine Chance, seine letzte Chance. Er blickte Max scheu an; Max sah ihm in die Augen. Bigger schaute weg. Das, was er sagen wollte, empfand er viel stärker, wenn er allein war; und obwohl Max die Gefühle hervorgerufen hatte, die er,

Bigger, zu verstehen suchte, konnte er doch erst von ihnen sprechen, wenn er Max' Gegenwart vergessen hatte. Dann packte ihn die Angst. Vielleicht konnte er sich überhaupt nicht mitteilen? Er versuchte, sich dazu zu zwingen; er wollte diesen Drang, sich zu offenbaren, nicht verlieren; das war das Einzige, was er noch besaß. Und doch fühlte er schon in der nächsten Sekunde, dass alles töricht, nutzlos und vergebens war. Er gab auf, und im selben Augenblick hörte er sich sprechen – mit gepresster Stimme, fast flüsternd. Er verließ sich mehr auf den Klang seiner Stimme als auf den Sinn seiner Worte, um das auszudrücken, was er meinte.

»Mir gehts ganz gut, Mr Max. Sie sind nicht schuld an dem, was geschieht … Ich weiß, Sie haben alles getan …« Wieder überkam ihn das Gefühl der Nutzlosigkeit, und seine Stimme stockte. Nach einem kurzen Schweigen sprudelte er hervor: »Ich – ich g-glaube, es m-m-musste so kommen, Mr Max …« Er stand auf. Jetzt würde er sprechen. Seine Lippen bewegten sich, doch noch war nichts zu hören.

»Kann ich noch etwas für dich tun, Bigger?«, fragte Max leise. Bigger blickte in Max' graue Augen. Wie konnte er sich diesem Mann verständlich machen? Wenn er ihm doch nur sagen könnte, was ihn bewegte! Noch ehe er wusste, was er tat, lief er zur Tür und umklammerte die Gitterstäbe.

»Ich … ich …«

»Ja, Bigger?«

Langsam drehte Bigger sich um und kam zurück zur Pritsche. Wieder stand er vor Max, wollte sprechen. Er hob die rechte Hand. Dann setzte er sich und senkte den Kopf.

»Was ist denn, Bigger? Soll ich draußen etwas für dich tun? Willst du noch jemandem eine Nachricht schicken?«

»Nein«, flüsterte er.

»Was hast du denn?«

»Ich weiß nicht.«

Er konnte nicht sprechen. Max legte eine Hand auf seine Schulter, und die Berührung sagte Bigger, dass Max nichts von dem wusste, was in ihm vorging, was zu sagen er sich bemühte. Max befand sich auf einem anderen Planeten, fern im Weltenraum. Gab es denn keine Möglichkeit, die Mauer zu durchbrechen, die sie trennte? Er blickte sich in der Zelle um. Hatte er nicht schon irgendwo Worte gehört, die ihm jetzt helfen konnten? Er vermochte sich nicht zu erinnern. Er hatte an dem Leben der Menschen nicht teilgenommen. Ihre Mittel der Verständigung, ihre Symbole und Bilder waren ihm fremd geblieben. Und doch hatte Max in ihm den Glauben geweckt, dass im Grunde alle Menschen so lebten wie er, so fühlten wie er. Und von allen Menschen, denen er begegnet war, wusste sicher nur Max, was er sagen wollte. Oder hatte er sich schon von ihm abgewandt? Hatte Max ihn schon aus seinen Gedanken und Gefühlen verstoßen? Zählte er, Bigger, schon zu den Toten? Seine Lippen bebten, und seine Augen verschleierten sich. Ja, Max hatte sich von ihm losgesagt. Max war kein Freund. Wut stieg in ihm hoch. Aber er wusste, dass Wut ihm nichts nützte.

Max stand auf und trat an das kleine Fenster; ein blasser Sonnenstrahl fiel auf sein weißes Gesicht. Bigger, der zu ihm hinüberblickte, nahm zum ersten Mal seit vielen Tagen wieder die Sonne wahr. Und plötzlich schien ihn die enge Zelle mit ihren vier Wänden zu erdrücken. Er blickte an sich herab; der Sonnenstrahl fiel auch auf seine Brust und drückte ihn nieder wie ein Strahl aus Blei. Schwer atmend beugte er sich vor und schloss die Augen. Dieser Strahl war ein neuer Gegner. Er glich nicht dem weißen Berg, der vor ihm aufgeragt war. Er glich nicht Gus, der einen dummen Schlager gepfiffen hatte, als er in Docs Billardsaal getreten war und ihn dazu bringen wollte, Blum zu überfallen. Er glich nicht dem weißen Schleier, der auf ihn, Bigger, zugeschwebt war, als er vor Marys Bett gestanden hatte. Dieser neue Gegner ließ seinen Körper nicht verkrampfen – er sog an seinen Kräften und schwächte ihn. Bigger nahm seine ganze Energie zusammen, hob den Kopf und schlug verzweifelt mit den Händen aus. Er war entschlossen, sich wieder aus dem Grab zu erheben und Max die Realität seines Lebens aufzuzwingen.

»Ich bin froh, dass ich Sie noch kennengelernt habe!«, schrie er fast. Dann schwieg er, denn das hatte er nicht sagen wollen.

Max drehte sich um und blickte ihn an. Doch dieser Blick erkannte nicht, was Bigger so hungrig suchte.

»Ich freue mich auch, Bigger. Es tut mir nur leid, dass wir uns auf diese Weise trennen müssen. Aber ich bin alt, mein Junge. Ich werde selber auch bald gehen ...«

»Ich habe oft an die Fragen gedacht, die Sie mir gestellt haben.«

»Welche Fragen?« Max setzte sich wieder auf die Pritsche.

»Neulich abends ...«

»Wann?«

Nicht einmal das wusste Max. Bigger war, als habe man ihn soeben geohrfeigt. Ach, wie dumm war er doch gewesen, seine Hoffnungen auf solchen Treibsand zu bauen! Aber er musste sich Max verständlich machen!

»Neulich abends, als Sie mir die Fragen über mein Leben gestellt haben«, flüsterte er.

»Ach so.«

Er sah, dass Max zu Boden blickte und ratlos die Stirn runzelte.

»Sie haben mich da Dinge gefragt, die mich noch nie jemand gefragt hat. Sie haben gewusst, dass ich ein zweifacher Mörder bin, aber Sie haben mich wie einen Menschen behandelt ...«

Max sah ihn aufmerksam an. Dann erhob er sich. Er blieb einen Augenblick vor Bigger stehen, und Bigger war nahe daran, zu glauben, dass Max nun wisse, verstehe; doch die nächsten Worte zeigten ihm, dass der Weiße ihn nur trösten wollte.

»Du bist doch ein Mensch«, sagte Max matt. »Aber es ist Unsinn, über diese Dinge zu jemandem zu sprechen, der bald sterben muss ...« Max unterbrach sich; er suchte nach lindernden Worten, doch Bigger wollte diese Worte nicht. »Bigger«, begann Max wieder, »für mich gibt es keine Weißen und keine Neger, keine Zivilisierten und keine Wilden ... Wenn Menschen versuchen, das Leben auf dieser Erde zu ändern, spielen diese kleinen Dinge keine Rolle. Man merkt sie nicht. Sie sind einfach nicht da. Man vergisst sie. Ich habe so mit dir gesprochen, Bigger, weil ich an dir gemerkt habe, wie gern Menschen leben möchten und nicht leben können ...«

»Aber manchmal wollte ich, Sie hätten mir diese Fragen nicht gestellt«, sagte Bigger, und in seiner Stimme schwang ein Vorwurf für Max wie für sich selbst.

»Wie meinst du das, Bigger?«

»Weil ich darüber nachgedacht habe, und das Nachdenken hat mir Angst gemacht ...«

Max umspannte Biggers Schulter mit hartem Griff; dann ließ er ihn los und sank zurück auf die Pritsche, aber seine Augen waren noch immer auf Biggers Gesicht geheftet. Ja, nun hatte Max begriffen. Und im Schatten des Todes wollte Bigger, dass Max ihm vom Leben erzähle.

»Mr Max, wie kann ich sterben?«, fragte Bigger. Und als er diese Worte ausgesprochen hatte, wurde ihm klar: Wenn man wusste, wie man zu leben hatte, wusste man auch, wie man sterben konnte.

Max wandte seinen Blick von ihm ab und murmelte: »Menschen sterben allein, Bigger.«

Aber Bigger hatte ihm nicht zugehört. Ihn verlangte wieder, zu sprechen; seine Hände waren erhoben, und als er zu reden begann, versuchte er, in den Tonfall seiner Worte das zu legen, was er selbst hören wollte, was er brauchte.

»Mr Max, nach jenem Abend habe ich mich irgendwie selbst gesehen. Mich – und andere Menschen auch.« Biggers Stimme verhallte; er lauschte auf das Echo seiner Worte in seinem Inneren. Er sah Erstaunen und Entsetzen auf Max' Gesicht. Er wusste, Max wäre es lieber, wenn er nicht so spräche, aber er musste so sprechen. Er musste sterben, und deshalb musste er reden. »Ja, es ist komisch, Mr Max. Ich versuche gar nicht, dem auszuweichen, was nun kommt. Ich weiß es ganz genau. Ich muss sterben. Nun, das ist nicht zu ändern. Aber ich wollte wirklich nie jemandem irgendetwas tun. Das ist die Wahrheit, Mr Max. Ich habe den Menschen was getan, weil mich etwas dazu zwang – das ist alles. Sie haben mich zu sehr eingeengt, haben mir keinen Platz gelassen. Oft habe ich sie vergessen wollen, aber es ging nicht. Sie haben mich nicht in Ruhe gelassen ...« Biggers Augen waren geweitet, doch sie sahen nichts. Er sprach weiter: »Mr Max, ich habe das nicht tun wollen, was ich getan habe. Ich wollte etwas ganz anderes.

Aber das hab ich nie tun dürfen. Ich habe immer irgendwas gewollt, aber man hats mir nicht gegeben. Deshalb habe ich mich gewehrt. Ich habe gedacht, die Menschen sind grausam, und deshalb bin auch ich grausam gewesen.« Er schwieg einen Augenblick und wimmerte: »Aber ich bin nicht grausam, Mr Max. Nicht ein bisschen grausam ...« Er stand auf. »Ich ... ich will nicht heulen, wenn sie mich zum elektrischen Stuhl bringen ... Aber in mir drin ... in mir drin wirds mir so sein, als würde ich heulen ... Weil ich denke und fühle, Mr Max, dass ich sie nicht richtig gesehen habe und sie mich nicht richtig gesehen haben ...« Er lief zur Gittertür der Zelle, ergriff die Eisenstangen und rüttelte an ihnen, als wolle er sie aus dem Betonboden reißen. Max ging zu ihm und packte ihn an den Schultern.

»Bigger«, sagte er hilflos.

Bigger beruhigte sich und lehnte sich erschöpft gegen die Tür.

»Mr Max, ich weiß, dass die Leute, die mich jetzt sterben lassen, mich hassen. Das weiß ich. Aber – aber ... aber wahrscheinlich sind sie auch nur so wie ich – wollen etwas und könnens nicht kriegen, und wenn ich tot bin, werden sie so wie ich sagen, dass sie niemandem was tun wollten ..., dass sie nur versucht haben, etwas zu kriegen, und es nicht gekriegt haben ... so wie ich ...«

Max antwortete nicht. Bigger sah einen Ausdruck der Unentschlossenheit und des Erstaunens in den Augen des alten Mannes.

»Sagen Sie, Mr Max – glauben Sie das auch?«

»Bigger«, bat Max.

»Sagen Sie's mir, Mr Max!«

Max schüttelte den Kopf und murmelte: »Du verlangst von mir etwas zu wissen, was ich nicht sagen möchte ...«

»Aber ich will es wissen!«

»Du musst bald sterben, Bigger ...«

Max' Stimme schwand dahin. Bigger wusste, dass der alte Mann das nicht hatte sagen wollen; er hatte es gesagt, weil er selbst ihn dazu gedrängt hatte. Sie schwiegen eine Weile; dann flüsterte Bigger: »Deshalb will ich's ja wissen ... Ich wills ja nur wissen, weil ich sterben muss ...«

Max' Gesicht war fahl. Bigger fürchtete, er werde ihn verlassen. Über die Kluft des Schweigens hinweg sahen sie einander an. Max seufzte.

»Komm her, Bigger«, sagte er.

Er folgte Max zum Fenster und sah in der Ferne die sonnenüberfluteten Dächer der Häuser in der Innenstadt.

»Siehst du all diese Häuser, Bigger?«, fragte Max und legte seinen Arm um Biggers Schultern. Er sprach hastig, so als wolle er eine Substanz formen, die warm und geschmeidig war, aber bald abkühlen konnte.

»Ich sehe sie ... ja«, sagte Bigger.

»In einem der Häuser hast du einmal gewohnt, Bigger. Sie sind aus Stahl und Stein gebaut. Aber Stahl und Stein halten sie nicht zusammen. Weißt du, was diese Gebäude zusammenhält, Bigger? Weißt du, was sie vor dem Einsturz bewahrt?«

Bigger sah ihn verwirrt an.

»Es ist der Glaube der Menschen. Wenn die Menschen aufhören würden zu glauben, dann würden diese Häuser zusammenstürzen. Sie sind den Herzen der Menschen entsprungen, Bigger. Menschen gleich dir. Menschen, die hungern und Not leiden, und diese Gebäude sind immer weitergewachsen. Du hast mir einmal gesagt, dass du vieles hättest tun mögen. Nun, siehst du, auch das hat diese Gebäude zusammengehalten ...«

»Sie meinen ... was ich neulich abends zu Ihnen gesagt habe ... was ich alles gern gemacht hätte?« Biggers Stimme war ruhig, aber fast kindlich in ihrem Ton begierigen Staunens.

»Ja. Was du empfunden hast, was du wolltest. Wenn Millionen Menschen etwas wünschen, sich nach etwas sehnen, dann wachsen solche Gebäude. Aber, Bigger, diese Häuser hier wachsen nicht mehr. Ein paar Menschen halten sie fest in der Hand. Die Häuser können sich nicht mehr ausdehnen und die Träume nähren, die andere Menschen haben – Menschen wie du ... Die Bewohner dieser Gebäude fangen an zu zweifeln, genau wie du. Sie glauben nicht mehr. Sie fühlen nicht mehr, dass es ihre Welt ist. Sie sind rastlos wie du, Bigger. Sie haben nichts. Es gibt nichts mehr, wodurch sie wachsen und sich entfalten können. Sie gehen hinaus auf die Straße und sehen sich verwundert die Gebäude an ...«

»Aber ... aber warum hassen sie mich?«, fragte Bigger.

»Die Menschen, denen diese Gebäude gehören, haben Angst. Sie wollen behalten, was ihnen gehört, auch wenn andere dafür leiden müssen. Damit sie es behalten können, stoßen sie andere in den Dreck und sagen ihnen, sie seien Tiere. Aber Menschen – Menschen wie du, Bigger – wehren sich dagegen und kämpfen, um wieder in die Gebäude hineinzukommen, um wieder leben zu können. Bigger, du hast gemordet. Das war falsch. Du bist nicht den richtigen Weg gegangen. Für dich ist es jetzt zu spät, um ... um mit den anderen zu arbeiten ... die ... die zu glauben versuchen und die Welt neu beleben wollen ... Aber es ist nicht zu spät, an das zu glauben, was du empfunden hast, das zu verstehen, was du empfunden hast ...«

Bigger starrte auf die Häuser, aber er sah sie nicht. Er

versuchte, das Bild zu erfassen, das Max ihm malte, und es mit dem zu vergleichen, das er sein ganzes Leben lang vor Augen gehabt hatte.

»Ich habe immer was tun wollen«, murmelte er.

Sie schwiegen, und Max sprach erst wieder, als Bigger ihn ansah. Max schloss die Augen.

»Bigger, du musst sterben. Und wenn du stirbst, stirb frei. Versuche, an dich zu glauben. Ich weiß, sooft du einen Weg zu finden suchtest, hast du dir selbst im Licht gestanden. Und weißt du, warum? Weil andere behauptet haben, du seist schlecht, und dich unter so elenden Bedingungen leben ließen. Und wenn ein Mensch das immer wieder hört und sein Leben betrachtet, beginnt er, an sich selbst zu zweifeln. Seine Gefühle treiben ihn vorwärts, aber seine Gedanken, die geprägt sind von dem, was andere über ihn sagen, halten ihn zurück. Wenn man jemandes Vertrauen erwecken und ihn zum Kämpfen bringen will, muss man versuchen, ihn an seine Gefühle glauben zu lassen, und ihn davon überzeugen, dass diese Gefühle ebenso gut sind wie die der anderen Menschen.

Bigger, die Menschen, die dich hassen, empfinden genauso wie du – sie leben nur auf der anderen Seite des Zaunes. Du bist schwarz, aber das ist nicht das Wesentliche. Wie ich dir neulich schon gesagt habe, macht deine Hautfarbe es ihnen nur leicht, dich zu erkennen und abzusondern. Weshalb tun sie das? Sie wollen die Dinge, die das Leben ihnen geben kann – genau wie du –, und es ist ihnen ziemlich gleichgültig, auf welche Weise sie zu diesen Dingen kommen. Sie stellen Leute an und zahlen ihnen nicht genug; sie nehmen das, was andere besitzen, und werden damit mächtig. Sie beherrschen die Welt. Sie haben den andern die Waffen genommen. Am leichtesten können sie die Schwarzen unterdrücken, weil sie sagen, dass Schwarze tieferstehende Menschen sind. Aber, Bigger, für sie stehen alle arbeitenden Menschen tiefer. Und die Reichen wollen an der geltenden Ordnung nichts ändern; sie würden zu viel dabei verlieren. Aber in ihrem Innern empfinden sie ebenso, wie du empfindest, und um das zu behalten, was sie haben, reden sie sich ein, dass diejenigen, die arbeiten, Untermenschen seien. Sie verhalten sich wie du, Bigger, als du gesagt hast, dass die Sache mit Mary dir nicht leid-täte. Aber auf beiden Seiten wollen die Menschen leben, auf beiden Seiten kämpfen sie dafür. Wer wird gewinnen? Nun, die Seite, die das Leben am tiefsten empfindet, die Seite mit der größten Menschlichkeit und mit den meisten Men-schen. Deshalb, Bigger ... deshalb musst du an dich glau-ben ...«

Max zuckte zusammen, als Bigger plötzlich lachte.

»Ach, ja ... wahrscheinlich glaub ich auch an mich ... Ich hab ja nichts anderes ... Ich muss sterben ...«

Er trat zu Max, der am Fenster lehnte.

»Mr Max, gehen Sie nach Hause ... Es ist schon alles gut ... Komisch, Mr Max, aber wenn ich mir überlege, was Sie sagen, dann spüre ich, was ich wollte. Ich meine ..., dass ich irgendwie doch recht hatte ...« Max öffnete den Mund, um etwas zu sagen, aber Bigger redete weiter. »Ich will niemandem was verzeihen und verlange auch von nie-mandem, dass er mir etwas verzeiht. Ich werde nicht heu-len. Sie haben mich nicht leben lassen wollen, und ich habe gemordet. Vielleicht ist es nicht richtig zu morden – und ich habe eigentlich auch gar nicht morden wollen. Aber wenn ich daran denke, warum ich gemordet habe, dann weiß ich beinahe, was ich gewollt habe, was ich bin ...«

Bigger sah, dass Max die Lippen zusammenpresste und

zurückwich. Aber er musste sich verständlich machen, musste Max sagen, wie er die Dinge jetzt sah.

»Ich habe nicht morden wollen!«, rief er aus. »Aber das, wofür ich gemordet habe, Mr Max – das bin ich! Es muss ziemlich tief in mir gesessen haben, dass es mich bis zum Mord getrieben hat …«

Max hob die Hand, wie um Bigger zu berühren. »Nein … Bigger … nein, nicht so!«, bat er verzweifelt.

»Das, weshalb ich gemordet habe, muss gut gewesen sein!« Biggers Stimme war voller Erregung. »Es muss gut gewesen sein! Wenn ein Mensch mordet, so mordet er doch für etwas … Ich habe nicht gewusst, dass ich wirklich lebe – bis ich alles so stark empfand, dass ich morden musste … Ja, es ist so, Mr Max. Ich kanns jetzt sagen, weil ich sterben muss. Ich weiß genau, was ich sage. Und ich weiß auch, wie es klingt. Es ist gut so. Es ist gut, wenn ich's so betrachte …«

Max blickte ihn erschreckt an. Ein paar Mal machte er eine Bewegung, als wolle er sich Bigger nähern, aber er blieb stehen.

»Es ist alles gut, Mr Max. Gehen Sie zu Mam und sagen Sie's ihr. Sie soll sich keine Gedanken machen. Sagen Sie ihr nur, ich lass ihr ausrichten, es sei alles gut, und ich hätte nicht geweint …«

Max' Augen waren feucht. Langsam streckte er die Hand aus. Bigger ergriff sie.

»Leb wohl, Bigger«, sagte er ruhig.

»Leben Sie wohl, Mr Max.«

Max tastete gleich einem Blinden nach seinem Hut und stülpte ihn sich auf den Kopf. Er ging zur Tür, streckte den Arm durch das Gitter und winkte einen Wärter heran. Als er hinausgelassen wurde, blieb er noch einen Augenblick stehen, den Rücken zur Tür gewandt. Bigger umklammerte die Eisenstäbe mit beiden Händen.

»Mr Max!«

»Ja, Bigger.« Er drehte sich nicht um.

»Es ist alles gut. Wirklich!«

»Leb wohl, Bigger.«

»Leben Sie wohl, Mr Max.«

Max verschwand im Gang.

»Mr Max!«

Max blieb stehen.

»Grüßen Sie ... grüßen Sie Mister ... grüßen Sie Jan ...«

»Ja, Bigger.«

»Leben Sie wohl!«

»Leb wohl!«

Bigger hielt sich noch immer an den Eisenstäben fest. Dann lächelte er ein schwaches, schiefes, bitteres Lächeln. Er hörte das Klirren des Eisens, als am Ende des Ganges eine Tür zuschlug.

EDITORISCHE NOTIZ

Richard Wright gilt heute als geistiger Vater des afro-amerikanischen sozialen Realismus. Sein Werk machte ihn zum Wegbereiter einer literarischen Tradition, zu der sich William Attaway, James Baldwin, Ralph Ellison, Chester Himes und Ta-Nehisi Coates zählen lassen; mit seinem Buch *Black Power* prägte Wright gar ein wichtiges Schlagwort in der Bürgerrechtsbewegung der USA. Gleichzeitig war er der erste kommerziell erfolgreiche afro-amerikanische Schriftsteller.

Richard Wright wird 1908 auf einer Plantage nahe Natchez, Mississipi, geboren und wächst, nachdem die Mutter schwer erkrankt, die meiste Zeit bei Verwandten auf. Mit 16 schließt er die Highschool als Jahrgangsbester ab und veröffentlicht seine erste Erzählung. 1927 zieht Wright nach Chicago, wo er sich mit verschiedenen Jobs durchschlägt. In dieser Zeit entstehen Kontakte zur Kommunistischen Partei, in deren Zeitungen er immer wieder preisgekrönte Gedichte und Artikel veröffentlicht. Wright schreibt in diesen Jahren seinen Roman *Lawd Today*, der jedoch erst postum im Jahr 1963 erscheint.

Er heiratet die weiße Tänzerin Dhimah Rose Meadman, die Ehe wird jedoch nach einem Jahr wieder geschieden.

Mit *Native Son* gelingt ihm 1940 der Durchbruch. Innerhalb von drei Wochen verkauft sich der Roman über zweihunderttausend Mal und verdrängt John Steinbecks *Früchte des Zorns* vom ersten Platz der Bestsellerliste. Der Roman wird 1941 von Orson Welles für das Theater adaptiert und zweimal verfilmt – 1951 mit Richard Wright in der Hauptrolle, 1986 mit Oprah Winfrey in einer Nebenrolle. Für 2019 ist eine Neuverfilmung geplant.

1945 erscheint Wrights Autobiografie *Black Boy,* welche ebenfalls zum Kassenschlager wird. Nach einem Frankreich-Aufenthalt im Jahr 1956 beschließt Wright, gemeinsam mit seiner Familie – seit 1941 ist er verheiratet mit der Kommunistin Ellen Poplar, sie haben zwei Töchter – dauerhaft nach Frankreich überzusiedeln. In Paris schreibt er weitere Romane (*The Outsider* und *Savage Holiday*) und macht die Bekanntschaft von Gertrude Stein, Simone de Beauvoir und Jean-Paul Sartre. Wright reist viel, unter anderem nach Afrika und Asien, und veröffentlicht eine Reihe politischer und soziologischer Texte. 1959 wird sein letzter Roman *The Long Dream* veröffentlicht, der erste Teil einer geplanten Trilogie, von der jedoch nur noch der zweite Teil postum erscheint (*American Hunger*, 1977).

Gegen Ende der 50er-Jahre erkrankt Wright schwer; er stirbt 1960 an einem Herzinfarkt und wird in Paris auf dem Friedhof Père Lachaise beigesetzt.

Native Son bleibt bis heute Richard Wrights wichtigstes Werk, in dessen Publikationsgeschichte der Book of the Month Club in New York eine wichtige Rolle spielt. Er macht den Roman zum Buch des Monats und ist damit für seinen kommerziellen Erfolg mitverantwortlich. Andererseits sorgt der Buchclub damals für eine drastische inhaltliche Überarbeitung des ursprünglichen Manuskripts, bei der vermeintlich zu gewalttätige oder sexuell zu explizite Stellen gestrichen werden.

Konkret handelt es sich um eine stark gekürzte und redigierte Szene im ersten Teil des Romans, in der Bigger und sein Freund Jack in einem Kino masturbieren. Weitere Szenen, die die sexuellen Fantasien des schwarzen Protagonisten in Bezug auf weiße Frauen darstellen, sowie Sätze und Halbsätze im Zusammenhang mit Biggers Vergewaltigung und Mord an seiner Freundin Bessie werden ebenso gestrichen oder abgeschwächt. Auch die Rede des Anwalts Max im dritten Teil erfährt deutliche Kürzungen.

Da die Änderungen Bedingung für die Ernennung zum Buch des Monats sind, wird der Roman schließlich in dieser Version publiziert und 1941 unter dem Titel *Sohn dieses Landes* von Klaus Lambrecht ins Deutsche übersetzt. 1991 wird das ursprüngliche Manuskript, das Wrights Verlag an den Book of the Month Club schickte, als revidierte Auflage von der Library of America herausgegeben. 1993 erscheint eine neue deutsche Übersetzung von Kurt Heinrich Hansen, die jedoch wiederum auf der gekürzten Version basiert. Bei der vorliegenden Ausgabe handelt es sich um die erste vollständige deutsche Übersetzung des originalen Manuskripts. Als Grundlage dafür diente Lambrechts Übersetzung, die stellenweise überarbeitet und um die gekürzten Stellen ergänzt wurde.